Marion Zimmer Bradley wurde 1930 in Albany, New York, geboren und starb am 25. September 1999 in Berkeley, Kalifornien. Internationale Bekanntheit erlangte sie vor allem mit ihren Science-fiction- und Fantasy-Romanen. Zu ihren berühmtesten Werken zählen ›Die Nebel von Avalon‹, ›Die Feuer von Troia‹ sowie der »Zauberflöte«-Roman ›Tochter der Nacht‹.

Die Wälder von Albion. Das erste Jahrhundert nach Christi Geburt: England, Albion, ist von den Römern besetzt, Londinium ihre größte Siedlung. Nur in Wales, Schottland und Irland haben sich die keltischen Gemeinschaften gehalten. Sie werden vom Herrschaftsanspruch Roms genauso bedrängt wie die Römer selbst von einem neuen Glauben, dem Christentum, das auch in Albion die ersten Anhänger gefunden hat.
Im Zentrum des neuen Romans von Marion Zimmer Bradley steht die Geschichte einer Liebesbeziehung zwischen zwei Menschen, wie sie ungleicher nicht sein könnten. Eilan, Tochter eines keltischen Barden, wächst an der Grenze zwischen England und Wales auf. Sie wird in der Schwesternschaft der Priesterinnen zur Seherin ausgebildet. Dafür muß sie einen hohen Preis bezahlen: Wie auch den Vestalinnen Roms ist ihr die Liebe zu Männern verboten. Als der Soldat Gaius, Sohn eines römischen Statthalters und einer Engländerin, schwer verwundet in Eilans Elternhaus gebracht wird, beginnt das Unvermeidliche – und es hat Folgen ...
Um ihrer Liebe willen bricht Eilan das Tabu der Schwesternschaft, und nur durch einen weiteren Verrat kann sie zur neuen Hohepriesterin werden. Sie ist dazu bereit, auch um die Macht des Druiden zurückzudrängen, der den Einflüssen Roms bereits erlegen ist. Schließlich verzichtet sie auf ihre Liebe, auf Gaius und auf den gemeinsamen Sohn. Um das Überleben der keltischen Gemeinschaften zu sichern, sucht Eilan nach Verbündeten in ihrem Kampf gegen Rom, gegen Gaius, gegen den Druiden und ihre Schwesternschaft, die den Verrat zu ahnen beginnen. Sie steht an einem Wendepunkt. Eilan trifft eine unerwartete und folgenschwere Entscheidung ... In einem dramatischen Finale siegt die Weltanschauung Roms, die keltischen Gemeinschaften werden zerschlagen. Nur Eilans Sohn überlebt: Gawen wird der erste Merlin. Ein anderer wird Jahrhunderte später aus den Nebeln von Avalon am Hofe König Arthurs auftauchen und den Adler Roms mit dem Drachen Albions und dem Fisch des Christentums versöhnen.

Im Fischer Taschenbuch Verlag sind erschienen: ›Die Nebel von Avalon‹ (Bd. 8222), ›Die Feuer von Troia‹ (Bd. 10287), ›Lythande‹ (Bd. 10943), ›Luchsmond‹ (Bd. 11444) und ›Die Wälder von Albion‹ (Bd. 12748) sowie die von Marion Zimmer Bradley herausgegebenen ›Magischen Geschichten‹. In dieser Serie erschienen zuletzt: ›Sturmschwester‹ (Bd. 13318), ›Sonnenschwester‹ (Bd. 14533) und ›Schlangenschwester‹ (Bd. 14535). Im Krüger Verlag ist der vierte Avalon-Roman erschienen: ›Die Priesterin von Avalon‹.

Unsere Adresse im Internet: www.fischer-tb.de

Marion Zimmer Bradley

Die Wälder von Albion

Roman

Aus dem Amerikanischen von
Manfred Ohl
und Hans Sartorius

Fischer Taschenbuch Verlag

Limitierte Jubiläumsedition
Veröffentlicht im Fischer Taschenbuch Verlag,
Frankfurt am Main, Januar 2002

Deutschsprachige Erstpublikation 1993 im
Wolfgang Krüger Verlag, Frankfurt am Main

Die Originalausgabe erschien unter dem Titel
›The Forest House‹

Druck und Bindung: Clausen & Bosse, Leck
Printed in Germany
ISBN 3-596-50548-8

Für meine Mutter, Evelyn Conklin Zimmer.
Sie hat mein Schreiben in den langen Jahren geduldig ertragen.

Für Diana Paxson, meine Schwester und Freundin.
Sie hat dieses Buch fest in Zeit und Raum verankert
und Tacitus als Figur in den Roman eingebracht.

Leser, die mit Bellinis Oper *Norma* vertraut sind, werden die Grundzüge der Geschichte wiedererkennen. In bewundernder Hochachtung vor Bellini habe ich die Hymnen in Kapitel 5, 22 und ~~30 frei~~ nach seinem Libretto (Akt 1.1 und 2.2) gestaltet.

Die Hymnen an den Mond in Kapitel 17 und 24 sind eine freie Übernahme aus den *Carmina Gadelica,* einer Sammlung mündlich überlieferter Gebete des schottischen Hochlands, die Pastor Alexander Carmichael im späten 19. Jahrhundert zusammengetragen hat.

PROLOG

Ein kalter Wind peitschte die Fackeln zu glühenden, feurigen Fahnen. Das flackernde Licht fiel wie ein Funkenregen auf das dunkle Wasser der Meerenge und zuckte auf den Schilden der Legionäre, die auf der anderen Seite warteten. Der beißende Rauch und feuchtkalte Nebelfetzen jagten zur Priesterin hin. Sie hob abwehrend die Hand. Ihr schmerzte die Kehle, und sie mußte husten, doch sie blieb unbeirrt stehen.
Der Lärm im Lager der Römer hallte dumpf über die Wellen, als der römische Befehlshaber seine Männer vor dem Kampf anspornte. Die Druiden antworteten auf seine Parolen, indem sie den Zorn des Himmels beschworen; und kurz darauf ließ Donner die Luft erbeben.
Dann folgte das ohrenbetäubende, schrille Trillern der Frauen. Die Priesterin zog fröstelnd ihr weites Gewand enger um sich. War ihr wirklich nur kalt oder hatte sie Angst? Sie wiegte sich im rhythmischen Einklang mit den anderen Priesterinnen. Dann hob sie die Arme zum Fluch. Die dunklen Umhänge der heiligen Frauen breiteten sich wie die Flügel von Raben aus. Ein gespenstisches Heer aus der anderen Welt schien zum Angriff bereit.
Auch die Römer schrien Verwünschungen und Flüche. Und dann marschierte die erste Reihe der Legionäre zum Wasser.
Als Erwiderung auf den Angriff der Feinde hallte die Kriegsharfe der Druiden noch lauter und bedrohlicher durch die Nacht. Die Priesterin verstummte erwartungsvoll nach dem Schrei, in den sie ihre ganze Kraft legte. Aber der Feind rückte unerbittlich näher, und es dauerte nicht lange, bis der erste Römer mit seinem flatternden roten Mantel an das Ufer der heiligen Insel sprang.

Aber die Götter erschlugen ihn nicht ...
Die wilden Gesänge der Druiden gerieten ins Wanken. Ein Priester riß die Priesterin zurück und stellte sich schützend vor sie, als die stählerne Klinge im Fackelschein drohend blitzte. Das Schwert stach zu, und Blut ergoß sich über das dunkle Gewand.
Der Einklang der Gesänge war zerstört. Man hörte nur noch wildes Geschrei, und die Priesterin floh in den Schutz der Bäume. Die Römer mähten hinter ihr die Druiden nieder wie reifes Korn. Viel zu schnell hatten sie alle umgebracht, und dann brandete die rote Flut zum Wald hinauf.
Die Priesterin rannte stolpernd und keuchend durch die Bäume zum Heiligtum, zu dem geweihten Kreis der hohen Steine. Über dem Haus der Frauen leuchtete plötzlich der Himmel. Vor ihr ragten schemenhaft die dunklen heiligen Eichen auf, aber dicht hinter ihr hörte sie lautes Rufen. In ihrer Verzweiflung umklammerte sie den Altar in der Mitte. Sie wußte, daß die Römer sie töten würden. Die Priesterin rief die Göttin an. Sie richtete sich auf und wartete auf den tödlichen Hieb.
Aber die Männer wollten sie nicht mit dem Schwert durchbohren. In ihrer entfesselten Gier hatten sie etwas anderes im Sinn. Die Priesterin wehrte sich erbittert, als harte Hände brutal nach ihr faßten und ihr die Gewänder vom Leib rissen. Mit roher Gewalt warfen sie die Frau auf den flachen Altarstein, und dann war der erste der Männer über ihr. Es gab keine Flucht, kein Entrinnen. Sie konnte nur dank des geheimen Wissens ihr Bewußtsein aus dem Körper entfernen, bis die Soldaten fertig sein würden.
Und bevor das Dunkel des Vergessens sie erlöste, rief sie:
»O Göttin! Herrin der Raben, räche mich! Räche mich!«

»Räche mich ...«
Ich erwachte von meinem Schrei und richtete mich mit weit offenen Augen entsetzt auf. Wie immer dauerte es eine Weile, bis ich begriff, daß alles nur ein Traum gewesen war ...

Ich hatte das Morden und die grausame Lust der Männer nicht selbst erlebt, denn damals, in dem Jahr, als die Legionäre die Priester erschlugen und die Frauen der heiligen Insel schändeten, war ich noch ein Kind gewesen – ein unerwünschtes Kind mit dem Namen Caillean – und lebte sicher in Eriu am anderen Ufer des Meeres. Aber nicht lange danach brachte mich die Orakelpriesterin in dieses Land, wo ich die Geschichte zum ersten Mal hörte. Seit dieser Zeit haben mich die Geister jener Frauen nicht mehr in Ruhe gelassen.

Der Vorhang an meiner Tür wurde zur Seite geschoben, und eine der Frauen, die mir dienen, blickte besorgt in die Kammer.

»Herrin, geht es dir gut? Kann ich dir beim Ankleiden behilflich sein? Es ist bald Zeit, die aufgehende Sonne zu begrüßen.«

Ich nickte nur stumm, wischte mir den kalten Schweiß von der Stirn und ließ mir von ihr in ein sauberes Gewand helfen. Dann legte sie mir den *Torque* der Hohenpriesterin um den Hals und den Blumenkranz auf die Stirn. Ich folgte ihr hinaus auf den steilen Berg jener anderen Insel. Es ist ein grüner *Tor*, der aus dem Sumpf und den Wiesen aufragt, die man Avalon, das Sommerland oder die Insel der Äpfel, nennt. Von unten hörte ich das Singen der Jungfrauen, die den heiligen Brunnen bewachen, und vom benachbarten Tal die Glocke, die die Einsiedler zum Gebet in die kleine runde Kirche neben dem Weißdorn ruft.

Sie waren nicht die ersten, die Ruhe und Frieden auf dieser Insel am Ende der Welt jenseits der Meerenge suchten; und ich vermute, sie werden auch nicht die letzten sein.

Seit dem Massaker auf der heiligen Insel sind viele Jahre vergangen. Und obwohl in meinen Träumen die Stimmen der Opfer noch immer Rache fordern, sagt mir eine bitter erworbene Weisheit, daß ein Volk stärker wird, wenn es sein Blut mit anderen Völkern mischt – solange das alte Wissen nicht in Vergessenheit gerät.

Bis zum heutigen Tag habe ich an den Römern und an ihrer Lebensweise nichts Gutes finden können. Deshalb konnte ich selbst um Eilans willen, die ich mehr geliebt habe als eine Tochter, keinem Römer Vertrauen schenken. Ich habe nicht einmal Gaius vertraut, den Eilan liebte.

Hier, auf Avalon, stört uns der Lärm der eisenbeschlagenen Sandalen von Legionären auf gepflasterten Straßen nicht, denn die Göttin hat die Insel in einen Schleier aus Nebeln und Geheimnissen gehüllt, damit die römische Welt und alle, die uns schaden können, der Insel der Äpfel fernbleiben.

Vielleicht werde ich heute den jungen Frauen, meinen Priesterinnen, erzählen, warum und unter welchen Umständen wir hierher gekommen sind. Denn was nach der Zerstörung des Heiligtums der Frauen auf der Insel Mona und der Gründung dieses Heiligtums auf Avalon geschah, darf nicht vergessen werden. Es ist die Geschichte der Priesterinnen und der Druiden von Vernemeton, dem Heiligtum in den Wäldern, die mich nicht ruhig schlafen läßt.

In jenen Wäldern von Albion wurde ich in die Geheimnisse der Göttin eingeweiht, und in Vernemeton habe ich sie an Eilan, die Tochter von Rheis, weitergegeben. Eilan wurde die größte der Hohenpriesterinnen, und manche werden behaupten, die größte Verräterin an ihrem Volk. Aber durch Eilan hat sich das Blut des Drachens und das Blut des Adlers mit dem Blut der Weisen gemischt. Und in der Stunde der größten Not werden die Nachkommen dieser Linie Albion stets zu Hilfe kommen.

Meine Priesterinnen versammeln sich um mich und singen. Ich hebe die Hände, und als die Sonnenstrahlen die Nebel durchdringen, segne ich das Land.

Die Menschen auf den Märkten sagen, Eilan sei ein Opfer der Römer geworden, aber ich weiß es besser. Es gab eine Zeit, da wurden die Geheimnisse der Göttin im Heiligtum von Vernemeton gehütet. Die Götter verlangen nicht von uns, daß jeder ein Eroberer oder besonders klug sei. Sie wollen nur, daß wir der Wahrheit dienen, die uns so lange anvertraut wird, bis wir sie weitergeben können.

Meine Priesterinnen beginnen den langsamen Tanz, mit dem wir die Sonne verehren. Ich blicke schweigend auf sie und trinke die Kraft der heilenden Strahlen, die uns Menschen jeden Tag von neuem das Leben schenken. Aber heute wandern meine Gedanken in die dunkle Vergangenheit.
Vielleicht habe ich im Laufe eines langen Lebens nur das eine gelernt: Nichts auf dieser Welt hat einen Anfang und nichts ein Ende. Jedes Ereignis hat eine Ursache, die es vorbereitet. Und davor gibt es eine andere Ursache und davor wieder eine andere, und so weiter bis zurück zum Uranfang. Die Druiden sagen, das war, als ER, der größer als Gott ist, alle Dinge aus dem Chaos geschaffen hat. Und wer kann IHN, der größer als Gott ist, schon nach Gründen fragen?
Deshalb kann ich, Caillean, nur erzählen, wie alles für mich anfing, und das war in jener Nacht in Vernemeton, als wir unsere Schwester Aine ins Grab legten. Denn das, was Aine und den anderen Priesterinnen auf der heiligen Insel Mona widerfahren war, hatte dazu geführt, daß man das Heiligtum im Wald am Fuß des Hügels von Vernemeton errichtete. Alle Priesterinnen der römischen Provinz Britannien wurden aufgefordert, sich dorthin zu begeben.
Wir waren keineswegs nur ein Orden von Priesterinnen. Einige dienten der nährenden Mutter, der reinen Jungfrau und der todbringenden Alten, aber es gab auch Sängerinnen und Heilerinnen. Die Seherinnen dienten dem Orakel – zu ihnen gehörten ich und meine Ziehmutter Lhiannon, die Hohepriesterin des Orakels. Außerdem lebten bei uns die neun erleuchteten Frauen, die das Geheimnis der Sterne kannten, und Hebammen –, obwohl wir alle etwas von Geburtshilfe verstanden und auch gewisse Heilkräfte besaßen. Damals in Vernemeton gehörten noch viele andere zu uns, die wie ich von der Göttin zum heiligen Dienst berufen worden waren.
Aber was hatte die Druiden veranlaßt, uns an diesem Ort im Wald von Vernemeton zu versammeln?

Die Ereignisse meiner Geschichte beantworten diese Frage. Der Traum heute nacht fordert mich erneut auf, dafür zu sorgen, daß viele durch mich die Wahrheit erfahren, auch wenn diese Wahrheit sie erschrecken wird.
An dem Abend, als wir den Leib unserer Schwester Aine der Erde übergeben hatten, versammelten sich alle Frauen in der großen Halle, und wir tranken starken Met aus einem großen Becher. Wie es die Sitte gebot, ergriff jede Priesterin das Wort, wenn sie den Becher bekam, und sprach von den gemeinsamen Erinnerungen, die uns mit Aine verbanden. Nur Lhiannon war nicht bei uns, denn wenige Tage vor dem Vollmond mußte sie allein bleiben. Sie reinigte sich, um für die Kraft des Orakels bereit zu sein. Ich saß jedoch bei den anderen, und ich erinnere mich gut an meine Worte damals.
»Aine stammte wie ich von der Westküste von Eriu. Als ich hierher kam, fühlte ich mich anfangs sehr einsam, denn seit Lhiannon mich zu sich genommen hatte, war ich jede Nacht bei ihr gewesen. Ich weinte und war allein an diesem seltsamen Ort, so fern vom Meer und seinen vertrauten Geräuschen. Aine kam und nahm mich in ihre Arme und sang mich mit Geschichten aus unserer Heimat in den Schlaf. Sie hat mir das Leierspielen beigebracht, und von ihr habe ich die Lieder meiner Heimat gelernt. Von ihr habe ich auch die Kunst erworben, andere zu lehren, wie man die Leier spielt und dazu singt.«
»Ja, sie war uns allen eine gute Lehrerin«, sagte eine andere Frau. »Mir hat sie beigebracht, mit bunten Fäden zu sticken. Damals war ich noch ein kleines Mädchen, und jetzt unterweise ich die Jungfrauen in dieser Kunst.«
Der Becher kreiste in der Runde, und jede Frau wußte etwas Gutes von Aine zu berichten, von tröstlichen Worten und Hilfe im rechten Augenblick. Als der Met ausgetrunken war, griff ich nach meiner Leier und sang ein Abschiedslied. Aber danach legte ich das Instrument nicht beiseite.
»Wir haben Aines Leben gewürdigt«, sagte ich. »Es war ein gutes

Leben, aber niemand soll vergessen, daß es zerissen worden war vom Wirken der Zerstörung. Nur von den kunstvollen Fäden der Göttin wurde es noch wie ein geflicktes Gewand zusammengehalten. Bladwen, du redest nicht mehr von dieser Zeit, aber wenn wir nicht hin und wieder von der Eroberung der heiligen Insel Mona sprechen, dann fördern wir eine gefährliche Zufriedenheit, und das darf nicht sein! Vergeßt nicht, die Entweihung der heiligen Insel ist der Grund dafür, daß wir alle hier sein müssen.«
Miellyn, die noch nicht lange bei uns war, meinte: »Ich habe immer nur gehört, es sei eine große Tragödie gewesen, aber niemand wollte mir Genaueres darüber sagen.«
»Ja, es war eine Tragödie«, erwiderte ich. »Ich bin keine Sängerin, aber ich werde euch die Geschichte erzählen.«
Ich drückte die kleine Leier an meine Schulter und zupfte einen Akkord. Dann begann ich wie ein Barde zu singen. Als die Töne verklungen waren, berichtete ich den Frauen das, was ich persönlich über die Ereignisse wußte.
»Hört gut zu. Bevor die Römer nach Albion kamen, gab es auf der heiligen Insel eine Schwesternschaft der Priesterinnen, die zusammen mit den Druiden dort der Göttin dienten. Die Römer erschienen mit schönen Worten und Geschenken am Ufer der Insel, aber ihrem Gold folgte das Eisen. Die Römer hetzten mit ihren Lügen die Stämme gegeneinander auf, und so fiel ihnen ein Stamm nach dem anderen zum Opfer.
Nachdem die Legionäre mit den roten Mänteln halb Britannien erobert hatten, beschlossen die Römer, die besiegten Völker zu versklaven. Die unterworfenen Stämme suchten Hilfe bei den Druiden. Die Römer fürchteten die Macht der Priester, die sie nicht verstanden, und marschierten zur heiligen Insel. Das war noch bevor Königin Boudicca das Land zur Rebellion gegen die Römer aufrief.«
»Was haben die Römer getan?« wollte Miellyn wissen.
»Sie erschlugen alle Priester. Nach dieser Gotteslästerung hätte man glauben können, daß sie auch die Priesterinnen töteten, aber

sie haben die Frauen vergewaltigt, von zahnlosen Großmüttern bis hin zu neun- und zehnjährigen Mädchen.«

Es wurde still in der Runde. Vor Entsetzen verschlug es allen den Atem.

»Sie haben keine der Frauen verschont«, fuhr ich fort, »und danach zogen sie in dem Glauben ab, die Schändung habe unsere magischen Kräfte zerstört. Die Frauen blieben am Leben, und die meisten im gebärfähigen Alter wurden schwanger. Sie suchten Zuflucht bei den Druiden in anderen Teilen des Landes. Als sie ihre Kinder zur Welt brachten, wurden die Töchter in den heiligen Brunnen ertränkt. Die Priesterinnen, die nicht auf der heiligen Insel gewesen waren, nahmen alle an, daß auch den Söhnen dieses Schicksal bestimmt sei. Aber die Druiden beschlossen, die Kinder großzuziehen, damit sie, die Raben, ihre Mütter eines Tages rächen könnten. Hört meine Worte: Eines Tages werden sie die Rache vollziehen!«

Als ich geendet hatte, drang Weinen und unterdrücktes Schluchzen an mein Ohr. Noch nie hatte ich die Geschichte vor so vielen Menschen erzählt. Lhiannon sagte, es sei nicht gut, von bösen Dingen zu sprechen. Aber ich war der Ansicht, daß mein Gewissen das von mir verlangte, denn jede Frau in Vernemeton sollte wissen, wozu die Römer in der Lage waren.

»Warum glauben die Druiden, daß die Priesterinnen hier in Vernemeton in größerer Sicherheit sind als auf der heiligen Insel?« fragte Miellyn stockend.

»Man sagt, die Römer haben in ihrer Stadt einen Tempel der heiligen Jungfrauen, die das geweihte Feuer hüten. Ganz Rom achtet ihre Unantastbarkeit. Ardanos und die anderen Druiden sind der Ansicht, wenn sie uns wie die Vestalinnen in Rom in diesem Heiligtum einschließen, dann werden die Römer uns ebenfalls achten.«

»Ich weiß nicht«, sagte Miellyn kopfschüttelnd, »mir gefällt es nicht, daß wir nach den römischen Vorstellungen von Heiligkeit leben müssen und nicht nach unseren eigenen . . .«

Ich nickte stumm, denn ich kann bis heute an den Römern und ihren Sitten nichts Gutes finden.
Meine Priesterinnen verneigen sich vor der glutroten Sonne und sehen mich erwartungsvoll an. Tränen steigen mir in die Augen. Ich bin geblendet und werde von den hellen Strahlen bis ins Herz getroffen, denn wieder einmal glaube ich, Eilan unter ihnen zu sehen.
In dem Jahr, in dem Aine starb, begann Eilan davon zu träumen, daß sie nach Vernemeton kommen und eine der unseren werden würde. Damals kannte ich sie noch nicht, und ich glaubte fest daran, daß wir in unserem Heiligtum vor der römischen Macht sicher seien.
Wie sehr habe ich mich getäuscht, und deshalb werde ich euch, meinen Schwestern, die ihr mir vertraut, die Geschichte von Vernemeton erzählen. Denn was auch geschehen mag, die Wahrheit darf nicht in Vergessenheit geraten ...

1. KAPITEL

Die schrägen gelben Strahlen fielen durch die Bäume, als die Sonne langsam unter die Wolken sank. Sie tauchten die vom Regen gewaschenen Blätter in funkelndes Gold. Das Haar der beiden Mädchen, die durch den Wald liefen, glühte im selben verzauberten Feuer. Es hatte an diesem Tag lange geregnet. Der dichte, unberührte Wald im Süden Albions war von Nässe durchtränkt und lag in tiefem Schweigen. Von ein paar niedrigen Ästen fielen glitzernde Regentropfen wie ein Segen auf den Weg.

Eilan atmete tief die feuchte Luft ein. Sie war erfüllt vom Duft vieler Kräuter und Pflanzen, aber auch den sinnlichen Gerüchen von moderndem Holz und fauligem Wasser, das sich in kleinen Tümpeln sammelte, über denen die Insekten summten. Im Gegensatz zum verräucherten Haus ihres Vaters roch es hier draußen so süß, als sei die Luft von Räucherwerk durchdrungen. Man hatte ihr erzählt, daß die Frauen im Heiligtum der Priesterinnen Kräuter verbrannten, um die Luft zu reinigen. Beim Gedanken an Vernemeton richtete sich Eilan unwillkürlich auf. Sie versuchte, so aufrecht zu gehen wie eine der Priesterinnen, und sie hielt den Korb mit den Opfergaben so anmutig wie möglich. Plötzlich bewegte sich ihr Körper in einem unbekannten, aber doch völlig natürlichen Rhythmus, als sei sie vor langer, langer Zeit in dieser Art des Gehens ausgebildet worden.

Erst seit ihr Mondblut zu fließen begonnen hatte, durfte Eilan die Opfergaben zur Quelle bringen. Ihre Mutter hatte ihr erklärt, so wie die monatlichen Blutungen sie zu einer Frau machten, so schenke das Wasser der heiligen Quelle dem Land Fruchtbarkeit. Und die Rituale im Heiligtum in Vernemeton, dachte Eilan und beneidete insgeheim die Priesterinnen, dienen der Erneuerung der Kraft und beschwören bei jedem vollen Mond die Gegenwart der Göttin.

In der Nacht zuvor war der Mond voll gewesen, und Eilan hatte so lange zu ihm aufgeblickt, bis ihre Mutter sie schließlich ins Haus rief. Der Mond weckte in Eilan eine Erwartung, die sie nicht in Worte fassen konnte.

Vielleicht wird die Priesterin des Orakels mich an Beltane zum Dienst der Göttin in das Heiligtum rufen.

Eilan schloß die Augen und stellte sich das lange blaue Gewand einer Priesterin vor und den Schleier, der ihr Gesicht geheimnisvoll verhüllte.

»Eilan, was ist denn los mit dir?«

Diedas Stimme schreckte sie auf. Eilan stolperte über eine Baumwurzel und hätte beinahe den Korb fallen lassen.

»Du bist so langsam wie eine lahme Kuh! Wenn wir uns nicht beeilen, wird es dunkel sein, bevor wir zu Hause sind.«

Eilan fand schnell wieder das Gleichgewicht. Sie wurde über und über rot und folgte Dieda schweigend. Es dauerte nicht lange, bis sie das leise Plätschern der Quelle hörte. Der Pfad führte jetzt steil nach unten, und schließlich stand Eilan neben Dieda an der Stelle, wo das Wasser aus einer Felsspalte in den kleinen Teich floß.

Vor sehr langer Zeit war die Quelle mit Steinen gefaßt worden. Im Laufe der vielen Jahre hatte das Wasser die in den Stein eingeritzten Spiralen geglättet. Aber der Haselnußstrauch, an dessen Äste die Menschen ihre Wunschbänder hängten, war jung und stammte von den unzähligen Haselsträuchern, die hier gewachsen waren.

Die beiden Mädchen setzten sich an den Rand des Teichs und breiteten ein Tuch für die Opfergaben aus – köstliche Kuchen, ein Krug Met und ein paar Silbermünzen. Es war schließlich nur der Teich einer weniger bedeutenden Waldgöttin und keiner der großen heiligen Seen, an denen Heere ihre Siegestrophäen opferten. Aber die Frauen von Eilans Sippe brachten seit vielen Jahren nach

ihren Blutungen Opfergaben zu diesem Teich, um ihre Verbindung mit der Göttin zu erneuern.
Der Frühling hatte erst angefangen, und die Mädchen fröstelten, als sie in der kühlen Abendluft ihre Kleider auszogen und sich über das Wasser beugten.
»Heilige Quelle, du bist der Leib der Göttin. So wie dein Wasser alles Leben erschafft, so möge auch ich der Welt neues Leben bringen ...«
Eilan schöpfte mit beiden Händen Wasser und ließ es über ihren Leib und zwischen die Schenkel laufen.
»Heilige Quelle, dein Wasser ist die Milch der Göttin. So wie du die Welt nährst, so laß mich die nähren, die ich liebe ...«
Ihre Brustwarzen richteten sich auf, als das kalte Wasser sie berührte.
»Heilige Quelle, du bist die Kraft der Göttin. So wie dein Wasser in alle Ewigkeit aus der Tiefe strömt, so gib auch mir die Kraft, die Welt zu erneuern ...«
Sie zitterte, als das Wasser über ihre Stirn lief. Eilan blickte in den dunklen Teich. Als die Wasseroberfläche sich wieder glättete, sah sie den fahlen Schimmer ihres Spiegelbilds. Aber während sie den Blick auf das Wasser richtete, veränderte sich das Gesicht, das ihr daraus entgegenblickte. Sie sah eine sehr viel ältere Frau mit hellerer Haut und dunklen Locken, in denen wie Funken rote Strähnen aufblitzten. Aber die Frau hatte die gleichen Augen wie sie.
»Eilan ...?« Dieda sah sie verwundert an.
Eilan blinzelte, und im Wasser spiegelte sich wieder ihr eigenes Gesicht. Dieda, die jüngere Schwester ihrer Mutter, zitterte vor Kälte, und plötzlich fror auch Eilan. Die beiden zogen sich schnell wieder an. Dann nahm Dieda den Kuchen aus dem Korb, und ihre Stimme klang voll und rein, als sie die heiligen Worte sang:

»Herrin der heiligen Quelle,
Ich bringe dir diese Gaben
Und bitte um Leben, Liebe und Glück.
Göttin, blicke gnädig auf uns.«

In Vernemeton, dachte Eilan, singt ein ganzer Chor von Priesterinnen dieses Lied. Ihre dünne und etwas unsichere Stimme verband sich in seltsam anmutiger Harmonie mit Diedas Gesang:

»Segne den Wald und das Feld.
Damit uns zuteil werde eine reiche Ernte.
Schenke Gesundheit Mensch und Tier.
Behüte unsere Seele und unseren Leib!«

Eilan goß den Met aus dem Krug in das Wasser, während Dieda die Kuchen in Stücke brach und in den Teich warf, wo sie von der Strömung davongetragen wurden. Einen Augenblick schien das Plätschern des Wassers sehr viel lauter zu sein, obwohl nichts die Stille störte. Die beiden Mädchen beugten sich ehrfürchtig über den Teich und warfen nacheinander die silbernen Münzen hinein.

Als das Wasser sich wieder glättete, spiegelten sich ihre beiden Gesichter darin – sie sahen sich verblüffend ähnlich.

Eilan lief ein Schauer über den Rücken, denn sie befürchtete, noch einmal in dem See die fremde Frau zu sehen. Plötzlich verschwamm ihr alles vor den Augen, und als sie wieder etwas sah, blickte ihr nur noch ein Gesicht entgegen. Es war wieder das geheimnisvolle Gesicht der anderen Frau. Sie hatte Augen, die im Wasser wie Sterne im dunklen Meer des Himmels strahlten.

Herrin, bist du die Göttin des Sees? Was willst du von mir?

Stumm stellte ihr klopfendes Herz diese Frage. Und dann glaubte Eilan als Antwort Worte zu hören, die aus der anderen Welt zu kommen schienen.

»Mein Leben fließt durch alles Wasser, so wie es durch deine Adern strömt. Ich bin der Fluß der Zeit und das Meer des Raums. In vielen Leben hast du mir gedient. Adsartha, meine Tochter, wann wirst du die Gelübde erneuern, die dich an mich binden?«

Von den Augen der Göttin schien ein so helles Leuchten auszugehen, daß es bis in ihre Seele drang. Oder waren es nur die Sonnenstrahlen? Denn als Eilan wieder zu sich kam, blinzelte sie benommen und starrte ins Licht, das durch die Bäume drang.

»Eilan ...«, sagte Dieda, und es klang vorwurfsvoll, als habe ihre Nichte sie beim ersten Mal nicht gehört. »Was ist denn heute nur los mit dir?«

»Dieda!« rief Eilan, »hast du SIE nicht gesehen? Hast du die Göttin im Wasser nicht gesehen?«

Dieda schüttelte den Kopf. »Du redest schon wie diese verrückten Frauen in Vernemeton, die auch immer von Visionen sprechen!«

»Wie kannst du so etwas sagen? Du bist die Tochter des höchsten Druiden von ganz Albion. Im Heiligtum in Vernemeton könnte man dich zur Sängerin ausbilden!«

Dieda runzelte die Stirn. »Ich eine Sängerin? Ardanos würde das niemals erlauben. Außerdem habe ich keine Lust, den Rest meines Lebens im Kreis geschwätziger Frauen zu verbringen. Dann möchte ich lieber wie dein Ziehbruder Cynric zu den Raben gehören und gegen Rom kämpfen!«

»Still!«

Eilan blickte sich erschrocken um, als hätten die Bäume Ohren.

»Du weißt doch, daß wir nicht darüber reden dürfen, auch hier nicht! Außerdem kannst du mir nicht erzählen, daß du an Cynrics Seite kämpfen möchtest. Du willst in seinen Armen liegen ... ich habe sehr wohl gesehen, wie du ihn geradezu mit den Augen verschlingst!«

Eilan lachte, und diesmal wurde Dieda rot.

»Du weißt überhaupt nichts!« rief sie wütend, »Aber die Zeit wird kommen, wo du verrückt nach einem Mann bist. Und dann werde ich über dich lachen.« Sie legte energisch das Tuch zusammen.

»Niemals!« widersprach Eilan heftig, »ich möchte der Göttin dienen!«

Erneut verschwamm ihr alles vor den Augen, und wieder überkam sie das fremde Bewußtsein. Das Plätschern des Wassers schien lauter zu werden; und als habe die Göttin ihre Worte gehört, fühlte sich Eilan in diese unwirkliche Stille entrückt. Aber dann drückte ihr Dieda entschlossen den Korb in die Hand.

»Komm, gehen wir zurück.«
Sie drehte sich um und lief den Pfad hinauf. Aber Eilan blieb wie angewurzelt stehen, denn sie hatte etwas gehört, das nicht von der Quelle und nicht aus dem Teich kam.
»Warte! Hörst du nichts? Es kommt von dort drüben, von der alten Fallgrube. Es klingt, als ob jemand ruft!«
Dieda blieb stehen und drehte sich um. Die beiden lauschten mit angehaltenem Atem, und dann hörten sie den Schrei noch einmal. Diesmal klang er schwächer und wie von einem verwundeten Tier.
»Ich glaube, wir gehen besser hinüber und sehen nach, was es ist«, sagte Dieda schließlich. Sie seufzte und fügte ärgerlich hinzu: »Jetzt kommen wir ganz bestimmt zu spät nach Hause. Aber wenn ein Tier in die Grube gefallen ist, dann müssen die Männer kommen und es von seinen Qualen erlösen.«

Der junge Mann lag zitternd und blutend auf dem Boden der Grube und wußte, seine Hoffung auf Rettung schwand mit der untergehenden Sonne.
Die Falle, die zu seinem Gefängnis geworden war, stank nach Verwesung und war naß. Auf der Erde lag in dicken Schichten der Kot der Tiere, die im Laufe der Zeit in diese Grube geraten waren. In den Boden und in die Seiten hatte man spitze Holzpflöcke gerammt. Ein solcher Pflock hatte ihm die Schulter durchbohrt.
Es ist keine gefährliche Wunde, dachte er, und bis jetzt habe ich noch nicht einmal große Schmerzen. Die verletzte Schulter war nach dem Sturz noch immer völlig gefühllos. Doch diese Wunde, wie leicht sie auch sein mochte, würde ihn wahrscheinlich das Leben kosten.
Er fürchtete sich natürlich nicht zu sterben. Gaius Macellius Severus Siluricus war neunzehn Jahre alt und hatte als römischer Offizier seinem Kaiser den Eid der Treue und der Tapferkeit geleistet. Die erste Schlacht lag bereits hinter ihm, noch ehe der Flaum

sein Kinn bedeckte. Jetzt zu sterben, weil er wie ein dummer Hase in eine Falle geraten war, machte ihm keine Angst, es machte ihn wütend.

Es ist meine eigene Schuld, dachte Gaius bitter. O ja, hätte er auf Clotinus Albus gehört, säße er jetzt am warmen Feuer, würde Bier trinken und mit Gwenna, der Tochter seines Gastgebers, flirten.

Gwenna hielt nichts von dem tugendsamen Leben der ländlichen Britonen, sondern hatte die freien Sitten der Frauen in den römischen Städten wie Londinium übernommen. Gwenna hatte sich an die römische Lebensart so mühelos gewöhnt wie ihr Vater an die lateinische Sprache und die Toga.

Gaius war wegen seiner Kenntnisse der britonischen Dialekte auf diese Reise geschickt worden. Als er nun daran dachte, verzog er spöttisch den Mund. Der alte Severus, sein Vater, war der Präfekt des Lagers der Zweiten Augusta Legion in Deva. Er hatte die dunkelhaarige Tochter eines Königs der Silurer geheiratet. Das war am Anfang der Eroberungsfeldzüge gewesen, als Rom noch hoffte, die Stämme als Verbündete zu gewinnen. Der kleine Gaius lernte die Sprache der Stämme, noch bevor er ein lateinisches Wort über die Lippen brachte.

Natürlich hatte es eine Zeit gegeben, als sich kein Offizier einer kaiserlichen Legion in der Festung Deva die Mühe gemacht hätte, seine Befehle in der Sprache eines besiegten Volkes zu erteilen. Flavius Rufus, der Tribun der zweiten Kohorte, hielt auch jetzt noch nichts von solchen Feinheiten. Die Machtbefugnisse seines Vaters waren sogar noch größer. Der alte Macellius Severus, der Präfekt Castrorum, mußte sich nur gegenüber Agricola, dem Statthalter der Provinz Britannien, verantworten. Macellius Severus hatte die Aufgabe, Frieden und Ruhe in der Provinz und in der Legion zu wahren, die das Land besetzt hielt, bewachte und beherrschte.

Selbst eine Generation nach der rebellischen, aber besiegten und von den Legionen mit aller Härte bestraften Königin Boudicca schmerzten die Narben der vielen Wunden noch immer. Die

Menschen in Britannien waren trotz hoher Steuern und Tributzahlungen im großen und ganzen friedlich und hatten sich in ihr Los gefügt. Die Aushebung von Männern zur Zwangsarbeit ertrugen sie jedoch nach wie vor weniger geduldig. Und hier, im Grenzgebiet des Reichs, schwelte noch immer der Haß, den ein paar kleine Könige und Unzufriedene geschickt zu schüren wußten.

In diesen Unruheherd hatte Flavius Rufus einen Trupp Legionäre geschickt. Sie sollten die Männer begleiten, die in diesem Jahr zur Zwangsarbeit in die Bleiminen in den Bergen gebracht wurden.

Die kaiserliche Politik erlaubte es nicht, daß ein junger Offizier in einer Legion Dienst tat, in der sein Vater eine so wichtige Stelle wie die des Präfekten bekleidete. Deshalb war Gaius zur Zeit Militärtribun in der Legion Valeria Victrix in Glevum. Trotz seiner halb britonischen Abstammung hatte er von Kindheit an die harte Ausbildung des Sohnes eines römischen Soldaten erhalten.

Der alte Macellius hatte bisher nichts unternommen, um seinem einzigen Sohn Vergünstigungen zu verschaffen. Aber Gaius hatte bei einem Gefecht an der Grenze eine leichte Beinverletzung davongetragen. Noch ehe die Wunde richtig verheilt war, sorgte hohes Fieber dafür, daß man ihn nach Hause, nach Deva, schickte, damit er sich völlig erholte, bevor er auf seinen Posten zurückkehrte.

Gaius war kaum wieder bei Kräften, als ihn im Haus seines Vaters die Unruhe erfaßte. Die Möglichkeit, bei der Aushebung von Zwangsarbeitern dabeizusein, erschien ihm ein angenehmer Zeitvertreib.

Der Einsatz war im wesentlichen ohne besondere Ereignisse und zügig abgeschlossen worden. Die widerspenstigen Männer wurden von einer Eskorte zu den Minen gebracht, und Gaius hatte immer noch Urlaub. Deshalb nahm er die Einladung von Clotinus Albus an, noch ein paar Tage zur Jagd zu bleiben. Gwenna hatte das Angebot mit verführerischen Blicken unterstützt. Gaius wußte, daß Clotinus sich geschmeichelt fühlte, den Sohn eines

römischen Beamten als Gast in seinem Haus zu haben, und er hätte ihm sicher auch gern seine Tochter zur Frau gegeben. Gaius machte sich jedoch insgeheim darüber lustig und ging jeden Tag auf die Jagd, obwohl ihm eigentlich wenig daran lag. Er ließ sich auch von Gwenna nicht betören, sondern erzählte der Tochter von Clotinus viele Lügen –, das machte ihm großen Spaß.
Am Vortag hatte er in diesem Wald einen Hirsch erlegt und so bewiesen, daß er mit dem leichten Speer ebenso geschickt umging wie die Britonen mit ihren Waffen.
Aber jetzt . . .
Jetzt lag er in dieser stinkenden Fallgrube. Gaius hatte den verängstigten Sklaven, der ihn gewissermaßen in diese Lage gebracht hatte, bereits mit allen erdenklichen Flüchen bedacht. Der Kerl hatte ihm eine Abkürzung vom Haus des Clotinus zur römischen Straße zeigen wollen, die geradewegs nach Deva führte – oder zumindest behauptete er das.
Gaius verwünschte seine eigene Dummheit. Wie konnte er nur dem Schwachkopf die Zügel des Wagens überlassen! Er schimpfte auf den Hasen oder was auch immer es gewesen war, das plötzlich vor dem Gespann auftauchte und die Pferde erschreckt hatte; er schimpfte auf das schlecht eingefahrene Gespann und auf den Dummkopf, der nicht verhindern konnte, daß die Tiere scheuten und mit ihm durchgingen, und er war wütend über seine eigene Unachtsamkeit, die schuld daran war, daß er das Gleichgewicht verloren hatte und im nächsten Augenblick betäubt in hohem Bogen auf der Erde landete.
Gewiß, er war benommen gewesen, aber der Sturz mußte ihm auch den Verstand geraubt haben, denn er war so töricht, nicht dort zu bleiben, wo er vom Wagen gefallen war. Selbst ein solcher Schwachkopf wie dieser unfähige Sklave mußte früher oder später die Pferde wieder unter Kontrolle bringen und zurückkommen. Aber mehr als alles andere konnte sich Gaius nur selbst verwünschen, weil er so verrückt gewesen war zu glauben, er könne die Abkürzung durch den Wald auf eigene Faust finden. Er hatte

den Weg verlassen, war lange durch die hohen Bäume geirrt und mußte sich völlig verlaufen haben.
Trotz seiner Benommenheit erinnerte sich Gaius mit schrecklicher Klarheit an das plötzliche Nachgeben der Zweige und Blätter, als er auf die Abdeckung der Falle getreten war und im nächsten Augenblick in die tiefe Grube fiel. Ein spitzer Pfahl durchbohrte ihm den Arm mit solcher Wucht, daß er eine Zeitlang das Bewußtsein verloren hatte.
Der Nachmittag verging, bis Gaius wieder soweit zu sich gekommen war, daß er seine Verletzungen untersuchen konnte. Ein zweiter Pfahl hatte die alte Wunde an seinem Unterschenkel wieder aufgerissen. Es war keine schwere Verletzung, aber er hatte sich den Knöchel beim Aufprall so verstaucht, daß er angeschwollen war und jetzt so dick zu sein schien wie sein Schenkel. Vermutlich war er gebrochen. Normalerweise war Gaius gewandt wie eine Katze und wäre im Handumdrehen aus dieser Grube geklettert. Aber jetzt war er zu geschwächt und benommen, um sich auch nur zu bewegen.

Gaius war inzwischen klargeworden, daß es ihm nicht gelingen würde, mit eigener Kraft aus der Grube zu kommen. Wenn er nicht vor Einbruch der Nacht verblutete, dann lockte der Blutgeruch mit Sicherheit wilde Tiere an, und sie würden ihm den Rest geben. Er versuchte, die Gedanken an die Geschichten seiner Amme zu vertreiben, in denen verwundeten Männern noch Schlimmeres widerfahren war, weil dunkle Wesen sich ihrer bemächtigten und Geister ihnen die Seele raubten.
Die feuchte Kälte hatte mittlerweile seinen ganzen Körper durchdrungen. Gaius atmete flach und stoßweise und ließ erschöpft den Kopf hängen. Er hatte mit letzter Kraft so lange um Hilfe gerufen, bis er heiser war und keinen Laut mehr hervorbrachte. Jetzt sagte er sich, wenn er schon sterben mußte, dann sollte es mit der Würde eines Römers geschehen. Er zog den Zipfel seines blutgetränkten Mantels über den Kopf, richtete sich kurz darauf

mit heftig klopfendem Herzen, aber mühsam wieder auf, denn er glaubte, plötzlich Stimmen zu hören.
In seiner Verzweiflung stieß Gaius noch einmal einen Schrei aus – es klang halb wie ein Jaulen und halb wie ein Krächzen –, und er schämte sich über diesen unmenschlichen Laut. Er bemühte sich um einen Hilferuf, der mehr einem Menschen entsprach, aber kein Ton kam aus seiner schmerzenden Kehle. Zitternd umklammerte er einen der Pfähle und versuchte, sich hochzuziehen. Es gelang ihm jedoch nur, sich auf ein Knie zu stützen und an die Grubenwand zu lehnen.
Ein Sonnenstrahl blendete ihn. Er blinzelte und sah im hellen Gegenlicht undeutlich den Kopf einer Frau über sich.
»Große Mutter!« rief sie mit heller Stimme. »Wie, bei allen Göttern, hast du es geschafft, in die Grube zu fallen? Hast du die Warnzeichen an den Bäumen nicht bemerkt?«
Gaius brachte kein Wort hervor. Die junge Frau sprach einen Dialekt, der ihm nicht vertraut war. Natürlich lebten hier in der Gegend Stämme der Cornovier. Gaius mußte nachdenken, um sich an das Silurisch seiner Mutter zu erinnern.
Noch ehe er antworten konnte, rief eine zweite Stimme – sie klang voller und dunkler: »So ein Dummkopf, wir sollten ihn als Wolfsköder in der Falle sitzen lassen!«
Ein zweites Gesicht erschien über ihm. Es glich dem ersten so sehr, daß Gaius zuerst glaubte, seine Augen täuschten ihn.
»Los, nimm meine Hand, ich glaube, zusammen können wir dich herausholen«, sagte sie. »Eilan, hilf mir!«
Eine schlanke, weiße Frauenhand streckte sich ihm entgegen. Gaius hob den unverwundeten Arm, aber er hatte nicht die Kraft, die Hand zu umfassen.
»Was ist los? Bist du verletzt?« fragte die Frau etwas freundlicher.
Gaius brachte noch immer kein Wort über die Lippen. Er sah, daß auch die andere Frau, die ebenfalls sehr jung war, sich über die Grube beugte und ihn anstarrte.

»Sieh nur, Dieda! Er blutet! Lauf und hole Cynric. Nur er kann ihn hier rausholen.«
Eine grenzenlose Erleichterung erfaßte Gaius mit solcher Macht, daß er beinahe wieder das Bewußtsein verlor. Er sank zurück auf den Boden und stöhnte, da die Bewegung stechende Schmerzen auslöste.
»Du darfst nicht ohnmächtig werden...«, hörte er die klare Stimme über sich. »Meine Worte werden wie ein Seil sein, an das du dein Leben bindest. Hast du mich verstanden?«
»Ich kann dich hören ...«, flüsterte er, »bitte, sprich weiter ...«
Vielleicht lag es daran, daß Rettung nahte und er sich erlauben konnte, wieder etwas zu fühlen; jedenfalls begannen seine Wunden von diesem Augenblick an heftig zu schmerzen. Gaius hörte die klare Stimme der jungen Frau über sich, aber ihre Worte verstand er nicht. Sie strömten durch sein Bewußtsein wie sanft plätscherndes Wasser und halfen ihm, sich von seinem Schmerz zu lösen.
Es wurde dunkel. Aber erst als Gaius den Fackelschein zwischen den Bäumen sah, begriff er, daß die Nacht anbrach und daß ihm nicht seine Augen den Dienst versagten.
Das Gesicht der Frau verschwand, und er hörte sie rufen: »Vater, ein Mann ist in die alte Fallgrube gestürzt!«
»Keine Angst, wir holen ihn schon raus«, antwortete eine tiefe Stimme. »Hmm ...« Gaius sah undeutlich mehrere Gestalten über sich, »mir scheint, er muß getragen werden. Cynric, spring hinunter und sieh ihn dir genauer an.«
Im nächsten Augenblick kam ein junger Mann in die Grube. Er musterte Gaius und fragte freundlich: »Was hast du dir denn dabei gedacht? Es gehört schon viel Dummheit dazu, in diese Fallgrube zu geraten, die jeder hier in der Gegend seit vielen Jahren kennt!«
Gaius mußte schlucken und kämpfte mit seinem Stolz. Er wollte dem Mann sagen, man werde ihn großzügig belohnen, wenn er ihn aus der Grube herausholte, aber schon kurz darauf war er

froh, geschwiegen zu haben. Seine Augen gewöhnten sich an den Fackelschein. Der junger Römer sah, daß sein Retter ungefähr in seinem Alter war, jedenfalls nicht viel älter als achtzehn. Aber er war ein wahrer Riese. Das blonde lockige Haar fiel ihm frei auf die Schulter und ins Gesicht. Er hatte keinen Bart und wirkte so ruhig und heiter, als sei er es gewohnt, Tag für Tag halbtote Fremde zu retten. Er trug eine karierte Tunika und eine enganliegende weiche Lederhose. Eine goldene Fibel mit einem stilisierten Raben in einem Rand aus roter Emaille hielt den bestickten Wollmantel zusammen. Die Kleidung verriet, daß er aus einem vornehmen Haus stammte. Aber er gehörte eindeutig nicht zu denen, die sich vor ihren Siegern beugten und die römischen Sitten nachahmten.

Gaius erwiderte leise in der Sprache der Stämme: »Ich bin ein Fremder. Ich kenne eure Warnzeichen nicht.«

»Na ja, das ist alles nicht so schlimm. Zuerst holen wir dich hier raus, dann können wir darüber reden, wie du in die Grube geraten bist.«

Der junge Mann legte Gaius einen Arm um die Hüfte, zog ihn hoch und stützte den jungen Römer so mühelos, als sei er ein Kind.

»Wir haben diese Grube für Eber, Bären und Römer ausgehoben«, bemerkte er leise lachend. »Pech, daß du hineingeraten bist.« Er blickte nach oben und rief: »Wirf deinen Mantel herunter, Dieda. Das ist einfacher, als ihn auf eine Tragbahre zu legen. Sein Mantel ist völlig von Blut durchtränkt.«

Der junge Mann fing Diedas Umhang mit der freien Hand auf. Geschickt schlang er Gaius das eine Ende um die Hüfte und knotete das andere um die eigene. Dann setzte er den Fuß auf den untersten Pfahl.

»Schrei einfach, wenn ich dir weh tue! Ich habe schon Bären auf diese Weise aus der Grube geholt. Aber sie waren tot und konnten sich nicht mehr beschweren.«

Gaius biß die Zähne zusammen und klammerte sich an den

Mann. Er wurde beinahe ohnmächtig, als er mit seinem geschwollenen Knöchel gegen eine Wurzel stieß. Jemand beugte sich über den Rand der Grube, packte Gaius an den Händen und zog ihn nach oben. Gaius blieb schwer atmend auf der Erde liegen, bis er die Kraft fand, die Augen aufzuschlagen.
Ein älterer Mann musterte ihn aufmerksam. Vorsichtig zog er den blutverkrusteten Mantel beiseite und stieß einen leisen Pfiff aus.
»Dich muß ein Gott lieben, Fremder. Etwas tiefer, und der Pfahl hätte dir die Lunge durchbohrt . . .« Er richtete sich auf und rief: »Cynric und ihr Mädchen, seht euch das an! Er blutet noch immer an der Schulter. Aber das Blut ist dunkel und fließt langsam. Also kehrt es zum Herzen zurück. Käme es vom Herzen, wäre es hellrot und würde aus der Wunde sprudeln. Vermutlich wäre er dann längst verblutet, ehe wir ihn gefunden hätten.«
Der blonde junge Mann und die beiden Frauen beugten sich über Gaius und betrachteten die Wunde. Gaius blieb schweigend liegen. Ihm kam ein schrecklicher Verdacht. Die Bemerkung des Mannes verriet die Kenntnisse eines Heilers. Gaius ahnte, daß er sich in Gegenwart eines Druiden befand. Schnell beschloß er, darauf zu verzichten, seinen Namen zu nennen und die Leute aufzufordern, ihn zum Haus von Clotinus Albus zu bringen, wo man sie für seine Rettung belohnen würde. Vermutlich rettete ihn nur die alte britische Tunika, die er am Morgen für die Jagd angezogen hatte. Er wurde vorsichtig hochgehoben, und die Welt um ihn herum versank im Dunkel.

Wie lange Gaius bewußtlos gewesen war, wußte er nicht. Als er die Augen aufschlug, sah er Feuerschein und eine junge Frau, die ihn betrachtete. Einen Augenblick schien ihr ruhiges Gesicht in einen feurigen Lichtkranz gehüllt zu sein. Sie war sehr jung und hatte helle Haut, weit auseinander liegende dunkelgraue Augen und blaßblonde Wimpern. Sie hatte Grübchen in den Wangen, aber ihr Mund wirkte ernst und schien einer sehr viel älteren Frau

zu gehören. Die Haare waren so blaßblond wie die Wimpern und wirkten beinahe farblos, wo der rote Feuerschein nicht darauf fiel. Sie strich ihm mit der Hand über das Gesicht. Ihre Haut fühlte sich kühl an. Sie hatte ihm die Stirn mit kaltem Wasser gewaschen.
Gaius betrachtete sie sehr lange und prägte sich ihre jungen, gleichzeitig aber auch so alten Züge für immer in sein Bewußtsein ein. Dann hörte er, wie jemand sagte: »Das reicht, Eilan. Ich glaube, er ist wieder wach.« Die junge Frau verschwand augenblicklich von seinem Lager.
Eilan . . .
Er hatte diesen Namen schon einmal gehört. War es in einem Traum gewesen?
Gaius bemühte sich, etwas von seiner Umgebung zu sehen. Er lag in einer Nische auf einer Bettbank und stellte fest, daß er sich in einem großen, geräumigen Haus befand. Die Erinnerung kam zurück. Er drehte langsam den Kopf und versuchte herauszufinden, wo er war. Cynric, der junge Mann, der ihn aus der Grube gezogen hatte, und der alte Druide, dessen Namen er nicht kannte, standen an seiner Seite. Er befand sich in einem Rundhaus aus Holz. Nach keltischer Bauweise trugen geglättete Balken, die sich in der Mitte am höchsten Punkt kreuzten, das Dach über den niedrigen Wänden. Seit er in der Kindheit mit seiner Mutter ihre Angehörigen besucht hatte, war er nicht mehr in einem solchen Haus gewesen. Auf dem Boden lag eine dicke Schicht Binsen. Die aus Haselnußzweigen geflochtenen Wände hatte man mit Tonerde verschmiert, geglättet und gekalkt. Die Trennwände zwischen den Nischen mit den Betten bestanden ebenfalls aus geflochtenen Zweigen. Anstelle einer Tür hing eine große Lederplane vor dem Eingang. In diesem keltischen Haus kam er sich plötzlich wieder sehr jung vor. Die Jahre seiner römischen Erziehung schienen von ihm abzufallen.
Langsam schweifte sein Blick durch das Haus, und schließlich richteten sich seine Augen wieder auf die junge Frau. Sie trug ein

Kleid aus rotbraunem Leinen und hielt ein Kupferbecken in den Händen. Sie war groß, aber sehr viel jünger als er geglaubt hatte. Ihr glatter, biegsamer Körper unter dem Kleid war noch der eines Mädchens. Der Schein der Flammen von der Feuerstelle hinter ihr erweckte den Eindruck, als würde das Feuer in ihrem hellen Haar tanzen.

Gaius drehte vorsichtig den Kopf und musterte mit beinahe geschlossenen Augen den älteren Mann, den er als Druiden erkannt hatte. Unter den Britonen waren die Druiden die Gelehrten. Aber man hatte ihm von Jugend an eingeschärft, daß sie alle Fanatiker seien. Im Haus eines Druiden zu liegen, war dasselbe wie in der Höhle eines Bären oder mitten in einem Wolfsrudel zu erwachen. Gaius mußte sich eingestehen, daß er Angst hatte.

Zumindest war er so klug gewesen, seine römische Abstammung nicht preiszugeben, als er hörte, wie der alte Mann selbstverständlich von der Zirkulation des Blutes sprach. Gaius wußte von dem griechischen Arzt seines Vaters, daß nur die höchsten heilkundigen Priester dieses Wissen besaßen.

Seine Retter machten keinen Hehl aus ihrer feindseligen Haltung gegenüber den Römern.

Wir haben die Grube für Eber, Bären und Römer gegraben . . .

Das waren die spöttischen Worte des blonden Riesen gewesen, und damit hätte Gaius bereits wissen müssen, daß er sich weit weg von dem schützenden Kreis römischer Herrschaft befand. Und doch mußte man wahrscheinlich nicht viel länger als eine Stunde reiten, um die Garnison der Legion in Deva zu erreichen.

Aber auch wenn er in die Hände der Feinde geraten war, so behandelten sie ihn zumindest gut. Eilan, die junge Frau, trug ein hübsches Kleid, und das Kupferbecken in ihren Händen war bemerkenswert schön – bestimmt stammte es von einem der Märkte im Süden.

In hängenden Schalen brannten in Talg getauchte Binsen. Sein Lager war mit Leinen bezogen, und die Strohmatratze roch nach

würzigen Kräutern. In dem großen Rundhaus war es himmlisch warm. Nach den langen Stunden in der nassen Kälte der Fallgrube empfand er das als wahre Wohltat.
Der alte Mann, der seine Rettung überwacht hatte, setzte sich neben ihn. Zum ersten Mal konnte Gaius den Druiden aus der Nähe betrachten. Er war groß und kräftig und hatte starke Muskeln und breite Schultern. Bestimmt konnte er einen Stier zu Boden werfen. Sein kantiges Gesicht wirkte so rauh, als sei es aus Stein gemeißelt. Er hatte hellgraue Augen, die Gaius unbewegt musterten. Die dunkelbraunen Haare waren von grauen Strähnen durchzogen. Gaius dachte, er ist so alt wie mein Vater, aber bestimmt nicht viel älter als fünfzig.
»Du bist bemerkenswert knapp mit dem Leben davongekommen, junger Mann«, sagte der Druide.
Gaius vermutete, daß er jeden in seiner Nähe ganz selbstverständlich wie einen Schüler behandelte.
»Das nächste Mal solltest du vorsichtiger sein und die Augen offen halten. Ich werde mir gleich deine Schulter ansehen. Eilan ...«
Er winkte die junge Frau zu sich und gab ihr leise Anweisungen.
Sie ging davon, und Gaius fragte: »Wem verdanke ich mein Leben, Herr?«
Er hätte sich nie träumen lassen, daß er einmal einem Druiden so viel Achtung erweisen würde. Wie alle Römer war Gaius mit Cäsars Schauergeschichten von Menschenopfern aufgewachsen und kannte die Berichte über die Kriege, in denen die Römer die Druiden in Britannien und Gallien bekämpft hatten. Heutzutage unterstanden die wenigen Druiden, die es noch gab, dem römischen Gesetz, aber sie konnten ebensoviel Unruhe stiften wie die Christen. Der Unterschied zwischen Christen und Druiden bestand darin, daß die Christen nur in den Städten Uneinigkeit verbreiteten und es ablehnten, den Kaiser als Gott zu verehren, die Druiden aber vermeintlich unterworfene Völker jederzeit zu

einem blutigen Krieg anstiften konnten. Wie auch immer, von diesem Mann ging etwas aus, das Achtung verlangte.
Der Druide erwiderte: »Ich bin Bendeigid.«
Er stellte Gaius keine Fragen, und der junge Römer erinnerte sich an die Worte seiner Mutter, daß bei den Kelten ein Gast heilig war – zumindest außerhalb des römischen Einflußbereichs. Der größte Feind konnte um Speise und Unterkunft bitten, und er durfte als Gast unbelästigt das Haus wieder verlassen. Gaius fühlte sich bei diesem Gedanken etwas erleichtert. Jedenfalls war es klüger und sicherer, hier um Gastfreundschaft zu bitten, anstatt sie als das Recht eines Römers zu fordern.
Eilan kam in den Alkoven zurück. Sie trug ein eisenbeschlagenes Kästchen aus Eichenholz und ein Trinkhorn. Unsicher sagte sie: »Ich hoffe, das ist so richtig . . .«
Ihr Vater nickte stumm. Er nahm das Kästchen und bedeutete ihr, Gaius das Trinkhorn zu reichen, der danach griff. Zu seiner Überraschung stellte er jedoch fest, daß ihm die Kraft fehlte, es an die Lippen zu setzen.
Der Druide sagte: »Trink.«
Es war kein Befehl, aber es kam aus dem Mund eines Mannes, der es gewohnt war, daß man seine Worte befolgte. Etwas freundlicher fügte er hinzu: »Du wirst es brauchen, denn das, was dir bevorsteht, ist nicht leicht.«
Es lag keine Drohung in seiner Stimme, aber Gaius bekam es trotzdem mit der Angst zu tun. Bendeigid winkte Eilan, und sie kam zum Lager zurück. Sie lächelte, machte eine rituelle Geste über dem Trinkhorn, die Gaius nicht verstand, trank einen kleinen Schluck und setzte ihm dann das Horn an die Lippen. Gaius versuchte, sich etwas aufzurichten, aber seine Muskeln versagten ihm den Dienst. Mitfühlend schob ihm Eilan den Arm unter den Kopf und stützte ihn, damit er trinken konnte.
Der junge Römer trank sehr vorsichtig. Es war starker Met mit einem bitteren Beigeschmack, der zweifellos von Heilkräutern stammte.

»Du wärst beinahe schon in das Land der ewigen Jugend gelangt, Fremder, aber du wirst nicht sterben«, murmelte sie. »Ich habe dich in einem Traum gesehen. Aber da warst du älter, und ein kleiner Junge stand an deiner Seite.«
Er sah sie an. Die Wirkung des Mets machte ihn bereits so wohltuend benommen, daß ihre Worte ihn nicht beunruhigten. Er ruhte entspannt an ihrer Brust und fühlte sich wieder wie in den Armen seiner Mutter. Undeutlich nahm er wahr, daß der alte Druide ihm die Tunika aufschnitt. Er fühlte auch, wie Cynric ihm mit einer scharfen Flüssigkeit die Wunden auswusch, aber das schmerzte nicht mehr als das Mittel, mit dem der alte Manlius damals die Wunde am Bein behandelt hatte. Dann bestrichen sie sein Bein mit etwas Klebrigem und umwickelten es anschließend fest mit Leinenbinden. Schließlich bewegten sie vorsichtig den geschwollenen Knöchel. Gaius beobachtete es teilnahmslos. Jemand sagte: »Hier ist alles in Ordnung. Er hat sich nichts gebrochen.«
Cynric sagte: »Jetzt wappne dich gut, junger Held. Der Holzpfahl war nicht sauber, aber ich glaube, wir können deinen Arm retten, wenn wir die Wunde ausbrennen.«
Die Worte rissen Gaius aus seiner wohltuenden Benommenheit.
... die Wunde ausbrennen.
»Eilan«, sagte der alte Druide, »geh jetzt. Das ist nichts für ein junges Mädchen.«
»Ich werde ihn festhalten«, erklärte Cynric, »du kannst ihn mir überlassen, Eilan.«
»Laß mich bleiben, Vater«, bat Eilan, »vielleicht kann ich ihm helfen.«
Sie nahm seine Hand und drückte sie fest. Der alte Druide brummte: »Wie du willst, aber versprich mir, nicht zu schreien oder ohnmächtig zu werden.«
Gaius spürte, wie starke Hände – Cynrics Hände? – ihn fest auf das Lager drückten. Eilan hielt noch immer seine Hand, die etwas zitterte. Er drehte den Kopf zur Seite, schloß die Augen und biß

die Zähne zusammen, damit kein schmachvoller Schrei über seine Lippen kam. Gaius roch das heiße Eisen, und dann durchzuckte ein unbeschreiblicher Schmerz seinen Körper.

Er verzerrte den Mund zu einem gequälten Aufschrei, der sich ihm als ein erstickter, heiserer Laut entrang. Dann ließ der rauhe Druck der Hände nach, und er fühlte nur noch Eilans weiche Hand. Als er die Augen wieder aufschlagen konnte, blickte ihn der Druide aufmerksam an. Ein dünnes Lächeln lag auf seinen Lippen. Auch Cynric beugte sich noch über ihn. Er war so weiß wie das Bettlaken. Gaius hatte so blasse Gesichter bei jungen Soldaten unter seinem Befehl gesehen, nachdem sie ihren ersten Kampf hinter sich hatten.

»Hmm, ein Feigling bist du nicht«, murmelte Cynric.

»Danke«, flüsterte Gaius und verlor das Bewußtsein.

2. KAPITEL

Als Gaius wieder erwachte, hatte er das Gefühl, lange ohnmächtig gewesen zu sein. Die Binsenlichter waren niedergebrannt. Nur die Glut der Feuerstelle verbreitete ein wenig Licht. Es reichte gerade, um Eilan sehen zu können, die halb schlafend an seinem Bett saß. Er fühlte sich elend und schwach. Der Arm schmerzte, und er hatte schrecklichen Durst. In der Nähe hörte er Frauenstimmen. Seine Schulter war dick mit Leinen umwickelt –, er kam sich vor wie ein Neugeborenes in Windeln. Auf die verletzte Schulter hatte man offenbar Salbe aufgetragen, denn der Verband roch nach Fett und Balsam.

Die junge Frau saß stumm auf einem dreibeinigen Hocker. Sie war blaß und schlank wie eine junge Birke. Ihre weichen Haare waren straff zurückgekämmt, aber sie waren so fein, daß sie nicht glatt am Kopf liegenblieben. Um den Hals trug sie eine Goldkette mit einem Anhänger – vermutlich ein Amulett. Gaius hatte gehört, daß die Mädchen der Britonen spät heranreiften. Eilan mochte schon fünfzehn sein. Sie war noch keine Frau, aber ebensowenig war sie ein Kind. Er fand, er habe noch nie im Leben ein Mädchen oder eine Frau gesehen, die soviel Ruhe ausstrahlte.

Er hörte Klappern, als hätte jemand einen Eimer fallen lassen. Dann rief eine junge Frau ärgerlich: »Meinetwegen kannst du selbst melken, Herrin Mairi! Die Stallmagd ist heute abend einfach zu nichts zu gebrauchen.«

»Was ist denn mit ihr los?« fragte eine andere Frau.

»Ach, sie heult und jammert wie ein Klageweib, weil die verwünschten Römer gekommen sind und ihren Mann in die Bleiminen geschleppt haben. Sie sitzt jetzt allein mit drei Kindern da . . .«, erwiderte eine dritte. »Und mein Rhodri ist sofort hinter ihnen her.«

»Bei Tanarus, alle Römer seien verflucht!« Gaius erkannte Cynrics Stimme, aber die ältere Frau unterbrach ihn sofort.

»Still jetzt! Mairi, deck den Tisch, und unterhalte dich nicht mit den jungen Männern hier. Ich werde zu der armen Frau gehen und mit ihr sprechen. Ich werde ihr sagen, daß sie ihre Kinder zu uns bringen kann, aber jemand muß die Kühe heute abend melken, selbst wenn die Römer alle Männer in Albion in die Bleiminen schaffen.«

»Du bist sehr gut, Ziehmutter . . .«, erwiderte Cynric, und dann sprachen sie so leise, daß Gaius ihre Stimmen nur noch undeutlich hörte. Eilans Blick richtete sich auf Gaius, und sie stand auf.

»Oh, du bist wach . . .«, sagte sie. »Hast du Hunger?«

»Ich könnte ein Pferd mitsamt Wagen verschlingen und den Wagenlenker dazu«, erwiderte Gaius ernst. Sie starrte ihn ungläubig an, und dann kicherte sie.

»Na gut, ich werde nachsehen, ob wir im Küchenhaus ein Pferd mit einem Wagen haben«, erwiderte sie fröhlich. Plötzlich wurde es hinter ihr hell, und eine Frau stand im Eingang. Gaius war im ersten Augenblick über die Helligkeit verblüfft, denn Sonnenlicht fiel in den Raum.

»Ist denn schon ein ganzer Tag vergangen?« rief er, ohne nachzudenken, und die Frau lachte. Sie hob den Ledervorhang, befestigte ihn seitlich an einem Haken und löschte mit einer einzigen Bewegung die Binsenlichter.

»Eilan wollte nicht, daß wir dich wecken«, sagte sie. »Sie hat behauptet, die Ruhe würde dir besser bekommen als jedes Essen. Vermutlich hatte sie recht. Aber jetzt mußt du großen Hunger haben. Es tut mir leid, daß ich dich nicht begrüßen konnte, als du in unser Haus gekommen bist. Ich war bei einer kranken Frau in einem unserer Dörfer. Ich hoffe, Eilan hat sich gut um dich gekümmert.«

»O ja«, erwiderte Gaius. Er blinzelte, denn etwas an dieser Frau erinnerte ihn schmerzlich an seine Mutter.
Die Frau musterte ihn. Diese Britonin war schön und sie sah Eilan so ähnlich, daß Gaius bereits wußte, daß sie ihre Mutter war, bevor Eilan etwas verlegen sagte: »Mutter ...«, und dann schüchtern verstummte. Die Frau hatte wie ihre Tochter hellblonde Haare und dunkle Augen. Sie schien mit den Mägden gearbeitet zu haben, denn an der feingewebten Wolltunika hing etwas Mehl. Das weiße Untergewand war aus so feinem Leinen, wie Gaius es in Britannien noch nicht gesehen hatte. Der Saum war kostbar bestickt, und sie trug Schuhe aus weichem, gut gegerbtem Leder. Eine Fibel in Form einer dünnen Goldspirale hielt den Umhang zusammen. Zweifellos war sie die Herrin des Hauses.
»Ich hoffe, es geht dir wieder besser«, sagte sie freundlich.
Gaius stützte sich auf den gesunden Arm. »Viel besser, Herrin«, erwiderte er. »Ich bin dir und deinen Angehörigen sehr dankbar.«
Sie machte eine abwehrende Geste.
»Kommst du aus Deva?«
»Ich habe in der Nähe von Deva einen Besuch gemacht«, antwortete er. Wenn man hier glaubte, daß er aus einer römischen Stadt kam, dann wäre das auch eine Erklärung für seine lateinische Aussprache.
»Da du wach bist, werde ich Cynric rufen. Er kann dir beim Waschen und Ankleiden helfen.«
»Ich würde mich gern waschen«, sagte Gaius und zog das Laken bis zum Kinn, als ihm bewußt wurde, daß er bis auf die Verbände nackt war.
Die Frau bemerkte seine Verlegenheit und sagte: »Er wird dir auch etwas zum Anziehen geben. Die Sachen sind vielleicht zu groß für dich, aber für den Augenblick wird es schon gehen. Wenn du lieber hier liegen bleiben möchtest, dann tu es. Aber wenn du dich in der Lage fühlst aufzustehen, bist du bei uns an der Tafel herzlich willkommen.«

Gaius dachte über den Vorschlag nach. Alle Knochen in seinem Leib schienen gebrochen, und jede Bewegung schmerzte. Andererseits befand er sich in einer gefährlichen Lage und sollte seine mögliche Flucht vorbereiten. Er mußte jede Gelegenheit nutzen, sich gut umzusehen. Wahrscheinlich würde er sich nicht so leicht verraten, wenn er sich möglichst wenig draußen blicken ließ. Allerdings war das eine trügerische Hoffnung, denn er war durch seine Wunden zunächst einmal zum Bleiben gezwungen. Er mußte die Augen offen halten und sich auf alles gefaßt machen.

»Ich nehme die Einladung mit Freuden an«, erwiderte er und strich sich mit der Hand über die Bartstoppeln am Kinn. »Aber zuerst möchte ich mich doch waschen ... und vielleicht auch rasieren ...«

»Ich glaube, du solltest dir keine Umstände machen mit dem Rasieren ... für uns mußt du es nicht tun«, sagte sie. »Aber Cynric wird dir beim Waschen helfen. Eilan, geh zu deinem Bruder und sag ihm, daß er hierherkommen soll.«

Eilan ging hinaus. Die Frau wollte ihr folgen, dann drehte sie sich jedoch um und betrachtete ihn aufmerksam. Sie lächelte ihn freundlich an. Plötzlich wurde ihr Blick weicher, und wieder erinnerte sie Gaius schmerzlich an seine Mutter.

»Du meine Güte«, sagte sie, »du bist ja noch ein Junge!«

Gaius hörte das nicht gern, denn seit drei Jahren erfüllte er die Pflichten eines Erwachsenen. Aber noch bevor er eine höfliche Antwort fand, sagte jemand spöttisch: »Ich weiß nicht, Ziehmutter, wenn er ein Junge ist, dann bin ich ein Säugling. He, Leichtfuß, bist du soweit, daß du in die nächste Fallgrube stolpern kannst?«

Cynric blieb lachend am Eingang stehen. Der junge Riese mit den blonden Haaren und der rosigen Haut wirkte trotz seiner Größe noch wie ein Kind. Freundlich lächelnd kam er näher.

»Na, jetzt siehst du schon wieder etwas lebendiger aus. Ich werde mir dein Bein ansehen, und wir werden herausfinden, ob du schon aufstehen darfst.«

Trotz seiner Größe war er sehr behutsam, als er den verstauchten Knöchel untersuchte. Dann lachte er wieder.
»Wir sollten alle Knochen haben wie du! Du hast wirklich großes Glück gehabt. Es ist nur eine Prellung – vermutlich hast du dir durch den Aufprall nach dem Sturz den Knöchel verstaucht. Jeder andere hätte sich das Bein mindestens dreimal gebrochen und würde für den Rest seines Lebens hinken. Ich glaube, das ist bald wieder in Ordnung. Die Schulter braucht etwas länger, um zu heilen. Du wirst erst in etwa sieben Tagen deine Reise fortsetzen können.«
Gaius richtete sich mühsam auf. »Aber ich muß . . .«, stieß er erschrocken hervor, ». . . ich muß spätestens in vier Tagen in Deva sein.«
Dann war sein Urlaub zu Ende, und er würde Schwierigkeiten bekommen, wenn er sich nicht zurückmeldete!
»Wie du willst, aber das darfst du mir glauben, wenn du in vier Tagen in Deva bist, dann können dich deine Freunde dort begraben«, erwiderte Cynric. »Soviel verstehe sogar ich von Heilkunde. Ach übrigens . . .«
Er trat einen Schritt zurück, richtete sich auf und sagte förmlich, als habe er es auswendig gelernt: »Bendeigid läßt den Gast in seinem Haus grüßen und wünscht ihm eine gute und schnelle Genesung. Er bedauert, daß Pflichten ihn heute zwingen, abwesend zu sein. Er hofft, dich bei seiner Rückkehr begrüßen zu können.« Etwas leiser fügte er hinzu: »Ein mutigerer Mann als ich würde es sich zweimal überlegen, seine Gastfreundschaft abzulehnen.«
»Dein Vater ist sehr freundlich und großzügig«, erwiderte Gaius ebenso förmlich, wie es der Anlaß verlangte.
Nun ja, es war wohl das beste, wenn er sich hier erholte. Ihm blieb praktisch keine andere Wahl. Er konnte wohl kaum Clotinus erwähnen oder Cynric bitten, seinen Vater, den Präfekten, zu informieren. Was inzwischen unternommen worden war, hing einzig und allein von dem Sklaven ab. Wenn er seinem Herrn berichtet hatte, daß der Sohn des Präfekten vom Wagen gestürzt und

vielleicht tödlich verunglückt war, dann hatte man bestimmt schon den Wald durchkämmt, um seine Leiche zu finden. Der Feigling mochte aber auch gelogen oder es womöglich vorgezogen haben, in ein Dorf zu fliehen, das nicht unter römischer Herrschaft stand – auch in der Umgebung von Deva gab es viele solcher Siedlungen. Das waren natürlich alles Vermutungen. Vielleicht würde man ihn auch erst vermissen, wenn Macellius Severus Nachforschungen nach seinem Sohn anstellen ließ.
Cynric kramte in einer Truhe am Fußende des Bettes. Schließlich zog er ein Hemd heraus und betrachtete es belustigt.
»Sei nicht böse, aber mit deinen Sachen kann man nur noch die Krähen verscheuchen«, sagte er. »Wenn du willst, werde ich die Mädchen beauftragen, sie zu waschen und zu flicken, falls das noch möglich ist. Die Frauen haben bei dem Wetter ohnehin nicht viel anderes zu tun. Aber das hier ist zu lang für dich. Darin siehst du aus wie eine Frau.«
Er legte das Hemd wieder in die Truhe.
»Warte, ich werde mir etwas Passendes ausleihen.«
Er verließ den Raum, und Gaius begutachtete seine Sachen, die zusammengelegt neben dem Bett lagen. Er fand den Beutel am Ledergürtel, den sie ihm abgeschnitten hatten. Soweit er sehen konnte, war alles unangetastet. Er fand auch die Metallplättchen, die außerhalb der römischen Städte als Münzen galten, eine Spange, ein Klappmesser, ein paar kleine Ringe und andere Schmuckstücke, die er bei der Jagd nicht getragen hatte . . . ach ja, hier war es. Es hatte ihm wenig geholfen! Er warf einen kurzen Blick auf das Pergament mit dem Siegel des Präfekten. Hier würde es ihm keine Sicherheit bieten, sondern ihn eher gefährden. Aber wenn er floh, würde er es unterwegs brauchen.
Schnell schob er die Sachen wieder in den Beutel. Sein Blick fiel auf den Siegelring an seiner Hand, und er erschrak. Hatten sie den Ring bemerkt? Es war ein Geschenk seines Vaters. Er wollte ihn gerade vom Finger ziehen und in den Beutel stecken, als Cynric wieder erschien. Über seinem Arm hingen Kleider. Gaius war

verlegen, denn es mochte aussehen, als habe er sich davon überzeugt, daß man ihm nichts gestohlen hatte.
Er sagte schnell: »Ich glaube, der Stein am Ring hat sich bei dem Sturz gelöst.« Er tat, als bewege er den grünen Stein etwas hin und her. »Möglicherweise werde ich ihn verlieren.«
»Das ist römische Arbeit«, sagte Cynric und warf einen kurzen Blick auf den Ring. »Was bedeutet das Siegel?«
Auf dem Stein waren nur seine Initialen eingraviert und das Wappen der Legion. Gaius war stolz auf den Ring, denn Macellius hatte ihn bei einem Siegelschneider in Londinium bestellt, als Gaius seinen Posten antrat. Gaius schüttelte den Kopf und erwiderte: »Ich weiß nicht. Der Ring ist ein Geschenk.«
»Das ist ein römischer Ring«, erklärte Cynric und runzelte die Stirn. »Die Römer verkaufen ihren Ramsch von hier bis Caledonien.« Verächtlich fügte er hinzu: »Deshalb kann niemand sagen, woher so ein Ring stammt.«
Trotz der freundschaftlichen Ungezwungenheit spürte Gaius, daß sein Leben an einem Faden hing. Der alte Druide würde vermutlich die Gastfreundschaft nicht verletzen – soviel wußte Gaius von seiner Mutter und der Amme –, aber wer konnte sagen, was dieser junge Hitzkopf tun würde, wenn er herausfand, daß Gaius ein römischer Offizier war, der vor wenigen Tagen in dieser Gegend Männer für die Bleiminen ausgehoben hatte? Würde er sich an Gaius rächen?
Schnell holte er einen der Ringe aus dem Beutel.
»Ich verdanke dir und deinem Vater mein Leben«, sagte er. »Nimmst du dieses Geschenk von mir an? Der Ring ist nicht wertvoll, aber vielleicht erinnert er dich an eine gute Tat.«
Cynric nahm den Ring. Er paßte nur an seinen kleinen Finger.
»Cynric, Bendeigids Sohn, dankt dir, Fremder«, sagte er ernst. »Ich kenne deinen Namen nicht und weiß nicht, bei wem ich mich bedanken soll . . .«
Das war eine deutliche Anspielung, die Gaius nicht übergehen konnte, wenn er nicht alle Formen der Höflichkeit außer acht ließ.

Er hätte Cynric den Namen des Bruders seiner Mutter nennen können, aber der silurische König, der seine Schwester einem Römer zur Frau gegeben hatte, war vielleicht auch in diesem fernen Winkel des britischen Reichs bekannt. Gaius hatte gelernt, sich immer an die Wahrheit zu halten, aber eine kleine Lüge war jetzt vielleicht klüger, als Cynric vor den Kopf zu stoßen.
»Meine Mutter nannte mich Gawen«, sagte er schließlich. Das entsprach sogar der Wahrheit, denn sein römischer Name Gaius war ihr zu fremd gewesen. »Ich bin in Venta Silurum geboren worden, im Süden. Aber meine Sippe wirst du nicht kennen.«
Cynric dachte einen Augenblick nach und schob den Ring an den kleinen Finger. Dann schien ihm etwas einzufallen. Er hob den Kopf und sah Gaius eindringlich an.
»Fliegen Raben um Mitternacht?«
Gaius staunte sowohl über die Frage als auch über Cynrics Verhalten. Er überlegte, ob der Kelte den Verstand verloren hatte, dann erwiderte er leichthin: »Ich habe noch nie gehört, daß Raben um Mitternacht fliegen. Aber in solchen Dingen weißt du bestimmt besser Bescheid als ich.«
Sein Blick fiel auf Cynrics Hände, und er sah, daß Cynric die Finger auf eigenartige Weise ineinandergelegt hatte. Plötzlich verstand er die Frage besser. Es mußte das Erkennungszeichen eines der vielen Geheimbünde sein. Meist handelte es sich um religiöse Kulte, wie zum Beispiel die Mithrasanbeter oder die Nazarener. Waren unter den Leuten hier vielleicht Christen? Nein, die Christen hatten als Symbol einen Fisch, nicht den Raben.
Gaius interessierte sich für solche Dinge grundsätzlich nicht. Offenbar konnte man ihm das ansehen, denn Cynric zuckte mit den Schultern und sagte schnell: »Ich habe mich wohl geirrt ...« Er reichte Gaius die Kleider und sagte: »Hier, ich glaube, die passen dir besser. Ich habe sie von meiner Schwester Mairi. Sie gehören ihrem Mann. Komm jetzt, ich helfe dir ins Badehaus. Ich kann dir auch das Rasiermesser meines Vaters geben, wenn du dich rasieren möchtest. Eigentlich bist du alt genug, um dir einen Bart

wachsen zu lassen. Vorsichtig ... es tut nicht weh, wenn du den Fuß nur ganz leicht auf den Boden aufsetzt. Du darfst ihn auf keinen Fall mit deinem ganzen Gewicht belasten, sonst fällst du hin, das kannst du mir glauben.«

Nachdem sich Gaius mit Cynrics Hilfe gewaschen und rasiert hatte, zog er die saubere Tunika an und eine weite Hose, wie sie die Britonen trugen. Er stellte fest, daß er zwar nicht gehen, aber immerhin humpeln konnte, wenn Cynric ihn stützte. Der Arm und die Schulter schmerzten noch immer, und auch das Bein tat ihm an mehreren Stellen weh. Aber es hätte sehr viel schlimmer sein können. Außerdem, wenn er sich jetzt nicht bewegte, bestand die Gefahr, daß sich die Muskeln versteiften. Er stützte sich dankbar auf Cynric, während sie über den Hof zur großen Halle zum Essen gingen.

In der Mitte der Halle stand ein langer Tisch aus gehobelten Brettern mit schweren Bänken an den Längsseiten. An beiden Enden der Halle befanden sich Feuerstellen, die Wärme verbreiteten. Männer, Frauen und auch ein paar Kinder versammelten sich um die Flammen. Die Männer mit langen Bärten trugen nur einfache gewebte Kittel. Sie unterhielten sich in einem so breiten Dialekt, daß Gaius kein Wort verstand.

Gaius war mit dem Leben der Britonen vertraut genug, um zu wissen, wer diese Leute waren. Sein Lehrer hatte ihm auch erklärt, daß die römische *familia* ursprünglich alle umfaßt hatte, die unter einem Dach lebten: der Hausherr, die Kinder, die Freigelassenen und die Sklaven. Aber heutzutage achteten die Römer darauf, daß die Dienstboten sich nicht unter die Familie mischten. Als Gaius deshalb mißbilligend das Gesicht verzog, hielt Cynric das für ein Zeichen von Schwäche. Er führte den Gast schnell zu einem Platz am anderen Ende der Tafel.

Hier, etwas getrennt von den Leuten am unteren Ende, saß die Herrin des Hauses auf einem breiten Stuhl. Über dem Stuhl daneben lag ein Bärenfell. Dieser Platz war offenbar dem Hausherrn vorbehalten. Auf den anderen Hockern und Stühlen in der Nähe, auf denen Kissen lagen, saßen mehrere junge Männer und Frauen, deren vornehme Kleidung und bessere Manieren verrieten, daß es die Kinder oder Ziehkinder des Haushalts waren. Vielleicht handelte es sich auch um höherrangige Diener.

Die Hausherrin nickte den beiden jungen Männern zu, ohne das Gespräch mit einem alten Mann, der nahe am Feuer saß, zu unterbrechen. Der Mann war groß und hager. Seine lockigen grauen Haare waren beinahe nach römischer Art geschnitten. Auch der graue Bart war kunstvoll gelockt. Der Mann trug eine schneeweiße Tunika, die kostbar bestickt war. Neben ihm lag eine kleine Harfe. Das Instrument war reich mit Gold verziert.

Gaius erschrak. Er kannte diesen Mann. Er kam oft in die Präfektur, denn es war der Gegenspieler seines Vaters! Gaius bekam einen trockenen Mund und schluckte. Er täuschte sich nicht. Dort saß Ardanos, der höchste Druide – ein Mann, der die ganze Macht der Stämme verkörperte!

Wie oft hatte der alte Macellius in den schwierigen Verhandlungen mit ihm gerungen. Wie oft hatte Macellius seinem Sohn zornig Geschichten von dem verheerenden und gefährlichen Einfluß der Druiden erzählt. Und immer ging es dabei um Ardanos, wenn Krisen, Rebellion und Drohungen dem gefährdeten Frieden im Land wieder einmal ein unversöhnliches Ende zu setzen schienen, denn dieser alte Mann hielt alle Fäden in der Hand.

Jetzt ist alles aus, dachte Gaius verzweifelt. Wenn er mich erkennt, dann ist meine Lüge durchschaut, und dann . . .

Er wagte nicht, weiter zu denken. Schnell drehte er den Kopf zur Seite und hoffte, etwas Zeit zu gewinnen, um sich zu beruhigen. Der Mann war auch ein berühmter Barde, hatte er seinen Vater sagen hören. Mit der Kunst ihrer Gesänge konnten sie Wunder vollbringen und Geister beschwören.

»Das sind alles Märchen!« hatte ihm sein Vater erzählt, »denn nach der Eroberung von Mona wissen wir, daß auch die Druiden nur Sterbliche sind.«

Im Augenblick schien das für Gaius nur ein kleiner Trost. Wenn Ardanos ihn erkannte, dann war er als Lügner entlarvt. Vielleicht wußte dieser Druide sogar, daß Gaius an der Zwangsaushebung beteiligt war.

Der alte Ardanos musterte Gaius lange. Sein Blick jagte dem jungen Mann einen Schauer über den Rücken. Aber der höchste Druide schwieg und wandte sich schließlich wieder der Gastgeberin zu.

Cynric sagte leise: »Meine Ziehmutter Rheis kennst du schon. Neben ihr sitzt Ardanos, er ist ein berühmter Barde. Vielleicht hast du das Glück, und er wird heute abend etwas singen. Ich nenne ihn Großvater, denn er ist der Vater meiner Ziehmutter. Ich bin Waise.«

Gaius trat der Schweiß auf die Stirn. Er überlegte fieberhaft, was er tun könnte, um sich zu retten. Aber eine Flucht war unmöglich! Wieder einmal hatte er das Gefühl, in eine Falle geraten zu sein. Würde er diesmal mit heiler Haut davonkommen?

Er war froh, als er sich auf eine Bank setzen konnte, und hoffte, man werde ihn nicht weiter beachten. Draußen war es noch heller Tag, aber ihn fröstelte. Deshalb war er dankbar für das flackernde Feuer. Es war lange her, daß er sich den Sitten der Familie seiner Mutter hatte anpassen müssen, und er brauchte Zeit, um sich daran zu erinnern. Ein verstohlener Blick auf Ardanos ließ ihn erschauern. Nein, er wollte diesen Mann nicht zum Feind haben.

Cynric sprach weiter: »Du kennst meine Schwester Eilan bereits. Neben ihr sitzt Dieda, die Schwester meiner Mutter.«

Eilan saß neben Rheis. Cynric lachte, als Gaius staunte, weil neben Eilan noch eine junge Frau in einem grünen Leinenkleid saß, die ihr Ebenbild zu sein schien. Sie hörte dem alten Druiden aufmerksam zu. Im ersten Moment wirkte sie wie eine Zwillingsschwester von Eilan. Aber dann sah Gaius, daß Dieda etwas älter als Eilan sein mußte. Außerdem hatte sie blaue Augen und Eilan hatte graue. Er erinnerte sich unbestimmt an zwei Frauen, die zu

ihm in die Fallgrube hinunterblickten. Damals hatte er an eine Sinnestäuschung geglaubt.
»Sie sind nicht einmal Schwestern«, sagte Cynric, »und trotzdem sehen sie sich so ähnlich wie ein Blatt dem anderen.«
Er hatte recht, aber Gaius wußte, er würde Eilan jederzeit erkennen. Sein ganzes Leben lang würde er intuitiv wissen, wer von beiden Eilan war, denn ihr Gesicht, ihr ganzes Wesen hatten sich tief in seine Seele eingeprägt. Er erinnerte sich daran, daß ihn Eilan im Traum gesehen hatte. Zwischen ihnen bestand eine besondere Bindung.
Als er die beiden jungen Frauen jetzt eingehender betrachtete, stellte er fest, daß sie sich in vielen kleinen Einzelheiten unterschieden. Dieda war etwas größer. Ihre Haare lagen flach und glatt am Kopf, während bei Eilan winzige Locken, die sich nicht bändigen ließen, das Gesicht umrahmten. Dieda hatte eine glatte, blasse und makellose Haut, und sie wirkte ernst. Auf Eilans Gesicht lag ein rosiger Schimmer, als werde es von der aufgehenden Sonne angestrahlt.
Er fand schließlich, daß die beiden Frauen so unterschiedlich waren wie ihre Stimmen. Dieda machte eine beiläufige höfliche Bemerkung, und ihre Stimme klang voll und musikalisch. Sie hatte nichts von Eilans Schüchternheit oder Fröhlichkeit an sich.
Schließlich sah Dieda den Gast ernst an und sagte: »Also du bist der Pechvogel, der ständig in Fallgruben stürzt. Nach allem, was Cynric erzählt, hätte ich einen mondsüchtigen Trottel erwartet, aber du scheinst mir einigermaßen vernünftig zu sein.«
Gaius nickte nichtssagend. Er fand soviel Kühle und Zurückhaltung bei einer so jungen Frau eigenartig. Zu Eilan hatte er sich sofort hingezogen gefühlt, aber ohne recht zu wissen warum, hatte er den Eindruck, daß Dieda ihn nicht mochte.
Cynric lachte leise und sagte zu einer jungen Frau, die mit einem Milchkrug an die Tafel trat: »Mairi, unser Gast heißt Gawen. Wenn du nicht wirklich eine Kuhmagd geworden bist, dann solltest du ihn vielleicht begrüßen.«

Mairi nickte Gaius freundlich zu, aber sie sagte nichts. Als sie sich umdrehte, sah er, daß sie nicht dick, sondern schwanger war und offenbar geweint hatte.
»So, das ist unsere ganze Familie. Natürlich haben wir hier noch meine kleine Schwester Senara«, sagte Cynric und deutete auf ein kleines etwa sechs- oder siebenjähriges Mädchen mit blonden Haaren. Sie blickte schüchtern hinter Mairis Rock hervor. Aber sie wurde schnell mutiger und piepste mit heller Stimme: »Eilan ist gestern überhaupt nicht zu mir gekommen. Mutter sagt, sie hat die ganze Nacht an deinem Bett gesessen.«
»Dann fühle ich mich sehr geehrt«, erwiderte Gaius lachend. »Aber offenbar habe ich wenig Erfolg bei Frauen, wenn die hübscheste mich überhaupt nicht beachtet. Warum wolltest du denn nicht auch bei mir wachen, Kleines?«
Sie hatte ein rundes, rosiges Gesichtchen und erinnerte ihn an seine Schwester, die vor drei Jahren kurz nach dem Tod seiner Mutter gestorben war. Er zog die Kleine mit dem gesunden Arm zu sich. Sie setzte sich ohne Scheu neben ihn. Als Mairi und Dieda später das Essen auftrugen, bestand sie darauf, von seinem Teller zu essen. Gaius ließ ihr lachend ihren Willen.
Cynric und Dieda unterhielten sich leise. Gaius hatte Mühe, sich mit dem verbundenen Arm richtig zu bewegen, und konnte kaum etwas essen. Als Eilan seine Schwierigkeiten sah, setzte sie sich neben ihn. Mit einem kleinen scharfen Messer, das sie am Gürtel trug, schnitt sie ihm unaufgefordert alles in mundgerechte Stücke und ermahnte die Kleine leise, sie solle den Gast in Ruhe essen lassen. Danach stand sie wortlos auf und stellte sich neben das Feuer. Gaius vermochte kaum, den Blick von ihr zu wenden.
Eine der Mägde brachte Mairi ein etwa einjähriges Kind. Ohne die geringste Verlegenheit löste sie das Brusttuch an ihrem Kleid und stillte das Kind, wobei sie sich ungezwungen mit Cynric unterhielt. Plötzlich blickte sie Gaius mit unschuldiger Neugier an und sagte: »Jetzt verstehe ich, weshalb du die Sachen meines Mannes haben wolltest. Nun ja, er ist ohnehin auf und davon, ohne ...«,

sie brach kopfschüttelnd ab und seufzte tief. »Ich hoffe, er hat nichts dagegen, daß ich seine Sachen einem Gast geliehen habe. Vielleicht wird er mir aber auch Vorwürfe machen, wenn er erfährt, daß ich seine Kleider einem anderen gegeben habe, während er draußen im Wald ist und friert. Sag mal, Gawen, sind alle Silurer so klein wie du, oder hat sich ein Römer in das Bett deiner Großmutter verirrt?«
Gaius konnte nicht sofort etwas darauf erwidern, denn alle an der Tafel brachen in schallendes Gelächter aus. Er erinnerte sich daran, daß bei den Britonen derbe Späße üblich waren, die ein Römer als taktlos empfunden hätte. Es stimmte, im Vergleich zu den Angehörigen anderer britonischer Stämme waren die Silurer klein; sie hatten eine dunklere Haut und einen zarteren Knochenbau. Cynric, Eilan und Dieda gehörten zu den großen, hellhäutigen Menschen wie sie unter den Belgen zu finden waren. Gaius konnte sich nur verschwommen an seinen Onkel erinnern, der über die Silurer geherrscht hatte. Er war klein von Gestalt und trotzdem ein mächtiger Mann gewesen, der gern gelacht hatte, aber auch sehr zornig werden konnte. Seine Arme waren bis zu den Schultern mit Drachen tätowiert.
Für einen Römer hatte Gaius eine ganz normale Größe, aber Cynric überragte ihn wie eine Eiche einen Strauch. Gaius ballte unwillkürlich die Fäuste. Er hatte schon immer empfindlich reagiert, wenn sich jemand wegen seiner Größe über ihn lustig machte. Dann entschloß er sich zu einer Antwort, die er in römischer Gesellschaft niemals gewagt hätte.
»Mairi, ich danke dir für deine Großzügigkeit und kann dir versichern, die Hose paßt mir gut . . . und schließlich hattest du nichts dagegen, daß ich sie trage . . .«
Cynric warf den Kopf zurück und lachte aus vollen Hals. Die anderen stimmten ein. Selbst die zurückhaltende Rheis lächelte, aber sie wurde schnell wieder ernst und blickte Mairi teilnahmsvoll an, als wisse sie etwas, von dem ihre Schwiegertochter noch nichts ahnte. Gaius hatte flüchtig den Eindruck, sie müsse sich

zwingen, freundlich zu sein. Sie wandte sich Ardanos zu und sagte: »Vater, wie wäre es mit etwas Musik?«

Ardanos griff nach seiner Harfe und warf Gaius einen langen Blick zu. Der junge Mann zweifelte plötzlich nicht mehr daran, daß der alte Druide sehr wohl wußte, wer er wirklich war. Aber trotzdem schwieg er. Warum?

Innerlich zitternd rief sich Gaius zur Ordnung. Er mußte jetzt Ruhe bewahren. Ardanos kannte zwar seinen Vater, aber nicht den Sohn! Gaius sah dem alten Macellius nicht ähnlich, sondern glich mit seinen dunklen Locken und schwarzen Augen eher seiner Mutter. Der höchste Druide hatte bei seinen Besuchen in der Präfektur vermutlich nicht auf Gaius geachtet. Außerdem war Gaius in den letzten drei Jahren nur selten in Deva gewesen. Vielleicht war der alte Barde kurzsichtig und hatte ihn nur deshalb so eindringlich angesehen ...

Ardanos fuhr mit den Fingern versonnen über die Saiten der Harfe. Er schien nachzudenken und legte dann das Instrument beiseite.

»Nein, ich bin heute nicht in Stimmung«, erklärte er entschieden und richtete seinen Blick auf Eilan.

»Dieda, mein Kind, willst du uns nicht ein Lied singen?«

Eilan lächelte und sagte: »Ich erfülle immer gern deine Wünsche, Großvater, aber ich glaube, du willst nicht im Ernst mich singen hören...«

Ardanos lachte und schüttelte den Kopf.

»Ach, ich habe mich wieder einmal geirrt. Du bist also Eilan? Ich habe den Verdacht, daß ihr beide, du und Dieda, es immer darauf anlegt, mich zu verwirren. Wie kann euch überhaupt jemand auseinanderhalten, bevor eine von euch den Mund aufmacht!«

Rheis meinte: »Vater, ich finde, so ähnlich sehen sie sich überhaupt nicht. Natürlich, Eilan ist meine Tochter und Dieda ist meine Schwester. Für mich sind sie sehr unterschiedlich, obwohl sie dieselbe Haarfarbe haben. Könnte es sein, daß deine Augen schlechter werden, Vater?«

»Nein, ich kann sie schon immer nur dann auseinander halten, wenn eine von ihnen singt«, erwiderte Ardanos. »Erst dann weiß ich mit Sicherheit, wer Eilan und wer Dieda ist.«
Eilan sagte: »Da hast du recht, Großvater. Und ich verspreche dir, ich werde mich nicht zur Sängerin ausbilden lassen.«
Alle lachten, und dann begann Dieda zu singen:

»Ein Vogel in den Lüften hat mir ein Rätsel aufgegeben:
Ein Fisch ist ein Vogel, der im Wasser schwimmt.
Ein Vogel ist ein Fisch, der durch die Lüfte fliegt.
Aber sag mir doch, was ist ein Mensch?

Rheis winkte während des Lieds Mairi zu sich und fragte: »Haben die Römer außer dem Mann der Stallmagd noch andere mit in die Bleiminen genommen?«
»Nicht daß ich wüßte, Mutter. Aber Rhodri ist den Legionären gefolgt, noch bevor ich ihn danach fragen konnte«, erwiderte Mairi und seufzte. »Er hat gesagt, daß sie die meisten Zwangsarbeiter weiter im Norden ausheben wollen.«
»Dieses Schwein Caradac! Eigentlich sollte ich Clotinus sagen, wie die Römer ihn nennen!« stieß Cynric wütend hervor. »Wenn die alte Laus auf unserer Seite wäre, dann würden die Römer nicht wagen, ihre Legionäre in diesen Teil des Landes zu schikken. Aber solange wir uns nicht einigen können, und die einen zu den Römern überlaufen und die anderen zu den Caledoniern . . .«
»Schweig!« rief Dieda und unterbrach das Lied. »Wenn du so weitermachst, wirst du bald selbst in den Norden müssen . . .«
Rheis sagte besänftigend: »Streitet euch nicht, Kinder. Diese Dinge langweilen unseren Gast.« Gaius verstand sehr wohl, daß sie damit meinte: »Es ist zu gefährlich, über solche Dinge zu sprechen, solange ein Fremder im Haus ist.«
Ardanos erklärte ruhig: »In diesem Teil des Landes war es seit Jahren nicht so friedlich. Die Römer glauben, wir sind zahm und nur dazu da, Steuern zu zahlen. Sie haben ihre besten Truppen abgezogen, um die Novanten zu unterwerfen . . . deshalb sind zur Zeit Ruhe und Ordnung hier eher in Gefahr.«

»Auf diese Ruhe und Ordnung können wir gut verzichten!« rief Cynric heftig, aber Ardanos brachte ihn mit einem strengen Blick zum Schweigen.

Gaius starrte in die Flammen. Vermutlich war es besser, wenn er schwieg, aber Ardanos sah ihn ernst an und fragte: »Was weiß denn unser junger Freund zu berichten?«

Gaius mußte schlucken. Er fuhr sich mit der Zunge über die trokkenen Lippen.

»Ich war vor kurzem in Deva ...«, begann er langsam und beschloß mutig, auf seine Weise die Wahrheit zu sagen, denn mit jeder neuen Lüge verlor er mehr seine Ehre. »Dort hat man erzählt, der Kaiser wird Agricola vielleicht trotz seiner Siege aus Alba zurückrufen. Die Leute sagen, es sei eine Verschwendung, in einem so unfruchtbaren Land Truppen zu stationieren.«

»So großes Glück können wir überhaupt nicht haben«, sagte Dieda und lachte verächtlich. »Man weiß, daß die Römer erbrechen, was sie gegessen haben, um in ihren Mägen Platz für mehr zu schaffen. Aber soviel wissen wir auch, kein Römer hat je eine Handbreit erobertes Land aufgegeben!«

Gaius öffnete den Mund, um ihr zu widersprechen, nach einem Blick auf Ardanos überlegte er es sich aber anders.

Rheis fragte: »Ist Agricola wirklich so stark? Könnte er ganz Britannien bis zum Nordmeer erobern?

Ardanos runzelte die Stirn. »An den Gerüchten in Deva ist vielleicht etwas Wahres. Ich bezweifle, daß die Wölfe und die wilden Stämme soviel übriglassen, daß selbst die römischen Steuerpächter noch viel aus den Leuten herauspressen können.«

Dieda blickte Gaius lauernd an und sagte: »Du hast also bei den Römern gelebt. Vielleicht kannst du uns dann sagen, warum sie unsere Männer verschleppen. Weißt du auch, was mit ihnen geschieht?«

»Die Senatoren der Provinzen bezahlen mit den Zwangsarbeitern ihre Steuern. Ich habe gehört, daß man die Männer in die Bleiminen in den Mendip-Bergen bringt«, erwiderte er zögernd und

fügte dann verlegen hinzu: »Aber ich weiß nicht, was dort mit ihnen geschieht.«
Gaius wußte es sehr wohl. Mit Peitsche und Hunger brach man den Widerstand der Männer. Wer sich trotzdem nicht fügen wollte, wurde kastriert. Wer den Marsch zu den Minen überlebte, mußte dort arbeiten, solange er lebte.
Ein kurzes triumphierendes Aufblitzen in Diedas Augen verriet ihm, daß sie sicher war, er wußte mehr, als er gesagt hatte. Gaius zuckte zusammen, als Mairi zu weinen begann. Zum ersten Mal erlebte er Menschen, die litten, weil man Männer zur Zwangsarbeit ausgehoben hatte.
»Kann man denn nichts dagegen unternehmen?« fragte Mairi unter Tränen.
»In diesem Jahr können wir nichts tun«, antwortete Ardanos leise und ließ Gaius nicht aus den Augen. Selbst als römischer Offizier mußte er sich eingestehen, wie ungerecht es war, das Leben unschuldiger Männer auf diese grausame Weise zu zerstören. Das war eine sehr harte Strafe für die Stämme, auch wenn sie Rom Widerstand geleistet hatten.
»Vielleicht kann man nichts dagegen tun«, sagte Gaius beklommen, »aber man kann nicht leugnen, daß durch die Minen ganz Britannien reich geworden ist . . .«
»Wir können ohne diesen Reichtum leben«, erwiderte Cynric empört. »Rom sorgt immer nur für die Reichen, die sowieso schon Macht haben, und versklavt das Volk, das sich nicht wehren kann und schwach ist.«
»Nicht nur die Römer sind reich geworden . . .«, begann Gaius.
»Du sprichst wohl von Verrätern wie Clotinus?«
Gaius wurde rot und wußte darauf nichts zu sagen. Rheis beugte sich vor und half ihm aus der Verlegenheit.
»Das reicht«, sagte sie energisch und wollte das Gespräch beenden, das eine riskante Wendung genommen hatte. Aber Cynric war nicht zu bremsen.
»Du hast bei den Römern gelebt«, rief er zornig. »Weißt du zum

Beispiel, auf welche Weise Clotinus zu seinem Reichtum gekommen ist? Er hat den Legionen den Weg nach Mona gezeigt. Bist du vielleicht schon so sehr Römer, daß du nicht mehr weißt, daß Mona eine heilige Insel war . . . die Insel der Frauen . . . Es war der heiligste Ort in Albion, bevor Paulinus kam.«

»Ich weiß nur, daß es dort ein Heiligtum gab«, erwiderte Gaius ruhig, aber wieder überlief ihn ein kalter Schauer. Die Eroberung von Mona war für die Römer überschattet worden von der Katastrophe der Rebellion der Icener. Aber er wollte um keinen Preis im Haus eines Druiden über die Eroberung der Insel Mona sprechen, denn schließlich hatte Agricola erst im vergangen Jahr dort die letzten Reste von Widerstand endgültig gebrochen.

»Hier an unserem Feuer sitzt ein Barde«, sagte Cynric, »der uns erzählen kann, was mit den Frauen von Mona geschah. Dann wird auch dein Herz bluten!«

Ardanos hob abwehrend die Hand. »Nicht heute abend, mein Junge.«

Rheis nickte und erklärte entschieden: »Und nicht an meiner Tafel. Diese Geschichte erzählt man nicht Gästen beim Abendessen.«

Das Thema ist nicht sehr beliebt, dachte Gaius, oder politisch zu brisant. Wie auch immer, er war froh über die Einwände, denn er hatte nicht den Wunsch, sich gerade jetzt von Ardanos Geschichten über römische Grausamkeiten anzuhören.

Cynric schien unzufrieden und sagte leise zu Gaius: »Ich werde es dir später erzählen. Meine Ziehmutter hat vielleicht recht, über so etwas sollte man nicht beim Abendessen oder in Anwesenheit von Kindern reden.«

»Wir sollten lieber an unsere Vorbereitungen für Beltane denken«, meinte Rheis. Wie auf ein Signal erhoben sich Mairi und die anderen Frauen schweigend und trugen Teller und Platten hinaus.

Cynric bot Gaius seinen Arm und half ihm zu seiner Bettstelle zurück. Der junge Römer stellte fest, daß seine Beine zitterten und er noch sehr schwach war. Jeder Muskel in seinem Körper schmerzte. Trotzdem wollte er unbedingt noch gründlich über alles nachdenken, was er gehört und gesehen hatte, aber bald schlief er tief und fest.

In den nächsten Tagen begann die verletzte Schulter anzuschwellen, und Gaius hatte große Schmerzen. Es blieb ihm nichts anderes übrig, als im Bett zu bleiben. Eilan pflegte ihn mit Hingabe und tröstete ihn mit der Feststellung, er hätte den Arm auch verlieren können.

Die Tage waren für ihn nur erträglich, weil Eilan stets zwei- oder dreimal zu ihm kam. Sie schien die Aufgabe übernommen zu haben, ihn zu pflegen. Sie brachte ihm die Mahlzeiten und half ihm beim Essen. Er konnte noch immer kaum den Löffel halten und war nicht in der Lage, das Fleisch zu schneiden.

Seit dem Tod seiner Mutter war er keiner Frau mehr so nahe gewesen. Jetzt wurde ihm plötzlich bewußt, wie sehr ihm das gefehlt hatte. Er konnte nicht sagen, ob es nur daran lag, daß Eilan eine Frau war, oder daran, daß sie zum Volk seiner Mutter gehörte. Vielleicht bestand zwischen ihnen auch ein geistiges Band, das über solche faßbaren Dinge hinausging. Jedenfalls fühlte er sich in ihrer Gegenwart wohl und konnte ihr gegenüber so natürlich sein, wie er es sich niemals hätte träumen lassen. In den langen Stunden, in denen er allein im Bett lag, kreisten seine Gedanken nur um Eilan. Und wenn sie endlich zu ihm kam, freute er sich jedesmal mehr.

Eines morgens schlugen Cynric und Rheis vor, er solle sich eine Weile hinaus in die Sonne setzen und auch versuchen, wieder zu gehen. Unter großen Schmerzen humpelte er in den Hof. Dort entdeckte ihn die kleine Senara. Sie erzählte ihm aufgeregt, daß sie und Eilan auf die Wiese gehen und Blumen pflücken wollten, um Girlanden für das Beltanefest am nächsten Tag zu flechten.

Normalerweise hätte Gaius wenig Lust gehabt, mit ein paar Frauen Blumen pflücken zu gehen. Aber nach den letzten Tagen

im Bett wäre ihm selbst ein Ausflug in den Stall, um Mairi oder der Kuhmagd beim Melken zuzusehen, als eine erfreuliche Abwechslung erschienen.
Schließlich wurde aus dem Spaziergang eher eine Art Essen im Freien, denn auch Cynric und Dieda schlossen sich ihnen an. Die jungen Frauen kommandierten Cynric herum, als sei er wirklich ihr Bruder, und er mußte ihre Umschlagtücher und den Korb mit dem Essen tragen.
Als sie sich auf den Weg machten, reichte ihm Eilan den Arm, und Gaius stützte sich schwerer auf sie, als er eigentlich wollte. Auch Senara wich nicht von seiner Seite. Cynric und Dieda gingen zusammen voraus. Ihre Zuneigung schien mehr als geschwisterlich zu sein. Sie flüsterten verliebt miteinander, und Gaius fragte sich, ob sie vielleicht einander versprochen waren. Er wußte wenig über die Sitten dieses Stamms, aber er war klug genug, um die beiden nicht direkt danach zu fragen.
Auf der Wiese packten sie den Korb aus und legten den Inhalt ins Gras. Es gab frisch gebackenes Brot, kaltes Bratenfleisch und Äpfel. Sie waren verschrumpelt und hatten braune Flecken. Die Frauen sagten, es seien die letzten vom vergangenen Jahr.
»Ich werde für Gawen Beeren suchen!« rief Senara und sprang auf.
Eilan lachte: »Dummchen, es ist doch Frühling. Glaubst du, unser Gast ist eine Ziege und du kannst ihn mit Blumen füttern?«
Gaius aß wenig. Normalerweise wäre er mühelos stundenlang gelaufen, aber nach den Tagen im Bett war er einfach zu schwach.
Es gab eingemachten Beerensaft und frisch gebrautes Bier zu trinken. Dieda ließ sich von Cynric das Trinkhorn reichen. Sie fand das Bier zu sauer, aber Gaius und Cynric schmeckte es. Eilan hatte sogar Kuchen gebacken.
Nach dem Essen ging Senara mit einer Schale zu einem Bach am Rand der Wiese und füllte sie mit klarem Wasser. Als sie zurückkam, reichte sie die Schale Eilan und rief: »Du mußt in das Wasser sehen. Vielleicht siehst du deinen Liebsten.«

»Das ist ein alter Aberglaube«, erwiderte Eilan. »Außerdem habe ich keinen Liebsten.«

»Gib mir die Schale«, sagte Cynric. »Vielleicht sehe ich ja dein Gesicht darin, Dieda.«

Sie setzte sich neben ihn und blickte ihm über die Schulter.

»Ach, das ist doch alles Unsinn«, murmelte sie verlegen. Gaius fand, daß sie viel hübscher war, wenn sie errötete.

»Du mußt auch ins Wasser schauen, Eilan«, drängte die kleine Senara ihre Schwester und zog sie am Ärmel.

Eilan erwiderte abwehrend: »Ich glaube, es ist nicht richtig, wenn wir die Göttin auf diese Weise zwingen wollen, zu uns zu sprechen! Lhiannon würde das bestimmt nicht billigen.«

»Wen kümmert schon Lhiannons Meinung?« sagte Dieda abschätzig. »Wir wissen doch alle, daß sie nur das sagt, was ihr die Priester vorschreiben.«

»Dein Vater ist da anderer Meinung«, sagte Cynric stirnrunzelnd.

»Das stimmt.« Dieda nickte. »Deshalb mußt du es natürlich auch sein.«

Senara rief ungeduldig: »Nun sag schon, wen du im Wasser gesehen hast, Dieda!«

»Natürlich mich«, erwiderte Cynric lachend. »Jedenfalls hoffe ich es.«

»Dann wirst du sie heiraten und unser richtiger Bruder sein«, sagte Senara und lächelte ihn an.

»Wer sagt dir, daß ich sie wirklich heiraten will?« Cynric zog eine Grimasse. »Außerdem müssen wir zuerst mit deinem Vater sprechen.«

»Glaubst du, er hat etwas dagegen?« fragte Dieda besorgt.

Gaius mußte daran denken, daß die Tochter eines Druiden möglicherweise noch weniger Freiheiten hatte als der Sohn eines Präfekten.

»Wenn er mich einem anderen versprochen hätte, dann wüßte ich es bestimmt!«

»Und wen willst *du* heiraten, Eilan?« fragte Senara. Gaius sah sie mit großen, erwartungsvollen Augen an.
»Darüber habe ich noch nicht nachgedacht«, erwiderte Eilan sichtlich verlegen und wurde rot. »Ich glaube, manchmal die Stimme der Göttin zu hören ... Vielleicht sollte ich als eine der Jungfrauen dem Orakel in Vernemeton dienen.«
»Besser du als ich«, sagte Dieda. »Um ein solches Leben würde ich dich nicht beneiden.«
»Ach!« Senara schüttelte enttäuscht den Kopf. »Möchtest du wirklich ein Leben lang alleinsein, Eilan?«
»Das wäre sehr traurig«, sagte Gaius. »Gibt es denn wirklich keinen Mann, den du heiraten möchtest?«
Eilan sah ihn an und schwieg. Schließlich sagte sie leise: »Keinen, den meine Eltern mir zum Mann geben würden. Außerdem, das Leben im Heiligtum kann sehr schön sein. Die Frauen lernen dort das geheime Wissen und werden auch in der Heilkunde unterwiesen ...«
Ach so, dachte Gaius, sie will eine heilkundige Priesterin werden.
Er war irgendwie enttäuscht. Einer so schönen Frau sollte das Leben in der Welt verschlossen bleiben. Das wäre wirklich schade ...
Eilan war ganz anders als alles, was er von britonischen Frauen bisher gehört hatte. Er hatte geglaubt, sie seien alle wie die Tochter von Clotinus, und sich nicht die Mühe gemacht herauszufinden, ob das tatsächlich stimmte. Sein Vater hatte mehrmals davon gesprochen, ihn mit der Tochter eines Freundes, eines hohen Beamten in Londinium, zu verheiraten. Aber Gaius hatte das Mädchen nie gesehen.
Er fand jetzt, es sei möglicherweise richtiger für ihn, eine Frau wie Eilan zu heiraten. Schließlich hatte auch seine Mutter einem britonischen Stamm angehört, und es mußte noch andere Beispiele für solche Verbindungen geben. Er sah Eilan unverwandt an, bis sie unruhig wurde.

»Senara, habe ich mich im Gesicht mit Beerensaft verschmiert?« fragte sie und sprang plötzlich auf. »Ich glaube, wir sollten mit dem Blumenpflücken anfangen«, rief sie und lief über die Wiese, die übersät war mit blauen und gelben Blüten.
»Du hast dich nicht verschmiert!« rief Senara und lief hinter ihr her.
»Nein, Senara, den Rittersporn nehmen wir nicht«, sagte Eilan, »der welkt viel zu schnell.«
»Dann zeig mir, welche Blumen ich pflücken soll«, sagte Senara. »Ich möchte eine Girlande aus diesen roten Lilien . . . Die Priesterinnen hatten sie auch im letzten Jahr, und sie sahen wunderschön aus.«
»Ich glaube, die Stengel sind nicht biegsam genug, um sie zu flechten. Aber ich werde es versuchen«, sagte Eilan und nahm Senara die Blumen ab, die diese ihr reichte. »Nein . . ., es geht nicht, Senara. Lhiannons Frauen müssen geschickter sein als ich. Bei mir brechen die Stengel«, erklärte Eilan. »Komm, wir nehmen lieber Schlüsselblumen.«
»Ach, die sind so gewöhnlich wie Unkraut«, widersprach Senara. Eilan lachte.
»Was geschieht denn bei dem Fest?« fragte Gaius, als sie mit den Blumen zurückkamen.
»Die Männer treiben die Rinder zwischen den Feuern hindurch, und Lhiannon ruft die Göttin an, damit sie den Orakelspruch verkünden kann«, erwiderte Eilan.
»Und an den Feuern treffen sich die Liebespaare«, sagte Cynric mit einem Blick auf Dieda. »Wer sich verlobt hat, gibt das Verlöbnis bekannt. Hier, Senara, nimm diese hier. . .«
»Mit denen habe ich es schon versucht. Aber die Stengel sind einfach zu holzig«, erwiderte Eilan. »Dieda, wie findest du diese Girlande?«
Dieda kniete vor einem blühenden Weißdornstrauch. Sie drehte sich bei Eilans Frage um und stach sich dabei mit einem Dorn in den Finger, der sofort zu bluten begann. Cynric lief zu ihr und

küßte ihn. Sie wurde rot und fragte verlegen: »Soll ich dir auch eine Girlande machen, Cynric?«
»Wenn du willst . . .«, sagte er. In diesem Augenblick krächzte auf einen Baum in der Nähe ein Rabe, und Cynric wurde auf der Stelle ernst. »Was rede ich da! Ich sollte wirklich nicht an Girlanden denken.«
Gaius sah, daß Dieda etwas erwidern wollte, es sich aber doch anders überlegte. Gaius fragte sich, ob es daran lag, daß er ein Fremder war. Sie warf die Blüten beiseite und begann, den Korb einzuräumen. Eilan und Senara hatten ihre Girlanden geflochten und zeigten sie stolz Gaius.
»Helft mir lieber«, sagte Dieda, »Rheis wird böse sein, wenn wir etwas von dem Geschirr vergessen. Komm, Senara, hier ist noch ein Stück Kuchen für dich.«
Senara nahm den Kuchen, den Dieda ihr reichte, und brach ihn in zwei Hälften. Die eine gab sie Gaius.
»Wir essen jetzt zusammen den Kuchen, und dann bist du mein Gast«, erklärte sie ernst. »Du bist schon beinahe mein Bruder.«
»Sei nicht so albern, Senara«, sagte Eilan kopfschüttelnd, »Gawen, laß dich nicht von ihr zum Narren machen.«
»Ach, laß sie nur«, erwiderte er, »sie erinnert mich an meine kleine Schwester.« Er schwankte beim Aufstehen, und Eilan griff sofort nach seinem Arm und stützte ihn. Sie gab Dieda ihre Girlanden.
»Es war bestimmt zuviel für dich, Gawen«, sagte sie besorgt. »Sei vorsichtig, daß du dir den Arm nicht an einem Baumstamm anstößt.«
Er ließ sich geduldig von ihr führen.
»He, Eilan, du bist ja schon eine richtige Heilerin«, rief Cynric. »Gawen, wenn du willst, kannst du dich auf mich stützen. Aber natürlich ist Eilan sehr viel hübscher als ich. Vielleicht sollte ich lieber Dieda helfen«, sagte er.
Seine gute Stimmung war zurückgekehrt. Er nahm Dieda den Korb ab und umfaßte ihre Hand. Zusammen gingen sie den Weg

zurück. Als sie den Hof erreicht hatten, sagte Cynric zu Eilan: »Ich glaube, er sollte sofort ins Bett und nicht zum Abendessen aufbleiben. Du kannst es ihm ja bringen. Ich habe mir mit seiner Schulter große Mühe gegeben und möchte wirklich nicht, daß alles umsonst war.«

3. KAPITEL

Das Haus, in dem Lhiannon, die Hohepriesterin, lebte, war quadratisch wie ein Schrein. Es hatte einen überdachten Bogengang und stand etwas abseits von den anderen Häusern in dem von Palisaden umgrenzten Gelände des Heiligtums der Göttin. Hier lebte eine große Gemeinschaft in vielen Gebäuden, die dicht beinanderlagen und meist durch überdachte Gänge verbunden waren. Außerdem gab es große und kleine Gärten und windgeschützte Innenhöfe. Auf Außenstehende wirkte es wie ein Labyrinth, in dem man sich leicht verirren konnte.

Nur das Haus der Hohenpriesterin stand etwas erhöht und abseits von den anderen Gebäuden, denn sie konnte nicht an dem Leben der Gemeinschaft teilnehmen wie alle anderen Frauen, sondern lebte seit vielen Jahren in strenger Zurückgezogenheit und Schlichtheit – und das war vielleicht schwieriger durchzuhalten als das härteste Ritual.

Als der höchste Druide eintraf, führte ihn die diensthabende Priesterin, eine große dunkelhaarige Frau mit dem Namen Caillean, sofort zu ihrer Herrin. Caillean trug das gleiche lange dunkelblaue Leinengewand wie Lhiannon, aber die Armreifen und der *Torque* am Hals der Hohenpriesterin waren aus reinem Gold, die von Caillean dagegen aus Silber.

»Du kannst uns alleinlassen, mein Kind«, sagte Lhiannon zu Caillean.

Ardanos wartete, bis der gestreifte Vorhang die Türöffnung wieder verdeckte. Dann lächelte er.

»Sie ist kein Kind mehr, Lhiannon. Es sind viele Winter vergangen, seit du sie hierher nach Vernemeton gebracht hast.«

»Ach ja, ich vergesse immer wieder, wie die Zeit vergeht«, erwiderte Lhiannon.

Sie ist, dachte Ardanos sachlich, noch immer eine außergewöhnlich schöne Frau. Er kannte sie seit vielen Jahren und war vermutlich der einzige Mensch ihrer Generation, der für sie beinahe so etwas wie ein Freund war. In jüngeren Jahren hatte ihm die schöne Lhiannon viele schlaflose Nächte verursacht. Jetzt war er alt und erinnerte sich nur noch selten daran, wie oft sie ihm in der Vergangenheit den Seelenfrieden geraubt hatte.

Alle Priesterinnen im Heiligtum, dem Hain neben dem See unterhalb der heiligen Quelle, wurden ebensosehr wegen ihrer Schönheit als wegen ihrer anderen Eigenschaften ausgewählt.

Das hatte ihn schon immer irritiert. Er konnte verstehen, wenn ein Gott wünschte, daß ihm schöne Frauen dienten, besonders wenn es sich um einen dieser nichtswürdigen römischen Götter handelte. Aber daß eine Göttin bemerkenswert schöne Dienerinnen um sich wünschte, entsprach keineswegs dem, was er von Frauen wußte.

Sein Schweigen hing in keiner Weise mit der Anwesenheit des riesigen Leibwächters Huw zusammen, der mit einer Keule in den Händen neben dem Eingang stand. Er würde jedem Mann – auch Ardanos – auf der Stelle den Schädel einschlagen, wenn er der Hohenpriesterin auch nur mit einer Geste zu nahe kam oder ohne die gebührende Ehrfurcht mit ihr sprach. Huws Gegenwart bürgte für Lhiannons Sicherheit und ermöglichte ihr, Besucher zu empfangen, was den weniger gut bewachten Frauen nicht gestattet war.

Ardanos wußte zu seinem Verdruß, daß er für das Amt des höchsten Druiden eine imposantere Erscheinung hätte sein können. Er war nicht der wiedergeborene Merlin Albions. Trotz des geheimen Wissens und der Kraft seiner Gesänge war ihm die Stimme der Göttin versagt. SIE sprach nicht zu ihm. Dazu brauchten die Druiden die Priesterinnen und vor allem Lhiannon. Insgeheim tröstete ihn der Gedanke, daß Lhiannon inzwischen ebenfalls nicht mehr wie die leibhaftige Göttin der Weisheit aussah, die den Blick in die Zukunft und in die Vergangenheit werfen konnte. Gewiß, Lhiannon war selbst jetzt noch sehr schön. Sie war anmutig und sanft. Ein asketisches Leben hatte ihre Züge verfeinert. Davon abgesehen war sie jedoch nur eine alternde Frau, obwohl man in ihren hellblonden Haaren die grauen Strähnen nicht sah, die sie hatte, wie Ardanos sehr wohl wußte.

Das dunkelblaue rituelle Gewand fiel in steifen Falten und ließ nichts von ihrem zarten Körper erkennen. Es kleidete sie nicht besonders vorteilhaft. Die sonst so geraden Schultern ließ sie mit der Müdigkeit ihrer Jahre etwas hängen. Ardanos wurde sich des eigenen Alters um so mehr bewußt, als er die deutlichen Zeichen vergangener Jugend an ihr sah.

Seit einigen Jahren trug Lhiannon in Anbetracht ihres Alters ein Kopftuch, wie es die meisten Matronen und alten Frauen taten. Nur bei den Ritualen fielen die langen, seidigen Haare noch offen über die Schultern.

Wie auch immer, dachte Ardanos, seit über dreißig Jahren – und er kannte sie bereits länger als zwanzig – war diese Frau, dieses Gesicht und diese Erscheinung, der Mittelpunkt der Glaubens aller Menschen weit und breit. Aus ihrem Mund kam das Wort der Göttin, das von den Orakelpriestern gedeutet wurde.

Vielleicht strahlte das Gesicht der alternden Frau deshalb eine Art Göttlichkeit aus – eine Göttlichkeit, die das schwere und unvorteilhafte Gewand wie ein zarter Blütenduft umwehte. Vielleicht hatten ihr die unzähligen Menschen diesen Hauch des Göttlichen verliehen, denn für sie war diese Frau die Verkörperung der Göttin. In den Augen der Menschen war sie nicht nur ein Symbol ihres Glaubens, sondern für ihre kindlichen Gemüter war sie die Göttin selbst – die große jungfräuliche Mutter der Stämme, die Herrin des Landes, die sichtbar als Mensch unter ihnen weilte.

Lhiannon hob den Kopf. »Ardanos, du starrst mich jetzt schon so lange an, daß man in dieser Zeit hätte eine Kuh melken können! Bist du gekommen, um mir etwas zu sagen, hast du eine Frage?

Was es auch sei, heraus damit! Es kann nicht Schlimmeres geschehen, als daß ich es dir ablehne. Und wann wäre ich dazu schon einmal in der Lage gewesen?«

Das sind die Worte einer Göttin, dachte Ardanos und war froh, sich mit Zynismus aus einer Stimmung zu befreien, die ihn zunehmend bedrückte.

»Verzeih mir, Herrin des Heiligtums«, sagte er freundlich, »ich war in Gedanken woanders.«

Er bemerkte ihre Überraschung, als er sich erhob und unruhig auf und ab ging. Dann sagte er unvermittelt: »Lhiannon, ich mache mir Sorgen. Ich habe in Deva ein Gerücht gehört – und kein Geringerer als der Sohn des Präfekten hat es wiederholt. Rom wird vielleicht seine Legionen abziehen. Ich höre das jetzt bereits zum dritten Mal. Gut, es gibt immer diejenigen, die rufen: ›Nieder mit Rom!‹, aber . . .«

»Und leider erwarten – oder zumindest hoffen – zu viele, die Gerüchte und Halbwahrheiten verbreiten, daß wir in ihr Geschrei einstimmen. Ich glaube nicht an das Gerücht«, erklärte Lhiannon entschieden. »Aber ich bin sicher, wenn es so sein sollte, dann können wir auch ohne die Legionen leben. Haben wir uns das nicht gewünscht, seit Carac in Ketten durch Rom geführt wurde?«

»Aber stell dir nur das Chaos vor, das dann unweigerlich ausbrechen würde«, erwiderte Ardanos. »Dieselben Leute, die jetzt schreien: ›Nieder mit Rom‹« . . . er wollte sich nicht von diesem Gedankengang abbringen lassen –

Lhiannon lächelte zuvorkommend und beendete seinen Satz. ». . . können sich bestimmt nicht vorstellen, was geschieht, wenn sich ihr Wunsch erfüllt.«

Ardanos lächelte.

Sie kennt mich so gut. Selbst heute noch kann sie meine Gedanken zu Ende denken.

»Wir wissen, daß es diese Leute gibt, seit Cäsar in Britannien einmarschiert ist, um den Ruhm zu gewinnen, den er für seine Herr-

schaft in Rom brauchte. Aber auch heute noch erwarten die Leute, daß Vernemeton, daß wir in ihr Geschrei einstimmen«, sagte Ardanos und fügte leise, aber mit Nachdruck hinzu: »Und sie werden kein Verständnis dafür haben, wenn wir schweigen. Deshalb mache ich mir Sorgen, daß es an Beltane zu Ausschreitungen kommen wird.«
»Nein, ich glaube, an Beltane wird nichts dergleichen geschehen«, widersprach Lhiannon. »Die Leute kommen zu den Spielen, zu den Feuern, den Feiern und allem anderen. Ja, wenn es Samhain wäre, dann ...«
»Die Sache mit den Zwangsarbeitern hat die Lage verschärft«, sagte Ardanos. »Die Römer haben dreißig von Bendeigids Männern mitgenommen, und zwar die Sklaven, die freigelassen wurden, als man ihn geächtet hat. Außerdem haben sie seinen Schwiegersohn umgebracht.«
Er lachte bitter.
»Geächtet! Mein hitzköpfiger Schwiegersohn weiß nicht, welches Glück er hatte, daß sie ihn geächtet haben. Das bedeutet doch nur, daß er sich Deva bis auf zwanzig Meilen nicht nähern darf!«
Ardanos sah Lhiannon an und seufzte.
»Bendeigid weiß noch nicht alles von der letzten Aushebung der Zwangsarbeiter, aber wenn er es erfährt ... Du weißt, er hat mich schon öfter als Verräter bezeichnet. Seine Beschimpfungen kümmern mich zwar nicht, aber er ist in seinem Zorn zu allem fähig.«
Er sah Lhiannon wieder an und fuhr eindringlich fort:
»Ich habe die Genehmigung für die Feierlichkeiten an Beltane. Ich bin persönlich zu Macellius Severus gegangen und habe mir von ihm die Zustimmung zu einem friedlichen Fest geben lassen, so wie es in den letzten sieben oder acht Jahren stattgefunden hat. Ein Fest zu Ehren von Ceres, wie die romanisierten Völker die Göttin nennen. Und weil Macellius mich kennt und mir vertraut, schicken die Römer keine Legionäre, um sicherzustellen, daß alles

im Rahmen bleibt und die Menge nicht plötzlich beschließt«, er verzog die Lippen, »sagen wir ... Mars zu huldigen.«

Lhiannon schwieg. Ardanos wußte, sie dachte an jene Tage voll Blut und Feuer, als Boudicca der Göttin Menschen geopfert hatte, um den Sieg zu erringen. Damals waren sie alle noch jung gewesen. Sie hatten nicht daran gezweifelt, daß es ihnen gelingen werde, mit etwas Mut und scharfen Schwertern die ruhmreiche Zeit zurückzubringen.

»Wenn es zu Unruhen kommt«, sagte Ardanos, »oder auch nur zu Unmutsbekundungen, dann weißt du ebensogut wie ich, daß dieser Teil des Landes in Schutt und Asche versinkt.«

Er machte eine Pause. Als Lhiannon immer noch schwieg, fuhr er fort: »Wie hätte ich wissen sollen, daß die römischen Legionäre einfach durch unser Gebiet marschieren und dreißig Männer mitnehmen, die für den Rest ihres Lebens in den schrecklichen Bleiminen schuften müssen?«

Er hätte es wissen sollen. Es war seine Pflicht zu wissen, was die Römer vorhatten, noch ehe sie es selbst richtig wußten. Ardanos mußte jederzeit auf die nächste Provokation gefaßt sein, worin sie auch bestehen mochte.

Lhiannon sagte: »Wenn wir das Ritual jetzt noch absagen, hat das vermutlich Unruhen zur Folge, zu denen es sonst überhaupt nicht gekommen wäre. Möchtest du, daß ich dieses Risiko eingehe? Hat es bereits Zwischenfälle gegeben – Reaktionen auf die Aushebung der Zwangsarbeiter?«

»Ich weiß es nicht genau«, erwiderte er ausweichend, »jemand scheint versucht zu haben, den Sohn des Präfekten ... verschwinden zu lassen ...«

»Den Sohn des Präfekten?« Lhiannon hob die schmale Augenbraue. »Aus Protest oder um unsere Leute in Schwierigkeiten zu bringen? Wie ich Bendeigid kenne, würde er doch eher die Legionäre töten, wenn sie versuchen, seine Männer wegzuführen.«

»Er hat den jungen Mann in einer Fallgrube gefunden und ihm das Leben gerettet. Jetzt ist er Gast in seinem Haus.«

Lhiannon sah ihn einen Augenblick verblüfft an und lachte dann. »Und dein Schwiegersohn weiß nicht, wer dieser Gast ist?«

»Der Junge sieht seiner silurischen Mutter ähnlich und kann durchaus als einer der unseren gelten. Er ist klug genug, seine wahre Identität nicht zu verraten. Aber er muß erst wieder richtig gesund werden, ehe er das Haus verlassen kann. Wenn dem jungen Mann, der meines Wissens bisher weder etwas Gutes noch etwas Schlechtes getan hat, etwas zustößt, dann weißt du auch, daß man uns die Schuld daran geben wird.«

Er lachte spöttisch. »Man gibt uns für alles die Schuld, auch für den Fall von Troja, und natürlich dafür, daß die Legionen hier sind und nicht in Gallien, wohin sie gehören. Es gibt die alten Schauergeschichten, die der Göttliche Julius verbreitet hat – möge seine Seele in Frieden ruhen – «, fügte Ardanos mit einem so grimmigen Lächeln hinzu, daß sein Wunsch genau das Gegenteil zum Ausdruck brachte.

»Wie auch immer, es liegt Aufruhr in der Luft«, sagte er dann wieder besorgt. »Du in deiner Position siehst es nicht. Ich lebe schon so lange unter Römern, und deshalb sehe auch ich nicht alles. Aber es ist meine Aufgabe, die Zeichen und Omen zu deuten. Zum Beispiel . . ., wenn die Raben um Mitternacht fliegen. Ich spreche von dem Geheimbund der Männer, die die Göttin der Schlachten verehren.«

Lhiannon mußte lachen. »O Ardanos! Meinst du diese halb verrückten alten Männer, die Cathubodva opfern, die Zukunft deuten und in den Eingeweiden von Vögeln nach Omen suchen? Die sind ebenso lächerlich wie die Legionäre mit ihren heiligen Hühnern. Noch nie hat ihnen jemand die geringste Beachtung geschenkt.«

»Das war früher einmal so«, sagte Ardanos und freute sich, weil er Lhiannon etwas sagen konnte, das sie offenbar noch nicht wußte. Er fand, sie hätte es eigentlich wissen müssen, denn dann wäre er mit dem Problem nicht allein gewesen.

»Noch vor drei Jahren war das so. Aber jetzt gibt es anstelle der alten Priester und Eingeweidebeschauer eine Gruppe junger Männer. Keiner von ihnen ist über einundzwanzig, und die meisten sind auf der heiligen Insel zur Welt gekommen. Sie halten sich für die wiedergeborene heilige Schar ...«

»Wer weiß? Gemessen an den Umständen ihrer Geburt würde es mich nicht überraschen, wenn es so wäre.«

Sie runzelte die glatte Stirn und schien langsam zu verstehen, worauf Ardanos eigentlich hinauswollte.

»Richtig«, fuhr er fort, »ich habe es bisher nicht gewußt, aber einer dieser jungen Männer ist bei Bendeigid aufgewachsen und hatte – sagen wir – die besten Möglichkeiten, die politische Überzeugung seines Ziehvaters kennenzulernen und zu teilen.«

Lhiannon preßte die Lippen zusammen.

»Darf ich fragen, wie das geschehen konnte?«

»Als ich davon erfuhr, schien es mir nicht weiter von Bedeutung zu sein. Das war, bevor Rheis, meine Tochter, Bendeigid geheiratet hat. Als ich den Jungen kennenlernte, mußte ich feststellen, daß ich wenig Einfluß auf ihn oder auf ihren Mann hatte. Bis mir klar wurde, wie viele Schwierigkeiten die beiden uns machen können, war es zu spät, um etwas zu unternehmen. Der Ziehsohn von Bendeigid heißt Cynric – ich habe vergessen, wer seine Mutter war. Vermutlich ist das heute nicht weiter wichtig, denn er hält sich für einen Sohn Bendeigids und ist bereit, in die Fußstapfen seines Vaters zu treten. Wenn mir etwas zustoßen sollte ... oder dir ...«

Er schüttelte den Kopf und verzog das Gesicht.

»Wer könnte sie aufhalten? Die Leute von hier bis in den Norden beteuern bereits, daß diese jungen Männer die wiedergeborenen Retter Albions sind ...«

»Vielleicht sind sie das wirklich ...«, sagte Lhiannon.

Ardanos brummte. »Das Schlimmste ist, sie sehen auch so aus.«

»Darf ich dich daran erinnern, daß ich dafür war, sie alle zu ertränken«, sagte Lhiannon und richtete sich auf. »So grausam das auch klingt, es hätte uns den Ärger erspart. Aber damals hatten gewisse Leute etwas anderes im Sinn ... oder wollten, daß es zumindest so aussah, als sei ihre Entscheidung von Mitgefühl und göttlicher Vorsehung bestimmt. Deshalb sind diese jungen Männer am Leben, und es ist zwanzig Jahre zu spät, ihnen die Daseinsberechtigung streitig zu machen. Ich kann jetzt nicht einfach erklären, daß sie *nicht* das Recht zur Rache haben ...«

»Deshalb mache ich mir Sorgen. Es ist meine Pflicht, mir darüber Gedanken zu machen, was vielleicht in zehn, zwanzig Jahren ... ja, in hundert Jahren geschehen mag.«

Lhiannon erklärte mit ruhiger Selbstsicherheit: »Das kannst du mir überlassen. Das Wort der Göttin wird das Volk zusammenhalten ... so wie es immer war.«

»Ja«, Ardanos wählte seine Worte mit Bedacht und gab sie der Priesterin wie einen Orakelspruch zu bedenken, »solange die Göttin auf der Seite des Friedens steht. Aber wer garantiert uns, daß das so bleiben wird?«

Lhiannon stand empört auf.

»Was willst du damit andeuten ... ?«

Ich will nichts andeuten, dachte Ardanos. Er durfte niemals sagen oder andeuten, daß Lhiannons Worte ihre eigenen oder die Worte der Priester und *nicht* die der Göttin waren. Er durfte sie auch nicht daran erinnern, daß sich Lhiannons Worte oder die der Göttin im wesentlichen nie von dem unterschieden, was der Rat der Druiden, dem er vorstand, beschlossen hatte.

Die Göttin ... wenn es SIE überhaupt gibt, dachte er zynisch, hat schon seit langem aufgehört, sich darum zu kümmern, was mit ihren Gläubigen oder mit den Menschen überhaupt geschah, ausgenommen vielleicht ihren Priesterinnen.

Er erwiderte ruhig: »Ich habe nichts angedeutet. Ich erinnere dich lediglich daran ... ach, möchtest du dich nicht wieder setzen? Dein Leibwächter wirft mir bereits bedrohliche Blicke zu...«

Aber als Lhiannon stehenblieb und ihn durchdringend ansah, fuhr er begütigend fort: »Ich habe nur gesagt, wenn die Göttin deine Gebete um Frieden erhört, dann hört – und überhört – SIE

auch die Gebete der Mehrzahl unserer Leute, die eine offene Rebellion oder den Krieg wünschen. Wie lange wird SIE deine Gebete erhören und die der anderen nicht? Oder um noch deutlicher zu werden ...«, aber trotzdem nicht deutlich genug, dachte er, »...verzeih mir die offenen Worte, aber du bist nicht mehr die Jüngste. Was wird geschehen, wenn du nicht mehr die Orakelpriesterin bist?«
Wenn ich ihr doch nur die Wahrheit sagen könnte, dachte Ardanos mit einer Leidenschaft, die er längst überwunden zu haben glaubte. Sie und ich werden mit den Jahren schwächer, aber Rom ist immer noch stark. Wer wird die Heranwachsenden in unseren alten Sitten unterweisen, damit sie nicht in Vergessenheit geraten, bis auch Rom alt geworden ist und das Land wieder uns gehört?
Lhiannon sank langsam auf ihren Platz und legte die Hand über die Augen. Dann sagte sie leise: »Glaubst du, darüber hätte ich mir noch keine Gedanken gemacht?«
»Ich weiß, daß es dich beschäftigt«, erwiderte er, »und ich kenne das Ergebnis deiner Überlegungen. Eines Tages wird das Orakel in Vernemeton vielleicht mit einer anderen Stimme sprechen, die, sagen wir, auf den Ruf der Menge nach Krieg hören wird und nicht auf die Gebete der Priesterinnen um Frieden. Dann wird es zum Krieg kommen. Du weißt sehr wohl, was in einem solchen Fall aus unserem Land werden wird.«
»Ich kann dem Schrein nur so lange dienen, wie ich lebe«, erwiderte Lhiannon bitter. »Mehr kannst selbst du nicht von mir verlangen.«
»Solange du lebst«, wiederholte der alte Druide, »ja, genau darüber müssen wir sprechen.« Lhiannon nahm die Hand von den Augen, und er fragte sehr behutsam: »Bestimmst du deine Nachfolgerin nicht selbst?«
»Nun ja ...« Sie holte tief Luft. »Man sagt, ich werde wissen, wann ich sterbe, und dann meine Macht und mein Wissen weitergeben. Aber du weißt, wer die eigentliche Entscheidung trifft.«

Er hob abwehrend die Hände, doch sie fuhr unbeirrt fort: »Ich darf dich daran erinnern, daß Helve mich nicht zu ihrer Nachfolgerin bestimmt hatte. Gewiß, sie liebte mich, aber ihre Wahl fiel nicht auf mich, sondern auf . . . Der Name spielt keine Rolle mehr. Sie war neunzehn, völlig weltfern und nicht recht bei Verstand. Aber Helve hatte sich für sie entschieden. Helve gab ihr den Abschiedskuß, und trotzdem hat man sie nicht einmal in Betracht gezogen oder der eigentlichen Prüfung durch die Hand der Göttin unterzogen. Warum nicht? Das weißt du zweifellos besser als ich. Die Priester fällen die endgültige Entscheidung. Ich werde wenig Einfluß darauf haben, wer meine Nachfolgerin wird . . . Es sei denn, ich achte darauf, jemanden zu benennen, der für den Rat der Druiden akzeptabel ist.«

»Hmmm. . .« Ardanos wiegte nachdenklich den Kopf. »Ich glaube, es ließe sich einrichten, daß deine Wahl ihre Zustimmung findet.«

Lhiannon lachte bitter.

»Du meinst, deine Wahl.«

Er verzog nur leicht den Mund und dachte: Sie hat mich schon immer durchschaut. Ich kann es ihr nicht verübeln – und jetzt erst recht nicht.

»Ist es nicht üblich, daß die Hohepriesterin ein junges Mädchen wählt und im Laufe der Jahre zu ihrer Nachfolgerin heranbildet?« fragte er vorsichtig.

»Du weißt, daß ich das einmal getan habe«, erwiderte Lhiannon müde. »Du weißt, ich hatte mich für Caillean entschieden, und ich muß dich daran erinnern, was daraus geworden ist.«

»Wie meinst du das?« fragte er.

Lhiannon sah ihn seltsam an.

»Du solltest dich etwas mehr darum kümmern, was hier in Vernemeton geschieht. Ich vermute, es würde dir schwerfallen, Caillean zu vertrauen. Sie besitzt die überaus problematische Gewohnheit des Denkens, und meist denkt sie genau zum falschen Zeitpunkt.«

»Aber sie ist die ranghöchste Priesterin und deine ständige Begleiterin. Du weißt, wenn du morgen sterben solltest, würde man Caillean zu deiner Nachfolgerin wählen, es sei denn ... « fügte er mit Nachdruck hinzu, »... es sei denn, sie würde die Prüfung nicht überleben.«
Lhiannon wurde blaß, aber er sprach unbeirrt weiter: »Du solltest am besten wissen, ob Caillean von der Göttin akzeptiert werden würde ...«
Lhiannon schwieg, und er änderte seine Taktik.
»Aber stell dir vor, es gäbe eine andere, eine Unbekannte, die du ausbilden könntest. Wenn der Rat ... niemals erfährt und ahnt, daß diese Sache abgesprochen war ...«, sagte er sehr freundlich.
Lhiannon nickte langsam.
»Wenn ein Mädchen für diese Aufgabe geeignet und intelligent genug ist, dann besteht aus meiner Sicht kein Grund dafür, ein Verbrechen oder eine Gotteslästerung darin zu sehen, daß sie auf die Prüfung der Göttin vorbereitet wurde ... und auf die schwere Last, die sie tragen muß«, sagte sie dann leise.
Ardanos schwieg. Er wußte, weiter durfte er nicht in sie dringen. Draußen hörte man den Wind in den Bäumen, aber im Raum gab es nur das Geräusch ihres Atems.
»Welches Mädchen hast du gewählt, das ich als meine Nachfolgerin wählen soll?« fragte Lhiannon.

Vor einem Fest, bei dem die Hohepriesterin als die Stimme der Göttin sprechen sollte, zog sich Lhiannon drei Tage lang völlig zurück. Nur eigens von ihr ausgewählte Priesterinnen hatten dann Zugang zu ihr. Lhiannon ruhte, meditierte und reinigte sich. Caillean wich in solchen Zeiten nicht von ihrer Seite. Sie freute sich über die völlige Zurückgezogenheit. Das Leben in Vernemeton konnte manchmal sehr aufreibend sein, denn wenn so viele Frauen, wie heilig sie auch sein mochten, zusammenlebten, mußte es hin und wieder zu Konflikten kommen.

Aber diesmal fiel es ihr schwer, die Erinnerungen an die Welt draußen beiseite zu schieben. Sie rührte den Haferbrei und fügte noch ein paar Nüsse hinzu, um ihn nahrhafter zu machen, denn die Hohepriesterin aß in der Zeit der Reinigung kein Fleisch. Dann füllte sie die Holzschale und reichte sie Lhiannon.

»Was wollte Ardanos von dir?« Caillean hörte, daß ihre Worte bitter klangen, aber es gelang ihr nicht, den vorwurfsvollen Ton zu unterdrücken. »Ich dachte, er würde wie üblich erst am Tag von Beltane kommen.«

»Du darfst den höchsten Druiden nicht ständig kritisieren, mein Kind.« Lhiannon schüttelte den Kopf und runzelte die Stirn. »Auf seinen Schultern liegt eine schwere Last.«

»Auf deinen auch ...«, erwiderte Caillean bissig. »Und er erleichtert sie dir mit seinen Forderungen keineswegs.«

Lhiannon zuckte mit den Schultern, und Caillean stellte wieder einmal fest, wie zart diese Schultern waren, auf denen die Last so vieler Hoffnungen und Ängste ruhte.

»Er tut, was er kann«, sagte die Hohepriesterin und überging Cailleans Bemerkung. »Er macht sich Sorgen darüber, was geschehen wird, wenn ich nicht mehr da bin.«

Caillean sah ihre Herrin erschrocken an. Es war allgemein bekannt, daß eine Priesterin, besonders wenn sie dieses hohe Amt bekleidete, den Zeitpunkt ihres Todes kannte.

»Hast du ein Zeichen bekommen, ein Omen? Oder hat er etwas in der Zukunft gesehen?«

Lhiannon schüttelte gereizt den Kopf. »Er hat nur ganz allgemein darüber gesprochen. Und du wirst einsehen, daß sich jemand über diese Dinge Gedanken machen muß. Niemand ist unsterblich, und wer meine Nachfolgerin werden will, muß bald mit der Ausbildung beginnen.«

Caillean sah sie einen Augenblick verblüfft an. Dann lachte sie.

»Du willst mir demnach zu verstehen geben, daß keine der Priesterinnen, die bereits ausgebildet sind ... vor allem ich nicht ... als deine Nachfolgerin akzeptiert werden wird? Mach dir nicht die Mühe, etwas zu sagen . . .«, fügte sie schnell hinzu, »ich weiß, du wirst ihn nur verteidigen, und ich kann dir versichern, ich habe nicht den Ehrgeiz, deine Nachfolgerin zu werden. Das Amt der Hohepriesterin ist nicht genug, um das zu rechtfertigen, was du in all den Jahren durchmachen mußtest.« Sie nickte. »O ja, ich weiß es, denn ich habe es mit eigenen Augen gesehen . . .«

Noch dazu, dachte sie, da die Auszeichnung nichts bedeutet, wenn sich Lhiannon auch weiterhin nicht dazu entschließt, ihre Macht wirklich auszuüben.

Lhiannon schien verärgert, und Caillean erkannte, daß sie sich mit ihren Bemerkungen auf verbotenes Gebiet gewagt hatte. Sie hatte der älteren Frau schon als junges Mädchen nähergestanden als eine Tochter und lebte seit mehr als dreißig Jahren bei ihr. Caillean wußte, wie sehr Lhiannon die Illusionen brauchte, die ihr die Wirklichkeit erträglicher machten.

Eine andere Frau hätte Caillean vermutlich die Frage gestellt, worauf sich ihr Ehrgeiz richtete, wenn nicht auf das höchste Amt in Vernemeton. Caillean biß sich auf die Lippen und nahm die noch beinahe volle Schale Haferbrei vom Tisch; Lhiannon hatte kaum etwas gegessen. Auch sie hatte keine Antwort auf diese Frage. Aber in ihrem Herzen wußte sie, daß der Dienst an der Göttin mehr bedeuten mußte als die förmlichen Rituale.

Zu den geheimen Lehren der Druiden gehörten Geschichten über eine längst vergangene Zeit. Priester eines Landes, das vom Meer verschlungen worden war, flohen nach Albion. Sie waren Meister der Magie und unvorstellbarer Künste gewesen. Sie hatten Einblick in die überirdischen Bereiche und wußten um die Gesetze der Welt, die das Geschehen im Kleinen wie im Großen bestimmen. Diese fremden Priester heirateten in die Sippen der herrschenden Familien Albions und später in die der Eroberer. Und so wurde das alte Blut und das alte Wissen über die Zeiten hinweg gewahrt. Aber die meisten eingeweihten Priester und Priesterinnen waren auf der Insel Mona gestorben und mit ihnen das geheime Wissen.

Caillean hatte manchmal den Eindruck, daß sie in Vernemeton nur noch kärgliche Reste der alten Macht bewahrten. Die meisten anderen Frauen im Heiligtum gaben sich mit ihrem wenigen Wissen und den bescheidenen handwerklichen Künsten zufrieden, aber Caillean wurde die Überzeugung nicht los, daß es mehr geben mußte als das. Sie hatte Lhiannon die Wahrheit gesagt –, sie wollte wirklich nicht die Hohepriesterin werden, denn mit diesem Amt verband sich eine politische Aufgabe, die kaum in Einklang mit dem wahren Dienst an der Göttin zu bringen war. Aber wenn sie nicht das höchste Amt anstrebte, was wollte sie dann an Lhiannons Seite? Was würde aus ihr werden, wenn eine andere die Stimme des Orakels verkörperte?

»Es ist Zeit für unseren morgendlichen Dienst an der Göttin.« Lhiannons Stimme unterbrach ihre Gedanken. Die ältere Frau stützte sich schwer auf den Tisch und stand auf.

Möge die Göttin uns davor bewahren, daß wir bei dem Ritual auch nur den kleinsten Fehler begehen, dachte Caillean und half der Hohenpriesterin in den Garten hinaus, wo sie in Gebetshaltung vor dem schlichten Steinaltar Platz nahm.

Caillean entzündete die Lampe, die über dem Altar hing. Sie nahm die Blumen, die bereits davor lagen, und ordnete sie auf dem flachen Stein.

Während sie das ruhig und mit geübten Bewegungen tat, stellte sie fest, daß Frieden ihre Seele erfaßte.

»DU Wunderbare, DU schenkst
Das Leben mit der aufgehenden Sonne.
Wir bringen dir die schönsten Blumen ...«

Lhiannon sprach leise und hob zum Gruß die Hände. Caillean fiel ebenso leise ein.

»DEINE Strahlen geben der Sonne Kraft
Und läutern das heilige Feuer.
Im Osten erhebst DU dich jeden Tag
Und schenkst der Welt mit DEINEM Atem
Neues Leben.«

Die Stimme der Hohenpriesterin schien mit jedem Wort jünger und reiner zu klingen. Caillean wußte, ein Blick auf ihre Herrin hätte ihr gezeigt, daß die Falten des Alters auf Lhiannons Gesicht sich glätteten, ihre Augen strahlten und die Schönheit der Jungfräulichen Göttin sie umgab. Aber dieselbe Kraft hatte auch ihr Herz erfaßt.

»Die Blüten öffnen sich unter DEINEN
Tritten.
Die Erde wird grün, dort wo DU gehst . . .«

Wie so oft überließ sich Caillean ganz dem Rhyhtmus des Rituals, und die heiligen Worte trugen sie dahin, wo es nur den wunderbaren Einklang mit der Göttin gab.

4. KAPITEL

Eilan erwachte am Morgen von Beltane im Haus der Frauen, wo sie zusammen mit ihren Schwestern schlief, noch vor Sonnenaufgang. Ihr Bett, ein Holzrahmen, über den Lederriemen gespannt waren, auf denen Felle und weiche Wolldecken lagen, stand direkt unter der Dachschräge. Sie mußte nur die Hand heben, um das Dach zu berühren. Im Laufe der Jahre hatte sie einen Riß im Lehmverputz der Seitenwand soweit vergrößert, daß sie hinausblicken konnte. Am grauen Himmel zeigte sich gerade das erste zarte Licht des frühen Sommermorgens.

Mit einem tiefen Seufzer legte sie sich wieder hin und versuchte, sich an ihre Träume zu erinnern. Sie hatte von dem Fest geträumt, aber dann hatte sich die Szene verändert. Sie hatte einen Adler gesehen, und sie war ein Schwan gewesen. Dann war der Adler ebenfalls ein Schwan geworden, und sie waren beide davongeflogen.

Direkt an der Wand schlief die kleine Senara. Sie schlief auf dieser Seite, damit sie nicht aus dem Bett fiel. Ihre kleine Schwester hatte die Beine wie ein Säugling angezogen, und die spitzen Knie stießen Eilan in die Seite. Mairi war vorübergehend ins Elternhaus zurückgekehrt, bis sie wußte, was mit Rhodri geschehen war. Sie lag mit ihrem Kind auf der gegenüberliegenden Seite. Diedas Bett stand an der Stirnseite. Die langen Haare verhüllten fast ihr Gesicht. Sie hatte den Kragen des Nachthemds nicht geschlossen, und Eilan sah die Kette um ihren Hals, an der Cynrics Ring hing.

Rheis und Bendeigid wußten noch nicht, daß die beiden sich verlobt hatten. Das Geheimnis lastete auf Eilan. Aber Dieda und

Cynric wollten ihr Verlöbnis heute beim Fest bekanntgeben. Dann mußten die Familien die schwierigen Verhandlungen über die Mitgift und den künftigen Wohnsitz des Paares beginnen, damit die beiden heiraten konnten. Cynric hatte keine Verwandten, das würde natürlich alles vereinfachen. Aber Ardanos, Diedas Vater, würde vielleicht Einwände haben.

In dem Raum standen außer den Betten nur eine an der Wand befestigte Bank und eine Eichentruhe, in der die Mädchen ihre Kleider und die Festgewänder aufbewahrten. Die Truhe hatte Rheis mit in die Ehe gebracht, und es war immer davon die Rede gewesen, daß sie einmal zu Diedas Mitgift gehören werde. Eilan hatte nichts dagegen, denn unter den geschickten Händen des alten Vab entstand bereits eine andere, ebenso schön gearbeitete Truhe. Sie würde Eilan gehören, und später sollte auch Senara eine Truhe bekommen. Eilan hatte gesehen, wie die Eichenbretter poliert wurden, bis sie glänzten, und die Holznägel gefärbt, so daß man sie nicht mehr sah.

Der Säugling weinte verschlafen und begann kurz darauf zu schreien. Mairi setzte sich seufzend auf, schob sich die langen lockigen Haare aus dem Gesicht und nahm den Kleinen in den Arm. Sie mußte aufstehen und den Lappen in seiner Hose wechseln. Als sie zurückkam, legte sie das Kind auf das Bett. Es lachte zufrieden, und sie liebkoste ihren kleinen Sohn.

Eilan schob die Füße in die Holzpantinen und sagte: »Ich höre Mutter draußen. Ich glaube, wir sollten aufstehen.«

Sie zog das Leinenkleid an. Dieda schlug die Augen auf und murmelte: »Ich komme nach. Ich brauche bestimmt nicht lang zum Anziehen.«

Mairi lachte. »Ich kann Rheis helfen, wenn ich den Kleinen gestillt habe. Du und Eilan, ihr könnt hier bleiben und euch für das Fest schönmachen. Wenn ihr ein Auge auf einen jungen Mann geworfen habt, dann solltet ihr heute so hübsch wie möglich sein.«

Sie lächelte verständnisvoll. Dieda wurde zu Hause nicht verwöhnt, denn sie hatte bei ihrem strengen Vater kein leichtes Le-

ben und wenig Gelegenheit, an sich selbst zu denken. Deshalb versuchten alle, Dieda zu verhätscheln, wenn sie zu Besuch kam.
Mairi nahm den Kleinen auf den Arm und verließ den Raum. Dieda streckte sich wohlig aus und murmelte verschlafen: »Ist das Fest wirklich schon heute? Ich dachte, es sei erst morgen.«
»Es ist wirklich heute«, erwiderte Eilan und fügte etwas anzüglich hinzu: »Und du und Cynric, ihr werdet eure Verlobung bekanntgeben.«
»Wird dein Vater einverstanden sein?« fragte Dieda.
»Oh, wenn *dein* Vater seine Zustimmung gibt, dann kommt es kaum noch darauf an, was mein Vater sagt«, antwortete Eilan diplomatisch. »Außerdem, wenn mein Vater etwas dagegen hätte, daß ihr beiden euch liebt, dann hätte er bestimmt schon etwas gesagt. Ach übrigens, ich habe heute nacht von dir und Cynric geträumt. Ihr seid beide auf dem Fest gewesen.«
»Wirklich? Erzähl mir den Traum!«
Dieda setzte sich auf und wickelte sich in das Bettlaken, denn es war noch immer kühl.
»Ich weiß nicht mehr viel. Aber dein Vater war glücklich und zufrieden. Sag mal, willst du wirklich meinen Stiefbruder heiraten?«
»O ja«, erwiderte Dieda lächelnd und schwieg. Eilan wußte, daß Dieda nichts mehr sagen würde.
Sie sagte neckend: »Vielleicht sollte ich Cynric fragen, er ist sicher nicht so schweigsam.« Sie lachte, als Dieda verlegen wurde.
»Mach dir keine falschen Hoffnungen«, erwiderte Dieda, »er redet auch nicht viel. He, möchtest du ihn vielleicht selbst heiraten?«
Eilan schüttelte energisch den Kopf. »Er ist mein Bruder!«
Wenn sie heiraten würde, dann bestimmt nicht diesen ungehobelten Riesen, der ihr Frösche ins Bett setzte und sie schon als Kind immer an den Haaren gezogen hatte. Nein, er wäre der letzte, den sie sich zum Mann wünschte.

»Eigentlich ist er das nicht«, erinnerte sie Dieda.
»Er ist mein Ziehbruder, und damit so gut wie mit mir verwandt«, erklärte Eilan. »Wenn Vater wollte, daß ich ihn heirate, dann hätte er ihn nicht in die Familie aufgenommen.« Sie griff nach einem Hornkamm und begann, die langen Zöpfe zu lösen.
Dieda legte sich seufzend noch einmal hin. »Wird Lhiannon auch beim Fest sein?« fragte sie nach einer Weile.
»Aber natürlich. Schließlich befindet sich Vernemeton im Wald an der Quelle unterhalb des Hügels, auf dem wir Beltane feiern. Warum fragst du?«
»Ach, ich weiß nicht. Jetzt, wo ich heiraten werde, finde ich den Gedanken an ein Leben als Priesterin schrecklich«, sagte Dieda. »Lhiannon muß doch auch einmal jung gewesen sein. Natürlich ist das schon sehr lange her. Man kann es sich bei ihr kaum vorstellen. Ich jedenfalls möchte keine Jungfrau im Dienst der Göttin bleiben . . .«
»Niemand verlangt das von dir . . .«, erwiderte Eilan.
»Es ist nicht mehr davon die Rede«, sagte Dieda, »aber mein Vater hat mich einmal gefragt, ob ich mir vorstellen könnte, der Göttin zu dienen . . .«
»Das hat er dich gefragt?« Eilan sah sie erstaunt an.
»Ich habe damals erwidert, daß ich es mir nicht vorstellen kann«, erzählte Dieda, »aber noch Wochen danach hatte ich Alpträume. Ich träumte, daß ich Streit mit meinem Vater hatte, und er hielt mich in einem hohlen Baum gefangen. Deshalb bin ich entschlossen, Cynric zu heiraten. Ich möchte mein Leben nicht in Vernemeton verbringen . . . oder in einem anderen Heiligtum. Du vielleicht?«
»Ich weiß nicht . . .«, erwiderte Eilan ausweichend, »wenn man mich fragen würde, dann würde ich vielleicht zustimmen.«
Sie dachte daran, wie die Priesterinnen beim Fest so gelassen und erhaben in ihren dunkelblauen Gewändern durch die Menge schritten. Die Menschen verehrten sie wie Königinnen. Wäre das nicht ein besseres Leben, als irgendeinem Mann auf Wohl und Wehe ausgeliefert zu sein? Die Priesterinnen lernten das geheime

Wissen. Sie halfen den Menschen mit ihren Künsten. Das war eine verantwortungsvolle Aufgabe, und deshalb brachte man ihnen soviel Achtung entgegen. Welcher Mann konnte einem soviel Liebe schenken wie die Göttin?
»Und doch habe ich gesehen, wie du den jungen Fremden ansiehst ...«, neckte sie Dieda. »Du weißt schon, wen ich meine: Gawen, den Cynric gerettet hat. Ich glaube, du würdest eine noch schlechtere Priesterin abgeben als ich!«
»Vielleicht hast du recht«, Eilan drehte ihr den Rücken zu, damit Dieda nicht sah, daß sie glühend rot geworden war. Es klang nicht sehr überzeugend, als sie sagte: »Ich habe ihn gesund gepflegt und mache mir deshalb Gedanken um ihn, mehr nicht.« Noch ehe Dieda etwas sagen konnte, fügte sie hinzu: »Weißt du, ich habe noch nicht viel über das Heiraten nachgedacht ...«
Dieda lachte leise. »Ich kann dir verraten, mit dem Kopf hat das wenig zu tun.«
Eilan sagte nachdenklich: »Ach, jetzt fällt es mir wieder ein, Lhiannon kam auch in meinem Traum vor. Sie ging durch den Wald und hielt eine Girlande aus roten Blüten in den Händen. Ein Rabe flog vor ihr her. Der große schwarze Vogel setzte sich auf ein blutiges Schwert. Lhiannon ergriff es und trug es zur heiligen Quelle. Wir alle sind ihr langsam gefolgt, denn das Fest war schon lange zu Ende.«

Am späten Morgen machte sich die Familie auf den Weg zum Fest. Es war ein sonniger Tag im Mai. Der Regen in der Nacht zuvor hatte die Luft rein gewaschen, und der Wind blies die letzten Wolken nach Osten. Der Himmel war strahlend blau und klar. In den Weißdornbüschen hingen glitzernde Regentropfen und ließen die weißen Blüten wie Sterne funkeln. Schlüsselblumen standen in blaßgoldenen Flecken wie eingefangenes Sonnenlicht unter den Bäumen. Kleine bunte Vögel flogen blitzschnell durch die Zweige. An einem solchen Morgen schienen alle Farben der Natur zur Ehre des Feiertags neu geschaffen worden zu sein.

Gaius hinkte noch, aber Cynric hatte ihm den Verband am Bein abgenommen und meinte, es sei besser, wenn er den Knöchel wieder mehr belastete. Der junge Mann setzte vorsichtig einen Fuß vor den anderen und atmete tief die kühle Luft ein, die nach der langen Zeit im Bett und im Haus doppelt belebend wirkte.

Vor zwei Wochen hatte es den Anschein gehabt, er werde nie wieder durch den Wald gehen können. So war er im Augenblick zufrieden, am Leben zu sein, die Sonnenflecken auf den grünen Blättern zu betrachten und die Frühlingsblumen ebenso zu bewundern wie die bunten Festtagskleider der Menschen, die mit ihm zum Festplatz wanderten.

Eilan trug über einem lichtgrünen Untergewand ein langes, lokker gewebtes Kleid mit vielen Karos in Blaßgold, Braun und dem hellen Grün der knospenden Blätter. Ihr Haar lag wie ein schimmerndes Tuch um ihre Schultern und fiel bis auf den Rücken. Es leuchtete heller als das Gold ihrer Spangen und Armreifen. Für ihn gab es in dieser bunt geschmückten Welt nichts Schöneres als sie.

Er achtete kaum auf die Unterhaltung, die um das Fest kreiste. Als Kind war er mit der Sippe seiner Mutter bei Stammesfesten gewesen, und er vermutete, daß ihn etwas Ähnliches erwartete. Schon lange bevor sie den Platz erreichten, hörte er den Lärm vieler Menschen, denn zu einem großen keltischen Fest gehörte im allgemeinen auch ein Markt. Die Festlichkeiten hatten schon vor einigen Tagen begonnen und sollten noch mehrere Tage dauern. Aber heute, am Vorabend von Beltane, war der Höhepunkt, denn in der Nacht würde sich die Hohepriesterin des Orakels zeigen.

Am Waldrand waren viele bunte Zelte und Verkaufsstände aus geflochtenen Zweigen aufgebaut worden. Das Fest lockte die Menschen im Umkreis von vielen Tagesmärschen an. Die meisten waren Cornovier, aber Gaius sah auch Stammestätowierungen der Dobuner und Ordovicen. Sogar ein paar Deceangler aus der Nähe von Deva waren gekommen. Nach zwei Wochen in Bendeigids Haus fiel es ihm nicht mehr schwer, die britonische Sprache

seiner Geburt zu verstehen und zu sprechen. Deva und die Legion schienen immer mehr zu verblassen und waren weit weg.
An den Ständen am Fuß des befestigten steil aufragenden Hügels verkaufte man Geschirr und alle möglichen Dinge, die offenbar von den Bauern der Umgebung hergestellt worden waren. Einige waren so schön und wertvoll, daß man sie sogar in Rom hätte verkaufen können. Vielleicht kamen manche Sachen sogar von dort, denn der Handel zwischen Rom und Britannien blühte. Die griechischen und gallischen Händler zogen überall hin. Es gab auch Stände mit Äpfeln und Süßigkeiten; an einem besonderen Platz wurden Pferde verkauft, und es gab sogar einen Arbeitsmarkt, wo man, wie Cynric erklärte, vom Schweinehirten bis zur Amme alles finden konnte.
Aber als Gaius endlich oben auf dem Festplatz stand, der auf der Spitze des Hügels wie eine Insel aus den Wäldern um Vernemeton aufragte, staunte er. Der Markt bedeckte eine große mit einem Ringwall umgebene Fläche; aber wegen der vielen Buden und Menschen konnte er sie nicht in ihrer ganzen Ausdehnung überblicken. Am Ende des breiten Wegs in der Mitte erhob sich ein mächtiger aufgeschütteter Erdhügel mit einem Eingang aus Stein. Cynric machte ein Zeichen der Ehrerbietung, als sie den Weg überquerten.
Gaius fragte: »Ist das euer Tempel?«
Cynric sah ihn verständnislos an, schüttelte den Kopf und erwiderte: »Nein, hier ist ein großer König unserer Vorväter begraben. Höchstens einer der alten Barden kennt vielleicht noch seinen Namen, sonst niemand mehr. Und wenn es ein Lied über ihn gibt, dann habe ich es entweder vergessen oder nie gelernt.«
Ein anderer, etwas längerer Weg führte zu einem Gebäude, das wie ein kleiner, quadratischer Turm aussah, der von einem schilfbedeckten Bogengang umgeben war. Als Gaius stehenblieb und das Bauwerk nachdenklich betrachtete, flüsterte Eilan: »Das ist der Schrein, in dem die heiligen Gegenstände aufbewahrt werden.«

»Er sieht wie ein Tempel aus ...«, erwiderte er, aber Eilan lachte.
»Du weißt doch bestimmt, daß man die Götter nicht in einem Gebäude verehren kann, das von Menschen geschaffen wurde. Man kann die Götter nur unter dem offenen Himmel und inmitten von Bäumen verehren.« Sie schwieg und fügte dann hinzu: »Auf einigen Inseln im Westen, wo keine Bäume wachsen, halten sie die Rituale in Hainen aus Stein. Aber mein Vater sagt, die hohen Druiden, die von den Römern umgebracht wurden, haben die Geheimnisse der alten Steinringe hier im Süden mit ins Grab genommen.«
An einem Stand verkaufte man Armreifen und Ringe aus griechischem Glas. Eilan verstummte und blieb stehen, um sie zu bewundern. Gaius biß sich auf die Lippen.
Vermutlich ist es klüger, wenn ich keine Fragen mehr stelle, sonst verrate ich mich noch. Bestimmt gibt es Dinge, die selbst ein Silurer wissen müßte ...
Es gab Buden, in denen Besen zum Fegen und Wedel aus Federn zum Staubwischen angeboten wurden. Hübsche Mädchen verkauften Girlanden – beinahe jeder trug eine Girlande zum Fest –, Blumen und viele andere Dinge, die Gaius nicht kannte. Der rituelle Teil des Fests würde erst bei Einbruch der Dämmerung beginnen, das zumindest wußte auch er.
Die jungen Leute schlenderten an den Ständen vorbei und betrachteten sich die Waren. Cynric erkundigte sich nach einem Schweinehirten, aber als er zurückkam, erzählte er, daß die Männer alle zuviel Lohn für die Arbeit verlangten.
»Die verfluchten Römer haben so viele Männer zur Zwangsarbeit ausgehoben, daß wir schon Leute bezahlen müssen, um unser Vieh zu hüten und die Felder zu bestellen«, schimpfte Cynric. »Aber sie haben auch viele von ihrem Land vertrieben, so daß manchmal Männer zu uns kommen, die als Lohn nur Unterkunft und ihr Essen verlangen. Wenn ich Bauer wäre, würde ich mich vermutlich über diese billigen Arbeitskräfte freuen. Aber die Göt-

ter mögen mich davor bewahren, daß ich mein Brot als Feldarbeiter verdienen muß!«
Er lachte gezwungen, und wieder einmal wunderte sich Gaius über die Bitterkeit, die Cynric wie ein Schatten begleitete.

Um die Mittagszeit versammelte Rheis die Familie unter einer großen, ausladenden Eiche am Fuß des Hügels. Es gab kaltes Bratenfleisch und frisches Brot.
Zum Hügel von Vernemeton führten viele Wege. Von ihrem Platz aus sahen sie eine breite, gepflegte Allee, die nach Westen führte und die von stattlichen Eichen gesäumt wurde. An ihrem Ende sah man die schilfgedeckten Dächer von Vernemeton. Sie hoben sich hell vom Dunkelgrün der Bäume im heiligen Hain ab.
Cynric und Gaius schlenderten nach dem Essen zum Pferdemarkt. Rheis hatte sich mit Freunden und Verwandten verabredet und war ebenfalls gegangen. Die beiden jungen Frauen blieben allein zurück und räumten die Sachen zusammen. Plötzlich richtete sich Eilan auf und flüsterte: »Sieh mal, da ist Lhiannon.«
Die Hohepriesterin kam, begleitet von zwei ihrer Frauen, den heiligen Weg zwischen den Bäumen entlang. Sie war von zierlicher Gestalt und trug den weiten dunkelblauen Umhang der Priesterin, der im gesprenkelten Sonnenlicht, das durch die Zweige fiel, schimmerte. Sie bewegte sich mit dem gleitenden Gang der ausgebildeten Priesterin, so daß sie beim Näherkommen tatsächlich wie ein überirdisches Wesen wirkte.
Lhiannons Blick fiel auf die beiden jungen Frauen, und sie blieb stehen. Lächelnd trat sie näher.
»Du gehörst zu Bendeigids Familie«, sagte sie und richte die Augen auf Dieda. »Wie alt bist du, mein Kind?«
»Fünfzehn«, flüsterte Dieda, als könne sie vor Ehrfurcht kaum sprechen.
»Bist du schon verheiratet?« fragte Lhiannon. Eilan spürte, wie ihr Herz anfing, heftig zu schlagen. Genauso hatte sie die Hohepriesterin in ihrem Traum gesehen.

»Nein«, erwiderte Dieda kaum hörbar. Sie blickte wie in Trance in die klaren, leuchtenden Augen der Priesterin.
»Auch nicht einem Mann versprochen?«
»Noch ... nicht, obwohl ich ...«, sie wollte weitersprechen, aber ihre Stimme versagte.
Sag es ihr, dachte Eilan, du hast Cynric dein Wort gegeben! Du mußt es ihr *jetzt* sagen!
Dieda bewegte zwar die Lippen, aber sie schien gelähmt wie ein junger Hase, wenn der Schatten des Falken auf ihn fällt.
Lhiannon nahm den schweren blauen Umhang von den Schultern und sagte feierlich: »Dann höre meine Worte. Die Göttin hat dich erwählt. Von nun an wirst du IHR dienen, nur IHR ...«
Der weite Umhang öffnete sich wie eine dunkle Schwinge, als die Hohepriesterin ihn von ihren Schultern nahm. Der Platz war plötzlich in gleißendes Licht getaucht, und in den Zweigen der Bäume rauschte ein heftiger Wind.
Eilan legte schützend die Hand vor die Augen. Gewiß, das helle Licht kam von der Sonne, aber einen Augenblick lang hatte sie unter dem Umhang eine schöne strahlende Gestalt zu sehen geglaubt. Verwirrt schloß Eilan die Augen, aber vor ihrem inneren Auge sah sie immer noch ein Gesicht. Es war das Gesicht einer Frau mit dem liebevollen Lächeln einer Mutter und den gefährlichen Augen eines Raubvogels. Nicht Dieda, sondern sie schien von diesem Blick gebannt zu sein, aber Lhiannon hatte nicht zu ihr gesprochen. Sie schien Eilan überhaupt nicht zu bemerken, als sie ernst und feierlich sagte: »Von nun an wirst du bei uns im Heiligtum von Vernemeton leben, mein Kind. Komm zu uns ... komm morgen, das ist früh genug.«
Lhiannons Stimme schien wie ein Echo aus weiter Ferne zu hallen, sie schien aus der Tiefe oder aus großer Höhe zu kommen.
»So sei es.«
Als Eilan die Augen öffnete, sah sie den Schatten, der sich über Dieda senkte, als der Umhang sie einhüllte.
Die Priesterinnen in Lhiannons Begleitung hoben die Hände und

sprachen feierlich die rituellen Worte. Eilan glaubte, einen mächtigen Chor zu hören.

»Sie wird von der Göttin geliebt.
Die Göttin hat sie gewählt.
Sie gehört zu uns, heute, morgen
Und in allen Zeiten.
Wir hüten das Geheimnis der Wälder
Und dienen der Wiedergeburt des Lebens.
So war es schon immer.
Und so soll es auch in Zukunft sein.«

Lhiannon nahm Dieda den Umhang von den Schultern, und eine ihrer Begleiterinnen half der Hohenpriesterin, ihn wieder umzulegen und am Hals zu befestigen. Dann drehten sich die drei Frauen um und kehrten schweigend nach Vernemeton zurück.

Eilan blickte ihnen nach, bis ihre Augen tränten. Sie legte die Hände vor das Gesicht und flüsterte benommen: »Die Göttin hat dich gewählt ... Du bist jetzt eine von ihnen.«

Da Dieda schwieg, drehte sie sich um. Sie sah, daß Dieda totenbleich geworden war und die Fäuste so fest ballte, daß die Knöchel weiß wurden. Plötzlich begann sie am ganzen Leib zu zittern.

»Warum konnte ich nicht reden? Warum konnte ich es ihr nicht sagen?« rief sie verzweifelt. »Ich kann nicht nach Vernemeton gehen ... ich habe Cynric mein Wort gegeben!«

»Aber ihr seid noch nicht offiziell verlobt«, erwiderte Eilan verwirrt, denn sie stand noch immer ganz unter dem Eindruck dessen, was sie gesehen hatte. »Ein Versprechen zwischen euch beiden ist nicht bindend. Und nichts ist geschehen, was nicht wieder rückgängig gemacht werden kann.«

Als Dieda nicht antwortete, sondern sie mit Tränen in den Augen anstarrte, fragte Eilan: »Warum bist du so traurig, Dieda? Meiner Meinung nach würde jede andere Frau viel lieber eine Priesterin werden als meinen Bruder zu heiraten ...«

»Wie kannst du nur so etwas sagen?« erwiderte Dieda empört. »Ach, du bist eben noch ein Kind und weißt nicht, wovon du redest, Eilan!«
Sie verstummte und schlug verzweifelt die Hände vor das Gesicht.
Eilan senkte den Kopf. »Tut mir leid, Dieda. Ich hatte ganz vergessen, daß du keine Priesterin werden willst.«
»Warum ist die Wahl nicht auf dich gefallen?« murmelte Dieda erstickt. »Vielleicht können wir sagen, daß sie zu dir gekommen ist ... Vielleicht hat sie mich ebenso mit dir verwechselt wie Vater ... Vielleicht wollte sie dich und nicht mich ...«
»Das darfst du nicht einmal denken!« rief Eilan erschrocken. »Das wäre Betrug und ein schlimmes Verbrechen. Wenn die Göttin dich gewählt hat, dann mußt du IHR gehorchen.«
»Aber was soll ich nur Cynric sagen? Was kann ich ihm sagen?« rief Dieda unglücklich und begann, hemmungslos zu weinen.
»Dieda ...«, Eilan legte ihr tröstend den Arm um die Schulter. »Kannst du nicht mit deinem Vater reden? Sag Ardanos, daß du keine Priesterin werden möchtest. Wenn du dich so dagegen wehrst, dann kann nichts Gutes daraus werden.«
Mit tränenerstickter Stimme stieß Dieda hervor: »Das wage ich nicht ... Vater würde das nie verstehen ... und ... und er würde nie der Hohenpriesterin widersprechen.« Dieda wischte sich die Tränen ab und sagte: »Weißt du ...« Sie senkte die Stimme und sprach so leise, daß Eilan kaum etwas verstand. »Vater ist Lhiannons Freund ... Es ist beinahe, als sei er in sie verliebt ...«
Eilan zuckte zusammen. »Wie kannst du so etwas sagen? Sie ist eine geweihte Priesterin, und er ist der höchste Druide von Albion!«
»Ich will nicht behaupten, daß sie je etwas Verbotenes getan haben, aber er kennt sie so lange, und ich ...« Sie suchte nach den richtigen Worten. »Ich habe schon immer den Eindruck, daß es für ihn nur einen Menschen gibt, der ihm wirklich etwas bedeutet, und das ist Lhiannon ...«

»Sei vorsichtig«, flüsterte Eilan unbehaglich, »wenn dich jemand hört, könnte er dich genauso falsch verstehen wie ich, und das wäre ein großes Unheil.«

Dieda rief unglücklich: »Und wenn schon! Mir ist alles gleichgültig. Ach, ich wollte, ich wäre tot!«

Eilan wußte nicht, wie sie Dieda trösten sollte. Sie ergriff stumm ihre Hand und drückte sie. Wieso nur wollte Dieda diese große Ehre und Auszeichnung nicht annehmen? Wie glücklich würde Rheis sein, wenn sie hörte, daß ihre jüngere Schwester von Lhiannon zur Priesterin berufen worden war. Auch Bendeigid würde sich freuen. Dieda war für ihn wie eine Tochter. Er hatte sie schon immer besonders gemocht.

Eilan bemühte sich, ihre Enttäuschung darüber zu überwinden, daß die Göttin die Hand nicht nach ihr ausgestreckt und sie nach Vernemeton gerufen hatte.

Gaius und Cynric schlenderten durch die festlich gestimmte Menge. Von Zeit zu Zeit blieben sie stehen, um ein Pferd zu begutachten, und gingen dann weiter. Nach einer Weile fragte Cynric: »Sag mal, weißt du wirklich nicht, was auf der Insel Mona geschehen ist? Ich war der Meinung, da du in der Nähe von Deva lebst, hätte dir jemand diese Geschichte erzählt . . .«

»Mir hat niemand etwas erzählt«, erwiderte Gaius ausweichend. »Vergiß nicht, ich komme aus dem Land der Silurer. Das ist weit im Süden.«

Er dachte, jeder weiß, daß meine Mutter einen römischen Offizier geheiratet hat, und da ich sein Sohn bin, war niemand mutig genug, mir so etwas zu erzählen.

»Ist das bei euch allgemein bekannt?« fragte er. »Du hast gesagt, es gibt sogar ein Lied darüber, das dein Großvater singen kann . . .«

»Ich will dir die Geschichte erzählen, dann wirst du vielleicht besser verstehen, weshalb ich keinem Römer etwas Gutes wünsche«, sagte Cynric ernst. »In der Zeit, bevor die Römer kamen, gab es auf der Insel Mona in einem heiligen Hain eine Quelle und einen See. Das Heiligtum wurde von den geweihten Priesterinnen der Göttin gehütet. Jetzt gibt es dort nur noch einen stinkenden Teich. Eines Tages erschienen die Legionäre ..., und sie haben das getan, was sie immer tun. Sie brannten den Hain nieder, raubten die Schätze, erschlugen alle Druiden, die sich ihnen in den Weg stellten, und ... sie vergewaltigten die Frauen ... sie verschonten keine, weder die älteste Priesterin noch die jüngste Novizin.«

Gaius war entsetzt. Diesen Teil der Geschichte hatte er tatsächlich noch nicht gehört. Bei den Römern war die Rede immer nur von Druiden mit brennenden Fackeln und von Frauen mit Zauberkräften gewesen, die unheimliche, gellende Flüche ausgestoßen hatten. Über die Eroberung der Insel Mona berichtete man, daß sich die Legionäre zunächst gefürchtet hatten, die Meerenge mit ihrer reißenden Strömung zu überqueren. Aber dem Befehlshaber war es schließlich gelungen, sie zum Kampf anzufeuern, so daß sie den Mut aufbrachten, die Priester anzugreifen.

Mona war die letzte Festung der Druiden gewesen, und Gaius hatte immer geglaubt, daß so gut wie alle Druiden bei der Eroberung ums Leben gekommen seien. Erst die Begegnung mit Bendeigid und Ardanos hatte ihn eines Besseren belehrt. Aus militärischer Sicht war es nur logisch gewesen, Mona zu erobern und zu zerstören. Aber ein guter Befehlshaber, dachte er empört, muß seine Männer unter Kontrolle halten können. Waren die Soldaten vielleicht so brutal geworden, weil sie sich vor den Frauen gefürchtet hatten?

»Was ist aus den Priesterinnen geworden?«

»Das ist eine gute Frage«, sagte Cynric, dem auffiel, wie nachdenklich der Fremde geworden war. Gaius wollte die Antwort eigentlich nicht wissen, denn er wußte, daß Cynric die Geschichte so erzählte, wie er sie gelernt hatte, und dabei kamen die Römer bestimmt nicht gut weg.

Cynric dagegen hielt es für seine Pflicht, dem jungen Fremden die

ganze Wahrheit zu sagen, damit er in Zukunft die Römer vielleicht mit anderen Augen sah.
»Viele der Frauen wurden schwanger«, fuhr er langsam fort, »eigentlich alle im gebärfähigen Alter. Nach der Geburt ertränkte man ihre Töchter in dem heiligen See, den die Römer entweiht hatten. Die Söhne wurden in den Familien von Druiden aufgezogen. Als sie zu Männern herangewachsen waren, erzählte man ihnen die Geschichte ihrer Geburt, und sie wurden zu Kriegern ausgebildet. Eines Tages sollen sie ihre Mütter und ihre Götter rächen.« Er sah Gaius mit leuchtenden Augen an. »Und du kannst mir glauben, sie werden es tun! O ja, das werden sie ... ich schwöre es bei der Göttin der Raben. SIE ist meine Zeugin!«
Die letzten Worte stieß er so heftig hervor, daß Gaius erschrak. Cynric schwieg, und Gaius wartete beklommen darauf, daß er weitersprechen würde. Er hatte von seinem Vater gehört, daß es einen Geheimbund mit dem Namen die Raben gab. Gehörte Cynric zu ihnen und brannte in ihm deshalb ein so bitterer Haß auf die Römer?
Cynric sprach schließlich etwas ruhiger weiter: »Damals wurden alle Priesterinnen von der Insel nach Vernemeton gebracht, denn hier, im Heiligtum in den Wäldern um Deva, sind sie besser geschützt.«
Gaius überlegte, ob Cynric ihm die Geschichte in einer bestimmten Absicht erzählt hatte.
Cynric weiß nicht, daß ich Römer bin, dachte er und war wieder einmal froh, daß seine Gastgeber nicht ahnten, daß er ein römischer Offzier war. In diesem Augenblick wußte Gaius selbst nicht genau, ob er eigentlich Römer sein wollte, obwohl er bisher immer sehr stolz darauf gewesen war.

Bei Einbruch der Dämmerung begannen junge Männer in weißen Gewändern und geschmückt mit goldenen *Torques*, auf dem freien Platz vor dem Hügelgrab zwei große Holzstöße aufzuschichten.

»Sie achten darauf, daß jeder Stapel das Holz der neun heiligen Bäume enthält«, erklärte Cynric leise. Gaius wußte nicht, um welche Bäume es sich dabei handelte, wollte jedoch nicht fragen. Deshalb nickte er nur.
Zwischen den Holzstößen legte man ein dickes Eichenbrett mit einer Vertiefung in der Mitte, in der wie eine Achse ein runder Pflock steckte. Neun ehrwürdige Druiden in makellos weißen Gewändern begannen zum Schlagen einer Trommel abwechselnd den Pflock zu drehen. Während der Himmel allmählich dunkel wurde, drängten sich immer mehr Menschen auf den Platz und sahen gebannt zu. Eine ehrfürchtige Stille breitete sich aus.
In dem Augenblick, als die Sonne hinter den Baumwipfeln verschwand, sah Gaius einen roten Funken glühen. Auch alle anderen hatten es gesehen. Ein Murmeln lief durch die Menge. Einer der Druiden streute etwas in die Vertiefung, und im nächsten Augenblick züngelten gelbe Flammen auf.
»Die Feuer werden bis zum Morgengrauen brennen, während die Leute sie umtanzen«, sagte Cynric. »Ein paar Männer werden den Beltane-Baum bewachen . . .«
Er deutete auf einen hohen Stamm am anderen Ende des Platzes.
»Alle anderen werden mit ihrer Liebsten bis zum Morgengrauen in den Wäldern sein und grüne Zweige sammeln . . . so sagt man zumindest«, er lachte vielsagend. »Morgen früh schmücken sie mit den Zweigen den Stamm und tanzen, um den Tag zu begrüßen.«
Die Druiden hatten mit dem Not-Feuer die Holzstöße entzündet, die prasselnd und knisternd zu brennen begannen. Gaius wich zurück, als die ersten Flammen hoch aufschlugen und die Hitze ihm die Haut zu versengen drohte.
Die Menschen bildeten eine Kette und umkreisten die beiden lodernden Feuer. Jemand reichte Gaius ein kleines Trinkhorn. Die Menge wurde zunehmend ausgelassener und drängte sich um die Fässer mit Bier und Met. Gaius kannte solche Feste und

wußte, was geschehen würde. Ihm fiel jedoch auf, daß die Frauen mit den Kindern gegangen waren. Er entdeckte auch keine der jungen Priesterinnen in den dunkelblauen Gewändern mehr in der Menge.

Gaius und Cynric schoben sich durch die fröhlichen Menschen, bis sie in der Nähe der Feuer Eilan und Dieda fanden.

»Da seid ihr ja!« rief Cynric und lief zu ihnen. »Dieda, komm, tanz mit mir . . .«

Dieda wurde blaß und umklammerte Eilans Hand.

»Weißt du es noch nicht?« fragte Eilan ihren Bruder.

»Was?« erwiderte Cynric und runzelte die Stirn.

»Heute nachmittag hat Lhiannon sie für Vernemeton ausgewählt!«

Cynric wollte Dieda impulsiv an sich ziehen, ließ aber langsam die Hände wieder sinken.

»Die Göttin hat gesprochen? Vielleicht ist es auch besser so . . .«

»Wie kannst du das sagen?« rief Dieda. »Du weißt, daß ich dich nicht heiraten darf, wenn ich die Gelübde ablegen muß . . .«

»Und du weißt, welcher Eid mich bereits bindet«, erwiderte er düster. »Ich darf mich in den nächsten Jahren ohnehin nicht mit einer Frau und Kindern belasten, wenn . . .«

Er holte tief Luft, und als er diesmal die Arme nach ihr ausstreckte, schmiegte sie sich an ihn. Dieda war groß, aber in seinen starken Armen wirkte sie klein und zerbrechlich.

»Ein Weg steht uns noch offen«, flüsterte er. »Drei Jahre kannst du der Göttin dienen . . . du mußt dich nicht für das ganze Leben verpflichten. Auf den Inseln im Norden gibt es ein Ausbildungslager. Dort muß ich hin. Du bist keine Kriegerin, und selbst wenn wir uns in aller Öffentlichkeit verloben würden, könntest du mich nicht dorthin begleiten. Vielleicht ist es besser, wenn du eine Zeitlang im Heiligtum dienst . . ., dort bist du in Sicherheit . . ., und wenn es zum Krieg kommen sollte . . .«

Dieda schluchzte und vergrub ihr Gesicht an seiner Schulter. Gaius sah seine großen Hände, die sie zärtlich an sich drückten.

»Drei Jahre binden uns andere Gelübde«, flüsterte Cynric ihr ins Ohr, »aber die Nacht heute gehört uns.« Er hob den Kopf und sagte zu Eilan: »Bleib du bei Gawen!«
Eilan erwiderte unsicher: »Mutter hat gesagt, daß Dieda und ich zusammenbleiben sollen . . ., es ist Beltane . . .«
Dieda drehte sich um und wischte sich die Tränen aus den Augen.
»Hab Mitleid mit uns! Rheis wagt nicht, etwas gegen den Willen deines Vaters . . . und natürlich auch meines Vaters zu tun . . .« Sie schluckte. »Wenn sie wüßten, was geschehen ist, würden sie uns noch nicht einmal die paar Stunden lassen!«
Eilan nickte und drehte sich wortlos um.

»War es falsch von mir, Eilan mit dem Fremden allein zu lassen?« fragte Dieda beklommen, als Cynric mit ihr davonging. »Immerhin hat er bei den Römern gelebt, und vielleicht behandelt er die Frauen so, wie das bei ihnen üblich ist . . .«
»Er ist Gast in unserem Haus. Selbst wenn er der Sohn des Prokurators wäre . . .«
»Das ist er bestimmt nicht!« Dieda mußte plötzlich kichern. »Der Prokurator hat nur eine Tochter.«
»Wie auch immer, er würde die Tochter seines Gastgebers um jeden Preis mit Achtung behandeln. Außerdem ist Eilan noch ein Kind«, erwiderte Cynric.
»Wir sind gleichaltrig«, erinnerte ihn Dieda. »Du hältst sie immer noch für ein Kind, weil sie deine Schwester ist.«
»Was hattest du erwartet?« fragte Cynric gereizt. »Sollte ich in Gegenwart der beiden mit dir über meine wahren Gefühle sprechen?«
»Was gibt es noch zu sagen? Bestimmt nicht genug, um . . .«
Sie konnte nicht weitersprechen, weil er sie in die Arme nahm und ihr mit einem Kuß die Lippen verschloß.
Sie erwiderte seine Umarmung, aber dann löste sie sich unglücklich von ihm.

»Das nützt auch nichts«, murmelte sie. »Und wir müssen vorsichtiger sein, denn wenn uns jemand sieht ...«
Er lachte traurig. »Du hast deine Gelübde noch nicht abgelegt, oder? Und ich kann immer behaupten, ich hätte Eilan geküßt.«
Er schob seine Hände unter ihre Ellbogen und hob sie auf die Fußspitzen. Dann beugte er sich über sie und küßte sie noch einmal. Nach einem Augenblick schwand ihr Widerstand. Sie schmiegte sich an ihn, und er küßte sie immer wieder. Als er sie schließlich losließ, klang seine Stimme rauh.
»Wie vernünftig habe ich noch vor ein paar Augenblicken geredet! Aber ich habe mich geirrt, ich kann das nicht zulassen!«
»Wovon redest du?«
»Ich kann nicht zulassen, daß du zu diesen Frauen gesperrst wirst ...«
»Was bleibt mir anderes übrig?« Jetzt war sie plötzlich die Vernünftige. »Cynric, du bist der Sohn einer Priesterin und bei einem Druiden aufgewachsen. Du kennst das Gesetz so gut wie ich ... Lhiannon hat ihre Wahl getroffen. Wen die Göttin zu sich ruft ...«
»Du hast recht, und ich weiß es. Trotzdem ...« Er riß sie ungestüm an sich, aber dann sagte er leise und zärtlich zu ihr: »Heute ist Beltane. Bleib diese Nacht bei mir, und deine Familie wird uns bestimmt heiraten lassen ...«
Ihre Worte klangen bitter, als sie erwiderte: »Möchtest du vielleicht meinem Vater ... oder deinem Vater erklären, wie sich alles zugetragen hat?«
»Bendeigid ist nicht mein Vater!«
»Ich weiß«, sagte sie, »aber darauf kommt es nicht an, denn Ardanos ist mein Vater. Er würde mich mit eigenen Händen erwürgen und dich zu Tode prügeln. Es ist unser Schicksal, wir müssen uns fügen, ob es uns gefällt oder nicht. Ich bin von heute an eine der Göttin geweihte Jungfrau, und du der Sohn eines Druiden ... und über deinem Leben steht eine besondere Mission ...« Ehe er etwas einwenden konnte, sagte sie schnell: »Cynric, du weißt, ich

kann nach drei Jahren darum bitten, aus dem Dienst an der Göttin entlassen zu werden. Und dann ...«
»Und dann«, wiederholte er mit einem tiefen Seufzer, »werde ich mit dir ans Ende der Welt gehen, wenn es sein muß.«
»Vergiß nicht, du darfst dich nicht mit einer Frau und Kindern belasten«, widersprach sie. Aber sie wollte nur hören, daß er sagte: »Das ist mir alles gleichgültig. Ich will nur dich!«
Er zog sie ins Gras und sagte: »Komm, setz dich neben mich. Wir wollen von hier aus in das Feuer schauen ... vielleicht zum letzten Mal. Vielleicht müssen wir aber auch nur drei Jahre warten.« Er schluckte und sagte dann traurig: »Und das ist beinahe dasselbe.«

Der höchste Druide von Albion stand vor dem Haus der Hohenpriesterin und blickte zum Himmel hinauf, wo das letzte Sonnenlicht verblaßte. Vom Hügel drang der Lärm vieler Stimmen herüber. Aus der Ferne klang es wie das Rufen einer Schar Zugvögel auf einem See. Aber durch alle anderen Geräusche hindurch drang wie das Pochen von Herzen das tiefe Schlagen der Trommeln. Bald würden die Beltane-Feuer brennen ...
Die Zeit verstrich, aber er hatte seltsamerweise nicht den Wunsch, zu Lhiannon ins Haus zu gehen. Am frühen Morgen war er in Deva gewesen und hatte mit dem römischen Präfekten gesprochen. An diesem Abend würde er sich die Klagen der Menschen anhören müssen, die unter der Herrschaft der Römer litten. Es war ihm unmöglich, sie alle zufriedenzustellen. Bestenfalls gelang es, ein unsicheres und gefährdetes Gleichgewicht aufrechtzuerhalten, bis – worauf wartete er eigentlich? – bis die alten Wunden vernarbt waren.
Du wirst tot sein, bevor das geschieht, alter Mann, sagte er sich, und auch Lhiannon wird es nicht mehr erleben.
Er seufzte und entdeckte den ersten funkelnden Stern am dunklen Himmel.
»Die Hohepriesterin ist bereit ...«, hörte Ardanos eine sanfte

Stimme in seinem Rücken. Der Druide drehte sich langsam um und sah eine der jungen Priesterinnen, die ihm die Tür offen hielt. Er glaubte, sich zu erinnern, daß sie Miellyn hieß.

In Lhiannons Zimmer brannten bereits die Lichter in den von der Decke hängenden Bronzeschalen. Im zuckenden Licht der Flammen sah er, daß sie bereits auf ihrem Sitz saß. Sie war in sich zusammengesunken, und Caillean stand besorgt und wachsam neben ihr. Sie blickte den alten Druiden trotzig an, trat dann aber wortlos zur Seite.

»Sie hat die heiligen Kräuter bereits genommen«, sagte Caillean, und ihre Worte klangen sachlich.

Ardanos nickte. Ihm war sehr wohl bewußt, daß Caillean ihn ablehnte, aber das kümmerte ihn nicht weiter. Solange Caillean die Formen der Höflichkeit wahrte, mußte er sich um ihre Gefühle keine Gedanken machen. Es genügte, daß sie Lhiannon ergeben diente.

Er machte eine Geste, und zögernd verließ Caillean den Raum. Wenn der Schatten der Göttin sich über die Hohepriesterin senkte, dann durfte selbst ihre Leibwache nicht in der Nähe sein. Aber Ardanos hatte wie so oft zuvor darum gebeten, mit Lhiannon allein zu sein, bevor sie für die mitternächtliche Prozession den Schrein verließ. Ihm, dem höchsten Druiden von Albion, konnte man dieses Recht nicht verweigern.

»Lhiannon . . .«, sagte Ardanos sanft und sah, wie ein Schauer durch ihren zarten Körper lief. »Kannst du mich hören?« Es folgte ein langes Schweigen.

»Ich höre dich immer . . .«, erwiderte die Hohepriesterin schließlich.

»Du weißt, daß ich das nicht tun würde, Lhiannon«, sagte er beinahe zu sich selbst, »wenn es einen anderen Weg gäbe. Aber ich habe erfahren, daß es wegen der Zwangsarbeiter noch mehr Schwierigkeiten geben wird. Bendeigids Schwiegersohn ist den Legionären gefolgt. Er hat die Soldaten angegriffen, die die Män-

ner aus der Sippe des Druiden bewacht haben. Es kam zum Kampf, und Rhodri wurde gefangengenommen.«
Er schwieg und schien die Tragweite der Ereignisse selbst noch einmal zu überdenken. Als er weitersprach, klang seine Stimme noch eindringlicher.
»Macellius ist es bisher gelungen, Rhodris Identität geheimzuhalten, aber es ist mir unmöglich, den Mann zu retten. Der Narr hat mit Waffen gegen Rom gekämpft. Wenn das bekannt wird, bricht bestimmt ein offener Aufstand aus. Du mußt auf alle Fälle das Volk zum Frieden aufrufen ...« Seine Stimme sank zu einem beschwörenden Flüstern herab.
»Es muß Friede im Land herrschen ... das ist der Wille der Göttin. Roms Untergang wird kommen, aber noch ist es nicht soweit. Und es darf nicht durch Krieg geschehen. Die Menschen sollen sich gegenseitig helfen und Geduld haben ... Sag es ihnen, du bist die Stimme der Göttin, ... fordere sie auf, die Götter um Frieden zu bitten.«
Lhiannon begann zu schwanken, und er wußte, daß seine Worte unter das Bewußtsein hindurch in jene tiefen Bereiche vordrangen, aus denen der Orakelspruch kam. Auch wenn Caillean es bezeifelte, Ardanos war immer davon überzeugt gewesen, daß *etwas* durch die Hohepriesterin sprach, wenn sie sich in Trance befand. Aber der Druide wußte sehr wohl, daß die Fähigkeit eines geistigen Wesens, sich durch ein menschliches Orakel verständlich zu machen, direkt vom Stand und dem Inhalt des Bewußtseins des Menschen abhängig war, dessen Stimme es sich bediente. Eine unwissende Frau, ganz gleich wie empfänglich sie für das Wirken der geistigen Ebenen war, konnte nur in schlichten und harmlosen Worten sprechen. Auch aus diesem Grund achteten die Druiden sehr genau darauf, wer zur Hohenpriesterin gewählt und ausgebildet wurde.
Bestimmt hätte man ihm vorwerfen können, daß er die Stimme der Göttin manipulierte, aber der Druide war der Ansicht, daß er dem Wissen, aus dem das Orakel schöpfte, nur seine besonderen

Kenntnisse um die Bedürfnisse des Landes hinzufügte. Gewiß, er tat sein Bestes, um der Stimme der Göttin bestimmte Informationen zu vermitteln, aber es stand der Göttin frei, darüber zu entscheiden, was SIE sagen würde – das heißt, wenn die Göttin wirklich durch die Hohepriesterin sprach.

»Frieden und Geduld . . .«, wiederholte Ardanos langsam und eindringlich, »Rom wird fallen, wenn die Götter es wollen, aber nicht durch unsere Schwerter . . .«

5. KAPITEL

Gaius blickte Dieda und Cynric nach, die in der Menge verschwanden. Er mußte den Wunsch unterdrücken, sie zurückzurufen. Eilan war plötzlich sehr scheu geworden. Sie ließ den Kopf sinken und starrte auf ihre Füße. Er wußte nicht, worüber er sich mit ihr unterhalten sollte. Die Geschichte über die Vergewaltigung der Priesterinnen von Mona hatte ihm etwas von seinem römischen Selbstbewußtsein genommen. Er sah sich nicht mehr als einen der Herren der Welt, wie es dem Selbstverständnis eines Römers entsprach.

Den Göttern sei Dank, dachte er, daß Cynric nicht ahnt, wer ich bin. Er wurde allerdings das Gefühl nicht los, daß der alte Ardanos ihn durchschaut hatte. Wie auch immer, der alte Druide schien sein Geheimnis gewahrt und ihn nicht verraten zu haben. Aber das war in gewisser Hinsicht noch beunruhigender, denn Gaius wußte, er saß noch immer in der Falle, ohne zu wissen, wann Ardanos oder einer seiner Helfer zum tödlichen Streich ausholen würde.

Er suchte ein harmloses Gesprächsthema und sagte schließlich: »Erzähl mir mehr darüber, wie euer Stamm Beltane feiert. Die Silurer haben etwas andere Sitten, und ich möchte auf keinen Fall jemanden hier vor den Kopf stoßen.«

Das war, wie er dachte, eine unverfängliche Methode, um seine Unwissenheit nicht zu verraten.

Eilan wurde rot. »Ach wirklich?« Sie schien sehr verlegen. »Beltane ist ein sehr altes Fest. Vielleicht haben vor langer Zeit die Stämme es alle auf die gleiche Weise gefeiert. Ardanos sagt, unser Volk hat es mit nach Albion und alle Inseln gebracht, als es hier-

her gekommen ist. Und ich denke, mein Großvater sollte es eigentlich wissen.«
»Ja«, stimmte Gaius ihr zu, »er ist schon so alt ... Sag mal, glaubst du, dein Großvater ist mit den ersten Schiffen von Gallien hierher gekommen?«
Sie mußte kichern, und Gaius lachte erleichtert, denn die Spannung zwischen ihnen war plötlzich verflogen.
»Du hast gesehen, wie sie die heilige Flamme entzünden«, fuhr sie fort. »Heute nacht, wenn die Hohepriesterin erscheint, um das Feuer zu segnen, werden wir sie als die Göttin verehren. Ich weiß nicht, wie es bei den Stämmen im Süden ist, aber im Norden hatten die Frauen in alter Zeit sehr viel mehr Freiheiten als heute. Bevor die Römer kamen, herrschte manchmal eine rechtmäßige Königin über den Stamm. Jetzt liegt die Macht bei der Hohenpriesterin und den Druiden. Deshalb konnte Cartimandua den Briganten Befehle geben, und die Icener standen treu zu Boudicca.«
Gaius senkte den Kopf. Für die Römer war die blutrünstige Boudicca eine Gestalt, mit der man Kindern Angst machte. In Londinium konnte man immer noch die Brandspuren sehen. Und als die Stadt sich ausbreitete, stießen die Arbeiter bei den Erdarbeiten für Fundamente hin und wieder auf die Skelette der Unglückseligen, die versucht hatten, vor den Horden der plündernden und mordenden Icener zu fliehen. Eilan schien sein Unbehagen nicht zu bemerken, sondern erzählte unbekümmert weiter.
»Nur wenn es zum Krieg kam, ernannte die Königin einen Feldherrn, der an der Spitze des Heeres stand. Manchmal war es ihr Bruder und manchmal ihr Gefährte. Aber wer es auch sein mochte, die Auszeichnung brachte ihm bei dem Stamm nur wenig Befugnisse und Privilegien ein. Die Königin regierte ohne Einschränkung ihrer Macht.«
Als Gaius verständnislos den Kopf schüttelte, erklärte Eilan energisch: »Du kannst sagen, was du willst, Frauen verstehen mehr vom Regieren als Männer, denn schließlich muß jede Frau Ord-

nung in ihrem Haus halten. Deshalb ist eine Frau besser dazu geeignet, über einen Stamm oder ein Volk zu herrschen als ein Mann, der nur gelernt hat, im Kampf die Befehle seines Häuptlings auszuführen.«

»Für einen Stamm trifft das vielleicht zu«, entgegnete Gaius, »aber es wäre absurd, wenn eine Frau an der Spitze einer Legion stehen würde ... oder über ein großes Reich wie das Reich der Cäsaren herrschen sollte.«

»Ich bin da anderer Meinung«, erklärte Eilan. »Eine Frau, die in der Lage ist, einen großen Haushalt zu führen, kann mit Sicherheit auch ein großes Reich regieren. Sie ist grundsätzlich nicht schlechter als ein Mann. Gibt es nicht auch bei den Römern große Königinnen?«

Gaius verzog das Gesicht. Er erinnerte sich an die Geschichtslektionen seines griechischen Lehrers.

»Zur Zeit der claudinischen Kaiser«, erwiderte er nachdenklich, »gab es einmal eine böse alte Frau. Sie hieß Livia und war die Mutter des göttlichen Tiberius. Sie ließ alle ihre Verwandten vergiften. Vielleicht halten die Römer deshalb nicht viel von Frauen auf dem Thron.«

Sie waren beim Reden auf die andere Seite der Feuer gegangen, wo das Hügelgrab zum Festplatz abfiel.

»Gawen, glaubst du, daß Frauen böse sind?« fragte Eilan.

»*Du* bestimmt nicht ...«, antwortete er und blickte ihr in die klaren Augen, die so rein waren wie das Wasser einer Quelle. In diesem Wasser wollte er versinken, um dort für alle Ewigkeit zu bleiben.

Eilan war eine Quelle der Wahrheit. Mit ihr verband sich nichts Schlechtes und Niedriges. In ihrer Nähe fühlte er noch nie erlebte Vollkommenheit und ein unbeschreibliches Glück. Er hatte schon immer davon geträumt und sich mit seinem ganzen Wesen danach gesehnt, aber sein Leben in der Legion schien ihn nur weiter davon zu entfernen.

In diesem Augenblick erschien es ihm unerträglich, daß er noch länger mit seiner Lüge leben sollte. Es widersprach jeder Vernunft, aber Gaius spürte, daß er ihr sein Leben anvertrauen konnte. Und wenn er ihr verriet, wer er in Wirklichkeit war, lag sein Leben vermutlich tatsächlich in ihrer Hand.

Auf dem Platz hinter ihnen wurde es laut. Sie hatten bereits seit einiger Zeit Rufe und Singen gehört. Jetzt schwoll der Lärm an, und Gaius sah, daß Männer Puppen aus Stroh oder Weidengeflecht – es sollten offenbar Menschengestalten sein, aber sie glichen mehr den bösen Geistern aus einem Alptraum – zu den Feuern trugen. Er sah sogar eine Strohpuppe mit dem Helm und der Rüstung eines römischen Legionärs. Ein kalter Schauer lief ihm über den Rücken, und wieder einmal erinnerte er sich an Cäsars Geschichten von Menschenopfern. Erschrocken sah er Eilan an.

»Keine Angst«, rief sie lachend, als sie sein Gesicht sah, »das sind doch nur Puppen. Die Römer erlauben uns keine Menschenopfer, und selbst in alten Zeiten wurde nur alle sieben Jahre ein Mann geopfert. Es war der Sommerkönig oder sein Stellvertreter, und er starb, um das Land zu erneuern.«

»Du bist die Tochter eines Druiden«, sagte er und setze sich erschöpft ins Gras. »Ich nehme an, du solltest es ja wissen.«

Lächelnd setzte sie sich neben ihn. »Ich habe nicht das Wissen wie die Priesterinnen in Vernemeton, aber ich kenne eine Geschichte, und die will ich dir gerne erzählen. Man sagt, der von der Göttin Erwählte wurde ein Jahr vor dem Opfergang wie ein König verehrt. Die Auszeichnung war auch für seine Familie eine große Ehre. Dem Sommerkönig wurde jeder Wunsch erfüllt. Er bekam die besten Speisen und den besten Wein. Man überließ ihm die schönsten jungen Frauen, und es war eine hohe Ehre, dem Sommerkönig ein Kind zu gebären. Sogar die der Göttin geweihten Frauen waren für ihn nicht unerreichbar, obwohl jeder andere sterben mußte, wenn er eine Priesterin zu seiner Liebsten machte. Und dann, am Ende des Jahres . . .«, sie zögerte, »wurde er dem Feuer übergeben . . .«

Eilan saß so dicht neben ihm, daß er den frischen Duft der Wiesenblumen auf ihrem Haar roch.
»Ich habe gehört, daß es in Rom einen neuen Kult gibt. Die Anhänger nennen sich die Nazarener, und sie glauben, ihr Prophet war der Sohn ihres Gottes. Dieser Prophet, behaupten sie, sei für ihre Sünden gestorben«, sagte Gaius. Er persönlich verehrte Mithras, den Gott der Soldaten.
»Es gibt sie nicht nur in Rom«, sagte Eilan. »Wie ich von meinem Vater weiß, sind einige nach Albion geflohen, als der Kaiser sie verfolgen und hinrichten ließ. Die Druiden haben ihnen sogar erlaubt, auf der Insel Avalon weit im Süden, im Sommerland, ein Heiligtum zu errichten. Aber wir kennen nur den Gefährten der Göttin ... oder seinen Stellvertreter, der sein Blut für das Land gibt.«
Unter lautem Geschrei warfen die jungen Männer die Strohpuppen in die Flammen. Alle jubelten laut, als sie knisternd und zischend brannten und die Flammen hoch aufloderten. Eilan zuckte zusammen, als eine andere Gruppe mit neuen Strohpuppen an ihnen vorbeirannte. Gaius legte sofort schützend einen Arm um sie.
»Sie verbrennen jetzt alle bösen Geister, und dann wird man die Rinder zwischen den beiden Feuern hindurchtreiben, damit sie im Sommer geschützt sind, wenn sie auf den Hügeln weiden. Das Feuer hat eine reinigende Kraft und ...« Sie schwieg und wurde plötzlich rot.
»Was geschieht noch?« fragte er sanft und mußte sich sehr beherrschen, sie nicht noch enger an sich zu ziehen. Aber auch so spürte er durch das Kleid ihren schlanken und weichen Körper. Und plötzlich wußte Gaius, daß er sie haben wollte.
»Nun ja ...«, antwortete Eilan zögernd und starrte in die Flammen, »in dieser Nacht, während die Feuer der Göttin brennen, springen Paare, die sich verloben, Hand in Hand über die Flammen und bitten auf diese Weise die Göttin um Kinder. Dann laufen sie zusammen in den Wald. Vielleicht wußte man früher

nicht, warum eine Frau ein Kind bekommt. Ardanos sagt, man stellte fest, daß die Frauen schwanger wurden, nachdem sie an Beltane auf diese Weise der Göttin gehuldigt hatten, und deshalb hält unser Volk noch immer an dem alten Brauch fest . . .«

Gaius spürte, wie sein Herz schneller schlug.

»Natürlich«, fuhr Eilan ernst fort, »tun die Töchter der Könige oder der Druiden so etwas nicht . . .«

»Natürlich nicht.« Gaius wußte, daß der Sohn eines Präfekten das sehr wohl tun konnte, obwohl er Eilan seine sehr körperlichen Gefühle nicht zeigen wollte, um sie nicht zu erschrecken. Außerdem war sie die Tochter seines Gastgebers und deshalb so unantastbar wie seine eigene Schwester. »Und doch . . . wäre es sehr schön . . .«, er holte tief Luft, »wenn wir beide der Göttin ebenfalls so Ehre erweisen würden . . .«

Er ahnte, wie ihre Wangen glühten, obwohl es zu dunkel war, um die flammende Röte zu sehen, und sie wurde ganz still in seinem Arm.

»Das wäre mir nie in den Sinn gekommen . . .«, flüsterte sie und begann zu zittern, aber sie löste sich nicht von ihm.

»Dann könnte ich dir zeigen, was ich für dich empfinde«, sagte er so leise und zart, als fürchte er, einen Vogel zu erschrecken, den er in seiner Hand hielt.

Eilan hatte ihm diese Geschichte mit so großer Unschuld erzählt, während die Tochter von Clotinus ihm überdeutlich gezeigt hatte, daß er sie haben konnte. Gaius fand ihre Dreistigkeit abstoßend.

Jetzt schien ihm, er habe noch nie soviel für eine Frau empfunden wie für Eilan, die vertrauensvoll und unschuldig neben ihm saß. Sie war ihm so nahe, daß er die Wärme ihres Körpers spürte, und jeder Atemzug erfüllte ihn mit dem zarten Duft ihrer blonden Haare.

Der Lärm verstummte allmählich, und in der einsetzenden Stille hörten sie die leisen Geräusche der Nacht. Kleine Tiere raschelten im Gras auf dem Abhang hinter dem Hügelgrab. Die brennenden

Äste knackten und zischten. Sie hörten das Muhen der Rinderherden. Irgendwo rief ein Nachtvogel, und durch ihre Geschichte erregt, hörte er auch die anderen Geräusche der Frühlingsnacht. Nicht weit von ihnen entfernt lagen die Liepespaare unter den Bäumen und huldigten auf ihre Weise der Göttin.

Er berührte vorsichtig Eilans Wange. Sie war so zart wie ein Blütenblatt. Sanft drehte er ihr Gesicht zu sich. Sie blickte ihn mit großen, fragenden Augen an. Ihre Lippen waren leicht geöffnet. Er spürte ihre Überraschung, als er sie küßte, aber sie wich nicht vor ihm zurück. Und ihre Lippen waren so weich ... Er zog sie an sich und küßte sie noch einmal. Nach einem Augenblick des Widerstands spürte er, wie sich ihr Mund wie eine Blüte unter seinen Lippen öffnete.

Gaius überließ sich ganz diesem Glücksgefühl. Benommen und mit klopfendem Herzen begriff er nicht sofort, was geschah, als sie ihn von sich schob.

»Das dürfen wir nicht!« flüsterte sie. »Mein Vater würde uns beide umbringen.«

Es kostete Gaius große Überwindung, Eilan loszulassen. Alle Gesetze der Gastfreundschaft zwangen ihn dazu. Er verdankte dieser Familie sein Leben. Wenn er die Tochter seines Gastgebers verführte, war das ein schlimmer Frevel. Die römische Ehre und die Stammesgesetze der Sippe seiner Mutter unterschieden sich in dieser Hinsicht nicht. Eilans Unschuld mußte ihm so heilig sein, als wäre sie seine Schwester.

Heilig ...

Plötzlich begriff er, daß seine Gefühle für sie etwas Heiliges waren. Wenn er sich jetzt nicht beherrschen konnte, dann war vielleicht das Kostbarste in seinem Leben auf immer zerstört – die wahre Liebe zu dieser jungen Frau, die ihm vertraut hatte. Er wartete, bis sich der Sturm, der in ihm tobte, gelegt hatte. Dann richtete er sich auf und sagte: »Du hast recht, das dürfen wir nicht.«

Gaius staunte, daß er überhaupt sprechen konnte. Noch drängte ihn sein Körper, sie an sich zu ziehen. Aber er spürte auch eine wohltuende Sicherheit, die ihm half, seinen Entschluß in die Tat umzusetzen. Seit dem ersten Augenblick, als er Eilan in Sonnenlicht gehüllt über sich sah, während sie in die Fallgrube blickte, schien dieser Moment vorherbestimmt zu sein.

Ernst sagte er: »Es würde uns beide ins Unglück stürzen. Aber glaube mir, an dem, was ich für dich empfinde, ist nichts Unehrenhaftes. Eilan, ich liebe dich ... ich liebe dich wie ein Mann die Frau liebt, die er heiraten möchte.«

»Wie ist das möglich?« flüsterte sie und starrte hinunter auf das Feuer. »Du bist ein Fremder. Du hast mich vor zwei Wochen zum ersten Mal gesehen ...« Sie zögerte und fragte dann scheu: »Hast du auch von mir geträumt?«

»Ich bin in einem noch anderen Sinn für dich ein Fremder«, murmelte er tonlos, »aber ich will meine Liebe für dich unter Beweis stellen ...« Gaius nahm seinen ganzen Mut zusammen, sah ihr in die Augen und sagte: »Ich lege jetzt mein Leben in deine Hände, Eilan. Ich bin Römer. Ich habe nicht ganz gelogen«, fügte er schnell hinzu. »Meine Mutter hat mich Gawen genannt, aber mein wirklicher Name ist Gaius Macellius Severus Siluricus, und ich schäme mich meiner Herkunft nicht. Meine Mutter war eine Tochter aus dem Herrscherhaus der Silurer, und mein Vater ist in Deva der Lagerpräfekt der zweiten Augusta Legion. Wenn du mich deshalb haßt, dann ruf die Wachen. Sie sollen mich töten, wenn du es willst.«

Sie wurde rot und wieder blaß. »Ich würde dich nie verraten.«

Er sah sie eindringlich an.

Meine Mutter hat mich verraten ...

Doch bereits während er das dachte, wurde ihm bewußt, wie absurd dieser Gedanke war, denn seine Mutter war bestimmt nicht freiwillig gestorben und hatte ihn allein zurücklassen wollen. Aber erst in dieser verzauberten Nacht im Mai, inmitten der festlichen und fröhlichen Menschenmenge, war ihm der schreckliche Schmerz und der Schock bewußt geworden, den er erlitten hatte, als man ihn brutal aus der Welt seiner Kindheit riß und der kalten, eisernen Disziplin eines römischen Militärlagers überließ. Hatte er vielleicht deshalb nie einem römischen Mädchen seine Gefühle offenbaren können, wie er es jetzt bei Eilan tat? Galt seine wahre Liebe dem Volk seiner Mutter, das Eilan verkörperte?

»Ich muß morgen nach Deva zurück, aber ich schwöre dir, wenn ich mit heiler Haut hier wegkomme, und wenn du einverstanden bist, dann werde ich deinen Vater in allen Ehren um deine Hand bitten!«

Das Herz schlug ihm bis zum Hals, er hätte ihr noch so viel mehr sagen wollen, aber er brachte kein Wort mehr über die Lippen.

»Ich bin einverstanden, Gawen ... Gaius«, sagte sie nach einem langen Schweigen. Ihre Stimme klang sehr sanft, aber sie wich seinem Blick nicht aus. »Ich glaube, mein Vater wird niemals zulassen, daß ich einen Römer heirate, noch dazu einen Mann, der bei den Legionen dient. Und selbst wenn er es täte, dann würde Ardanos es verbieten, und Cynric ...«, sie schlug die Hände vor das Gesicht und murmelte: »Cynric würde dich auf der Stelle töten!«

»Das würde ihm vielleicht nicht so ohne weiteres gelingen«, erwiderte Gaius, dessen römischer Stolz erwachte. »Ist es wirklich so aussichtslos?« fragte er bekümmert. »Seit wir in Britannien sind, haben einige unserer Offiziere britonische Frauen aus guter Familie geheiratet, um das Bündnis zu festigen. Schließlich bin ich selbst zur Hälfte Britone.«

»Vielleicht ist so etwas für andere möglich ...«, sagte sie, »aber in unserer Familie nicht.«

»Das Blut meines Vaters und meiner Mutter ist bestimmt ebensogut wie das eurer Familie!«

Sie schlug die Augen nieder, und ihm wurde klar, daß sein römischer Stolz aus ihm sprach. Eilan schien die Vorstellung zu gefallen, daß er sie heiraten wollte, aber sie sah keine Möglichkeit, das zu tun. Sie kannte die strengen Grundsätze ihres Vaters, der als Druide dachte und handelte.

»Ich bin noch keinem Menschen begegnet, den ich so mag wie

dich«, murmelte sie hilflos, »und alles ging so schnell. Ich verstehe es im Grunde überhaupt nicht.« Leise, aber mit fester Stimme fuhr sie fort: »Mir scheint, daß ich dich kenne, seit die Welt geschaffen wurde.«

»Vielleicht hast du recht«, erwiderte Gaius beinahe flüsternd. Keine andere Frau, keine Offizierstochter hatte ihn so bis in sein Innerstes berühren können. Eilans Sanftheit und ihr Einfühlungsvermögen ließ alle anderen Frauen, die er kannte, neben ihr verblassen. Er kam sich in ihrer Nähe so rein vor wie alles, was mit ihr in Berührung kam.

Er sagte: »Einige der griechischen Philosophen glauben, daß jede Seele immer aufs neue geboren wird, um ihre Mission in der Welt zu erfüllen. Die Seele weiß, wen sie in anderen Leben geliebt hat und wer ihre Feinde waren. Vielleicht hat uns das Geschick wieder zusammengeführt, Eilan. Vielleicht kennen wir uns wirklich aus einem anderen Leben.«

Er staunte insgeheim über seine Worte. War es möglich, daß er, Gaius Macellius Severus, so mit einer Frau sprach?

Aber Eilan ist nicht irgendeine Frau, dachte er entschuldigend.

Er hatte sich noch nie jemandem so nahe gefühlt. Er schien sie mit seinem innersten Wesen zu kennen. Es war wirklich etwas Geheimnisvolles, was ihn mit dieser Frau verband und für das er keine Erklärung fand.

»Die Druiden sagen das auch«, erwiderte sie nach einer Weile, »sie sagen, daß unsere größten Priester unendlich viele Leben auf der Erde hinter sich haben. Sie haben in der Gestalt von Hirschen, Fischen und Bären gelebt, damit sie alle Geschöpfe verstehen können. Auch Helden, die ihr Leben in früher Jugend in der Schlacht verlieren, werden wiedergeboren. Aber ... du und ich ...«

Sie runzelte nachdenklich die Stirn und sah ihn so durchdringend an, daß er ihrem Blick kaum standhalten konnte.

»An dem Tag, als wir dich in der Fallgrube fanden, habe ich in einen See geblickt, und mein Spiegelbild im Wasser hatte ein anderes Gesicht, und doch war ich das auch. Ich glaube, damals war ich eine Priesterin. Und wenn ich dich ansehe, dann bist du für mich weder ein Römer noch ein Britone. Mein Herz sagt mir, daß du einst für dein Volk von sehr großer Bedeutung warst ... vielleicht warst du so etwas wie ein König.«

Gaius spürte, wie seine Wangen zu glühen begannen, und wurde verlegen. »Aber jetzt bin ich kein König«, erwiderte er rauh, »und du bist keine Priesterin. Eilan, ich möchte dich in diesem Leben haben!« Er griff nach ihrer Hand. »Ich möchte dich morgens beim Aufwachen sehen und mit dir in den Armen einschlafen. Ich habe das Gefühl, als hätte in meinem Leben etwas gefehlt, und nur du kannst es mir geben! Verstehst du das?«

Es erschien ihm unvorstellbar, daß er am folgenden Tag zu seiner Legion zurückkehren und Eilan nie wiedersehen würde.

Sie blickte schweigend auf das Feuer, dann sah sie ihn wieder an.

»Bevor ich dich zum ersten Mal sah, hatte ich von dir geträumt«, sagte sie. »In meiner Familie haben viele das zweite Gesicht. Und ich sehe manchmal in meinen Träumen Dinge, die wirklich geschehen werden. Deshalb erzähle ich meine Träume, und oft sind sie für andere von Bedeutung. Aber daß ich von dir geträumt habe, weiß niemand.« Sie lachte leise: »Gawen, in meinem Herzen gibt es schon lange nur dich. Ich weiß nicht, welche Kraft uns zusammenführt, aber ich glaube, daß ich dich in einem anderen Leben bereits geliebt habe.«

Er küßte ihre Handfläche.

»Gaius, ich liebe dich ..., aber ich weiß nicht, wie wir zusammenkommen können ...«

Ich sollte sie jetzt lieben. Dann würden sie erlauben müssen, daß wir heiraten!

Er wollte sie an sich ziehen, aber auf dem Platz vor den beiden Feuern wurde es plötzlich laut. Die Menschen drängten herbei, und ein Blick zu den Sternen sagte ihm, daß es bald Mitternacht sein würde. Wo waren die Stunden geblieben?

Eilan sprang mit einem erschrockenen Ruf auf.
»Was ist?« fragte er. »Was geschieht dort?« In der Ferne hörten sie laute Rufe und feierlichen Gesang, und um die Feuer wuchs die erwartungsvolle Spannung.
»Psst . . .«, flüsterte Eilan, als er ebenfalls aufstand. »Die Göttin kommt . . .«
In der Dunkelheit hörte er jetzt deutlich helle Flötentöne, und Eilan wurde still. Die Menschen auf dem Platz verstummten. Man hörte nur noch das Knistern der Feuer. Das Holz war inzwischen weit heruntergebrannt. Die rote Glut verbreitete einen sanften Lichtschein, den der volle Mond in ein kühles blasses Gold verwandelte – ein geheinmisvolles Leuchten, wie Gaius es noch nie gesehen hatte.
Eine Lichterkette näherte sich. Druiden mit langen Bärten und in weißen Gewändern tauchten aus dem Dunkel auf. Sie trugen Kränze aus Eichenlaub auf dem Kopf und schimmernde *Torques* um den Hals. Sie umschritten die Feuer von Osten nach Westen, wobei sie immer wieder stehenblieben und warteten. Die Abstände zwischen ihnen waren so gleichmäßig wie die der Wachposten um ein Lager, aber Gaius fand, ihre Bewegungen hatten nichts von der militärischen Präzision, die ihm eingedrillt worden war. Die Priester bewegten sich völlig natürlich und im Einklang miteinander wie die Sterne am Himmel.
Silberglocken läuteten plötzlich hell und klar. Die allgemeine Spannung stieg. Gaius strengte sich an, etwas zu sehen, aber er ahnte mehr, was vorging, als daß er es sah. Ein großer Schatten näherte sich ihnen, und plötzlich erkannte er Frauengestalten in langen mitternachtsblauen Gewändern. Sie schienen schwerelos in den Kreis zu fluten und ihn zu umschreiten; nur der schimmernde Schmuck der Priesterinnen klirrte leise. Ihre Gesichter wirkten hinter den Schleiern übernatürlich und körperlos.
Plötzlich begriff er: Es waren die heiligen Frauen von Vernemeton. Er fragte sich, ob auch Priesterinnen darunter waren, die die Schändung von Mona überlebt hatten?

Der Anblick so vieler Druiden bereitete ihm Unbehagen, doch die schattenhaften Gestalten der Priesterinnen lösten ein namenloses Entsetzen bei ihm aus und das Gefühl, seinem Schicksal zu begegnen. Beklommen fragte er sich, ob sein Geschick auf geheimnisvolle Weise mit dem der Priesterinnen von Vernemeton verbunden war? Ein eiskalter Schauer überlief ihn, und er drückte Eilans Hand fester.

Die drei Priesterinnen, die den Abschluß der Prozession bildeten, wurden in einer offenen Sänfte getragen, die auf dem Erdhügel zwischen den Feuern abgestellt wurde. Die Frau in der Mitte wirkte zart und schien unter der Last ihres Gewandes etwas gebeugt. Flankiert wurde sie von einer großen und einer etwas gedrungenen Priesterin. Sie waren beide nicht verschleiert, und Gaius sah die blauen, tätowierten Halbmonde zwischen ihren Brauen. Sein erster Gedanke war, daß die große Frau im Kampf eine ernstzunehmende Gegnerin sein würde. Im Blick der anderen glaubte er eine gewisse Unzufriedenheit zu erkennen.

Die drei Frauen blieben sitzen, und es folgte ein Ritual mit einem goldenen Becken, das er nicht verstand. Dann halfen die beiden Begleiterinnen der Hohenpriesterin auf einen hohen Sitz vor der Sänfte. Das Läuten der silberhellen Glocken schwoll an, erreichte einen Höhepunkt, dann wurde es schlagartig still.

»Kinder des Don, warum seid ihr gekommen?« rief die große Frau.

»Wir flehen um den Segen der Göttin«, antwortete einer der Druiden.

»Dann ruft SIE . . .«

Zwei Priesterinnen warfen Kräuter in die Glut. Gaius drang der süß duftende Rauch in die Nase, der aufstieg und schnell wie eine schimmernde Wolke über den Platz wirbelte. Gaius kannte Weihrauch, aber diese Kräuter wirkten betäubend und machten ihm das Atmen schwer. Er blickte unsicher zum Himmel hinauf. Über ihm leuchtete still und klar der Mond.

Dann hörte er das Flüstern und Murmeln vieler Stimmen. Es

klang wie eine Beschwörung und wie ein Flehen, über das sich der eintönige Gesang der Druiden erhob. Gaius glaubte, die Erde unter seinen Füßen schwanke, und er hatte Angst. Schweiß trat ihm auf die Stirn. Verstört sah er Eilan an. Sie stand verzückt neben ihm und blickte wie in Trance auf die drei Priesterinnen hoch über dem Feuer.

Die verschleierte Hohepriesterin begann plötzlich leise zu seufzen und zu schwanken.

Sie ist wie die Sibylle, dachte Gaius, oder wie die Pythia in Delphi, von der mir mein Lehrer erzählt hat.

Er hätte nie geglaubt, einmal so etwas mit eigenen Augen zu sehen. Das Flüstern und die Gesänge wurden lauter und drängender. Die Hohepriesterin richtete sich auf, die beiden anderen Frauen wichen zurück.

Gaius hielt den Atem an, denn die Frau schien plötzlich sehr viel größer zu sein.

Mit hoch erhobenem Haupt blickte sie sich um. Dann lachte sie leise und schlug den Schleier zurück.

Gaius hatte gehört, die Hohepriesterin von Vernemeton sei alt, aber die Frau dort oben war von einer strahlenden Schönheit. Ihre Bewegungen waren von einer Kraft und Energie, die nichts von ihrem Alter verrieten. Seine römische Skepsis schwand, und er spürte das Blut seiner Mutter in sich.

Es ist wahr ... alle Geschichten sind wirklich wahr ... die Göttin erscheint auf diesem Fest den Menschen ...

Mit einer weichen und volltönenden Stimme, die direkt in sein Ohr zu sprechen schien, rief SIE:

»ICH bin die grüne Erde, die euch wiegt,
und ICH bin der Leib des Wassers
ICH bin der silberne Mond
und das Meer der Sterne.
ICH bin die Nacht, aus der das erste Licht
geboren wurde.
ICH bin die Mutter der Götter

und ICH bin die Jungfrau
ICH bin die dunkle Schlange, die alles
verschlingt.
ICH bin das Nichts, aus dem alles kommt,
und ICH bin das fruchtbare Tal, das euch das
Leben gibt.«

Ihre Worte waren ein Gesang, der die Menschen verzauberte und sie in ihren Bann schlug. Alles Schwere, alle Schmerzen, alle Sorgen fielen von Gaius ab. Er fühlte sich so leicht wie ein Vogel und so stark wie ein Bär.

»Könnt ihr MICH sehen?
Sehnt ihr euch nach MIR?
Erkennt ihr MICH als eure Herrin an?«

»Wir sehen DICH . . .«, antwortete murmelnd die Menge, »wir sehen und wir verehren DICH . . .«

»Dann freut euch und seid glücklich,
damit das Leben sich erneuere.
Ihr sollt singen, tanzen, feiern
und euch lieben.
ICH schenke euch MEINEN Segen.«

Die Menschen auf dem dunklen Platz hoben bittend die Hände. Die Worte der Göttin schienen das ganze Land zu umfassen, die Flüsse, die Seen, die Wälder und hinauf bis in den Himmel zu tönen.

»Die Kühe werden kalben,
und das Getreide wird wachsen.
Die Frauen werden Kinder gebären,
und allen wird das Licht zuteil.«

»Herrin!« hörte man plötzlich die Stimme einer Frau in der Dunkelheit, »sie haben meinen Mann in die Minen geschleppt, und meine Kinder hungern. Was soll ich tun?«

»Sie haben meinen Sohn mitgenommen!« rief ein Mann.

Andere riefen: »Wann wirst du uns von den Römern befreien? Wann wird der Pfeil abgeschossen werden?«

Überall in der Dunkelheit hörte man Anklagen und Beschwerden über die tyrannische Herrschaft der Römer. Gaius spürte den Zorn in der Luft und hatte das Gefühl, daß er sich gegen ihn persönlich richtete. Wenn Eilan jetzt nur ein Wort sagte, würde ihn die Menge in Stücke reißen. Aber als er sie verstohlen ansah, schimmerten Tränen in ihren Augen.

»Seid ihr MEINE Kinder,
und hört nicht den Ruf eurer Schwestern?
Wer helfen kann, muß Beistand leisten.
Wer leidet, soll um Hilfe bitten!«

Das dunkle Gewand der Priesterin hob und senkte sich wie Rabenschwingen, als sie sich langsam im Kreis drehte. Über allem schwebte die Stimme der Göttin beschwörend und eindringlich, mütterlich und klug:

»Helft euch gegenseitig! In den geheimen
Schriften des Himmels habe ich den Namen
Roms gefunden. Und ich sage euch, dort steht
geschrieben, daß Rom sterben wird!
Rom wird untergehen, aber es ist nicht an
euch, seinen Untergang herbeizuführen!
Das sind MEINE Worte!
Vergeßt sie nicht!
Denkt an den Kreislauf allen Lebens.
Was ihr heute verliert, werdet ihr eines
Tages wiederfinden. Was man euch genommen
hat, wird euch wiedergegeben werden.
Der Himmel nimmt denen, die zuviel haben,
und gibt denen, die zuwenig haben.
Das Gesetz des Lebens steht über den
Gesetzen der Menschen! Wer stark ist,
wird einem noch Stärkeren begegnen.
Wer die Macht mißbraucht, muß dafür büßen!
Denn mit allem, was ihr tut, richtet ihr
euch selbst!«

Die Stimme der Göttin war zu einem Donner angeschwollen, der über das Land rollte. Es war wie ein Erwachen der ganzen Natur, als SIE jetzt rief:

»Seht, ich bringe euch die Kraft des Himmels,
damit die Erde sich erneuern kann – jetzt
und in alle Ewigkeit!«

Sie hob die Hände und schien den Mond zu umfassen. Gaius glaubte zu sehen, wie die Gestalt plötzlich so zu strahlen schien, daß sich ihre Umrisse in Licht auflösten.

Die Priesterinnen scharten sich um sie und begannen zu singen:

»Heilige Kraft, wirf dein silbernes Licht
Auf diese uralten, heiligen Wälder.
Zeige dich klar wie der Mond
Damit wir sehen
Wie DU der Erde deinen Segen gibst.«

Gaius erbebte. Er hatte nicht gewußt, daß die Stimmen von Frauen so schön sein können. Die ganze Welt schien zu schweigen und zu lauschen.

Die Hohepriesterin breitete die Arme aus. Ihre Begleiterinnen traten schnell zur Seite, und im selben Augenblick loderten die beiden Feuer hoch auf. Hatte jemand etwas in die Glut geworfen? Gaius konnte nichts sehen, er konnte kaum noch einen klaren Gedanken fassen, denn jetzt begannen alle wie entfesselt zu rufen und zu singen.

Noch einmal erhob sich die Stimme der Göttin über den Lärm.

»Tanzt!
Werdet eins mit MIR
in der Ekstase des Lebens!«

Das Licht ihrer Gestalt schien in den Himmel zu steigen. Sie hatte die Arme ausgebreitet, als umarme sie die ganze Welt. Plötzlich sank sie in sich zusammen, und die große Priesterin fing sie auf.

Was dann geschah, konnte Gaius nicht mehr sehen, denn ein großer Mann stieß gegen ihn. Er faßte Eilans Hand noch fester und spürte, wie jemand seine andere Hand packte. Trommeln dröhnten. Druiden und Priesterinnen nahmen teil an dem Tanz, der alle mit sich riß. Es gab nichts mehr auf der Welt als den dumpfen Klang der Trommeln.

Gaius wußte nicht, wieviel Zeit verging. Er stellte nur fest, daß sie immer weiter an den Rand der ekstatischen Menschenmasse gerieten. Plötzlich entdeckte er Cynric und Dieda. Und er glaubte, noch immer Tränen in Diedas Augen zu sehen.

Erst im Morgengrauen legte sich die Ekstase. Cynric und Dieda kamen niedergeschlagen zu ihnen. Im grauen Morgenlicht hatte sich bei ihnen allen die Verzweiflung wieder eingestellt. Schweigend kehrten die vier in Bendeigids Haus zurück.

Am selben Tag verabschiedete sich Gaius, ohne noch einmal allein mit Eilan gesprochen zu haben.

6. KAPITEL

Macellius Severus Tarentus, *prefectus castrorum* der Zweiten Augusta Legion in Deva, war ein Mann, der gerade in die mittleren Jahre kam. Er war eine große und eindrucksvolle Gestalt und konnte selbst heftigen Zorn hinter dem Anschein von Ruhe verbergen. Seine Sanftmut war irreführend. Trotz seiner Größe wurde er nie laut oder schrie. Im Gegenteil, er war ausgesprochen freundlich und kultiviert, beinahe wie ein Gelehrter. So konnte es vorkommen, daß jemand, der den Präfekten nicht kannte, ihn für schwach hielt.

Die scheinbare Ruhe wirkte sich in seiner derzeitigen Position als Präfekt von Deva günstig aus. Neben seinen administrativen Aufgaben im Lager fungierte er als eine Art Bindeglied zwischen den Legionären und der Bevölkerung. Er unterstand nicht dem Befehlshaber der Legion, sondern nur dem Statthalter der Provinz und dem neu eingesetzten Legatus Juridicus. Da der Statthalter an der Front in Alba war und der Juridicus in Londinium saß, bedeutete das in der Praxis, daß in diesem fernen Vorposten des römischen Reichs sein Wort im zivilen Bereich Gesetzeskraft besaß.

Glücklicherweise verstand er sich mit dem Befehlshaber der Legion sehr gut. Er hatte vor langer Zeit in mehreren Feldzügen unter ihm gedient. Der Legat unterstützte Macellius sogar in seinen Bemühungen, die finanziellen Voraussetzungen zu schaffen, um in den Ritterstand erhoben zu werden.

Es gehörte zu seinen Pflichten, den Nachschub und die Versorgung für die gesamte Legion sicherzustellen. Er war Quartiermeister und Verbindungsoffizier für die britonische und römische Bevölkerung und das Militär. Theroetisch vertrat er demnach auch die Interessen der Zivilbevölkerung. Bei der Einziehung der Abgaben für die Legion hatte er zum Beispiel darauf zu achten, daß den Menschen, die sie leisten mußten, genügend Nahrungsmittel und Arbeitskräfte blieben, damit sie nicht in eine offene Rebellion getrieben wurden. Daher lag in Friedenszeiten die tatsächliche Verwaltung des Gebiets der Cornovier in der Umgebung von Deva mehr bei ihm als bei dem Befehlshaber der Legion.

Sein karg ausgestattetes Amtszimmer war nicht größer, als unbedingt erforderlich. Aber im Laufe eines Tages erschienen dort so viele Zivilisten und Militärs mit einer endlosen Fülle von Klagen, Forderungen und Bittgesuchen, daß man manchmal den Eindruck haben konnte, der keineswegs kleine Macellius werde praktisch in eine Ecke gedrängt.

Macellius Severus hatte die morgendlichen Pflichten beinahe alle erfüllt. Er saß auf einer Art Klappstuhl und blickte auf eine Pergamentrolle, während er so tat, als höre er mit großer Geduld einem dicken, verweichlichten Stadtbewohner zu. Der reiche Mann trug die Toga eines römischen Bürgers und hatte bereits zwölf Minuten ununterbrochen auf ihn eingeredet. Macellius hätte ihn jederzeit unterbrechen können, aber er hielt es für klüger, den Redeschwall über sich ergehen zu lassen. Außerdem hatte er ohnehin nur einige Worte aufgenommen und las in aller Ruhe die vor ihm liegende Lieferliste. Es wäre unhöflich gewesen, einen Bittsteller abzuweisen, nur weil sich Macellius mit den Vorräten des Lagers beschäftigen wollte. Es kostete nichts, den Mann reden zu lassen, während er las. Außerdem hatte er genug gehört, um zu wissen, daß Lucius Varullus in endlosen Abwandlungen nur über eine Sache sprach.

»Es ist doch bestimmt nicht dein Wunsch, Macellius, daß ich zum Legaten gehe«, quäkte er ungehalten mit hoher Stimme. Macellius rollte das Pergament zusammen und legte die Liste beiseite. Er fand, er habe dem Mann lange genug zugehört.

»Es steht dir natürlich frei, das zu tun«, erklärte er liebenswürdig,

»aber ich bezweifle, daß er dir soviel Zeit einräumt wie ich, wenn er überhaupt Zeit für dich hat.« Er kannte den Befehlshaber gut genug, um das sagen zu können. »Denk daran, daß wir in unruhigen Zeiten leben, und jedem wird ein gewisses Opfer abverlangt ...«

Der Mann schob die dicke Unterlippe vor, wischte sich mit einem goldgelben Seidentuch den Schweiß von der Stirn. »Aber natürlich weiß ich das!«

Mit übertriebener Leidensmiene schob er das Tuch in die Falten der Toga und fügte mit einem tiefen Seufzer hinzu: »Mein Freund, niemand, absolut niemand ist mehr bereit, das einzusehen, als ich. Aber wie soll ich meine Ländereien und meine Gärten bestellen, wenn alle Männer in der Gegend zur Zwangsarbeit ausgehoben werden? Man sollte doch denken, daß bei allen Entscheidungen in erster Linie der Frieden und das Wohlergehen der römischen Bürger bedacht wird! Stell dir nur vor, ich habe meine Gärtner zur Arbeit auf die Rübenfelder schicken müssen! Du solltest dir nur meine Blumenrabatten ansehen ...«, schloß er vorwurfsvoll.

»Aber, aber ...«, sagte Macellius verbindlich und fügte nicht ganz wahrheitsgemäß hinzu, »ich bin schließlich nicht für die Aushebung von Zwangsarbeitern verantwortlich.«

Außerdem ist es mir völlig gleichgültig, wie deine Blumen aussehen, hätte er am liebsten noch gesagt, aber statt dessen verfluchte er insgeheim den Kaiser, der solche Schmarotzer zu römischen Bürgern gemacht hatte.

»Tut mir leid, Lucius«, sagte er dann – er wußte, daß er log, denn es tat ihm keineswegs leid –, »ich kann im Augenblick nichts für dich tun.«

»Aber Macellius, mein Freund, du mußt einfach ...«

»Hör zu«, erklärte Macellius knapp, »du verschwendest deine Zeit. Geh zum Legaten, wenn du willst, und hör dir an, was er zu sagen hat. Aber ich bezweifle, daß er so geduldig ist wie ich. Laß Sklaven aus Gallien kommen oder zahle mehr Lohn.«

Oder, fügte er stumm hinzu, greif selbst zur Hacke und arbeite etwas Speck von deinem Bauch ab.
»Es hilft dir wenig, wenn du dich bei mir beklagst, Lucius, und jetzt bitte ich um dein Verständnis. Ich habe heute sehr viel zu tun.«
Sein Blick fiel wieder auf die Pergamentrolle, und er hüstelte.
Varullus wollte sich nicht mit dieser Antwort zufriedengeben, aber Macellius hatte sich bereits seinem Sekretär zugewandt, einem mageren, mißmutig blickenden jungen Mann, und fragte: »Wer ist der nächste, Valerius?«
Varullus blieb nichts anderes übrig, als zu gehen. Der Sekretär führte einen Viehhändler herein, der Rinder an das römische Militär verkauft hatte. Mit der Mütze in der Hand bat er den hohen Herrn um Entschuldigung dafür, daß er ihn belästige. Er sprach im stockenden Markt-Latein und erklärte, daß gefährliche Räuber die Straßen unsicher machten ...
Macellius unterbrach den Mann in fließendem Silurisch: »Also, heraus mit der Sprache? Wo drückt der Schuh?«
Der Silurer erzählte seine Geschichte. Er hatte den Auftrag erhalten, seine Rinder durch das Land zur Küste zu treiben. Aber auf den Straßen waren Diebe und Räuber. Die Rinder gehörten jedoch bereits dem Militär, und er als armer Mann würde den Verlust nicht ersetzen können, wenn er unterwegs die Herde an die Banden verlor ...
Macellius hob die Hand. »Gut«, sagte er nicht unfreundlich, »du möchtest natürlich eine Militäreskorte. Ich werde dir ein Schreiben für einen Centurio mitgeben. Valerius, du nimmst dich der Sache sofort an«, sagte er mit einem kurzen Kopfnicken zu seinem Sekretär. »Teile Paulus Appius mit, daß er die Rinder sicher zur Küste eskortieren läßt ... Schon gut, du mußt dich nicht entschuldigen, denn dafür bin ich ja da.«
Als der Viehhändler gegangen war, brummte Macellius mißmutig: »Was denkt sich Paulus eigentlich? Warum schickt er diesen Mann ausgerechnet zu mir? Das kann doch jeder Decurion ent-

scheiden!« Er holte tief Luft und zwang sich zu der gewohnten Ruhe. »Also gut, bring den nächsten herein . . .«
Der nächste war ein Britone und hieß Tascio, erklärte ihm der Sekretär. »Er will der Legion Roggen verkaufen.«
Macellius runzelte die Stirn. »Für den bin ich nicht zu sprechen. Seine letzte Lieferung war ungenießbar . . . Aber wir brauchen Getreide, es gibt in diesem Jahr zu wenig. Hör zu, Valerius, biete dem Gauner die Hälfte, nicht mehr als die Hälfte von dem, was er verlangt. Bevor du die Anweisung für den Zahlmeister abzeichnest, laß ein halbes Dutzend Köche die Lieferung begutachten. Wenn der Roggen verfault oder schimmelig ist, dann wirf ihn weg und laß ihn verbrennen. Verdorbener Roggen führt dazu, daß die Männer Fieber bekommen. Wenn der Roggen in Ordnung ist, gib ihm die vereinbarte Summe. Aber wenn er Schwierigkeiten macht, dann kannst du ihm sagen, daß er ausgepeitscht wird, weil er die Legion betrogen hat. Ich weiß von Sextillus, daß wir fünf Männer verloren haben, weil seine letzte Lieferung verdorben war.«
Er holte Luft und sagte leise, aber mit einem drohenden Unterton: »Wenn er dann immer noch frech wird, übergibst du ihn Appius, und ich werde dem Rat der Druiden eine Beschwerde überreichen. Ihre Strafe wird halb so mild sein wie unsere. Übrigens, wenn der Roggen wieder verdorben ist, setzt du ihn auf die schwarze Liste und sagst ihm, er soll sich nie wieder hier blicken lassen. Ist das klar?«
Valerius wirkte noch mürrischer und nickte stumm. Obwohl der Mann so unfreundlich wirkte, konnte sich Macellius auf ihn voll verlassen. Als der Sekretär im Vorzimmer war, hörte Macellius ihn erstaunt rufen: »Salve, junger Severus. Du bist wieder zurück?« und Macellius hörte die vertraute Stimme antworten: »Salve, Valerius! Vorsicht, der Arm tut noch weh! Ist mein Vater da?«
Macellius stand so schnell auf, daß sein Stuhl umfiel. »Gaius! Mein lieber Junge! Ich habe mir bereits Sorgen um dich gemacht!«

Er kam um den Tisch herum und umarmte seinen Sohn kurz.
»Was hat dich so lange aufgehalten?«
»Ich bin so schnell gekommen, wie ich konnte«, antwortete Gaius ausweichend.
Macellius spürte, wie Gaius unter seinem Griff zusammenzuckte und ließ ihn sofort los.
»Was hast du? Bist du verletzt?«
»Nicht schwer. Es ist beinahe alles verheilt. Hast du noch viel zu tun, Vater?«
Macellius sah sich kurz in dem kleinen Raum um. »Was noch vorliegt, kann ich alles Valerius überlassen.« Er musterte kopfschüttelnd die staubige Kleidung seines Sohnes und brummte mißbilligend: »Sag mal, mußt du so abgerissen wie ein Freigelassener oder ein Eingeborener hier im Lager erscheinen?«
Gaius preßte kurz die Lippen aufeinander, als habe ihn die Bezeichnung »Eingeborener« verletzt. Aber er antwortete sachlich und ohne Verlegenheit.
»In den Wäldern ist es sicherer, wenn man so aussieht.«
»Hmm!« Macellius beließ es dabei, aber er wußte, daß sein Sohn recht hatte. »Also gut ..., aber du hättest doch baden und dich umkleiden können, bevor du mir unter die Augen trittst.«
»Ich dachte, du machst dir Sorgen, Vater«, erklärte Gaius, »weil ich meinen Urlaub um ein paar Tage überschritten habe. Deshalb bin ich sofort hierher gekommen, um dich wissen zu lassen, daß ich noch am Leben bin. Mit deiner Erlaubnis werde ich jetzt baden und mich umkleiden. Das einzige Wasser, mit dem ich heute in Berührung gekommen bin, war der Fluß, den ich durchschwommen habe.«
»Warte«, brummte Macellius mißmutig, »ich begleite dich.«
Er umfaßte den Unterarm seines Sohnes und drückte ihn kurz. Unerklärlicherweise machte er sich immer Sorgen, wenn Gaius unterwegs war. Er befürchtete jedesmal, der Junge werde nicht zurückkommen. Es gab keinen vernünftigen Grund dafür, denn Gaius war schon als Kind sehr selbständig gewesen. Jedenfalls

hatte ihn der verbundene Arm mehr erschreckt, als er es wahrhaben wollte.

»Sag mir, was geschehen ist. Warum trägst du diesen Verband?«

»Ich bin im Wald in eine Fallgrube gestürzt, in der man Wildschweine und Bären fängt«, erwiderte Gaius. »Einer der Pfähle hat sich durch meine Schulter gebohrt.« Sein Vater wurde blaß, und Gaius fügte schnell beruhigend hinzu: »Die Wunde ist gut verheilt. Ich habe noch nicht einmal Schmerzen. Ich muß nur aufpassen, daß ich mich nirgends stoße. Keine Angst, Vater, in ein paar Wochen kann ich wieder meinen Dienst tun.«

»Wie . . .?«

»Du meinst, wie ich aus der Falle herausgekommen bin?« Der junge Mann lachte. »Ein paar Britonen haben mich gefunden und meine Wunden behandelt, bis ich wieder auf den Beinen war.«

Man konnte Macellius am Gesicht ablesen, was er empfand, aber er sagte nur: »Ich hoffe, du hast sie entsprechend belohnt.«

»Im Gegenteil, Vater. Man hat mir auf ehrenwerteste Weise Gastfreundschaft gewährt, und ich habe sie angenommen, wie es unter meinesgleichen üblich ist.«

»Ach.« Macellius wollte nicht weiter darauf eingehen, denn Gaius reagierte immer empfindlich, wenn es um seine britonische Herkunft ging.

Das Militärbad befand sich außerhalb der Palisaden. Macellius setzte sich auf eine Bank, während sich Gaius von den Badewärtern auskleiden, waschen und massieren ließ. Sein Leibsklave holte unterdessen für Gaius frische Sachen. Macellius lehnte sich entspannt zurück und überlegte, was mit dem Jungen wohl geschehen war. Er schien irgendwie verändert, und das konnte nicht nur mit der Verletzung zusammenhängen. Unbehaglich wünschte er sich, wieder in seinem Amtszimmer zu sitzen und sich mit Fragen zu beschäftigen, die er vergessen konnte, sobald die Sache vom Tisch war.

Es dauerte nicht lange, und Gaius erschien sauber aus dem Bad. Er wirkte sehr jung in der kurzen Wolltunika. Die nassen Haare fielen in langen schwarzen Locken bis auf die Schultern. Macellius ließ den Barbier kommen, und während der Sklave seinem Sohn das widerspenstige Haar militärisch kurz schnitt und den Bart rasierte, berichtete Gaius von seinem Abenteuer.
Eindeutig verschweigt er gewisse Dinge, dachte Macellius. Ich möchte wissen, warum Clotinus Albinus den Unfall nicht gemeldet hat.
In gewisser Weise war er seinem Sohn dafür dankbar, daß er ihnen beiden die Unannehmlichkeiten einer förmlichen Untersuchung ersparte, die jeder Hinweis darauf, daß es sich um mehr als um einen Unfall gehandelt hatte, mit sich gebracht hätte.
»Der Militärarzt muß sich unbedingt deine Schulter ansehen«, sagte er, nachdem Gaius seinen Bericht beendet hatte.
Gaius widersprach energisch. »Es ist alles in bester Ordnung!«
Aber Macellius bestand auf der Untersuchung, und es dauerte nicht allzu lange, bis der alte Manlius erschien und vorsichtig den Verband entfernte. Er drückte, bewegte und betastete die Schulter, bis Gaius bleich wurde und zu schwitzen begann. Dann erklärte er ernst, die Schulter sei gut verheilt, und selbst er hätte nicht mehr für den jungen Mann tun können.
»Das habe ich dir doch gleich gesagt«, murmelte Gaius mit zusammengebissen Zähnen. Aber er vermied es, seinem Vater in die Augen zu blicken.
Gut, dachte Macellius, er will sich nicht mit mir streiten ...
Gaius legte sich erschöpft auf den Rücken. Er unternahm den schwachen Versuch, die Tunika wieder zu befestigen, verzichtete aber darauf und lächelte dankbar, als Macellius aufstand und es für ihn tat. Dann griff er nach der Hand seines Vaters und drückte sie.
»Ich habe dir doch gesagt, daß es mir gutgeht. Du bist wirklich in allem übervorsichtig«, sagte er seufzend.
Macellius dachte: Er ist ein hübscher Junge geworden. Ich möchte

wissen, auf was für einen Unfug er sich eingelassen hat. Nun ja, er ist jung. In seinem Alter hat man ein Recht auf gewisse Dummheiten. Aber ich werde mich hüten, ihm das zu sagen ...

Er räusperte sich.

»Also, welche Entschuldigung hast du dafür, daß du dich nicht rechtzeitig zum Dienst zurückgemeldet hast?

Gaius deutete auf die Schulter.

»Ich verstehe. Natürlich konntest du dich mit dieser Wunde nicht von der Stelle bewegen. Ich werde mit Sextillus sprechen. Aber das nächste Mal vermeide solche Unfälle. Du bist nicht das verwöhnte Kind eines Patriziers und kannst nicht hoffen, daß Familienbeziehungen dir die Folgen deines Leichtsinns ersparen. Dein Großvater war ein Bauer vor den Toren von Tarent, und ich habe schwer arbeiten müssen, um es soweit zu bringen.« Er schwieg und sagte dann: »Gaius, was hältst du davon, nicht nach Glevum zurückzukehren?«

»Vater, ist es ein so schweres Vergehen, wenn man sich wegen eines Unfalls nicht rechtzeitig zum Dienst zurückmeldet ...?«

Er blickte Macellius fassungslos an, und sein Vater beruhigte ihn schnell: »Nein, nein. Du hast mich falsch verstanden. Das ist nicht als Strafe gemeint. Ich will nur wissen, ob du damit einverstanden bist, daß du mir unterstellt wirst. Ich brauche jemanden hier, der mir hilft. Als der Statthalter das letzte Mal in Deva war, habe ich mit ihm darüber gesprochen. Er war einverstanden, eine Ausnahme zu machen und dich mir zuzuteilen. Weißt du, es ist Zeit, daß ich dich hier mit den richtigen Leuten bekanntmache. Die Provinz wird größer, Gaius. Mit Intelligenz und Einsatzbereitschaft kann es ein Mann weit bringen. Wenn ich in den Ritterstand erhoben werde, dann ist es nur noch ein Schritt bis zum Adel. Wer weiß, wie weit du einmal kommen wirst?«

Er sah, daß Gaius den Kopf senkte, und überlegte, ob sein Sohn vielleicht noch Schmerzen hatte.

Es dauerte lange, bis Gaius schließlich sagte: »Ich habe nie verstanden, weshalb du hier in Britannien geblieben bist, Vater. Hät-

test du nicht sehr viel schneller befördert werden können, wenn du dich zu einer Versetzung bereit erklärt hättest? Das Reich ist groß.«
»Britannien ist nicht die Welt«, sagte Macellius und nickte, »aber es gefällt mir hier.« Er wiegte bedächtig den Kopf und fügte dann ernst hinzu: »Man hat mir in Hispania die Position eines Juridicus angeboten. Ich hätte annehmen sollen ... schon um deinetwegen.«
»Warum Hispania, Vater? Warum nicht Britannien?«
Kaum hatte er die Frage gestellt, da wußte Gaius, daß es ein Fehler gewesen war, seinen Vater auf dieses Thema anzusprechen. Macellius preßte die Lippen zusammen.
»Der Kaiser Claudius«, sagte er, »war so sehr damit beschäftigt, in Rom alles zu reformieren, vom Senat über das Münzwesen bis hin zur Staatsreligion, daß er nie Zeit fand, die Militärgesetze zu ändern. Und alle Kaiser nach ihm schienen der Ansicht zu sein, daß er, der offizielle Eroberer Britanniens, die Gesetze bewußt nicht geändert habe.«
»Ich verstehe nicht, was du meinst, Vater.«
»Ich war nur einmal in Rom«, sagte Macellius, »und Londinium gleicht mehr dem Rom, das man mich als Kind gelehrt hat zu ehren, als das Rom von heute. Das Reich ist in großen Schwierigkeiten, Gaius. Und das sollte dich nicht überraschen.«
Er runzelte die Stirn. Gereizt drehte er sich plötzlich um und sagte zu dem Sklaven, der neben ihnen stand: »Hol uns etwas zu essen, anstatt herumzustehen und in die Luft zu starren!«
Als sie allein waren, sagte er: »Hör zu, was ich dir jetzt anvertraue, gilt offiziell als Hochverrat. Deshalb vergiß auf der Stelle, was ich sage. Verstanden?«
Gaius nickte.
»Als hoher Beamter und Offizier habe ich eine gewisse Verantwortung. Wenn es wirklich zu einer Reform kommen sollte, wird sie vielleicht von den Provinzen ausgehen müssen – zum Beispiel von Britannien. Titus ... es wäre wirklich gefährlich, wenn mich

jetzt jemand hören würde ... also Titus hat die besten Absichten, aber er scheint sich mehr um seine Beliebtheit in Rom zu kümmern als um die Regierungsgeschäfte. Sein Bruder Domitian ist sehr tüchtig, aber mir ist zu Ohren gekommen, daß sein Ehrgeiz möglicherweise größer ist als seine Geduld. Wenn der Purpur an ihn fällt und er Kaiser wird, dann werden vermutlich die Römer und der Senat auch den letzten Rest Macht, den sie noch haben, verlieren.«

Er machte eine Pause und betrachtete Gaius nachdenklich. Dann fuhr er fort: »Ich möchte den Aufstieg meiner Familie in der alten Art betreiben, das heißt durch ehrlichen Dienst und durch solides Können. Es ist und bleibt das beste, wenn eine Generation in die Fußstapfen der anderen tritt.«

Macellius sprach aus, was ihm wirklich am Herzen lag, und er ließ es seinen Sohn spüren.

»Du hast mich gefragt, warum ich in Britannien geblieben bin. Es ist noch nicht zehn Jahre her, da hat Julius Classicus versucht, ein gallisches Reich zu schaffen. Nachdem Vespasian ihn vernichtet hatte, erließ der Kaiser ein Dekret, nach dem Hilfstruppen nicht in ihrer Heimat eingesetzt werden dürfen, und die Legionen müssen sich aus Männern zusammensetzen, die aus allen Teilen des Reichs kommen. Deshalb war es so schwer für mich, die Erlaubnis zu erhalten, daß du in Britannien dienen darfst. In der Tat wäre es klüger für uns beide gewesen, unser Glück in Hispania zu suchen oder an einem anderen Ort. Roms größte Furcht ist es, daß die unterworfenen Völker sich wieder erheben ... und jemand auf diese Weise versucht, die Macht an sich zu reißen.«

»Aber du hast mich dazu erzogen, die alten Tugenden von Rom zu achten. Was willst du also von mir, Vater? Und da wir so offen miteinander reden, was befürchtest du?«

Macellius sah das glatte Gesicht seines Sohns vor sich und suchte darin eine Spur der Kraft seines eigenen Vaters. Es bestand eine gewisse Ähnlichkeit ... vielleicht das energische Kinn, aber der Junge hatte eine keltische Nase. Sie war klein, beinahe so zierlich

wie die seiner Mutter. Kein Wunder, daß er wie ein Britone ausgesehen hatte, als er in seinem Amtszimmer erschienen war.
Ist er schwach, fragte sich Macellius, oder nur jung? Und dann stellte er sich die entscheidende Frage: Wem fühlt er sich wirklich verpflichtet, den Römern oder den Britonen?
»Das Chaos . . .«, antwortete er knapp. »Den Zerfall der Ordnung. Unruhen. Die Wiederkehr der vier Kaiser oder einer mordenden Königin wie Boudicca. Du kannst dich an diese Zeit nicht mehr erinnern, aber in dem Jahr, in dem du geboren wurdest, glaubten wir, das Ende der Welt sei gekommen . . .«
»Du hältst eine Rebellion der Römer für ebenso gefährlich wie die der Britonen?« fragte Gaius neugierig.
»Hast du Valerius Maximus gelesen?« fragte sein Vater. »Wenn nicht, dann tu es irgendwann einmal. Es gibt ein paar Exemplare hier in der Legionsbibliothek. Valerius Maximus hätte es nie schreiben sollen, es ist ein skandalöses Buch. Zu Neros Zeiten hätte es ihn beinahe den Kopf gekostet, was mich keineswegs überrascht. Angefangen hat er es in den Tagen des göttlichen Tiberius, und es enthält gute Gedanken über einige der folgenden Kaiser . . . Wenn man behauptet, einige von ihnen seien so fehlbar gewesen wie Gö. . . wie Götter es immer sind, dann ist das noch kein Hochverrat . . . heutzutage jedenfalls nicht. Aber was ich eigentlich sagen will, ist, selbst ein schlechter Kaiser ist besser als ein Bürgerkrieg.«
»Aber du hast gesagt, eine Reform muß möglicherweise von den Provinzen ausgehen . . .«
Macellius verzog den Mund. Der Junge war zumindest nicht dumm.
»Reform, keine Rebellion . . . Vielleicht erinnerst du dich, daß ich auch gesagt habe, daß Londinium heute so ist wie Rom früher einmal war. Die alten römischen Tugenden können in den Provinzen überleben . . . weit weg von der Korruption in der Umgebung des Kaisers. In vieler Hinsicht sind die Stämme hier noch so wie die Leute auf dem Land, dort, wo ich geboren wurde. Man

muß ihnen das Beste der römischen Kultur geben, und dann wird Britannien vielleicht das, was Rom hätte sein sollen.«

»Hast du meine Mutter deshalb geheiratet?« fragte Gaius in die Stille.

Macellius blickte ihn an und staunte. Wieder einmal sah er vor seinem inneren Augen das zarte Gesicht und die schwarz gelockten Haare eines jungen Mädchens. Er hörte sie singen und konnte sich nicht satt daran sehen, wie sie mit dem Hornkamm ihre langen Locken kämmte, auf denen ein roter Schimmer lag, wenn das Licht des Feuers darauf fiel.

Moruad ... Moruad ... warum hast du mich alleingelassen?

»Vielleicht hat das auch eine Rolle gespielt«, antwortete er leise. »Aber vielleicht ist es auch eine Rechtfertigung dieser Ehe. Wir hatten damals wirklich gehofft, unsere beiden Völker miteinander verbinden zu können. Aber das war vor Classicus ... und Boudicca. Es kann noch immer geschehen, aber es wird sehr viel länger dauern. Und du wirst römischer als die Römer sein müssen, um zu überleben.«

»Wird es zu Unruhen kommen?« fragte Gaius mit hochgezogen Augenbrauen, »hast du etwas gehört?«

»Der Kaiser war krank. Das gefällt mir nicht ... schließlich ist Titus noch ein junger Mann. Vielleicht stirbt er im Bett, aber was dann kommt ... wer weiß? Ich traue Domitian nicht.«

Macellius hob die Hand. »Mein Sohn, ich will dir einen Rat geben. Versuche so zu leben, daß nie ein Herrscher auf dich aufmerksam wird. Bist du ehrgeizig?«

»Die Götter mögen mich davor bewahren«, antwortete Gaius schnell, aber Macellius hatte den aufblitzenden Stolz in seinen Augen gesehen. Nun ja, Ehrgeiz war bei einem jungen Mann nicht das Schlechteste, wenn er in die richtigen Bahnen gelenkt wurde. Er lachte kurz.

»Ehrgeiz in Maßen und mit den richtigen Zielen ist nichts Schlechtes«, wiederholte er laut. »Wie auch immer, es ist Zeit, daß wir den nächsten Schritt zum Wohl unserer Familie tun. Es wird

den Kaiser nicht beunruhigen, wenn wir deine Beförderung anstreben, aber du bist jetzt . . . neunzehn . . ., also alt genug, um zu heiraten.«
»Ich werde in ein paar Wochen zwanzig, Vater«, erwiderte Gaius und fragte dann mißtrauisch: »Denkst du dabei an jemanden bestimmtes?«
»Ich nehme an, du weißt, daß Clotinus . . . der alte Schurke . . . eine Tochter hat . . .«, begann Macellius, brach jedoch ab, als sein Sohn lauthals lachte.
»Bei allen Göttern!« rief er. »Ich mußte sie praktisch aus meinem Bett werfen, als ich dort zu Gast war. Außerdem ist sie nicht einmal besonders hübsch.«
»Gut, das macht die Sache einfacher. Clotinus wird einer der wichtigen Männer der Provinz werden, auch wenn er ein Britone ist. Wenn dir seine Tochter gefallen hätte, wäre ich mit dieser Wahl einverstanden gewesen. Aber, wenn sie so ist, dann ist es besser, du läßt dich nicht mit ihr ein. Mein Vater war zwar nur ein Plebejer, aber er konnte alle seine Vorväter beim Namen nennen. Die Ehre der Familie verlangt, daß deine Söhne von dir gezeugt werden.«
Er hob den Kopf, als der Sklave mit einem Tablett mit Brot und Wein in der Tür erschien. Macellius füllte die Becher, reichte den einen Gaius und trank, ehe er fortfuhr.
»Ich habe noch einen anderen Vorschlag. Du wirst dich vermutlich nicht mehr daran erinnern, denn du warst damals noch ein Kind, aber wir haben gewissermaßen eine Verlobung zwischen dir und der Tochter eines alten Freundes vorbereitet . . . Licinius ist jetzt Prokurator.«
»Vater«, fragte Gaius schnell, »hast du in letzter Zeit mit ihm darüber gesprochen? Wie du sagst, war es keine feste Absprache. Ich hoffe, du hast noch nichts in die Wege geleitet, was . . .«
Macellius kniff die Augen zusammen und fragte: »Warum? Du sagst, daß du die Tochter von Clotinus nicht magst. Gibt es ein anderes Mädchen, hinter dem du her bist? Du weißt, so einfach

geht das nicht. Eine Heirat ist eine gesellschaftliche und eine wirtschaftliche Verbindung. Hör auf mich, mein Sohn. Diese romantischen Gefühle vergehen schnell.«

Er sah, wie seinem Sohn die Röte ins Gesicht schoß. Gaius trank langsam noch einen Schluck Wein.

»Es gibt ein Mädchen, aber ich will sie nicht verführen. Ich habe ihr angeboten, sie zu heiraten«, sagte er ruhig.

»Wie bitte? Wer ist es?« rief Macellius und starrte seinen Sohn entgeistert an.

»Bendeigids Tochter ...«

Der Becher klirrte laut, als Macellius ihn auf den Tisch stellte.

»Unmöglich! Der Mann ist geächtet, und wenn ich mich nicht irre, ein Druide ... allerdings aus guter Familie. Ich will nichts gegen das Mädchen sagen, wenn sie seine Tochter ist. Aber das macht die Sache nur noch schlimmer. Diese Art Ehen ...«

»Wie du sie gehabt hast«, unterbrach ihn Gaius.

»Und das hat beinahe meine Laufbahn zerstört! Deshalb werde ich nicht zulassen, daß du dein Leben auf diese Art ruinierst«, fuhr sein Vater fort. »Deine Mutter war eine gute Frau ...«

»Ich bin froh, daß du das sagst ...«, unterbrach ihn Gaius.

»Es mag ja sein, daß es an diesem Mädchen auch nichts auszusetzen gibt, aber *eine* solche fragwürdige Verbindung ist für jede Familie genug!« rief Macellius erregt. Er schwieg, als er den vorwurfsvollen Blick seines Sohnes sah und den Eindruck hatte, daß die Augen seiner Frau auf ihn gerichtet gerichtet seien.

Oh, Moruad, verzeih mir. Ich habe dich geliebt, aber ich muß unseren Sohn retten.

»Damals waren noch andere Zeiten«, sprach er nach einer Weile etwas ruhiger weiter. »Seit Boudiccas Aufstand wäre selbst eine Heirat in eine der loyalsten britonischen Familien eine Katastrophe. Glaub mir, gerade du mußt besonders vorsichtig sein, weil du der Sohn deiner Mutter bist. Denkst du, ich habe dreißig Jahre in den Legionen durchgehalten, um jetzt mitanzusehen, daß du im jugendlichen Leichtsinn alles zunichte machst?«

Er goß mehr Wein in seinen Becher und leerte ihn in einem Zug.
»Dir sind keine Grenzen gesetzt, wenn du die richtigen Verbindungen hast, und die Tochter der Prokurators ist eine besonders gute Partie. Du kannst meinetwegen jetzt noch die Zeit zu Abenteuern nutzen. Es gibt genug hübsche Sklavinnen und Freigelassene, aber schlag dir die britonischen Mädchen aus dem Kopf.«
Macellius blickte seinen Sohn beschwörend an und hoffte, er werde die ganze Tragweite seiner Argumente verstehen. Aber Gaius starrte trotzig zu Boden. Er wollte nichts hören. Alles, was sein Vater zu sagen hatte, war so vernünftig – viel zu vernünftig. Gute Verbindungen, eine hohe Position als Offizier, vielleicht sogar die Erhebung in den Adelsstand ... Würde ihn das glücklich machen? Konnte sein Vater ihm das Glück versprechen, das er bei Eilan gespürt hatte? Nein, niemals, und deshalb waren die Argumente seines Vaters falsch. Aber wie sollte er ihm das in der Sprache der Vernunft vermitteln? In seiner Verzweiflung sagte er schließlich: »Eilan ist etwas anderes für mich als ein kurzes Abenteuer! Kannst du mich denn nicht verstehen ... Ich liebe sie.«
»Deine Eilan ist die Tochter eines Druiden!« erwiderte Macellius ungerührt. »Ihr Vater war angeklagt, die Hilfstruppen zur Rebellion angestiftet zu haben. Man konnte ihm nichts nachweisen, deshalb hat man ihn nur verbannt und nicht zum Tode verurteilt. Der Mann hatte großes Glück, nicht gehängt oder gekreuzigt zu werden. Das alles ist Grund genug, daß du mit dieser Familie nicht in Verbindung gebracht wirst.« Plötzlich fragte er mißtrauisch: »Ich hoffe, du hast das Mädchen nicht verführt ... Ist sie etwa schwanger?«
»Eilan ist so unschuldig wie eine Vestalin«, erwiderte Gaius erregt.
»Hmm ... darauf würde ich keinen Eid schwören. Sie sehen diese Dinge anders als wir«, brummte Macellius, aber als er die Empörung in den Augen seines Sohnes sah, fügte er schnell hinzu: »Sieh mich nicht an, als wolltest du mich erwürgen ... ich glaube

dir ja. Aber wenn das Mädchen so tugendhaft ist, wirst du dich noch tiefer ins Unglück stürzen, wenn du es ernst meinst. Finde dich damit ab, das Mädchen ist nichts für dich . . .«
»Das muß ihr Vater entscheiden!« stieß Gaius leidenschaftlich hervor, »nicht du!«
Macellius schüttelte unwillig den Kopf. »Hör auf mich, ihr Vater wird eine solche Verbindung ebenso ablehnen wie ich und sagen, daß eine Heirat für euch beide eine große Katastrophe wäre. Vergiß sie, und such dir ein ordentliches römisches Mädchen. Mein Einfluß hier ist groß genug, um dich mit jedem Mädchen zu verheiraten, das du haben willst.«
»Sie muß nur Julia heißen . . .«, murmelte Gaius bitter. »Und was ist, wenn die Tochter von Licinius keinen Ehemann mit britonischem Blut haben möchte?«
Macellius zuckte die Schultern. »Ich werde Licinius morgen schreiben. Wenn sie eine gute Römerin ist, dann wird sie die Ehe als Teil ihrer Pflicht betrachten, die sie der Familie und dem Staat gegenüber zu erfüllen hat. Und so sollte es grundsätzlich immer sein.«
Sein Vater kniff die Augen zusammen und sagte dann mit Nachdruck: »Aber das verspreche ich dir, du wirst heiraten, bevor du uns noch allen Schande machst.«
Gaius schüttelte energisch den Kopf.
»Wir werden sehen. Wenn Bendeigid bereit ist, mir seine Tochter zu geben, dann werde ich Eilan heiraten. Ich habe ihr mein Ehrenwort gegeben.«
»Nein, das ist unmöglich«, erwiderte Macellius ebenso hartnäkkig. »Außerdem, wenn ich mich nicht völlig in Bendeigid täusche, dann wird er ebenso reagieren wie ich jetzt.«
Gaius preßte die Lippen zusammen. »Vater, ich werde Eilan heiraten. Wenn du meine Werbung nicht unterstützt, dann werde ich eben allein um ihre Hand anhalten! Ich hielt es für notwendig, dich um deine Zustimmung zu bitten, aber wenn du sie mir verweigerst, dann werde ich sie trotzdem heiraten. Und wenn ihr

Vater nicht zustimmt ...« Gaius sah seinem Vater direkt in die Augen und sagte ruhig: »Wie du weißt, beherrscht Rom nicht die ganze Welt.«

Macellius schwieg und rührte sich nicht. So hatten damals auch alle reagiert, als er Moruad kennenlernte und sich in sie verliebte.

Bei den Göttern, dachte er, er ist mir viel zu ähnlich. Glaubt er wirklich, ich werde die Sache auf sich beruhen lassen und nachgeben? Der Junge denkt, daß ich ihn nicht richtig verstehe ... Junge Leute glauben immer, nur sie wüßten, was Liebe ist.

In Wirklichkeit verstand Macellius seinen Sohn nur allzu gut. Moruad hatte sein Blut zum Sieden gebracht. Er hatte ohne sie nicht mehr leben wollen. Aber sie hatte sich als seine Frau in den Mauern eines römischen Hauses wie eine Gefangene gefühlt. Niemand achtete sie, niemand wollte etwas mit ihr zu tun haben. Die Römerinnen lachten sie aus, und von ihrem Volk wurde sie verstoßen. Macellius wollte um keinen Preis seinen Sohn den Qualen aussetzen, sich eingestehen zu müssen, daß er der Frau, die er aus ganzem Herzen liebte, nichts als ein Leben in Elend und Kummer bieten konnte.

Außerdem waren die anderen Gründe, die er Gaius genannt hatte, ebenso wichtig. Nach Moruads frühem Tod hatte Macellius seine Kraft überlegt und gezielt eingesetzt. Das war seine Antwort auf die Ohnmacht gegenüber der bitteren Wirklichkeit gewesen. Inzwischen besaß er genug Kapital, um im Alter in Wohlstand leben zu können, aber es reichte nicht für seinen Sohn. Gaius mußte selbst vorwärtskommen. Dazu hatte Macellius alle Voraussetzungen geschaffen. Auch das gehörte zu seiner Strategie. Es war der Preis, den er Rom abverlangte. Wie sonst konnte er vor Moruad bestehen? Er durfte also um keinen Preis zulassen, daß ihr Sohn sich seine Zukunft verbaute!

Deshalb wiederholte er noch einmal: »Ich habe dir bereits gesagt, daß ich mein Leben lang so schwer gearbeitet habe, damit du es einmal besser haben sollst.«

»Vater«, sagte Gaius mit einer Entschlossenheit, die Macellius an seinem Sohn noch nie erlebt hatte, »ich werde um ihre Hand anhalten!« Etwas gemäßigter fügte er hinzu: »Es schadet doch nichts zu fragen. Ich habe Eilan mein Ehrenwort gegeben. Ich habe ihr versprochen, daß ich in aller Form um ihre Hand bitten werde. Ich liebe sie, Vater. Ich werde nur sie und keine andere Frau heiraten. Und wenn ihr Vater sie mir nicht geben will ...«

»Das wird er niemals tun ...«, knurrte Macellius. »Es wäre wirklich das beste zu fragen, damit du selbst feststellen kannst, daß ich recht habe.«

»Darauf will ich es gerne ankommen lassen«, erklärte Gaius und wußte, er hatte sich dieses eine Mal durchgesetzt.

Macellius blickte ihn wütend an. »Du hattest kein Recht, dich ihr gegenüber so zu verpflichten. Eine Eheschließung ist Aufgabe der Familien. Wenn ich in deinem Namen um ihre Hand anhalte, dann geschieht das gegen mein besseres Wissen.«

»Aber du wirst es trotzdem tun?« fragte Gaius, und Macellius wurde weich.

»Ich möchte nicht, daß du dieselbe Dummheit begehst wie ich. Aber man kann keinen Menschen, schon gar nicht den eigenen Sohn davor bewahren, bestimmte Erfahrungen selbst zu machen.« Er räusperte sich und erklärte dann einlenkend: »Ich kann einen Boten zu Bendeigid schicken, aber ich zweifle nicht daran, daß er ebenso denkt wie ich. Und wenn er deine Werbung ablehnt, wie ich es erwarte, möchte ich kein Wort mehr über die ganze Sache hören. Dann werde ich Licinius schreiben, und du wirst noch in diesem Jahr heiraten.«

Wie richtig war das Gesetz, dachte er, das den Vätern das Recht gab, über das Leben selbst erwachsener Söhne zu bestimmen. Dem Buchstaben nach war es noch immer so.

Aber Macellius wußte natürlich, daß er es niemals über sich bringen würde, auf diesem Recht zu bestehen. Er tröstete sich mit dem Gedanken, daß es auch nicht notwendig sein würde. Eilans Vater konnte der Sache wirksamer ein Ende machen als er.

7. KAPITEL

Nachdem Gaius gegangen war, verschwand die Sonne hinter schwarzen Wolken. Es regnete, als würde es in diesem Jahr doch keinen Sommer geben.

Eilan bewegte sich durch das Haus wie ein Gespenst. Sie war leichenblaß und innerlich zerrissen, denn sie wußte nicht, ob das, was sie getan hatte, richtig oder falsch gewesen war.

Die Tage vergingen, und da sie nichts von Gaius hörte, wuchsen ihre Ängste und Befürchtungen. Bevor Dieda sich auf den Weg nach Vernemeton machte, sagte sie noch zu Eilan, an ihrer Stelle hätte sie sich Gaius hingegeben, wenn sich die Möglichkeit dazu geboten hätte. Jetzt quälte sich Eilan mit der Frage: Würde er mich nicht so leicht vergessen, wenn ich das getan hätte?

Ein Fest wie Beltane war aus dem Alltag herausgehoben und allem entrückt. Die Nacht, in der sie zusammengesessen und auf die beiden Feuer geblickt hatten, erschien Eilan inzwischen wie ein Traum aus der anderen Welt.

Sie wußte sehr wohl, wenn sich die Tore zwischen den Welten öffneten, dann schien auch für die Menschen alles möglich zu sein ... sogar die Heirat der Tochter eines Druiden mit einem römischen Offizier.

Aber nach dem Fest hatten sich diese Tore wieder geschlossen, und sie war umgeben von der vertrauten, aber auch engen Welt des Hauses. Jetzt war sie allein und schwach. Sie begann, an sich selbst zu zweifeln, an ihrer Liebe und vor allem an Gawen ... oder Gaius, wie sie ihn vermutlich nennen sollte.

Am schrecklichsten war, daß niemand ihren tiefen Kummer zu bemerken schien. Mairi hatte darauf bestanden, nach Hause zurückzukehren, um dort auf ihren Mann zu warten. Rheis war vollauf mit den Aufgaben beschäftigt, die der Sommer brachte. Wenn Dieda wenigstens noch dagewesen wäre, dann hätte sie ihr das Herz ausschütten können, aber Dieda war in Vernemeton und mußte wahrscheinlich mit ihrem eigenen Kummer und Selbstvorwürfen fertigwerden.

Der Himmel schien Tränen zu vergießen, und Eilan vergoß sie auch, aber keiner schien sich darum zu kümmern.

Dann kam der Tag, als ihr Vater sie zu sich rief. Er saß neben der Feuerstelle in der großen Halle ... Es brannte kein Feuer, denn auch wenn der Himmel grau und wolkenverhangen war, wurde nicht geheizt, denn es war warm genug.

Ihr Vater musterte sie mit einer Mischung aus Zorn und Belustigung, was seine übliche Strenge etwas milderte.

»Eilan«, sagte er, »ich glaube, du solltest wissen, daß man um deine Hand angehalten hat.«

Gaius, dachte sie, mein geliebter Gaius, ich habe dir Unrecht getan!

»Aber natürlich konnte ich diese Werbung nicht annehmen.« Als Eilan den Kopf sinken ließ, fragte er freundlich: »Wieviel weißt du eigentlich über den jungen Mann, der sich Gawen nannte?«

»Wie meinst du das?« Eilan brachte kaum ein Wort über die Lippen und glaubte, ihr Vater müsse hören, wie laut ihr Herz plötzlich schlug.

»Hat er dir seinen richtigen Namen genannt? Hat er dir gesagt, daß sein Vater Macellius Severus Tarentus ist, der Präfekt des Lagers in Deva?«

Eilan nickte. Jetzt spürte sie Bendeigids Zorn unter der scheinbaren Freundlichkeit und mußte darum kämpfen, ihr Zittern zu unterdrücken.

»Dann hat er dich wenigstens nicht getäuscht«, sagte ihr Vater mit einem Seufzer. »Aber trotzdem mußt du ihn dir aus dem Kopf schlagen, meine Tochter. Und überhaupt, du bist noch nicht alt genug, um zu heiraten ...«

Sie hob den Kopf und wollte ihm widersprechen. Sie hatte an Gaius gezweifelt, aber warum hatte sie vergessen, daß ihr Vater die Erlaubnis zur Heirat niemals erteilen würde?
»Ich kann warten«, flüsterte sie und wagte nicht, ihm in die Augen zu sehen. »Wenn es nur daran liegt, daß ich zu jung bin . . .«
Ihr Vater sagte freundlich: »Eilan, ich bin kein Tyrann, wenn es um meine Kinder geht. Um die Wahrheit zu sagen, ich bin viel zu nachsichtig mit dir gewesen. Wenn du Angst vor mir hättest, würdest du nicht wagen, so etwas zu sagen. Aber aus dieser Heirat kann nichts werden . . . Nein, bleib stehen«, befahl er, als sie aufspringen und davonlaufen wollte. »Ich muß dir noch etwas sagen.«
»Was gibt es da noch zu sagen?« rief Eilan zitternd und verzog vor Schmerzen das Gesicht, weil Bendeigid ihr Handgelenk so fest drückte. »Du hast doch seine Werbung abgelehnt . . .«
»Ich möchte, daß du mich verstehst«, fuhr er nachsichtig fort. »Ich habe nichts gegen den jungen Mann, und wenn er einer der unseren wäre, würde ich ihn dir sehr gern zum Mann geben. Aber Öl verbindet sich nicht mit Wasser, Blei nicht mit Silber und ein Römer nicht mit einer Britonin.«
»Er ist nur zur Hälfte Römer«, entgegnete sie. »Seine Mutter kam aus einem Stamm der Silurer. Er wirkte britonisch genug, als er hier bei uns zu Gast war.«
Ihr Vater seufzte. »Das macht alles nur noch schlimmer. Er ist der Bastard-Sohn aus der Ehe . . . einer in meinen Augen ungesetzlichen Ehe . . . eines Römers und einer Frau aus einem Volk von Verrätern. Jawohl, Verrätern, denn bevor die Römer über das Meer kamen, waren die Silurer unsere Feinde. Sie stahlen unsere Rinder und wilderten in unseren Wäldern.«
Er sah seine Tochter an und hob mahnend die Hand.
»Es wäre eine doppelte Torheit, wenn du nicht nur einen Römer, sondern auch noch den Nachfahren unserer alten Feinde heiraten würdest. Selbst wenn Ardanos davon spricht, daß aus solchen Verbindungen Frieden entsteht, so vergißt er, daß du nicht das

Kind einer unserer Königinnen bist, und er nicht der Sohn eines Cäsars . . .«

Eilan staunte. Sollte ausgerechnet der höchste Druide auf ihrer Seite stehen? Ihr Vater sprach weiter.

»Dem Ton des Schreibens entnehme ich, daß Macellius diese Heirat so wenig befürwortet wie ich. Was könnte anderes daraus werden, als daß ihr beide in euren Loyalitäten hin und her gerissen werdet. Wenn sich Gaius um deinetwillen von Rom lossagt, dann werde ich ihn nicht in unsere Sippe aufnehmen. Und wenn er für sich bleibt, dann wärst du eine Ausgestoßene unter unserem Volk, und dieses Leben wünsche ich dir nicht.«

Eilan hob nicht den Kopf. »Ich würde es auf mich nehmen«, sagte sie mit kaum hörbarer Stimme, »ich würde es für ihn tun . . .«

»Ja, weil du den Verstand verloren hast«, erwiderte ihr Vater ungnädig. »In der Jugend ist man schnell bereit, der Welt zu trotzen. Aber ich sage dir, unser Blut ist nicht das Blut von Verrätern, Eilan. In jedem Augenblick, in dem du mit ihm deine Familie verraten würdest, würden dir die Raben das Herz zerhacken. Und noch schlimmer«, fügte er leise hinzu, »nicht nur du allein, sondern unsere ganze Sippe wäre gezwungen, die Bande zu unserem Volk zu lösen.«

Als sie hartnäckig schwieg, sagte er eindringlich: »Eilan, versteh mich doch. Ich habe nichts gegen Gawen. Er war Gast in meinem Haus, und es wäre Haarspalterei zu behaupten, er habe mich belogen, da niemand ihn nach seinem richtigen Namen gefragt hat. Wenn ich ihm etwas vorzuwerfen habe, dann nur, daß er insgeheim dein Herz gegen deine Familie gewendet hat.«

Eilan erwiderte tonlos: »Er hat sich dir und mir gegenüber ehrenhaft verhalten.«

»Habe ich das angezweifelt?« fragte Bendeigid. »Aber wer fragt, muß sich mit der Antwort abfinden, die er erhält. Sein Vater hat in aller Form, und wie es die Ehre verlangt, um deine Hand angehalten. Ich habe klar und deutlich geantwortet. Mehr gibt es dazu nicht zu sagen. Das ist mein letztes Wort!«

Mit erstickter Stimme stieß sie hervor: »Ein weniger ehrenhafter Mann hätte mich so behandelt, daß du froh wärst, mich loszusein.«
Zorn verzerrte Bendeigids Gesicht, und zum ersten Mal seit sie denken konnte bekam Eilan Angst vor ihm. Er packte sie mit der einen Hand und schlug ihr mit der anderen auf den Mund, wenn auch nicht sehr fest.
»Genug ...«, rief er wütend. »Ich will nichts mehr hören! Hätte ich dich als Kind öfter geschlagen, dann wäre mir das jetzt erspart geblieben.«
Eilan sank auf eine der Bänke, als er sie losließ. Noch vor wenigen Tagen hätte sie geweint, wenn ihr Vater das zu ihr gesagt hätte. Jetzt hatte sie das Gefühl, daß es nichts mehr gab, was sie noch einmal soweit bringen würde, daß sie auch nur eine einzige Träne vergoß.
Bendeigid sagte langsam und mit Nachdruck: »Du wirst keinen Römer heiraten, solange ich lebe, und auch nicht, wenn ich tot bin, wenn es nach mir geht. Und wenn du mir sagen solltest, daß du dich soweit mit diesem halb römischen Verräter eingelassen hast, daß du ihn heiraten mußt, oder du einen Bastard zur Welt bringst, der mich Großvater nennen wird, dann könnte mir kein Mann in ganz Britannien etwas vorwerfen, wenn ich dich mit eigenen Händen ertränken würde. Spare dir die Röte der Tugend, Tochter, denn noch eben hattest du keine Tugend mehr!«
Eilan wollte aufstehen, um ihrem Vater die Stirn zu bieten, aber ihre Knie zitterten so sehr, daß sie sitzenbleiben mußte. »Glaubst du wirklich, ich wäre zu einer solchen Schandtat fähig?«
»Nicht ich habe zuerst davon gesprochen!« rief Bendeigid aufgebracht. Aber dann mäßigte er sich und sagte freundlicher: »Mein Kind, ich bin in Zorn geraten. Ich weiß sehr wohl, daß ich dir vertrauen kann. Du bist wirklich meine Tochter. Deshalb bitte ich dich um Vergebung, und ich glaube, damit sollten wir es jetzt wirklich genug sein lassen. Du reitest morgen nach Norden. Deine Schwester Mairi braucht dich, denn ihr Kind wird bald zur

Welt kommen. Deine Mutter hat in dieser Jahreszeit zu viele Pflichten und kann nicht weg. Leider hat es den Anschein, als sei Rhodri von den Römern gefangengenommen worden, als er die Zwangsarbeiter befreien wollte. Du siehst also, selbst wenn man alle anderen Argumente beiseite läßt, könntest du mir in diesem Sommer keinen römischen Schwiegersohn zumuten.«

Eilan nickte stumm. Da ihr Vater seinen Willen durchgesetzt hatte, wurde er wieder liebevoll. Er legte den Arm um sie.

»Eilan, ich bin älter und auch klüger als du. Die Jungen denken immer nur an sich selbst. Glaub nicht, ich hätte deinen Kummer nicht wahrgenommen. Ich dachte erst, dir würde Dieda fehlen. Aber ich werde diesem halbrömischen Bastard nicht verzeihen, daß er dir soviel Leid verursacht hat.«

Noch einmal nickte sie stumm und ließ sich starr von ihm umarmen. In ihrem Innern war sie Welten von ihrem Vater getrennt. Er hatte gesagt, die Raben würden ihr das Herz zerhacken, wenn sie Gaius zum Mann nahm. Sie hatte geglaubt, das sei nur bildlich gemeint gewesen. Aber jetzt, nachdem sie wußte, daß sie Gaius nicht heiraten durfte, erkannte sie, daß ihr Vater die reine Wahrheit gesagt hatte, denn der Schmerz war so körperlich spürbar, als stießen ihr tatsächlich Raben die spitzen Schnäbel ins Herz.

Bendeigid spürte ihren Widerstand und sagte gereizt: »Ich glaube, deine Mutter hatte recht, du hättest schon längst heiraten sollen, obwohl du noch nicht erwachsen bist. Ich werde noch in diesem Winter einen Mann für dich suchen ... aus unserem Volk.«

Eilan riß sich von ihm los, trat einen Schritt zurück und sah ihn mit funkelnden Augen an.

»Ich habe keine andere Wahl, als dir zu gehorchen«, erklärte sie bitter. »Aber wenn ich nicht den Mann meiner Wahl heiraten darf, dann will ich keinen heiraten, der auf dieser Erde lebt.«

Ihr Vater seufzte. »Wie du willst.« Er schüttelte den Kopf. »Ich werde dich nicht zu einer Ehe zwingen. Aber ich werde dafür sorgen, daß Senara sich verlobt, ehe sie den Jungferngürtel trägt!

Noch einmal möchte ich nicht diese Art Kampf mit einer Tochter erleben.«

Es regnete ununterbrochen viele Tage lang. Bäche und Flüsse schwollen an, Felder, Straßen und Wege wurden überflutet. Mairi würde bald ihr Kind zur Welt bringen, und das Schicksal ihres Mannes war noch immer ungewiß. Sie mußte sich eingestehen, daß es vermutlich klüger gewesen wäre, bis zur Geburt im Haus ihres Vaters zu bleiben. Aber nun war es zu spät. Bei diesem Wetter war der Weg dorthin noch gefährlicher, als wenn sie zu Hause blieb. Deshalb war Eilan in Begleitung von zwei Männern ihres Vaters zum Hof ihrer Schwester geritten, wie Bendeigid es befohlen hatte.

Sie weinte noch immer jede Nacht, wenn sie an Gaius dachte, aber sie war froh, daß sie zu Mairi gekommen war. Hier wurde sie gebraucht. Ihre Schwester konnte sich mit ihr unterhalten, und Mairis kleiner Sohn war unglücklich und verwirrt, weil seine Mutter ihn nicht mehr stillte. Außerdem vermißte er seinen Vater. Mairi war inzwischen so unförmig und schwerfällig, daß sie sich kaum noch mit ihm beschäftigen konnte. Aber Eilan nahm sich die Zeit, ihn mit einem Hornlöffel zu füttern. Und der Kleine lachte auch wieder, wenn sie mit ihm spielte.

Da der Regen nicht nachließ, dachte Eilan manchmal besorgt, sie werde möglicherweise allein mit ihrer Schwester sein, wenn das Kind auf die Welt kam. Aber Mairi beruhigte sie und erklärte, es sei verabredet, daß eine Priesterin von Vernemeton für die Entbindung komme.

»Alle Frauen in Vernemeton sind als Geburtshelferinnen ausgebildet, Schwesterchen.« Mairi rieb sich stöhnend den Rücken: »Du mußt dir also keine Sorgen um mich machen.«

»Wäre es nicht wunderbar, wenn sie uns Dieda schicken würden?«

»Das tun sie bestimmt nicht«, sagte Mairi. »Sie ist Novizin und darf im ersten Jahr das Heiligtum vermutlich nicht verlassen. Man hat mir aber versprochen, daß eine Priesterin kommen wird, die Lhiannon sehr nahe steht. Es ist eine Frau aus Eriu. Sie heißt Caillean.«

Mairi berichtete das so nüchtern, daß Eilan sich fragte, ob ihre Schwester diese Priesterin vielleicht nicht besonders mochte. Aber sie zog es vor, nicht zu fragen.

Drei Tage später traf Caillean ein. Die große Frau war so in Tücher und ihren Umhang gewickelt, daß man nur ihr Gesicht sah. Die schwarzen Haare und die leuchtend blauen Augen ließen ihre Haut weiß wie Milch erscheinen. Als sie die Umschlagtücher abgenommen hatte, trieb ihr ein Luftzug den Rauch von der Feuerstelle ins Gesicht, und die Priesterin mußte husten. Eilan füllte schnell einen Becher mit Bier und reichte ihn stumm der Frau.

Caillean sagte leise: »Danke, mein Kind, aber das darf ich nicht trinken. Wenn ich vielleicht etwas Wasser haben könnte . . .«

»Natürlich«, murmelte Eilan, wurde rot und füllte einen Becher aus dem Faß neben der Tür. »Ich könnte auch frisches Wasser vom Brunnen holen . . .«

»Nein, danke. Das ist gut genug«, sagte die Priesterin, nahm ihr den Becher ab und trank ihn leer. »Vielen Dank. Aber du bist nicht die Frau, die das Kind bekommt . . . Du bist ja selbst noch ein Kind.«

»Nein, es ist meine ältere Schwester Mairi«, murmelte Eilan. »Ich bin Eilan, Bendeigids Tochter. Ich habe noch eine jüngere Schwester. Sie heißt Senara und ist erst neun.«

»Ach so«, antwortete die Fremde, »ich heiße Caillean.«

»Ich habe dich an Beltane gesehen, aber da wußte ich noch nicht, wie du heißt. Ich dachte eigentlich, daß Lhiannons Helferin . . .«, sie brach verlegen ab, und Caillean beendete den Satz für sie.

». . . älter und würdevoller ist?« Sie lachte leise. »Ich bin bei Lhiannon, seit sie mich an der Westküste von Eriu zu sich genommen hat. Ich war damals noch sehr jung. Inzwischen bin ich schon viele Jahre bei ihr.«

»Kennst du Dieda? Sie ist mir mit verwandt.«
»Aber ja. Dieda wohnt bei den Jungfrauen. Weißt du, wir sind viele in Vernemeton und wir gehören nicht alle demselben Orden an.«
Sie schwieg und betrachtete Eilan aufmerksam, dann nickte sie und sagte: »Ja, jetzt verstehe ich . . ., aber darüber reden wir später. Nun möchte ich zuerst einmal deine Schwester sehen.«
Eilan führte Caillean zu Mairi im hinteren Teil des Raumes, die inzwischen so unförmig geworden war, daß sie kaum noch gehen konnte. Eilan ging zur Tür, damit die beiden Frauen ungestört waren. Sie hörte jedoch, wie Caillean ihrer Schwester leise Fragen stellte. Es waren so viele, daß es sich um eine sehr gründliche Untersuchung handeln mußte, aber Cailleans Stimme wirkte irgendwie beruhigend.
Neugierig sah Eilan verstohlen zu, als die Priesterin mit der Untersuchung begann. Mairis Gesicht hatte sich entspannt. Sie ließ die Priesterin vertrauensvoll gewähren, und Eilan begriff plötzlich, daß ihre Schwester Angst gehabt hatte.
Caillean betastete Mairis ganzen Körper, und das konnte bestimmt nicht sehr angenehm sein. Als sie fertig war, lehnte sich Mairi seufzend zurück, und Caillean sagte beruhigend: »Ich glaube, das Kind wird heute noch nicht kommen und morgen vielleicht auch noch nicht. Ruh dich aus, denn du wirst deine ganze Kraft brauchen, wenn es soweit ist.«
Als Mairi versorgt war, bot Eilan der Priesterin einen Platz am Feuer an und setzte sich zu ihr. Caillean fragte leise: »Ist es wahr, daß ihr Mann verschwunden ist?«
»Wir fürchten, daß er von den Römern gefangengenommen worden ist«, erwiderte Eilan ebenso leise. »Das hat mir mein Vater erzählt, bevor ich hierher gekommen bin. Aber er hat mich gebeten, es Mairi nicht zu sagen.«
Cailleans Blick richtete sich nach innen. Nach einer Weile sagte sie: »Du darfst es ihr nicht sagen, aber ich fürchte, sie wird ihn nicht wiedersehen.«

Eilan sah sie erschrocken an. »Weißt du etwas über ihn?«
»Ich habe die Zeichen gesehen, und sie verheißen nichts Gutes.«
»Die arme Mairi, meine arme Schwester. Wie sollen wir es ihr sagen?«
»Jetzt darf sie auf keinen Fall etwas davon erfahren«, erklärte Caillean. »Nach der Geburt werde ich mit ihr darüber reden. Dann hat sie einen Grund, für ihr Kind zu leben. Wenn ich es ihr jetzt sage, dann wird sie sehr wahrscheinlich bei der Geburt sterben.«
Eilan wurde es schwer ums Herz, denn sie liebte Mairi sehr. Mit leichtem Schaudern war ihr aufgefallen, daß die Priesterin über den Tod ebenso sachlich gesprochen hatte wie über das Leben – ohne Bedauern, ohne jegliche Gefühle.
Für die heiligen Frauen von Vernemeton haben Tod und Leben bestimmt eine andere Bedeutung als für mich, dachte Eilan ehrfurchtsvoll. Sie lieben nicht, wie ich Gaius liebe, und sie wissen nichts von den Qualen, unter denen ich leide ...
»Ich hoffe, sie hat Brüder, die das Erbe schützen und verwalten«, fuhr Caillean fort.
»Mein Vater hat keine Söhne«, erwiderte Eilan, »aber Cynric wird die Pflichten eines Bruders übernehmen, wenn Mairi in Not gerät.«
»Ist er nicht Bendeigids Sohn?«
»Er ist nur ein Ziehsohn. Zur Zeit ist er im Norden. Wir sind zusammen aufgewachsen. Cynric hat Mairi immer sehr gemocht.«
»Ich habe von Cynric gehört«, sagte Caillean und wiegte nachdenklich den Kopf. Ihr Blick hatte sich wieder nach innen gerichtet, und Eilan fragte sich, was die Priesterin alles sah oder wußte. Nach einer Weile nickte die große Frau ernst und sagte leise wie zu sich selbst: »Ja, deine Schwester wird die Hilfe ihrer Familie brauchen.«

In der Nacht zog aus dem Westen ein Sturm auf. Eilan lag wach im Bett und hörte, wie der Wind wie ein wildes Tier das Haus anfiel. Als der Morgen anbrach, bogen sich die Bäume noch immer unter der Gewalt der entfesselten Natur. Im Dach fehlten mittlerweile zwar ein paar Büschel Stroh, aber das Rundhaus ächzte und zitterte nur unter den Windböen, denn es war stabiler als ein fest gezimmerter Bau, der dem Sturm wahrscheinlich nicht gewachsen gewesen wäre. Der Regen peitschte über das Land; erstaunlicherweise blickte Caillean jedoch zufrieden auf die wolkenbruchartigen Schauer.

Als Eilan verwundert fragte, was an dem Sturm so schön sei, erwiderte die Priesterin: »Ich habe gehört, daß Räuber an der Küste gelandet sind und ins Landesinnere ziehen. Wenn alle Straßen und Wege überflutet sind, werden sie nicht bis hierher kommen.«

»Räuber?« rief Mairi ängstlich. Aber Caillean wollte nichts weiter darüber sagen und erklärte ihr: »Wenn man vom Bösen spricht, dann zieht man es an.«

Gegen Abend schien das Schlimmste überstanden zu sein, und der Wind legte sich etwas. Nur der heftige Regen ließ nicht nach. Die Welt schien in Wasser getaucht; Brunnen flossen über, und Bäche und Seen traten über die Ufer. Glücklicherweise lagerte in einem Schuppen neben dem Rundhaus genug trockenes Holz. Und so konnten sie wenigstens gemütlich am knisternden Feuer sitzen. Caillean brachte ein kleines Instrument zum Vorschein, das sie wie ein Kind sorgsam eingewickelt hatte, und spielte für sie. Eilan hatte nie eine Frau Harfe spielen sehen. Als Kind hatte man sie einmal geschlagen, weil sie die Harfe ihres Großvaters in die Hand nahm.

»O ja, unter uns Priesterinnen gibt es auch Sängerinnen«, sagte Caillean. »Ich spiele nur zu meinem eigenen Vergnügen. Aber ich glaube, Dieda wird eine Sängerin werden.«

»Das überrascht mich nicht«, sagte Eilan. »Sie hat eine wunderschöne Stimme und kann wirklich gut singen.«

»Bist du deswegen neidisch, mein Kind? Es gibt noch andere Gaben als Musik ...« Die Priesterin hob die Augenbrauen und betrachtete Eilan nachdenklich. Dann sagte sie plötzlich: »Weißt du eigentlich, daß Dieda versehentlich an deiner Stelle berufen wurde?«

Eilan stockte der Atem. Sie hatte es in ihrem Inneren gewußt. Schon als Kind hatte sie immer die Priesterin gespielt, und dann waren da die Träume und Visionen ...

»Hast du nie daran gedacht, Priesterin zu werden?«

Eilan ließ stumm den Kopf sinken. O ja, das hatte sie sich ersehnt, aber dann war Gaius gekommen. Wie konnte sie Priesterin werden, wenn sie für die Liebe zu einem Mann so empfänglich war?

»Nun ja, du mußt dich jetzt nicht entscheiden ...«, sagte Caillean lächelnd. »Wir werden ein anderes Mal darüber reden.«

Eilan schloß die Augen. Ihr innerer Blick wanderte. Sie war entrückt und befand sich mit der Priesterin an einem anderen Ort und in einer anderen Zeit. Sie standen in einem großen, weiten Ring aus mächtigen Steinen, die sich über ihnen wölbten und beinahe zu schließen schienen. Aber die große breite Öffnung in der Mitte war offen zum dunklen sternenübersäten Nachthimmel. Eilan sah, wie sie beide die Hände hoben und die Mondgöttin anbeteten, die als zarte, kaum wahrnehmbare silbrige Sichel direkt über ihnen stand. Sie zweifelte nicht daran, daß es Caillean war, die neben ihr stand, aber zu ihrer Überraschung hatte sie rote Haare. Sie sahen sich beide so ähnlich wie Schwestern. Und Eilan wußte plötzlich, daß ihr Gesicht so aussah wie damals in dem See im Wald.

Wir sind Schwestern ...
mehr noch als Schwestern.
Wir sind Frauen ...
mehr noch als Frauen ...

Die Worte drangen aus der Tiefe ihres Bewußtseins, und sie klangen wie ein heiliger Gesang.

Blitzartig war die Vision zu Ende, und ihr wurde bewußt, daß sie bis zu diesem Tag noch nie mit Caillean gesprochen hatte. Aber es war wie bei Gaius. Eilan glaubte, Lhiannons Priesterin vom Anfang aller Zeiten zu kennen.

Caillean hatte lange gespielt und gesungen, als sich Mairi plötzlich erhob und einen Schrei ausstieß. Erschrocken deutete sie auf einen dunklen Fleck auf ihrem Kleid. Die beiden Frauen sahen sie überrascht an.

»Das Wasser fließt bereits«, sagte die Priesterin ruhig. »Nun Liebes, das Kind kommt, wann es will, und nicht dann, wenn wir es wünschen. Du solltest dich sofort ins Bett legen.«

Eilan war blaß geworden und begann zu zittern. Caillean sah es aus dem Augenwinkel und sagte mit ruhiger Stimme: »Eilan, geh zum Schafhirten und sag ihm, er soll noch mehr Holz bringen. Dann schürst du das Feuer, füllst den Kessel mit Wasser und bringst es zum Kochen. Mairi muß heißen Tee trinken, ehe das alles vorbei ist ... und ich glaube, wir werden ihn auch brauchen.«

Caillean hoffte natürlich, daß Eilan sich beruhigen werde, wenn sie etwas tun konnte.

»Geht es dir jetzt besser?« fragte die Priesterin lächelnd, als Eilan zurückkam. »Ich halte es eigentlich für einen Fehler, daß man einer Frau erlaubt, bei einer Geburt anwesend zu sein, wenn sie selbst noch kein Kind zur Welt gebracht hat. Das macht ihr nur angst. Aber wenn du zu uns nach Vernemeton kommst, dann wirst du früher oder später die Arbeit einer Hebamme lernen müssen.«

Eilan schluckte und nickte tapfer. Sie war entschlossen, das Vertrauen der älteren Frau nicht zu enttäuschen.

In den ersten beiden Stunden fiel Mairi zwischen den einzelnen Wehen in einen leichten Schlaf. Wenn sie aufwachte, stieß sie erstickte Schreie aus, als habe sie einen Alptraum. Eilan saß auf der Bank neben dem Feuer und kämpfte tapfer gegen ihre Müdigkeit

an. Es waren die dunkelsten Stunden der Nacht. Der Regen hatte etwas nachgelassen und trommelte leise, aber beharrlich auf das Dach. Eilan mußte eingeschlafen sein, denn sie spürte plötzlich, wie Caillean sich über sie beugte und weckte.
»Komm jetzt. Ich brauche deine Hilfe. Leg Holz auf das Feuer und koche Mairi diesen Tee.«
Caillean deutete auf ein irdenes Gefäß mit Kräutern, das sie mitgebracht hatte.
»Ich glaube, es wird nicht mehr lange dauern, und wir sollten bereit sein, Mairi zu helfen.«
Als der Tee fertig war, setzte sich Caillean zu Mairi, die sich unruhig hin und her warf, und hielt ihr den Becher an die Lippen.
»Trink das. Das gibt dir die Kraft, die du jetzt brauchst.«
Kurz darauf stöhnte Mairi. Sie bekam ein rotes Gesicht, Schweiß stand auf ihrer Stirn, und sie verzog gequält den Mund.
»Es dauert nicht mehr lange, Liebes«, sagte Caillean beruhigend, »aber du mußt jetzt liegenbleiben. Versuch nicht, dich aufzusetzen.«
Mairi sank stöhnend zurück und rang erstickt nach Luft. Als auch diese Wehe vorüber war, sagte Caillean zu Eilan: »Betupf ihr das Gesicht mit dem Schwamm. Das kühlt die Haut und ist angenehm. Ich bereite inzwischen alles vor ...« Sie ging schnell zum Feuer und sagte zu Mairi: »Siehst du, hier sind die Windeln für dein Kleines. Bald wirst du es in den Armen halten ... Möchtest du denn noch so einen gesunden Jungen wie den, den du bereits hast?«
»Oh, das ist mir gleichgültig«, stöhnte Mairi und begann zu keuchen. »Ich ... möchte nur ... daß es vorbei ist ...« Sie schrie auf und flüsterte dann: »Wie lange noch?«
»Nicht mehr lange, Mairi. Bald ist es soweit, und du kannst dein Kind an dich drücken ... Ja, so ist es richtig. Du mußt pressen ... noch mehr ... Die Wehen folgen jetzt dicht aufeinander, aber das heißt, es ist bald vorbei ... Ich weiß, es ist nicht leicht, aber wenn du durchhältst, dann kommt dein Kind um so schneller ...«

Eilan war vor Angst wie erstarrt. Mairi schien nicht mehr sie selbst zu sein. Ihr Gesicht glühte und war geschwollen. Sie schrie immer wieder laut auf und schien nicht mehr zu wissen, was sie tat. Plötzlich rang sie nach Luft, bäumte sich auf und stemmte die Füße gegen das Fußteil des Bettes.

»Ich kann nicht mehr . . . Oh, ich kann nicht mehr . . .«, keuchte sie heiser, aber Caillean redete ermutigend und begütigend auf sie ein.

Dann sagte sie plötzlich mit anderer Stimme: »So, es ist soweit. Halt ihre Hände, Eilan. Nein, nicht so . . . an den Handgelenken. Und jetzt, Mairi, mußt du noch einmal pressen . . . Ja, ich weiß, du bist erschöpft, Liebes, aber gleich ist es vorbei . . . So, jetzt langsam und tief atmen . . . Hol Luft und laß es kommen . . . Ja, so ist es gut . . . Siehst du . . . So!«

Mairis Leib zuckte und bebte. Die Priesterin richtete sich auf und hielt etwas Rotes und unglaublich Winziges in den Händen. Es zappelte und stieß einen dünnen Schrei aus.

»Sieh nur, Mairi, du hast eine hübsche kleine Tochter . . .«

Mairis rotes Gesicht entspannte sich, und sie lächelte beseligt, als Caillean ihr das Neugeborene auf den plötzlich wieder flachen Bauch legte.

»O Göttin«, murmelte die Priesterin mit einem Seufzer der Erleichterung und blickte auf Mutter und Kind. »Wie oft habe ich das schon gesehen! Aber es ist jedesmal wieder ein Wunder!« Das leise Wimmern wurde laut und schrill. Mairi lachte glücklich.

»Oh, Caillean, sie ist so hübsch, so hübsch . . .«

Geschickt und schnell band die Priesterin die Nabelschnur ab und wusch das Neugeborene. Als Mairi die Nachgeburt ausstieß, reichte Caillean das Kind Eilan.

Sie staunte, denn es schien unmöglich, daß etwas so Zartes und Winziges ein Mensch sein sollte. Finger und Füße waren unglaublich dünn und fein. Das Köpfchen überzog ein weicher dunkler Flaum.

Mairi fiel erschöpft in einen tiefen Schlaf. Caillean hängte dem

Kind ein kleines Metallamulett um den Hals und wickelte es in die Windeln.
»So, jetzt können die Elfen es nicht mehr rauben, und außerdem haben wir es seit seiner Geburt nicht aus den Augen gelassen. Wir wissen also, daß es kein Wechselbalg ist«, erklärte Caillean. »Aber auch die guten Geister sind bei diesem Wetter nicht unterwegs. Mairis Töchterchen steht ganz unter dem Schutz der Göttin. Du siehst, der viele Regen hat auch etwas Gutes.«
Caillean richtete sich auf und rieb sich den schmerzenden Rükken. Zum ersten Mal seit vielen Tagen blinzelte eine rote, wässrige Sonne durch die dicken, tiefliegenden Wolken.

Das Neugeborene hatte dünne Ärmchen und Beinchen und war sehr zart. Als sie es nach dem Waschen trockenrieben, schimmerten die daunenweichen Haare rötlich.
»Es sieht so winzig aus ... wird es am Leben bleiben?« fragte Eilan.
»Warum nicht?« erwiderte Caillean. »Die Göttin war uns gnädig gesonnen. Ein Glück, daß wir gestern das Haus nicht verlassen konnten. Ich war schon unsicher geworden und hatte überlegt, ob es nicht doch besser sei, Zuflucht in Vernemeton zu suchen. Aber dann wäre es im Wald oder auf offenem Feld geboren worden, und wir hätten vermutlich Mutter und Kind verloren.«
Nachdenklich fügte sie hinzu: »Ich kann mich nicht immer auf meine Fähigkeit verlassen, die Zukunft zu sehen.«
Die Priesterin sank müde auf die Bank vor dem Feuer. »Es ist bereits Tag. Kein Wunder, daß ich so erschöpft bin.« Sie gähnte hinter vorgehaltener Hand und sagte dann: »Der kleine Junge wird bald aufwachen. Dann können wir ihm sein Schwesterchen zeigen.«
Eilan hielt das Neugeborene in den Armen. Caillean hob plötzlich den Kopf und sah sie mit großen Augen an. Ein Schatten schien wie der kalte Nebel aus einer anderen Welt auf Eilan zu fallen. Die Luft um sie herum begann zu wirbeln und zu kreisen. Ein großer

Schmerz und namenloser Kummer erfaßte Caillean. Sie sah plötzlich eine ältere Eilan vor sich. Sie trug das blaue Gewand der Priesterin und hatte den tätowierten blauen Halbmond zwischen den Brauen. In den Armen hielt sie ein Kind. Aber aus ihren Augen sprach ein so großes Leid, daß es Caillean das Herz zerriß. Schauer liefen ihr über den Rücken, und die Flut des Kummers riß sie mit sich fort. Caillean schlug entsetzt die Hände vor das Gesicht und wischte sich die Tränen aus den Augen.

Als sie wieder sehen konnte, stellte sie fest, daß Eilan Mairis Kind in den Armen hielt und sie verwundert anblickte. Caillean stand erschrocken auf, trat schnell auf sie zu und nahm ihr das Neugeborene weg, das aufwachte und zu wimmern anfing. Sie beruhigte das Kind, das bald wieder einschlief.

»Was ist ...?« fragte Eilan. »Warum hast du mich so angesehen?«

»Der kalte Regen ...«, murmelte Caillean noch immer verstört, »ich glaube, wir sind beide übermüdet und frieren.«

Aber das Feuer brannte hell, und es war sehr warm in dem großen Raum.

Ich kann mich nicht immer auf meine Fähigkeit verlassen, die Zukunft zu sehen, beruhigte sie sich, nicht immer ...

Caillean schüttelte energisch den Kopf. »Hoffen wir, daß die Wassermassen Wege und Straßen noch immer unpassierbar machen«, sagte sie.

Sogar der Gedanke an die Räuber war eine willkommene Ablenkung nach der beklemmenden Vision.

»Wie kommst du darauf, dir so etwas zu wünschen?« fragte Eilan. »Mein Vater möchte sicher so schnell wie möglich hierher kommen und sein neues Enkelkind sehen ... meine Mutter auch. Ich glaube, sie sollten wirklich bald kommen, denn wie du sagst, hat Mairi keinen Mann mehr.«

Caillean fuhr zusammen. »Keine Angst, das Wetter läßt sich nicht beeinflussen, weder von mir noch von dir. Selbst dic höchsten Druiden versuchen nicht, die Sonne scheinen zu lassen oder Regen zu machen.« Seufzend fügte sie hinzu: »Aber ich werde den Gedanken nicht los, daß nicht nur deine Eltern versuchen werden, über Land zu reiten.«

Dann lächelte sie das Neugeborene an und sagte liebevoll: »So, aber du mußt jetzt zu deiner Mutter an die Brust.«

8. KAPITEL

Der Regen verschonte auch das römische Lager in Deva nicht. Es goß in zermürbender Ausdauer Tag und Nacht. Bei diesem Wetter mußten die Männer in den Quartieren bleiben. Sie würfelten, besserten ihre Sachen aus oder setzten sich in die Schänke oder das Wirtshaus und tranken, damit die Zeit schneller verging. In dieser Nässe, die jeden bedrückte und zur Untätigkeit verdammte, ließ Macellius seinen Sohn zu sich rufen.

»Du kennst das Land im Westen«, sagte er zu ihm. »Glaubst du, du kannst einen Reitertrupp zu Bendeigids Haus führen?«

Gaius erstarrte und ließ den nassen alten Lederumhang einfach auf den Steinboden fallen. »Ja, aber Vater . . .«

Macellius wußte sofort, was er sagen wollte.

»Ich verlange nicht von dir, daß du im Haus eines Freundes spionierst, mein Junge. Aber man hat irische Räuberbanden in Segontium gesichtet. Jede britonische Siedlung in der Gegend ist in Gefahr, wenn sie nicht gefaßt werden. Ich schicke dich, um Bendeigid zu helfen, obwohl ich weiß, daß er es vermutlich anders auslegen wird. Aber ich muß einen Trupp dorthin senden, um zu erfahren, was geschieht. Meinst du nicht auch, es ist besser, wenn ein Freund kommt, anstelle eines römischen Keltenhassers? Oder daß Bendeigid mit irgendeinem Dummkopf reden muß, der frisch aus Rom kommt und glaubt, alle Britonen laufen nackt und blau angemalt herum?«

Gaius wurde rot. Er ärgerte sich darüber, daß es seinem Vater immer wieder gelang, ihm das Gefühl zu geben, er sei noch ein Kind.

»Ich stehe zu deinen Diensten, Vater . . . und ich diene Rom«,

fügte er förmlich hinzu. Er empfand diese politische Redewendung so hohl und nichtssagend, daß er fast glaubte, sein Vater werde ihn auslachen.
Ich werde ein Heuchler, dachte er mit zusammengebissenen Zähnen, aber zumindest ist es mir noch bewußt. Werde ich mich vielleicht so an die leeren Floskeln gewöhnen, daß ich dieselbe gönnerhafte Überlegenheit wie mein Vater zur Schau trage, wenn ich einmal so alt bin wie er?
»Fürchtest du vielleicht, die Beherrschung zu verlieren, wenn du Bendeigid begegnest, weil er dir die Hand seiner Tochter verweigert hat?« fragte Macellius, und als Gaius nur schweigend den Kopf senkte und auf den nassen Boden starrte, fügte er nicht unfreundlich hinzu: »Aber ich habe dir ja vorher gesagt, was du von dem alten Druiden zu erwarten hast.«
Gaius ballte die Fäuste und preßte die Lippen zusammen. Bei einer Auseinandersetzung mit seinem Vater zog er immer den Kürzeren, und er wußte, daß er jetzt, nachdem seine falsche Einschätzung Bendeigids bewiesen war, erst recht keine Chance hatte. Aber die Worte seines Vaters schmerzten wie Salz in einer offenen Wunde.
»Das hast du gesagt, und du hattest recht«, erwiderte er schließlich tonlos. »Such jetzt meinetwegen die Frau für mich, die dir gefällt ... eine junge Frau mit breiten Hüften und der richtigen Abstammung ... Warum nicht diese Julia oder auch eine andere? Ich kann dir versichern, ich werde meine Pflicht erfüllen.«
»Du bist ein Römer, und ich erwarte von dir, daß du dich wie ein Römer verhältst«, sagte Macellius scharf. Aber er mahnte sich sofort zu Ruhe und Geduld. Deshalb fügte er einlenkend hinzu: »Du hast dich ehrenhaft verhalten und das wirst du auch weiterhin tun. In Junos Namen, mein Junge, die Frau, die du geliebt hast, ist vielleicht in Gefahr. Auch wenn du sie nicht heiraten kannst, wirst du doch bestimmt alles tun wollen, damit sie in Sicherheit ist.«
Darauf konnte Gaius natürlich nichts erwidern. Er spürte einen

dumpfen Knoten der Angst. Aber er fürchtete nicht um sein Leben, als er salutierte und den Raum verließ.

Vielleicht habe ich nur Angst davor, ihnen allen wieder unter die Augen zu treten ..., dachte Gaius, als der kleine Reitertrupp durch das Lagertor ritt und den Hügel hinuntertrabte.
In gewisser Weise habe ich ihr Vertrauen mißbraucht, und sie waren alle freundlich zu mir ...
Während der Vorbereitungen für diese Mission, beim Auswählen der Männer und dem Packen der Vorräte, war es ihm gelungen, seine Gefühle zu unterdrücken, aber jetzt erfaßte ihn wieder ohnmächtige Verzweiflung.
Er hatte nur Cynric einmal gesehen, seit er Bendeigids Haus verlassen hatte. Auf dem Markt in Deva drehte er sich eines Tages zufällig um, und sein Blick fiel auf den jungen blonden Riesen, der mit einem Schmied um ein Schwert feilschte. Cynric war so sehr in das Gespräch vertieft, daß er Gaius nicht bemerkte. Trotz aller militärischen Ausbildung machte Gaius auf dem Absatz kehrt und nahm – um ehrlich zu sein – Reißaus. Kurz zuvor war Bendeigids Antwort eingetroffen. Gaius wußte, wenn der Druide seiner Familie von dem Heiratsantrag und der Ablehnung erzählt hatte, dann war er entehrt. Sollte der Druide das nicht getan haben, konnte Cynric nur annehmen, daß Gaius sie alle betrogen hatte, wenn er ihn hier in Deva in der Uniform eines römischen Tribuns sah.
Gaius gestand sich ein, daß Eilans Vater eine in Anbetracht der Umstände sehr maßvolle Antwort gegeben hatte.
Wer hat dem Druiden wohl geholfen, in Latein zu antworten?
Gaius hatte die Schreibtafeln, auf denen die Antwort stand, verbrannt, aber die Worte blieben in sein Gedächtnis eingemeißelt. Die Antwort war einfach und klar gewesen. Der Druide hielt es nicht für richtig, seine Tochter verheiraten, weil sie viel zu jung und weil Gaius ein Römer war.
Gaius hatte daraufhin beschlossen, die ganze Sache einfach zu

vergessen. Jawohl, er war Römer und hatte als solcher gelernt, seine Gedanken und seinen Körper mit eiserner Disziplin unter Kontrolle zu halten.
Aber den Entschluß in die Tat umzusetzen, war nicht so einfach, wie er sich das vorgestellt hatte. Tagsüber gelang es ihm, seine Gedanken nicht abschweifen zu lassen, aber in der letzten Nacht hatte er wieder geträumt, daß Eilan und er auf einem Schiff in Richtung Westen über das Meer segelten.
Er seufzte. Selbst wenn es im Westen ein Land gab, zu dem sie fliehen konnten, so wußte er nicht, wie man eine Frau wie Eilan entführen sollte, auch wenn sie bereit wäre, ihm zu folgen. Und er wußte wirklich nicht, ob Eilan sich überhaupt zu einer Flucht entschließen würde. Gaius konnte nicht wagen, seinem Vater die Stirn zu bieten – von ihrer Sippe ganz zu schweigen. Ein solches Abenteuer konnte für sie beide nur schlecht enden.
Vielleicht hatte man Eilan inzwischen bereits mit einem anderen Mann verlobt, auch wenn ihr Vater behauptet hatte, sie sei zu jung, um zu heiraten. Die meisten römischen Frauen wurden in diesem Alter verheiratet.
Er schüttelte unwillig den Kopf und wischte sich den Regen vom Gesicht. Also gut, dachte er niedergeschlagen, mein Vater soll seinen Willen haben. Er kann mich mit der Frau verloben, die er für die Richtige hält.
Aber Macellius schien es damit nicht ganz so eilig zu haben. Auch die Tochter von Licinius war noch sehr jung. Vielleicht würde ihm eine ungewollte Ehe doch noch eine Weile erspart bleiben.
Am besten wird es sein, dachte Gaius bitter, weil er mit seinen Gedanken wieder einmal in eine Sackgasse geraten war, wenn ich aufhöre, überhaupt an Frauen zu denken.
Die Götter wußten, wie sehr er sich bereits darum bemüht hatte, Frauen aus seinem Bewußtsein zu verbannen. Aber hin und wieder fiel sein Blick zufällig auf eine gallische Sklavin, sah er blonde Haare und graue Augen, und dann stand Eilan wieder so lebendig vor ihm, daß er vor Qual am liebsten aufgeschrien hätte.

Als er Cynric so plötzlich begegnet war, hätte er im Grunde nichts lieber getan, als mit ihm zu sprechen. Denn von wem sonst konnte er etwas über die Familie und all das erfahren, was seit seinem Weggehen geschehen war? Aber als er sich schließlich mutig genug gefühlt hatte, Cynric unter die Augen zu treten, war der junge Riese verschwunden.
Vermutlich ist es das beste, hatte Gaius sich getröstet, aber sein Herz blutete um so mehr.

Eilan schreckte aus dem Schlaf. Sie rieb sich die Augen und versuchte, sich daran zu erinnern, wo sie sich befand. Weinte das Kind? Hatte sie geträumt?
Mairi lag mit dem Neugeborenen ruhig in dem Alkoven auf der anderen Seite des Raumes. Als Eilan sich bewegte, drehte sich der kleine Vran im Schlaf um und schmiegte sich enger an sie. Caillean lag still neben Vran an der Wand. Eilan lag am dichtesten am Feuer und hatte unruhig geschlafen. Wenn sie geträumt hatte, dann konnte sie sich an nichts mehr erinnern. Sie stellte nur fest, daß sie schlaftrunken auf die rote Glut starrte, denn das Feuer war niedergebrannt.
In der Dunkelheit hörte sie plötzlich Caillean leise sagen: »Ja, ich habe es auch gehört. Es ist jemand draußen vor dem Haus.«
»Mitten in der Nacht?« flüsterte Eilan und lauschte angestrengt, aber sie hörte nur den Regen auf das Dach trommeln. »Ich höre nichts ...«
Caillean richtete sich schnell auf und flüsterte: »Sei still ...«
Sie sprang geräuschlos aus dem Bett, lief zum Eingang und vergewisserte sich, daß der Querbalken die Tür sicher verriegelte. Dann kam sie langsam zum Bett zurück. In diesem Augenblick hörte Eilan wieder das Geräusch, das sie geweckt hatte, und sie sah, wie der Querbalken sich in seiner Halterung bewegte. Jemand drückte gegen die Tür und versuchte, mit Gewalt hereinzukommen!
Eilan begann zu zittern. Sie war mit den schrecklichen Geschich-

ten über brutale Räuberbanden aufgewachsen. Aber bislang hatte sie in Bendeigids großem Haus gelebt und war von den bewaffneten Männern ihres Vaters beschützt worden. Die beiden Feldarbeiter schliefen in dem anderen, kleinen Rundhaus. Und die Häuser der Männer, die zu Rhodris Gefolge gehörten, standen weit verstreut auf den umliegenden Hügeln.

»Steh auf, aber sei leise«, flüsterte Caillean ihr zu. »Zieh dich an, so schnell du kannst.«

Die Tür knarrte wieder, und Eilan gehorchte.

»Vater hat immer gesagt, wir sollen uns im Wald verstecken, wenn Räuber kommen . . .«

»Das ist jetzt nicht möglich . . . in diesem Regen und mit Mairi, die nach der Geburt noch so schwach ist, daß sie kaum auf den Beinen stehen kann«, murmelte Caillean. »Sei leise!«

Die Tür knarrte lauter, als sich jemand mit ganzer Kraft gegen sie stemmte. Mairi erwachte. Caillean, die sich ebenfalls angezogen hatte, legte ihr schnell die Hand auf den Mund.

»Sei still, wenn dir dein Leben und das deines Kindes lieb ist«, flüsterte sie. Mairi erschrak, aber sie nickte stumm. Vran und das Neugeborene wachten glücklicherweise nicht auf.

Eilan flüsterte: »Sollen wir uns in der Vorratskammer verstekken?«

Die Tür knarrte und ächzte wieder. Wer auch immer dort draußen stand, war entschlossen, sich Zugang in das Haus zu verschaffen.

Caillean erwiderte ruhig: »Nein, bleib hier. Und was auch geschehen mag, du darfst auf keinen Fall schreien.«

Dann ging sie entschlossen zur Tür. Mairi schlug entsetzt die Hände vor das Gesicht, als Caillean den Querbalken hochzuheben begann, aber die Priesterin sagte finster: »Möchtest du die Tür wieder in Ordnung bringen, wenn sie sie erst eingeschlagen haben? Ich nicht!« und schwenkte den Balken zur Seite.

Die Tür flog auf, und etwa ein Dutzend Männer drängten so ungestüm herein, als habe der Sturm sie hierher geblasen. Aber sie blieben wie angewurzelt stehen, als Caillean ein Wort rief, das wie ein Befehl klang.

Es waren große Männer mit zottigen langen Haaren, die ihnen über die Schultern fielen. Sie trugen Tierhäute und Fellumhänge über Wolltuniken, die noch größere und buntere Karos hatten als die der Britonen. Caillean wirkte im Gegensatz zu ihnen so schlank wie eine Weidengerte. Die schwarzen Haare fielen ihr bis zur Taille. Sie trug das weite blaue Gewand der Priesterin, das sich im Wind, der durch die offene Tür drang, blähte und geheimnisvoll bewegte. Sie selbst stand regungslos und ruhig vor der wilden Horde.

Mairi kroch unter die Decke und drückte ihre kleine Tochter an sich. Vran fing leise an zu weinen. Einer der Männer lachte und sagte etwas, das Eilan nicht verstand. Sie hätte es am liebsten gemacht wie Mairi und sich verkrochen, aber sie war wie gelähmt.

Caillean rief noch einmal laut etwas in ihrer volltönenden Stimme und trat einen Schritt rückwärts zur Feuerstelle. Sie schien die fremden Krieger durch ihren Blick zu bannen. Die Männer starrten sie mit offenen Mündern an, als sie plötzlich niederkniete, die Hände ausstreckte und in das Feuer griff. Als sie aufstand, hielt sie in beiden Händen schwelende Glut. Damit ging sie drohend auf die Eindringlinge zu. Sie rief wieder etwas, und die Fremden wichen erschrocken vor ihr zurück. An der Schwelle drehten sie sich überstürzt um, einige fluchten in einem seltsam klingenden Dialekt und andere in einer Sprache, die Eilan nicht kannte, und verschwanden in die Nacht. Caillean folgte ihnen bis zur Tür und warf ihnen laut lachend die Glut nach. Mit gellender Stimme schrie sie etwas in die Nacht, und es klang wie der Schrei eines Falken. Dann schlug sie die Tür zu, legte den Balken vor, und alles war wieder still.

Als sie weg waren, sank Caillean auf die Bank neben dem Feuer. Eilan, die noch immer am ganzen Leib zitterte, setzte sich neben sie.

»Was ... was waren das für Männer?«
»Krieger ... eine Bande aus dem Norden, aber es waren auch Männer aus meinem Land unter ihnen«, antwortete Caillean stokkend. »Ich fühle mich um so mehr beschämt, denn ich komme aus Eriu.«
Sie erhob sich und wischte das Wasser auf, das durch die offene Tür hereingedrungen war. Sie ging zu Mairi und sprach leise und beruhigend mit ihr. Vran sprang aus dem Bett und kroch zu seiner Mutter unter die Decke. Es dauerte nicht lange, und die drei schliefen erleichtert wieder ein.
Caillean setzte sich mit einem tiefen Seufzer wieder auf die Bank am Feuer. Eilan warf Holz auf die Glut und wartete geduldig, bis die Flammen aufzüngelten und es ihr wieder wärmer wurde, denn noch liefen ihr kalte Schauer über den Rücken.
»Was hast du zu ihnen gesagt?«
»Ich habe ihnen gesagt, daß ich eine *Bean-Drui*, eine Druiden-Priesterin bin. Wenn sie es wagen sollten, Hand an mich oder an eine meiner Schwestern zu legen, dann würde ich sie mit Wasser und Feuer verfluchen.«
Sie richtete sich auf und fügte dann leise lachend hinzu: »Und ich habe ihnen bewiesen, daß ich dazu in der Lage bin.«
Sie streckte die Hände aus, die Haut war nicht verbrannt.
Eilan hatte mit eigenen Augen gesehen, wie sie mit beiden Händen Glut aus dem Feuer holte ... Oder war es nur eine Einbildung gewesen? War das alles ein Traum?
Zögernd sagte sie: »Du hast ihnen gesagt, wir seien deine Schwestern?«
»Als Priesterin von Vernemeton habe ich geschworen, daß alle Frauen meine Schwestern sind.«
»Und was hast du ihnen nachgerufen, als sie davongelaufen sind?«
Caillean verzog spöttisch den Mund. »Ich habe ihnen gesagt, wenn sie auf der Stelle gehen und uns in Frieden lassen, werde ich sie segnen ...«

»Hast du sie gesegnet?«
»Nein. Es sind wilde Wölfe ... und so gefährlich wie diese raubgierigen Bestien. Vielleicht sind sie sogar noch schlimmer und nicht einmal mit Wölfen zu vergleichen. Sie segnen?« Sie lachte kalt. »Dann könnte ich auch gleich einen Wolf segnen, der mir an die Kehle springt.«
Eilan blickte noch immer ungläubig auf Cailleans Hände.
»Wie hast du das mit der Glut gemacht? War das ein Trick oder hast du wirklich ins Feuer gegriffen?«
»Oh, das war kein Trick.« Sie lächelte. »Jeder kann das, der eine Ausbildung hat wie ich.«
Eilan sah sie mit großen Augen an. »Ich auch ...?« fragte sie staunend.
»Wenn du es bei uns lernst, warum nicht?« erwiderte Caillean leicht ungeduldig. »Wenn du das Vertrauen in deine Kräfte entwickelst und den Willen dazu hast. Aber jetzt kann ich es dir nicht beibringen. Vielleicht wenn du nach Vernemeton kommst ...«
Eilan fing plötzlich wieder an zu zittern. Der Schreck saß ihr noch in den Gliedern, denn sie war völlig hilflos gewesen. Caillean setzte sich neben sie und versuchte, sie zu beruhigen.
»Sie hätten uns ... Sie hätten uns ...«, Eilan schluckte und stammelte: »Wir verdanken dir alle unser Leben.«
»Ich bin mir nicht sicher«, erwiderte Caillean bitter lächelnd. »Eine Frau im Kindbett ist selbst für solche Bestien nichts. Mir wäre es wahrscheinlich gelungen, ihnen Angst einzujagen. Aber du wärst für sie eine willkommene Beute gewesen. Bestimmt hätten sie dich vergewaltigt. Sie töten hübsche junge Frauen nicht. Vielleicht hätte dich auch einer von ihnen zur Frau genommen und du hättest wie eine Gefangene an der Küste des wilden Eriu gelebt. Ich glaube, dieses Schicksal hätte dir nicht gefallen.«
Eilan schauderte bei dem Gedanken an die wilden Gesichter der Männer.
»Sag mal, sind alle Männer in deinem Land so wie diese ...?«
»Das weiß ich nicht. Ich war noch sehr jung, als ich das Land

verlassen habe.« Nach einer kurzen Pause sagte Caillean nachdenklich: »Ich bin sehr weit weg von hier geboren ... auf einer Insel vor der Küste im Nordwesten Erius. Ich kann mich weder richtig an meine Mutter noch an meinen Vater erinnern. Ich weiß nur, daß wir in einer Hütte lebten ... die ganze Familie. Außer mir gab es noch sieben, vielleicht sogar noch mehr Kinder ... Sie waren alle jünger als ich.« Sie seufzte und schwieg. Eilan wartete stumm, und nach einer Weile fuhr Caillean fort. »Eines Tages gingen wir zum Markt, und dort sah ich Lhiannon. Ich lief zu ihr. Sie war damals unbeschreiblich schön ... Ich hatte noch nie in meinem Leben eine so schöne Frau gesehen.«

Sie lächelte bei der Erinnerung.

»Etwas muß sie bei meinem Anblick bewegt haben ... Was es war, weiß ich nicht, denn sie hüllte mich in ihren Umhang, und nach einem uralten Ritual erhob sie damit im Namen der Göttin Anspruch auf mich. Viele Jahre später habe ich sie einmal gefragt, weshalb sie ausgerechnet mich gewählt hat. Sie erwiderte, die anderen Kinder auf dem Markt seien alle sauber gekleidet und von ihren Eltern behütet gewesen. Bei mir war niemand, der mich umsorgt hätte.« Cailleans Stimme klang bitter. »In der Hütte meiner Eltern war ich nur ein zusätzlicher Mund, der essen wollte. Ich hieß auch nicht Caillean. Ich weiß noch, daß man mich *Lon dub*, schwarzer Vogel, rief.«

»Ist Caillean dein Name als Priesterin?«

Caillean lächelte. »Nein, Caillean heißt in meiner Sprache nichts anderes als ›mein Kind, mein Mädchen‹. Das hat Lhiannon immer gesagt, wenn sie mit mir sprach. Im Laufe der Zeit wurde es mein Name ... auch für mich.«

»Soll ich dich auch so nennen?«

»Gewiß, obwohl ich als Priesterin noch einen anderen Namen habe. Aber den darf ich dir nicht nennen, selbst wenn du mich danach fragst. Ich habe geschworen, ihn niemals laut auszusprechen oder ihn auch nur zu flüstern, es sei denn, einer anderen Priesterin gegenüber.«

»Ich verstehe.« Eilan sah sie tief bewegt an, und ihr Blick richtete sich nach innen. Wie aus einer anderen Welt hallte in ihr ein Echo.

Isarma . . . du bist meine Schwester gewesen . . . dein Name war . . . Isarma . . .

Caillean wurde unruhig und stand auf. »Es ist noch tiefe Nacht, und deine Schwester und die Kinder schlafen wieder. Die arme Mairi, die Geburt hat sie völlig erschöpft. Sie braucht unbedingt Ruhe . . .« Mit einem Blick auf Eilan, die verwirrt die Hände auf den Kopf gelegt hatte, sagte sie: »Du solltest auch schlafen . . .«

Eilan schüttelte den Kopf und versuchte, sich wieder in dieser Welt zurechtzufinden. »Das war alles zu viel und zu schrecklich. Ich glaube, selbst wenn ich versuchen würde zu schlafen, ich könnte es nicht.«

Caillean lachte leise. »Um ehrlich zu sein, ich auch nicht! Die Männer haben mir große Angst gemacht. Ich glaubte zuerst, kein Wort über die Lippen bringen zu können. Ich dachte, ich hätte diese Sprache längst vergessen . . . Es sind so viele Jahre vergangen, seit ich Leute aus Eriu getroffen habe.«

»Du hattest Angst?« fragte Eilan verblüfft. »Das hat man dir aber nicht angesehen. Du schienst die leibhaftige Göttin zu sein, als sie vor dir standen.«

Caillean lachte wieder bitter.

»Die Dinge sind nicht immer das, was sie zu sein scheinen, Kleines. Du mußt lernen, nicht alles zu glauben, was du siehst oder was die Menschen zu dir sagen.«

Eilan blickte ins Feuer. Über der Glut begannen die Flammen zu züngeln, als Caillean Holz nachlegte. Bald knackte und prasselte das Feuer wieder. Eilan senkte den Kopf, denn sie mußte an die große Täuschung denken, die sie wie eine tiefe Wunde Tag und Nacht schmerzte. Der Mann, den sie als Gawen geliebt hatte, war eine Illusion gewesen, und auch Gaius, den Römer, liebte sie – doch wieder war alles so hoffnungslos. Bestimmt würde sie Gaius nie wiedersehen.

Nein, dachte sie, er hat mich nicht getäuscht! Er hat mir die Wahrheit anvertraut. Und ich würde ihn jederzeit erkennen, wie er auch aussehen mag.

Die Welt um sie herum begann wieder zu versinken. Ein helles Licht kam auf sie zu. Eilan sah etwas vor sich, das weder Gesicht, Gestalt noch einen Namen hatte. Es war warm und leuchtend. Es schien alle ihre Wunden zu heilen, und ein inneres Glück stieg in ihr auf, wie sie es in der Nacht von Beltane erlebt hatte, als Gaius neben ihr saß und sie küßte.

Ein Ast im Feuer knackte, und die Vision war verschwunden, aber die Kraft blieb in ihr und öffnete ihr das Herz. Sie richtete den Blick auf die Priesterin, die ebenso bedrückt war wie sie, und eine Stimme sprach aus ihr: »Sag du mir die Wahrheit!«

Es klang nicht wie ein Befehl, eher wie eine Verheißung. Eilan – war sie das junge Mädchen oder die Frau im See? – blickte Caillean mit ihren großen, grauen Augen fragend an.

»Wie ist das Kind aus der armseligen Hütte zu einer Priesterin geworden, die Glut in den Händen halten kann?«

Sag mir die Wahrheit ...

Caillean erwiderte verblüfft den Blick, der bis in ihre Seele drang. Die Worte hallten wie ein Echo in ihr nach und führten die Priesterin zurück in die Vergangenheit. Welche Wahrheit würde aus der Tiefe auftauchen, um sie zu quälen? Die Sprache der Kindheit war ihr schlagartig wieder ins Bewußtsein gedrungen, als sie bedroht wurden. Aber jetzt schien etwas anderes zu drohen ... Erinnerungen, die sie hatte vergessen wollen, vergessen müssen.

»Bist du damals mit Lhiannon sofort nach Vernemeton gegangen?« fragte Eilan.

»Nein, ich glaube, Vernemeton gab es damals noch nicht.«

Es kostete Caillean große Überwindung, Eilans Frage zu beantworten, aber sie hatte das Gefühl, es tun zu müssen.

»Lhiannon war nach Eriu gekommen, um dort bei den *Bean-Drui* zu lernen. Als sie nach Albion zurückkehrte, lebten wir zunächst in einem runden Turm an der Küste. Das war weit im Norden von hier. Ich erinnere mich an einen Ring aus weißen Steinen, der um den Turm lag. Jeder Mann, mit Ausnahme des höchsten Druiden ... aber das war damals noch nicht Ardanos, sondern sein Vorgänger ..., der in den Ring dieser Steine trat, mußte die Kühnheit mit dem Leben bezahlen. Lhiannon behandelte mich immer wie ihr Ziehkind. Als man sie einmal nach meiner Herkunft fragte, sagte Lhiannon, sie habe mich am Strand gefunden, wo man mich ausgesetzt hatte. Vielleicht ist es wirklich so gewesen. Ich habe jedenfalls niemals mehr jemanden von meiner Familie gesehen.«

»Hat dir deine Mutter nicht gefehlt?«

Caillean zögerte. Sie mußte gegen die Flut der Erinnerungen ankämpfen, die immer heftiger auf sie einstürmten. Schließlich sagte sie leise: »Ich nehme an, du hast eine gute und liebevolle Mutter. Ich weiß nur noch wenig von meiner Mutter, aber soviel doch: Sie war anders. Sie war bestimmt nicht böse, aber ich habe ihr wenig bedeutet.« Verwirrt blickte sie Eilan an.

Was für Kräfte besitzt du, dachte Caillean mißtrauisch, daß du solche Erinnerungen in mir weckst?

Sie seufzte und versuchte, die richtigen Worte zu finden.

»Wir waren arm und hatten nie genug zu essen. Jedes Kind war für meine Mutter eine zusätzliche Belastung. Jahre später habe ich auf dem Markt in Deva einmal eine alte Frau gesehen. Sie erinnerte mich an meine Mutter. Natürlich war sie es nicht, aber ich empfand nicht einmal Bedauern, als mir das bewußt wurde. Damals wußte ich mit Sicherheit, daß ich außer Lhiannon und den anderen Priesterinnen keine Familie besaß. Vernemeton war mein Zuhause geworden ...«

Es entstand ein langes Schweigen. Eilan versuchte sich vorzustellen, wie es sein mußte, wenn man ohne Familie aufwuchs. Auch Eilans Mutter hatte viele Pflichten und wenig Zeit für ihre Töchter. Aber da gab es Mairi, die trotz ihrer etwas herrischen Art sehr liebevoll zu ihr war. Außerdem war immer Dieda dagewesen, die

oft zu Besuch kam, und alle sagten, die beiden seien so unzertrennlich wie Zwillinge. Sie lächelte versonnen, aber plötzlich wurde ihr bewußt, daß sie mit niemandem aus ihrer Familie je so hatte sprechen können wie jetzt mit Caillean.
Es ist, als rede ich mit mir selbst, dachte Caillean wehmütig. Vielleicht ist es aber auch so, als spräche ich mit der Frau, die ich hätte sein sollen – unschuldig und rein.
Caillean erzählte weiter: »Die Dunkelheit und der Feuerschein erinnern mich an meine früheste Kindheit.«
Sie starrte in die bläulichen Flammen und spürte den Sog der Vergangenheit, als falle sie in den bodenlosen Abgrund der Zeit. Die Worte strömten aus ihr heraus, als sei ein Damm gebrochen.
»Von der Hütte weiß ich nur noch, daß sie dunkel und voller Rauch war. Ich bekam immer Halsschmerzen und mußte husten. Deshalb lief ich allein hinaus ans Meer. Ich höre noch die Schreie der Möwen ... Sie umkreisten auch den runden Turm. Als ich nach Vernemeton kam, konnte ich fast ein Jahr lang nicht schlafen, weil mir das Klatschen der Wellen und der Schrei der Möwen fehlte. Ich habe das Meer geliebt. Und die Hütte ...«, sie zögerte, »dort drängten sich die vielen Kinder. Und das Jüngste hatte meine Mutter an der Brust. Die hungrigen Kinder weinten und schrien tagaus, tagein. Sie hingen an ihrem Rock und auch an meinem, wenn ich ihnen nicht entfliehen konnte. Aber auch wenn man mich schlug, hielt ich es in der Hütte nicht aus. Ich sollte die Gerste mahlen und meiner Mutter helfen, aber ich floh ans Meer. Es überrascht mich, daß ich Säuglinge überhaupt ertragen kann«, fügte sie nachdenklich hinzu, »aber ein Kind wie Mairis Töchterchen mag ich, denn ich weiß, es wird geliebt, umsorgt und von den Eltern wirklich gewollt.«
Caillean stand auf und ging unruhig in dem Raum auf und ab. Schließlich blieb sie stehen und sagte: »An meinen Vater kann ich mich überhaupt nicht erinnern. Ich weiß nur, daß er meiner Mutter nicht half, sondern nur dafür sorgte, daß sie immer ein Kind an der Brust hatte.« Sie zögerte und sank seufzend auf die Bank.

»Bestimmt hatte Lhiannon Mitleid mit mir, weil ich halb verhungert war.«
In ihren Worten lag keine Bitterkeit, und Caillean wußte, sie hatte sich schon vor langer Zeit mit all diesen Dingen abgefunden.
»Ich weiß nicht einmal, wie alt ich bin. Erst ungefähr ein Jahr, nachdem ich bei Lhiannon war, zeigte mein Körper die ersten Zeichen weiblicher Reife. Vermutlich war ich damals zwölf. Und wie hätte Lhiannon vermuten können, daß ein so junges Mädchen bereits nicht mehr zur Priesterin geeignet war . . .«
Sie verstummte und warf Eilan verwirrt einen Blick zu.
Ich bin eine Frau und eine Priesterin! erinnerte sie sich, ich bin fähig, bewaffnete Männer in die Flucht zu schlagen!
Aber der Bann des Feuers und die Kräfte dieser Nacht führten sie immer weiter in die Vergangenheit zurück. Caillean sah sich als verzweifeltes und grausam mißhandeltes Kind. War das die Wahrheit? Oder täuschten sie die flackernden Flammen?
»Kleines, was machst du mit mir?« fragte sie Eilan verwundert. »Du öffnest in mir die geschlossenen Türen meines Lebens. Wer bist du eigentlich?«
Eilan preßte die Lippen zusammen und zwang sich dazu, den Blick der Priesterin zu erwidern. Sie antwortete nicht, aber sie hielt ihre Gedanken zurück, und ihre Frage klang lauter als Worte.
Sag die Wahrheit, sag mir die Wahrheit . . .
Caillean schien es zu hören, als seien es ihre eigenen Gedanken, und sie wußte, in dieser Stunde konnte sie ihr Geheimnis offenbaren.
»Ich habe es Lhiannon nie gesagt, und die Göttin hat mich nicht bestraft . . .« Sie mußte sich jedes Wort mühsam entringen, »aber nach all den vielen Jahren scheint mir, daß jemand es vielleicht wissen sollte . . .«
Eilan griff nach Cailleans Hand.
»Ich habe dir erzählt, daß ich so oft ich konnte hinaus ans Meer gelaufen bin. Dort lebte ein Mann, den ich manchmal von weitem

sah. Vermutlich war es ein Geächteter, den seine Sippe aus irgendeinem Grund verstoßen hatte. Es würde mich nicht wundern, wenn er vielleicht sogar ein Mörder gewesen wäre«, sagte sie bitter. »Nach einiger Zeit freundete ich mich mit ihm an. Er machte mir kleine Geschenke ... hübsche Dinge, die er am Strand gefunden hatte ... Muscheln, Federn ... Wie dumm war ich zu glauben, er sei harmlos. Aber wie hätte ich es wissen sollen? Es gab niemanden, der mich gewarnt oder mich aufgeklärt hätte.«

Sie starrte blicklos in die Flammen und dachte: In der Hütte war es immer dunkel, und schwärzeste Nacht verhüllte auch diesen Ort der Erinnerung.

»Ich ahnte nichts Böses. Ich wußte nicht, was er von mir wollte, als er mich eines Tages mit in seine Hütte nahm ...« Caillean schauderte, und ihre Stimme versagte.

»Was hast du getan?« Eilans Stimme schien aus weiter Ferne, von einem anderen Stern zu kommen.

»Was konnte ich tun?« erwiderte Caillean rauh und sehnte sich nach einem Funken Licht in der Dunkelheit ihres Herzens: »Ich ... ich bin davongelaufen ... Ich habe geweint ... geweint, bis ich glaubte, in den Tränen zu ertrinken ... Mich erfüllte ein Grauen ... Ich, ich kann nicht darüber sprechen. Mir kam es vor, als gebe es keinen Menschen, dem ich es je sagen konnte. Es hätte sich niemand darum gekümmert.« Sie schwieg lange. »Noch jetzt erinnere ich mich deutlich an den Geruch in seiner Hütte – Schmutz, Farnkraut, Tang ... Er stieß mich auf sein Lager, er war nackt. Ich habe geschrien ... Ich war zu jung und zu unschuldig, um zu wissen, was er mit mir vorhatte. Wenn ich Farn rieche, wird mir heute noch übel«, sagte sie tonlos.

»Hat es außer mir jemand erfahren? Hat niemand etwas unternommen?« fragte Eilan. »Ich weiß, mein Vater würde jeden auf der Stelle töten, der so etwas mit mir getan hätte.«

Caillean schwieg. Endlich hatte sie darüber gesprochen. Das Atmen fiel ihr etwas leichter. Der Seufzer, der sich ihrer Brust entrang, klang wie ein Schmerzenslaut.

Dann sagte sie: »Ich weiß wenig über deinen Vater. Aber ich stelle mir vor, daß er fürsorglich und liebevoll zu seinen Kindern ist. Hätte ich einen Menschen wie ihn gehabt, dann hätte ich vielleicht etwas tun können. Unser Stamm war nicht sehr zivilisiert, aber niemand durfte eine Frau belästigen und erst recht kein Kind. Heute weiß ich, wenn ich diesen Mann beschuldigt hätte, dann wäre er in einen Käfig gekommen und hätte über einem langsam brennenden Feuer sein Leben verloren. Er war sich dessen bewußt, als er mir drohte. Ich wußte es nicht.«
Caillean sprach jetzt mit seltsamer Gelassenheit, als sei das alles einem anderen Menschen widerfahren.
»Etwa ein Jahr später traf ich Lhiannon. Wie hätte sie ahnen können, daß ein so junges Mädchen bereits seine Unschuld verloren hatte.« Sie schwieg. »Als ich Lhiannon schließlich voll vertraute und an ihre Güte glaubte, da war es zu spät, um ihr alles zu gestehen. Selbst dann habe ich noch gefürchtet, sie würde mich davonjagen. Wie du siehst, Eilan, die Kraft der Göttin, die du in mir zu sehen glaubtest, ... das ist alles eine Lüge.« Jetzt klang ihre Stimme wieder rauh und bitter. »Wenn Lhiannon es erfahren hätte, wäre ich nie zur Priesterin geweiht worden ... Aber ich habe geschwiegen, und sie weiß es bis heute nicht.«
Caillean wandte den Kopf ab. Die Stille im Raum schien eine Ewigkeit zu dauern.
»Sieh mich an ...«
Caillean hob den Kopf und sah Eilan an.
»Du hast die Wahrheit ausgesprochen, und ich kann dich verstehen.«
Caillean mußte schlucken und plötzlich verschwamm Eilans Gesicht hinter Tränen.
»Ich kann nur leben, weil ich glaube, daß die Göttin mir vergibt«, flüsterte die Priesterin. »Ich hatte meine erste Einweihung bereits hinter mir, als ich richtig verstand, was geschehen war. Von da an wußte ich um die Ungeheuerlichkeit meiner Täuschung. Aber ich bekam keine drohenden Zeichen. Nichts deutete darauf hin, daß

die Göttin mir zürnte. Als man mich zur Priesterin weihte, rechnete ich mit dem tödlichen Blitzstrahl der strafenden Göttin. Aber nichts geschah. Damals begann ich mich zu fragen, ob es überhaupt Götter gibt. Manchmal denke ich, wenn es sie gibt, dann achten sie nicht auf das Tun und Treiben der Menschen.«

»Vielleicht sind sie auch nur gütiger als die Menschen . . .«, sagte Eilan und staunte über ihre Vermessenheit.

Caillean vermutete, daß es Eilan bisher noch nie in den Sinn gekommen war, an der Weisheit von Männern wie ihrem Vater und ihrem Großvater zu zweifeln.

»Hätte ich nicht daran geglaubt«, erklärte sie mit plötzlicher Heftigkeit, »dann wäre ich ins Wasser gegangen, um mein Leben zu beenden! Vielleicht habe ich Lhiannon dadurch Unrecht getan, daß ich mich ihr nicht anvertraute. Aber wir kamen nach Vernemeton, und es schien nicht weiter von Bedeutung zu sein.«

»Warum habt ihr den Turm am Meer verlassen?« fragte Eilan, als Caillean schwieg. Die Priesterin hing alten Erinnerungen nach und fuhr beim Klang ihrer Stimme zusammen.

Dann erwiderte sie: »Das Heiligtum auf der Insel Mona wurde von den Römern zerstört. Hast du davon gehört?«

»Ardanos, mein Großvater, hat das Lied von der Eroberung der Insel oft gesungen. Aber das muß doch lange vor deiner Geburt gewesen sein . . .«

»O nein!« Caillean lachte. »Damals war ich allerdings noch ein Kind. Wäre Lhiannon nicht in Eriu gewesen, hätte sie dasselbe Schicksal wie alle anderen Priesterinnen erlitten. Die überlebenden Druiden in Albion brauchten einige Jahre, um die Niederlage zu verwinden. Die Tragödie hatte die Welt für sie verändert, und sie fanden wenig Zeit, um an die Priesterinnen zu denken. Schließlich einigte sich der höchste Druide jedoch mit den Römern darauf, den noch lebenden geweihten Frauen ein Heiligtum im Herrschaftsbereich der Römer zu überlassen, wo sie römischen Schutz genossen.«

»Er einigte sich mit den Römern!« rief Eilan. »Die Römer hatten

doch den Frevel an den Göttern begangen. Sie haben die Priesterinnen getötet!«
»Nein ... das haben sie nicht getan. Sie haben die Frauen geschändet«, erwiderte Caillean bitter. »Die meisten Priesterinnen lebten lange genug, um die Bastarde der Römer zur Welt zu bringen. Und danach haben sie sich das Leben genommen. Die Kinder wurden besonderen Familien wie der euren übergeben.«
»Cynric!« rief Eilan. Plötzlich verstand sie. »Deshalb hat er diesen Haß auf die Römer. Und deshalb will er immer wieder die Geschichte von Mona hören ...«
»Dein Bruder Cynric, der die Römer so haßt, hat ebensoviel römisches Blut in seinen Adern wie der Mann, dem dein Vater dich nicht zur Frau geben wollte.«
Caillean schüttelte lachend den Kopf, aber Eilan starrte nur stumm ins Feuer.
»Glaubst du mir nicht?« fragte die Priesterin. »Es ist die Wahrheit. Trotzdem bin ich der Meinung, wir haben alle viel zu sehr die römische Vorstellung übernommen, daß jede Frau einem Mann gehören muß ... oder hinter Mauern eingeschlossen sein soll. Wie auch immer, vielleicht waren die Römer nicht gerade stolz auf ihre Legionäre und deshalb zu einer Art Wiedergutmachung bereit. Dein Großvater ist ein durchtriebener Politiker und kann es mit jedem römischen Senator aufnehmen. Er verhandelte mit Cerealis, dem Statthalter vor Frontius, und erreichte unseren Schutz als Gegenleistung für den Frieden.«
Sie holte tief Luft und sagte dann leise: »Vernemeton, so wie es heute aussieht, wurde für alle heiligen Frauen und Priesterinnen in Albion gebaut. Lhiannon wurde die Hohepriesterin, und auch ich bekam dort meinen Platz.« Sie lachte hart. »Das lag jedoch hauptsächlich daran, daß sie nicht wußten, was sie mit mir anfangen sollten. Ich hatte Lhiannon gedient, seit ich ein Kind war. Aber ich werde nicht ihre Nachfolgerin werden. Das hat man mir deutlich zu verstehen gegeben.«
»Warum nicht?«

»Zuerst dachte ich, es sei der Wille der Göttin, weil ... nun, du weißt jetzt, warum. Inzwischen glaube ich allerdings, sie wollen mich nicht als Stimme des Orakels, weil die Priester mir nicht vertrauen. Sie fürchten, daß ich mich ihrem Willen nicht beuge. Ich liebe Lhiannon, aber ich sehe ihre Lage deutlich und weiß, sie beugt sich dem Wind. Sie hat sich dem Rat der Druiden wahrscheinlich nur ein einziges Mal widersetzt, und das war, als sie darauf bestand, mich zu behalten. Aber ich durchschaue das gefährliche, politische Spiel der Druiden, und ich sage, was ich denke«. Sie fügte schnell hinzu: »Obwohl ich noch mit keinem Menschen so offen geredet habe wie mit dir!«

Eilan lächelte sie an. »Das ist bestimmt wahr, denn ich kann mir nicht vorstellen, daß ich auch nur die Hälfte von dem, was ich heute nacht hier gehört habe, in der Halle meines Vaters aussprechen würde.«

»Die Druiden werden es nicht wagen zuzulassen, daß ich mit der Stimme der Göttin spreche. Sie würden sich vor meinen Worten fürchten müssen!« Caillean lachte plötzlich. »Weißt du, sie wollen eine Frau, die ihnen treu ergeben ist. Ich dachte zuerst, sie hätten sich für Dieda entschieden. Aber ich habe gehört, was Ardanos sagte, als man beschloß, Dieda als Sängerin auszubilden. Der höchste Druide Britanniens hat allen Ernstes erklärt, Lhiannon habe die Falsche gewählt. Ich glaube, ursprünglich wollten sie dich!«

»Das hast du bereits gesagt, aber ich weiß, daß mein Vater mich verheiraten will ...«

»Wirklich?« Caillean hob die Augenbrauen. »Vielleicht irre ich mich. Ich weiß mit Sicherheit nur, daß der Sohn des Präfekten des Lagers von Deva um deine Hand angehalten hat.«

»Mein Vater war so wütend ...« Eilan wurde rot, als sie an seine Worte dachte. »Zum Schluß hat er gesagt, er werde Senara verheiraten, bevor sie ihm ähnlichen Ärger verursachen kann. Aber ich glaube, er sucht einen Mann für mich. Jedenfalls hat er nichts davon erwähnt, daß er daran denkt, mich nach Vernemeton zu

schicken.« Sie ließ den Kopf sinken und murmelte: »Wenn ich Gaius nicht heiraten darf ..., dann ist mir ohnehin alles egal.«
Caillean musterte sie nachdenklich. »Ich hatte nie den Wunsch zu heiraten. Ich bin schon als Kind der Göttin versprochen worden. Aber vielleicht liegt das an dem schrecklichen Erlebnis in meiner Kindheit. Wenn ich im Heiligtum unglücklich gewesen wäre, hätte mich Lhiannon bestimmt einem Mann in die Ehe gegeben. Sie wollte mich immer nur glücklich machen. Ich liebe sie. Lhiannon ist für mich mehr als eine Mutter.«
Caillean schwieg und sagte nach einer Weile zögernd: »Es ärgert mich zwar, Ardanos in die Hände zu spielen, aber vielleicht steht ja auch die Göttin hinter allem.« Dann blickte sie Eilan an und fragte: »Möchtest du mit mir nach Vernemeton kommen, wenn ich dorthin zurückkehre?«
»Ich glaube schon«, antwortete Eilan, ohne lange nachzudenken, und ihre Augen, die so schnell den Ausdruck ändern konnten, strahlten etwas heller, obwohl der Schmerz nicht völlig aus ihnen gewichen war.
»Ja, ich denke, das wäre mir das Liebste. Ich hatte nie daran geglaubt, daß man eine Heirat zwischen Gaius und mir zulassen würde. Schon bevor ich ihn kennenlernte, habe ich oft davon geträumt, eine Priesterin zu sein. Auf diese Weise werde ich ein ehrenvolles Leben führen und viele wichtige Dinge lernen ...«
»Ich glaube, dem steht nichts im Weg«, sagte Caillean trocken. »Bendeigid wird sicher froh sein und Ardanos ebenfalls. Aber Lhiannon muß auch zustimmen. Soll ich mit ihr sprechen?«
Eilan nickte errötend, und diesmal nahm die Priesterin ihre Hand und drückte sie. Bei der Berührung stellte sich die vertraute Benommenheit ein. Cailleans inneres Auge öffnete sich. Sie sah Eilan älter und noch sehr viel schöner vor sich. Sie war in die Schleier des Orakels gehüllt.
Schwestern, und mehr als Schwestern ...
Die Worte hallten wie ein Echo in ihren Ohren.
»Hab keine Angst, mein Kind. Ich glaube, es ist der ...« Sie

schwieg und sagte dann mit großer innerer Überzeugung: »Es ist der Wille des Schicksals, daß du zu uns kommst.« Plötzlich fühlte sie sich ungeheuer erleichtert. »Ich muß dir wohl kaum sagen, daß ich mich sehr freue, wenn du nach Vernemeton kommst.«
Sie seufzte, denn die visionäre Kraft verebbte, und wie eine Antwort hörte sie draußen eine Lerche singen, die den neuen Tag begrüßte.
»Der Morgen bricht an«, sagte Caillean müde und bewegte mühsam die steifen Glieder. Sie stand auf und ging langsam zur Tür. »Wir haben die ganze Nacht geredet. Seit meiner Kindheit habe ich das nicht mehr getan.« Sie öffnete die Tür, und die ersten Sonnenstrahlen fielen in den Raum. »Sieh nur, wenigstens hat es aufgehört zu regnen. Komm mit, wir müssen nachsehen, ob der Stall noch steht ... Die Horde konnte ihn bei diesem Regen wohl kaum anzünden. Falls sie uns ein paar Kühe gelassen haben, dann müssen wir sie melken.«

Der Ritt durch das überflutete Land dauerte Tage. Gaius führte seinen dakischen Trupp an. Ihr Decurion war krank geworden, und er hatte ihn durch Priscus, ihren Optio, ersetzen müssen. Die Männer fluchten über den Schlamm und die Nässe, die in jede Spalte drang, selbst in die geölten Lederumhänge, die sie trugen. Die Waffen und die Rüstung rosteten, und das nasse Leder rieb die Haut wund. Die Bäume standen im Wasser, und die Felder hatten sich in Sümpfe verwandelt. Das junge Korn verfaulte.
Das wird am Ende des Sommers eine schlechte Ernte geben, dachte Gaius verdrießlich. Wir werden Getreide aus anderen Teilen des Reichs herbeischaffen müssen, wo die Götter freundlicher sind. Kein Wunder, daß Banden zum Plündern ausziehen, wenn das Wetter in Eriu ebenso unbarmherzig ist wie hier ...
Trotz des langsamen Vorwärtskommens erreichten sie schließlich die Gegend seines Abenteuers. Sie verbrachten die Nacht im Haus des Clotinus. Am nächsten Tag kamen sie an der Fallgrube vorbei, in die er gestürzt war. Er bog auf den Pfad ab, der zu

Bendeigids Haus führte. Endlich ließ auch der Regen nach, und im Westen zeigte sich hinter dicken Wolkenbergen ab und zu die Sonne.

Sein Herz schlug schneller, als er die Wiese sah und den Waldrand, wo er mit Eilan Schlüsselblumen gepflückt hatte. Bald würde er sie wiedersehen. Diesmal trug er nicht die geliehenen Sachen ihres Schwagers, sondern kam mit der ganzen, wenn auch schlammbespritzen Autorität Roms.

Gaius war entschlossen zu schweigen. Eilan sollte das Maß seines Leids daran ermessen, daß es für ihn keine Worte mehr gab. Dann würde sie vielleicht zu ihm kommen, und . . .

»Bei den Göttern! Sind das Sturmwolken?« hörte er plötzlich hinter sich die Stimme des Optio. »Ich hatte gehofft, daß uns wenigstens ein Tag vergönnt sein würde, um richtig trocken zu werden!«

Gaius zwang sich, seine Umgebung wahrzunehmen. Im Süden klärte sich der Himmel auf, aber vor ihnen ballte sich bedrohlich eine graue Wetterwand. Sein Pferd schnaubte und warf den Kopf hoch, und auch Gaius konnte sich einer dunklen Vorahnung nicht erwehren.

»Das sind keine Regenwolken«, sagte einer der Legionäre, »das ist Rauch . . .«

Ein heftiger Windstoß trieb ihnen den beißenden Geruch von brennendem, nassem Holz entgegen. Die Pferde schnaubten jetzt alle, aber sie waren an Feuer gewöhnt, und die Männer konnten sie unter Kontrolle halten.

»Priscus, sitz ab und geh mit zwei deiner Leute durch den Wald. Mach dir ein Bild von der Lage«, befahl Gaius und staunte über die nüchterene Klarheit seiner Worte. War es nur die eingeübte Disziplin, die ihn davon abhielt, ohne nachzudenken sein Pferd anzutreiben und zu Bendeigids Haus zu galoppieren? Vielleicht entschloß er sich zum klugen Abwarten, weil er sich vor dem Anblick fürchtete, der sich ihm möglicherweise bieten würde . . .

Es dauerte nicht lange, und die Späher kehrten zurück.

»Plünderer!« meldete der Optio mit versteinertem Gesicht. »Ich vermute, es müssen die Iren gewesen sein, von denen wir gehört haben. Aber sie sind bereits auf und davon.«
»Gibt es Überlebende?«
Priscus hob die Schultern, und Gaius spürte einen Kloß im Hals.
»In der Tat ein warmer Empfang, aber kein Platz zum Schlafen. Ich nehme an, wir reiten weiter . . .«, rief einer der Männer, und die anderen lachten. Gaius drehte sich um, und in seinem Gesicht stand deutlich zu lesen, was er nicht aussprechen konnte. Er trieb sein Pferd an, und der Trupp folgte ihm schweigend.

Es stimmte. Als sie den Waldrand erreichten und den Hügel hinaufritten, auf dem Bendeigids Anwesen gestanden hatte, mußte Gaius einsehen, daß Priscus sich nicht geirrt hatte. Keines der Häuser war verschont geblieben – von der großen Halle ragten nur noch ein paar schwarze Pfähle in die Luft. Das Haus, in dem er von Eilan und Cynric gesundgepflegt worden war, bestand nur noch aus einem Berg schwarzer Asche. Kein Lebenszeichen weit und breit. Die strohgedeckten Rundhäuser brannten schnell, wenn die Flammen sich erst einmal in das Holz gefressen hatten.
»Das muß ein Feuer gewesen sein!« murmelte Priscus. »Selbst das nasse Stroh konnte den Flammen nicht widerstehen.«
»Ja«, sagte Gaius tonlos und dachte an die kleine Senara, an Eilan, an die ganze Familie. Waren sie Gefangene der wilden Horde von Erius Küste? Oder schlimmer noch, lagen ihre verkohlten Leichen zusammen mit all den Dingen, die ihr Zuhause gewesen waren, unter der Asche und den noch glühenden Balken?
Gaius mußte sich zusammennehmen. Seine Männer durften nicht sehen, wie nahe ihm das Unglück ging. Er zog die Kapuze über den Kopf und hustete, als brenne der Rauch in seiner Kehle, der in dicken Wolken aufstieg.
Priscus hat recht. Dieses Feuer konnte niemand überlebt haben.

Mit heiserer Stimme rief er: »Weiterreiten! Wir haben keine Zeit, hier die Trümmer anzustarren, wenn wir heute nacht noch irgendwo unterkommen wollen!«
Die Stimme versagte ihm, und er hustete verlegen. Hatte Priscus etwas bemerkt? Der Optio war ein alter Soldat, und der Anblick solcher Überreste, die Folgen von Plünderung und Mord, war ihm vertraut. Gaius konnte es nicht wissen, aber der Optio empfand eher Mitgefühl für ihn.
Priscus warf dem jungen Offizier einen kurzen Blick zu und wandte sich ab.
»Wir haben diesen Menschen Frieden versprochen, nachdem wir sie unterworfen hatten. Man sollte meinen, wir müßten wenigstens in der Lage sein, sie zu beschützen. Aber keine Angst, wir werden uns diese Bande vornehmen, und sie sollen lernen, sich nicht mit Rom anzulegen. Krieg kennt kein Erbarmen. Warum nur haben die Götter keine andere Art erfunden, die Welt zu zivilisieren? Aber der göttliche Vespasian ... die Götter mögen seiner Seele Frieden schenken ... wurde auf diese Weise zum Kaiser.«
Gaius hörte Priscus nicht zu, aber er war dankbar für seine Worte, denn sie gaben ihm Zeit, sich zu fassen.
»Natürlich, wir könnten immer noch unsere Rübenfelder pflügen. Aber aus dem einen oder anderen Grund sind wir Soldaten geworden. Und das hier gehört auch dazu.« Plötzlich drehte er sich um und fragte Gaius teilnahmsvoll: »Waren das Freunde ...?«
»Ich war hier Gast ...«, erwiderte Gaius rauh, »im letzten Frühling.« Immerhin hatte er seine Stimme wieder unter Kontrolle.
»So ist das Leben nun einmal, junger Mann«, sagte Priscus. »Alles vergeht. Nichts bleibt, wie es ist. Aber ich denke, die Götter wissen, was sie tun. Und wir können hier nichts mehr ausrichten. Jeder muß einmal sterben.«
»Ja«, sagte Gaius. Langsam wurde ihm die schlichte Philosophie dieses Mannes zuviel. »Gib den Befehl zum Aufbruch. Die Männer müssen so schnell wie möglich ins Trockene.«
»In Ordnung.«

Priscus drehte sich um, hob die Hand und gab das Zeichen zum Weiterreiten. Als der Trupp sich langsam in Bewegung setzte, sagte er zu Gaius: »Wer weiß, vielleicht ist hier niemand umgekommen. Vielleicht waren die Leute bei Freunden, und die Plünderer hatten deshalb so leichtes Spiel. Wer weiß ...«

Es fing wieder an zu regnen. Gaius dachte über die letzten Worte des Optio nach. Er hatte Cynric auf dem Marktplatz in Deva gesehen. Es war die Rede davon gewesen, daß Cynric zu einem Ausbildungslager in den Norden geschickt werden sollte. Vielleicht hatte er überlebt.

Wenn Bendeigid umgekommen war, dann würde der Tod eines so einflußreichen Druiden unabsehbare Folgen haben. Gaius dachte: Mein Vater hatte bestimmt geheime Information und wußte, was hier auf dem Spiel steht.

Nun ja, im Augenblick konnte Gaius nur abwarten und sehen, was die Zukunft bringen mochte. Immerhin gab es noch eine Hoffnung. Die verbrannten Häuser mußten nicht unbedingt bedeuten, daß die Menschen, die hier gelebt hatten, in Gefangenschaft geraten oder tot waren. Mairi war vielleicht längst wieder auf ihrem eigenen Hof. Dieda sollte schon längst in Vernemeton sein. Aber Eilan ... Vermutlich durfte er sich keine Hoffnung machen, daß Eilan oder die kleine Senara noch am Leben waren ... und auch die freundliche Rheis nicht.

Gaius staunte über das Maß seiner Trauer. Erst jetzt wurde ihm deutlich bewußt, daß ihm diese Menschen mehr wert waren als seine Laufbahn oder das ganze römische Reich.

Hätte ich Eilan entführt, dann wäre sie noch am Leben. Ich hätte mich behaupten müssen ...

Aber er hatte nichts getan. Er hatte sich gefügt, und nun ließ sich das nicht mehr ändern. Eine Erinnerung stieg in ihm auf – seine Mutter lag kalt und bleich auf ihrem Lager. Die Frauen im Raum jammerten und klagten. Er weinte ebenfalls, aber dann erschien sein Vater, zog ihn aus dem Zimmer und sagte streng: »Ein Römer weint nicht.«

Aber jetzt weinte Gaius um seine Mutter und um die Frauen, die ihm so nahe standen wie die Familie, die sie ihm hätten sein können.
Die Soldaten durften seine Schwäche nicht sehen. Er hielt das Gesicht in den Regen, damit sie seine Tränen für Regentropfen hielten.

9. KAPITEL

»Wo ist mein Mann?« Mairi war am späten Vormittag völlig verstört aufgewacht. »Wo ist Rhodri? Er hätte uns vor diesen Männern beschützt . . .«

Eilan spürte die Nachwirkungen der durchwachten Nacht und sah ihre Schwester erschöpft an. Es war schlimm genug gewesen, daß die nächtlichen Besucher die Milchkühe davongetrieben hatten. Eilan mußte mehrere Stunden durch den schlammigen Wald stapfen, um von Nachbarn eine Kuh zu holen. Das Neugeborene brauchte die Milch, denn Mairi hatte zu wenig zum Stillen.

Die große Herde befand sich auf der Sommerweide. Ihre Schwester war keine arme Frau und würde genug in eine neue Ehe einbringen können. Trotzdem fand Eilan nicht den Mut, ihr die Wahrheit zu sagen.

»Sie hätten uns die Kühe nicht weggenommen, wenn Rhodri hier gewesen wäre!«

»Wahrscheinlich hätte er versucht, das zu verhindern, und wäre dabei ums Leben gekommen. Dann wärst du jetzt auch . . .« Eilan biß sich auf die Lippen. Wie konnte sie nur so etwas sagen, Mairi ahnte ja noch nichts. »Caillean . . .«, Eilan sah die Priesterin hilfesuchend an.

»Dann wärst du auch Witwe . . .«, beendete Caillean ungerührt den Satz, nahm die heiße Milch vom Feuer und stellte den Topf auf den Tisch.

Mairi starrte sie an.

»Was willst du damit sagen . . .?«

Sie blickte ängstlich in das Gesicht der Priesterin und wurde blaß, als sie verstand.

»Ich wollte eigentlich noch warten, bevor ich es dir sage, aber wir haben keine Zeit mehr. Hör zu, Rhodri wurde von den Römern gefangengenommen, als er die Zwangsarbeiter befreien wollte. Man hat ihn hingerichtet, Mairi. Er wird nicht mehr zu dir zurückkommen.«

»Das ist nicht wahr ... du lügst! Er kann nicht tot sein, ohne daß ich etwas davon weiß!« Sie schlug die Hände vor das Gesicht. »Das ist zu viel für mich ... hätten sie mich doch auch umgebracht. Caillean, warum hast du sie daran gehindert, mich zu töten? Wäre ich doch tot ... dann wäre wenigtens alles vorbei!«

Mairi sank schluchzend auf das Kissen. Das Neugeborene begann zu weinen. Caillean gab es Eilan, beugte sich über Mairi und sprach begütigend auf sie ein.

»Beruhige dich ... das Weinen hilft dir nicht. Du hast zwei gesunde Kinder, die das Leben noch vor sich haben. Du mußt jetzt stark sein, Mairi. Du mußt deine Kinder in Sicherheit bringen, ehe die Mordbanden zurückkommen!«

Mairi wurde still. Sie richtete sich auf, griff erschrocken nach ihrem Sohn, und Eilan drückte ihr das Neugeborene in die Arme. Tränen liefen ihr über die Wangen, aber sie wollte nicht aufgeben. Mairi war entschlossen, für ihre Kinder zu leben.

Caillean hatte recht gehabt. Wenn Mairi ihren Kummer überwunden hatte, dann würde sie für ihre Kinder dasein. Aber jetzt mußte sie weinen und die Kinder trösten, und Eilan und Caillean würden ihr helfen, schnell wieder zu Kräften zu kommen. Eine Geburt ist für eine Frau immer ein großer Kraftverlust. Für Mairi war unter diesen Umständen alles besonders schwer.

Eilan bewunderte Caillean, die mit großem Geschick und Einfühlungsvermögen ihrer Schwester half. Sie tat es weniger durch Worte als durch ihre wohltuende Ausstrahlung. Die Priesterin verbreitete Ruhe und Sicherheit. Sie hatte einen klaren Blick, und es gelang ihr wie selbstverständlich, in dieser Notlage zu helfen.

Während Eilan zusammen mit der Priesterin arbeitete, hatte sie das Gefühl, ständig zu lernen. Voll Freude verstand sie, daß es nicht das rituelle Gewand und die hoheitsvolle Erscheinung waren, die Ehrfurcht und Bewunderung bewirken, sondern die Fähigkeit, auch in einer Notlage richtig zu handeln, Kummer zu mildern und Leben zu retten. Eilan bekam zum ersten Mal eine praktische Vorstellung davon, daß die Kraft der Göttin, die sie den geweihten Frauen, im Grunde allen Frauen schenkte, zur Erhaltung des Lebens diente. Das war IHRE Botschaft an Beltane gewesen.

Eilan rührte in Gedanken versunken in dem Kessel mit der Suppe. Caillean war bei Rhodris Gefolgsleuten, um mit ihnen die Lage zu besprechen, und Mairi schlief. Plötzlich hörte sie vor dem Haus den Hufschlag eines Pferdes, das langsam durch den Schlamm näherkam und schließlich stehenblieb.
Wer kann das sein, dachte Eilan erschrocken. Ihr schlug das Herz bis zum Hals, als sie vorsichtig die Tür öffnete. Draußen stand erschöpft ihr Vater.
War er gekommen, um Mairi die Nachricht von Rhodris Tod zu überbringen? Der junge Mann war einer seiner besten Krieger gewesen und hatte wie ein Sohn in Bendeigids Haus gelebt. Für Rhodri war Eilan immer eine Schwester gewesen, schon bevor er Mairi geheiratet hatte. Sie hatte ihn gemocht und sich gefreut, als er schließlich in aller Form in die Familie aufgenommen wurde. Auch sie trauerte um ihn.
Eilan trat schnell beiseite, um Bendeigid ins Haus zu lassen. Er stolperte beim Eintreten, als versagten seine Beine ihm den Dienst, als sei er plötzlich alt geworden. Er legte die Hände schwer auf ihre Schultern und sah Eilan schweigend an.
»Bist du wegen Rhodri gekommen?« fragte sie leise. »Caillean hat Mairi bereits alles gesagt. Hast du es auch gewußt . . .?«
»Ja«, antwortete ihr Vater, »aber ich hatte gehofft, die Nachricht würde sich als falsch erweisen. Mit dieser Tat haben die Römer von neuem den Fluch der Götter auf sich geladen. Verstehst du

jetzt, Eilan, warum ich dir nicht erlauben konnte, einen Mann zu heiraten, der zu unseren größten Feinden gehört?«
Er ließ sie los und ging schwerfällig zu der Bank vor dem Feuer. Dort setzte er sich und starrte wortlos in die Glut.
Gaius hätte so etwas nie zugelassen, dachte Eilan. Vielleicht sind die Römer zu allen möglichen Grausamkeiten fähig, aber Gaius bestimmt nicht.
Ein Blick in das versteinerte Gesicht ihres Vaters bewog sie jedoch zu schweigen.
»Aber das ist nicht das größte Unheil, das uns getroffen hat ...« Bendeigid verzog gequält das Gesicht, und Eilan bekam es mit der Angst zu tun. »Ich weiß nicht, wie ich es sagen soll, Eilan ...«
»Vielleicht weiß ich es schon«, hörten sie plötzlich Caillean an der Tür. »Manchmal kann ich die Zukunft sehen. In der Nacht, bevor ich Vernemeton verließ, hatte ich einen Traum. Ich sah ein abgebranntes Haus, und ich wußte, es war dein Haus, Bendeigid. Als ich Eilan hier begegnete, dachte ich erleichtert, ich hätte mich getäuscht. Aber letzte Nacht wurden wir überfallen ... und ich weiß, daß diese Kerle wie Wölfe in großen Rudeln durchs Land ziehen. Da machte ich mir wieder Sorgen.« Nach einer kurzen Pause fragte sie Bendeigid: »Dann sind sie also mit anderen zusammen nach Süden gezogen ... zu euch.«
»Sie waren auch hier?« fragte er rauh.
»Nur ein paar. Es gelang mir, ihnen Angst einzujagen, und sie sind schnellstens auf und davon«, erwiderte Caillean.
»Dann verdanke ich es dir, daß ich noch Töchter habe, die leben.«
Eilan erschrak. Hatte sie richtig gehört? Sie spürte, wie alle Farbe aus ihrem Gesicht wich.
»Vater ...«
»Mein Kind, wie kann ich es dir nur sagen? Ich erhielt die Nachricht, daß Viehräuber Conmors Hof überfallen hatten. Ich rief sofort meine Leute zusammen und eilte ihm zu Hilfe. Aber es waren so viele ... wie hätte man das bei diesem Unwetter ahnen kön-

nen?« Er stöhnte und sagte dann tonlos: »Während ich mit meinen Leuten unterwegs war ...«

»Ist Mutter tot ... und Senara auch?« rief Mairi erstickt. Sie war aufgestanden und hielt sich am Vorhang des Alkovens fest. Caillean eilte zu ihr und stützte sie.

»Ich kann es nur hoffen«, sagte Bendeigid mit geballten Fäusten, »denn sonst hat man sie als Sklavinnen verschleppt, und das wäre ein noch schlimmeres Los. Sie wären entehrt ...«

»Möchtest du lieber, daß sie tot sind?« fragte Caillean.

»Besser ein schneller Tod in den Flammen und ein ehrenvolles Erwachen in der anderen Welt als ein Leben in Schande«, rief er heftig. »Bei den Göttern, die Ungeheuer hätten für ihre Tat teuer bezahlt, wenn ich zur Stelle gewesen wäre!«

Er war aufgesprungen und blickte hilflos von Eilan zu Mairi, die langsam auf ihn zukam. Stumm schloß er seine beiden Töchter in die Arme.

Eilan klammerte sich an ihre Schwester. Früher hätte sie Trost in den starken Armen ihres Vaters gefunden. Doch nun wußte sie, es gab ein Leid, das größer war als seine Kraft. Er konnte sie nicht vor dem Schicksal beschützen.

»Wir haben Senaras Leiche nicht gefunden«, sagte er tonlos. »Sie war noch nicht einmal zehn ...«

Dann ist sie vielleicht noch am Leben, dachte Eilan, aber sie sagte nichts.

»Wie soll ich jetzt für euch sorgen, meine Töchter? Ich wollte Mairi zurückholen, als die Nachricht von Rhodris Hinrichtung eintraf. Aber jetzt kann ich ihr kein Zuhause mehr bieten ... Mein Haus ist verbrannt, und niemand kann dort noch Schutz finden...«

»Ehrwürdiger Druide, was *du* nicht kannst«, erklärte Caillean ruhig, »kann der Orden. Vernemeton wird Mairi und die Kinder aufnehmen. Sie können dort bleiben, solange sie es wollen. Ich hatte ohnedies mit dir über Eilan reden wollen. Erlaubst du Eilan, als Novizin in das Heiligtum einzutreten?«

Bendeigid richtete sich auf und sah Eilan prüfend an. »Möchtest du das, mein Kind?«
»Ja«, erwiderte sie. »Da ich den Mann, den ich liebe, nicht heiraten darf, möchte ich der Göttin dienen. Ich habe schon als Kind von einem Leben als Priesterin geträumt. Damals war ich noch nicht alt genug, um an eine Heirat zu denken.«
Das Gesicht ihres Vaters hellte sich etwas auf. Er nickte.
»Dein Großvater wird sich bestimmt sehr darüber freuen. Ich hatte für dich ein anderes Leben im Sinn, Eilan, aber, wenn du es wirklich so willst, dann bin ich einverstanden.«
»Aber was würde ...«, Eilan sprach den Satz nicht zu Ende. Ihre Mutter war tot. Rheis würde ihr nie mehr einen Rat geben. Bendeigid verstand, was sie hatte sagen wollen. Er starrte wieder in das Feuer und vergrub dann das Gesicht in den Händen. Weinte er? Das schien unmöglich. Aber als er wieder aufblickte, standen Tränen in seinen Augen. Für Eilan war der Verlust ebenso groß, aber sie weinte nicht.
Wird Gaius glauben, ich sei tot, wenn er von dem Überfall erfährt? Wird er um mich weinen?
Vielleicht war es besser, wenn er glaubte, sie sei ums Leben gekommen. Dann wußte er nicht, daß sie ihn aufgegeben hatte. Sie durfte nicht mehr an ihn denken. Sie würde Priesterin in Vernemeton werden. Alles andere war jetzt nicht wichtig.
»Sie werden gerächt werden!« rief der Druide und stand auf. »Sie waren wehrlos und unschuldig, und die wilden Bestien haben sie brutal umgebracht! Selbst die Römer würden so etwas nicht tun!« Er hob die Hand. »Bei den Göttern, ich schwöre, daß ich sogar die Hilfe meiner Feinde annehmen werde, um meine Frau und meine Tochter zu rächen! Das bedeutet Krieg! Es geht nicht nur um Raub und Mord, sie haben auch ein Sakrileg begangen. Sie haben das Haus eines Druiden in Brand gesetzt und seine Familie getötet. Sie haben die heiligen Gegenstände zerstört! Ich verfluche sie und werde nicht ruhen, bis sie alle tot sind.«
Langsam setzte er sich wieder und sagte leise: »Wie konnten sie

das tun? Die Stämme im Norden sind mit uns verwandt. Und ich habe bei den Druiden von Eriu gelernt. Wir glauben an dieselben Götter ...«

»Unsere Stämme haben schon immer gegeneinander gekämpft, wenn es keinen gemeinsamen Feind gab«, sagte Caillean leise.

»Aber wir haben einen gemeinsamen Feind!« rief Bendeigid. »Hassen wir nicht alle Rom?!«

»Vielleicht halten uns die wilden Stämme inzwischen für Römer ...«

Der Druide schüttelte den Kopf.

»Die Götter werden sie bestrafen. Und wenn es die Götter nicht tun, dann unser Volk. Cynric ist für mich so gut wie ein Sohn. Auch er wird Rache fordern, wenn er von dem Überfall erfährt. Jetzt bedaure ich, daß wir ihn in den Norden geschickt haben.« Mit aschgrauem Gesicht sagte er: »Eilan und Mairi, jetzt habe ich nur noch euch, meine Töchter.«

Ja, dachte Eilan, und ich werde nicht heiraten, um dir wie Mairi Enkelkinder zu schenken.

Aber er war noch nicht alt. Vielleicht würde er wieder heiraten und eigene Kinder haben. Auch Mairi fand bestimmt einen anderen Mann und bekam noch mehr Kinder.

Bendeigid stand auf und trat zu Caillean. »Ich brauche deine Hilfe. Cynric muß zurückgerufen werden. Kannst du das für mich tun?«

»Mit Lhiannons Unterstützung werde ich es können«, erwiderte Caillean. »Außerdem muß sie erfahren, was hier geschehen ist.«

»Ich brauche deine Hilfe auch, um die Mörder ausfindig zu machen«, unterbrach sie Bendeigid.

»Das wird nicht schwer sein. Ich habe sie gesehen, als sie hier waren. Auch wenn vermutlich andere dein Haus überfallen haben, dann gehören sie doch zur selben Gruppe. Einige waren Caledonier und andere aus Eriu.«

»Die anderen sind bestimmt bereits wieder auf dem Weg zur Küste, und die Caledonier reiten in den Norden ...«

Bendeigid stand auf und ging ruhelos auf und ab. Caillean brachte ihm einen Krug Bier, und er setzte sich wieder vor das Feuer. Als er getrunken hatte, wiederholte er: »Cynric muß so schnell wie möglich zurückkommen. Ruf ihn mit deinen Künsten, Caillean . . .«

»Ich verspreche dir, wir werden dir helfen«, antwortete die Priesterin. »Ich bleibe hier bei deinen Töchtern. Du kannst unterdessen Lhiannon alles berichten. Dann reite nach Deva, denn auch der höchste Druide muß erfahren, was geschehen ist.«

»Du hast recht. Meine Frau Rheis war seine Tochter«, sagte Bendeigid. »Wir werden auch den Rat von Ardanos brauchen.«

Die Nachricht von dem Überfall verbreitete sich schnell. Die reisenden Händler erzählten davon, und die Kuriere der Legionen machten sich auf den Weg. Selbst die Vögel in der Luft schienen von den Untaten der Eindringlinge zu berichten.

Als der höchste Druide Albions am frühen Morgen in Deva vor sein Haus trat, krächzte zu seiner Linken ein Rabe, und Ardanos wußte, ein großes Unheil war geschehen. Aber er verstand die Sprache der Vögel nicht mehr, dieses Wissen war mit seinem Vorgänger zu Grabe getragen worden. Es hätte ihm jetzt geholfen, sich auf schlechte Nachrichten vorzubereiten.

Das Ansehen und die Macht des höchsten Druiden beruhten jedoch mehr auf weltlicher Klugheit als auf übernatürlichen Kräften. Er verdankte sein Amt der Fähigkeit, scharfsinniger zu sein als die Römer und die Widersacher in den eigenen Reihen zu schwächen. Aber zum ersten Mal bedauerte er, so wenig von dem zu wissen, was früher den Druiden offenstand – die Sprache der Natur und die Einsicht in das Wirken der göttlichen Kräfte.

Leider, dachte er, hat uns die Zeit wenig Fortschritte gebracht. Die Götter sind uns ferner gerückt als je zuvor, und wir Priester müssen uns auf äußerliche Rituale beschränken, um das Volk zufriedenzustellen. Aber wie sollen wir ihnen Antworten auf ihre Fragen geben, wenn wir selbst nichts wissen?

Er wollte gerade ins Haus zurück, als er den schlammbespritzten Mann sah, der auf ihn zukam. Ardanos wußte, er würde nicht die Sprache der Vögel lernen müssen, um das Omen zu deuten. Das Gesicht seines Schwiegersohns verriet ihm schon von weitem, daß etwas Schlimmes geschehen war.

Als Ardanos sich etwas von dem Schock über Bendeigids Nachricht erholt hatte, ging er zu Macellius Severus. Der ließ auf der Stelle den Befehlshaber der Legion zu einem dringenden Gespräch zu sich rufen.

»Diese Räuberbanden, die über das Meer kommen«, erklärte Macellius zornig, »werden zu kühn. Die Britonen gehören zu unserem Reich. Sie stehen unter dem Schutz Roms. Solange ich lebe, darf niemand es wagen, sie auszuplündern und zu erschlagen. Die Familie eines Druiden . . .«

»Bendeigid ist geächtet«, unterbrach ihn der Legat mit gerunzelter Stirn.

»Darauf kommt es nicht an! Rom ist da, um alle Menschen in diesem Land zu schützen . . . unsere Bürger und die Eingeborenen«, erklärte Macellius mit Nachdruck, denn er stand noch immer unter dem Eindruck der schrecklichen Tragödie, von der Ardanos ihm berichtet hatte. Der höchste Druide gehörte nicht zu denen, die zu Übertreibungen neigten. Macellius kannte ihn als einen Mann der Mäßigung, der immer kühl und sachlich blieb. Aber Ardanos war sichtlich erschüttert und aufgerüttelt gewesen.

»Wie kann ich von diesen Leuten verlangen, die Waffen niederzulegen, wenn wir ihr Leben nicht schützen können? Mit zwei Legionen könnten wir Hibernia erobern . . .«

»Du hast recht. Aber wir müssen warten, bis Agricola die Novanten endgültig geschlagen hat. Wir können nur den Bau der neuen Befestigungen an der Küste beschleunigen«, erwiderte der Legat ernst. »Ich werde natürlich veranlassen, daß ein oder zwei Reitertrupps zur Stelle sind, wenn man die Plünderer wieder sichtet.

Dein Sohn ist doch mit einem Trupp unterwegs. Teile ihn doch für diese Aufgabe ein, sobald er zurück ist. Er soll uns auf jeden Fall in aller Ausführlichkeit Bericht erstatten, wenn er sich zurückmeldet.« Der Legat nickte finster. »Wir sind die Herren in Britannien und sonst niemand.«

Der Bau von Festungsanlagen und die Planung von Feldzügen waren Dinge, die lange dauerten. Bendeigid ließ sich nicht soviel Zeit. Lange bevor die neuen Palisadenwände errichtet und das Korn, das die Regenfälle überstanden hatte, geerntet waren, machte er sich an die Durchführung seiner Pläne.

Sobald Mairi sich von der Geburt und dem Schock der schlechten Nachrichten etwas erholt hatte, brachte Bendeigid seine beiden Töchter nach Vernemeton. Mairi und Eilan ritten auf geduldigen Maultieren. Eilan nahm den warm angezogenen Vram vor sich in den Sattel. Der leichte Regen war jedoch nicht kalt. Eilan war keine geübte Reiterin, und sie mußte ihre ganze Aufmerksamkeit darauf lenken, nicht mit dem Kleinen herunterzufallen. Das Kind freute sich über das Abenteuer eines langen Ritts. Obwohl Vernemeton nicht allzuweit entfernt lag, brauchten sie lange, denn sie mußten Rücksicht auf Mairi und den Säugling nehmen.

Es wurde gerade dunkel, als sie die Palisaden erreichten, die Vernemeton umgaben. Sie ritten durch das Tor, und Eilan sah undeutlich eine Reihe großer Gebäude. Caillean brachte Mairi mit den Kindern in ein Gästehaus. Als die Priesterin Eilan den kleinen Jungen abnahm, deutete sie auf ein großes Haus aus behauenen Bohlen, dessen Strohdach fast bis auf den Boden reichte.

»Das ist das Haus der jungen Frauen«, sagte sie. »Eilid ist die Vorsteherin. Sie weiß, daß du kommst, und wird dich in Empfang nehmen. Wenn ich kann, werde ich später noch einmal nach dir sehen. Aber zuerst muß ich zu Lhiannon und fragen, was für Aufgaben sie für mich hat.«

Die schmale Sichel des zunehmenden Mondes stand tief über dem westlichen Horizont. Eine Magd führte Eilan in das Haus

und dann durch einen langen Gang. Eilan kam sich plötzlich allein und verlassen vor. Würde sie diesen Schritt nicht doch eines Tages bitter bereuen? War es nicht ein Verrat an Gaius und an ihrer Liebe?
Ein Tor ging knarrend auf, und die Frau führte sie in den Innenhof. Gegenüber befand sich ein langer Bau, der sie an die Halle ihres Vaters erinnerte. Als Eilan eintrat, umgab sie ein Meer fremder Gesichter. Sie blieb stehen und sah sich verloren um. Die Magd nickte kurz und ließ sie allein. Eine der Priesterinnen trat auf Eilan zu.
»Ich bin Eilid«, sagte sie freundlich. »Caillean hat mir ausrichten lassen, daß du kommen würdest.«
»Wo ist Dieda?« fragte Eilan. »Ich hatte gehofft, sie hier zu finden . . .«
»Dieda ist zu Lhiannon gerufen worden. Die Hohepriesterin bereitet sich auf die Rituale an Lugnasaid vor«, antwortete die Priesterin. »Du siehst Dieda sehr ähnlich. Man könnte euch für Zwillinge halten. Aber woher kennst du Caillean?«
»Sie hat meiner älteren Schwester bei der Entbindung geholfen«, antwortete Eilan. Leise, mehr zu sich selbst fügte sie hinzu: »Ich habe es zum großen Teil ihr zu verdanken, daß ich hier bin.«
»Ich werde dich jetzt in meine Obhut nehmen. Caillean muß ständig an Lhiannons Seite sein. Ja, wirklich, du bist noch viel hübscher, als man mir gesagt hat . . .«
Eilan errötete und schlug die Augen nieder. Sie fand, die Priesterin war selbst ausnehmend schön. Sie hatte blonde lockige Haare, die ihr zartes Gesicht weich umrahmten. Eilid trug wie die anderen jungen Frauen hier nicht das dunkle rituelle Gewand, sondern ein naturfarbenes, weit geschnittenes Leinenkleid mit einem grünen, gewebten Gürtel um die schmale Taille.
»Du mußt nach dem Ritt todmüde sein«, sagte Eilid. »Komm ans Feuer, Kleines, und wärm dich auf.«
Eilan folgte ihr stumm. Die vielen fremden Gesichter machten sie verlegen.

»Du mußt keine Angst vor uns haben«, hörte sie hinter sich eine fröhliche Stimme. »Wir sind nur halb so viele, wie es für dich jetzt den Anschein hat. Du hättest mich sehen sollen, als ich das erste Mal hierher kam. Ich habe geweint wie ein kleines verlassenes Kind.«

Sie lachte und setzte sich ungezwungen neben Eilan.

»Ich heiße Miellyn. Ich bin jetzt schon fünf oder sechs Jahre hier, und ein anderes Leben kann ich mir kaum noch vorstellen. Alle meine Freundinnen sind hier, und auch du wirst eines Tages genug Freundinnen haben, das kann ich dir versprechen.« Sie lachte und sagte dann: »Du hast ja noch deinen Umhang an. Komm, gib ihn mir. Er ist völlig naß. Ich werde ihn zum Trocknen an die Luft hängen.« Sie nahm Eilan den Umhang ab und ging damit davon.

Eilid hatte mit einer anderen Frau gesprochen. Jetzt kam sie zurück zu Eilan und sagte: »Ich höre gerade, daß Lhiannon dich sofort sehen möchte. Komm mit, ich bringe dich zu ihr.«

Sie gingen durch den Wind und den Nieselregen auf gewundenen Wegen zu Lhiannons Haus. Eilid klopfte. Es dauerte nicht lange, und Caillean öffnete die Tür.

»Eilan? Da bist du ja! Komm herein, Kleines«, sagte sie und rief über die Schulter: »Dieda, sie ist da, wie ich es dir versprochen habe . . .«

»Das hast du«, hörte man Dieda von drinnen. »Mein Vater ist auch da, und sogar ihr Vater. Das wird ein richtiges Familienfest.« Sie lachte, und es klang hart und böse. »Und wenn Bendeigid seinen Willen durchsetzt, wird Cynric auch bald zur Stelle sein. Ich habe gehört, daß sie deine seherischen Fähigkeiten brauchen, Caillean.«

»Vielleicht aber auch deine«, erwiderte Caillean, und Dieda lachte wieder. Eilan spürte zwischen den beiden Frauen eine starke Feindseligkeit.

»Ich glaube, sie wissen, was ich davon halte«, sagte Dieda. »Wenn es darum geht, Cynric zu rufen, bin ich einverstanden. Ich wehre mich jedoch entschieden dagegen, daß sie einen Orakelspruch beschließen, den Lhiannon dann gehorsam dem Volk verkündet, als sei sie nichts als eine willenlose Puppe Roms ...«

»Im Namen der Göttin ... schweig!« befahl ihr Caillean. »Wenn jemand deine Worte hört ...«

»Nur seine Heiligkeit, mein Vater, hat seine Ohren überall«, murmelte Dieda, »und natürlich die Hohepriesterin von Vernemeton. Die beiden erfahren alles, besprechen alles, und sie verkündet das Orakel, das er aus ihrem Mund hören möchte ...«

»Sei still, deine Bosheit kennt keine Grenzen«, unterbrach sie Caillean energisch. »Du weißt sehr wohl, daß es nicht gut ist, solche Dinge zu sagen.«

»Vielleicht wird hier noch Schlimmeres begangen, an dem ich keinen Anteil haben will«, erwiderte Dieda mit funkelnden Augen. »Vielleicht wollen sie, daß du ihnen mit deinen Künsten hilfst, damit die römischen Legionäre nicht die Falschen umbringen ...« Sie lachte höhnisch. »Was wirst du tun, wenn man so etwas von dir verlangt, Caillean?«

»Ich tue das, was Lhiannon mir zu tun befiehlt«, erwiderte Caillean, »so wie wir alle!«

Eilan hatte den Eindruck, sie versuche Diedas Zorn zu besänftigen, aber es half nichts. Dieda war schon immer etwas bissig gewesen, aber so bitter hatte Eilan sie noch nie reden hören.

»Ich weiß wohl, was wir denken sollen ...«, sagte Dieda.

Caillean unterbrach sie energisch. Ihre Stimme klang zwar noch immer ruhig, aber auch ihr stieg jetzt die Zornesröte ins Gesicht. »Du weißt sehr wohl, es kommt nicht darauf an, was du denkst oder was ich denke. Nur der Wille der Hohenpriesterin ist von Bedeutung. Und ich füge mich diesem Willen.«

»Wenn es um ihren Willen geht, gut«, sagte Dieda, »aber kannst du mir sagen, wie Lhiannons Wille unter den derzeitigen Bedingungen durchgesetzt werden soll, falls sich feststellen lassen würde, was sie will. Wer weiß, ob sie überhaupt noch einen Willen hat ...«

»Dieda, das hast du alles schon oft genug gesagt«, erklärte Caillean kopfschüttelnd. »Aber, was ist schlimm daran, Cynric hierher zu rufen, damit er, wie es sich gehört, den Tod seiner Ziehmutter betrauern kann . . .«
»Das hätten wir bereits vor einem halben Mond tun können.«
»Vielleicht, aber mehr wird von dir oder mir nicht verlangt«, sagte Caillean geduldig. »Warum nur bist du plötzlich so dagegen?«
»Vielleicht weißt du es nicht«, antwortete Dieda, »aber ich weiß, daß die Kraft der Göttin dazu benutzt werden soll, Cynric soweit zu bringen, daß er etwas tut, das er geschworen hat, niemals zu tun. Auch Bendeigid hat immer gesagt, er werde lieber sterben, als sich mit Rom verbünden. Du weißt es vielleicht nicht, aber Bendeigid hat sich vor Cynric gestellt, und deshalb ist er geächtet worden . . .«
»Im Namen der Göttin! Ich weiß selbst einiges über Cynric und über Bendeigid«, erwiderte Caillean ungehalten. »Und du wirst es nicht glauben, aber ich weiß auch einiges über die Römer. Zumindest habe ich länger unter ihrer Herrschaft gelebt als du. Ich kann dir versichern, daß keine deiner Grundsätze oder Cynrics Grundsätze verletzt werden. Denkst du vielleicht, du bist der einzige Mensch in ganz Albion, der weiß, was Cynric vorhat?«
»Ich weiß genug, um . . .«, begann Dieda, aber Caillean sagte barsch: »Still jetzt. Sie werden uns noch hören. Außerdem muß Eilan inzwischen völlig verwirrt sein . . .«
Dieda lächelte schuldbewußt. »Da hast du recht, und es ist kein schönes Willkommen für sie, wenn wir uns streiten.«
Sie trat auf Eilan zu und umarmte sie. Eilan ließ es geschehen und schwieg, denn sonst wäre der Streit wieder aufgeflammt.
In diesem Augenblick wurde die innere Tür geöffnet, und Lhiannon erschien.
»Meine Kinder, habt ihr euch gestritten?«
»Oh nein, überhaupt nicht«, erwiderte Caillean schnell, und auch Dieda sagte leise: »Nein, heilige Mutter. Wir haben nur eine neue Novizin begrüßt.«

»Ja, ich habe gehört, daß Eilan kommen würde«, sagte Lhiannon. Eilans Herz klopfte laut, als sie die Frau so dicht vor sich sah, die an Beltane wie eine Göttin zu ihnen gesprochen hatte.
»Du bist also Eilan?« fragte Lhiannon freundlich, aber es klang leise, wie erschöpft nach den langen Jahren, in denen sie der Göttin ihre Stimme geliehen hatte. »Es ist wahr, du siehst Dieda sehr ähnlich. Vermutlich sagt dir das jeder. Aber wir müssen uns etwas einfallen lassen, damit wir euch hier unterscheiden können.«
Sie lächelte, und Eilan hatte das seltsame Gefühl, sie müsse die Hohepriesterin irgendwie beschützen.
Lhiannon hob eine Hand und winkte Eilan zu sich, die noch immer unsicher an der Tür stand.
»Komm herein, mein Kind. Vielleicht weißt du schon, daß dein Vater und dein Großvater auch hier sind.«
Als Eilan zu ihr trat, legte Lhiannon den Arm um sie und führte sie in den inneren Raum. Dabei drehte sie sich um und sagte mit ihrer weichen Stimme zu Caillean und Dieda: »Folgt mir. Wir werden euch ebenfalls brauchen.«
Der Raum wirkte klein. Vielleicht lag es nur daran, daß sich so viele Menschen darin versammelt hatten. Von einem brennenden Kohlebecken stieg der Rauch von Kräutern auf. Der starke Duft machte Eilan benommen. Es fiel ihr im ersten Augenblick schwer, zu atmen und etwas zu sehen.
Ihr Vater saß auf der anderen Seite des Feuers. Er hatte sich nach ihrer Ankunft umgekleidet und trug ein weißes Druidengewand mit einem grünen Saum. Sein Gesicht war hager und vom Kummer gezeichnet. Er wirkte fast so alt wie Ardanos, der bei ihrem Eintritt etwas ins Feuer warf.
Ihr Großvater blickte auf die Frauen und sagte: »Jetzt sind alle beisammen. Und ich weiß wieder einmal nicht, wer von euch Dieda und wer Eilan ist.«
Eilan schwieg und wartete, daß eine der älteren Frauen die Antwort gab, aber Dieda erwiderte schnell: »Vater, diesmal ist es

leicht für dich. Eilan trägt noch nicht das Gewand der Priesterin.«
»So also soll ich meine Tochter von meiner Enkeltochter unterscheiden! Nun ja, vielleicht liegt es auch an dem Rauch. Aber ich finde, ihr beide seht euch viel zu ähnlich«, erklärte der alte Druide kopfschüttelnd. »Eilan, du bist in einer schweren Zeit hier eingetroffen. Wir müssen Cynric zu unseren Beratungen rufen. Da er in deiner Familie aufgewachsen ist, wird deine Anwesenheit uns helfen. Caillean, bist du bereit?«
Caillean erwiderte ruhig: »Wenn Lhiannon es so will . . .«
»Ja, ich will es«, sagte Lhiannon zu Caillean. »Was auch immer daraus entstehen mag, Cynric muß erfahren, daß seine Mutter und seine kleine Schwester durch die Räuberbande umgekommen sind. Die Römer sind nicht unsere einzigen Feinde, und sie bieten uns jetzt ihre Hilfe an . . .«
Dieda stieß leise zwischen den Zähnen hervor: »Wie willst du das Mairi erklären, Vater?«
»Sei ruhig, mein Kind«, ermahnte sie Ardanos. »Was du auch denken magst, Macellius Severus ist ein guter Mann. Als ich ihm von dem Überfall berichtet habe, war er so zornig, als hätten sie sein Haus abgebrannt.«
»Das bezweifle ich«, murmelte Dieda, aber so leise, daß nur Caillean und Eilan es hörten.
Der alte Druide sah sie nur stirnrunzelnd. »Caillean, bitte . . .«
Mit einem Blick auf Lhiannon ging Caillean zu einer Truhe und holte eine silberne Schale heraus. Sie hatte eine schlichte Form, aber die Außenseite war mit kunstvoll getriebenen Ornamenten verziert. Caillean füllte die Schale mit Wasser aus einem Krug und stellte sie auf den Tisch. Ardanos zog einen dreibeinigen Hocker herbei, damit sich Caillean setzen konnte. Lhiannon nahm in einem geschnitzten Armlehnstuhl gegenüber Platz.
Ardanos hob die Hand. »Warte, Caillean! Dieda, du stehst ihm am nächsten. Du solltest an der Stelle von Caillean ins Wasser blicken und ihn rufen.«

Dieda errötete, und Eilan dachte, sie werde rundweg ablehnen. Dieda hatte schon immer mehr Mut gehabt als sie. Aber Ardanos sah die ganze Zeit sie an – hatte ihr Großvater sie wieder einmal verwechselt?

Ardanos hatte seinen Irrtum offenbar bemerkt, denn jetzt richtete er den Blick auf Dieda. »Eilan ist seine Schwester, aber du wolltest ihn heiraten. Mein Kind, deshalb bitte ich dich, es zu tun ...« So liebenswürdig hatte Eilan ihn noch nie erlebt. »Tu es für deine Schwester Rheis, ich bitte dich. Sie war seine Ziehmutter.«

Er spielt mit uns, als seien wir die Saiten seiner Harfe, dachte Eilan. Auch Dieda vermochte sich dem Klang seiner Stimme nicht zu entziehen und murmelte: »Wie du willst, Vater ...« Sie nahm vor der Schale Platz.

Ardanos richtete sich auf, und seine Worte klangen wie ein Gesang: »Wir sind zusammengekommen, wir sind an diesem geweihten Ort, der rein ist und unter dem Schutz der Göttin steht, um Cynric zu rufen – Cynric, Bendeigids Ziehsohn.

Ihr, die ihr euch hier versammelt habt, steht ihm von allen Lebenden am nächsten. Ruft euch sein Bild ins Gedächtnis und stimmt mit euren Herzen in den Ruf ein.«

Mit seinem Stab schlug er dreimal auf den Boden, und Eilan hörte den hellen Klang von silbernen Glöckchen.

»Cynric, Cynric, wir rufen dich!« rief er plötzlich mit volltönender, tiefer Stimme.

Eilan fuhr zusammen, denn plötzlich schien es im Raum heller zu werden. Gleichzeitig legte sich über Ardanos ein dunkler Schatten.

»Starker Sohn, geliebter Junge, deine Sippe ruft dich ... Krieger, Sohn der Raben, wir rufen dich mit den Kräften der Erde, der Eiche und des Feuers!«

Als der Ruf verhallte, begann Dieda langsamer zu atmen. Sie ließ den Duft der brennenden Kräuter bis in ihre Lungen dringen. Im Raum war es völlig still geworden. Eilan unterdrückte einen Hustenreiz. Der starke Duft der brennenden Kräuter machte sie be-

nommen. Dieda saß ruhig und mit nach innen gerichtetem Blick vor der Schale mit dem klaren Wasser.
Sie hatten einen lockeren Kreis um Dieda gebildet. Eilan konnte von ihrem Platz aus auf das Wasser blicken. Ein kalter Schauer überlief sie, als Dieda plötzlich zu schwanken anfing – schwankte auch sie? Eilan hatte den Eindruck, daß alles um sie herum zu kreisen begann. Die Gestalten im Raum wurden undeutlich und verschwammen, bis Eilan schließlich nur noch das helle Wasser in der Schale wahrnahm.
Ein dunkler Nebel schien über das Wasser zu ziehen, der sich zu einem grauen Wirbel verdichtete, und dann – Eilan hielt die Luft an – erschien ein Gesicht. Es war das Gesicht ihres Bruders Cynric.
Dieda unterdrückte einen Schrei. Aber sie faßte sich schnell wieder und sagte ruhig: »Cynric, du mußt zurückkommen. Wir brauchen dich hier. Diesmal geht es nicht um ein Verbrechen der Römer. Das Volk der Caledonier und die Stämme aus Eriu haben euer Haus in Schutt und Asche gelegt. Sie haben deine Mutter und deine Schwester getötet. Cynric, komm zurück in das Land der Cornovier. Dein Ziehvater ist am Leben, und er braucht deine Hilfe.«
Diedas Worte schienen sich in die Lüfte zu erheben und wie Wolken davonzuziehen. Als sie verklungen waren, verschwand das Gesicht im Wasser, in dem wieder dunkle Wirbel kreisten. Dann wurde es wieder klar. Dieda stand auf. Noch immer benommen, klammerte sie sich an den Tischrand.
»Er wird kommen«, sagte sie. »Der Vorsteher des Lagers wird ihn beurlauben, und die Priesterinnen werden ihn mit allem versorgen, was er für den Ritt braucht. Wenn das Wetter sich hält und die Wege trocken bleiben, müßte er in einigen Tagen hier sein.«
Bendeigid sagte: »Aber was ist mit den Barbaren, die unser Haus abgebrannt haben? Wenn du nicht zu erschöpft bist, Dieda ... Wir müssen sie ebenfalls sehen und herausfinden, wo sie sich befinden, damit sie der gerechten Strafe nicht entgehen ...«

»Ich werde dir dabei nicht helfen«, erklärte Dieda entschlossen und schob sich müde die langen Haare aus dem Gesicht. Dann sagte sie zu Ardanos: »Vater, ich habe mich immer deinem Willen gefügt, aber nun laß Caillean tun, was Bendeigid möchte. Caillean hat nichts dagegen, daß wir uns mit den Römern verbünden. Ich vertrete einen anderen Standpunkt. Es wird mir schwerfallen, euch diesen Verrat an unserer Sache zu verzeihen ...«

»Mein Kind ...«

»Oh, ich weiß sehr wohl, daß die Umstände es von euch verlangen. Aber wie könnt ihr versuchen, mich gegen Cynric auszuspielen?«

»Das richtet sich nicht gegen Cynric«, erklärte Caillean. Sie nahm die Schale vom Tisch und schüttete das Wasser vor die Tür. Die frische Luft tat Eilan gut, aber sie begann sofort die Kühle zu spüren, obwohl es draußen eine warme Sommernacht war. Caillean füllte die Schale mit frischem Wasser, stellte sie auf den Tisch und beugte sich darüber.

Diesmal schien es länger zu dauern, bis man im Wasser etwas sehen konnte. Die grauen Wirbel wollten nicht weichen. Caillean blickte regungslos auf das Wasser. Ihr Gesicht wurde vor Anstrengung bleich und bleicher. Alles Blut schien daraus zu weichen. Schließlich sagte sie leise, aber mit großem Ernst, und es klang, als sei sie völlig erschöpft: »Zeigt euch mir, aber zeigt euch nur, wenn ihr es wollt.«

Eilan erfuhr nie, was die anderen sahen, aber als der graue Nebel sich auflöste, nahm sie Gestalten wahr – die Räuber, so wie sie in jener Nacht in Mairis Haus eingedrungen waren. Sie standen in ihren kurzen farbigen und zerrissenen Tuniken wie erstarrt an der Tür. Einige hielten Schwerter in der Hand – die Eilan damals nicht gesehen hatte –, andere Speere. Ihre blonden Haare und die rötlichen Bärte waren struppig und zottig. Sie waren so klar erkennbar, daß Eilan sogar Regentropfen auf den Köpfen und in den Bärten bemerkte. Bendeigid und Ardanos traten neben Caillean und nahmen Eilan damit die Sicht. Aber in ihrer Erinnerung

sah sie Caillean, die zum Feuer lief, in die Glut faßte und die wilden Männer in die Flucht schlug.
»Der rote Rian«, hörte sie ihren Vater murmeln. »Ein Fluch auf sein Schwert und seinen Schatten! Sie sind immer noch an der Küste ...«
Lhiannon hob beide Hände: »Auch mein Fluch soll euch treffen!«
Es wurde plötzlich völlig dunkel in dem Raum – oder hatte Eilan das Bewußtsein verloren? Bevor sie wieder etwas sehen konnte, hörte sie Lhiannon sagen: »Das sind meine Worte und das ist mein Wille! Bendeigid, du und deine Krieger, ihr sollt zusammen mit den Römern die wilde Horde bestrafen!«
Bendeigid wollte etwas erwidern, aber Lhiannon bedeutete ihm zu schweigen.
»Genug! Ich habe gesprochen. Jetzt geht. Es soll so sein, wie ich es beschlossen habe. Du wirst den roten Rian an der Küste treffen.«
»Herrin, woher weißt du das?«
»Hast du vergessen, daß ich den Wind lenken kann?« erwiderte Lhiannon hoheitsvoll. »Keine Brise wird ihm helfen, das Land zu verlassen, bis du mit deinen Leuten dort eintriffst. Bist du damit zufrieden?«
Bendeigid antwortete: »Um der Rache willen bin ich zu diesem Bündnis bereit. Ich habe geschworen, selbst die Hilfe der Römer anzunehmen, wenn ich mich rächen und die Barbaren bestrafen kann, auch wenn es gegen meine Grundsätze verstößt. Aber ich sehe ein, daß wir die Römer brauchen, um diese Plünderer und Räuber für immer von unserer Küste zu vertreiben!«
Dieda holte tief Luft, dann fragte sie: »Wirst du warten, bis Cynric hier ist?«
»Das hängt nicht allein von mir ab. Das hat auch Macellius zu entscheiden«, erwiderte Bendeigid mißmutig.
Lhiannons Blick fiel auf Eilan, die heftig zu zittern anfing.
»Mein Kind, du frierst ja«, sagte sie. »Wo ist dein Umhang?«

»Ich habe ihn bei den Priesterinnen gelassen«, murmelte Eilan und versuchte, das Zittern zu unterdrücken.
»Du mußt so schnell wie möglich ins Bett. Die Kräuter sind verbrannt, komm her und wärme dich an dem Kohlebecken, mein Kind. Caillean wird dich in den Schlafsaal der Novizinnen bringen und dir alles geben und erklären, was du wissen mußt.«
»Richtig«, sagte Ardanos, »und es ist Zeit, daß auch wir gehen.«
Lhiannon nahm Eilan an der Hand und führte sie zum Feuer. Sie legte fürsorglich den Arm um sie, bis das Zittern aufhörte. Aber das innere Beben ließ nicht nach.
Lhiannon bemerkte es und sagte leise zu ihr: »Das geht auch vorbei, mein Kind ... Ich weiß, es kann sehr kalt sein zwischen den Welten. Ich habe gespürt, wie du an meiner Seite geblieben bist ... Das war nicht beabsichtigt. Das nächste Mal werden wir darauf achten, daß du besser geschützt bist.«
Bendeigid folgte Ardanos zur Tür, aber bevor er ging, blieb er neben Eilan stehen.
»Meine Tochter ... Ich weiß nicht, wann wir uns wiedersehen werden. Aber ich lasse dich hier in Sicherheit zurück, und das ist mir ein Trost. Möge die Göttin dich segnen.« Er umarmte sie.
»Ich werde in meinen Gedanken bei dir sein, Vater«, erwiderte Eilan leise. Ihr wurde schwer ums Herz. Sie hatte die Mutter verloren, und jetzt zog ihr Vater in den Kampf. Würde er lebend zurückkehren?
Bendeigid legte ihr zärtlich die Hand auf den Kopf. »Deine Haare sind so weich wie die Haare deiner Mutter«, flüsterte er und küßte sie auf die Stirn. Eilan kämpfte noch mit den Tränen, als er schon gegangen war.
Caillean stellte die leere Schale wieder in die Truhe. »So, das wäre erledigt«, sagte sie mit einem Seufzer der Erleichterung. »Es ist wirklich sehr spät geworden.« Dann kam sie zu Eilan und umarmte sie herzlich. »Wenn dir jetzt warm genug ist, bringe ich dich in den Schlafsaal der Novizinnen.«

Diesmal folgte sie Caillean auf den windigen Wegen zu dem Gebäude, wo sie von den Priesterinnen begrüßt worden war. Jahre später, als Eilan Vernemeton so gut kannte, als sei sie hier geboren worden, erinnerte sie sich an ihren ersten Eindruck und an den ersten Abend, der sie bis in ihr Innerstes aufgewühlt hatte.
Eilid und die anderen Frauen saßen noch in der Halle. Sie hoben neugierig die Köpfe, als Caillean mit Eilan erschien.
Sie erhoben sich, als Caillean zu ihrem Schützling sagte: »Wir verlangen von dir nicht, daß du ein Gelübde ablegst. Aber in deinem ersten Jahr in diesem Heiligtum mußt du uns einiges versprechen.«
Die Priesterinnen bildeten einen Kreis um die beiden. Caillean stand vor Eilan und sagte ernst: »Als erstes frage ich dich: Bist du aus freiem Entschluß und eigenem Willen zu uns gekommen? Hat niemand dich bedroht oder dich gezwungen, hier Zuflucht zu suchen?«
Eilan sah sie erstaunt an. »Aber das weißt du doch . . .«
»Es ist unsere Regel, daß du diese Fragen klar und deutlich beantwortest.«
»Gut«, antwortete Eilan, »ich bin aus eigenem Willen hierher gekommen.«
Sie fand das alles überflüssig und überlegte, ob Dieda diese Fragen ebenfalls gestellt worden waren und was sie darauf geantwortet hatte.
»Versprichst du, jede Frau in diesem Schrein als deine Schwester, Mutter und Tochter zu behandeln, so als sei sie mit dir verwandt?«
»Ich verspreche es«, sagte sie.
»Versprichst du, jedem Befehl einer älteren Priesterin hier, der den Gesetzen entspricht, nachzukommen?«
»Ich verspreche es.«
»Versprichst du, mit keinen Mann zu schlafen . . .«, Caillean hielt kurz inne und fügte dann hinzu, »mit Ausnahme des Sommerkönigs, wenn er es so will.«

Eilan lächelte. »Ich verspreche es, und das fällt mir nicht schwer«, erwiderte sie.

Denn der Mann, den ich hätte lieben können, ist mir versagt, dachte sie.

Caillean nickte.

»So sei es! Im Namen der Göttin nehme ich dich bei uns auf.« Sie umarmte Eilan, und die Priesterinnen folgten nacheinander ihrem Beispiel. Als alle Frauen sie umarmt hatten, stellte Eilan zu ihrer Überraschung fest, daß sie weinte. Sie hatte das Gefühl, daß ihr die Familie, die ihr genommen worden war, auf andere Weise zurückgegeben sei.

Dann brachte Miellyn Eilans Umhang, legte ihn ihr über die Schulter, und Caillean führte sie durch einen überdachten Gang zu einem Rundhaus, in dem etwa ein Dutzend Betten standen. Es waren nicht die Kastenbetten, die sie kannte, sondern schmale Pritschen, die entlang der Wand standen. In den meisten lagen bereits Novizinnen. Ein paar der Mädchen setzten sich erstaunt und blinzelten verschlafen. Caillean zog den Vorhang neben dem Bett an der Tür beiseite.

»Hier ist dein Bett«, flüsterte sie. »Miellyn oder eine der anderen werden dir morgen sagen, welche Aufgaben du hast.«

Sie half Eilan, ein grob gewebtes weißes Nachthemd über den Kopf zu ziehen, das etwas zu groß für sie war. Als Eilan im Bett lag, vergewisserte sich Caillean, daß sie mit der dicken Decke richtig zugedeckt war.

»Jemand wird dich morgen früh wecken, damit du rechtzeitig zum Sonnenaufgang im Hain bist. Ich werde nicht bei den Übungen dabeisein, denn ich helfe Lhiannon, die sich auf die Zeremonien an Vollmond vorbereitet.« Aus einer Truhe nahm sie ein Gewand und hob es hoch. »Das wirst du morgen anziehen.«

Als Eilan nickte, beugte sich Caillean über sie und drückte sie fest an sich.

»Was dich jetzt auch bewegen mag«, flüsterte sie liebevoll, »vergiß nie, daß du bei uns willkommen bist. Auch Dieda freut sich, daß du da bist. Sie ist im Augenblick sehr unglücklich, aber eines Tages wird sie dich bestimmt brauchen.«

Sie küßte Eilan auf die Stirn. »Eine der Frauen wird dir morgen früh beim Ankleiden helfen, vermutlich Eilid. In den ersten Tagen wird sie dir alles zeigen und erklären.«

Eilan legte sich zurück. Die Laken waren rauh und dufteten angenehm. Sie fragte: »Wonach riecht das hier?«

»Nach Lavendel. Wir legen nach der Wäsche Lavendel zwischen die Laken.«

Eilan lächelte. Auch Priesterinnen waren Frauen und legten Wert auf einen angenehmen Duft. Sie wußten viel über Kräuter, und sie mußten wie alle anderen Frauen auch Wäsche waschen.

Caillean sagte leise: »Schlaf jetzt und mach dir keine Sorgen. Es ist gut, daß du hierher gekommen bist. Ich glaube, du hast bei uns eine ganz besondere Aufgabe zu erfüllen.«

Weder die Priesterin noch die Novizin ahnten, daß diese Worte, die nur zu Eilans Beruhigung dienten, in Erfüllung gehen sollten.

10. KAPITEL

»Warum halten wir die Namen der Kräuter geheim, die die stärksten Heilkräfte besitzen?« Die alte Latis stellte die Frage den jungen Frauen, die unter der Eiche saßen und einen Stengel Fingerhut betrachteten, den sie in der Hand hielt.

»Vielleicht, damit sie zu uns kommen und den Priesterinnen Achtung erweisen«, antwortete eine.

»Wir müssen uns die Achtung der Menschen verdienen, mein Kind«, sagte Latis streng. »Sie besitzen zwar nicht unser Wissen, aber sie sind nicht dumm. Nein, das ist nicht der Grund für die Geheimhaltung. Hört jetzt gut zu, denn das ist ein Gesetz: Was viel Kraft für das Gute besitzt, hat bei falscher Anwendung ebensoviel Kraft für das Böse. Fingerhut kann ein schwaches Herz anregen, aber wenn man zuviel nimmt, dann wird das Herz wie ein scheu gewordenes Pferd durchgehen und galoppieren, bis es vor Schwäche zusammenbricht. Wer heilen will, muß ein gutes Urteilsvermögen haben.«

Eilan runzelte die Stirn. Daran hatte sie noch nie gedacht. Später fragte sie sich oft, was sie als Novizin in Vernemeton erwartet hatte. Vielleicht hoffte sie, Frieden zu finden oder Einblicke in die Mysterien und auch ein wenig angenehme Langeweile. Aber sie hätte sich nie vorstellen können, wie faszinierend es sein würde, mit anderen Frauen zusammen zu lernen.

Die Nächte waren nicht so unbeschwert, denn in den ersten Monaten träumte sie oft von Gaius. Manchmal sah sie ihn mit seinen Soldaten über Land reiten oder beim Exerzieren mit dem Schwert. Sie hörte ihn mit zusammengebissenen Zähnen fluchen, wenn die Klinge seinen aus Holz geschnitzten Gegner traf.

»Das ist für Senara und das für Rheis. Das für Eilan!«
Seine Stirn war schweißbedeckt, aber über seine Wangen liefen Tränen.
Wenn Eilan dann erwachte, weinte sie, weil er so traurig war. Sie verstand jetzt gut, wie die Trauer der Lebenden die Toten quälen konnte.
Eilan dachte daran, ihm eine Nachricht zukommen zu lassen, damit er wußte, daß sie noch am Leben war. Aber es bot sich ihr keine Möglichkeit dazu, und allmählich begriff sie, daß sie für ihn wirklich gestorben war. Je früher er sich damit abfand, desto besser würde es für sie beide sein.
In den ersten Monaten war sie nicht mehr als eine in einer Gruppe potentieller Priesterinnen. Sie verbrachte viel Zeit damit, das Wissen der Druiden auswendig zu lernen. So, wie man den großen Gott und die Göttin nicht in einem von Menschen geschaffenen Tempel verehren konnte, so durfte das göttliche Wissen nicht Büchern anvertraut werden. Die Worte der Götter ließen sich nicht auf menschliches Maß begrenzen.
Eilan fand das manchmal seltsam, denn nichts, was die Götter geschaffen hatten, erschien ihr schwächer als das menschliche Gedächtnis. Aber sie stellte fest, daß ihre Lehrerinnen ein erstaunliches Erinnerungsvermögen besaßen. Ein großer Teil des alten Wissens war mit der Zerstörung von Mona verlorengegangen, aber es war auch noch vieles vorhanden. Ardanos zum Beispiel konnte das heilige Gesetz von Anfang bis Ende auswendig.
Eilan fühlte sich im Kreis der Priesterinnen sehr wohl. Am besten kannte sie die beiden, die sie am ersten Abend im Haus der Frauen begrüßt hatten – Eilid und Miellyn.
Die kleine und blonde Eilid war älter als es den Anschein hatte. Sie lebte seit ihrer frühen Kindheit in Vernemeton. Miellyn war ungefähr so alt wie Eilan. Sie hatte einen vollen Busen, lange Glieder und dichte kastanienbraune Haare. Außer den beiden hatte sich Eilan mit einer etwa vierzigjährigen Frau angefreundet. Sie hieß Gwenna und hatte die Aufgabe, die jüngsten Priesterinnen

in ihre Pflichten einzuweisen und sie in den weniger bedeutenden Ritualen zu unterweisen.
Eilans erste Aufgabe war es, die Zeremonien in allen Einzelheiten auswendig zu lernen, bei denen die Novizinnen mitwirkten. Wenn dabei jemandem ein Fehler unterlief, wurde das Ritual unterbrochen, und sie begannen noch einmal von vorne. Zwei- oder dreimal kam es zu solchen Unterbrechungen, weil Eilan einen Fehler beging. Sie war sehr unzufrieden mit sich, aber Miellyn versicherte ihr, daß es allen einmal so gegangen war.
Eilan lernte auch den Lauf des Mondes und der Sterne. Viele Nächte lag sie zwischen Eilid und Caillean an einer einsamen Stelle im Gras und beobachtete, wie der Große Wagen um den Nordstern wanderte. Sie bestaunte den stillen Gang der Planeten, die am Horizont aufstiegen und wieder versanken, während die Nordlichter über den Sommerhimmel flammten. Eilan erfuhr, daß nicht die Sonne um die Erde kreiste, wie sie ihr Leben lang geglaubt hatte, sondern die Erde um die Sonne – von all dem Wunderbaren, das sie im Heiligtum lernte, war das am schwersten zu glauben. Von den ersten Jahren in Vernemeton blieben ihr diese Nächte am besten in Erinnerung. Sie sollte nie vergessen, wie sie unter der warmen Decke lag und zum Himmel hinaufblickte, während Cailleans Stimme durch die Dunkelheit drang und lange Geschichten über die Sterne erzählte.
Manchmal wünschte sie, Harfe spielen zu können, um Cailleans Gesang zu begleiten, und auch singen zu dürfen. Aber bei den relativ seltenen Gelegenheiten, bei denen sie mit Caillean zusammen war, bekam sie immer wieder zu hören, daß Frauen die Harfe bei den Zeremonien nicht spielen durften.
»Aber warum nicht? Frauen können inzwischen doch auch Sängerinnen werden wie Dieda? Und du spielst doch auch Harfe.«
Es war Sommer. Im Hain vor den Wällen saß einer der jüngeren Priester und übte auf seiner Harfe.
Er kann nicht besonders gut spielen, dachte Eilan. Aber es war schon ein Kunststück, so schlecht Harfe zu spielen, daß einem

das Zuhören schwerfiel. Auch wenn die Melodie immer wieder ins Stocken geriet, so klangen doch die einzelnen Töne hell und klar durch die Luft.

»Ich spiele nicht Harfe, sondern Leier. Sie war das erste Geschenk, das Lhiannon mir gemacht hat. Ich spiele schon so viele Jahre, daß niemand wagt, etwas dagegen einzuwenden. Und wenn jemand begabt ist wie Dieda, muß man das anerkennen.«

»Trotzdem ist es unsinnig! Warum darf ich nicht lernen, ein Instrument zu spielen?« fragte Eilan. Wie schlecht sie auch spielen würde, so gut wie dieser Druide da draußen wäre sie bestimmt. Er schien nicht einmal zu merken, daß mit zunehmender Wärme die Saiten für die Obertöne neu gestimmt werden mußten.

Cailleans Augen blitzten. »Natürlich gibt es keinen Grund dafür.« Sie lachte. »Vieles von dem, was die Priester tun, ist unsinnig. Und sie sind sich dessen sehr wohl bewußt. Das ist auch ein Grund dafür, daß ich nicht Lhiannons Nachfolgerin werden darf. Ardanos ist sich völlig im klaren darüber, daß ich das weiß.«

»Möchtest du die Hohepriesterin sein?« fragte Eilan.

»Um alles in der Welt nicht«, erwiderte Caillean. »Ich würde Tag für Tag mit dem Kopf gegen eine Wand rennen. Und die Wand ist der Wille der Priesterschaft, und der ist härter als Stein.« Sie lächelte vielsagend. »Auch das Herrschen ist etwas, das die Männer sich vorbehalten wollen. Ich glaube, seit die Römer hier sind, sehen sie sich darin noch bestärkt. Sie wollen die Kontrolle über die Waffen und über die Harfen ... über alles mit Ausnahme der Schmerzen einer Geburt und der Pflichten zu kochen, zu waschen und zu putzen.« Es klang sehr spöttisch, als sie sagte: »Ich wage sogar zu behaupten, sie würden am liebsten verkünden, daß Frauen den Göttern nicht dienen können. Aber niemand wäre so dumm, das zu glauben.« Eilan lachte ebenso herzlich wie Caillean.

»Aber warum möchtest du unbedingt Harfe spielen?«

Eilan antwortete: »Weil ich Musik liebe und ich nicht singen kann.«

»Du hast eine weiche, angenehme Stimme ...«, erwiderte Caillean.
»Großvater sagt, im Vergleich zu Dieda quake ich wie ein Frosch«, meinte Eilan niedergeschlagen. »Wenn Dieda bei uns zu Besuch war, durfte immer nur sie singen.«
»Ich glaube, dein Großvater irrt sich. Aber ich würde mich in diesem Fall nicht mit ihm streiten, denn selbst ich muß zugeben, daß er einer unserer größten Barden ist. Dieda hat eine sehr schöne Stimme ... vielleicht hat sie die von ihm geerbt. Im Vergleich zu einer solchen Stimme quaken wir alle wie Frösche. Also sei nicht traurig, mein Kind. Du kannst die Geschichten der Götter lernen, auch wenn du sie nicht so gut singst wie Dieda.« Sie legte Eilan tröstend den Arm um die Schulter. »Ich glaube, du wirst keine Mühe haben, die Zaubersprüche zu singen. Wir können nicht alle so schöne Stimmen haben. Selbst unter den Barden gibt es große Unterschiede.«
Eilan lernte viele Zaubersprüche und im ersten Jahr sogar einige der einfacheren Worte der Macht. Es waren Beweise des Vertrauens, denn wer im Besitz dieses Wissens war, mußte sich dessen würdig erweisen und durfte nicht den Mächten der Dunkelheit verfallen. Eilan vergaß nie die Worte der alten Latis: Was große Kraft zum Guten besitzt, kann bei falscher Anwendung ebensoviel Böses bewirken.
Wann immer Caillean die Möglichkeit hatte, gab sie Eilan Unterricht, und von ihr lernte Eilan besonders viel. Eines Tages fragte die ältere Frau: »Erinnerst du dich noch an die Nacht, als Mairis Kind geboren wurde und ich die Räuber in die Flucht geschlagen habe, indem ich die Glut aus dem Feuer holte?«
»Das werde ich in meinem ganzen Leben nicht vergessen«, erwiderte Eilan.
»Damals habe ich dir gesagt, daß du das bei richtiger Anleitung auch lernen kannst.«
Eilan nickte, und ihr Herz begann schneller zu schlagen – sie wußte nicht, ob aus Angst oder vor Aufregung.

»Gut, ich werde es dir heute beibringen. Das Wichtigste dabei ist, du darfst nie vergessen, daß das Feuer deiner Seele nicht schaden kann. Wenn die Kraft deiner Seele dich schützt, kann dir nichts geschehen, auch nicht durch die Flammen. Du hast es bei mir gesehen, und du weißt in deinem Inneren, daß es möglich ist.«
Sie nahm Eilans schlanke weiße Finger in die eigenen kühlen Hände und blies auf Eilans Handfläche.
»So«, sagte sie dann, »du mußt vor allem Vertrauen zu dir selbst haben. Greif schnell in das Feuer und nimm ein paar der glühenden Kohlen in die Hand. Das Feuer kann dir nur schaden, wenn du glaubst, daß es das Wesen des Feuers ist, zu verbrennen. Aber wenn du das wahre geistige Wesen des Feuers kennst, dann ist die Glut für dich dasselbe wie eine Handvoll trockener Blätter. Feuer brennt in dir als die Kraft des Lebens. Dieselbe Kraft brennt auch dort.« Sie deutete in die Flammen. »Wie kann eine Flamme der anderen schaden? Deine Lebenskraft brennt in dir so hell wie das Feuer. Werde eins mit ihm!«
Eilan überließ sich den Worten der Priesterin. Sie vertraute ihr völlig. Sie blickte nach innen, entfachte die Flamme ihres Herzens und beugte sich über das Feuer. Die Hitze traf ihr Gesicht, aber Caillean sagte ruhig und entschlossen: »Du darfst nicht zögern – tu es schnell!«
Eilan streckte die Hand in die Flammen.
Auf den Wangen spürte sie noch immer die Hitze, aber zu ihrer Verblüffung war die Glut so kühl wie Schnee. Caillean sah ihr Staunen und sagte: »Laß los! Laß die Glut wieder fallen!«
Eilan öffnete die Finger, die Glut fiel auf die Steine vor dem Feuer, und im selben Augenblick spürte sie die Hitze auch in der Hand. Eilan zog sie schnell zurück und betrachtete sie staunend.
»Habe ich das wirklich getan?«
»O ja«, sagte Caillean. Ein Stück glühende Holzkohle war auf ein wollenes Tuch gefallen, und der Stoff begann zu schwelen. Der stechende Geruch brennender Wolle verbreitete sich im Raum. Caillean hob das Tuch schnell auf und blies die Flammen aus.

Eilan fragte sie: »Wieso wußtest du, daß ich mich im nächsten Augenblick verbrennen würde?«
Die Priesterin antwortete: »Ich habe gespürt, wie du angefangen hast nachzudenken, zu staunen und ... zu zweifeln. Zweifel ist der größte Feind jeder Magie. Wir lernen diese Dinge, um das einfache Volk mit Wundern und Zaubertricks zu beeindrucken, oder auch, um uns bei Gefahr zu schützen. Aber du mußt lernen«, sagte sie ernst, »daß es nicht richtig ist, die jungen Seelen beeindrucken zu wollen. Selbst wenn es darum geht, dich vor Gefahren zu schützen, darfst du nicht ohne weiteres etwas tun, was wie ein Wunder erscheinen mag.« Nachdenklich fuhr sie fort: »Vielleicht war es nicht allzu klug, meine Fähigkeiten in jener Nacht in Mairis Haus anzuwenden. Aber was geschehen ist, ist geschehen.« Sie blickte Eilan ernst an. »Du weißt jetzt, was möglich ist, und mußt lernen, wann es richtig ist, solche Dinge zu benutzen, und wann nicht.«

Während der Vorbereitungen auf die einzelnen Feste lernten die Novizinnen nicht nur die Geschichte der Götter, die damit geehrt wurden, sondern auch die Bedeutung, die hinter den Worten lag. In vielen Fällen wurden nur symbolische Wahrheiten und keine Tatsachen überliefert. Sie sprachen über die Jungfräulichkeit von Arianrod und über das Schicksal des heldenhaften Sohnes, den sie so widerwillig bekam. Sie beschäftigten sich auch eingehend mit Gwions Verwandlungen, und sie lernten das geheime Wissen vom Heiligen König und der Höchsten Herrscherin. In den dunkelsten Tagen des Winters dachten sie über die Mysterien der Schattengöttinen nach, deren blutige Gesichter und verwelkten Leiber die Ängste der Männer verkörperten.
»Aber warum fürchten sich die Männer vor alten Frauen?« fragte Eilid. »Alte Männer sind für sie nicht erschreckend!«
»Ein alter Mann wird zu einem Weisen. Und danach strebt jeder Mann«, erwiderte Caillean. »Die Männer fürchten sich vor der alten Frau, weil sie ihrer Macht entzogen ist. Mit dem Einsetzen

der Mondblutungen wird ein Mädchen zur Frau. Sie braucht einen Mann, um eine Mutter zu werden. Und eine Mutter braucht den Mann zum Schutz ihrer Kinder. Aber die alten Frauen wissen um alle Geheimnisse von Geburt und Tod. Sie haben sich nach dem Ende der Blutungen selbst wiedergeboren und brauchen niemanden mehr. Deshalb haben die Männer Angst vor ihnen, denn sie kennen nur die erste Verwandlung, die ihnen die Männlichkeit bringt.«

Lhiannon war allen Frauen in Vernemeton heilig, auch wenn die Jüngeren spät abends im Schlafsaal manchmal über die Älteren lachten. Eilan fragte sich oft, ob die Hohepriesterin auch die Wiedergeburt durchgemacht hatte, von der Caillean gesprochen hatte. Lhiannon war zwar alt, aber man konnte sich nicht vorstellen, daß menschliches Leid oder Leidenschaften sie jemals berührt hatten. Sie schritt in ihren langen Gewändern, eingehüllt in eine Wolke von Lavendelduft durch das Heiligtum, lächelte freundlich, aber unbestimmt und schien von allem losgelöst, als lebe sie in einer anderen, in ihrer persönlichen Wirklichkeit.
Caillean liebte Lhiannon. Eilan mußte sich immer wieder daran erinnern, daß die ältere Priesterin, zu der sie durch die Nacht der Geburt von Mairis Kind eine besonders starke Verbindung hatte, in der Hohenpriesterin etwas sah, das sie nicht wahrnahm. Aber sie glaubte daran, daß es etwas Geheimnisvolles gab, das sich ihr vielleicht auch eines Tages erschließen würde.
Als die Novizinnen die Dinge lernten, die ihnen Zugang zu den höheren Ebenen verschaffen würden, prägte sich Eilan alles mit großer Gewissenhaftigkeit ein. Visionäre Träume und Eingebungen waren ihr von Kindheit an vertraut. Sie stellten sich bei ihr mühelos und unvermittelt ein. Jetzt lernte sie, Visionen bewußt zu rufen, und wenn notwendig, sie von sich fernzuhalten.
Eilan lernte auch, in die Zukunft zu blicken und etwas zu sehen, das sich weit weg befand oder an einem anderen Ort geschah. Zu den ersten Dingen, die sie so sah, gehörte der Kampf mit den

Räubern, die ihr Elternhaus in Brand gesetzt hatten. Ihr Vater und Cynric ritten an der Spitze ihrer Krieger, begleitet von einem römischen Reitertrupp. Eilan sah zu ihrem Staunen, daß Cynric Seite an Seite mit den Römern kämpfte. Offenbar hatte er eingesehen, daß es etwas Wichtigeres geben konnte als sein Haß auf die Römer.

Als sich die Nebel in der Wasserschale auflösten, sah sie, wie Britonen und Römer die Räuber einkreisten, die an der Küste ihr Lager aufgeschlagen hatten. Dann wurden sie systematisch niedergemacht. Eilan beobachtete gebannt, wie die Krieger die Anführer der Feinde erschlugen und anschließend ihre seltsamen runden Schiffe verbrannten. Einen geblendeten und aus vielen Wunden blutenden Mann setzten sie in das einzige Boot, das sie nicht zerstört hatten, und überließen ihn seinem Schicksal. Bendeigid hob beschwörend die Hände. Er rief den Wind und beruhigte die Wellen, damit der Mann Eriu erreichte und die Nachricht vom Schicksal der Plünderer überall bekannt wurde.

»Sag allen, die dich fragen, sag es im Norden und im Westen«, rief er mit blitzenden Augen, »wenn ihr je wieder an diese Küste kommt, dann erwartet euch dasselbe Geschick – jeden einzelnen, ohne Ausnahme!«

Eilan hatte noch nie einen richtigen Kampf gesehen. Das Morden und Blutvergießen erfüllte sie mit Entsetzen. Die Härte und Grausamkeit der Männer kamen ihr animalisch und wenig menschenwürdig vor. Als sie später mit Caillean darüber sprach, sagte die ältere Frau, es sei der Wille der Göttin, daß diese Barbaren für ihre Frevel starben.

»Lhiannon mahnt meist zum Frieden. Das weißt du. Aber wer die Gesetze der Götter vorsätzlich übertritt, verliert die Würde des Menschen und sinkt auf die niedersten Ebenen. Nicht das vergossene Blut ist die Strafe, nicht der körperliche Tod, sondern der Verlust des Göttlichen.«

Eilan hatte mit angehaltenem Atem in das Wasser geblickt und ängstlich nach Gaius Ausschau gehalten. Aber sie sah ihn nicht.

War er vielleicht bereits ums Leben gekommen? Hatte er Deva längst verlassen, weil er glaubte, sie sei tot?
Sie seufzte.
Vermutlich ist es besser, wenn er glaubt, ich sei tot, wenn er nicht denkt, ich hätte ihn verraten ...
Trotzdem staunte Eilan, wie schrecklich ihr der Gedanke war, daß Gaius möglicherweise nicht mehr lebte.
In der Nacht von Beltane war es ihr vorgekommen, als seien sie untrennbar, als würden sie sich seit Ewigkeiten kennen. Aber jetzt waren sie voneinander getrennt.
Wenn er tot ist, würde ich es bestimmt wissen, tröstete sie sich, aber sie konnte ein Zittern nicht unterdrücken. Sie stand auf und goß das Wasser vor die Tür.

Nach und nach ließ das ruhige Leben in Vernemeton den Schmerz vergehen, der sich mit Gaius verband. Und auch die Gedanken darüber, wie anders ihr Leben hätte sein können, quälten sie nicht mehr.
Die alte Latis hatte Eilan besonders ins Herz geschlossen. Die Priesterin freute sich darüber, mit welcher Hingabe sie alles über das Heilen wissen wollte. Eilan nahm großen Anteil am Leiden der Kranken und hatte Mitgefühl für ihre Schmerzen. Zwar durfte sie das Heiligtum noch nicht verlassen wie Miellyn, die die alte Latis oft begleitete, wenn ein Hilferuf aus einem der umliegenden Dörfer kam, oder wenn sie bei einem Fest die Fragen der Menschen beantwortete, die oft von weit her kamen, um die Gelegenheit zu einem Gespräch mit den Priesterinnen zu nutzen.
Hinterher hörte sich Eilan die Geschichten an, die ihre Freundin Miellyn erzählte, und sie stellte Latis Fragen über die Vor- und Nachteile einer Behandlungsmethode. Die Priesterin sprach sehr offen mit ihnen über die Ursachen der Krankheiten und die Aussichten auf eine Heilung.
»Wenn die Menschen gegen die Natur verstoßen, und meist verstoßen sie gegen die eigene, dann stören sie das Gleichgewicht

zwischen Körper und Seele und werden früher oder später krank.«
»Der kleine Junge der Bäuerin hat Grind am Rücken und an den Händen. Was hat er denn getan?« fragte Miellyn ungläubig.
Die alte Latis lachte leise.
»Ja, der Sohn der Eibis. Sie ist mit dem jungen Pastro verheiratet, und er verprügelt sie. Er trinkt und schreit, wenn er nach Hause kommt. Du wirst sehen, nicht meine Kamillesalbe hilft dem Jungen, sondern daß sie ihn zu seiner Großmutter schicken.«
Neben den Ratschlägen der Priesterinnen, den Anrufungen und Beschwörungen, halfen jedoch meist Kräuter, die Kranken zu heilen. Und Eilan staunte über das umfangreiche Wissen der Priesterinnen. Sie fand es am schönsten, wenn man ihr auftrug, mit Miellyn zusammen die Heilpflanzen und Kräuter in den umliegenden Wäldern und auf den Wiesen von Vernemeton zu sammeln. Sie lernte auch, welche man bei einem bestimmten Stand der Sonne oder des Mondes suchen mußte, und Latis zeigte ihnen später, wie die Kräuter getrocknet, gekocht oder pulverisiert wurden.
»Dieses Wissen ist älter als das der Druiden«, vertraute ihr Miellyn eines Tages an, als man sie beide an einen Bachlauf geschickt hatte.
Miellyn lebte zwar schon sehr viel länger in Vernemeton als Eilan, aber die beiden waren fast gleichaltrig und die Jüngsten unter den Novizinnen. Miellyn war ausersehen, eine Heilpriesterin zu werden, und hatte auf diesem Gebiet schon viel gelernt.
»Dieses Wissen ist auch älter als Vernemeton«, fügte sie hinzu. »Einiges stammt noch aus jener Zeit, bevor unser Volk nach Albion gekommen ist.«
Es hatte in diesem Frühjahr viel geregnet. Sie gingen am Ufer des Bachs entlang, der hinter dem Heiligtum durch die Wiesen floß. Das Sumpfwurz war so hoch, daß es ihnen bis zur Hüfte reichte. Der starke Geruch der Blätter machte sie beim Abstreifen von den dicken, fleischigen Stengeln beinahe benommen. Die Priesterin-

nen verbrannten die Blätter, um Visionen hervorzurufen, aber in Alkohol eingelegt waren sie als scharf riechende Tinktur auch ein gutes Mittel zum Einreiben bei Muskelschmerzen.

»Caillean hat mir das auch schon einmal gesagt«, antwortete Eilan. »Sie hat von einer Zeit erzählt, in der es in Albion noch keine Druiden-Priester gab. Als unser Volk hierher kam, tötete man die Priester der besiegten Stämme, aber man wagte nicht, Hand an die Priesterinnen der Großen Mutter zu legen. Unsere heiligen Frauen haben dann von ihnen gelernt und damit ihr Wissen bereichert.«

»Richtig«, sagte Miellyn und ging langsam am Bach entlang. »Caillean weiß über diese Dinge mehr als ich. Außerdem ist sie eine Priesterin des Orakels, und das ist ein sehr, sehr alter Orden. Sie sagen, daß ihre ersten Priesterinnen von einer Insel irgendwo weit im Westen kamen, die eines Tages im Meer versunken ist. Mit ihnen kamen die Priester, an deren Spitze der Merlin steht. Sie wußten um die Geheimnisse der Sterne und auch der stehenden Steine.«

In Schweigen versunken dachten die beiden über diese längst vergangene Zeit nach. Sie wußten, daß damals die Götter allen Menschen sehr nahe gewesen waren. Caillean hatte erzählt, daß es zu dieser Zeit zwischen den Völkern, den einzelnen Sippen und auch zwischen Männern und Frauen so gut wie keine Mißverständnisse und Verwirrung gab.

Ein Windstoß bauschte ihnen die Röcke. Lachend drehten sie sich im Kreis und freuten sich über die Schönheit der üppigen, grünen Natur, die sie umgab.

»Ist das Mutterkraut oder Kerbel?«

Eilan deutete auf eine Stelle, wo viele niedrige Pflanzen mit hellgrünen fedrigen Blättern wuchsen.

»Das ist Kerbel ... Siehst du die zarten Stengel? Die Samen sind erst vor kurzem gekeimt, und jetzt sind es viele junge Schößlinge. Mutterkraut überwintert, und deshalb sind die Stengel verholzt. Aber du hast recht, die Blätter sehen sich sehr ähnlich.«

»Man muß sich so viel einprägen, und ich darf nichts vergessen!« rief Eilan. Dann fragte sie: »Wenn unser Volk nicht immer hier gelebt hat, wie hat es denn das ganze Wissen erworben?«
»Die Menschen sind ihrem Wesen nach Wanderer«, antwortete Miellyn, »du wirst es nicht glauben, aber das gilt auch für uns. Jedes Volk ist von irgendwoher gekommen und hat die Besonderheiten des Landes von denen gelernt, die vor ihm da waren. Die letzten unserer Stämme sind erst etwa hundert Jahre vor den Römern auf diese Insel gekommen und ungefähr aus demselben Teil der Welt wie sie.«
»Man sollte denken, daß die Römer mehr über uns wissen, wenn wir einmal Nachbarn gewesen sind«, sagte Eilan.
»Sie wissen genug über unsere Krieger, um Angst vor ihnen zu haben«, erwiderte Miellyn und lachte. »Vielleicht haben sie deshalb so viele Schauergeschichten über uns verbreitet. Sag mal, Eilan, hast du schon einmal gesehen, daß auf unserem Altar ein Mann oder eine Frau verbrannt wird?«
»Nein. Es wird niemand getötet mit Ausnahme von Verbrechern«, erwiderte Eilan. »Warum tun die Römer das ... Wie können sie uns solche Märchen anhängen?«
»Warum nicht? Sie sind dumm«, sagte Miellyn verächtlich. »Alles, was sie wissen, schreiben sie auf Leder, gewachste Holztafeln oder auf Stein und halten das für Weisheit. Was nützt einem Stein das Wissen? Selbst ich als junge Priesterin weiß, daß es auf das Verständnis ankommt, das im Herzen liegt. Nur dieses Wissen macht einen Menschen klug. Kannst du die Bedeutung der Kräuter aus einem Buch lernen? Es reicht nicht einmal aus, wenn einem gesagt wird, was sie bewirken. Nein, man muß die Pflanzen selbst suchen, sie beobachten, sie lieben und sehen, wie sie wachsen. Erst dann kann man sie zum Heilen benutzen, denn dann versteht man ihr Wesen und die Sprache der geistigen Kräfte, die in ihnen wohnen.«
»Vielleicht wissen die Frauen der Römer mehr«, sagte Eilan. »Ich habe gehört, daß bei ihnen nicht alle Frauen die Kunst des Schrei-

bens lernen dürfen.« Sie lachte leise und sagte dann: »Ich möchte wissen, welches Wissen, das den Männern verschlossen ist, die Mütter ihren Töchtern weitergeben.«
Miellyn verzog das Gesicht. »Vielleicht befürchten sie, daß sie nicht genug Arbeit für die Schriftgelehrten und Schreiber haben, die auf den Märkten ihr Können verkaufen, wenn Frauen lesen und schreiben können.«
»Das hat Caillean auch schon gesagt.« Eilan blieb nachdenklich stehen. »Sie ist oft so bitter in ihren Äußerungen, und ich kann ihren Gedanken kaum folgen. Manchmal habe ich den Eindruck, daß sie unzufrieden ist, weil ich nicht alles sofort verstehe.«
»Mach dir nicht so viel Gedanken über das, was Caillean sagt oder nicht sagt«, erwiderte Miellyn. »Ich habe gehört, daß sie ein sehr schweres Leben hatte, und manchmal ist sie in ihren Ansichten etwas . . . übertrieben. Aber es stimmt, die Römer halten nicht viel von den Fähigkeiten der Frauen.«
»Dann sind sie verrückt.«
»Ich weiß es, und du weißt es, was Frauen können«, erwiderte Miellyn, »aber es gibt Römer, die wissen es nicht. Hoffen wir, daß sie es noch in unserem Leben lernen. Auch unsere Priester sind manchmal verrückt und wollen uns verbieten, bestimmte Dinge zu tun.«
»Zum Beispiel Harfe spielen . . .«, murmelte Eilan und nickte.
Miellyn sah unter einem Baum wilden Thymian. Sie lief zu der Stelle, bückte sich und schnitt mit einem gebogenen kleinen Messer die kurzen Stengel ab. Eilan stieg der starke Duft sofort in die Nase.
»Ich habe gehört, daß du Harfe spielen möchtest. Warum sprichst du nicht mit Caillean darüber? Sie hat doch eine Harfe . . .«
»Hast du mir nicht gesagt, es sei keine Harfe . . .?«
»Richtig, Caillean hat mir einmal ausführlich den Unterschied zwischen einer Harfe und einer Leier erklärt.« Miellyn lächelte spöttisch. »Die Saiten laufen unten in ein Gehäuse und sind nicht über einen Rahmen gespannt, aber die Töne klingen sehr ähnlich.

Caillean kennt viele Lieder aus Eriu. Sie sind sehr eigenartig und ihre Melodien erinnern irgendwie an das Meer. Sie kennt auch alle die alten Lieder.« Sie schwieg und fügte dann hinzu: »Nun ja, es ist nicht verwunderlich, daß wir durch unsere Ausbildung alle ein besseres Gedächtnis als die meisten Menschen haben. Hätten die Druiden erlaubt, daß Priesterinnen als Sängerinnen ausgebildet werden, dann wäre Caillean vermutlich eine Sängerin geworden. Jetzt machen sie hin und wieder Ausnahmen, weil so viele Priester von den Römern getötet wurden.« Miellyn begann zu kichern. »Stell dir vor, dann wäre sie vielleicht die höchste Druidin Albions geworden ...« Schnell fuhr sie fort: »Ich weiß, das dürfte ich nicht sagen, wo doch dein Vater ...«

»Ardanos ist nicht mein Vater, sondern mein Großvater ... Dieda ist seine Tochter«, sagte Eilan und legte den Thymian in ihren Korb.

»Und dein Bruder gehört zur heiligen Schar, zu den Raben?« fragte Miellyn. »Du kommst wirklich aus einer besonderen Druiden-Familie. Sie werden vermutlich versuchen, dich eines Tages zu einer Orakelpriesterin zu machen.«

»Darüber hat noch niemand mit mir gesprochen«, erwiderte Eilan.

»Würde es dir nicht gefallen?« Miellyn lachte. »Wir alle haben unsere Aufgaben. Ich zum Beispiel bin froh und glücklich mit den Kräutern und Pflanzen. Aber die Seherinnen werden von allen Menschen verehrt. Wärst du nicht gerne die Stimme der Göttin?«

»SIE hat mich das noch nicht wissen lassen«, sagte Eilan verlegen.

Es ging Miellyn wirklich nichts an, wonach Eilan sich vielleicht insgeheim sehnte. Sie sprach mit keinem Menschen über die Gefühle, die sie bewegten, wenn sie sah, wie Lhiannon bei der Anrufung des Mondes die Arme hob. Je länger sie in Vernemeton war, desto mehr erinnerte sie sich an ihre Kindheitsträume, und jedesmal wenn sie an der heiligen Quelle Opfergaben niederlegte, blickte sie in das Wasser des Teichs und hoffte, noch einmal das Gesicht der Göttin zu sehen.

»Ich werde das tun, was die Priesterschaft mir aufträgt. Sie wissen besser, was die Götter wollen als ich.«

Miellyn lachte. »Einige von ihnen vielleicht ..., aber ich bin mir nicht so sicher«, sagte sie. »Caillean würde mir zustimmen. Sie hat mir einmal gesagt, das Wissen der Druiden sei einst von den Göttern allen Menschen gegeben worden – Männern und Frauen.«

»Aber auch der höchste Druide beugt sich Lhiannon«, sagte Eilan und schnitt ein paar Sternmierenblätter ab, die im Schatten eines großen Steins wuchsen.

»Dem Anschein nach ja ...«, sagte Miellyn. »Aber Lhiannon ist natürlich etwas anderes, und wir alle verehren sie ...«

Eilan runzelte die Stirn. »Ich habe von einigen alten Priesterinnen gehört, daß nicht einmal mein Großvater wagen würde, sich ihrem Willen zu widersetzen.«

»Also ich weiß nicht so recht ...« Miellyn betrachtete sich die Blätter, die Eilan gesammelt hatte. »Schneide sie kürzer ab. Wir können die Stengel nicht benutzen ... sie sind hart und verholzt. Übrigens, ich habe gehört, daß es früher Gesetz war, daß jeder, der einen Baum fällt, einen neuen pflanzen muß, damit die Wälder nie kleiner werden. Seit die Römer hier sind, hält man sich nicht mehr daran. Sie fällen die Bäume, ohne neue zu pflanzen. Eines Tages wird es in ganz Albion keinen Wald mehr geben ...«

»Die Wälder scheinen trotzdem nicht kleiner geworden zu sein«, erwiderte Eilan.

»Manche Bäume verstreuen Samen und wachsen nach.« Miellyn bückte sich und legte alles, was sie gesammelt hatte, in ihren Korb.

»Und was ist mit den Kräutern?« fragte Eilan.

»Wir nehmen nur soviel, daß es den Pflanzen nicht schadet. In wenigen Tagen sind neue Triebe nachgewachsen, die das ersetzen, was wir genommen haben. So, aber ich denke, wir haben für heute genug. Außerdem wird es bald regnen. Wir müssen uns beeilen, ins Haus zurückzukommen. Die Priesterin, die mir das Kräuterwissen beigebracht hat, sagte immer, die Wildnis ist der Garten der Göttin. Die Menschen dürfen aus diesem Garten nichts nehmen, ohne es zu ersetzen!«

»Das habe ich noch nicht in dieser Weise gehört, aber es ist ein schöner Gedanke«, sagte Eilan. »Ich glaube, wenn man in Zeiträumen von Jahrhunderten denkt, dann ist es ebenso töricht, einen Baum zu fällen wie eine trächtige Kuh zu schlachten . . .«

»Und doch glauben einige Menschen, sie hätten das Recht, mit allem, was schwächer ist als sie, zu tun, was sie wollen«, sagte Miellyn. »Ich verstehe einfach nicht, daß die Römer so rücksichtslos sind.«

»Die Besseren unter ihnen sind bestimmt ebenso aufgebracht über manche ihrer Schandtaten wie du und ich«, sagte Eilan und dachte an Gaius.

Sie konnte sich nicht vorstellen, daß Gaius hilflose Menschen tötete oder bewußt etwas Unrechtes tat. Aber bestimmt mußte auch er wissen, daß die Zwangsarbeiter in den Minen zu einem kurzen und schrecklichen Leben verurteilt waren. Sie bekamen wenig zu essen, mußten von früh bis spät arbeiten und starben, weil sie den giftigen Bleistaub einatmeten. Das wäre schon eine schwere Strafe für Verbrecher und Mörder, aber was hatte der Mann der Magd getan, um dieses Schicksal zu verdienen?

Gaius hatte behauptet, die Römer würden die barbarischen Völker zivilisieren. Vielleicht hatte er nie über die Minen nachgedacht, weil niemand, den er kannte, dorthin verschleppt worden war. Auch sie hatte nichts davon gewußt, bis einige ihrer Leute von den Römern ausgehoben wurden. Sie hatte es nicht gewußt, aber ihr Großvater und ihr Vater wußten es bestimmt, und sie hatten nichts getan, um dieses Unrecht zu verhindern.

Der Wind wehte plötzlich aus Westen, und aus den dicken Wolken ging ein heftiger Schauer nieder. Miellyn schrie auf und zog das Umschlagtuch über den Kopf.

»Wir werden ertrinken, wenn wir noch länger hierbleiben!« rief sie. »Nimm deinen Korb, und dann los! Wenn wir nicht rennen, werden wir naß bis auf die Haut!«
Sie waren naß bis auf die Haut, als sie die große Halle der Priesterinnen erreichten. Aber Miellyn hatte der Wettlauf mit den Wolken offenbar Spaß gemacht. Eilan war außer Atem.
»Ihr müßt euch auf der Stelle trockenreiben, sonst werdet ihr noch krank, und ich muß euch gesundpflegen!« rief die alte Latis lachend. »Aber kommt ja wieder und versorgt die Kräuter, die ihr mir gebracht habt, sonst werden sie schimmeln. Dann wären eure Arbeit und die Pflanzen vergeudet!«
Mit geröteter Haut vom Trockenreiben kehrten Miellyn und Eilan in den Vorratsraum hinter der Küche zurück. Die Hitze der Öfen sorgte hier für gleichmäßig warme und trockene Luft. An den Sparren hingen in Bündeln die Kräuter und in geflochtenen Schalen lagen Wurzeln oder Blätter, die in regelmäßigen Abständen zum Trocknen gewendet werden mußten. In Regalen standen Tontöpfe, Körbe und Säcke mit präparierten Heilpflanzen. Sie trugen die geheimnisvollen Zeichen der Heilkunde. In der Luft lag der schwere, aromatische Duft vieler Kräuter.
»Hör zu, Miellyn, an Beltane wirst du Gwenna auf den Markt begleiten. Ich bin zu alt dazu, und ihr seid jung.« Sie lachte krächzend. »Diesmal finden die großen Wettkämpfe statt, und es wird ein neuer Sommerkönig gewählt. Da habt ihr viel zu tun mit Knochenbrüchen, Verrenkungen und weiß die Göttin, was alles. Die Kälte macht den Leuten zu schaffen, auch wenn das Blut der jungen Männer heiß ist.« Sie lachte. »Paß nur auf, mein Täubchen«, sagte sie zu Miellyn, »daß dir die vielen Männer nicht den Kopf verdrehen ...«
Miellyn wurde über und über rot. »Ich bin Priesterin und zum Heilen da und nicht, um Kinder zu gebären!«

Erst drei Monate später erfuhr Eilan, weshalb ihre Freundin Miellyn bleich und in sich gekehrt vom Fest zurückgekommen war.

Die alte Latis erzählte ihr eines Tages, daß Miellyn von ihren üblichen Pflichten entbunden worden war.
»Sie ist schwanger, Eilan«, murmelte Latis kopfschüttelnd, als könne sie es immer noch nicht ganz glauben. »Der Sieger der Wettkämpfe wurde zum neuen Sommerkönig gekrönt und hat sich Miellyn ausgesucht. Lhiannon war sehr bekümmert und ungehalten, als sie es erfahren hat. Sie hat Miellyn in die Hütte am weißen See geschickt, damit sie dort eine Weile allein ist und nachdenken kann.«
»Aber warum?« rief Eilan. »Wenn er sie haben wollte! Wie hätte sie sich ihm verweigern können? Das wäre eine Sünde gewesen.« Vergaßen die Priesterinnen ihre eigenen Gesetze?
»Lhiannon sagt, sie hätte ihm nicht unter die Augen treten müssen. Es gibt an einem solchen Fest genug Frauen, die sich um den Sommerkönig drängen.«
»Du kannst mir glauben«, sagte die hübsche Mira, »mir wäre es ohne weiteres gelungen, mich ihm zu entziehen, wenn sein Blick auf mich gefallen wäre! Wozu haben wir einen Schleier und können uns mit Zaubersprüchen schützen?«
Eilan dachte, auch sie hätte bestimmt alles getan, um zu vermeiden, von dem Mann gewählt zu werden. Aber als Miellyn wieder unter ihnen erschien, und selbst das weite Gewand den schwellenden Leib nicht länger verhüllen konnte, war sie vernünftig genug, es ihr nicht zu sagen.
Aber als sich beim nächsten Fest die alte Latis wieder zu schwach fühlte, um auf den Markt zu gehen, kam Gwenna zu Eilan.
»Mein Kind, du bist schon lange genug bei uns, und nach dem langen Winter solltest du wieder einmal hinaus in die Welt und sehen, daß es außer uns auch noch Menschen gibt, die unsere Hilfe brauchen.« Eilan nickte zustimmend und senkte den Kopf. Das nächste Fest war wieder Beltane. Sie erschrak. Der Friede, den sie in Vernemeton gefunden hatte, schien plötzlich bedroht.
Bin ich wirklich bereit, fragte sie sich beklommen.

11. KAPITEL

Gaius war seit über zwei Jahren nicht im Land der Cornovier gewesen. Sein Vater hatte festgestellt, daß Gaius nach der Rückkehr von seinem Erkundungsritt durch das Gebiet der Cornovier, auf dem er vor den Ruinen von Bendeigids Haus gestanden hatte, nicht mehr von der Tochter des Druiden sprach. Vermutlich hielt er sie für tot, und Macellius hütete sich, ihm zu sagen, daß sie lebte und im Heiligtum von Vernemeton zur Priesterin ausgebildet wurde – das wußte er von Ardanos. Er unterließ es jedoch taktvoll, über eine mögliche Heirat zu sprechen. Das hatte Zeit, außerdem mußte eine so weitreichende Entscheidung mit großer Umsicht vorbereitet werden. Gaius sollte ein in jeder Hinsicht wünschenswerter Bewerber für Julia, die Tochter des Licinius, sein. Deshalb verschaffte er seinem Sohn zunächst einmal eine Stelle im Stab des Statthalters.

Gaius ritt also in Agricolas Gefolge kreuz und quer durch Alba in einer Kampagne, die der Befriedung der Stämme im nördlichen Tiefland diente – zumindest hoffte man das. Dabei kam es zu erbitterten Kämpfen, bei denen auf beiden Seiten viel Blut floß.

Für einen aktiven Offizier im römischen Heer galt Liebeskummer als eine Schwäche, die er zu überwinden hatte. Gaius erfüllte seine Pflichten; und wenn eine Frau mit blonden Haaren und grauen Augen die alten Wunden schmerzen ließ, dann achtete er darauf, nur dort zu weinen, wo niemand ihn sah.

Er machte seine Sache gut, und als der Feldzug in Alba vorübergehend zum Stillstand kam, belohnte man seinen Einsatz mit dem Auftrag, einen Trupp Verwundeter in das Standquartier der Legion nach Deva zurückzubegleiten. Die Zwanzigste Legion

wurde indessen in das caledonische Hochland verlegt, wo eine neue Festung errichtet werden sollte.
Deshalb befand sich Gaius plötzlich wieder im Süden. Er ritt mit einem Centurio an der Seite auf der Straße, die zu den Wäldern von Vernemeton führte, während seine Truppe hinter ihnen marschierte.

»Wir brauchen einen Mann, dem wir vertrauen können. Er soll sich bei dem Fest unauffällig unter die Menge mischen, und im Augenblick bist du der einzige hier, der die Sprache der Stämme so gut spricht, daß du kein Aufsehen erregst. Mein Junge, früher oder später wirst du Bendeigid oder seinem Sohn doch begegnen. Weshalb bringst du es also nicht einfach hinter dich?«, sagte sein Vater, als Gaius den Auftrag entschieden ablehnte.
Als er sich dann doch auf den Weg machte und schließlich den flachen, unbewaldeten Gipfel der Hügelfestung vor sich sah, der sich hoch über die grünen Baumwipfel erhob, als er das Lachen und Lärmen der vielen Menschen hörte, die sich, mit Blumengirlanden auf den Köpfen, voll freudiger Erwartung auf dem Weg zum Tor drängten, und als er die fröhlichen Hirten sah, die ihre Rinder, Schafe und Ziegen auf den großen Viehmarkt trieben, wäre er am liebsten wieder umgekehrt. Wann würde es ihm endlich gelingen, sich gegen seinen Vater zu behaupten?
Noch im Wald zügelte er sein Pferd und hob die Hand. Der Centurio rief einen Befehl, und die Männer blieben stehen.
»Sieht alles friedlich aus«, sagte der Centurio. »Wohin man auch kommt, die Märkte sind eigentlich überall das gleiche – Gaukler, Musikanten und Wahrsager, die die Schaulustigen anlocken, Heiler für die Kranken, und es wird viel getrunken, gelacht und getanzt. Das größte Geschäft machen die Händler und die Priester. Die einen verkaufen ihre Ware, die anderen ihre Seele.« Er lachte laut. »Aber es kann gefährlich werden, wenn die Priester und ihre Götter sich einmischen und die Menschen völlig den Verstand verlieren.«

Der Centurio blickte sich neugierig um. Gaius wußte bereits, daß der Mann sehr gesprächig war, ganz gleich, ob ihm jemand zuhörte oder nicht.

»Ich habe in den ersten drei Jahren bei den Legionen in Ägypten gedient. Sie haben dort für jeden Wochentag einen Gott, und jeder Gott hat sein eigenes Fest. Manchmal kommt es zu blutigen Kämpfen, wenn sich zwei Prozessionen in der Stadtmitte begegnen.«

»Ach ja?« warf Gaius höflich ein, obwohl es ihm völlig gleichgültig war, ob der Mann in Ägypten oder am Ende der Welt gedient hatte. Er sah über sich das große Tor, durch das er mit Eilan den Festplatz betreten hatte. Er erinnerte sich noch gut daran, wie die kleine Senara lachend vorausgelaufen war. Jetzt war Bendeigids Haus abgebrannt, und die meisten seiner Familie lebten schon lange nicht mehr.

Wie damals trug Gaius die Kleidung der Einheimischen, denn er durfte nicht auffallen. Trotzdem kam er sich durch und durch wie ein römischer Offizier vor und glaubte, jeder werde seine Verkleidung durchschauen.

»Wie war es in Ägypten?« fragte er, um sich gegen die Flut der Erinnerungen zu wehren.

»Ach, wie überall«, antwortete der Centurio gähnend. »Große Tempel, unglaublich reiche Könige und entsprechende Armut in den Städten. Aber es war dort warm«, fügte er fröstelnd hinzu. »Ich hätte im Augenblick nichts gegen die ägyptische Sonne einzuwenden. Hier in Britannien ist es einfach zu kalt und zu regnerisch.«

Gaius blickte zu dem grauen Himmel auf. Der Mann hatte recht. Das schlechte Wetter war ihm noch nicht aufgefallen.

Also ist wenigtens etwas anders als damals . . .

Es wäre unerträglich für Gaius gewesen, wenn auch noch die Sonne geschienen hätte.

»Dir scheint das Wetter nicht viel auszumachen«, sagte der Centurio neidisch, »du bist hier geboren, nicht wahr? Ich komme aus

Etrurien und bin gewissermaßen mittlerweile eine Seltenheit. Wo findet man heutzutage noch einen geborenen Italer in den Legionen? Ich habe überall im Reich gedient – in Ägypten, Hispanien, Parthien. In Parthien wurde meine Kohorte völlig aufgerieben. Man hat mich vermutlich zum Centurio gemacht, weil ich zu den sechs Überlebenden der sechshundert Mann gehörte. Und dann schicken sie mich hierher ... ans Ende der Welt, damit ich erfriere«, sagte er kopfschüttelnd. »Angeblich soll ja Apollo dieses Land entdeckt haben. Und wenn er es tatsächlich geliebt hat, wie es heißt, dann verstehe ich die Götter nicht.«
»Wir sitzen hier ab!« Gaius hatte sich schließlich soweit durchgerungen. »Ein Mann hält bei den Pferden Wache, die anderen beziehen Stellung auf der Lichtung dort hinten. Wir wollen nicht auffallen, denn schließlich soll es nicht so aussehen, als wären wir als Wachmannschaft hier.«
Sie hörten hinter sich Muhen, als eine weitere Rinderherde durch den Wald kam und zur Festung getrieben wurde. Der Centurio gab den Soldaten ein Kommando, sie machten den Weg frei und marschierten unter den hohen Bäumen zu der Lichtung.
»Ich habe keine Lust, unter ihre Hufe zu geraten«, brummte der Centurio. »Ich weiß nicht, wie es dir geht, aber ich bin nicht zum Stierkämpfer geboren!« Er lachte über seinen eigenen Witz. Gaius fuhr zusammen, als der Mann ihn fragte: »Bist du bereit?«
Gaius seufzte. Er war nicht bereit, aber er war Römer und konnte nicht länger vor seinen Erinnerungen davonlaufen. Er saß zögernd ab und gab einem Soldaten die Zügel. Dann zog er den bunt karierten Wollumhang enger um sich und machte sich auf den Weg. Der Centurio wich nicht von seiner Seite.
Wie soll ich unerkannt bleiben, wenn er mir wie ein Hund folgt?
Gaius machte die aufdringliche Art des Mannes nicht zum ersten Mal ungehalten, und er wäre lieber mit sich allein gewesen. Aus einer gewissen Unsicherheit heraus schwieg er jedoch und ließ den Centurio mitkommen, denn andererseits war er auch froh über die Gesellschaft.

»Was geschieht eigentlich an diesem Beltane?« fragte der Mann, als sie durch das untere Tor gingen. »Ist es ein Fest der Bauern? In Ägypten hatten sie auch so ein Fest ... Sie haben einen großen weißen Stier durch die Straßen geführt. Der Stier war mit Girlanden geschmückt, und sie haben ihn als Gott verehrt. Dann wurde soviel Weihrauch verbrannt, bis man keine Luft mehr bekam. Durch die Zeremonie sollten ihre Herden gesund bleiben.«
»Hier werfen sie Kräuter in die Flammen und treiben die Rinder zwischen zwei Feuern hindurch, die sie bei Sonnenuntergang anzünden«, antwortete Gaius, froh, sich durch Reden ablenken zu können. »Sie treiben die Herden jetzt auf die andere Seite dort drüben bei dem Erdhügel. Später bilden die Menschen eine breite Gasse bis zu den Feuern. Die jungen Männer müssen dann beweisen, daß sie ihre Rinder unter Kontrolle haben, wenn sie die Tiere zwischen den lodernden Flammen hindurchtreiben. Auf mich wirkt es eher wie eine Art Wettkampf und weniger wie ein Ritual.«
»Es ist wirklich komisch, daß die Menschen sofort bereit sind zu kämpfen, wenn es um Religion geht. Wo doch alles immer dasselbe ist«, sagte der Centurio, und Gaius dachte: *Er hört mir ebensowenig zu wie ich ihm.*
»Bei den Göttern, das Rindvieh stinkt, und dann die vielen Fliegen!«
Der Centurio rümpfte angewidert die Nase, denn er war beinahe in einen noch dampfenden Kuhfladen getreten.
»Also ich glaube, die Priester sind an allem schuld«, sagte er dann. Gaius wußte nun überhaupt nicht mehr, wovon der Mann sprach, und hing seinen Gedanken nach.
Ich muß den Kerl so schnell wie möglich loswerden!
»Die Leute wollen doch alle nur eine gute Ernte, gesunde Kinder und einigermaßen mit heiler Haut das Jahr überstehen. Ich sage immer, wenn nicht Unwetter, Krieg oder Krankheiten die Menschen plagen, dann die Priester. Hier sind es doch diese unheimlichen Druiden, die die Götter beschwören ...«

»Nicht nur«, erwiderte Gaius, »sie haben eine Priesterin, eine Art Vestalin, die ihre Göttin anruft und das Volk segnet.«
Er schloß kurz die Augen und sah die überirdische Gestalt der Hohenpriesterin wieder vor sich, die in Trance die Arme zum Mond hob.
»Gibt es auch Opfer?«
Sie kamen wegen der Rinderherde nur langsam vorwärts. Die Tiere wurde immer unruhiger bei dem Lärm und Gedränge und den ausgelassenen Menschen.
Gaius schüttelte den Kopf. »Nein, heutzutage nicht mehr. Die Druiden und die Priesterinnen opfern nichts – außer vielleicht Blumen.«
»Ich habe gehört, daß sie Menschen verbrennen«, sagte der Centurio.
»Das ist alles Unsinn!« Gaius erinnerte sich lächelnd, wie empört Eilan gewesen war, als er ihr diese Frage gestellt hatte.
Eilan . . . wo bist du?
»Bei allen Göttern, das habe ich befürchtet!« rief der Centurio, und Gaius blickte den Mann geistesabwesend an. »Wenn sie so weitermachen, werden die Rinder noch in Panik geraten . . .«
Vor ihnen hörte man Geschrei. Die Menge drängte sich um zwei Männer, die sich mit hochroten Köpfen stritten. Ein grobschlächtiger Hüne beschimpfte einen der Rinderhirten. Die Umstehenden lachten und feuerten die Streithähne an. Gaius drängte sich vor, denn dazu war er hier – er sollte hören, worüber die Leute redeten, oder sehen, wer aus welchen Grund Unruhe stiftete. Aber er wollte auch endlich den geschwätzigen Centurio loswerden.
Der Riese hob plötzlich einen Tonkrug und zerschlug ihn auf dem Kopf des anderen. Der Rinderhirte fiel wie ein Stein zu Boden. Daraufhin stürzten sich mehrere Männer wütend auf den Großen, und es kam zu einem Handgemenge. Die Rinder muhten unruhig, der allgemeine Lärm nahm zu. Gaius fühlte sich von allen Seiten eingeschlossen. Er konnte weder vor noch zurück. Spä-

ter wußte er nur noch, daß jemand einen Kübel Wasser auf die Streithähne gießen wollte. Aber er traf mit dem Wasser einen Stier. Der Stier warf brüllend den Kopf hoch und stieß dabei mit einem Horn das Tier neben ihm in die Seite. Die Herde geriet in Panik. Die Tiere an der Spitze setzten sich zunächst schwerfällig, aber dann immer schneller in Bewegung und trampelten alles nieder, was sich in den Weg stellte oder nicht schnell genug ausweichen konnte. Der Lärm war ohrenbetäubend; Frauen rissen ihre Kinder an sich, Männer kletterten flink auf die nächsten Bäume oder sprangen in den Graben. Gaius hatte plötzlich das Gefühl, allein auf dem Weg zu stehen. Eine Kuh mit blutigen Hörnern rannte dicht an Gaius vorbei. Jemand packte Gaius am Arm und rief: »Komm schnell! Du ... du mußt mir helfen. Mein Kind ist verletzt!«

Eine dunkelhaarige Frau deutete mit bleichem Gesicht auf ein kleines Mädchen, das nicht weit entfernt auf der Erde lag.

Das Mädchen war bewußtlos. Es hatte eine Platzwunde am Kopf. Die blonden Locken waren blutverschmiert. Gaius nahm die Kleine behutsam auf die Arme. Dann folgte er der aufgeregten Frau, die ihm schreiend und mit den Armen fuchtelnd einen Weg zum oberen Tor bahnte.

Die Rinder waren aus seinem Blickfeld verschwunden. Er hörte sie nur noch von weitem brüllen. Überall herrschte große Aufregung. Kinder weinten, Frauen schrien. Gaius folgte der Mutter, die ihn geradewegs zu einem Zelt am Rand des großen Platzes führte.

»Bei den Göttern, laßt uns vorbei!« rief die Frau atemlos den Wartenden vor dem Zelt zu, »mein Kind ... Laßt uns vorbei!«

Im Zelteingang erschien eine Frau in einem blauen Gewand. Die Mutter eilte zu ihr und deutete auf das Kind, das Gaius in den Armen hielt. Die Priesterin nickte, hob die Hand, und die Menschen wichen ehrerbietig zur Seite. Gaius stand der Schweiß auf der Stirn. Er ging unter den neugierigen Blicken und dem Gemurmel der Menschen zum Zelt.

Hoffentlich stirbt das Kind nicht in meinen Armen. Wenn sie feststellen, daß ich Römer bin, werden sie mich umbringen.
»Hier entlang«, hörte er die klare, ruhige Stimme der Priesterin.
Der starke Geruch von Kräutern stieg ihm in die Nase, als er durch den Zelteingang trat und die Klappe sich hinter ihm schloß.

Im ersten Augenblick konnte er in dem schwachen Licht kaum etwas erkennen. Er kniete nieder und legte das Kind auf eine Pritsche, die in der Mitte des Zeltes stand. Er starrte auf das weiße Laken der Pritsche und auf das totenbleiche Gesicht des Mädchens.
Das Kind ist bestimmt tot.
Als Gaius sich beklommen aufrichtete, hörte er hinter sich einen leisen Aufschrei. Sein Herz schlug plötzlich bis zum Hals. Er hielt den Atem an und drehte sich langsam um.
Eine Priesterin im dunkelblauen Gewand und eine junge, hell gekleidete Frau beugten sich bereits über das verletzte Mädchen, aber eine dritte stand wie erstarrt an der dunklen Zeltwand.
Kein Zweifel, es war Eilan, die ihn mit großen Augen anblickte.
Die Welt um ihn herum schien zu versinken.
Aber du bist doch tot ... du bist in den Flammen umgekommen!
Er sah Eilans klare graue Augen auf sich gerichtet und glaubte, ihren Atem auf seiner Haut zu spüren.
»Bist du es wirklich?« flüsterte Gaius und trat zu ihr. »Ich habe euer Haus gesehen, nachdem die Plünderer dort gewesen waren ... Hast du es wirklich überlebt?«
Eilan warf einen schnellen Blick auf die anderen Frauen im Zelt. Aber Gwenna war mit dem Mädchen beschäftigt, und Dieda mußte die aufgeregte Mutter beruhigen, die aus Angst um das Leben ihrer Tochter anfing, laut zu schluchzen.
»Ich war im Haus meiner älteren Schwester, die ihr Kind bekam«, erwiderte sie leise. »Aber Mutter und die kleine Senara ...« Ihre Stimme versagte. »Sie sind beide tot.« Eilan senkte den Kopf.

»Ich dachte, du wärst unter der Asche begraben«, stieß er heiser hervor. In dem hellen Gewand wirkte sie im dämmrigen Zelt so unwirklich wie ein Geist. Er streckte die Hand aus, um sie zu berühren. Er konnte immer noch nicht glauben, daß sie lebte, gesund war und so dicht vor ihm stand. Seine Finger streiften das kühle Leinen. Eilan zuckte zusammen und wich schnell zur Seite.

»Wir können hier nicht miteinander reden«, flüsterte sie erschrocken, »auch wenn du nicht als Offizier hier bist.«

»Eilan, wann kann ich dich wiedersehen?«

»Niemals. Das ist unmöglich«, erwiderte sie. »Ich bin eine Priesterin von Vernemeton und darf nicht ...«

»Du darfst nicht mit einem Mann sprechen?«

Sie ist eine Vestalin geworden! Die Frau, die ich liebe, ist mir so entrückt, als sei sie eine Vestalin.

Aber sie lebte! Er konnte sich nicht umdrehen und sie einfach wieder verlassen. Jetzt nicht mehr, denn alles in ihm sehnte sich nach ihr. Für ihn war nur das eine wichtig: Er liebte diese Frau und er würde sie immer lieben. Er fühlte sich ihr so nahe, als sei seit dem Beltane damals keine Zeit vergangen.

»Ganz so streng sind unsere Regeln nicht ...«, erwiderte Eilan und lächelte schwach. »Aber du bist Römer, und du weißt, wie mein Vater darüber denkt, daß ich ...«

»Ja, ich weiß es.« Er nickte und mußte auch an seinen Vater denken.

Weiß Macellius, daß Eilan nicht mit den anderen ums Leben gekommen ist? Hat er mich trauern lassen, obwohl kein Grund dazu bestand?

Eilan hatte natürlich recht. Er sollte auf der Stelle das Zelt verlassen, in der Menge draußen untertauchen und sie nie wiedersehen.

Mit der plötzlichen Freude, sie vor sich zu sehen, überkam ihn auch der Zorn auf alle, die ihn so unnötig hatten leiden lassen.

Er blickte in ihre grauen Augen und wußte, daß ihm auf dieser Welt nichts so teuer und kostbar war wie Eilan. In ihrer Nähe fühlte er sich lebendig und nicht wie ein gefühlloses Wesen, das Befehle erhielt und ausführte. Nein, er konnte und würde sie nicht wieder verlieren, mochten sein Vater und ihr Vater sagen, was sie wollten.

Eilan blickte sich unruhig um: »Dieda ist auch hier. Sie wird dich bestimmt erkennen. Und Gwenna ... Die ältere Priesterin wird ...«

»Ich kann mich an Dieda erinnern«, sagte er rauh. »Ich muß meinen Centurio wiederfinden! Aber bei den Göttern, ich bin so froh, daß du lebst«, fügte er glücklich hinzu, ohne sich von der Stelle zu bewegen.

Plötzlich hörten sie das kleine Mädchen weinen. Es war wieder bei Bewußtsein, und Gwenna beruhigte die Mutter: »Keine Angst, Frau, es besteht keine Gefahr mehr. Die Kleine hat eine Gehirnerschütterung. Die Platzwunde wird verheilen. Zum Glück hat er sie sehr vorsichtig getragen.« Die Frau blickte auf Gaius.

Eilan hob die Hand, wie um Gaius zu segnen. »Wir alle danken dir.« Ihre Stimme bebte kaum.

Gaius verneigte sich. »Ich muß jetzt gehen«, sagte er schnell, als die fremde Frau, noch immer mit Tränen in den Augen, zu ihm kam und ihm ebenfalls danken wollte.

Er eilte benommen an ihr vorbei zum Ausgang, und erst als er draußen stand und im hellen Licht die Augen zusammenkniff, fiel ihm ein, daß er sich nicht von Eilan verabschiedet hatte.

Warum habe ich sie nicht einmal gefragt, ob sie freiwillig Priesterin geworden ist? Hat man sie dazu gezwungen?

Aber die Zeltklappe hatte sich hinter ihm geschlossen, und er konnte ihr keine Fragen mehr stellen. Er blieb verwirrt neben dem Zelt stehen und hörte Dieda fragen: »Eilan, was hast du mit diesem Mann gesprochen? Er sah aus wie ein Römer!«

»Meinst du?« hörte er Eilans Stimme. »Er war aber nicht in der Uniform der Legionen ...«

Meine kleine Vestalin, sie ist nicht nur schön, sie ist auch klug ...

Seine Zärtlichkeit und Liebe waren übermächtig, aber er konnte nicht länger stehenbleiben. Die Leute starrten ihn bereits neugierig an.
Wo ist der Centurio? Ich muß ihn finden!
Gaius erinnerte sich wieder an seine Pflichten. Er konnte einfach nicht länger auf dem Fest bleiben. Er würde mit den Männern nach Deva zurückkehren und melden, daß nichts Erwähnenswertes vorgefallen sei. Am meisten jedoch beschäftigte ihn die Frage: Wie würde es ihm gelingen, Eilan wiederzusehen?
Er ahnte in diesem Augenblick nicht, daß er Eilan zwar wiedergefunden hatte, aber nur, um von neuem lange Zeit von ihr getrennt zu werden.

Im Zelt legte Eilan die Hände auf ihr klopfendes Herz. Es schien beinahe unmöglich, daß die anderen Frauen es nicht auch schlagen hörten. Erleichtert stellte sie jedoch fest, daß selbst Dieda Gaius nicht erkannt hatte.
»Was ist eigentlich da draußen geschehen?« fragte Gwenna und legte dem Mädchen einen Kopfverband an.
»Ein paar Männer haben sich gestritten, und eine Rinderherde ist bei dem Tumult in Panik geraten«, antwortete die Mutter. »Aber wie soll ich mich nur bei dem Mann bedanken?«
»Er ist gegangen, und was er getan hat, war selbstverständlich«, erwiderte Dieda. »Eilan hat ihn in deinem Namen gesegnet.«
Eilan dachte, daß wieder einmal ein glücklicher Umstand dafür gesorgt hatte, daß Gaius keine Uniform trug.
Wie er wohl als römischer Offizier aussieht? Sicher steht ihm die Uniform gut!
Unwillig schüttelte Eilan den Kopf. Sie ermahnte sich, nicht so an ihn zu denken, und vor allem nicht hier in Gegenwart der Priesterinnen. Dieser Teil ihres Lebens war endgültig vorüber.
Gwenna verabschiedete die Frau, nachdem sie ihr genaue Anweisungen für ihre kleine Tochter gegeben hatte.
Dann sagte sie: »Wenn eine Rinderherde ausgebrochen ist, kann

man die Tiere bestimmt nicht so schnell wieder einfangen.« Sie wusch sich nachdenklich die Hände. »Bestimmt werden wir bald noch mehr Verletzte haben und können den Rest des Tages Wunden verbinden!« Dann sagte sie zu Dieda: »Du kannst den nächsten hereinkommen lassen!« und zu Eilan: »Kleines, erkundige dich draußen, was mit der Herde geschehen ist, und danach, ob das Fest ungestört weitergeht.«
Eilan eilte auf den Platz hinaus. Sie hoffte, Gaius in der Menge zu entdecken. Von den ausgebrochenen Rindern war nichts zu sehen, aber überall standen die Leute zusammen und redeten aufgeregt über den Vorfall. Es hätte Tote gegeben, behaupteten einige, aber das Fest ging weiter, als sei nichts geschehen.
Eilan stieß auf eine Gruppe Verletzter und ging mit ihnen zum Zelt zurück. Gwenna sollte recht behalten. An diesem Tag mußten sie noch viele Wunden auswaschen und Verbände anlegen. Eilan half gewissenhaft, aber ihre Gedanken waren bei Gaius.

»Es hat also viele Verletzte und sogar Tote gegeben?« fragte Latis und blickte Eilan aufmerksam an. »Das war bestimmt nicht leicht für dich, soviel Blut zu sehen. Ich hätte dir ein schöneres Beltane für deinen ersten Ausflug gewünscht.«
Die alte Priesterin musterte sie so durchdringend, daß Eilan verlegen wurde.
»Bei der Göttin, du hast dich verändert, Kleines. Aber wie Gwenna sagt, könntest du eine sehr gute Heilerin werden.«
Eilan hob schnell den Kopf und fragte erwartungsvoll: »Hat die Priesterschaft das beschlossen?«
Latis schien ihre Frage zu überhören und murmelte nur: »Sie werden von Jahr zu Jahr jünger . . .«
»Wer wird jünger, Mutter?« fragte Miellyn neugierig.
»Die Mädchen, die sie zu Lhiannon schicken, um als Priesterinnen dem Orakel zu dienen.«
»Siehst du, ich habe dir ja gesagt, daß du zu ihnen kommen wirst!« rief Miellyn. »Glaubst du mir jetzt?«

»O, ich habe dir geglaubt«, erwiderte Eilan, »obwohl ich dachte, sie wollen eine ältere Frau und eine, die mehr Wissen und Können hat als ich.«

»Caillean würde sagen, sie wollen in Lhiannons Umgebung keine Frauen, die zu klug sind, aus Angst, sie stellen zu viele Fragen.«

Seit Miellyns Fehlgeburt klangen ihre Bemerkungen oft bitter. Man hörte sie auch nur noch selten so unbeschwert lachen wie früher. Eilan hatte beobachtet, daß zwar alle die Schwangerschaft übersahen, trotzdem schien der unförmige Leib wie ein Makel gewesen zu sein. Eilan verstand das nicht, aber auch sie wagte nie, darüber zu sprechen.

Miellyn fuhr erregt fort: »Wenn eine Priesterin anfängt, darüber nachzudenken, was sie tut, dann werden ihre Orakelsprüche vielleicht nicht immer den politischen Vorstellungen der Druiden entsprechen.«

»Miellyn, bist du still!« rief die alte Latis. »Du weißt, du sollst so etwas nicht sagen . . . nicht einmal denken!«

Aber Miellyn erwiderte: »Ich werde wie Caillean die Wahrheit sagen, und wenn die Priester etwas dagegen haben, werde ich sie fragen, mit welchem Recht sie von mir verlangen zu lügen.« Sie wandte sich an Eilan, aber sie senkte die Stimme, als sie sagte: »Eilan, paß gut auf dich auf! Sie wollen aus dir bestimmt auch nur ein brauchbares Werkzeug machen.«

»Es gibt Wahrheiten, die man niemals laut aussprechen sollte«, sagte Latis kopfschüttelnd.

»Ja«, meinte Miellyn, »das höre ich hier immer wieder. Aber es sind meist die Wahrheiten, die man mit lauter Stimme allen Menschen verkünden sollte.«

»Aus der Sicht der Götter ist das vielleicht sehr richtig«, erwiderte die Alte, »aber du weißt auch, wir befinden uns nicht in Gesellschaft von Göttern, sondern von Menschen.«

»Wenn die Wahrheit in einem Heiligtum der Göttin nicht ausgesprochen werden darf«, erwiderte Miellyn erregt, »wo in der Götter Namen kann man sie dann aussprechen?«

»Das wissen nur die Götter!« sagte Latis. »Ich lebe nun schon so lange bei meinen Kräutern. Und ich möchte dir raten, dasselbe zu tun. Die Pflanzen lügen nie.«
»Eilan hat diese Möglichkeit nicht«, sagte Miellyn. »Sie muß in der nächsten Zeit der Hohenpriesterin dienen.«
»Bleib dir selbst treu, mein Kind«, sagte die alte Latis und legte Eilan freundlich die Hand auf die Schulter. »Wenn dein Herz zu dir spricht, dann hast du einen Freund, der niemals lügt.«

Die alte Latis sollte recht behalten. Beim nächsten Neumond brachte man Eilan zu Lhiannon. Sie wurde als erstes in den zeremoniellen Regeln unterrichtet, die Lhiannons Begleiterinnen beachten mußten, wenn sich die Hohepriesterin in der Öffentlichkeit zeigte. Und das war immer dann, wenn Lhiannon ihr Haus in Vernemeton verließ.
Eilan lernte auch, Lhiannon zu den Zeremonien anzukleiden. Das war schwieriger, als es den Anschein hatte, denn nach dem Beginn eines Rituals durfte selbst die dienende Priesterin sie nur in ganz bestimmten Augenblicken berühren. Eilan teilte mit der Hohenpriesterin auch die langen rituellen Klausuren, mit der sich Lhiannon auf die Riten vorbereitete, und sie half ihr, die körperlichen Zusammenbrüche zu überstehen, die darauf folgten.
Eilan begriff sehr schnell, welch hohen Preis Lhiannon für die große Ehrerbietung zahlte, die ihr alle entgegenbrachten. Das Orakel der Göttin zu sein, IHRE Worte den Menschen zu übermitteln, war eine schwere Aufgabe.
Lhiannon mochte wie jeder andere Mensch hin und wieder eine Nachlässigkeit unterlaufen. Aber wenn die Hohepriesterin die rituellen Gewänder und den heiligen Schmuck des Orakels anlegte, überkam sie eine andere Kraft.
Eilan erkannte, daß Lhiannon für diese Aufgabe nicht wegen ihres starken Willens oder ihrer Weisheit ausgewählt worden war, sondern weil sie auf ihr eigenes Wesen verzichten konnte, wenn es von ihr als Werkzeug der Göttin verlangt wurde. Das war eine

Gabe, die Lhiannon mit der uneingeschränkten Hinwendung zu den geistigen Ebenen voll entfaltete und ihr ganzes Leben lang verfeinerte und vervollkommnete.
Wenn die Hohepriesterin mit der üblichen Kleidung ihre menschliche Identität abgelegt hatte, konnte sie sich so sehr öffnen, daß die Göttin sie als ihre Stimme benutzte. In solchen Augenblicken war sie in der Tat eine sehr große Priesterin und, wie Eilan fand, beinahe mehr als ein Mensch.
Aber als Dienerin einer so großen Kraft zahlte sie mit ihrem Körper und ihrem Bewußtsein einen sehr hohen Preis. Eilans Achtung vor ihr wuchs, als sie feststellte, daß Lhiannon ohne Zögern bereit war, ihn zu bezahlen. Und falls das Wandern zwischen den Welten sie über das erträgliche Maß hinaus erschöpfte, dann erfuhr es niemand, denn Lhiannon beklagte sich nie.
Als Eilan schließlich zum ersten Mal an der Seite der Hohenpriesterin Vernemeton und seinen heiligen Bezirk verließ, wurde ihr bewußt, wie die zurückliegenden Wochen sie verändert hatten.
Sogar das Haus der jungen Frauen schien ihr entrückt und nicht mehr vertraut. Als ihnen auf dem Weg zum Tor ein paar Novizinnen eilig den Weg freimachten, bemerkte Eilan es kaum. Erst sehr viel später erinnerte sie sich daran und begriff, daß die Frauen an ihr dieselbe überirdische Unnahbarkeit gesehen hatten, die Eilan stets mit Lhiannon in Verbindung brachte.
Es hatten Wettkämpfe stattgefunden, der Markt wurde abgehalten und man entzündete die großen Sonnenfeuer. Eilan empfand den Lärm als viel zu laut, die schweißbedeckten Körper der Männer abstoßend und derb. Sie konnte sich nicht mehr vorstellen, daß sie jemals den Wunsch gehabt hatte, sich einem Mann hinzugeben.
Der Sieger der Wettkämpfe wurde mit einer Blumengirlande geehrt und erhielt den Ehrenplatz beim Fest. Eilan erinnerte sich daran, was sie über die Mysterien gelernt hatte, und beobachtete die Zeremonie mit neuen Augen. Sie wußte, daß früher in Notzeiten oder bei bestimmten Stämmen alle sieben Jahre der neue Som-

merkönig an diesem Tag möglicherweise mitansah, wie sein Vorgänger verbrannt wurde. Das Wissen um den Opfergang verlieh dem König eine große, eine überirdische Macht, denn er war zum Vermittler zwischen Menschen und Göttern bestimmt. Die Römer hatten den rituellen Opfertod verboten, aber trotzdem besaß er noch etwas von der alten göttlichen Macht.

Das römische Reich hatte die Anführer der Stämme getötet oder romanisiert. Aber es gab noch immer junge Männer, die bereit waren, ihr Leben für das Volk zu opfern, wenn die Umstände es erfordern sollten. Deshalb gelang es den Römern nicht, die Wahl der Sommerkönige zu verhindern. Jahr für Jahr garantierten sie die Sicherheit der anderen und waren das Sinnbild der Göttlichkeit für alle, die sonst das Wesen der Götter und ihr Wirken auf der Erde nicht länger verstanden hätten.

Wenn eine Katastrophe das Land befiel und im kommenden Jahr ein Opfer erforderlich war, dann würde der junge Mann trotz der römischen Verbote freiwillig sterben. Als Anerkennung dafür besaß er als einziger das Recht, sich jede Frau zu wählen, die er haben wollte – auch eine der jungen Priesterinnen von Vernemeton, wenn sein Auge auf sie fiel.

Eilan dachte mit einem leichten Schauer an Miellyn und wich nicht von Lhiannons Seite. Sie sah, wie die Krieger brennende Äste und Zweige aus dem Feuer rissen und sie hoch in die Luft warfen, damit das Getreide wachsen und reifen sollte. Wein und Bier machte die Menschen immer ausgelassener und enthemmter. Aber Eilan hatte keine Angst, denn niemand würde ihr zu nahe treten, solange sie neben der Hohenpriesterin stand. Selbst der Sommerkönig war nie so verwegen gewesen, eine Priesterin des Orakels für sich zu beanspruchen.

Auch Caillean und Dieda gehörten zu Lhiannons Gefolge und Huw, dessen riesenhafte Gestalt jeden abschreckte.

Und als dann die Hohepriesterin die Göttin beschwor, zu den Menschen zu sprechen, als die Stimme aus anderen Welten den Segen der guten Kräfte verhieß, die Frieden schenkten und eine reiche Ernte, da wußte Eilan mit innerer Sicherheit, daß auch sie zu dieser Aufgabe bestimmt war – wie groß das Opfer auch sein würde, das damit von ihr verlangt wurde.

Der Sommer ging vorbei, und Eilan fühlte sich in Vernemeton inzwischen so gut wie zu Hause. Als sie der Hohenpriesterin regelmäßig bei den Zeremonien diente, wich jedoch nach und nach alle Begeisterung, die sie anfangs empfunden hatte. In den langen Stunden des Zweifels dachte sie immer öfter an Gaius und sehnte sich nach seiner Liebe und seiner Zärtlichkeit. Manchmal war sie in ihren Träumen an seiner Seite und lebte das Leben, das ihr versagt war. Die Tage danach wurden um so schwieriger, aber sie kam gewissenhaft allen Pflichten nach, denn sie wußte, ihre Wünsche und Sehnsüchte spielten keine Rolle, wenn der Rat der Druiden sie zur Nachfolgerin Lhiannons wählen würde. Mit diesem Wissen wuchs auch ihre Kritik.

Ihr entging zum Beispiel nicht, daß Ardanos vor jedem Ritual bei Lhiannon erschien. Angeblich wollte er ihr bei den Vorbereitungen helfen – so hieß es offiziell. Aber einmal war die Tür zu Lhiannons Raum nicht richtig geschlossen. Eilan sah die Hohepriesterin bereits in Trance in ihrem Sitz, während Ardanos ihr mit großem Nachdruck etwas ins Ohr flüsterte.

Als dann in der Nacht das Ritual stattfand, beobachtete Eilan die Hohepriesterin mit besonderer Aufmerksamkeit. Lhiannon kämpfte lange in ihrer Trance, sie wand sich und murmelte unverständliche Worte. Dann gab sie ein paar klare Antworten, aber es hatte den Anschein eines zähen Ringens wie bei einem Pferd, das sich gegen den zu straffen Zügel wehrt. Etwas in der Priesterin schien gegen die Kraft zu kämpfen, die durch sie hindurchfloß.

Man hat sie gefesselt!

Eilan begriff plötzlich mit Entsetzen, was der höchste Druide getan hatte, als sie später an Lhiannons Bett saß.

Die Priesterschaft, an ihrer Spitze Ardanos, fesselt sie mit Zaubersprü-

chen, damit sie nur das aussprechen kann, was dem Willen der Priester entspricht!

Vielleicht kam es deshalb manchmal vor, daß die Göttin trotz des Rituals nicht erschien und Lhiannon aus ihrem eigenen Wissen heraus antwortete oder gehorsam die Worte des höchsten Druiden wiederholte. Wenn das geschah, so stellte Eilan fest, war die Zeremonie sehr aufreibend und ohne den Höhepunkt der echten Ekstase. Erschöpfung und stechende Kopfschmerzen stellten sich schon während des Rituals auch bei Eilan ein.

Aber selbst wenn sich Lhiannon in einer echten Trance befand, konnte das Orakel nur die Fragen beantworten, die man stellte. Eilan kam allmählich der Verdacht, daß die Druiden auch genau kontrollierten, wer das Orakel überhaupt befragen durfte.

Manchmal übermittelte Lhiannon auch echte Orakelsprüche, aber Eilan stellte fest, daß es sich dabei immer um Dinge mit geringer Tragweite handelte. Und wenn die Antworten von der Göttin kamen, so hatten sie kaum Auswirkungen für jene, die fragten, und jene, die sie hörten.

Als Eilan das böse Spiel durchschaut hatte, wollte sie sich beschweren. Aber bei wem? Bestimmt nicht bei Ardanos oder der Priesterschaft. Die Priesterinnen, die sie besser kannte, hatten bereits einiges von dem angedeutet, was sie nun in aller Klarheit begriffen hatte.

Aber in Vernemeton galt für alle die unumstößliche Regel: Wir dienen der Göttin, und Lhiannon ist IHRE Stimme. Die Hohepriesterin weiß alles, und sie muß entscheiden, was geschieht. Wir beugen uns ihrem Willen!

Zu diesem Grundsatz hatte sich auch Caillean immer bekannt und ihn mit aller Entschlossenheit vertreten. Selbst Dieda wich davon nicht ab, auch wenn ihre Äußerungen manchmal sehr kritisch und fast rebellisch klangen.

Natürlich mußte Lhiannon wissen, was man ihr antat. Sie hatte sich unter den Einfluß der Priesterschaft begeben, als sie das Amt der Hohenpriesterin übernahm. Wenn sie von den Druiden zu einem Sprachrohr gemacht wurde, dann geschah es mit Lhiannons Zustimmung. Es war ihr Wille.

Soweit war Eilan in ihren Einsichten gekommen, als Lhiannon sie eines Morgens zu sich rief. Sie hatte einen Besucher. Der Mann erinnerte Eilan irgendwie an Cynric. Bei ihm war ein etwa acht- oder zehnjährigs Mädchen mit hellroten Haaren, in denen das Gold der Sonne zu leuchten schien. Eilan lächelte das Mädchen an, das sofort verlegen zu Boden blickte.

Lhiannon sagte: »Das ist Hadron. Er gehört zur Bruderschaft der Raben, und man ist auf ihn aufmerksam geworden. Deshalb ... ach, Hadron, erzähl deine Geschichte selbst.«

»Da ist wenig zu sagen«, erwiderte der Mann. »Meine Frau ist vor kurzem gestorben. Nach ihrem Tod hat man entdeckt, daß ich zu den Raben gehöre, und man hat mir den Prozeß gemacht. Ich habe einen Ziehbruder, der bei den Hilfstruppen dient. Er hat sich für mich eingesetzt, sonst hätte man mich in die Bleiminen geschickt. Dank seiner Bitten hat man mich begnadigt. Ich darf mich allerdings zehn Jahre lang nicht mehr auf römischem Gebiet sehen lassen. Deshalb muß ich in den Norden gehen ... Ich kann unmöglich ein kleines Mädchen mitnehmen.«

»Aber wo liegt das Problem?« fragte Eilan. Sie wußte, Lhiannon besaß die Macht, die Kleine in Vernemeton aufzunehmen, ohne jemanden zu fragen. Da sie es nicht getan hatte, mußte es Schwierigkeiten geben.

»Sie scheint mir noch nicht reif genug, um bei uns zu sein«, erklärte Lhiannon nachdenklich.

»Ich würde gerne für sie sorgen«, erwiderte Eilan, »bis man sie anderen Zieheltern übergeben kann. Hat Hadron denn keine Frau in seiner Verwandtschaft, die bereit wäre, sie aufzunehmen?«

»Das ist das Problem«, sagte der Mann. »Meine Frau war Römerin, und ich weiß kaum etwas über ihre Verwandten.«

»Das Kind ist also mütterlicherseits römischer Abstammung. Kannst du deine Tochter nicht der Familie deiner Frau übergeben?« fragte Lhiannon.

»Meine Frau hat mit ihrer Familie gebrochen, um mich zu heiraten. Vor ihrem Tod mußte ich ihr schwören, daß ich dafür Sorge trage, daß unsere Tochter nicht in die Hände der Römer fällt. Deshalb wollte ich sie in die Obhut der Priesterinnen geben ...«

Lhiannon sagte: »Wir sind kein Waisenhaus. Aber für einen Mann aus der Bruderschaft der Raben machen wir vielleicht eine Ausnahme ...«

Eilan sah das Mädchen an und mußte an ihre kleine Schwester denken. Sie trauerte noch immer um Senara und hatte sich schon auf Miellyns Kind gefreut.

»Ich würde gerne für sie sorgen, Lhiannon.«

»Deshalb habe ich dich rufen lassen ... Du hast noch nicht so viele Aufgaben bei uns«, erwiderte Lhiannon. »Aber das ist mehr, als wir normalerweise von einer jungen Priesterin verlangen.« Sie schwieg und dachte nach. Dann sagte sie: »Also gut, wenn es dein Wunsch ist, werde ich das Mädchen in deine Obhut geben.« Sie sah Hadron an und fragte: »Wie heißt deine Tochter?«

»Meine Frau hat sie Valeria genannt, Herrin.«

Lhiannon runzelte die Stirn. »Das ist ein römischer Name. So können wir sie hier nicht nennen.«

»Meine Frau hatte meinetwegen alle Verbindungen zu den Römern abgebrochen«, sagte Hadron. »Ich wollte ihr deshalb nicht verbieten, dem Kind einen Namen ihrer Wahl zu geben.«

»Trotzdem müssen wir einen neuen Namen für sie finden, wenn sie in Vernemeton bleiben soll«, erklärte Lhiannon. »Eilan, weißt du einen Namen für sie?«

Eilan blickte auf das Kind, das sie mit ängstlichen Blicken ansah. Das Mädchen hatte alles verloren. Sollte es jetzt auch noch mit dem Vater seinen Namen aufgeben?

Eilan lächelte freundlich und sagte dann: »Mit deiner Erlaubnis, Lhiannon, werde ich sie Senara nennen. Sie ist etwa so alt wie meine kleine Schwester war, als sie mit meiner Mutter ums Leben kam.«

»Ich glaube, das ist ein guter Name«, sagte Lhiannon. »So, dann sorge dafür, daß das Kind einen Platz zum Schlafen bekommt und die angemessenen Kleider. Wenn sie alt genug ist, kann sie die Gelübde ablegen, wenn sie das will.«

Als Hadron sich verabschiedet hatte und gegangen war, sagte Lhiannon zu Eilan: »Es tut mir wirklich leid, dir diese Aufgabe geben zu müssen. Aber ich habe auch einmal ein so kleines Mädchen zu mir genommen.« Sie lächelte sanft. »Und Caillean ist für mich noch immer wie eine Tochter.« Ernst fügte sie hinzu: »Nicht alle Kinder sind für das Leben einer Priesterin bestimmt . . .«

»Wenn du wirklich Zweifel hast, ob es richtig ist, sie hierzubehalten«, sagte Eilan, »dann sollten wir vielleicht jemanden bei den Römern suchen. Trotz allem, was Hadron berichtet hat, kann es doch sein, daß die Familie der Mutter das Kind aufnehmen möchte . . .« Lhiannon nickte, und Eilan sagte: »Vielleicht sollten wir wenigstens Nachforschungen anstellen . . .«

Gaius! Vielleicht kann uns Gaius dabei helfen . . .

»Vielleicht . . .«, sagte Lhiannon, aber sie schien sich in Gedanken bereits mit etwas anderem zu beschäftigen. »Kümmere dich darum, Eilan . . .«

Die kleine Hand schob sich vertrauensvoll in ihre, und etwas in Eilan, das sie seit dem Tod der Schwester bekümmerte und auf ihrer Seele gelastet hatte, begann sich zu lösen. Während sie durch den Innenhof gingen, fragte Eilan das Mädchen: »Bist du traurig, wenn wir dich Senara nennen?«

»O nein«, erwiderte das Mädchen, »wenn deine Schwester auch so hieß. Ist sie wirklich tot?«

»Tot oder über das Meer verschleppt worden«, erwiderte Eilan. »Leider weiß ich es nicht genau.«

Sie hatte schon oft daran gedacht, durch einen Blick in die Wasserschale eine Antwort auf diese Frage zu finden, aber sie beherzigte die Mahnung ihrer Lehrerinnen, den Gang zwischen den Welten nicht aus Neugier anzutreten, sondern nur dann, wenn sie es vor der Göttin und ihrem Gewissen verantworten konnte.

Eilan sah das Mädchen an und suchte nach einem Hinweis auf die römische Abstammung. Und wieder mußte sie an Gaius denken. Sie wollte das Mädchen nicht wegschicken, aber es wäre bestimmt richtiger, jetzt und nicht erst viele Jahre später herauszufinden, ob die Kleine noch Verwandte unter den Römern hatte.
Nachdem dieser Gedanke erst einmal in ihrem Bewußtsein war, ließ er sich nicht mehr verdrängen. Sie dachte ohnedies oft an Gaius, seit sie ihm zum zweiten Mal begegnet war. Jetzt schien sich endlich ein Grund zu bieten, Verbindung mit ihm aufzunehmen. Er war der Sohn des Präfekten. Mit seinen Beziehungen würde Gaius bestimmt etwas über die Verwandten des Mädchens herausfinden können. Bevor aus Valeria endgültig Senara wurde, mußte sie zumindest einen ensthaften Versuch unternehmen.
Während Eilan sich um die Unterbringung ihres Schützlings bemühte und aus dem Gewand einer Novizin ein Kleid zuschnitt und nähte, dachte sie an Gaius.
Wo mochte er sein? Hatte er sie vergessen? Welche Zauberkraft besaß er, daß sie ihn nicht aus ihrem Herzen verbannen konnte? Sie seufzte und erinnerte sich lächelnd an seine kraftvolle Stimme, an das vertraute Gesicht, an seine Gestalt. Sie hörte immer noch, wie er ihren Namen mit einem leichten Akzent aussprach, und erinnerte sich allzu gut an den sehnsüchtigen Kuß in jener verzauberten Nacht an Beltane.
Eigentlich habe ich damals nicht richtig verstanden, was er von mir wollte. Ich war noch viel zu jung. Jetzt bin ich älter und begreife es besser. Worauf habe ich verzichtet? Für den Rest meines Lebens werde ich ungeliebt bleiben, bis ich schießlich so alt und einsam bin wie Lhiannon . . .
Mit wem konnte sie über ihren Kummer sprechen? Wer würde ihr einen Rat geben? Dieda hätte sie verstehen sollen, denn auch sie hatte ihren Geliebten verloren. Aber sie war hart und bitter geworden. Dieda sah keinen Ausweg und fügte sich mit eiserner Disziplin in das Unvermeidliche, und sie hatte Eilan prophezeit, daß auch sie es eines Tages bereuen würde, von dem Leben draußen in der Welt abgeschnitten zu sein. Nein, von Dieda konnte sie

kein Mitgefühl erwarten. Caillean hatte nie geliebt. Für sie war die Liebe zu einem Mann etwas für Menschen auf einer anderen, niederen Bewußtseinsebene. Sie würde Eilan energisch zur Besinnung rufen und sie an ihre Aufgabe in Vernemeton erinnern.

Und wenn Caillean sie nicht verstand, wer sonst konnte es?

Es gab niemanden, mit dem sie über ihr großes Bedürfnis sprechen konnte, Gaius wenigstens noch einmal zu sehen.

Ich möchte mich doch nur richtig von ihm verabschieden.

Mit schlechtem Gewissen gestand sie sich das heftige Verlangen ein, ihn wiederzusehen, auch wenn es dann das letzte Mal sein würde.

Das schlechte Gewissen war mehr als berechtigt. Alle Priesterinnen würden ihr vorwerfen, sie sehne sich nach einem Mann, Gaius sei für sie ein verwerfliches Liebesabenteuer. Damit würde sie Vernemeton und der Göttin Schande machen, auch wenn sie die letzten Gelübde noch nicht abgelegt hatte. Deshalb hatte Eilan niemandem von der zufälligen Begegnung auf dem Fest erzählt. Sie hatte gehofft und geglaubt, sie werde Gaius vergessen können. Sie war froh gewesen, als man sie für den Dienst bei Lhiannon auswählte. Mit großer Entschlossenheit hatte sie sich auf den langen Weg gemacht, eine würdige Priesterin des Orakels zu werden, vielleicht sogar einmal die Hohepriesterin. Aber all das hatte ihr nicht geholfen. Vielleicht trugen die ernüchternden Beobachtungen und Erkenntnisse jetzt dazu bei, daß Eilan innerlich wieder zweifelte. Und je größer die Unsicherheit wurde, desto mehr sehnte sie sich nach Gaius.

Wenn sie ihn noch einmal sehen wollte, dann mußte sie eine Möglichkeit finden, die nicht den geringsten Verdacht erregte.

Als Eilan am nächsten Morgen Senara Brot und Käse schnitt, fragte sie das Mädchen: »Was weißt du eigentlich von deinen Verwandten in der römischen Stadt?«

»Sie leben nicht in der Stadt, Eilan. Ich glaube, der Bruder meiner Mutter ist ein römischer Beamter. Er kann lesen und schreiben ... Ich glaube, er ist ein Sekretär.«

»Ach ja?«
Eilan stockte der Atem. Das Glück schien ihr zuzulächeln. Der Mann, von dem Senara sprach, war vielleicht sogar der Sekretär des Präfekten, und der Präfekt war der Vater von Gaius!
Aber will mich Gaius wirklich wiedersehen?
Damals war er fast zornig geworden, als sie ihn aufgefordert hatte, das Zelt zu verlassen.
Meine Liebe kann keine Einbildung sein, beruhigte sie sich. Bestimmt sehnte er sich nach ihr wie sie sich nach ihm.
Vielleicht suchte auch Gaius verzweifelt nach einer Möglichkeit, in Verbindung mit ihr zu treten. Es war sicher nur eine Frage der Zeit, bis es ihm gelang.
Ich muß Geduld haben, und wenn es ihm gelingt, dann bin ich bereit. Dann werde ich wissen, was ich tun muß.
Eilan überlegte, ob sie Senara ins Vertrauen ziehen sollte. Aber das durfte sie nicht tun. Wenn man sie als Priesterin von Vernemeton in der Gesellschaft eines Römers entdecken würde, dann hätte das schwerwiegende Folgen – mochten ihre Motive auch noch so harmlos sein.
Doch waren sie das wirklich?

12. KAPITEL

Nach der Begegnung auf dem Fest hatte Gaius nichts dagegen einzuwenden, als sein Vater das Versprechen wahrmachte und ihn als seine rechte Hand in Deva behielt. Macellius war zufrieden, er sah sich der Erfüllung seiner Ziele wieder einen Schritt näher. Er ahnte natürlich nichts von den Absichten seines Sohnes, der Tag für Tag nichts anderes im Sinn hatte, als einen Weg zu finden, Eilan wiederzusehen.

Aber die Erfahrungen hatten ihn gelehrt, daß auch er klug sein und auf den richtigen Zeitpunkt warten mußte. Deshalb fügte sich Gaius in den langweiligen Dienst in der Präfektur, aber er tat es nun mit anderen Augen. Er verschaffte sich Einblick in das politische und militärische Tagesgeschehen und hörte sich aufmerksam an, was in der Provinz geschah. Er beschäftigte sich mit den Druiden, wann immer er etwas über sie in Erfahrung bringen konnte. Er erkundigte sich auch vorsichtig nach Vernemeton und dem Leben der Priesterinnen. Das alles half ihm, geduldig an der Seite seines Vaters auszuharren und sich gewissenhaft mit den wenig erfreulichen Dingen im Alltags eines Lagerpräfekten auseinanderzusetzen.

Während Eilan mit Senara spielte und darüber nachgrübelte, wie sie Gaius wiedersehen konnte, geschah am selben Vormittag in Deva etwas, das Gaius neue Hoffnung schöpfen ließ.

Valerius, der Sekretär seines Vaters, erschien niedergeschlagen und sichtlich erschüttert zum Dienst. Als sich Gaius erkundigte, was geschehen sei, erwiderte Valerius: »Ich habe gerade erfahren, daß meine Schwester gestorben ist.«

»Das ist traurig«, erwiderte Gaius höflich. Er mochte den eigenwilligen Sekretär, und während sie über den Exerzierplatz zur Präfektur gingen, fragte er teilnahmsvoll: »Wie ist es denn geschehen?«

Valerius seufzte. »Das ist eine lange Geschichte. Ich habe meine Schwester aus den Augen verloren, als sie geheiratet hat. Um ehrlich zu sein, ich habe sie seit vielen Jahren nicht mehr gesehen, und jetzt ist es zu spät.«

»Ist sie mit ihrem Mann weit weggezogen?«

Valerius lachte gequält. »Nein, sie war in Deva, aber sie hat einen Mann der Stämme geheiratet, und mein Vater hat sie aus der Familie ausgetoßen.«

Gaius nickte. Für einen Römer war es schlimm, eine einheimische Frau zu heiraten, auch wenn sie aus einer der angesehensten Familien kam. Wie oft hatte ihm sein Vater das gepredigt! Aber die römische Gesellschaft war in dieser Hinsicht unerbittlich und zeigte erst recht kein Erbarmen mit einer Tochter, die sich ihren Eltern widersetzte und einen Britonen so sehr liebte, daß sie mit ihm davonlief.

»Eine alte Frau ... sie war die Amme meiner Schwester und auch meine ... hat mir die Nachricht zukommen lassen«, fuhr Valerius fort. »Ihren Mann habe ich nur ein- oder zweimal gesehen. Er heißt Hadron, und zu allem Unglück gehört er auch noch zu den Raben und wurde geächtet. Es ist schrecklich. Sie hat eine kleine Tochter, und ich weiß nicht, was aus dem Kind werden soll.«

»Ich kenne jemanden, der vielleicht ...«, sagte Gaius langsam und dachte an Cynric. Inzwischen hatte Gaius sehr viel mehr Verständnis für den jungen Riesen als damals. Und er wunderte sich nicht darüber, daß ein Mann wie er einer geheimen Bruderschaft angehörte. An seiner Stelle hätte Gaius vermutlich ebenso empfunden.

»Wie auch immer«, sagte Valerius, »ich muß das Kind meiner Schwester finden. Hadron hat einen Ziehbruder bei den Hilfstruppen. Von ihm weiß ich, daß der Mann meiner Schwester niemanden hat, dem er das Kind anvertrauen kann. Das heißt, ich

bin der einzige Verwandte des Mädchens. Aber kannst du dir vorstellen, daß ich plötzlich der Vater eines achtjährigen Kindes bin?«
Valerius lachte wieder, aber es klang eher wie unterdrücktes Seufzen.
»Zuerst mußt du sie finden ...«, erinnerte ihn Gaius. Cynric würde vermutlich wissen, wohin Hadron mit dem Kind gegangen war. Und wenn er einen triftigen Grund hatte, mit Cynric zu sprechen, dann würde Cynric ihm vielleicht auch helfen, Eilan wiederzusehen. Schließlich hatte er seine Dieda auch an die Göttin verloren. Cynric mußte aus eigener Erfahrung wissen, was es hieß, auf die geliebte Frau verzichten zu müssen.
»Meinst du, du kannst mir dabei helfen?« fragte Valerius und ging langsamer, denn sie hatten inzwischen die Präfektur erreicht, und der Sekretär wußte sehr wohl, daß Macellius keinen Kontakt seines Sohnes mit dem Volk seiner Mutter wünschte.
»Wir werden sehen ...«, erwiderte Gaius vorsichtig. »Ich kenne jemanden, der sich vielleicht nach dem Kind erkundigen kann ...«
Gaius hatte gehört, daß Cynric an der Seite der Legionäre gekämpft hatte, um die Männer zu bestrafen, die Bendeigids Haus in Brand gesteckt hatten. Damals hatte Gaius über das seltsame Bündnis sehr gestaunt, aber Rache war oft stärker als ein Grundsatz. Dann war ihm zu Ohren gekommen, daß Cynric bei den Hilfstruppen als Übersetzer und Kundschafter Dienst tat; und er hatte sich gefragt, ob Cynric noch zu den Raben gehörte.
Wenn Gaius versuchen sollte, über die militärischen Wege Verbindung zu Cynric aufzunehmen, dann würde sein Vater es sofort erfahren. Aber der junge Britone mußte ihm früher oder später über den Weg laufen, wenn Gaius etwas öfter in die Wein- und Bierstuben ging, wo sich alles traf, um die Zeit zu vertreiben.
»Mögen die Götter dich segnen!«
Valerius schien erleichtert zu sein. In diesem Augenblick öffnete

sich die Tür zum Büro seines Vaters, und beide salutierten vor dem Präfekten.

Nur wenige Tage später ging Gaius über den Markt von Deva, als er den blonden Riesen entdeckte, der alle in seiner Nähe um Kopf und Schultern überragte. Die Haare schienen etwas dunkler geworden zu sein, und um das Kinn zeigte sich ein Bart. Gaius hob die Hand und winkte, aber Cynric runzelte nur die Stirn. Er schien den jungen Offizier nicht zu erkennen und wollte mit einem Schulterzucken weitergehen, aber Gaius bahnte sich fluchend einen Weg durch das Gedränge und rief: »Warte doch! ... Kennst du mich nicht mehr?«

Als er schließlich etwas außer Atem vor ihm stand, musterte ihn Cynric mit seinen blauen Augen mißtrauisch.

Er kann mir keine Vorwürfe mehr machen, nachdem er selbst im Dienst Roms steht!

»Ich schulde dir immer noch einen Krug Wein dafür, daß du mir das Leben gerettet hast«, sagte Gaius lächelnd. »Dort drüben ist eine Taverne. Darf ich dich einladen?«

Gaius war erleichtert, als Cynrics Stirn sich glättete und er lachend sagte: »Jetzt erinnere ich mich an dich.« Er verzog den Mund und fügte spöttisch hinzu: »Aber bestimmt heißt du nicht mehr Gawen. Wie nennst du dich jetzt als Tribun?«

»Nun ja«, antwortete Gaius, »meine Mutter hat mich Gawen genannt. Ich habe euch soweit die Wahrheit gesagt, wie ich es damals wagen konnte. Aber hier in Deva trage ich den Namen meines Vaters und bin Gaius Macellius Severus. So, nun kennst du meine Namen und meine Familie. Da meine Mutter zu dem Volk der Silurer gehörte, habe ich noch den Beinamen Siluricus.«

»Hätte ich das damals gewußt, dann hätte ich dich in der Fallgrube sitzen lassen«, sagte Cynric. »Aber inzwischen ist viel geschehen. Ich nehme die Einladung an, Römer, oder was du auch sein magst ...«

In dem dämmrigen und lauten Wirtshaus begann Gaius: »Ich war sehr betroffen, als ich hörte, daß euer Haus überfallen und in Schutt und Asche gelegt worden war. Ich hätte nicht mehr trauern können, wenn meine eigene Familie umgekommen wäre. Und ich war froh, daß dein Vater und du diese feigen Banditen besiegt habt. Aber der Tod deiner Mutter hat mich sehr erschüttert.«

»Sie war nicht meine Mutter, sondern meine Ziehmutter«, bemerkte Cynric. »Aber um ihretwillen danke ich dir. Wir im Norden haben ein Sprichwort: Blut bindet drei Generationen, aber an die Zieheltern ist man sieben Generationen gebunden. Ja, die Frau meines Ziehvaters war zu mir so gut, als sei ich ihr leiblicher Sohn gewesen.«

»Sie war wirklich eine gütige und großherzige Frau«, sagte Gaius.

Cynric wäre jetzt mein Bruder, wenn ich Eilan hätte heiraten können. Und ich würde ihn als Bruder schätzen.

Doch durch eine Laune des Schicksals standen er und Cynric in verschiedenen Lagern und waren Gegner. Wenigstens konnte Gaius diesmal mit Cynric über Greueltaten sprechen, die nicht von Römern begangen worden waren.

»Ich habe die verkohlten Überreste eures Hauses mit eigenen Augen gesehen. Leider konnte ich nicht an der Strafexpedition teilnehmen, denn ich wurde dem Stab des Statthalters in Alba zugeteilt. Aber du kannst mir glauben, ich habe bei den Kämpfen gegen die Caledonier auf meine Weise Rache geübt.«

Cynric nickte und trank langsam einen Schluck Wein. »Damals an Beltane, als du unser Gast warst, sind wir zum letzten Mal alle zusammen auf einem Fest gewesen. Die Familie ist jetzt auseinandergerissen.«

»Ich war in diesem Jahr an Beltane wieder in Vernemeton«, sagte Gaius vorsichtig, »und ich habe dort beim Fest Dieda gesehen und auch Eilan. Ich war froh, daß sie noch am Leben sind. Wirst du Dieda heiraten?«

»Sie sind beide Priesterinnen in Vernemeton«, erwiderte Cynric ausweichend.
Gaius brach das entstandene Schweigen, indem er schließlich sagte: »Ich habe einen Freund in der Präfektur . . .«, und Cynric lachte laut.
»Das überrascht mich nicht . . .«
Gaius schüttelte den Kopf und fuhr fort: »Seine Schwester hat einen Britonen geheiratet und ist von ihrer Familie verstoßen worden. Sie ist vor kurzem gestorben und hat eine kleine Tochter zurückgelassen. Ihr Mann ist geächtet und auf der Flucht. Mein Freund möchte sich um das kleine Mädchen kümmern, aber er weiß nicht, wo er es finden kann.«
»Auf der Flucht . . .«, wiederholte Cynric nachdenklich. »Warum fragst du mich?«
»Weil es heißt, daß er einer von denen ist, die um Mitternacht fliegen . . .«
»Viele Vögel fliegen in der Nacht . . . Wie heißt der Mann?«
»Hadron«, antwortete Gaius, »und seine Frau hieß Valeria.«
»Ich weiß wenig über Vögel«, sagte Cynric, »aber ich kann mich erkundigen.«
»Glaubst du, der Mann hat das Kind nach Vernemeton gebracht? Würden Dieda oder Eilan das wissen?«
»Ich könnte sie fragen . . .«, sagte Cynric.
Viel lieber würde ich Eilan selbst danach fragen!
Aber das wagte Gaius nicht zu sagen. Außerdem quälte ihn der Gedanke, daß Eilan in Vernemeton möglicherweise glücklich und zufrieden war. Sollte er dann wirklich ihren Frieden stören und sie mit seiner Liebe, seiner Sehnsucht bestürmen? Er hatte sein Versprechen erfüllt, das er Valerius gegeben hatte. Sollte er jetzt das Gespräch beenden und Cynric gehen lassen?
Gaius stellte plötzlich fest, daß sie beide schon sehr lange schwiegen, aber Cynric füllte noch einmal die Becher.
»Du wolltest mit mir nicht nur über ein Waisenkind reden«, sagte der Britone. »Was hast du wirklich auf dem Herzen?«

»Ich muß Eilan wiedersehen!« platzte Gaius mit der Wahrheit heraus. »Ich schwöre dir, ich will ihr nicht schaden ... Ich will mich nur vergewissern, daß sie dort glücklich ist ...«
Cynric sah ihn verblüfft an, dann warf er den Kopf zurück und lachte so laut, daß alle im Raum sich nach ihm umdrehten.
»Du liebst sie!« Er lachte wieder. »Ich hätte es gleich wissen müssen. Geht es mir nicht genauso? Auch Dieda ist hinter diesen Palisaden verschwunden!«
»Aber sie gehört zu deiner Familie«, sagte Gaius ernst. »Du darfst bestimmt mit ihr sprechen. Kannst du nicht etwas unternehmen, damit ich Eilan sehen darf?«
»Warum nicht?« Cynric grinste. »Ich sehe es ohnehin nicht ein, daß die Priesterinnen dort wie Gefangene gehalten werden. So etwas können sich nur die Römer ausdenken!«
Er stützte den Kopf in beide Hände und brummte: »Seit Dieda in Vernemeton ist, will sie mich weder sehen noch mit mir reden. Aber Eilan ist ein freier Mensch. Ich werde sehen, was ich für dich tun kann.« Er leerte den Becher. »Sei heute in drei Tagen am Waldrand vor dem unteren Tor von Vernemeton. Dort ist nicht weit vom Weg entfernt eine kleine Lichtung. Aber du mußt spätestens eine Stunde nach Mittag da sein.«

Als Eilan in der ungewöhnlich strahlenden Sonne des frühen Sommers am Waldrand wartete, stellte sie zu ihrer Überraschung fest, daß sie zitterte.
Da Cynric ein Treffen mit Gaius vorgeschlagen hatte, glaubte sie zuerst, ihre stummen Gebete seien erhört worden. Aber bald stellte sie fest, daß nichts gefährlicher ist als ein erhörtes Gebet. Je mehr sie darüber nachdachte, desto mehr erkannte sie, daß kaum eine Möglichkeit bestand, die Begegnung geheimzuhalten. Und wenn man sie entdeckte, würde ihr niemand glauben, wie harmlos auch alles gewesen sein mochte.
Schließlich ging Eilan zu Caillean und fragte sie um Rat.
»Jetzt kannst du nichts mehr tun, denn du hast eingewilligt, ihn

zu sehen. Also mußt du dich an die Verabredung halten«, erwiderte Caillean. »Aber ich werde jeden Augenblick in Hörweite sein. Wenn man mich später fragt, kann ich schwören, daß ihr beide kein einziges Wort gesagt habt, das nicht auch in Gegenwart der Eltern hätte ausgesprochen werden können. Bist du damit einverstanden?«

Eilan nickte stumm und wollte gehen. Eigentlich war sie sogar etwas erleichtert. Wenn sie in Anwesenheit der älteren Priesterin mit Gaius reden mußte, dann bestand nicht die Gefahr, daß er von ihr etwas ... Gefährliches ... verlangen würde.

»Warte«, rief ihr Caillean nach. »Warum bist du damit zu mir gekommen? Du konntest doch nicht glauben, daß ich diese Sache billige!«

»Ich will nichts tun, was gegen die Regeln verstößt.« Eilan sah Caillean in die Augen. »Aber ich weiß, wie böse Zungen eine Geschichte ausschmücken können.« Sie lächelte schwach. »Ich habe darauf vertraut, daß du mir einen Rat geben würdest, den du für richtig hältst, und zwar unabhängig von deinen Gefühlen!«

Eilan drehte sich um und verließ die Priesterin. Aber mit einer gewissen Genugtuung sah sie noch die Röte, die Caillean in die Wangen stieg. Und nun wartete sie in dem Bewußtsein, daß sie wegen der strengen Zuschauerin nichts zu befürchten hatte.

Noch auf dem Weg zum Tor hätte sie die Frage, ob sie sich vor dem Wiedersehen mit Gaius fürchtete, ohne Zögern verneint. Aber als die Schatten immer kürzer wurden, stellte sie fest, wie ihre Angst wuchs, bis sie schließlich zitterte.

»O Caillean«, seufzte sie und blickte zu der anderen Frau hinüber, die auf einem Baumstamm saß und stickte, »was soll ich ihm nur sagen?«

»Wie soll ich das wissen? Das Treffen war deine Idee, nicht meine. Ich bin kaum die Richtige, um einer Frau zu raten, wie sie mit einem Mann umgehen soll. Ich kann nur darauf achten, daß alles, was ihr beide miteinander redet, so harmlos ist, daß ein Dritter es hören kann«, erwiderte Caillean spöttisch.

Eilan seufzte. Caillean hatte recht. Es konnte nichts Schlimmes geschehen. Sie vermutete zwar, daß Gaius über die Anwesenheit der Priesterin wenig erfreut sein würde, aber sie empfand Caillean in ihrer Nähe als Stützte und Trost.
Irgendwie hatte sie Cynrics Nachricht entnommen, daß Gaius genau um die Mittagszeit kommen würde. Aber als er nicht erschien, und die Zeit verging, beruhigte sie sich mit dem Gedanken, daß der Ritt von Deva einige Zeit dauern würde. In ihrer Aufregung setzte sie sich schließlich neben Caillean und griff hilfesuchend nach ihrer Hand, denn alle Ängste und Zweifel meldeten sich bereits wieder.
Mischte sie sich in eine Sache ein, die nichts mit ihr zu tun hatte? Nein, beruhigte sie sich. Die kleine Valeria war ihr anvertraut worden. Sie hatte von Lhiannon die Aufgabe erhalten, alles über ihre Verwandten herauszufinden, was sie in Erfahrung bringen konnte. In dieser Hinsicht hatte sie sich nichts vorzuwerfen. Ihr Herz begann heftig zu schlagen, als sie den Hufschlag eines Pferdes hörte.
Er saß am Rand der Lichtung ab und band sein Pferd an einem dicken Ast fest.
Sie sah ihn zum ersten Mal mit dem Helm und in Uniform der römischen Legion. Sie staunte, wie gut er darin aussah. Er wirkte größer. Der hellrote Helmbusch und der rote Mantel hoben seine dunklen Augen hervor.
Gaius kam langsam auf den dicken Stamm der umgestürzten Eiche zu, auf dem sie saßen, und blieb stehen. Wenn es ihn überraschte, zwei Frauen statt einer zu sehen, dann verriet er das nur mit dem kurzen Zucken der Wimpern. Er salutierte, nahm den Helm vom Kopf und klemmte ihn unter den Arm.
Eilan konnte den Blick nicht von ihm wenden. Noch nie hatte sie Gelegenheit gehabt, einen römischen Offizier länger als einen Augenblick aus so großer Nähe zu sehen. Sie mußte sich eingestehen, daß die Uniform den Unterschied zu ihnen, den Britonen, unterstrich.

Und doch sind wir nach ihren Gesetzen alle Römer. Sie haben das so gewollt und bestimmt.
Auch wenn ihr Vater und andere an der Eigenständigkeit und nicht an der Einheit der beiden Völker festhielten, dann änderte das nichts an dieser Tatsache.
Diese Einsicht war für Eilan wie eine Offenbarung, und in Gedanken wiederholte sie: *Wir sind jetzt alle Römer ...*
Aber nachdem Gaius wirklich vor ihr stand, stellte sie mit Entsetzen fest, daß sie nicht mehr wußte, was sie ihm hatte sagen wollen. Eilan sah ihn wie gebannt an und brachte kein Wort über die Lippen.

Gaius blickte von Eilan zu der älteren Priesterin und überlegte, was um alles in der Welt er sagen sollte. Er hatte nicht im geringsten damit gerechnet, daß bei diesem Treffen eine andere Frau anwesend sein würde. Davon war nicht die Rede gewesen. Er hatte nicht den Zorn seines Vaters riskiert und Eilans mögliche Zurückweisung, um in Gegenwart eines leibhaftigen Drachens ein paar belanglose Worte mit seiner Geliebten zu wechseln.
Als er Cailleans leicht belustigten Blick sah, legte sich sein Zorn. Wie hatte er nur so dumm sein können! Wenn Eilan so etwas wie eine Vestalin war, konnte er doch kaum erwarten, sie ohne Aufsicht sehen zu können. Soviel er wußte, würde Eilan auch wie eine Vestalin schwer bestraft werden, wenn ihre Unschuld in Zweifel gezogen werden konnte. Nein, er durfte Eilan nicht vorwerfen, daß sie bei dieser Begegnung eine Zeugin haben wollte, die beschwören würde, daß ihre Reinheit unangetastet war.
Aber ich habe nicht vor, ihr die Unschuld zu rauben!
Wie sollte er ihr nur begreiflich machen, daß sie von ihm nichts zu befürchten hatte? Sie war für ihn so unantastbar und heilig wie eine Jungfrau im Tempel der Vesta. Gaius wußte noch allzu gut, wie überwältigt er von ihrem Vertrauen gewesen war, als sie neben ihm vor den Beltane-Feuern saß. Wie sehr hatte ihn ihre Unschuld in jener Nacht gerührt.

Die ältere Priesterin sah die Dinge natürlich mit anderen Augen. Er wußte sofort, daß sie ihm nicht traute – um genauer zu sein, sie traute ihnen beiden nicht. Das empörte ihn, wenn er an Eilan dachte. Aber diese Frau kannte vermutlich nichts anderes als die Schauergeschichten über römische Brutalität. Für eine Priesterin von Vernemeton genügte es, daß er Römer und ein Mann war, um ihm alles erdenklich Schlechte zuzutrauen.

Ganz so abwegig war das Mißtrauen nicht, denn ohne die Priesterin hätte er Eilan vermutlich geküßt. Sie sah einfach bezaubernd aus in dem weißen, weiten Leinengewand und dem grünen Gürtel. Die blonden Haare schimmerten in der Sonne wie reines Gold. Offenbar trugen alle Priesterinnen diese Art Gewand, denn auch Caillean war so gekleidet. Aber der ungefärbte Stoff ließ sie bleich und alt erscheinen. Beide Frauen trugen kleine gebogene Messer am Gürtel.

Nach kurzem Schweigen erzählte ihm Eilan von dem Mädchen, das die Priesterinnen in ihre Obhut genommen hatten – ihre Worte klangen atemlos, ziemlich zusammenhangslos und unverständlich, aber er wußte sofort, daß es sich um das Kind der Schwester des Valerius handelte.

»Wie erstaunlich!« rief er. »Ich glaube, es ist das Mädchen, über das ich mit dir sprechen wollte. Sie ist die Nichte des Sekretärs meines Vaters. Wie alt ist sie?«

»Das muß eine Fügung der Göttin sein«, erwiderte Eilan. »Ich glaube, sie ist noch nicht zehn.«

»Gut, dann ist sie noch nicht im heiratsfähigen Alter«, sagte er. Nach römischem Gesetz durfte ein Mädchen unter zwölf nicht heiraten.

»Das macht alles einfacher, sonst hätte sich Valerius vermutlich verpflichtet gefühlt, sie unter die Haube zu bringen.« Er lachte. »Jetzt muß der alte Junggeselle vielleicht endlich selbst heiraten, um dem Kind ein Zuhause zu bieten.«

»Das ist nicht notwendig«, sagte Eilan. »Die kleine Valeria ist bei uns glücklich und zufrieden. Das kannst du ihm sagen.«

Gaius runzelte die Stirn. Er wußte, daß Valerius, der aus einer guten alten Familie kam, es als eine selbstverständliche Pflicht betrachtete, dem Kind ein Zuhause zu geben. Aber Valerius hatte keine eigene Familie und wollte auch nicht heiraten. Vielleicht würde er sich damit einverstanden erklären, wenn er erfuhr, daß Eilan und die Priesterinnen von Vernemeton das Kind in ihre Obhut genommen hatten.

In Rom galt es als die höchte Ehre für eine Familie, wenn ein Mädchen in den Tempel der Vesta aufgenommen wurde. Als Vestalin behandelte man sie wie eine Königin. Aber wie auch immer, sie befanden sich in Britannien, und er würde Valerius klarmachen, daß das Kind in besten Händen war.

Gaius wurde plötzlich bewußt, daß er noch immer belanglose Dinge über das Mädchen sagte. Er hatte das Kind nicht einmal gesehen. Er spürte den ungeduldigen Blick der älteren Priesterin auf sich ruhen. Sie hatten alles gesagt, was es über diesen Fall zu sagen gab, und begannen sich zu wiederholen. Es war Zeit, das Gespräch zu beenden und sich zu verabschieden.

Er schwieg und sah Eilan traurig an. Vermutlich würde er nie wieder Gelegenheit haben, so ungestört – wenn man das als ungestört bezeichnen konnte – mit ihr zu sprechen. Wie gerne hätte er sie in die Arme genommen und richtig Abschied von ihr genommen. Aber unter den wachsamen Augen der Priesterin war das nicht möglich. Außerdem durfte er sich in seiner Lage nicht solchen Gedanken überlassen. Niedergeschlagen verneigte er sich höflich vor beiden Frauen und wünschte ihnen alles Gute.

Als er davongeritten war, sah Eilan die Priesterin fragend an. Caillean blieb ihr die erwartete Antwort nicht schuldig.

»Das ist also der Römer, der dich am hellichten Tag so sehr beschäftigt, daß du wie eine Schlafwandlerin zu nichts mehr zu gebrauchen bist.« Sie schüttelte den Kopf und stand auf. »Ich verstehe dich wirklich nicht. Ich habe nichts Besonderes an ihm entdecken können.«

»Ich habe nicht erwartet, daß er dir gefallen würde«, entgegnete Eilan. »Aber er sieht gut aus.«

»Nicht anders als jeder Römer«, murmelte Caillean, »oder irgendein anderer Mann. Ich finde, dein Ziehbruder Cynric sieht sehr viel besser aus. Er ist groß und hat ein gut geschnittenes Gesicht. Außerdem setzt er nicht voraus, daß die ganze Welt sich immer nur um ihn dreht.«

Über Geschmack läßt sich nicht streiten, dachte Eilan. Sie fand an Cynric nichts Besonderes, aber Dieda war bis über beide Ohren in ihn verliebt. Trotzdem, Gaius war anders. Er war kein typischer Römer – o nein! Außerdem schien Gaius nicht besonders stolz auf seine römische Abstammung zu sein.

Wie wäre er sonst bereit gewesen alles aufzugeben, nur um mich zu heiraten?

Und das hatte er tun wollen! Soviel hatte sie von ihrem Vater erfahren. Aber wenn sie damals die Erlaubnis zur Heirat bekommen hätten, wäre sie jetzt nicht in Vernemeton gewesen.

Es war alles so verwirrend. Sie wollte wirklich eine Priesterin werden, und nichts schien ihr schöner und wichtiger zu sein als das Leben in Vernemeton. Es gab so viele Männer, und keiner hätte sie verunsichern oder betören können. Bei den Festen fand sie die Männer eher abstoßend und viel zu brutal, um ihnen ein Leben lang als Frau ausgeliefert zu sein. Wie konnte es nur geschehen, daß sich Gaius immer wieder in ihr Herz stahl?

»Eilan, du träumst schon wieder mit offenen Augen!« hörte sie Caillean sagen, und sie zuckte schuldbewußt zusammen. »Du solltest zu Senara gehen und ihr berichten, was du erfahren hast. Dann erwartet dich Latis. Wenn es dir gelingen sollte, ihr aufmerksam zuzuhören, dann wirst du vielleicht einmal ebensoviel über Heilkunde wissen wie Miellyn.«

Nach dieser strengen Ermahnung widmete sich Eilan ihren Pflichten. Aber sie konnte nicht verhindern, daß sie in Gedanken unaufhörlich jedes Wort wiederholte, das Gaius zu ihr gesagt hatte.

Ich werde ihn wiedersehen! Ich muß ihn wiedersehen!
Gaius schien auch nach der Begegnung am Waldrand so sehr Teil ihres Lebens zu sein, daß sie ihn nicht aus ihrem Herzen verbannen konnte.
Sie ermahnte sich immer wieder, daß ihre Gefühle für ihn nicht richtig seien. Sie war Priesterin und er ein römischer Offizier. Ohne eine Laune des Schicksals hätten sie sich nie gesehen. Auch dieses letzte Treffen war nur durch einen seltsamen Zufall zustande gekommen, und es war bestimmt das beste, ihn so schnell wie möglich zu vergessen.

Als sie am Abend zu Lhiannon ging, empfing die Hohepriesterin sie sehr ungehalten.
»Was habe ich gehört? Du hast dich außerhalb der Palisaden mit einem Mann getroffen? Dieses Verhalten schickt sich nicht für eine Priesterin von Vernemeton!« Dann fügte sie streng hinzu: »Du hast mich enttäuscht.«
Eilan stieg vor Empörung das Blut ins Gesicht. Deshalb war Caillean als Zeugin bei der Begegnung dabei gewesen!
»Ich habe kein Wort gesagt, das nicht in Gegenwart aller Priesterinnen hätte ausgesprochen werden können.«
Lhiannon seufzte. »Ich bestreite das nicht. Aber Tatsache ist, daß nicht alle Priesterinnen zugegen waren, und deshalb wird es Gerede geben. Der Göttin sei Dank, Caillean war dabei, aber sie hätte die Begegnung verhindern müssen. Der Vorwurf ... aber ich behaupte nicht, daß man jemandem einen Vorwurf machen kann ... gilt ebensosehr ihr wie dir.«
Lhiannon lehnte sich erschöpft in ihren Sitz zurück und blickte nachdenklich zur Decke. Sie schwieg eine Weile und sagte dann ruhig: »Caillean hätte wissen müssen, daß wir uns nicht einmal dem Verdacht eines Skandals aussetzen dürfen. Deshalb werde ich sie und nicht dich bestrafen.«
Sie richtete sich auf und sah Eilan ernst an. »Aber ich rate dir, mein Kind, ehe du so etwas noch einmal tust, denke daran, daß

eine andere für dich bestraft wurde. Eilan, du bist jung. Und in deinem Alter ist man leider oft viel zu leichtsinnig.«

»Du willst sie bestrafen? Aber das ist doch nicht gerecht! Was willst du tun?« fragte Eilan erschrocken.

»Ich werde sie nicht schlagen . . ., wenn du das meinst«, erwiderte Lhiannon und lächelte. »Selbst als sie noch ein kleines Mädchen war, habe ich sie nie geschlagen. Vielleicht hätte ich es tun sollen. Sie soll ihre Strafe selbst bestimmen.«

»Aber Mutter«, widersprach Eilan, »du hast mir aufgetragen, die Angehörigen des Mädchens ausfindig zu machen.«

»Ich hatte dir nicht aufgetragen, mit einem römischen Offizier darüber zu sprechen«, erwiderte Lhiannon unwillig.

Aber wer sonst hätte mir etwas über Valerias Onkel in der Präfektur der Legion sagen können?

Eilan preßte die Lippen zusammen und unterdrückte die Frage. Sie wußte, der eigentliche Grund für das Treffen war natürlich Gaius gewesen, und das durfte sie niemandem eingestehen. Also mußte sie mit schlechtem Gewissen schweigen.

Später ging sie zu Caillean und sprach mit ihr unter vier Augen.

»Lhiannon hat mir gesagt, daß sie dich bestrafen will. Kannst du mir verzeihen? Wird die Strafe schlimm sein? Sie hat aber gesagt, sie wird dich nicht schlagen . . .«

Caillean lachte. »O nein, das tut sie bestimmt nicht, mein Kind.« Dann fügte sie ruhig hinzu: »Im Wald steht ein kleines Haus. Dorthin wird sie mich vermutlich schicken, damit ich über mein Vergehen nachdenken kann, während ich das Unterholz lichte, Unkraut jäte und das Haus wieder in Ordnung bringe. Das empfinde ich nicht als Strafe. Vielleicht ist es Lhiannon nicht bewußt, aber für mich ist es besonders schön, mit meiner Musik und meinen Gedanken allein zu sein. Du brauchst nicht zu fürchten, daß es mir schlechtgeht.«

»Du willst ganz allein im Wald sein? Hast du denn keine Angst?«

»Wovor sollte ich Angst haben? Vor Bären und Wölfen? Vor herumziehenden Männern?« Sie schüttelte den Kopf und legte Eilan den Arm um die Schulter. »In diesem Teil der Welt gibt es keine Bären mehr. Die letzten hat man vor über dreißig Jahren gefangen. Wann sieht man auf dem Markt noch ein Wolfsfell? Und was die Männer angeht, du weißt, daß ich jeden Mann in die Flucht schlagen kann. Nein, ich habe keine Angst.«

»Ich hätte Angst«, erwiderte Eilan bedrückt.

»Bestimmt. Aber ich bin gern allein. Dann kann ich singen, soviel ich möchte, ohne daß mich jemand stört. Glaube mir, ich bin dort draußen in dem kleinen Haus glücklich und zufrieden«, sagte Caillean. »Über diese Strafe ... wenn man es so bezeichnen möchte ... beklage ich mich nicht.«

Eilan schwieg. Sie wußte, wenn sie und Dieda anstelle von Caillean Dienst bei der Hohenpriesterin übernehmen mußten, dann würden sie es gerne tun. Auch das war keine schwere Bürde. Sie liebte Lhiannon und verehrte sie – auch Dieda liebte sie, daran zweifelte Eilan nicht. Aber Caillean würde ihr fehlen.

Eine andere Frau als Lhiannon hätte sie vermutlich beide bestraft. Deshalb fühlte sich Eilan schuldig. Trotzdem bedauerte sie das Zusammentreffen mit Gaius nicht. Sie wünschte nur, daß sie ihm etwas von ihren wahren Gefühlen und Gedanken hätte vermitteln können. Nichts von dem, was ihr auf dem Herzen lag, hatte sie gesagt. Aber wenn Caillean oder eine andere Priesterin sie gefragt hätte, was das sei, dann wären ihr die Worte nicht über die Lippen gekommen.

Caillean verließ Vernemeton, ohne daß jemand sie zu vermissen schien. Eilan stellte zu ihrer Überraschung fest, daß keine der anderen Frauen eine besonders enge Beziehung zu Caillean hatte. Nur Miellyn und Eilid schienen sie wirklich zu mögen ... und natürlich Lhiannon.

Das Wetter schlug um, als der Sommer zu Ende ging und der Herbst nahte. Kurz vor der Tagundnachtgleiche setzte Regen ein.

Die Priesterinnen im Haus der jungen Frauen saßen um das Feuer. Eilan dachte an Caillean, die noch immer allein im Wald war. Sie fragte sich besorgt, ob das Dach der Hütte wasserdicht war. Würde Caillean bei dem naßkalten Wetter frieren und möglicherweise sogar krank werden? Wie ertrug sie die Einsamkeit und die Stille?
Eilans gedrückte Stimmung schien ansteckend zu sein, und deshalb forderten sie Dieda auf, etwas zu singen oder ihnen eine Geschichte zu erzählen.
»Warum nicht?« antwortete Dieda. »Was wollt ihr hören?«
»Erzähl uns die Geschichte von der anderen Welt«, sagte Miellyn. »Sing uns das Lied, wie Bran, der Sohn von Febal, in das Land im Westen zog.«
Teils erzählte Dieda, teils sang sie die Geschichte von Bran und seiner Begegnung mit dem Meeresgott Manannan, dem Gott der Täuschungen. Manannan verwandelte das Meer in einen Hain blühender Bäume, die Fische in zwitschernde Vögel, die Wellen in blütenübersäte Sträucher und alle Wassertiere in Schafe. Als Bran über Bord fiel, schlugen die Wellen über dem Schiff zusammen. Er wurde ans Ufer getragen, alle anderen ertranken.
Die Frauen hörten wie kleine Kinder gebannt zu, und sie wollten unbedingt noch eine Geschichte hören.
»Erzähl uns die Geschichte von dem König und den drei Hexen«, rief eine der Frauen, und Dieda begann mit den Worten, die am Anfang jeder Geschichte stehen: »Es war einmal vor langer, langer Zeit. Damals war das Leben noch schöner als heute, denn es standen noch mehr Tore zwischen den Welten offen. Und wenn ich jetzt in der anderen Welt wäre, dann könnte ich nicht hier sein ... Zu einer Zeit also, von der auch der älteste Großvater nicht mehr berichten kann, lebten in einem Haus am Rand der Unterwelt ein König und seine Königin ...«
Dieda erzählte, wie eines Abends ...: »Es war am Vorabend von Samhain, die Tore zur Unterwelt offenstanden. Und in dieser Zeit zwischen den Jahren, zwischen der Mitternacht des einen Jahres

und dem Morgen des nächsten, erschienen am Tor drei Hexen. Die erste hatte einen Rüssel wie ein Schwein. Die Unterlippe hing ihr bis zu den Knien über dem Kleid. Die zweite hatte an beiden Seiten des Kopfs Lippen und einen Bart, der ihre Brüste verbarg. Die dritte war ein Ungeheuer und hatte nur einen Arm und nur ein Bein. Unter dem Arm trug sie ein Schwein, das so viel hübscher war als sie, so daß es ihm Vergleich zu ihr wie eine Prinzessin aussah.«

Inzwischen mußten alle Frauen lachen. Selbst Dieda lächelte und erzählte weiter: »Und die drei Hexen kamen in die Halle und setzten sich auf die drei erhöhten Sitze am Feuer. Für den König und die Königin gab es keinen Platz mehr, und sie mußten sich an die Tür setzen.

Die erste Hexe, die mit der langen Unterlippe, sagte: ›Ich habe Hunger. Was gibt es hier zu essen?‹ Und eiligst wurde für die Hexe ein Topf Brei gekocht. Sie aß den ganzen Topf leer, der mehr als ein Dutzend Männer satt gemacht hätte. Aber die Hexe schrie: ›Ihr seid geizig. Ich habe noch Hunger!‹

In dieser besonderen Nacht darf einem Gast kein Wunsch versagt werden. Deshalb half die Königin ihren Mägden, noch mehr Brei für die Gäste zu kochen, und sie schob auch noch Haferkuchen in den Ofen. Aber soviel sie den Hexen auch vorsetzten, sie riefen immer wieder verdrießlich: ›Wir sind noch hungrig.‹

Dann beschwerte sich die zweite Hexe, die mit dem Bart: ›Ich habe Durst.‹ Und als man ihr eiligst ein Faß Bier brachte, leerte sie es in einem Zug und rief rülpsend: ›Ich bin noch durstig!‹

Und da bekamen sie es mit der Angst zu tun, denn es schien, als wollten die Hexen alle Vorräte für den Winter aufessen. Die Königin ging mit dem König hinaus, um sich mit ihm zu beraten. Was sollten sie mit ihren Gästen nur tun?

Da erschien aus dem Reich der Feen einer der guten Geister und begrüßte die Königin freundlich.

›Alle Götter mögen dich segnen, gute Frau‹, sagte die Fee und fragte dann teilnahmsvoll: ›Weshalb weinst du?‹

Die Königin berichtete von den drei häßlichen Hexen, die ihnen das Dach über dem Kopf wegaßen und sie am Ende um Haus und Hof und um das ganze Reich bringen würden. Die gute Fee hatte Mitleid mit der Königin und gab ihr einen guten Rat.
Die Köngin tat wie ihr geheißen. Sie ging in die Halle zurück und begann zu stricken.
Die erste Hexe, die mit der langen Lippe, hörte auf zu essen, und fragte neugierig: ›Was machst du da, Frau?‹
Und die Königin erwiderte: ›Ich stricke ein Totenhemd.‹
Die zweite Hexe, die mit dem Bart, rülpste laut und hörte auf zu trinken. ›Für wen ist das Totenhemd, Frau?‹
Die Königin antwortete: ›Für jemanden, der in dieser Nacht kein Dach über dem Kopf hat.‹
Da küßte die dritte ihr Schwein und fragte: ›Und wann ist das Totenhemd fertig, Frau?‹
›Wenn es gebraucht wird‹, sagte die Königin und lächelte.
In diesem Augenblick kam der König atemlos in die Halle und rief: ›Der schwarze Berg und der Himmel darüber stehen in Flammen!‹
Als die drei Hexen das hörten, riefen sie klagend: ›O weh! O weh, unser Vater ist tot!‹ Sie rissen der Königin das Totenhemd aus den Händen und liefen aus dem Haus.
Von diesem Tag an hat kein Mensch die Hexen mehr gesehen, und wenn doch, dann habe ich nichts davon erfahren.«
Dieda verstummte, und nach einem langen Schweigen, während der Wind um das Haus heulte und der Regen auf das Dach trommelte, sagte Miellyn: »Caillean hat mir vor langer Zeit eine ähnliche Geschichte erzählt und gesagt, das Totenhemd sei der Schlüssel zum Leben. Hast du die Geschichte von ihr?«
»Nein«, erwiderte Dieda. »Mein Vater hat sie mir erzählt, als ich noch ein kleines Mädchen war. Ich habe die Geschichte nie vergessen.«
»Das werden wir auch nicht«, murmelten die anderen Frauen und gingen schlafen.

13. KAPITEL

Gaius berichtete Valerius, daß seine Nichte bei Eilan in Vernemeton gut aufgehoben war. Aber er hielt es für klüger, seinem Vater an diesem Vormittag nicht unter die Augen zu treten, damit er nicht auf den Gedanken kam, ihn mit Heiratsplänen zu bestürmen. Nach dem Wiedersehen mit Eilan war Gaius entschlossener denn je, keine Römerin zu heiraten.

Mit dem Tod des Kaisers Titus und der Thronbesteigung des neuen Kaisers Domitian war vieles in Bewegung geraten. Gaius wußte sehr wohl, daß sein Vater sich überall nach möglichen Verbündeten umsah und mehr denn je darüber nachdachte, wen sein Sohn wann heiraten sollte.

Deshalb ging er in die Stadt. Der Vormittag war warm und drükkend gewesen. Aber nun zogen im Westen dicke dunkle Wolken auf, und ein kühler Windstoß fuhr ihm durch die Haare. Der geschwätzige Centurio hatte einmal mißmutig gesagt, in Britannien gebe es nur zwei Methoden, das Wetter vorauszusagen. »Wenn man die Berge sieht, dann wird es bald regnen, und wenn man sie nicht sieht, dann regnet es schon.« Der Centurio hatte geseufzt, denn er hatte Heimweh und sehnte sich nach dem blauen Himmel Italiens.

Gaius holte tief Luft und freute sich über den frischen Wind. Als die ersten Regentropfen fielen, eilten die Römer so schnell wie möglich unter ein schützendes Dach. Nur ein Mann auf dem Platz blieb wie Gaius stehen und blickte zum Himmel auf.

Es überraschte Gaius nicht, daß dieser Mann Cynric war.

»Trinkst du einen Krug Wein mit mir?« fragte Gaius und deutete auf die Taverne, wo sie schon einmal gesessen hatten.

Cynric schüttelte den Kopf. »Nein, danke. Es wäre mir lieber, daß du sagen könntest, du hättest mich nicht gesehen, wenn man dich fragen sollte. Außerdem wäre es auch besser für dich, wenn du deinem Vater sagen könntest ... oder jedem, der es wissen möchte ..., daß du nicht allzuviel über mein Tun und Lassen weißt. Dann muß ich von dir nicht verlangen, daß du lügst. Und wenn du nichts weißt, brauchst du auch nicht lange zu überlegen, ob du lügen sollst.«

Gaius zog erstaunt eine Augenbraue hoch. »Machst du Witze, Mann?«

»Schön wär's. Ich sollte nicht am hellichten Tag hier stehen und mich mit dir unterhalten. Aber wenn man uns sieht, dann kannst du wahrheitsgemäß sagen, daß wir uns zufällig begegnet sind.«

»Mach dir keine Sorgen«, erwiderte Gaius und sah sich um. Ein kräftiger Wind trieb den Regen über den Platz. Staubwölkchen stiegen auf, während die Tropfen auf den Boden prasselten. »Alle guten Römer sind inzwischen in ihren Häusern und achten nicht auf zwei Narren, die im Regen stehen! Hör zu, Cynric, ich muß mit dir unbedingt über Eilan reden ...«

Cynric verzog das Gesicht. »Um alles in der Welt nur das nicht!« rief er. »Das war mein größter Fehler in diesem Jahr. Lhiannon war wirklich sehr verärgert.« Er lachte. »Na ja, es ist nichts Schlimmes geschehen, aber du darfst auf keinen Fall noch einmal versuchen, dich mit Eilan zu treffen.« Er blickte sich unruhig um. »Also, ich muß jetzt gehen. Selbst wenn du es dir leisten kannst, ich darf nicht mit einem Offizier in Uniform gesehen werden. Sollten wir uns noch einmal begegnen, dann wird es am besten sein, wenn du vorgibst, mich nicht zu kennen.« Als Gaius ihn verwirrt ansah, fügte er hinzu: »Ich werde es dir nicht übelnehmen. Hör zu, jemand ist dahintergekommen, daß ich noch immer zu den Raben gehöre. Sie sind der Meinung, daß ich bei den Hilfstruppen an einem hervorragenden Platz bin, um Aufruhr zu stiften, wenn die Zeit reif dazu ist. Deshalb haben sie mich geächtet. Ich darf mich im Umkreis von dreißig Meilen keiner römischen

Stadt nähern. Man könnte mich in die Bleiminen schicken oder mich noch schlimmer bestrafen, wenn das überhaupt möglich ist. Also dann, laß es dir gutgehen!«

Cynric drehte sich um und ging davon.

Gaius glaubte, seinen Ohren nicht zu trauen, aber Cynric trug tatsächlich nicht mehr die Insignien Roms. Deshalb hatte er vermutlich auch so offen mit ihm gesprochen. Gaius hätte gerne weiter mit ihm geredet, aber es fiel ihm nichts ein. Er stand nur sprachlos da und sah, wie sein Freund in einer Gasse verschwand.

Es regnete inzwischen in Strömen, aber Gaius unterdrückte den Impuls, Cynric zu folgen. Er mußte zugeben, daß Cynric recht hatte. Hier, in aller Öffentlichkeit, setzten sie sich großen Gefahren aus, und Gaius wußte inzwischen, was es für einen Mann bedeutete, in die Bleiminen geschickt zu werden. Selbst wenn Cynric ein Feind Roms war, wäre ihm selbst ein schneller Tod eher zu wünschen gewesen, als dorthin verbannt zu werden.

Versuch auf keinen Fall, Eilan noch einmal zu sehen.

Cynrics Worte hallten in ihm nach. War es wirklich das Ende? Wie konnte er sich gegen alle Vernunft an seine Liebe klammern? War es vielleicht nicht doch besser, einfach zu vergessen, daß es Eilan und ihre Familie je gegeben hatte?

Als er sich schließlich den roten Mantel über den Kopf zog und zur Präfektur zurückging, kamen die Tropfen, die über seine Wangen liefen, nicht nur vom Regen.

Caillean blieb am Eingang der großen Halle stehen. Das Lachen und Reden der vielen Frauen, das ihr entgegenschlug, ließ sie zusammenzucken. Unwillkürlich legte sie die Hand auf die Ohren. Sie hatte vergessen, welchen Lärm Priesterinnen machen konnten, wenn sie abends zusammensaßen. Im ersten Augenblick wollte sie umkehren und zurück in die Einsamkeit fliehen, in die Stille der Hütte im Wald.

»Oh, du bist wieder da ...«, sagte Dieda, die sie als erste bemerkte. »Nach dem, was Lhiannon dir angetan hat, ist das wirklich erstaunlich. Da du uns endlich losgeworden warst, dachte ich, du würdest im Wald bleiben!«

»Und warum bist du immer noch hier?« erwiderte Caillean auch nicht gerade freundlich. »Der Mann, den du liebst, ist wieder im Norden, und die Römer haben ihn geächtet. Ist dein Platz nicht an seiner Seite?«

Diedas Gesicht wurde flammend rot vor Zorn, aber dann wirkte sie eher verzweifelt.

»Glaub ja nicht, ich wäre noch hier, wenn er mich aufgefordert hätte, ihm zu folgen«, erwiderte sie bitter. »Aber seine Liebe gehört der Göttin der Raben. Und wenn ich bei dem Mann, den ich liebe, nicht die einzige und erste bin, dann werde ich mein Gelübde ablegen und auf alle Männer verzichten!«

Sie senkte die Stimme, als einige der Frauen sich nach ihr umdrehten. Caillean sah sie gegen ihren Willen verständnisvoll an. Wieder einmal war sie froh, daß sie nie in Versuchung geraten war, sich in einen Mann zu verlieben.

»Caillean!« Eilid eilte zu ihr. »Ich hatte gehofft, daß du heute zurückkommst. Lhiannon ist in ihrem Haus. Du solltest sofort zu ihr gehen. Sie beklagt sich zwar nie, aber ich weiß sehr wohl, wie sie dich vermißt.«

Warum auch nicht? Sie hat mich schließlich in den Wald geschickt!

Caillean lächelte trocken, als sie sich auf den Weg zu Lhiannons Haus machte. Sie zog das Umschlagtuch über den Kopf, denn es regnete wieder.

Wie immer, wenn sie Lhiannon nach einer Zeit der Abwesenheit wiedersah, erschrak sie über die Zartheit der Hohenpriesterin.

Wie lange wird sie noch leben?

Besorgt sah sie Lhiannon an. Sie wirkte keineswegs krank, aber zunehmend durchsichtiger. Als erfahrene Priesterin wußte Caillean, daß Lhiannon von einem inneren Feuer verzehrt wurde.

»Mutter, ich bin wieder hier«, sagte sie leise. »Wolltest du mich sprechen?«

Lhiannon hob den Kopf, und Caillean sah Tränen in ihren Augen.
»Ich habe auf dich gewartet«, erwiderte sie kaum hörbar. »Wirst du mir verzeihen?«
Caillean nickte. Sie mußte schlucken, als sie schnell durch den Raum ging und neben dem Lehnstuhl der Hohenpriesterin niederkniete.
»Was gibt es da zu verzeihen?« fragte sie mit erstickter Stimme und legte den Kopf auf Lhiannons Knie. Ihre Tränen begannen zu fließen, als sie spürte, wie Lhiannon ihr über die Haare strich.
»Ich hätte nie Priesterin werden dürfen. Ich habe dir so viel Kummer bereitet!«
Durch die zarte Berührung brach eine Wand in sich zusammen, die bereits rissig geworden war, als sie Eilan ihr Herz ausgeschüttet hatte.
»Ich habe nie gewagt, es dir zu sagen«, flüsterte Caillean, »zuerst habe ich es nicht verstanden, und dann habe ich mich geschämt. Mutter, ich war keine Jungfrau mehr, als du mich in Eriu zu dir genommen hast. Ein Mann hatte mich mißbraucht ...« Ihre Stimme versagte.
Nur der Regen, der auf das Dach trommelte, durchbrach das lange Schweigen. Dann spürte Caillean die zarten Finger wieder auf ihrem Haar.
»Mein Kind, hat dir das auf der Seele gelastet? Ich habe immer gespürt, daß da etwas war, aber ich wollte dich nicht danach fragen. Du warst noch keine Frau, als ich dich in Eriu fand. Wie konntest du dann sündigen?« fragte sie und fuhr dann leise fort: »Hör mir gut zu. Wir reden nicht über diese Dinge, weil es genug Menschen gibt, die es nicht verstehen würden. Wir müssen nach außen den Schein wahren«, sie zögerte, »und... so mußte ich dich auch bestrafen. Aber liebste Caillean, was dir widerfahren ist, bevor du hierher kamst, ist ohne jede Bedeutung. Es ist für die Göttin nicht wichtig und ganz bestimmt auch nicht für mich, solange du in IHREM Heiligtum bist und IHR treu dienst.«

Noch immer weinend richtete sich Caillean auf und schlang die Arme um Lhiannon. Jetzt wußte sie, daß ihre Vorstellungen von Liebe nicht richtig gewesen waren. Trotz der gelegentlichen Kritik war das, was sie für Lhiannon empfand, bestimmt ebenso stark und hingebungsvoll wie die Liebe zu einem Mann hätte sein können, auch wenn ihre Beziehung zu dieser Frau anders war. Und sie liebte Eilan, deren Verständnis ihr geholfen hatte, sich den schrecklichen Erinnerungen ihrer Kindheit zu stellen.

Ihre Liebe zu diesen beiden Frauen stand wenigstens nicht in einem Konflikt mit ihrem Gelübde als Priesterin, und das machte sie glücklich.

Es gab Tage während Cailleans Abwesenheit, an denen die Regentropfen, die vom Dach des Hauses fielen, Eilans blutendes Herz zu treffen schienen. Gaius war gegangen, und sie würde ihn nie wiedersehen. Ihre Gedanken kreisten unaufhörlich um die Hoffnungslosigkeit ihrer Lage, ohne sich daraus befreien zu können.

Als Caillean sie zu sich rief, empfand sie die Rückkehr der Priesterin wie eine Erlösung.

»Du bist wieder da!« rief sie und schob den Vorhang an Cailleans Tür beiseite. »Niemand hat mir etwas gesagt! Wie lange bist du schon wieder hier?«

»Erst einen Tag«, erwiderte Caillean. »Ich war bei Lhiannon.«

Eilan umarmte sie glücklich. Dann trat sie zurück und betrachtete Caillean. »Schlecht siehst du nicht aus.«

Caillean war von Wind und Wetter gebräunt und wirkte ausgeruht und gesund. Sogar die Fältchen, die manchmal den blauen Halbmond zwischen den Augenbrauen durchzogen, waren verschwunden.

»Hat Lhiannon dir verziehen?«

Caillean lächelte. »Es ist alles vergessen. Deshalb, mein Kind, habe ich dich rufen lassen. Du bist jetzt schon lange bei uns und hast große Fortschritte in deinen Übungen und deinem Wissen gemacht. Der Zeitpunkt ist gekommen, an dem du dich entscheiden sollst, ob du wirklich Priesterin werden und deine Gelübde ablegen willst.«

»Mir kommt es nicht sehr lange vor . . . Andererseits habe ich den Eindruck, schon eine Ewigkeit hier zu sein«, erwiderte Eilan.

Sie konnte sich kaum vorstellen, daß Mairis Töchterchen schon längst kein Säugling mehr war und der kleine Vram sich vermutlich zu einem großen Jungen entwickelt hatte. Aber das Leben von damals war vergessen; und wenn sie von Gaius träumte, dann nur, wie er sie in den Armen hielt und ihr zärtlich etwas ins Ohr flüsterte. Ein Leben mit ihm in der Welt der Römer konnte sie sich nicht vorstellen.

»Wird Dieda ebenfalls die Gelübde ablegen?«

Alle wußten um Diedas Bitterkeit. Cynric folgte unbeirrt seinem Weg, und nun war er sogar geächtet. Wie lange würde es dauern, bis er es wagen konnte, wieder zurückzukehren? Cynric bereitete seine Rache vor und wurde mit aller Entschlossenheit ein Kämpfer, den der Feind einmal fürchten sollte.

Und Gaius ist ein römischer Offzier und der Welt seines Vaters zur Treue verpflichtet.

»Das ist eine Frage, die nur die Göttin und Dieda beantworten können«, erwiderte Caillean ernst. »Wir reden jetzt von dir. Ist es noch immer dein Wunsch, bei uns zu dienen, mein Kind?«

Dieda wird die Gelübde ablegen und ich auch. Was für eine Wahl bleibt uns, nachdem wir beide den Mann nicht haben können, den wir lieben?

»Ja, ich habe noch den Wunsch. Das heißt . . .« sie zögerte, »wenn mich die Göttin noch haben möchte, denn meine *erste* Liebe habe ich einem Mann geschenkt.«

»Was geschehen ist, ist geschehen.« Caillean sah sie an. »Die Göttin wird dir nichts verübeln, was vor deinem Gelübde war.« Sie lächelte glücklich. »Ich habe Lhiannon endlich gesagt, was mir widerfahren ist, und genau das hat sie mir geantwortet. Eilan, ich bin von einer großen Last befreit, und eigentlich verdanke ich es dir. Wie froh bin ich, daß ich jetzt auch dir helfen kann.«

»Manche Leute würden es nicht so sehen . . .«, murmelte Eilan.
»Das soll nicht deine Sorge sein.«
Caillean legte beide Hände auf Eilans Schulter und blickte sie an. Die dunklen Augen der Priesterin schimmerten so klar wie das heilige Wasser der Quelle, in dem sich die Vergangenheit und die Zukunft spiegelten.
»Hör mir gut zu, meine kleine Schwester. Ich werde dir die Wahrheit über das eigentliche Geheimnis der Mysterien sagen. Alle Götter und alle Göttinnen sind eins. Das Licht der Wahrheit ist eins, aber wir sehen es als Licht, das durch Kristalle fällt und zu vielen Farben wird. In welcher Form die Männer und Frauen ihre Götter und ihre Göttinnen auch sehen, sie sind ein Teil der Wahrheit. Wir hier in Vernemeton haben die Freiheit, die Göttin in vielen Formen zu sehen und SIE mit vielen Namen anzusprechen, denn wir kennen das erste und größte aller Geheimnisse: Die Götter in all ihren Erscheinungsformen und Namen sind alle eins.«
»Das heißt, die Götter der Römer sind dieselben Götter und Göttinnen, die wir verehren?«
»Gewiß – und ihre Priester und Priesterinnen wissen ebenfalls darum. Wenn sie Altäre hier errichten, dann haben ihre heiligen Bildnisse und Statuen die Eigenschaften ihrer und unserer Götter. Wir in Vernemeton wissen jedoch auch, daß wir der Göttin in IHRER reinsten Form dienen, dem göttlichen Wesen in allen Frauen. Deshalb geloben wir, allen Frauen Mutter, Schwester und Tochter zu sein. Und deshalb sagen wir manchmal, daß wir das Antlitz der Göttin im Gesicht jeder Frau sehen.«
Eilan ließ sich von Cailleans Begeisterung mitreißen, aber dann mischte sich Zorn in ihre Freude. Wenn das die Wahrheit war, weshalb durfte sie dann keinen Römer lieben? Warum sollte sie nicht versuchen, mit ihrer Liebe die Grenzen zu überwinden, die Römer und Britonen von der Wahrheit trennten?
Caillean wußte, daß sie Gaius liebte. Wie konnte sie sagen, ihre Gefühle seien nicht mehr wichtig, wenn sie die Gelübde abgelegt

hatte? Ihre Liebe zu Gaius war ein Teil von ihr und ebenso heilig wie die Ekstase, die sie manchmal überkam, wenn die Gegenwart der Göttin sie erfüllte, wenn IHRE Strahlen sie trafen wie das Licht des Mondes, der sich im heiligen See spiegelte.
Caillean schien ihre unausgesprochenen Fragen zu verstehen. Sie lächelte und sagte leise: »Meine Worte können dir die Wahrheit nicht vermitteln, mein Kind. Das können Worte nicht. Die Wahrheit muß dein Leben sein, dann kann die Göttin sie dir ganz offenbaren.«
Eilan nickte. Niemand würde ihr die Antwort geben, die sie nicht selber fand.
»Was wird man von mir verlangen?« fragte sie leise.
»Du mußt schwören, dein Leben lang keusch zu bleiben. Es sei denn, der Sommerkönig macht dich zur Geliebten und Mutter. Du mußt dich auch verpflichten, nie mit Uneingeweihten über die Geheimnisse des Heiligtums zu sprechen. Du gelobst, immer danach zu streben, dem Willen der Göttin zu folgen, und all jenen, die in IHREM Namen von dir verlangen, was IHREM Gesetz entspricht ... oder dem Gesetz aller Göttinnen.«
Caillean schwieg und sah Eilan abwartend an. Eilan spürte ihre Liebe für diese Frau, und sie dachte dankbar daran, wie sie in Vernemeton gelernt hatte, all die anderen Frauen und auch das Leben im Heiligtum zu lieben.
Sie erwiderte den Blick der Priesterin und sagte feierlich: »Das alles werde ich bereitwillig schwören ...«
»Dann wirst du unter Beweis stellen, daß du gemeistert hast, was wir dich gelehrt haben, und dich der Prüfung unterziehen, mit der die Göttin zeigt, daß SIE dich in IHREM Schrein aufnimmt.«
Sie machte eine Pause, damit Eilan ihren Worten folgen konnte, dann sagte sie: »Du verstehst, daß ich nicht über die Prüfung sprechen kann, denn für jede Anwärterin ist sie anders. Selbst wenn mein Gelübde es mir nicht verbieten würde, so könnte ich dir nicht mehr darüber sagen.«
Eilan unterdrückte einen Schauer. Sie hatte Gerüchte gehört von

Anwärterinnen, die die Prüfung nicht bestanden hatten und Vernemeton verlassen mußten. Aber noch schlimmer, einige waren spurlos verschwunden.
Sie überwand ihre Ängste jedoch schnell und erwiderte entschlossen: »Ich verstehe dich, und ich bin bereit, mich der Prüfung zu unterziehen.«
»Gut, dann soll es geschehen«, sagte Caillean. »In IHREM Namen mache ich dich zur Anwärterin auf das Priesteramt.«
Sie küßte Eilan auf die Stirn, und Eilan erinnerte sich an den ersten Abend in Vernemeton, als alle Priesterinnen sie mit einem Kuß begrüßt hatten. Beide Augenblicke verschmolzen miteinander, und der Gegenwart entrückt hatte sie plötzlich den Eindruck, etwas zu erleben, das schon viele Male geschehen war.
»Am Vollmond vor Samhain wirst du deine Gelübde in Anwesenheit aller Priesterinnen ablegen. Lhiannon, dein Vater und dein Großvater werden sehr zufrieden sein.«
Eilan schüttelte den Kopf. Sie tat das bestimmt nicht ihrem Vater oder Ardanos zuliebe! Caillean hatte sie aufgefordert, sich zu entscheiden. Aber hatte sie eigentlich einen freien Willen? Wurde sie nicht gelenkt von den Erwartungen ihrer Familie und anderen Kräften, die sie kaum wahrnehmbar um sich spürte, die sie jedoch ihrem Willen unterwarfen?
»Caillean ...«, flüsterte sie und drückte sich an die Priesterin, »wenn ich mich der Göttin weihe, dann geschieht es nicht, weil ich die Tochter und Enkeltochter von Druiden bin, nicht einmal deshalb, weil ich Gaius nie wiedersehen werde. Es muß einen anderen Grund geben, etwas, das umfassender ist.«
Caillean seufzte. »Als wir uns zum ersten Mal begegnet sind, hatte ich den Eindruck, daß du in Vernemeton eine Aufgabe hast.« Langsam fuhr sie fort: »Jetzt spüre ich das noch deutlicher. Aber ich kann dir nicht versprechen, mein Kind, daß du glücklich sein wirst.«
»Das erwarte ich nicht ...« Sie unterdrückte ein Schluchzen. »Wenn es nur einen Grund gibt, ein Ziel, einen Sinn in allem!«

Caillean drückte sie fest an sich, und Eilan spürte, wie sich der Knoten in ihrer Brust löste, als die ältere Priesterin ihr zärtlich über die Haare strich.
»Es gibt immer einen Sinn, Liebes, obwohl viel Zeit vergehen kann, bis man ihn erkennt ... Mehr Trost kann ich dir nicht schenken. Wenn die Göttin nicht weiß, was SIE tut, welchen Sinn kann es dann für die Menschen geben?«
»Es ist genug, wenn du mich immer liebst«, flüsterte Eilan und hörte den ruhigen und langsamen Herzschlag Cailleans.
»Das werde ich ...«, erwiderte Caillean kaum hörbar. »Ich liebe dich so, wie Lhiannon mich stets geliebt hat ...«

Der Vollmond blickte wie ein wachsames Auge vom Himmel, als habe Arianrhod beschlossen, persönlich die Zeremonie zu überwachen. Als der Gesang der Priesterinnen, die Eilan an diesen Platz geführt hatten, verhallte und Stille der Nacht sie umgab, überkam sie ein inneres Frösteln, obwohl es nicht sehr kalt war.
Hatte sie gehofft, es werde regnen? Dann wäre es auch nicht anders gewesen, denn wenn die Druiden sich bei ihren Ritualen vom Wetter abhängig gemacht hätten, wäre kaum je eines durchgeführt worden.
Eilan wußte, daß sie sich freuen sollte, denn der Himmel blickte in dieser Nacht wohlwollend auf ihre Einweihung. Trotzdem machte das helle Mondlicht sie irgendwie unruhig. Immerhin würde es leichter sein, bei dieser Helligkeit dem Weg zu folgen. Ihre Prüfung bestand nur darin, durch den Wald zurück zum Schrein zu gehen. Das schien nicht besonders schwierig zu sein.
Eilan wollte die Aufgabe so schnell wie möglich hinter sich bringen und eilte unter den mächtigen Bäumen durch den Wald. Der dichte Schatten der Eichen verbarg sie beinahe völlig vor dem klaren und wachsamen Blick des Mondes.
Aber sie war noch nicht einmal so lange gelaufen, wie man braucht, um einen armlangen Faden zu spinnen, als sie erschrokken feststellte, daß sie sich verirrt hatte.

Eilan blieb stehen, atmete bewußt tief und langsam. Dann drehte sie sich um.

Jetzt muß ich zum ersten Mal mein Können unter Beweis stellen. Ich muß ihnen beweisen, daß ich mit meiner inneren Ausrichtung den Weg finde.

Eilan konzentrierte sich auf die nicht nachlassende Kraft der Erde unter ihren Füßen – daran hatte sich auch in dieser Nacht nichts geändert. Die Kräfte von Mond und Sternen tönten über ihr am Himmel. Eilan öffnete alle ihre Sinne und wurde zu einer Brücke zwischen Himmel und Erde. Ein unbeschreibliches Glücksgefühl überkam sie. So leicht und mühelos konnte sie plötzlich atmen, daß eine Daunenfeder von ihrem Atem nicht bewegt worden wäre, und sie fand in der Stille ihres Bewußtseins den gleichmäßigen Rhythmus aller Kräfte, bis sie sich im Mittelpunkt des ganzen Universums befand. Ihre Angst war verschwunden. Keine Gedanken quälten sie mehr. Ihr Bewußtsein war klar und ruhig wie der heilige See.

Eilan öffnete die Augen. Die Panik war vergessen, aber das Mondlicht, das durch die Blätter fiel, schien von allen Seiten gleichzeitig zu kommen. Wie sollte sie wissen, in welcher Richtung der Schrein lag?

Wenn sie sich jedoch für eine Richtung entschied und lange genug lief, dann würde sie irgendwann den Waldrand erreichen. Man hatte ihr erzählt, daß ganz Albion einst von Wäldern überzogen war. Aber jetzt durchschnitten Wege, Wiesen und Felder das Land. Es würde bestimmt nicht lange dauern, bis sie jemandem begegnete, der ihr den Weg zum Heiligtum zeigen konnte.

Leise singend ging Eilan weiter. Erst später wurde ihr bewußt, daß sie das Lied angestimmt hatte, das die Priesterinnen sangen, wenn der Mond voll am Himmel stand.

Die von den Blättern gefilterten silbernen Strahlen verwandelten die Welt. Eilan verstand, daß sie deshalb Angst bekommen hatte. Jeder Ast und jeder Zweig war wie in reines Silber getaucht. Die Blätter schimmerten, das Licht tanzte auf jedem Stein.

Plötzlich stellte Eilan fest, daß sie mehr sah, als das Mondlicht ihr zeigen konnte. Alles Leben im Wald hatte einen eigenen Glanz angenommen, ein Strahlen, das zunahm, bis sie schließlich ebenso gut sah wie am hellichten Tag. Aber es war weder Tag noch Nacht, denn das Licht warf keine Schatten. Es war ein geheimnisvolles Leuchten, in dem die Farben des Waldes gedämpft wie seltene Edelsteine schimmerten. Mit einem leichten Schauder erkannte Eilan, daß sie die Grenze zwischen den Welten überschritten hatte.

Ja, es war so, wie ihre Lehrerinnen es gesagt hatten: Das Land des Lebens und die Welt der Menschen waren wie die Falten eines Mantels. Wo sie sich berührten, konnte man mühelos von der einen zur anderen wechseln. Doch die Welten trafen nur manchmal zusammen, zum Beispiel dann, wenn die Priesterinnen bei Vollmond die heiligen Lieder sangen.

Eilan blickte sich um und sah, daß in dem Wald Eichen, Haselsträucher, Weißdorn und andere Bäume wuchsen, die ihr vertraut waren. Doch es gab auch andere, die sie nicht kannte. Neben einer dicken Eiche sah sie einen Baum mit einer silbernen Rinde und kleinen goldenen Blüten. Eine Eberesche blühte weiß, aber gleichzeitig trug sie bereits rote Beeren. In der Welt der Menschen war die Zeit der Baumblüte längst vorüber, und die Beeren begannen gerade erst zu reifen.

Der betäubende Duft der Blüten machte sie benommen. Sie sah den Weg jetzt deutlich und ging zuversichtlich weiter. In ihrer Freude und der Leichtigkeit des Gehens vergaß sie beinahe das Ziel. Nur ganz leise meldete sich die warnende Stimme der Vorsicht und sagte ihr, daß die Verführung der Sinne vielleicht die größte Gefahr bei dieser Prüfung sein mochte.

Ihr Pflichtbewußtsein brachte sie schließlich dazu, auf einer kleinen Lichtung stehenzubleiben. Silberne Birken und Ebereschen wiegten sich im sanften Wind wie hübsch gekleidete Frauen auf einem Fest. Eilan schloß überwältigt die Augen.

»Göttin, hilf mir! Ihr Kräfte an diesem Ort, ich verneige mich vor euch . . .«, flüsterte sie. »Erweist mir eure Gunst und zeigt mir den Weg, den ich gehen muß . . .«

Als sie die Augen wieder aufschlug, sah sie zwischen den Bäumen einen breiten Weg, der von großen Steinen eingefaßt war. Sie lief auf ihn zu. Dann blieb sie ehrfürchtig stehen, denn vor ihr tat sich ein Heiligtum auf. Es fiel ihr nicht schwer, mit dem beinahe schwebenden Gang der Priesterinnen bei einem Ritual das Heiligtum zu betreten.

Der Weg führte zwischen zwei großen aufrecht stehenden, behauenen Steinen hindurch, die über und über mit Spiralen und anderen Ornamenten bedeckt waren. Dahinter sah sie einen See, dessen Wasser so hell schimmerte, als spiegele sich der Mond darin.

Mit angehaltenem Atem ging Eilan durch die hohen Steine zum See. Auch das gehörte zu ihrer Ausbildung. Sie konnte im heiligen Wasser der Göttin den Blick in die Zeit und in die Welt der geistigen Kräfte werfen.

Ein Windstoß kräuselte die Wasseroberfläche. Als sich die Wellen wieder glätteten, war der See wie eine Schale unter der Sonne.

In der Tiefe sah Eilan das Meer. Es schimmerte grün und blau unter einem endlosen klaren Himmel, der wie blaues Glas leuchtete. Sie versenkte sich in diesen Anblick, und der See, der Wald und die Steine um sie herum versanken. Sie schwang sich wie ein Vogel in die Lüfte und schwebte über die Wellen.

Weit draußen im Meer lag eine Insel mit steilen Klippen aus rotem Sandstein. Hoch oben standen weiße Tempel inmitten schattiger Haine mit dunklen Bäumen. Die höchste Klippe krönte ein Tempel, der größer war als die anderen. Er schimmerte wie pures Gold.

Eilan flog tiefer und sah eine Frau in einem weißen Gewand. Die Frau trat an die Brüstung und blickte auf das Meer hinaus. Ein goldener Reif lag um ihren Kopf, und goldene Ringe schmückten ihre Arme und den Hals. Ihre Haare waren leuchtend rot, aber sie hatte Cailleans Augen. Ein junger Mann kam aus dem Tempel, kniete vor ihr nieder und drückte den Kopf an ihren Leib. Die Frau segnete ihn, und Eilan sah tätowierte Drachen auf seinen Armen. Eine Stimme wie sanft fallender Regen sang:

»Weh um das Land hinter dem Meer!
Weh um das Land, das niemand retten kann!
Das Wissen der Götter, ihr Geschenk für uns
Ist für immer verloren ...«

Die Worte verklangen, und das Bild änderte sich. Eilan hatte das Gefühl, es seien viele Jahre vergangen. Plötzlich loderte in der Mitte der Insel eine Flamme auf, die bis zum Himmel reichte. Dann erhob sich das Meer wie eine Wand aus grünem Glas und verschlang die Bäume und die Tempel. Doch bevor die Insel in den Fluten versank, flohen Schiffe vom Ufer wie aufgeschreckte Möwen. Auf einem Segel sah Eilan einen gemalten Drachen. Sie folgte dem Schiff nach Norden, bis silberne Wolken die Sonne verhüllten. Das Meer wurde so grau, wie sie es kannte.

Das Schiff näherte sich dem Land. Sie sah weiße Klippen und grüne Wiesen. Sie flog über Berg und Tal bis zu einer hohen weiten Ebene. Dort zogen Männer an langen Seilen riesige Steinblöcke zu einem Platz. Ein Teil des Steinrings war bereits aufgestellt, und sie konnte sich das Heiligtum vorstellen, das hier entstand. Sie hatte das Werk der Riesen oft genug beschrieben bekommen, um zu begreifen, was sie dort sah. Der Mann, der die Arbeit beaufsichtigte, erinnerte sie an ihren Vater. Er beriet sich mit einem anderen, der wie Gaius aussah, obwohl er kleiner war und eine dunklere Haut hatte als die Silurer. Von ihm ging deutlich eine alle begeisternde und mitreißende Kraft aus. Er deutete auf den Ring der Steine, und sie sah die tätowierten Drachen auf den Muskeln seiner Unterarme.

Ein starker Wind wehte über das hohe Gras der Ebene, und als er sich legte, hatte sich das Bild wieder verändert.

Eilan staunte über die schnelle Folge der Generationen und neuen Stämme, die in das Land kamen. Immer wieder erkannte sie ein Gesicht oder sah eine vertraute Geste – ihr Großvater mit der

Harfe, Lhiannons königliche Anmut. Sie sah sogar sich selbst wie eine Königin in einem Wagen sitzen. Ein großer Mann ritt neben ihr, und sie wußte plötzlich, seine Berührung hatte ihr geholfen, den Zugang zu der eigenen Kraft zu finden.

Sie hörte seine Stimme über die Welten hinweg klar und deutlich.

»Alles, was war, wird in Ewigkeit sein.
Der Drache steigt aus dem Meer.
Nur der, der Vollkommenheit erlangt,
Ist wahrhaft frei und aller Lasten ledig.«

Als letztes sah sie einen Berg, der mit großen Granitbrocken übersät war. Ein Teppich aus violettem Heidekraut lag über den Felsen. Vom Meer wehte ein kalter Westwind und peitschte das hügelige Land. An diesem stürmischen Ort wuchsen Bäume nur dort, wo die Küste der Insel der dunklen Masse des Festlands gegenüber lag.

Eilan wußte plötzlich, daß sie Mona vor sich sah. Das Bild änderte sich wieder. Männer ihres Volkes errichteten unter der Anleitung von Druiden in weißen Gewändern hohe Scheiterhaufen.

Eilan verstand zunächst nicht, was dort geschah, aber dann erschrak sie zutiefst.

Priesterinnen in nachtblauen Gewändern kamen in einer schaurigen Prozession vom heiligen See. In ihren Armen lagen die toten Töchter der Frauen, die von den Römern vergewaltigt worden waren. Sie hatten ihre Kinder geboren und ertränkt. Die Priesterinnen stimmten den Gesang der Unsterblichkeit an, und eine nach der anderen trat vor die Hohepriesterin, die im Namen der Göttin das Opfer annahm und sie segnete. Mit ihren toten Kindern auf den Armen stiegen sie auf die Scheiterhaufen, und andere, die ihre Söhne den Druiden übergaben, gesellten sich zu ihnen, denn auch ihr Leben war verwirkt.

Als die Flammen zum Himmel aufloderten, klang der Gesang wie ein Sieg über alles Leiden der Welt. Vor dem brennenden Horizont erschien eine Schar Raben, so schwarz wie Rauch und so leicht wie Wolken. Und wieder hörte Eilan die klare, tönende Stimme:

»Wenn die Adler kämpfen und morden,
Schläft der Drache und wartet lange.
Wenn die Raben fliegen, weint die Göttin,
Aber aus der Saat von Haß und Leid
Wächst langsam Verständnis und Liebe.«

Bei diesen Worten wurde Eilan das Herz schwer. Das Bild verschwamm vor ihren Augen, die sich mit Tränen füllten.

Als sie wieder etwas sah, stand sie an dem heiligen See. Aber sie war nicht allein. Im Wasser spiegelte sich eine Gestalt. Sie hob den Kopf und erkannte, daß es ein Mann war, der als Umhang das weiß gefleckte Fell eines Stiers trug. Sein Kopfschmuck wurde gekrönt von einem mächtigen Hirschgeweih und Falkenflügeln. Sie erschauerte, denn es war das Gewand der Druiden, das sie nur für die höchsten und heiligsten Rituale anlegten.

Eilan verneigte sich vor dem Priester, wie es seinem Rang entsprach, und fragte dann: »Wer bist du?«

Einen Augenblick lang erinnerte sie der Mann an ihren Großvater, aber dann sah sie, daß er trotz der Silberfäden in seinem Bart sehr viel jünger war. Aus seinen Augen leuchteten so viel Weisheit und Macht, wie sie noch bei keinem Sterblichen gesehen hatte.

Das hätte Ardanos werden sollen!

Er war das Gegenstück zu der großen Priesterin, die Eilan bei den Ritualen manchmal in Lhiannon gesehen hatte. Nicht das Ringen auf der Erde, nicht die Intrigen und die Politik zählten auf diesen Ebenen, denn all das war Täuschung und ein falscher Wahn. Was Eilan in seinen Augen sah, das war die Wirklichkeit.

Der Mann lächelte, und sie hatte den Eindruck, das Licht, das sie beide umgab, werde so strahlend und hell, daß der ganze See zu leuchten schien.

»Ich habe viele Gestalten angenommen und hatte viele Namen. Ich bin der Falke der Sonne gewesen, der weiße Hengst, der goldene Hirsch und der schwarze Eber. Aber hier und jetzt bin ich der Merlin von Albion.«

Eilan hielt den Atem an. Ihre Lehrerinnen hatten ihr auch von dem Merlin erzählt. Es war eine Bezeichnung, die der höchste Druide in alter Zeit in Anspruch nahm. Aber eine Seele, die das durfte, wurde nicht in jeder Generation geboren. Es hieß, daß der Merlin nur den größten Druiden in der anderen Welt begegnete.

Eilan fuhr sich zögernd mit der Zunge über die Lippen, die plötzlich trocken und spröde waren.

»Was willst du von mir?«

»Tochter der heiligen Insel, willst du deinem Volk und deinen Göttern dienen?«

»Ich diene der Göttin des Lebens«, antwortete Eilan gefaßt. »Ich erfülle IHREN Willen ...«

»Das ist die Stunde der Zukunft, die Zeit des Orakels, in der sich viele Wege kreuzen, aber nur mit deiner Einwilligung. Der Weg, der sich vor dir öffnet, verlangt, daß du alles gibst. Wenn du ihm folgst, dann wirst du nur wenig Verständnis oder Lohn empfangen.«

Er trat auf sie zu. »Und was sagen die Zeichen? Wohin weisen die Kräfte?«

In seiner Nähe war die Kraft, die er ausstrahlte, so überwältigend, daß sie Mühe hatte, seinen Blick zu erwidern.

»Die Stunde ist da, um auf die alte Weise eine Priesterin zu machen«, fuhr er sanft fort. »Man hat dir gesagt, daß eine Priesterin Jungfrau sein muß. Aber das stimmt nicht. Eine Priesterin der Göttin gibt sich dem Mann, dem König ihrer Wahl, zu ihrer Zeit und nach ihrem Willen. Und sie behält ihre Freiheit und Unabhängigkeit, wenn die Kraft durch sie hindurchgeflossen ist. Sie gibt, aber sie wird niemals genommen. Sie zeigt dem heiligen König ihre Bereitschaft, damit er den Segen der Kraft seiner Königin zuteil werden läßt und so das Leben im Land sich erneuern kann.«

»Und das willst du von mir?« Eilan spürte die innere Anspannung »Wie kann ich es tun? Ich weiß es nicht!«
»Du weißt es nicht, aber die Göttin in dir . . .«
Eilan stockte der Atem, als er sie anlächelte und sagte: »Es ist meine Aufgabe, SIE in dir zu erwecken.«
Er warf den Umhang ab, und als das Fell zu Boden fiel, sah sie, daß er nackt war. Vor ihr stand der zeugungsbereite Gott. Er schob ihr sanft die Locken aus der Stirn, und sie glaubte, ohne die Kraft seiner starken Hände zu fallen. Dann neigte er sich über sie und küßte sie auf die Stirn.
O Göttin!
Ihre Seele rief, und mit einer noch nie erlebten Klarheit fühlte sie sich von einer weißen Flamme entzündet, die nach unten glitt, als er ihre Lippen küßte, ihre Brüste und dann kniete, um ihren Leib mit seiner Kraft zu verschmelzen. In diesem Augenblick wurde sie sich ihres Wesens bewußt wie noch nie zuvor, und gleichzeitig vereinigte sich ihr ganzes Ich mit ihm. Sie wußte nicht, ob diese Einheit ein Teil von ihr war oder sie ein Teil von ihm – oder IHR. Das alles war nicht wichtig. Die Erfahrung der Vereinigung übertraf sogar die Freude, die Arme von Gaius zu fühlen, denn nun war sie nicht mehr allein. Eilan brannte, ohne zu brennen; die Flammen durchzuckten sie, ohne sie zu verletzen. Und wieder hörte sie die klare volltönende Stimme:

»Den Feind, den du besiegen willst, mußt du lieben.
Das Gesetz, dem du folgen sollst, mußt du brechen.
Das, was du behalten willst, mußt du opfern.
So wirst du siegen!
Tochter der Druiden,
Durch dich wird der Drache wiedergeboren.«

In ihrem Bewußtsein jagten sich Bilder von Blut und Macht, von Schlachten und Städten. Sie sah einen steilen grünen Hügel über einem riesigen See, Feuer und Schwerter und schließlich einen blonden Mann – er hatte die Augen von Gaius –, der in die Schlacht ritt. Sein Schild trug das Bild der Göttin.

»Ich bin bereit!« antwortete Eilan. »Aber laß mich nicht allein . . .«

»Du bist meine Geliebte.
Ich bin immer da! Du gehörst mir,
Von Jahrhundert zu Jahrhundert,
Durch alle Zeiten.«

Eilan wußte, daß sie diese Worte schon einmal gehört hatte. Es war nur die Erneuerung eines alten Bandes. Und die Liebe, die sie umgab, wurde zu einem Meer, in dem sie versank, zu einem Licht, von dem alles Bewußtsein aufgezehrt wurde.

Als Eilan wieder zu sich kam, lag sie in kühlem Wasser. Sie nahm undeutlich große, dunkle Bäume wahr und silbernes Mondlicht. Im nächsten Augenblick griffen viele Hände nach ihr und trugen sie ans Ufer. Sie öffnete staunend die Augen und erkannte, daß sie in dem Badeteich neben dem Bach lag, der sich nicht weit hinter dem Haus der jungen Frauen befand.

Eilan wollte etwas sagen und stellte fest, daß sie keine Worte hervorbringen konnte. Sie wußte, nichts von all dem, was in dieser Nacht geschehen war, ließ sich in Worte fassen. Es war ein Mysterium und für keine anderen Ohren bestimmt, auch nicht für die der Priesterinnen. Und doch verstand sie nicht, daß die Frauen es ihr nicht ansahen, denn die göttliche Kraft, das Feuer, brannte noch in ihr. Sobald sie aus dem Wasser kam, wurde ihre Haut trocken und leuchtete. Schweigend hüllten die Frauen sie in ein neues, mitternachtsblaues Leinengewand, das nur die geweihten Priesterinnen trugen.

»Du bist zwischen den Welten gewandert. Du hast das Licht gesehen, das keinen Schatten wirft. Du bist gereinigt worden . . .«

Eilan erkannte Cailleans Stimme. Sie hob den Kopf, aber sie sah, daß es die Frau an der Brüstung hoch über dem Meer war.

»Tochter der Göttin, tritt vor, damit deine Schwestern dich umarmen können . . .«

Die Priesterinnen stützten sie unter den Ellbogen und führten sie den Weg entlang zu dem heiligen Hain.

Lhiannon erwartete sie im Fackellicht unter den hohen alten Bäumen. An ihrer Seite stand Eilid und vor ihr Dieda. Als Dieda sich umdrehte, waren ihre Augen so groß und benommen wie Eilans Augen. Ihre langen lockigen Haare waren feucht.

Was ist mit ihr geschehen?

Als die Blicke der beiden sich trafen, fielen alle Schranken der vergangenen Jahre, und sie wußten nur noch, daß sie Schwestern waren.

Es ist schön, daß wir unser Gelübde zusammen ablegen!

Während dieser Gedanke Eilan mit großer Freude erfüllte, sah sie Dieda lächeln, und es war das Lächeln der Göttin.

Eilan sah sich langsam und staunend um. Alle Priesterinnen hatten sich versammelt, auch Miellyn, Gwenna und Latis und die anderen Lehrerinnen, denen sie ihr Wissen und Können verdankte. In jedem Gesicht spiegelte sich das silberne Licht der anderen Welt, und manchmal sah Eilan etwas mehr – die Ähnlichkeit mit Gesichtern und Gestalten, die sie in ihren Visionen gesehen hatte, die sich im langen Lauf der Zeiten veränderten, aber in ihrem Wesen gleich blieben.

Warum fürchten die Menschen den Tod, wenn wir wiedergeboren werden?

Die Druiden lehrten, daß die Seele im ewigen Kreislauf allen Lebens viele Gestalten annehmen konnte. Eilan hatte nie daran gezweifelt, aber nun wußte sie mit Sicherheit, daß es die Wahrheit war.

Das erklärte die Gelassenheit und innere Ruhe der geweihten Priesterin, die Lhiannon und Caillean am vollkommensten für sie verkörperten. Die Hohepriesterin konnte sich trotz ihrer Zartheit und Fehlbarkeit über alles erheben, denn auch sie war dort gewesen, wo Eilan herkam. Nichts in der Welt der Sterblichen, keine Katastrophen und Verstrickungen konnten etwas daran ändern.

Eilan hörte die Worte des Rituals, als sei es ein Traum. Sie legte ohne Zögern ihr Gelübde ab, denn das wichtigste Versprechen, das alle anderen umfaßte und das über ihnen stand, hatte sie bereits der Göttin in der anderen Welt gegeben. Das Blut glühte noch in ihren Adern und das Licht der Göttin leuchtete aus ihren Augen, als Eilan die Nadel spürte, mit der ein blauer Halbmond auf ihre Stirn tätowiert wurde. Durch dieses Zeichen war sie für alle Menschen sichtbar zur Priesterin geweiht.

14. KAPITEL

In Vernemeton gehörte es zur Regel, daß Priesterinnen, die ihr Gelübde abgelegt hatten, eine Zeitlang in strenger Klausur blieben.

Eilan war dankbar dafür. In den Tagen nach der Einweihung war sie so erschöpft wie Lhiannon nach einem Ritual, bei dem sie das Orakel der Göttin war. Aber auch als sie sich körperlich erholt hatte, blieb ihre Konzentration nach innen gerichtet, denn sie versuchte, mit dem Verstand zu begreifen, was geschehen war.

Manchmal schienen ihr die Worte des Merlin völlig unfaßlich und eher wie ein wahnwitziger Traum, der aus ihrer nichterfüllten Liebe zu Gaius geboren worden war.

Als sich dann die Priesterinnen in der frostkalten Nacht versammelten, um den Wintermond zu begrüßen, fühlte sich Eilan wieder von allen Zweifeln befreit. Ihre Freude und ihr Glück beflügelten sie, und sie ließ sich von den Stimmen der Priesterinnen hoch emportragen. Das Mondlicht brannte in ihr mit einer silbernen Flamme; und sie wußte, daß all das, was sie erlebt hatte, kein Traum gewesen war.

Manchmal stellte Eilan fest, daß Caillean sie nachdenklich betrachtete. Aber selbst dann, als sie von ihr in die Geheimnisse der Druiden eingeweiht wurde, die über das Meer gekommen waren – dieses Wissen durfte nur an geweihte Priesterinnen weitergegeben werden –, hatte Eilan nicht das Gefühl, über den Merlin sprechen zu können und über den schicksalhaften Weg, den er ihr gezeigt hatte. Sie verstand immer besser, daß das Mysterium und alles, was eine Priesterin in der Ekstase erlebte, nur für sie selbst bestimmt waren.

Und so verging der dunkle Winter, bis schließlich im Frühling die Tage wieder länger wurden. Das Zeichen der Göttin auf Eilans Stirn, der blaue Halbmond, war verheilt.

Gaius saß auf der Bank im Amtszimmer seines Vaters in Deva. Er atmete tief die frische Luft ein, die durch das offene Fenster hereindrang, und überlegte, wie schnell er von hier wegkommen würde. Der Frühling zeigte sich mit unaufhaltsamer Macht auf den Feldern und in den Wäldern. Gaius roch sehnsüchtig den Duft der Apfelblüten und mußte an Eilan denken.

»Die meisten Männer werden ihren Urlaub an den Floralia nehmen. Aber ich möchte nicht, daß zu viele meiner Offiziere gleichzeitig weg sind.«

Die Stimme seines Vaters schien aus weiter Ferne zu kommen.

»Wohin willst du in deinem Urlaub gehen?«

»Darüber habe ich noch nicht nachgedacht«, erwiderte Gaius. Viele der Offiziere nutzten ihre freie Zeit, um zu jagen. Aber je älter Gaius wurde, desto weniger fand er Spaß daran, Tiere einfach zu seinem Vergnügen umzubringen. Er verzog mißmutig das Gesicht. Wohin sollte er schon gehen?

»Du könntest doch den Prokurator besuchen«, schlug sein Vater vor. »Du kennst seine Tochter noch nicht.«

»Wenn die Götter mir gnädig sind, werde ich sie auch nie kennenlernen.«

Gaius war schlagartig wieder in der Gegenwart und richtete sich mißtrauisch auf. Sein Vater sah ihn verärgert an.

»Also, was könnte ein solcher Besuch schon schaden?« Macellius ließ nicht locker, aber er mäßigte sich bewußt. »Schau dir das Mädchen doch einmal an. Was ist schon dabei? Sie heißt, wie du weißt, Julia und ist bereits fünfzehn.«

»Vater, ich weiß, daß sie im heiratsfähigen Alter ist. Glaubst du, ich bin auf den Kopf gefallen?«

Sein Vater lächelte. »Ich habe kein Wort davon gesagt, daß du sie heiraten sollst.«

»Das mußt du auch nicht«, erwiderte Gaius verärgert. Wenn er nicht Eilan haben durfte, dann sollte er verflucht sein, wenn er irgendeine andere Frau heiraten würde – und erst recht keine, die sein Vater für ihn ausgesucht hatte.

»Du mußt doch nicht gleich so heftig werden«, sagte sein Vater. »Ich habe jedenfalls daran gedacht, für ein paar Wochen nach Londinium zu reiten, und ich ...«

»Ich werde nicht nach Londinium gehen!« erklärte Gaius entschlossen. Er würde keine Rücksicht auf die Gefühle seines Vaters nehmen. Er wußte zwar nicht, wohin er gehen sollte, aber er würde so weit weg von Londinium sein wie nur möglich.

»Ich hoffe, du denkst nicht immer noch an dieses Mädchen ... Seit du herausgefunden hast, daß sie noch lebt, spukt sie dir wieder ständig im Kopf herum«, brummte Macellius.

Sein Sohn hatte ihm nach der Rückkehr von jenem unglückseligen Einsatz beim letzten Beltane-Fest bittere Vorwürfe gemacht, weil er ihm verheimlicht hatte, daß Eilan nicht in den Flammen ums Leben gekommen war. Gaius hatte fast den Eindruck, sein Vater könne Gedanken lesen.

»Na ja, du weißt ja inzwischen, daß du sie nicht haben kannst.«

Später dachte Gaius, wenn sein Vater es bei dieser Bemerkung hätte bewenden lassen, dann wäre alles anders gekommen. Aber Macellius ließ es nicht dabei bewenden, sondern sagte: »Ich erwarte von dir, daß du klug genug bist, sie endgültig zu vergessen.«

Damit war alles entschieden! Als Gaius sich später an den Augenblick erinnerte, erkannte er, daß mit diesen Worten ihrer aller Schicksal besiegelt war.

»Also ich ...«, sagte er langsam, »ich wollte eigentlich Clotinus besuchen.«

Der Ritt nach Süden gefiel Gaius. Er dachte an Eilan und an Cynric. Cynric hätte sein Freund werden können, und jetzt war er geächtet. Die Herrschaft der Römer, oder zumindest das, was er

davon in der Präfektur beobachtet hatte, weckte immer mehr Zweifel bei ihm. Tag für Tag hatte er Dinge gesehen und gehört, die wenig zu tun hatten mit dem Glanz, dem Reichtum und den vielen hochtrabenden Worten, die immer und überall in dem Bekenntnis zu Recht und Ordnung zum Wohl der Menschheit gipfelten. Korruption und Intrigen, Brutalität und Selbstherrlichkeit, Geldgier und Bosheit waren die eigentlichen Kräfte, die zumindest in dieser römischen Provinz herrschten. Kein Wunder, daß die unterdrückten und ausgebeuteten Stämme von der römischen Kultur und den römischen Idealen nichts wissen wollten und wie Cynric und die Druiden auf Rache und Befreiung sannen.
»Rom verspricht alles und hält nichts«, hatte der geschwätzige Centurio einmal leicht angetrunken in der Taverne gesagt, und Gaius hatte ihm nicht widersprochen. Nein, Gaius war nicht mehr stolz darauf, ein Römer zu sein.
Aber jetzt fühlte er sich wie von Ketten befreit, als er im leichten Trab durch den Frühlingsmorgen ritt. Er hatte seinem Vater die Stirn geboten, und die nächsten Tage gehörten ihm ganz allein. Alles um ihn herum erwachte zu neuem Leben.
Das Wetter war schön. Morgens war es klar und kalt, aber tagsüber wurde es warm und sonnig. Nur hin und wieder fiel etwas Regen.
Clotinus freute sich über seinen Besuch und begrüßte ihn mit offenen Armen. Gaius wußte sehr wohl, der herzliche Empfang galt nicht ihm. Clotinus war an einem guten Verhältnis mit den mächtigen Römern gelegen, aber Gaius fühlte sich in dem Haus dort trotzdem wohl. Gwenna war bereits verheiratet und lebte mit ihrem Ehemann in einer kleinen Provinzstadt. Also belästigte sie ihn diesmal nicht.
Das Landgut des Clotinus war kein schlechter Platz, um einen Urlaub zu verbringen, obwohl Gaius beschlossen hatte, bald weiterzureiten. Clotinus hatte gute Köche, und seine jüngste Tochter – sie war erst zwölf – leistete Gaius Gesellschaft. Sie hörte ernst und teilnahmsvoll zu, als er ihr erzählte, daß sein Vater ihn mit

einer unbekannten Frau verheiraten wollte. Das Mädchen schien sogar bereit, ihn auch anders zu trösten; aber Gaius beherzigte diesmal den Rat seines Vaters, sich grundsätzlich nicht mit den Frauen der Stämme einzulassen.

Er verbrachte viel Zeit damit zu überlegen, wie er Eilan eine Nachricht zukommen lassen könnte, ohne die Drachen aufmerksam werden zu lassen, die sie bewachten. Ihm fiel nichts ein, außer verzweifelt zu Venus zu beten. Im Schlaf drückte er seufzend und stöhnend die Decken an sich und wußte beim Erwachen, daß er wieder einmal von Eilan geträumt hatte.

Aber ich liebe sie doch!

Die Hoffnungslosigkeit seiner Lage überwältigte ihn.

Ich will Eilan nicht verführen und sie dann im Stich lassen! Ich möchte sie heiraten, wenn die Menschen es mir erlauben würden, die nichts anderes im Sinn zu haben scheinen, als unser beider Leben nach ihren Vorstellungen zu lenken.

Zu diesen Menschen gehörte natürlich auch sein Vater. Aber Gaius war kein zwölfjähriger Junge mehr, sondern ein zweiundzwanzigjähriger Offizier. Wie alt mußte er werden, um die Frau heiraten zu dürfen, die er haben wollte? Vielleicht gab sich sein Vater der Illusion hin, sein Sohn werde erst mit vierzig oder fünfzig richtig erwachsen und nicht mehr auf seine Entscheidungen angewiesen sein. Seine Gedanken liefen im Kreis wie Pferde im Hippodrom. Aber er fand keinen Ausweg. Eilan war so gut vor ihm geschützt, als wäre sie tatsächlich im Tempel der Vesta in Rom.

Als er eines Tages durch den Wald ritt, kam er an den verbrannten und verkohlten Überresten von Bendeigids Haus vorbei. Da wurde ihm plötzlich bewußt, daß er sich nicht allzuweit von Vernemeton entfernt befand. Sein Bein schmerzte in Erinnerung an die Fallgrube – wie lange schien das inzwischen her zu sein! Wieviel Zeit war vergangen, seit Eilans Gesicht über ihm am Rand der Grube wie eine rettende Göttin erschien?

Ich darf nicht hierbleiben. Jeder Baum und jeder Stein bringen mir quälende Erinnerungen.

Gaius hatte geglaubt, er werde die Erinnerungen ertragen können. Er hatte hin und wieder den alten Ardanos in Deva gesehen. Der Druide hatte seinen Seelenfrieden nicht stören können. Jetzt aber war sein inneres Gleichgewicht mehr als gefährdet. Vielleicht sollte er weiter in den Süden reiten und das Volk seiner Mutter besuchen …

Als Gaius am Abend mit Clotinus vor dem brennenden Feuer saß, sprach er von seinen Absichten. Aber Clotinus beschwor ihn, wenigstens noch ein oder zwei Tage zu bleiben.

»Jetzt vor dem Fest sind viel zu viele Leute unterwegs«, erklärte er. »Du solltest wenigstens bleiben, bis Beltane vorüber ist. Dann kannst du dich in aller Ruhe auf den Weg machen.«

»Die vielen Leute stören mich nicht«, erwiderte Gaius, »aber vielleicht sollte ich keine Uniform tragen. Ich werde schneller vorankommen und weniger Aufmerksamkeit erregen, wenn ich wie ein ganz gewöhnlicher Britone aussehe.«

»Richtig«, Clotinus verzog spöttisch die Lippen. »Gewissermaßen gehörst du ja auch zu uns … Ich werde etwas bereitlegen lassen, das du tragen kannst.«

Ein Sklave brachte Gaius am nächsten Morgen die versprochenen Sachen – eine braune Reithose, eine grüne Tunika und einen weiten dunkelbraunen Wollumhang. Alles war neu und angenehm zu tragen, wirkte aber nicht besonders auffallend oder kostbar.

»Die Nächte sind noch immer kalt, mein Freund«, sagte Clotinus. »Du wirst den Umhang brauchen, wenn es dunkel wird.«

Als Gaius die Sachen anzog, schien seine römische Identität von ihm abzufallen.

»Jetzt bist du wirklich nicht mehr Gaius Macellius Severus.« Der alte Clotinus sah Gaius seltsam an und klopfte ihm dann väterlich auf die Schulter.

»Habe ich dir nicht erzählt, daß mich meine Mutter Gawen nannte? Jetzt bin ich wieder Gawen, und vielleicht sollte ich diesen Namen auch nicht mehr ablegen.«

Clotinus freute sich über das Kompliment und verabschiedete ihn

wie einen Freund, aber Gaius wußte, der Mann bedauerte, den römischen Offizier aus Deva so schnell als Gast zu verlieren.
»Vielleicht gehe ich noch auf das Fest«, sagte Gaius beim Abschied. »Wenn ich dann wirklich wie ein Britone der Göttin huldige, dann darfst du das meinem Vater aber nicht verraten!«

Als Eilan am Morgen von Beltane erwachte, hatte sie das seltsame Gefühl, Gaius sei in der Nähe.
Vielleicht denkt er an mich . . .
Schließlich war es das Fest, an dem sie sich ihre Liebe gestanden hatten. Kein Wunder also, daß ihre Gedanken bei ihm waren, wenn überall im Land sich die Herzen der Männer und Frauen im Einklang mit der blühenden Natur der Liebe öffneten.
Aber hier im Heiligtum von Vernemeton sollte sie nicht an solche Dinge denken – oder wenn, dann mit dem gelassenen Verständnis einer Priesterin, die über jedes körperliche Verlangen erhaben war.
Im Winter war das leicht gewesen. Die Leidenschaft, die der Merlin in ihr geweckt hatte, schien zu einem Strahlen geläutert worden zu sein, das so rein war wie die Flamme auf dem Altar. Das Gelöbnis der Keuschheit war deshalb kein großes Opfer.
Jetzt jedoch stiegen in den Bäumen die Säfte, und jede Knospe erblühte. Und Eilans alte Zweifel erwachten wieder.
Wenn sie an den Merlin dachte und an ihren glühenden Körper, wenn sie in der Nacht träumte, in den Armen des Gottes zu liegen und manchmal in den Armen von Gaius, dann sehnte sie sich nach mehr als einem tugendsamen Leben unter Frauen.
Ich bin noch unberührt, aber mein Geist ist nicht mehr unschuldig. O Göttin, wie soll ich diese süßen Qualen ertragen?
»Da bist du ja, Eilan!« Miellyns Stimme riß sie aus ihren Gedanken. »Da du diesmal nicht Lhiannon bei dem Ritual dienst, wollte ich dich fragen, ob du heute morgen nicht mit uns zum Fest kommst. Du siehst so blaß aus, und etwas Abwechslung wird dir bestimmt guttun.«

Das ›uns‹ bezog sich jedoch nur auf Miellyn und Senara, die glücklich über den Ausflug war und sich riesig auf das Fest freute.
Auf dem Weg zum Gipfel des Hügels drängten sich wie immer an solchen Tagen die Leute. Eilan, die nach den Monaten der Klausur nur Stille und das Alleinsein gewohnt war, begann angesichts der vielen Menschen unruhig zu werden. Vielleicht hatte auch die Einweihung sie verändert. Schon immer waren ihr viele Menschen etwas unheimlich gewesen, aber an diesem Tag hatte sie das Gefühl, so empflindlich zu sein, als hätte man ihr die Haut abgezogen.
Senara war fröhlich und ausgelassen. Sie staunte über alles, was sie sahen, und stellte viele neugierige Fragen. Sie durfte an einem Stand runden weißen Käse probieren, sie lauschte verzückt auf das helle Geläut der Glasglöckchen, die ein Händler anbot; und wie alle um sie herum trug sie stolz die frischen Frühlingsblumen im Haar. Ihre beiden Begleiterinnen waren verschleiert und trugen die dunkelblauen Gewänder der Priesterinnen, die ihre Gelübde abgelegt hatten.
Eilan war nicht mehr in einem solchen Gedränge gewesen, seit sie Gaius zufällig wiederbegegnet war. Heute schienen die Menschen aus dem ganzen Land hier zusammenzukommen. Sie lachten, aßen, tranken und ließen sich von den Künsten und dem Können der Schausteller faszinieren.
»Kommt Lhiannon tagsüber auch hierher?« wollte Senara wissen.
»O nein«, erwiderte Miellyn, »aber Ardanos, der höchste Druide. Es gehört zu seinen Pflichten, sich bei den Festen den Menschen zu zeigen.« Miellyn schwieg. Dann sagte sie: »Ich glaube, es gefällt ihm von Fest zu Fest weniger. Auch er ist nicht mehr der Jüngste, und die Leute bestürmen ihn mit Klagen und Wünschen, die er nicht erfüllen kann.«
»Ich habe gehört, daß sich in früheren Zeiten die Hohepriesterin auch unter die Menge gemischt hat.«

»Das mag sein, denn die Göttin sucht die Nähe der Menschen. SIE macht keine Unterschiede zwischen arm und reich, zwischen den Mächtigen und dem Volk.«
Miellyn mußte plötzlich laut auflachen.
»Was hast du?« fragte Eilan.
»Ach nichts, aber ich habe gehört, daß sich die Hohepriesterin in früheren Zeiten auf das Ritual vorbereitete, indem sie sich einen Gefährten wählte. Deshalb erschien sie auf dem Fest, und sie reichte dem neuen König die Insignien seiner Macht, nicht der höchste Druide.«
Ein heißer Schauer überlief Eilan von Kopf bis Fuß, denn sie glaubte plötzlich, die klare, volltönende Stimme des Merlin zu hören.
Eine Priesterin der Göttin gibt sich dem Mann, dem König ihrer Wahl, zu ihrer Zeit und nach ihrem Willen.
In diesem Augenblick entdeckte Senara einen Tanzbären und zog die beiden Frauen in den Kreis der neugierigen Zuschauer. Als die Leute die Gewänder der Priesterinnen sahen, machten sie ehrfürchtig Platz, bis sie schließlich direkt an dem mit Seilen abgespannten Ring standen. Der riesige Bär stand schwerfällig schaukelnd auf den Hinterbeinen und drehte sich zu den Befehlen des Bärenführers im Kreis. Ein Trommler und ein Flötenspieler spielten eine seltsam aufreizende Musik, und irgendwie hatte es wirklich den Anschein, der Bär tanze in einer Trance, die sein Mysterium war.
»Das arme Tier«, sagte Senara mit einem Blick auf die Kette um das Maul.
»Lhiannon kommt mir manchmal wie dieser Bär vor«, murmelte Miellyn. »Alle starren sie an, und sie bietet der Menge ein Schauspiel.«
Eilan zuckte bei dem Vergleich der Hohenpriesterin von Vernemeton mit einem dressierten Tier innerlich zusammen.
»Miellyn, so etwas solltest du noch nicht einmal denken«, flüsterte sie ihrer Freundin zu.

»Warum nicht? Die Wahrheit auszusprechen, gilt üblicherweise als eine Tugend«, erwiderte Miellyn ungerührt, aber auch sie senkte die Stimme, damit niemand sie hören konnte, was bei dem Lärm, dem Klatschen und Gelächter um sie herum nicht schwierig war.

Aber vielleicht hat sie recht, dachte Eilan, ohne den Blick von dem Bären zu wenden. Ardanos hatte Lhiannon auf seine Weise gefesselt. Das hatte wenig mit der Freiheit der Hohenpriesterin zu tun, wie sie der Merlin beschrieb.

Sollte Lhiannon sich aus den Fesseln befreien? Sollte sie an Beltane wieder ihren Gefährten, ihren König, wählen, um so dem Land das neue Leben zu schenken?

Wie als Antwort auf ihre stumme Frage brüllte der Bär plötzlich laut auf und schlug mit der Tatze auf die Kette. Der Bärenführer ließ sie überrascht los, hob aber schnell einen spitzen Eisenstab, um den Bären damit in Schach zu halten. Aber der Bär war schneller. Unter den erschrockenen Rufen der Zuschauer drehte er sich so heftig im Kreis, daß die Kette den verblüfften Mann am Kopf traf und er blutüberströmt zu Boden stürzte. Die Musik brach ab, und die Musikanten brachten sich schnell in Sicherheit. Der Bär brüllte noch einmal. Es klang warnend und auch gequält. Dann trottete er auf die Schaulustigen zu. Die Menschen wichen erschrocken zurück. Eilan verlor im Gedränge das Gleichgewicht und wäre beinahe gefallen, wenn sie sich nicht an dem Absperrungsseil festgehalten hätte. Der Bär kam mit blutigem Schaum vor dem Maul immer näher. Eilan blieb wie gebannt stehen und starrte auf die Bestie. Plötzlich flogen von allen Seiten Speere durch die Luft und trafen das wild gewordene Tier. Jemand packte Eilan am Arm und zog sie von dem entsetzlichen Anblick fort. Am ganzen Leib zitternd ließ sie es willenlos geschehen. Dann hörte sie die Stimme einer alten Frau, die sich besorgt erkundigte, ob ihr etwas geschehen sei.

Mit der Disziplin und dem Willen der geübten Priesterin bedankte sie sich bei der Alten und versicherte ihr, daß sie keine

Hilfe brauche. Ohne nachzudenken, folgte sie der Frau über den Platz und war froh, nicht mitansehen zu müssen, was hinter ihrem Rücken mit dem Tanzbären geschah.
Als sie schließlich stehenblieb und sich von der Alten verabschiedete, wurde Eilan bewußt, daß sie allein unter Fremden war. Sie konnte Miellyn und Senara nirgends entdecken.

Zum ersten Mal seit vielen Jahren war Eilan völlig allein und auf sich selbst angewiesen. Sie war inzwischen an den ständigen Schutz in Vernemeton gewöhnt. Jetzt stellte sie fest, daß das Zusammensein mit ihren Schwestern die anderen Menschen nicht nur körperlich von ihr fernhielt.
Allein inmitten der Menge, überfielen sie ungewohnte Gedanken und Gefühle wie ein plötzlicher Sturm. Sie versuchte als Schutz, die Kraft der Ruhe aus der Erde zu ziehen, aber die vielen fremden Gesichter erfüllten sie durch ihre körperliche Nähe mit noch größerer Verwirrung. Eilan erkannte mit Entsetzen, daß ihr plötzlich die Kraft fehlte, das Wissen und Können anzuwenden, das sie besaß. Scheinbar willenlos ließ sie sich im Strom der Menschen treiben. Gefühle ganz anderer Art schienen von ihr Besitz zu ergreifen und nahmen ihr die Kontrolle, die ihr als Priesterin selbstverständlich geworden war.
Wieder einmal tauchte sie in eine andere Welt ein, in der ihr nichts von dem, was sie sah, bekannt vorkam. Alles war so fremd wie die Leute um sie herum. Eilan sah nicht den breiten Weg, der zum Heiligtum führte, und nicht den Erdhügel, vom dem aus Lhiannon die Göttin zu den Menschen herabrufen würde.
Durch die zahllosen Verkaufsbuden und Stände des Marktes wirkte auf Eilan alles fremd und unbekannt. Verwirrt hielt sie Ausschau nach einem blauen Gewand. Aber wenn sie von weitem eine Priesterin zu sehen glaubte und in diese Richtung lief, dann stellte sich heraus, daß sie sich geirrt hatte. Sie schien hilflos der Kraft ausgeliefert zu sein, die alle und alles um sie herum in ihren Bann gezogen hatte.

Ich muß mich nur schützen. Das habe ich in Vernemeton als erstes gelernt. Warum tue ich es nicht?
Es mußte ihr gelingen, ihre Panik zu unterdrücken und sich dem seltsamen Genuß, den ihr das alles bereitete, erfolgreich zu widersetzen. Keiner der vielen fröhlichen, festlich gestimmten Menschen dachte daran, einer Priesterin etwas zu tun. Wenn überhaupt jemand in der Menge sicher war, dann sie. Eilan mußte nur jemanden bitten, ihr den Weg zum Heiligtum zu zeigen.
Beinahe hätte sie über sich selbst gelacht. Was würden die Leute denken, wenn sie, eine Priesterin im blauen Gewand, sich nach dem Weg zum Heiligtum erkundigen mußte, weil sie sich »verirrt« hatte?
In diesem Augenblick stolperte sie über einen Stein und stieß mit einem Mann in einem dunklen Umhang zusammen. Der Mann murmelte etwas, und sie entschuldigte sich schnell, denn hätte er sie nicht festgehalten, wäre sie gefallen.
Plötzlich sah der Mann sie erstaunt an und rief: »Eilan! Bist du es wirklich?!«
Seine starken Hände griffen nach ihr, und er fragte: »Bist du vom Himmel gefallen?«
Eilan stockte der Atem, denn sie blickte in das Gesicht, das sie von allen Menschen auf der Welt am besten kannte. Vor ihr stand Gaius!
Stumm lehnte sie sich an ihn. Er spürte ihr Zittern und legte schützend die Arme um sie. Schlagartig verschwand ihre Verwirrung, als sei sie an einen geschützten Ort gelangt.
»Eilan ...«, wiederholte er, »ich hätte mir nicht träumen lassen, dich hier zu sehen!«
Aber ich! Als ich heute aufgewacht bin, wußte ich, daß du in meiner Nähe bist. Warum nur habe ich meinen Gefühlen nicht getraut ...?
Er drückte sie fester an sich, und sie vergaß in diesem Augenblick alle Warnungen, alle Ängste und alle Vorsicht. Eilan wußte nur, daß sie glücklich war.

Irgendwie gelang es Gaius, sie aus dem dichten Gedränge herauszuführen. Sie lachte leise und sagte: »Ich gestehe, ich habe mich verirrt. Ich wollte zurück zum Heiligtum oder wenigstens eine andere Priesterin finden, aber ich wußte nicht mehr, wohin ich gehen sollte, und so ließ ich mich einfach in der Menge treiben.«

»Der Weg ist auf der anderen Seite ...«, begann er, und als sie in diese Richtung gehen wollte, fragte er: »Mußt du wirklich sofort zurück? Ich bin hierher gekommen ... in diese Gegend ..., nur weil ich hoffte, dich zu sehen.«

Ich kann es nicht ertragen, wenn du jetzt gehst!

Sie hörte seinen stummen Aufschrei und blieb stehen.

»Wenn du gehst, werden wir uns vielleicht nie mehr begegnen ...« Seine Stimme klang heiser. »Ich kann es nicht zulassen ... dich jetzt wieder zu verlieren ... Eilan ...«

Als er ihren Namen aussprach, zitterten seine Lippen, und es klang nach einer Zärtlichkeit, die ihre Haut wie ein kühles Feuer streifte.

Liebte Gaius sie also noch immer? Aber das war keine wirkliche Frage, denn Eilan wußte, daß es so war. Seine Gefühle, das Blut in seinen Adern sehnten sich nur nach ihr, so wie sie sich nach ihm.

»Verlaß mich nicht«, flüsterte er. »Das Schicksal hat dich zu mir geführt ... du bist allein ...«

So ganz allein bin ich nicht!

Angesichts der vielen Menschen um sie herum mußte Eilan leise lachen. Aber er hatte recht. Nur das Schicksal oder die Göttin konnten sie in seine Arme geführt haben. Bewußt verzichtete sie auf das Verhalten einer Priesterin in Gegenwart eines Mannes, der nicht ihr Vater, Großvater oder Bruder war. Sie schlug nicht sittsam die Augen nieder, sondern sah ihn an.

Was hatte sie geglaubt zu sehen? Was sollten ihr die Augen noch sagen, was ihr Herz nicht bereits wußte?

Seine Haare lockten sich noch immer dicht über der Stirn, das energische Kinn unter dem kurzen Bart wirkte etwas ausgeprägter, und die unverhüllte Leidenschaft ließ seine dunklen Augen glühen. Aber ihr innerer und der äußere Blick überlagerten sich unvermittelt, und noch einmal sah sie die gequälten Züge des jungen Mannes, den sie einst gesund gepflegt hatte, und das klare, kraftvolle Gesicht des Erwachsenen, zu dem er geworden war. Aber daneben sah sie noch etwas – die Spuren der Erfahrungen und der Unzufriedenheit in einem älteren Gesicht, aus dem die Hoffnung und Offenheit der Jugend verschwunden waren.

Armer Gaius. Soll das aus dir werden?

»Mußt du wirklich gehen?« fragte er noch einmal, und sie erwiderte leise: »Nein.«

Als sie den Schleier hob, sah sie ihn zusammenzucken. Zum ersten Mal sah er den blauen Halbmond auf ihrer Stirn.

»Ich bin eine Priesterin . . .«, sagte sie ruhig.

Er ließ den Kopf sinken, denn er verstand, was das bedeutete. Trotzdem wollte er sie nicht gehen lassen. Caillean hätte von Eilan zweifellos verlangt, sich von ihm zu trennen. Aber diesmal würde sie nicht tun, was die ältere Priesterin für klüger und richtiger hielt. Eilan war entschlossen, ihrem Willen zu folgen. Was immer daraus werden mochte, zumindest würde man nicht Caillean dafür bestrafen können.

Eine Gruppe Kinder rannte lachend und singend auf sie zu. Als sie Eilans blaues Gewand sahen, blieben sie ehrfürchtig stehen und starrten sie neugierig an. Eilan hob schließlich segnend die Hand, und die Kinder liefen weiter. Gaius schüttelte den Kopf, nahm seinen braunen Umhang ab und legte ihn Eilan um die Schulter. Sie zog den Schleier wieder über den Kopf.

»Komm, laß uns hier weggehen«, murmelte er und legte den Arm schützend um Eilan. Sie gingen weiter, ohne recht zu wissen, wohin, denn sie waren glücklich, wenigstens zusammenzusein.

»Wieso bist du hier?« fragte sie.

»Ich wollte dich sehen . . .«, erwiderte er, und Eilan drückte sich an ihn.

»Es war Schicksal oder vielleicht mein Vater ... Ich bin jedenfalls in die entgegengesetzte Richtung geritten, in die er mich schicken wollte!« Er lachte. Dann fragte er: »Wie geht es der kleinen Valeria?«

»Wir nennen sie Senara. Ihr geht es gut.«

»Das freut mich«, sagte Gaius, aber sie hörte am Klang seiner Stimme, daß Senara bereits für ihn vergessen war.

»Cynric ist geächtet. Weißt du das?« fragte er sie. »Ich habe ihn noch einmal gesehen, bevor er Deva verließ. Cynric hat mir geraten, dich zu vergessen ...« Er schwieg.

Soll ich etwas sagen? Was möchte er von mir wissen?

Vielleicht wollte er nur den Klang ihrer Stimme hören. Vielleicht wollte er sicher sein, daß sie an ihn dachte. Aber wußte er das nicht? Sie spürte ihn mit allen ihren Sinnen.

»Mein Vater hat sich in den Kopf gesetzt, daß ich eine Römerin heiraten soll ... die Tochter des Prokurators in Londinium ...«

»Wirst du ihm gehorchen?« fragte Eilan zurückhaltend, aber mit klopfendem Herzen.

Er soll heiraten! Warum sagt er mir das?

Sie wußte, eine Heirat würde nichts an ihrer Beziehung ändern. Aber weshalb bereitete ihr der Gedanke Schmerzen?

Sie erreichten das Ende des Marktes und standen am Waldrand. Noch ein paar Schritte, und sie befanden sich im Schutz der Haselnußsträucher.

In der Nacht vor Beltane liefen die jungen Männer und Frauen in den Wald. Sie pflückten Blumen und liebten sich auf dem jungen grünen Gras. Hier im Wald tauschten sie ihre Geheimnisse aus, gelobten sich Treue und huldigten auf ihre Weise der Göttin. Die Bäume, Büsche und Sträucher waren ihre Zeugen und vergaßen nichts. Eilan spürte das Echo der Leidenschaft. Es gehörte zu der unbezähmbaren Lebenskraft, die sie in der Menge erfaßt und mit sich fortgerissen hatte.

Er sah sie an. »Du weißt, ich werde keine andere Frau als dich heiraten!«

»Ich kann nicht heiraten«, erwiderte sie, »mein Leben ist den Göttern geweiht ..«

»Dann werde ich auch nicht heiraten«, erklärte er entschlossen.

Aber du wirst heiraten ...

Obwohl seine Antwort in ihr ein unverständliches Glücksgefühl auslöste, wußte sie, daß es nicht so sein konnte, nicht sein durfte. Vor ihrem inneren Auge glaubte sie undeutlich die Frau zu sehen, die er heiraten würde. Und warum sollte sie es ihm verübeln? War sie so herzlos, von Gaius zu verlangen, daß er ein Leben lang allein blieb? Oder wollte sie, daß er sie mit sich nahm, Himmel und Erde in Bewegung setzte, um sie von ihrem Gelübde zu entbinden? Welche Worte konnten den Halbmond auf ihrer Stirn verschwinden lassen?

Eilan stolperte über eine Baumwurzel, und Gaius stützte sie schnell. Erstaunt sah sie, daß sie bereits tief im Wald waren. Der Lärm der Menge klang nur noch schwach zu ihnen und aus weiter Ferne, als seien sie bereits Stunden gegangen.

Hatten sie die Grenze überschritten und befanden sich in der anderen Welt? Sie standen im kühlen Schatten hoher Bäume. Die Sonne verschwand hinter einer Wolke, und ein kalter Wind begann zu wehen. Würde es anfangen zu regnen?

Wie als Antwort fielen ein paar Tropfen von den Blättern.

»Eilan ...«, flüsterte er und drückte ihre Hand. »Bitte ... Eilan!«

Sie wandte sich ihm zu und spürte seine Sehnsucht. Die Welt schien plötzlich stillzustehen. Eilan glaubte, bis zu diesem Augenblick sei alles nur ein Traum gewesen – der Bär, die ausgelassene Menge, Gaius ...

Aber nun war sie hellwach und sah mit schrecklicher Klarheit die Vergangenheit und die Zukunft. Vielleicht hatte das Schicksal sie hierher geführt, aber die Entscheidung, die sie im nächsten Augenblick traf, würde seine Zukunft und ihre bestimmen – und vielleicht auch die Zukunft vieler anderer Menschen.

Ihr Bewußtsein zog immer weitere Kreise, erreichte andere Zeiten, bis sie wieder den blonden Krieger sah mit den tätowierten

Drachen auf den Armen und dem kühnen Adlerblick, den sie an Gaius so liebte.

Ungeschickt schob er ihren Schleier zurück und streifte dann ihre Wange. Einen Augenblick lang ließ er seine Hand dort ruhen; dann glitt sie von einer unwiderstehlichen Kraft getrieben nach unten, über den zarten Hals und verweilte auf der Wölbung der Brust unter dem Ausschnitt ihres weiten Gewandes.

Das Gras auf der Lichtung war weich und hellgrün. Eilan hörte wie ein Echo die klare, volltönende Stimme des Merlin.

Die Göttin wird nicht in einem Tempel verehrt, den Menschen gebaut haben ...

Noch vor wenigen Monaten hatte sie gelobt, nur den Sommerkönig zu lieben, wenn seine Wahl auf sie fiel.

Wie als Antwort hörte sie die Stimme wieder.

Dieser Mann, in dem das Blut der beiden Völker fließt, soll den zeugen, der kommen wird ...

Aus diesem Grund hatte der Merlin sie geweiht, denn das war ihr Schicksal.

Bei ihrer ersten Begegnung mußte sie in ihrer Unschuld und Unerfahrenheit auf Gaius wie ein Kind gewirkt haben. Jetzt war sie zur Frau herangereift, und sie war sich ihres wahren, seelischen Alters bewußt. Und noch einmal hörte sie die Stimme.

Eine Priesterin der Göttin entscheidet selbst, wann sie sich dem Mann hingibt. Und sie behält ihre Freiheit und Unabhängigkeit, wenn die Kraft durch sie hindurchgeflossen ist.

»Nach den Ritualen der Menschen können wir nicht heiraten«, sagte sie leise. »Aber bist du bereit, mich in der alten Art zu nehmen, als die Priesterinnen sich mit den edelsten ihres Volkes im Angesicht der Götter liebten?«

Er atmete tief, als sich seine Hand fest um ihre Brust legte, und sie spürte, wie ihre Brustwarzen sich aufrichteten.

»Bei Mithras und der Mutter! Ich werde dich lieben bis zum Tod und auch danach«, flüsterte er. »Eilan ... Eilan!«

Als der Merlin sie berührte, hatte er das Feuer von ihrem Kopf bis zu den Füßen entzündet, aber nun schien die Flamme aus der Erde hochzuschlagen und alle Gedanken mit sich zu reißen.

Sie berührte sein Gesicht, und er drückte sie an sich. Seine Hand fuhr durch ihre Haare, und der Schleier fiel auf den Boden. Seine Lippen suchten ihren Mund, aber nicht mehr zärtlich, sondern gierig wie ein Ertrinkender. Sie spürte ihre Leidenschaft, die ihm antwortete. Sie öffnete die Lippen und überließ sich ihm.

Bei dem langen Kuß schlang sie die Arme um seinen Nacken. Ihre Haare lösten sich und fielen lang und weich über ihren Rücken. Gaius preßte sie an sich. Sie fühlte die Kraft seines Körpers, als seine Hände von den Schultern über ihren Rücken glitten, und er drückte sich noch enger an sie.

Ihr Gewicht zog sie beide auf die Erde. Seine Lippen küßten ihre Wangen, ihre Augenlider und die zarte Haut am Hals. Sie bäumte sich bebend auf. Als sie ins Gras sanken, war ihr Gewand nach oben gerutscht. Seine Hand bewegte sich nach unten, erkundete ihren Körper, hielt inne bei der Berührung der weichen Haut ihrer Beine, und glitt dann weiter, bis sie die heilige Stelle zwischen den Schenkeln erreicht hatte.

Gaius wurde plötzlich still. Er atmete heftig und wich zurück. Seine Augen waren groß und wie geblendet.

»Göttin . . .«, flüsterte er.

Sie sah, wie er in den Tiefen seines Wesens die Kontrolle wiederfand, denn er wollte es bewußt tun. Er half ihr aus dem Gewand, er betete sie an, ihren Leib, ihre Schönheit, ihre Seele. Seine Macht und Kraft wuchsen, und da wußte sie, daß er nicht mehr nur Gaius war.

»Mein König!« flüsterte sie, als die Flamme, die er entfacht hatte, sie aufglühen ließ. »Komm zu mir!«

Seufzend überließ er sich ihrer Umarmung, versank wie die Sonne im Meer. Er vertraute ihr und ließ sich von ihr schenken, wonach er sich gesehnt hatte.

In der Ferne hörte Eilan Lärmen. Es klang wie aus einer anderen Welt, und sie wußte, daß die Beltane-Feuer brannten.

Selbst wenn Caillean und alle Frauen aus Vernemeton ihnen zugesehen hätten, Eilan wäre es nicht bewußt gewesen, und sie hätte sich nicht darum gekümmert.

Es würde bald hell werden, und Gaius bewegte sich schließlich. Eilan löste sich nur zögernd von ihm. Er griff nach ihr und küßte sie leidenschaftlich.
»Ich muß zurück«, flüsterte sie zärtlich. »Sie werden mich schon suchen . . .«
Miellyn würde bestimmt außer sich vor Sorge sein. Aber wenn es Eilan gelang, ungesehen ihre Kammer zu erreichen, konnte Miellyn glauben, Eilan sei in der Nacht allein zurückgekommen.
Auch jetzt, nachdem die Leidenschaft verklungen war und sie wieder klar denken konnte, bedauerte sie nicht, das Gelübde gebrochen zu haben. Die Göttin hatte es gesehen und gebilligt. Das genügte als Beweis dafür, daß sie einem höheren Gesetz gedient hatte.
Von Caillean hatte sie nach der Einweihung erfahren, daß das Gebot der Keuschheit in dieser Form den Priesterinnen erst mit den Römern auferlegt worden war. Davor hatten sich die heiligen Frauen den Gefährten ihrer Wahl einfach genommen, manchmal auch geheiratet. Die Römer jedoch verlangten in ihrer männlichen Überheblichkeit, daß alle Frauen sich dem Willen der Männer unterordnen mußten.
Caillean war das alles nicht weiter wichtig, wie sie sagte, denn kein Mann würde sie verleiten können, ihre Gelübde zu brechen. Doch vielleicht würde sie Eilan und ihre Entscheidung verstehen.
Andererseits hatte Caillean ihre Wahl nicht verstanden. Selbst wenn sie jetzt die Tat billigte, dann änderte das nichts an der Kritik an Gaius. Vielleicht war es deshalb besser, auch mit ihr nicht darüber zu sprechen.
»Eilan, geh nicht zurück.« Gaius stützte sich auf einen Ellbogen und sah sie an. »Ich habe Angst um dich.«

»Ich bin die Enkeltochter des höchsten Druiden. Was glaubst du, was sie mit mir tun würden?« erwiderte sie.
Ihr Vater hatte einmal gesagt, er werde sie mit den eigenen Händen erwürgen, wenn sie sich von Gaius verführen ließ. Damals war sie noch ein Kind gewesen, jetzt aber war sie eine Frau und eine geweihte Priesterin. Sie schuldete nur ihren Schwestern und den Göttern Rechenschaft. Ihr Vater besaß keine Macht mehr über sie.
»Wenn ich dich schützen könnte, dann würden sie nicht wagen, dir etwas anzutun«, murmelte er finster.
»Wäre ich in Sicherheit, wenn wir fliehen? Wohin sollten wir uns wenden? Die wilden Stämme im Norden würden mich vielleicht aufnehmen, aber dann wärst du in Gefahr. Wohin sonst könnten wir gehen, um Roms Macht zu entkommen? Du bist ein Offizier, Gaius. Dich bindet wie mich ein Eid. Ich habe mein Gelübde gebrochen, um einem höheren Gesetz zu dienen, aber das befreit mich nicht von meinen Aufgaben und Pflichten. Ich muß der Göttin dienen und darauf vertrauen, daß sie für mich sorgt, was auch geschehen mag ...«
»Das ist mehr, als ich kann ...«, sagte er und rieb sich die Augen.
»Unsinn. Wenn du deinen Dienst in den Legionen nicht aufgibst, dann bist du in größerer Gefahr als ich ...«
Eilan drückte ihn fest an sich und schauderte bei dem Gedanken, daß sein Herz von einem Schwert durchbohrt werden könnte. Er küßte sie, und alle Gedanken an die Zukunft waren wieder vergessen – für eine Weile.

15. KAPITEL

Trotz der Behauptungen, die unter den Novizinnen flüsternd verbreitet wurden und an die sich Eilan noch gut erinnern konnte, schien sie keine ihrer besonderen Fähigkeiten als Priesterin verloren zu haben, obwohl sie mit einem Mann geschlafen hatte. Zumindest schützte sie der Zauber, den Eilan murmelte, als sie durch die Küchenpforte in das Heiligtum zurückkehrte, den Weg zur Halle der Priesterinnen entlang und in ihre Kammer eilte, vor unerwünschten Blicken. Die wenigen Leute, die in der Nähe waren, schienen sie jedenfalls nicht zu bemerken.

Eilan zog das Gewand aus und wusch sich. Sie verbarg das Unterkleid, bis sie Zeit finden würde, das Blut ihrer verlorenen Jungfernschaft auszuwaschen. Dann streifte sie schnell das Nachthemd über und zündete ein Feuer an, denn sie schien vor Kälte fast erfroren zu sein. Außerdem knurrte ihr Magen, und ein schrecklicher Hunger plagte sie – kein Wunder, denn wann hatte sie das letzte Mal etwas gegessen?

Dem Drängen ihres Magens nach hätte sie auf der Stelle in die Küche gehen müssen, aber sie brauchte noch etwas Zeit. Sie mußte zuerst darüber nachdenken, was sie und Gaius erlebt hatten.

Vielleicht möchte ich aber auch nur die Augen schließen und mir die Liebesnacht noch einmal in allen Einzelheiten ins Gedächtnis rufen . . .

Es hatte sie nicht überrascht, daß Gaius leidenschaftlich und stürmisch gewesen war, aber mit seiner Zärtlichkeit hatte sie nicht gerechnet. Er hielt sich zurück, bis er wie ein zum Zerreißen gespannter Bogen vibrierte, um ihr Zeit zu lassen und sie nicht zu verletzen. Ihr Körper mochte zwar noch jungfräulich gewesen sein, aber die Initiation durch den Merlin hatte bereits alle Bahnen der Leidenschaft geöffnet. Der Genuß und die Wonne, die sie bei der Vereinigung empfand, standen deshalb seinen Gefühlen in nichts nach. Und beim Höhepunkt schien es Eilan, daß die Göttin noch einmal gegenwärtig war und das Geschenk der Kraft ebenfalls empfing.

Eilan seufzte, als sie sich des ungewohnten Wundseins und der süßen Schwere ihrer Glieder bewußt wurde. Aber noch nie hatte sie sich so leicht und innerlich gelöst gefühlt. Sie glaubte, die ganze Welt umarmen zu können.

Wird die Göttin mich bestrafen, weil ich mein Gelübde gebrochen habe? Wird sie sich damit an mir rächen, daß ich nachts weine, wenn ich daran denken muß, was ich nie wieder haben kann?

Eilan lächelte bei dem Gedanken und wollte sich das Glücksgefühl der Erinnerung an diese Nacht nicht durch irgendwelche Befürchtungen nehmen lassen.

Und wenn schon! Ist es nicht besser so, als das nie erlebt zu haben?

Sie bedauerte Caillean jetzt noch mehr, die als Kind durch die brutale Mißhandlung ihre Unschuld verloren hatte. Caillean schreckte verständlicherweise vor allen Männern zurück und vor dem, was sie »Liebe« nannten.

Ein Tag folgte dem nächsten, und Eilan empfand eine nicht nachlassende wohltuende Ausgeglichenheit. Ihre Ruhe und Zufriedenheit strahlte auch auf die Umgebung aus. Ohne viele Worte konnte sie anderen helfen. Alles ging ihr leicht von der Hand, und sie erfüllte ihre Pflichten mit einer stillen Freude.

Beim nächsten Vollmondritual stand Eilan zwar innerlich zitternd an Lhiannons Seite, aber kein strafender Blitz der zürnenden Göttin erschlug sie. Das Orakel enthüllte weder ihre Sünde noch drohte es ihr mit einem unheilvollen Zeichen.

Und so behielt Eilan das Geheimnis der Liebesnacht für sich und lernte das geheime Wissen, das den eingeweihten Priesterinnen vorbehalten blieb. Ihre Lehrerinnen waren mit ihr zufrieden, denn sie machte große Fortschritte, ihre Fähigkeiten als Priesterin nahmen zu.

Mit den länger werdenden Tagen fand der Unterricht in einem der Gärten oder im heiligen Hain statt.
Dort standen dreizehn uralte Eichen – zwölf in einem weiten Kreis, die dreizehnte und älteste in der Mitte. Sie breitete ihre dicken knorrigen Äste über den Steinaltar.
Eilan blickte in die Wipfel der majestätischen Eichen und glaubte, selbst in der warmen Nachmittagssonne etwas von dem Zauber zu spüren, den der Mond in den Nächten hier gewirkt hatte.
Cailleans Stimme rückte in immer weitere Ferne, während Eilan den Blick nicht von den Baumkronen wenden konnte. Die Stille, die sie umgab, schien nicht mehr von dieser Welt, und das Licht auf den Blättern wurde zu spielenden Farben, deren Glanz sie verzauberte. Eilan fühlte sich einswerden mit den Kräften der Natur. Sie war so glücklich wie damals als Kind, wenn sie im hohen Gras lag und den langsam dahinziehenden Wolken nachblickte und nicht mehr wußte, in welcher der Welten sie sich befand. Jetzt war es der Liebeszauber, der in ihr wirkte und eine Brücke zu anderen Ebenen schlug. Wieder wurde ihr bewußt, daß seit dem letzten Beltane alle ihre Sinne durchlässiger für die andere Welt geworden waren. Nein, die Göttin bestrafte sie nicht, sondern schien ihr das zu erschließen, wovon sie schon immer geträumt hatte – im Einklang mit ihrem Wesen war sie Teil aller Welten, der sichtbaren und der unsichtbaren.
»In alter Zeit«, plötzlich drang Cailleans Stimme wieder in ihr Bewußtsein, »gab es in allen Wäldern von Albion Heiligtümer der Göttin mit einer Schwesternschaft von neun Hohenpriesterinnen, eine für jedes Gebiet in diesem Land. Und jede stand hinter der jeweiligen Königin der neun Stämme. Sie war die Ratgeberin der Königin und unterstützte sie in allen Dingen.«
Eilan lehnte sich an den dicken Stamm der Eiche. Sie ließ die wunderbar gleichmäßig strömende Kraft durch ihren Körper flie-

ßen und versuchte, die Augen offenzuhalten. Seit ungefähr einer Woche stellte sie fest, daß sie am frühen Nachmittag das Bedürfnis hatte zu ruhen.

»Sie waren selbst keine Königinnen?« fragte Dieda.

»Ihre Aufgabe war weniger sichtbar und nicht für die Öffentlichkeit bestimmt, obwohl sie oft aus königlichem Blut stammten. Aber die Hohepriesterin hat die Könige gekrönt. Wenn ein König geweiht wurde, erschien er als Bittsteller im heiligen Hain, um die Prüfung abzulegen, mit der seine Wahl erst Gültigkeit erlangte. Nur die Hohepriesterin konnte seine Vermittlerin bei der Göttin sein. SIE mußte seine Macht bestätigen und ihm die Kraft verleihen, die er dann seiner Königin und seinem Volk schenkte.

»Sie waren also keine Jungfrauen . . .«, sagte Miellyn, und es klang bitter.

Plötzlich war Eilan hellwach und dachte an die Worte des Merlin.

Bin ich also für Gaius die Göttin gewesen? Wenn das wirklich so ist, welches Schicksal erwartet ihn dann?

»Die Priesterinnen schliefen mit Männern, wenn es der Dienst an der Göttin verlangte«, antwortete Caillean sachlich. »Aber sie heirateten nicht, und sie bekamen nur dann Kinder, wenn das königliche Geschlecht auf keine andere Weise erhalten werden konnte. Die Priesterinnen behielten immer ihre Freiheit.«

»In Vernemeton heiraten wir zwar auch nicht, aber ich finde nicht, daß wir frei sind«, stellte Dieda stirnrunzelnd fest. »Auch wenn die Hohepriesterin des Orakels ihre Nachfolgerin bestimmt, muß der Rat der Druiden ihrer Wahl zustimmen.«

»Warum hat sich das alles geändert?« fragte Eilan, und ihr inneres Ringen war der Frage deutlich anzuhören. »Liegt es daran, daß so viele Priesterinnen auf der Insel Mona gestorben sind?«

»Die Druiden sagen, die gegenwärtige Zurückgezogenheit dient unserem Schutz«, antwortete Caillean wiederum betont sachlich. »Sie sagen, nur wenn wir so keusch sind wie die Vestalinnen, werden wir von Rom geachtet.«

Eilan richtete sich auf. Ihr Herz klopfte.
Dann habe ich mit meiner Entscheidung, Gaius zu lieben, nicht gegen das Gesetz der Göttin verstoßen, sondern nur gegen die Vorschriften der Druiden!
Vielleicht war es nicht die klügste Entscheidung gewesen, und zweifellos hatte sie auch gegen die Regeln von Vernemeton verstoßen, aber die Liebesnacht mit Gaius war keine Sünde, durch die sie den Zorn der Göttin heraufbeschworen hatte.
»Werden wir nun für immer so leben müssen?« fragte Miellyn niedergeschlagen. »Gibt es für uns keinen Ort, an dem wir die Wahrheit aussprechen und der Göttin dienen können, ohne von Männern bevormundet zu werden? Ist das unsere Zukunft?«
Caillean schloß die Augen. Eilan glaubte, der Wind in den Eichen habe sich plötzlich gelegt, und Bäume und Pflanzen schienen den Atem anzuhalten, um die Antwort der Priesterin zu hören.
»Es gibt einen Ort, aber er ist der Zeit entrückt . . .«, flüsterte Caillean. »Es ist eine Insel. Sie wird von der Göttin geschützt, die sie in IHRE Nebel hüllt, und so ist die Insel dem Zugriff der Welt entzogen.«
Im Aufblitzen einer Vision sah Eilan dasselbe wie Caillean: Dichter Nebel senkte sich wie ein Schleier über silbernes Wasser, und weiße Schwäne stimmten einen für Menschenohren unhörbaren Gesang an, während sie sich mit lautlosem Flügelschlag in die Lüfte schwangen und über ein Meer von Apfelblüten flogen, die die Luft mit dem Zauber des Frühlings erfüllten – der Hoffnung auf die ewige Erneuerung des Lebens . . .
Caillean fuhr zusammen, öffnete die Augen und blickte sich verwirrt um. Durch die Bäume hörten sie den Gong, der die Priesterinnen zum Abendessen rief.

Eine Zeitlang war Eilan von allen Ängsten befreit, aber als die Mittsommernacht näherrückte, begann sie zu begreifen, weshalb die Göttin sie nicht sofort mit einem tödlichen Blitz gestraft hatte. Das Schicksal hielt ein anderes Los für sie bereit, und der Tod wäre vielleicht einfacher gewesen. Die Apfelblüte war schon lange vorüber, und auf den Feldern reifte bereits das Korn, als Eilan zu ahnen begann, daß sie schwanger war.

Es kam die übliche Zeit, um sich in Einsamkeit zu reinigen, so wie es der Sitte in Vernemeton entsprach, und da kein Blut floß, glaubte Eilan, die Aufregung der vergangenen Wochen habe ihre Regel durcheinandergebracht. Das wäre nicht zum ersten Mal der Fall gewesen. Ihre Blutungen setzten oft unregelmäßig ein. Aber als der zweite Monat verstrichen war, zweifelte sie nicht länger daran, daß der Zauber der Fruchtbarkeit von Beltane auch bei ihr gewirkt hatte.

Zuerst erfüllte sie der Gedanke, daß etwas aus der Liebesnacht entstehen sollte, mit großer Freude. Aber bald überkam sie das nackte Entsetzen.

Ihr Vater hatte sie nur ein einziges Mal in ihrem Leben geschlagen, und zwar deshalb, weil sie genau das angedeutet hatte. Wie würde Bendeigid nun reagieren, wenn sich die Schwangerschaft als wahr erweisen sollte?

Eilan weinte und wünschte, sie hätte die Zeit zurückdrehen können, um Zuflucht und Trost in den Armen ihrer Mutter zu finden.

In den nächsten Tagen fragte sie sich jedoch, ob sie anstelle der Schwangerschaft als Strafe für ihr Sakrileg eine schwere Krankheit bekam.

Eilan war immer gesund und kräftig gewesen, aber plötzlich wurde ihr speiübel, wenn sie versuchte, etwas zu essen oder zu trinken. Krämpfe schüttelten sie Tag für Tag, und sie verlor jeden Appetit. Sie dachte sehnsüchtig an den Herbst und wünschte sich Obst, als hätten Früchte nicht ebenfalls sofort den Brechreiz ausgelöst, der sie ständig quälte. Es gelang ihr nur mit größtem Widerwillen, wässrige, saure Buttermilch zu trinken.

Einen solchen Zustand hatte sie noch nie erlebt. Mairi war während ihrer Schwangerschaft nicht so krank gewesen. Demnach waren das also nicht die Anzeichen einer Schwangerschaft. Sogar

das Wasser der heiligen Quelle löste bei Eilan heftige Krämpfe aus, als sich die Priesterinnen am längsten Tag des Jahres dort versammelten und davon tranken.
Caillean warf ihr hin und wieder prüfende Blicke zu, aber die ältere Priesterin war ebenfalls krank. Davon wußte niemand etwas, auch Eilan nicht, die Caillean näherstand als alle anderen. Als Eilan sie einmal fragte, ob ihr etwas fehle, antwortete Caillean, ihre Regel sei durcheinander. Daraufhin wuchsen Eilans Ängste noch mehr, denn Caillean konnte mit Sicherheit nicht schwanger sein! Hatte ihre Sünde einen Fluch über Vernemeton gebracht? Hatte sie nun Caillean angesteckt, die ihr am nächsten stand? Würden sie alle sterben müssen?
Dann kamen Stunden, in denen Eilan alles für krankhafte Einbildung hielt, aber die Unsicherheit quälte sie ebensosehr von morgens bis abends wie der ständige Brechreiz. Die Vorstellung, ihre Ängste würden sich bestätigen, schien jedoch noch schrecklicher zu sein als die Ungewißheit. Deshalb wagte sie nicht, Caillean oder die alte Latis ins Vertrauen zu ziehen und zu fragen, ob sie wirklich schwanger war.

Caillean nahm ein paar Thymianblättchen zwischen die Finger – Latis hatte ein Kräuterbeet im Innenhof angelegt – und zerrieb sie langsam. Dann atmete sie in der kühlen feuchten Morgenluft tief den starken Duft ein. Thymian half gegen Kopfschmerzen, und vielleicht konnte sie ihre damit verjagen.
Wenigstens hatten die ständigen Blutungen endlich aufgehört, die sie schon den ganzen Sommer über beunruhigten und schwächten. Jetzt wollte sie durch den Kontakt mit der Erde das drohende Gefühl der Angst vertreiben, das sie ebenfalls quälte.
Von den Abtritten hinter der Mauer hörte sie, wie sich jemand würgend übergab. Sie wartete verblüfft und überlegte, wer so krank war, daß er sich am frühen Morgen übergeben mußte. Es dauerte nicht lange, und Caillean sah eine Gestalt im weißen Nachthemd verstohlen und leicht schwankend durch den Bogen-

gang eilen. Zum ersten Mal seit Wochen waren Cailleans innere Sinne wieder hellwach, und sie wußte mit plötzlicher Gewißheit, wer das war und um welche Art Krankheit es sich handeln mußte.

»Eilan, komm her!« rief sie im Befehlston der Priesterin, und Eilan war zu gut erzogen, um nicht zu gehorchen. Zitternd drehte sie sich um und kam in den Innenhof. Caillean sah ihre eingefallenen Wangen, die ungewohnt prallen Brüste, und sie machte sich Vorwürfe. Ihre eigenen Sorgen hatten sie offenbar mehr beschäftigt, und sie war blind gewesen. Wie sonst hätte sie das übersehen können?

»Wie lange hast du das schon? Seit Beltane?« fragte sie. Eilan sah sie niedergeschlagen an und ließ den Kopf sinken. »Mein armes Kind!« Caillean breitete die Arme aus, und Eilan ließ sich schluchzend von ihr trösten.

»Caillean, Caillean! Ich habe geglaubt, ich bin krank ... Ich dachte, ich würde sterben!«

Caillean fuhr ihr liebevoll über die Haare. »Hast du seitdem deine Blutungen gehabt?«

Eilan schüttelte den Kopf.

»Dann wirkt in dir das Leben und nicht der Tod«, sagte die ältere Priesterin. Sie spürte, wie sich Eilans Spannung löste.

Auch in Cailleans Augen traten Tränen. Eine Schwangerschaft ... das war natürlich eine schwierige Sache, und doch empfand sie sogar einen gewissen Neid bei dem Gedanken daran, wie ihr Körper sie jetzt im Alter im Stich ließ. Noch wußte Caillean nicht, ob nur das Ende ihrer Fruchtbarkeit erreicht war oder das Ende ihres Lebens.

»Wer hat dir das angetan, mein Liebling?« fragte sie leise. »Kein Wunder, daß du so verstört warst. Warum hast du mir denn nichts gesagt? Du konntest doch nicht glauben, ich hätte kein Verständnis für dich!«

Eilan hob den Kopf und sah sie mit rotgeränderten Augen an. Caillean wußte, daß Eilan niemals log.

»Es war keine Vergewaltigung ...«
Caillean seufzte. »Dann war es wohl dieser junge Römer ...«
Eilan nickte stumm, und Caillean blickte nachdenklich zum noch dunklen Himmel hinauf.
»Armes Kind«, sagte sie schließlich. »Hätte ich es gleich erfahren, dann wäre noch eine andere Lösung möglich gewesen. Vermutlich ist es dafür bereits zu spät ...« Sie seufzte und dachte nach. »Ja, es ist zu spät, wenn du bereits drei Monate schwanger bist. Dann werden wir es Lhiannon sagen müssen.«
»Was wird sie mit mir machen?« fragte Eilan zitternd.
»Ich weiß es nicht«, erwiderte Caillean. »Vermutlich wenig.«
Das Gesetz von Vernemeton verlangte zwar den Tod einer Priesterin, die ihr Gelübde brach. Aber in Eilans Fall würde man es bestimmt nicht anwenden.
»Vermutlich wird man dich wegschicken«, sagte Caillean leise, »aber damit hast du bestimmt gerechnet. Etwas Schlimmeres wird man wohl nicht beschließen.«
Wenn sie dich strenger bestrafen wollen, dann werden sie es mit mir zu tun bekommen!
Bei diesem Gedanken kehrte ihr alter Kampfgeist zurück.

»Du hast dich ihm hingegeben wie eine läufige Hündin!«
Die Hohepriesterin bekam plötzlich glühend rote Punkte auf den Wangen, und Eilan zuckte zurück.
»Wer hat das getan? Wer hat das gewagt?«
Eilan schüttelte nur stumm den Kopf.
»Du hast es also gewollt? Du hast nicht um Hilfe gerufen?«
Lhiannon sank auf ihren Sitz zurück.
»Du bist eine Verräterin! Wolltest du uns allen Schande machen? Was hast du dir nur dabei gedacht?«
Ihr Atem ging rasselnd. Schweißtropfen standen auf ihrer Stirn. Sie ballte die Fäuste und rief zornig: »Wie konntest du dich einem Mann in die Arme werfen ... nach all unserer Fürsorge ... und ...«

Lhiannon rang nach Worten und begann zu keuchen.
Caillean hatte zwar mit einer Szene gerechnet, aber das war schlimmer als erwartet.
Lhiannon wurde mit zunehmender gesundheitlicher Schwäche immer gereizter und unberechenbarer. Heute hatte sie jedenfalls einen ganz schlechten Tag. Aber nun war es zu spät, um das noch in Rechnung zu stellen.
Die Hohepriesterin erhob sich plötzlich, trat vor Eilan und gab ihr eine Ohrfeige. Sie richtete sich mit ihrer ganzen Kraft und Autorität auf und rief: »Glaubst du, das sei heilige Liebe gewesen? Du bist nicht viel mehr als eine Dirne! Eine Dirne und eine Schande für uns!«
Eilans Wange glühte. Caillean verstand jetzt, weshalb Eilan so lange geschwiegen hatte.
»Lhiannon . . .« Caillean legte der alten Frau begütigend den Arm um die Schulter und führte sie zu dem Armlehnstuhl zurück. Sie spürte, wie der Zorn sich langsam legte und Lhiannon ihre Selbstbeherrschung wiederfand. Als die Hohepriesterin saß, stützte sie den Kopf in beide Hände und fing an zu zittern.
»Die Aufregung ist nicht gut für dich. Beruhige dich, Mutter, ich werde dir etwas zu trinken geben . . .«
Sie ging zum Tisch und füllte einen Becher mit Tee. Mit der einen Hand stützte sie Lhiannon und mit der anderen setzte sie ihr behutsam den Becher an die Lippen. Der belebende Duft von Minze verbreitete sich im Raum, als die Hohepriesterin trank. Dann stieß sie einen langen, tiefen Seufzer aus.
Eilan stand noch immer stumm und wie erstarrt vor ihr. Als Lhiannon schließlich den Kopf hob, schien ihr Zorn verflogen zu sein.
»Setz dich!« sagte sie ungeduldig. »Ich muß sonst den Kopf verdrehen, um dich anzusehen.«
Caillean rückte schnell einen dreibeinigen Hocker für Eilan zurecht, die sich mit gesenktem Kopf setzte.
»Also . . .«, begann Lhiannon in ihrer normalen Stimme, »wenn

man es genau betrachtet, ist nichts dabei. Ich weiß sehr wohl, einem jungen Mädchen und einem jungen Mann kommt eben nichts anderes in den Sinn. Gut, aber was nun?« Sie schwieg und dachte nach. Dann sagte sie: »Es tut mir leid, daß ich dich geschlagen habe, Kleines, aber das alles bringt unsere Pläne durcheinander ...« Sie runzelte die Stirn. »Wir müssen uns etwas einfallen lassen. Ich glaube, wir sollten Ardanos davon in Kenntnis setzen.«

Caillean schüttelte den Kopf. »Bei meinem Leben, ich verstehe nicht, was er damit zu tun hat!«

Sie ging erregt im Raum auf und ab. Dann sagte sie etwas ruhiger: »Eilan ist nicht die erste, die vom Beltane-Feuer entflammt wurde, und ich bin sicher, sie wird auch nicht die letzte sein. Ich gebe zu, es wäre alles einfacher, wenn Eilan einen anderen Vater hätte. Aber Ardanos und Bendeigid werden einfach damit leben müssen! Ich bin jedenfalls der Meinung, was einer Priesterin von Vernemeton widerfährt, ist ausschließlich unsere eigene Angelegenheit. Denkst du, wir sind nicht in der Lage, selbst zu wissen, was wir tun müssen?«

»Das habe ich nicht gesagt«, erwiderte Lhiannon unwillig, »aber Ardanos sollte es trotzdem erfahren.«

»Warum? Welches Gesetz verlangt es? Nur die Römer machen aus den Frauen Kühe, die geduldig für ihre Männer Kinder bekommen!« Caillean redete sich immer mehr in Zorn. »Hast du wirklich so große Achtung vor ihnen?«

Lhiannon legte sich die Hand auf die Stirn. »Caillean, deine Stimme macht mir Kopfschmerzen. Warum mußt du immer gleich laut werden?« Dann sagte sie: »Gerade du solltest inzwischen wissen, daß es keine Frage der Achtung, sondern der Macht ist. Der Vertrag mit den Römern, der uns schützt, bestimmt, daß alles, was mit Vernemeton zu tun hat, seiner Verantwortung unterliegt.«

»Das ist ja das Übel«, murmelte Caillean wütend. »Kannst du mir sagen, wer ihn damals zum Gott erhoben hat? Ich bin der Meinung, daß die Frauen in Vernemeton ihre Angelegenheiten selbst regeln können, ohne Ardanos um Rat fragen zu müssen.«

Lhiannon rieb ihren linken Arm, als habe sie Schmerzen. »Vergiß nicht, er ist Eilans Großvater, und es ist nur recht und billig, daß er es erfährt«, erwiderte sie sichtlich erschöpft.

Caillean bekam gegen ihren Willen ein schlechtes Gewissen. Es war deutlich, daß sich Lhiannon nicht in der Lage sah, das Problem zu lösen. Deshalb wollte sie es einem anderen aufladen. Angesichts ihrer Kraftlosigkeit konnte das im Grunde nicht überraschen.

Eilan schwieg, als habe das Geständnis ihr die ganze Kraft geraubt. Sie hatte den Blick nach innen gerichtet und schien damit anzudeuten, daß alles, was gesagt wurde, nicht das geringste mit ihr zu tun hatte, oder daß es ihr gleichgültig war.

Als Caillean das sah, dachte sie: Vielleicht hat sie recht. Was geschehen ist, gehört zu dem, das bereits vor ihrer Geburt im Gang war. Eine unergründliche Laune des Schicksals hatte Eilan zu einer Schlüsselfigur in diesem Kampf gemacht.

Sag etwas, Eilan! Es geht um dein Schicksal!

Caillean sah Eilan auffordernd an. Untätigkeit konnte gefährlich für sie werden. Eilan hatte den Konflikt ausgelöst, der alle Verantwortlichen wieder einmal zwang, sich den grundsätzlichen Problemen zu stellen, an denen sonst bequemerweise nicht gerührt wurde. Das Festhalten an den alten Verträgen war leichter, als sich der Wirklichkeit einer neuen Zeit zu stellen. Das war die Aufgabe der Generation, die Eilan verkörperte.

Ardanos konnte Caillean nichts tun. Er hatte es versucht, aber da Lhiannon sich nicht von ihrer Ziehtochter hatte trennen lassen, gehörte die gegenseitige Toleranz ebenfalls zu den ungeschriebenen Bedingungen des Vertrags. Deshalb hatte Ardanos sich mit Cailleans stummer Kritik und ihrem Festhalten an den Grundsätzen des alten Wissens abgefunden und behandelte sie, als sei sie nicht vorhanden. Sie wiederum bemühte sich, seine Aufmerksamkeit nicht auf sich zu lenken oder ihm zu widersprechen.

Aber die Zeit hatte sie alle eingeholt, weil der Vertrag gegen die Gesetze der Natur und gegen den Willen der Göttin einen machtpolitischen Kompromiß darstellte, der in seiner Verlogenheit und Falschheit alle auf eine schiefe Bahn bringen würde.
Caillean spürte das Wirken der Göttin. Sie glaubte langsam zu verstehen, welche Aufgabe Eilan in Vernemeton hatte. Die Schwangerschaft war wie ein Signal, das keiner überhören konnte. Jetzt ging es nicht nur um Eilan, sondern auch um Vernemeton und damit um die Zukunft der Priesterinnen in Albion. Aradanos wußte ebenso wie sie alle, daß Lhiannon nicht mehr lange die Kluft zwischen Lüge und Wahrheit, zwischen Politik und Orakel überbrücken konnte. Es lag nicht in ihrer Macht, denn die Kräfte verließen sie unbarmherzig vor Ablauf ihrer Zeit. In ihrer inneren Zerrissenheit zwischen ihrer göttlichen Mission und den politischen Gegebenheiten, die Ardanos ihr immer aufs neue aufzwang, war sie vorzeitig gealtert. Caillean spürte in diesem Augenblick, daß sie eingreifen mußte. Deshalb würde sie dem höchsten Druiden die Stirn bieten.
»Also gut, laß Ardanos kommen«, sagte sie laut und fügte ernst hinzu, »aber denk noch einmal gut darüber nach, bevor du Eilan in seine Hände gibst.«

»Was gibt es?« fragte Ardanos und runzelte die Stirn beim Anblick der drei Frauen, die auf ihn gewartet hatten. »Was ist so Wichtiges geschehen, daß du mich hast rufen lassen, Lhiannon?«
Die Hohepriesterin wirkte an diesem Tag besonders erschöpft und zerbrechlich. Caillean stand besorgt an ihrer Seite.
Ist sie schwer krank?
Plötzlich alarmiert, glaubte er, Eilans Anwesenheit zu verstehen. Hatten sie ihn gerufen, weil die Hohepriesterin im Sterben lag?
Aber so krank sieht sie nicht aus. Außerdem hätten sie Eilan noch nicht in Kenntnis gesetzt . . .
»Damit du es gleich weißt«, sagte Caillean angriffslustig, »ich

habe dich nicht rufen lassen. Selbst mit meinem letzten Atemzug würde ich nicht billigen, daß du solche Macht über die Priesterinnen hier hast.«

»Weib ...« Seine Stimme klang wie ein Donnerschlag. »Wovon redest du?«

»Sage nicht ›Weib‹ in diesem Ton zu mir, als seien Frauen für dich völlig belanglos. Auch du hast eine Mutter gehabt!« erwiderte Caillean wütend. »Wie können Männer, die die Göttin nicht fürchten, es wagen, für SIE zu sprechen ...«

Ardanos schluckte die Erwiderung, die ihm auf der Zunge lag, und wandte sich an Lhiannon: »Also, ich glaube, es ist besser, du sagst mir jetzt, worum es geht.« Mit einem verkniffenen Blick auf Caillean fügte er hinzu: »Es ist mir klar, daß ich es von ihr nicht erfahren werde.«

Ich hätte nicht kommen sollen! Sollen sie doch ihre Schwierigkeiten selbst lösen ...

Der Statthalter der Provinz kämpfte in Caledonien, und einige seiner Beamten nutzten die Abwesenheit Agricolas, um sich immer größere Freiheiten zu erlauben. Ardanos mußte jederzeit für seine Informanten erreichbar sein, um im Notfall seine Verbindungen unter den Römern spielen zu lassen, wenn die Übergriffe zu weit gingen.

Lhiannon hustete. Sie brachte kein Wort über die Lippen. Erst nach einer Weile sagte sie leise und in großer Atemnot: »Wir versuchen ..., dir zu sagen ... also, Eilan ist schwanger ... Der Mann ist der Sohn des Präfekten ... und wir wissen nicht, was wir jetzt tun sollen.«

Ardanos blickte sie ungläubig an. Dann fragte er Eilan: »Ist das wahr?«

Eilan erwiderte kaum hörbar: »Ich sage immer die Wahrheit.«

»Ja«, brummte Ardanos, und seine Gedanken überschlugen sich. »Das kann ich bestätigen. Eine Lügnerin bist du nicht.«

Sie sieht mich so vorwurfsvoll an, als hätte ich nicht das Recht, etwas von ihrer Schwangerschaft zu erfahren.

Caillean trat zu Eilan und legte ihr schützend den Arm um die Schulter. Als Ardanos es sah, stieg Zorn in ihm auf.
Was bilden sie sich ein! Soll ich Eilan loben und vielleicht auch noch als werdende Mutter beglückwünschen? Die dummen Gänse haben keine Ahnung, was diese Torheit auslösen kann!
Ardanos war klug. Er würde sich nicht aus der Fassung bringen und eine Schwäche erkennen lassen. Aber er kannte die ungeschminkte Wirklichkeit. Die Römer gewährten Vernemeton in erster Linie deshalb Schutz, weil sie die Priesterinnen ihren Vestalinnen gleichsetzten. Das Heiligtum konnte nur überleben, wenn das Gebot der Keuschheit beachtet wurde! Hatten diese Frauen das immer noch nicht verstanden?
»Was soll ich dazu sagen?« Er legte in seine Worte das ganze Gewicht seiner Autorität. »Ihr kennt die Strafe so gut wie ich. Wenn eine geweihte Priesterin mit einem Mann schläft, der nicht der heilige König ist, muß sie sterben.«
Sterben . . .
Die einsetzende Stille, die nicht einmal von einem Atemzug unterbrochen wurde, wirkte beängstigend. Lhiannon stieß schließlich einen leisen Klageruf aus. Sie richtete sich auf, rang nach Luft und sank in Cailleans Arme, die sofort an ihre Seite geeilt war.
»Du herzloser alter Mann!« stieß Caillean leise hervor, »wenn man sich vorstellt, daß sie darauf bestanden hat, mit dir darüber zu reden! Wenn ich etwas zu sagen hätte, dann hättest du nichts davon erfahren!«
Sie drückte Lhiannon besorgt an sich und fühlte den Puls am Hals.
»O Göttin! Ihr Herz schlägt kaum noch!« Sie hielt den Atem an, lauschte und flüsterte dann: »Aber du hast sie nicht ganz umgebracht . . . diesmal noch nicht.«
Lhiannon stöhnte und kam langsam wieder zu sich. Caillean sagte: »Du weißt doch, daß sie ein schwaches Herz hat! Wage das nicht noch einmal!«
Ardanos beugte sich erschrocken über die Hohepriesterin. »Das

war nur ein Schwächeanfall. Sie wird sich erholen.« Aber in Wirklichkeit war er bei der Vorstellung, daß Lhiannon hätte sterben können, in Panik geraten.

»Ich wollte das bestimmt nicht . . .«, fügte er leise hinzu.

Er half Caillean, Lhiannon auf das Bett zu legen, und staunte, wie leicht sie war. Behutsam schob er ihr ein Kissen unter den Kopf, damit sie besser atmen konnte. Caillean zählte ein paar Tropfen aus einem Tonfläschchen ab und verdünnte sie mit Wasser. Dann setzte sie den Becher an Lhiannons Lippen. Ardanos sah mit angehaltenem Atem zu, wie die Hohepriesterin mühsam trank. Es dauerte nicht lange, bis sie die Augen wieder aufschlug.

Ihre Augen sind noch immer schön, selbst jetzt, da sie der Schmerz überschattet.

Er mußte sich eingestehen, daß seine Trauer bei ihrem Tod sehr groß sein würde . . .

Doch seine persönlichen Gefühle durften ihn nicht daran hindern, das zu tun, was er tun mußte.

»Gibt es keine andere Möglichkeit?« fragte Lhiannon leise.

Ardanos blickte finster auf Eilan, die zusammengekauert auf dem Hocker saß und die Fingerknöchel an den Mund preßte.

»Ich würde nicht anders entscheiden, wenn es meine eigene Tochter wäre. Dieda . . .«

»Als ob Dieda sich jemals in so eine Lage bringen würde«, unterbrach ihn Caillean kalt. »Ich kann mir nicht vorstellen, daß Dieda überhaupt fähig ist, einen Menschen wirklich zu lieben.«

»Wir reden hier nicht über Dieda . . .«, flüsterte Lhiannon und sagte dann etwas lauter: »Aber wir dürfen nicht zulassen, daß Eilan ein Leid geschieht!«

»Beruhige dich, Mutter, das werden wir nicht«, erklärte Caillean selbstbewußt. »Ardanos weiß so gut wie du oder ich, daß diese Strafe seit vielen Jahren nicht angewandt worden ist. Schließlich ist die Schwangerschaft einer Priesterin nichts Neues.«

»Also«, fragte Ardanos vorsichtig, »was schlägst du vor. Was sollen wir mit ihr tun?«

Jetzt sah er mit Genugtuung, daß Caillean unsicher wurde. Vielleicht gelang es ihm diesmal, sich diese unbeugsame Frau zu verpflichten. Dann hätte er in Zukunft bestimmt weniger Schwierigkeiten mit ihr. Der gerissene Diplomat in ihm erwachte, und Ardanos fühlte sich wieder in seinem Element.
»Miellyn wurde vom Sommerkönig gewählt, und sie hatte eine Fehlgeburt. Aber vor fünf oder sechs Jahren hatten wir einen ähnlichen Fall. Wenn ich mich richtig erinnere, wurde die Frau ohne großes Aufsehen einfach weggeschickt.«
»Das ist richtig«, sagte Ardanos. »Aber diese Frau war nicht die Tochter eines einflußreichen Druiden . . .«
»Auch nicht die Enkeltochter des höchsten Druiden«, fauchte Caillean. »Jetzt kommen wir langsam an den eigentlichen Punkt. Du hast wohl Angst, daß dein Ansehen bei den Römern leidet!«
»Mäßige dich, mein Kind«, flüsterte Lhiannon. »Wie könnt ihr beide euch streiten, während die arme Eilan hier sitzt und zuhört.« Sie schwieg und fügte nach einer Weile seufzend hinzu: »Wie könnt ihr nur so grausam sein?«
Ardanos räusperte sich und fragte: »Wissen . . . es die anderen Priesterinnen schon?«
Caillean schüttelte den Kopf.
»Sorgt dafür, daß niemand es erfährt. Dann sehe ich vielleicht eine Möglichkeit . . .«
»Wie gütig!« rief Caillean. »Für seine Enkeltochter sieht der höchste Druide ›vielleicht eine Möglichkeit‹.«
»Gib Ruhe, mein Kind«, ermahnte sie Lhiannon noch einmal. »In diesem Ton solltest du nicht mit dem höchsten Druiden sprechen.« Sie schwieg erschöpft und sah Caillean bittend an. Dann sagte sie leise: »Ich bin sicher, Ardanos bemüht sich darum, von Eilan . . . und von uns allen noch mehr Schaden abzuwenden.«
Caillean schien nicht davon überzeugt zu sein, aber sie schwieg. Ardanos griff nach seinem Umhang. Ihm fiel ein, daß zumindest *ein* Römer ebensosehr darum bemüht sein würde, diese Sache möglichst diskret zu behandeln.

»Es geht hier nicht nur um unsere persönlichen Gefühle«, sagte er ernst. »Die Schändung einer geweihten Priesterin ...« Als Eilan ihn mit aufgerissenen Augen ansah, hob er streng die Hand und fuhr mit Donnerstimme fort: »Keiner wird mich daran hindern, das zu behaupten! Diese Schändung ist eine Fackel, die ganz Albion in Brand setzen kann.«

Eilan zuckte zusammen, und Caillean wollte etwas sagen, aber Ardanos drehte sich um und sagte in einem Ton, der keine Widerrede duldete: »Ich gehe sofort nach Deva zurück und spreche mit Macellius. Vielleicht werde ich auch mit dem jungen Römer unter vier Augen reden. Und dann werden wir weitersehen!«

Im folgenden Monat hörte Eilans Brechreiz auf. Von da an ging es ihr besser als je zuvor. Eilan wußte, daß sie sichtbar aufblühte. Das lose Gewand verhüllte die Veränderung ihrer Brüste. Da es ihr erstes Kind war, würde es länger dauern, bis man an ihrem Leib etwas sah.

Sie fragte sich, wie Gaius wohl auf die Nachricht von ihrer Schwangerschaft reagiert hatte. Eilan bedauerte nach wie vor nicht, mit ihm geschlafen zu haben, aber sie konnte nicht länger die Augen vor den Tatsachen verschließen.

Daß Lhiannon so die Beherrschung verloren hatte, war ein sichtbares Zeichen ihrer Schwäche gewesen und hatte wieder etwas mehr von dem hohlen Schein offenbart, den sie als Hohepriesterin mühsam wahrte. Hinter der majestätischen Unnahbarkeit, der Disziplin und der zur Schau getragenen Würde ihres Amtes verbarg sich eine einsame Frau, die ihre Schwächen und Stärken hatte, die Gefühlen, Sorgen und Ängsten unterworfen war. Jetzt, im Alter, wurde sie zunehmend unsicher und dadurch streitsüchtig. Sie nutzte ihre schwache Gesundheit nicht selten aus, um Caillean und auch die anderen Priesterinnen des Orakels zu tyrannisieren.

Wie töricht war es von Eilan gewesen zu hoffen, daß die Lage sich bessern und die Frauen in Vernemeton einen größeren Einfluß gewinnen würden. Ihre hochfliegenden Träume, eine Priesterin der alten Zeit zu sein, waren wie Seifenblasen zerplatzt. Jetzt wollte sie nur noch die Frau sein, die das Kind von Gaius bekam. Auch wenn Ardanos sich diplomatisch geäußert hatte, wagte sie nicht daran zu glauben, daß man einer Heirat zwischen Gaius und ihr zustimmen würde.

Caillean und Lhiannon schienen jedenfalls der Ansicht, die Schwangerschaft sei kein Grund, Eilan die Teilnahme an den Ritualen zu untersagen. Eilan verwendete deshalb besonders viel Zeit darauf, mit den anderen neugeweihten Priesterinnen das Vollmond-Ritual zu lernen. Wenn sich Lhiannon gesundheitlich in der Lage sah, sie zu unterweisen und ihnen die Worte langsam vorsprach, dann hing Eilan zwar so ehrfürchtig an ihren Lippen wie alle anderen, aber sie konnte die Wahrheit nicht mehr verdrängen. Lhiannon war so zerbrechlich und schwach geworden, daß es Eilan immer schwererfiel, in ihr überhaupt noch die vor kurzer Zeit so strahlende und kraftvolle Hohepriesterin zu sehen.

Nicht nur Eilan fragte sich beklommen, wie lange Lhiannon noch bei ihnen sein und wer ihre Nachfolgerin werden würde. Es kursierten viele Gerüchte, und alle waren sich darin einig, wenn es mit rechten Dinge zuginge, dann müßte es Caillean sein.

Eilan wußte jedoch, daß Ardanos ihre Wahl als Hohepriesterin nie anerkennen und von der Priesterschaft bestätigen lassen würde. Auch Miellyn war in ihrer Direktheit nicht akzeptabel und seit der Fehlgeburt meist bitter und niedergeschlagen. Eilid blieb immer im Hintergrund und kam für dieses Amt nicht in Frage, aber vielleicht war Dieda die Erwählte der Druiden. Eilan konnte sich jedoch das Leben in Vernemeton mit Dieda als Hohepriesterin nicht so recht vorstellen.

Für Eilan wurde es eine große Herausforderung zu beweisen, daß ihre Fähigkeiten als Priesterin trotz des Verlusts der Jungfernschaft nicht beeinträchtigt waren. Deshalb ging sie mit großem Ehrgeiz daran, alle Rituale Wort für Wort auswendig zu lernen.

Sie hatte ein gutes Gedächtnis, und bei dem täglichen Training konnte sie es bald mit jeder Priesterin aufnehmen, und vor allem mit Dieda.

Beim nächsten Vollmond schien es Lhiannon wieder besserzugehen, und alle waren erleichtert. Aber im Verlauf des Rituals wurde ihre Stimme immer schwächer. Es gelang ihr, bis zum Ende durchzuhalten, aber dazu mußte sie ihre ganze Kraft aufbieten. Am Tag darauf brach sie zusammen. Als Caillean sie diesmal ins Bett trug, gelang es Lhiannon nicht, es wieder zu verlassen.

16. KAPITEL

Es mochte Ardanos eine gewisse Genugtuung bereiten, Macellius Severus zu berichten, was sein Sohn getan hatte. Aber was immer er sich auch erhofft haben mochte, in dem Präfekten fand er einen gleichwertigen Gegenspieler. Macellius hörte sich alles mit großer Höflichkeit an und erklärte dann ruhig, Gaius sei in Londinium, um zu heiraten. Kaum war der Druide gegangen, machte sich der Präfekt daran, seine Aussage in die Tat umzusetzen.

Macellius bezweifelte nicht, daß Ardanos ihm die Wahrheit gesagt hatte. Er konnte es jedoch nicht fassen, daß er so töricht gewesen war, sich einzureden, er müsse nur Geduld haben und lange genug warten, bis die Liebe seines Sohnes zu diesem britonischen Mädchen ganz von selbst erlöschen werde. Der Junge besaß eine Hartnäckigkeit, die er von ihm geerbt hatte, und von seiner Mutter einen idealistisch verträumten Charakter.

Er rieb sich müde die Augen. Moruad hatte den Zorn ihrer ganzen Sippe auf sich geladen, nur um ihn zu heiraten. Wie konnte er das leidenschaftliche, keltische Blut seines Sohnes nur so unterschätzt haben?

Bei einem widerspenstigen Pferd oder einem aufsässigen Sklaven hätte Macellius strenge Maßnahmen ergriffen. Vielleicht fiel es ihm so schwer, seinen Sohn zur Ordnung zu rufen, weil Macellius in Gaius immer wieder Moruad sah. Doch die Ehe mit einer guten Römerin würde ihn bestimmt zur Vernunft bringen. Macellius hörte noch die Schritte des alten Druiden auf dem Steinboden im Gang hallen, da rief er schon seinen Sekretär.

Der Anblick des zornigen Präfekten bewog den jungen Valerius, keine seiner üblichen trockenen Bemerkungen zu machen. Was Macellius mit seinem Sohn auch zu besprechen hatte, die übliche Gelassenheit des Präfekten war ins Wanken geraten. Deshalb salutierte Valerius nur stumm und machte sich sofort auf die Suche nach Gaius.
Er fand ihn in der Bibliothek, wo er Caesars *Gallischen Krieg* las.
»Ich komme sofort«, erwiderte Gaius in seine Lektüre versunken. »Ist dir eigentlich klar, daß Caesar so gut wie nichts über die Druiden wußte!« Er legte die Rolle kopfschüttelnd beiseite.
»Vermutlich kannte er nicht so viele Druiden wie du ... oder dein Vater«, erwiderte Valerius.
»Für ihn sind Druiden eine Art Schreckgespenst für ungezogene Kinder«, sagte Gaius und fragte dann: »Übrigens, hast vielleicht du eine Ahnung, was mein Vater von mir will?«
»Nein ... wirklich nicht. Aber ich hatte den Eindruck, daß er wütend ist«, erwiderte Valerius. »Der höchste Druide war heute morgen bei ihm ... dieser Ardanos. Als er das Zimmer verließ, verhieß sein Blick nichts Gutes, Gaius.«
»Hmm. Was der Alte wohl von meinem Vater wollte?«
Gaius fühlte sich unbehaglich, und ein Schauer lief ihm über den Rücken. Aber dann redete er sich ein, daß es vermutlich nichts mit ihm zu tun hatte. Ardanos erschien ständig in der Präfektur mit Problemen der Einheimischen. Die Leute wandten sich an ihn mit ihren Anliegen, seien sie nun berechtigt oder nicht. Wenn es sich wieder einmal um etwas völlig Unsinniges handelte, dann konnte es schon sein, daß sein Vater zornig geworden war ...
Gaius schüttelte den Kopf. Nein, es gab keinen Grund zu der Annahme, daß sein Vater ihn rufen ließ, weil er wütend auf ihn war.

Der alte Macellius hielt eine Reihe militärischer Befehle in der Hand.
»Du reitest auf der Stelle nach Londinium«, sagte er.

Gaius sah ihn verblüfft an. Was sollte das bedeuten? Er öffnete den Mund, um etwas zu erwidern, aber er begriff sehr wohl, daß sein Vater mehr als wütend war.

»Nein, kein Wort! Ich habe dir gesagt, du sollst das Mädchen in Ruhe lassen!«

Jetzt ahnte Gaius, worum es eigentlich ging. Ardanos mußte dem Präfekten berichtet haben, daß er Eilan getroffen hatte. Waren sie auf dem Fest beobachtet worden? Eilan hatte bestimmt nichts verraten. Gaius hätte nur allzu gern allen seine Liebe verkündet, aber sie hatte darauf bestanden, daß er mit keinem Menschen darüber sprach.

»Bei aller Ehrerbietung, Vater, aber ich denke nicht . . .«

»Nein, du denkst nicht! Das ist zum großen Teil das Problem!« rief Macellius und schlug mit der Faust auf den Tisch. »Dir ist vermutlich nicht bewußt, daß du kaum etwas Schlimmeres hättest tun können, um die ganze Provinz in Aufruhr zu versetzen, es sei denn, du hättest die Hohepriesterin persönlich am hellichten Tag in ihrem Hain vergewaltigt oder eine der heiligen Eichen gefällt. Ich frage dich: Möchtest du wirklich, daß wir alle von den Britonen abgeschlachtet werden?«

Das war natürlich eine rhetorische Frage, und Macellius erwartete darauf keine Antwort. »Die Leute suchen doch nur einen Vorwand für einen Aufstand. Nein, kein Wort!«

Er unterstrich seine Entschlossenheit mit einer gebieterischen Geste, die Gaius wieder verstummen ließ.

»Ich habe dir einmal vertraut, aber damit ist es jetzt vorbei. Ich glaube natürlich nicht, daß du das Mädchen vergewaltigt hast, aber ich glaube sehr wohl, daß du sie geschwängert hast! Ich bin auch davon überzeugt, daß sie ein tugendsames Mädchen ist und daß sie etwas Besseres verdient als das.« Er holte tief Luft und brüllte: »Eine der Göttin geweihte Jungfrau! Und dazu noch die Enkeltochter des höchsten Druiden!«

Gaius schloß den Mund langsam wieder. Eilan war schanger! Sie bekam ein Kind von ihm! Wieder dachte er an ihre sanften Lippen, an ihren wundervollen Körper, der sich an ihn preßte, und er mußte schlucken. Die nächsten Worte seines Vaters hörte er kaum.

»Ich werde dir nicht so schnell verzeihen, daß du mich in eine Lage gebracht hast, in der wir die Angelegenheit noch nicht einmal ehrenvoll aus der Welt schaffen können. So, wie die Dinge stehen, kann ich dir nicht einmal befehlen, sie zu heiraten.«

»Aber ich möchte sie heiraten ...«, sagte Gaius schnell.

Macellius schüttelte heftig den Kopf. »Der Süden ist ein Unruheherd und würde wie vor zwanzig Jahren revoltieren, wenn das bekannt würde. Ardanos weiß das genausogut wie ich. Er hat mir bereits den Verzicht auf neue Aushebungen von Zwangsarbeitern abgerungen, und ich wage zu behaupten, dabei wird es nicht bleiben. Es darf jedoch auf keinen Fall soweit kommen, daß man dich gegen mich ausspielt.«

Macellius setzte sich und fuhr sich mit der Hand über das Gesicht. »Ich habe dem Druiden gesagt, daß du in Londinium bist, und dorthin wirst du auch sofort reiten. Hier ist ein Brief an Licinius, und wenn alles gutgeht, werde ich dich erst wiedersehen, nachdem du in allen Ehren verheiratet bist.«

Gaius sah ihn ungläubig an. »Ich soll heiraten? Aber das ist unmöglich!«

»Das werden wir ja sehen«, brummte sein Vater. »Kannst du etwas anderes vorschlagen, um deine Dummheit aus der Welt zu schaffen? Ardanos hat mir versprochen, daß sie dem Mädchen nichts tun werden ...« Er hob die Stimme. »Aber nur unter der Voraussetzung, daß du endgültig die Finger von ihr läßt. Und damit du ihr nicht länger nachläufst, kann ich mir nichts Besseres vorstellen, als daß du schnellstens eine anständige Frau heiratest und eine Familie gründest. Du weißt, daß Licinius und ich schon vor langer Zeit darüber gesprochen haben. Mitgift und Eheverträge werden deshalb kein Problem sein. Wenn seine Tochter dich nach dieser Affäre noch zum Mann haben will, dann heiratest du sie, verstanden?«

Gaius schüttelte den Kopf, und sein Vater blickte ihn wütend an.
»Du wirst sie heiraten«, sagte er ruhig, aber mit so viel unterdrücktem Zorn, daß Gaius nicht wagte, ihm zu widersprechen. »Ich habe alles getan, um dich vor der größten Dummheit deines Lebens zu bewahren. Ich habe Geduld gehabt, aber du bist in deinem Eigensinn zu weit gegangen. Ich werde nicht zulassen, daß du jetzt die Provinz in eine Katastrophe stürzt. Du brichst in einer halben Stunde auf.« Macellius setzte seine Unterschrift unter eine Papyrusrolle, versiegelte sie und sah Gaius an. »Wenn du dich weigerst, weiß ich nicht, was sie mit dem Mädchen machen werden. Vielleicht geruhst du einmal in deinem Leben auch an sie zu denken und nicht immer nur an dich.«
Gaius starrte ihn an. Wie bestraften die Römer eine Vestalin, die ihr Gelübde brach? Soweit er sich erinnerte, wurde sie bei lebendigem Leib begraben ...
Macellius reichte ihm die Rolle. »Gib das Licinius. Capellus wird dich begleiten«, fügte er hinzu. »Ich habe ihn bereits benachrichtigt, damit er deine Sachen packt.«

Eine Stunde später befand sich Gaius auf dem Weg nach Londinium. Der bullige alte Capellus, der Bursche seines Vaters, ritt an seiner Seite. Alle Bemühungen von Gaius, mit dem Freigelassenen ein freundliches Gespräch anzufangen, führten zu nichts. Der Mann blieb höflich, aber abweisend. Als ihm Gaius in seiner Verzweiflung schließlich ein Bestechungsgeld anbot – er mußte Eilan unter allen Umständen eine Nachricht zukommen lassen –, schüttelte der Riese nur den Kopf.
»Junger Herr, nimm es mir nicht übel. Der Präfekt hat vorausgesehen, daß du wahrscheinlich so etwas versuchen würdest, und hat mich sehr gut bezahlt, damit ich dafür sorge, daß du auf direktem Weg nach Londinium reitest. Ich gehorche deinem Vater und möchte nicht meine Stellung und meinen Kopf verlieren. Verstehst du das? Also, füge dich in dein Schicksal und tu genau das,

was der Präfekt befohlen hat. Wenn du darüber nachdenkst, junger Herr, dann wirst du erkennen, daß es so am besten ist . . .«

Der Ritt nach Londinium dauerte genau sechs Tage. Es wurde schon fast dunkel, als sie die Stadttore erreichten und schließlich den Amtssitz des Prokurators am Forum, wo sich auch das Schatzamt befand und der neue prunkvolle Palast des Statthalters, den Agricola gerade bauen ließ. Über der reichen Stadt lag das goldene Strahlen der untergehenden Sommersonne. Ein kühler Wind vom Fluß vertrieb alle schlechten Gerüche des Tages.
Gaius übergab am Portikus seinen Brief einem imposant wirkenden Freigelassenen. Der Mann bat Gaius einzutreten und führte ihn in den großen Innenhof. Im Schutz der hohen Mauern war es noch warm. In großen Tongefäßen wuchsen Büsche und seltene Blumen. Der Springbrunnen plätscherte beruhigend, und irgendwoher aus den inneren Gemächern klang das Lachen eines Mädchens wie Musik.
Nach einer Weile erschien ein alter Gärtner und begann Blumen zu schneiden – wahrscheinlich für die Tafel. Aber der Mann verstand keine der Sprachen – oder gab vor, keine zu verstehen –, in der Gaius ihn anredete.
Gaius lief eine Weile auf und ab. Er war froh, sich nach dem langen Ritt die Beine vertreten zu können. Dann aber setzte er sich auf eine Bank; plötzlich überkam ihn eine bleierne Müdigkeit, und er schlief ein.

Irgendwie drang das mädchenhafte Lachen in seinen Traum. Viele Menschen schienen sich um ihn zu versammeln. Sie kamen neugierig näher und wollten ihn begrüßen. Widerwillig wachte er auf und sah sich verwirrt um. Aber er sah niemanden außer einem stämmigen Mann in den mittleren Jahren, der sich auf einen Stock stützte. Er trug eine förmliche Toga und musterte Gaius, der aufsprang und vor Verlegenheit rot wurde.
»Gaius Macellius Severus?«

»Ja, Herr...«
»Natürlich, man sieht dir die Ähnlichkeit an.« Der alte Mann lächelte. »Ich bin Licinius. Dein Vater und ich sind so gut wie ein Leben lang Freunde. Es ist mir ein großes Vergnügen, seinen Sohn bei mir willkommen zu heißen. Geht es deinem Vater gut?«
»O ja, zumindest ging es ihm vor einigen Tagen gut, als ich ihn zuletzt gesehen habe.«
»Aha... nun ja, junger Mann, ich hatte natürlich gehofft, er würde Zeit haben, mich zu besuchen, aber du bist ebenso herzlich willkommen.«
Er setzte sich auf die Bank und bedeutete Gaius, ebenfalls wieder Platz zunehmen.
»Da wir uns schon lange darüber einig sind, daß du meine Tochter heiratest, war ich natürlich sehr gespannt darauf, dich kennenzulernen.«
Jetzt verstand Gaius, weshalb er ohne weitere Erklärungen nach Londinium abkommandiert worden war. Sein Vater hatte bereits den Ehevertrag geschlossen!
Den ganzen Weg von Deva hatte sich Gaius geschworen, er werde sich auf keinen Fall mit solcher Eile in eine so widersinnige Heirat treiben lassen. Aber jetzt zögerte er, seinen Standpunkt sofort in aller Klarheit zu vertreten, denn angesichts der glücklich strahlenden Augen des alten Freundes seines Vaters konnte er nicht unhöflich sein.
»Ja, gewiß«, sagte er statt dessen unverbindlich, »Vater hat davon gesprochen...«
»Das will ich hoffen!« rief Licinius. »Wie gesagt, wir reden darüber seit deiner Geburt. Bei Mithras, mein Junge, wenn Macellius nicht darüber gesprochen hätte, dann müßte ich mich wirklich fragen, wo er seinen Kopf gelassen hat.«
Licinius lachte gutmütig und klopfte Gaius väterlich auf die Schulter.
Gaius ließ sich seinen Unmut nicht anmerken, aber er verstand

nicht, wie zwei alte Männer Vereinbarungen treffen konnten, ohne vorher die Zustimmung derjenigen zu haben, die am meisten davon betroffen waren. Aber das sagte er nicht.

Natürlich hatte sein Vater immer wieder über diese Heirat gesprochen, aber Gaius hatte es nie wahrhaben wollen, daß die Ehe mit Julia so gut wie beschlossen war.

Wie auch immer, trotz des etwas barschen Tons war Licinius der erste freundliche Mensch, dem Gaius seit langem begegnet war. Beinahe gegen seinen Willen tat ihm die Herzlichkeit wohl. Es war schön, als ein geschätzter Freund aufgenommen zu werden. Für Licinius war es selbstverständlich, ihn wie seinen künftigen Schwiegersohn zu behandeln, und Gaius hatte es schon lange nicht mehr erlebt, daß man ihm das Gefühl gab, zu einer Familie zu gehören. Voll Wehmut dachte er daran, daß ihm Bendeigids Haus ebenfalls wie ein Zuhause erschienen war.

Eilan ... Cynric ..., was soll nur aus euch werden?

Gaius war verzweifelt, denn möglicherweise würde er noch nicht einmal erfahren, was mit Eilan geschah, während er hier in Londinium sein mußte.

»Also, mein Sohn«, sagte Licinius, »du wirst bestimmt deine Braut sehen wollen.«

Jetzt muß ich ihm die Wahrheit sagen! Ich darf mich nicht einfach überrumpeln lassen!

Aber Gaius brachte es nicht über sich, den alten Mann mit der nüchternen Wahrheit so bitter zu enttäuschen. Deshalb murmelte er nur etwas Unverständliches.

Werden sie Eilan wirklich etwas antun, wenn ich versuche, sie wiederzusehen?

Wenn es wirklich so war, konnte er ihr am besten dadurch helfen, daß er sich in die Pläne seines Vaters fügte.

Benutze ich das nur als Entschuldigung, um einer Aussprache aus dem Weg zu gehen? Warum bin ich nur so unsicher? Bin ich im Grunde ein Feigling?

Licinius hatte bereits einen Diener gerufen.

»Ich möchte meine Tochter sprechen«, sagte er zu dem Mann, und Gaius wußte, nun mußte er die Wahrheit bekennen und Licinius in klaren Worten sagen, daß er nicht zu dieser Farce einer vorbereiteten Heirat bereit sei – der Prokurator wartete jedoch seine Bekenntnis nicht ab, sondern stand bereits auf.
»Sie wird gleich bei dir sein. Ich werde euch jungen Leute alleinlassen, damit ihr euch kennenlernen könnt«, sagte er lächelnd. Noch bevor Gaius die richtigen Worte fand, ging er langsam ins Haus zurück.

Julia Licinia stand dem Haushalt ihres Vaters vor, seit ihre Mutter vor drei Jahren gestorben war. Da ihre Mutter keine anderen Kinder bekommen hatte, war Julia in dem Bewußtsein aufgewachsen, die Alleinerbin ihres Vaters zu sein. Licinius hatte offen mit ihr darüber gesprochen, daß eine Heirat mit dem Sohn des alten Macellius Severus bereits verabredet sei. Sie hatte es von frühester Kindheit an für selbstverständlich gehalten, daß sie den Mann heiraten würde, den ihr Vater für sie auswählte. Zumindest bedeutete das, sie würde nicht irgendeinem Patrizier zur Frau gegeben, der doppelt so alt war wie sie – ein Schicksal, das den meisten ihrer Freundinnen nicht erspart geblieben war.
Ihr Vater erwartetete sie lächelnd im inneren Atrium. »Er ist da, mein Liebes, der junge Gaius Macellius, dein zukünftiger Mann. Ich bin recht angetan von ihm, aber ich finde, du solltest zu ihm gehen und ihn dir ansehen. Schließlich sollst ja du ihn heiraten. Trotzdem meine ich, wenn dir dieser junge Mann nicht gefällt, dann wird es schwer sein, dich zufriedenzustellen.«
Julia machte große Augen. Sie schwieg und sagte dann: »Ich habe nicht damit gerechnet, daß es so bald sein würde.«
Aber sie wußte, es würde wenig Vorteile bringen, die Heirat länger hinauszuzögern. Sie wollte unbedingt bald Herrin im eigenen Haus sein und etwas haben, das nur ihr gehörte. Wenn sie dem jungen Offizier erst einen Sohn geboren hatte, würde sie ihm bestimmt das Teuerste auf der Welt sein.

Julia konnte bereits einen Haushalt führen, und sie wollte Kinder haben. Deshalb hatte sie die feste Absicht, nicht so zu versagen wie ihre Mutter. Sie wollte ihrem Mann mindestens einen Sohn schenken.
»Auch mich hat sein Kommen überrascht«, erwiderte ihr Vater und lächelte sie an. »Ich hätte mein kleines Mädchen nur allzu gern etwas länger für mich behalten. Jetzt muß ich vermutlich eine alte Witwe heiraten, die das Haus für mich in Ordnung hält.« Er schwieg und kniff die Augen zusammen. »Der junge Mann hat offenbar etwas mit einer britonischen Frau gehabt, und Macellius ist der Meinung, die Heirat werde ihn sehr schnell zur Vernunft bringen. Und so . . .«
Eine britonische Frau?
Julia hob die Augenbrauen. »Und so?«
»Und so ist der junge Mann hier eingetroffen, und es ist Zeit, daß ihr euch kennenlernt. Ich könnte mir denken, daß du ihn sehen möchtest, oder?«
»Ich gebe zu, ich bin neugierig.«
Was hatte ihr das Los in diesem seltsamen Glücksspiel beschert? Was für ein Mann war das? Ein Abenteuer konnte man ihm durchgehen lassen, aber wenn er der Typ war, der ständig etwas mit Frauen hatte, dann war sie nicht so sicher, ob sie ihn wirklich heiraten wollte.
»Na, dann geh zu ihm, mein Kind, und sag mir ehrlich, wie du ihn findest.« Licinius betrachtete Julia wohlgefällig und brummte dann: »Und wenn er etwas an dir auszusetzen hat, dann weiß ich nicht, was für eine Frau er haben möchte.«
Plötzlich stellte Julia mit Entsetzen fest, daß sie eine alte Tunika trug und ihre Haare nicht sehr ordentlich frisiert waren.
»So, wie ich aussehe?« fragte sie. Errötend richtete sie ihre Tunika, um den Fleck von einer Beere in einer Falte verschwinden zu lassen.
»Aber, aber«, lachte ihr Vater, »ich denke, er will dich sehen und nicht deine Kleider. Ich meine, du siehst wie immer bezaubernd

aus. Er weiß, daß du meine Tochter bist, und schließlich kommt es darauf an. Nun lauf schon und zier dich nicht länger. Er wartet auf dich.«
Julia wußte, das war ein Befehl, dem sie sich nicht widersetzen konnte. Ihr Vater war immer gut zu ihr, aber wenn er sich etwas vorgenommen hatte, konnte sie ihn nicht davon abbringen. Da halfen weder Bitten noch Schmeicheleien. Julia war immer eine gehorsame Tochter gewesen, und wenn er etwas von ihr verlangte, dann mußte sie sich fügen und das Beste daraus machen.

Gaius hörte wieder das mädchenhafte Lachen, und er mußte irgendwie an Odysseus denken, den Nausicaa und ihre Frauen am Strand überrascht hatten. Er konnte die junge Frau nur sprachlos ansehen, die plötzlich hinter einem blühenden Baum auftauchte und sich ihm näherte.
Ein junge Frau? Sie ist ja noch ein Kind, dachte Gaius unwillkürlich. Auch er war nicht besonders groß, aber Julia reichte ihm kaum bis zur Schulter. Sie hatte ein schmales, hübsches Gesicht und dichte, dunkle Locken, die im Nacken von einer Spange zusammengehalten wurden. Wie er hatte sie dunkle Augen. Sie sah ihn furchtlos an.
Julia hatte offenbar Beeren gegessen. Gaius sah auf der dünnen weißen Wolltunika und ihren Lippen die deutlichen Spuren rosaroter Früchte. Sein Vater hatte ihm gesagt, sie sei fünfzehn, aber das Mädchen vor ihm wirkte kaum wie zwölf.
»Du bist Julia Licinia?«
»So heiße ich.« Sie musterte ihn von Kopf bis Fuß. »Mein Vater hat mich einem halbrömischen Barbaren versprochen, und ich bin hier, um ihn mir anzusehen. Wer bist du?«
»Ich fürchte, ich bin dieser halb römische Barbar«, erwiderte er etwas vor den Kopf gestoßen.
Julia betrachtete ihn abschätzend, und er hatte das Gefühl, er werde nun einen wichtigen Urteilsspruch zu hören bekommen. Aber statt dessen begann sie zu kichern.

»Du siehst römisch genug aus«, sagte sie schließlich. »Ich hatte mit einem großen blonden Wilden gerechnet, dessen Söhne nie im Leben aussehen würden, als wären sie römischer Abstammung. Die Politik unseres Statthalters, den Söhnen der Häuptlinge römische Lebensart und Kultur beizubringen, ist offenbar sehr erfolgreich«, fuhr sie altklug fort. »Aber alle von uns mit römischem Blut dürfen nicht vergessen, wem das Reich gehört. Ich möchte keine Kinder bekommen, die völlig anders aussehen als meine Vorfahren.«

Wie gute Bauern, dachte Gaius spöttisch, denn er wußte, daß Licinius wie sein Vater von einfachen Bauern abstammte und seine hohe Stellung durch eigene Verdienste erworben hatte und nicht durch Geburtsrecht. Die Freundschaft der beiden Männer beruhte sicherlich zum Teil auf ihrer gemeinsamen bäuerlichen Herkunft.

Aber dann mußte Gaius an Cynric denken, der ebenfalls zur Hälfte Römer war, auch wenn ihm das nicht behagte. Bei seinem Anblick wären Julias Befürchtungen berechtigt gewesen. Das Schicksal hatte Gaius blonde Haare erspart, und so sah er zumindest aus, als sei er ein Römer. Schließlich hatte sein Vater keine Mühe gescheut, damit er auch allenthalben als solcher anerkannt wurde.

Gaius sagte trocken: »Ich muß wohl dankbar sein, daß ich deine Prüfung bestanden habe.«

»Also, ich bin sicher«, erwiderte sie, »du möchtest bestimmt auch, daß deine Söhne einmal wie richtige Römer aussehen.«

Schmerzlich durchzuckte ihn die Frage: Und wie wird Eilans Kind aussehen?

Würde es so blond werden wie seine Mutter oder würde das Gesicht sein römisches Erbe verraten?

Er zwang sich, Julias spöttisches Lächeln zu erwidern. »Oh, ich zweifle nicht daran, daß alle unsere Söhne tapfere Römer sein werden.«

Sie mußten beide lachen. In diesem Augenblick erschien Licinius.

Er blickte Julia an, die rosige Wangen bekommen hatte, und sagte zufrieden lächelnd: »Das ist also geregelt. Wir müssen nur noch die Hochzeit planen.«
Gaius mußte schlucken, als sein Schwiegervater ihm herzlich die Hand drückte. Er hatte das Gefühl, von einer riesigen Belagerungsmaschine überrollt zu werden. Aber neben ihm stand unverständlicherweise nur die zierliche Julia und strahlte. Sie wirkte so harmlos wie ein Kind.
Aber harmlos ist sie nicht. O nein. Diese Frau ist alles andere als harmlos.
»Natürlich«, sagte der Prokurator, »kann eine Hochzeit wie eure nicht so schnell stattfinden.« Er lachte. »Die Leute würden ja sonst denken, Julia habe allen Grund, mir nichts, dir nichts einen Fremden zu heiraten, den niemand hier kennt. Die Gesellschaft von Londinium muß Gelegenheit haben, dich kennen- und schätzenzulernen, mein lieber Gaius.«
Aber Gaius dachte irritiert, daß sein Vater es doch auf eine schnelle Heirat abgesehen habe – natürlich nicht weil Julia, sondern er allen Grund hatte, sofort zu heiraten.
Offenbar wollte jedoch auch Julia nicht Hals über Kopf mit einem Fremden verheiratet werden, den niemand kannte, wie der Prokurator es ausgedrückt hatte. Ihr ging es vor allem darum, als geachtetes Mitglied der Gesellschaft eine glänzende Hochzeit zu feiern.
Gaius atmete innerlich auf. Die Verzögerung würde ihm Gelegenheit geben, sich zu besinnen und zu überlegen, was zu tun sei. Vielleicht würde Julia ihn ja auch nicht heiraten wollen, wenn sie ihn besser kennenlernte. Dann konnte ihm sein Vater keinen Vorwurf machen.
Licinius hob die Papyrusrolle, die ihm Macellius geschickt hatte, hoch und sagte: »Hiermit wirst du mir offiziell unterstellt. Vielleicht denkst du, ein junger Offizier muß nichts über Finanzen wissen. Aber als Befehlshaber einer Legion wird die Arbeit für dich leichter sein, wenn du etwas über das System weißt, das

deine Soldaten versorgt und ernährt!« Er lächelte Gaius aufmunternd zu, der ihn verständnislos ansah. »Keine Angst, nach der Front wird dir der Dienst bei mir leichtfallen. Hier ist nicht Rom, aber Londinium wächst, und die Frauen werden dich umschwärmen, da alle jungen Offiziere mit Agricola im Norden der Provinz sind.«

Dann wurde er streng und zog die dichten Augenbrauen zusammen.

»Es ist wohl selbstverständlich, daß dein Verhalten tadellos ist, solange du hier bist . . .«

Gaius fühlte sich angegriffen und wollte sich verteidigen, aber dann fiel ihm ein, daß Licinius sicher nichts anderes wußte, als daß er eine skandalöse Affäre mit einer Frau gehabt hatte. Der Prokurator sprach weiter.

»Du wirst mit Julia hier unter einem Dach leben, als sei sie deine Schwester. Ich werde dafür sorgen, daß nach und nach bekannt wird, daß ihr einander schon in der Wiege versprochen worden seid. Aber bis zur Hochzeit . . .«

»Vater!« rief Julia empört. »Glaubst du wirklich, ich würde dir und mir diese Schande machen?«

Licinius lächelte sie an. »Das denke und hoffe ich nicht, mein Kind. Ich wollte das nur auch diesem jungen Mann deutlich machen.«

»Es besteht wirklich keine Gefahr«, murmelte Gaius.

Er konnte sich nicht vorstellen, daß Julia jemals von Gefühlen überwältigt werden würde. Sie unterschied sich sehr von Eilan, die immer zuerst an ihn dachte und dann an sich. Er seufzte stumm. Jetzt mußte sie dafür die Folgen tragen.

Seine Gedanken kreisten wieder um Eilan. Würde man auch sie zu einer Ehe mit einem ›geeigneteren‹ Mann, als er es war, zwingen? Würde man sie schlagen und bedrohen, damit sie sich fügte? Würde sie verzeifelt und hoffnungslos Tränen vergießen? Eilan kam aus einer edlen und einflußreichen Familie. In den Augen eines Britonen war Eilan sicher eine gute Partie und eine Verbindung mit ihr politisch ebenso vorteilhaft wie für ihn die Heirat mit dieser Julia.

Aber Eilan wird einen anderen Mann ablehnen. Sie ist viel stärker und mutiger als ich.

Julia lächelte mit einem Anflug von Schüchternheit. Das tat sie, wie Gaius dachte, um ihren Vater zu beeindrucken. Gaius hatte in der letzten halben Stunde eine alles andere als schüchterne Julia kennengelernt. Vielleicht hielt ihr Vater sie immer noch für ein harmloses Mädchen. Väter wissen am wenigsten über ihre Kinder, und Licinius war offensichtlich in seine Tochter vernarrt und verwöhnte und hütete sie wie seinen Augapfel.

Ich werde viel lernen und sehr vorsichtig sein müssen, um aus dieser Falle wieder herauszukommen. O Eilan, wo bist du? Ich brauche deine Hilfe wahrscheinlich ebenso wie du meine ...

Zu den Pflichten eines Offiziers im Stab des Prokurators gehörten viele Aufgaben, die vermutlich für einen Sekretär wie Valerius einfach gewesen wären. Gaius, dessen Lehrer schon vor vielen Jahren aus Altersgründen aufgehört hatte, ihn zu unterrichten, mußte in den ersten Wochen der Ausbildung als Offizier seinem Kopf soviel abverlangen wie seinem Körper. Glücklicherweise gab es häufige Unterbrechungen, wenn er wichtige Persönlichkeiten, die Londinium besuchten, begleiten mußte.

Er war an das städtische Leben nicht gewöhnt, stellte aber bald fest, daß er wenig Mühe hatte, sich zurechtzufinden. Gaius Julius Agricola, der Statthalter Roms, hatte ein Bauprogramm ins Leben gerufen, von dem an erster Stelle Londinium profitierte. Die Bewohner Albions waren ein ländliches Volk gewesen. Das Leben der Römer indessen kreiste um die Stadt. Dort gab es Läden und Bäder, Spiele und Theater. Eine Brücke verband Londinium mit dem Süden. Andere Straßen führten in den Norden und Westen. Über diese Handelswege wurde die Hauptstadt aus allen Teilen der Provinz versorgt. Die Schiffe, die am Ufer anlegten, brachten Waren aus dem ganzen Reich.

Die Begleitung der hohen Gäste durch Londinium bot Gaius einen guten Grund, die Stadt zu erkunden. Diese Aufgabe erwies sich jedoch auch als die richtige Strategie, um ihn mit den Besuchern von Rang und Namen zusammenzubringen und sie auf den jungen Offizier aufmerksam zu machen, den Licinius protegierte. Als Gaius den Mut aufbrachte, Licinius einmal darauf anzusprechen, antwortete sein zukünftiger Schwiegervater, genau das habe er geplant.

»Mein Junge, ich hoffe, daß eure Ehe erfolgreich sein wird ...« Licinius schwieg und fuhr dann nachdenklich fort: »Wie du weißt, habe ich keine Söhne, keine Kinder außer Julia. Und wenn alles so wäre, wie ich es mir wünsche, dann sollte sie mein Erbe antreten können und vielleicht sogar einen Sitz im Senat erhalten. Aber eine Frau, auch wenn sie noch so fähig ist, kann diesen Rang nur auf ihren Mann übertragen. Verstehst du, deshalb bin ich so froh, daß sie den Sohn meines besten Freundes heiraten wird.«

Gaius verstand zum ersten Mal richtig, weshalb Macellius seinen einzigen Sohn mit der Tochter eines Mannes verheiraten wollte, der selbst keine Söhne hatte. Auf diese Weise konnte Gaius ganz legitim eine Position anstreben, die Macellius seinem Sohn durch die Ehe mit Moruad versperrt hatte.

Gaius wäre kein Mensch gewesen und auch nicht der Sohn seines Vaters, wenn ihn diese Erkenntnis kaltgelassen hätte. Schließlich öffnete man ihm in Londinium Tore, die den meisten ein Leben lang verschlossen blieben.

Das Leben in Londinium veränderte seinen Blick. Allmählich begriff Gaius, was er aufgegeben hätte, wenn er mit Eilan davongelaufen wäre. Vielleicht hatte Macellius recht, wenn er seinen Sohn davor bewahrte, denselben Fehler zu begehen wie er in seiner Jugend. Trotzdem fand Gaius, es stehe seinem Vater nicht zu, ihn wegen etwas zu tadeln, das er selbst getan hatte.

Solche Überlegungen führten zwangsläufig dazu, daß er wieder an Eilan dachte. Wie sah ihr Leben jetzt aus? Hatte man sie bestraft, aus Vernemeton vertrieben, oder behandelte man sie möglicherweise wie eine Gefangene? War seine Geliebte vielleicht der Meinung, er habe sie verlassen? Aber sie mußte doch wissen, daß nichts auf der Welt – bedrückt korrigierte er sich schnell –, nichts außer dem Willen seines Vaters oder Eilans Sicherheit ihn dazu bringen konnten, sie aufzugeben.

Gaius wußte nicht, daß Julia sein inneres Ringen spürte, bis sie eines Tages selbst das Gespräch darauf brachte.

»Von Vater weiß ich«, sagte sie nach dem Abendessen, als sie auf der Veranda saßen und den Sonnenuntergang beobachteten, der die Dächer des Palastes vergoldete, »daß du hierher geschickt worden bist, weil du eine Beziehung zu einer Einheimischen gehabt hast. Sie ist die Tochter eines Geächteten.« Als er verblüfft schwieg, fuhr sie fort: »Erzähl mir von ihr. Wie alt ist sie?«

Gaius spürte, wie ihm das Blut ins Gesicht schoß, und er hustete schnell, um seine Verwirrung zu überdecken. Es wäre ihm nie in den Sinn gekommen, daß Licinius ihr das gesagt haben könnte. Aber vielleicht war es ganz gut so, wenn auf diese Weise die Dinge zwischen ihnen geklärt wurden.

»Ich glaube, sie ist etwa ein Jahr älter als du . . .«

Gaius mußte sich plötzlich eingestehen, daß er in den letzten Tagen überhaupt nicht an Eilan gedacht hatte.

Der Prokurator sorgte dafür, daß er keine Langeweile hatte. Auch das gesellschaftliche Leben ließ ihn nicht zur Ruhe kommen. Er wurde ständig zusammen mit Julia eingeladen, und fast jeden Tag gab es für die beiden jungen Leute einen Grund, sich in der Öffentlichkeit zu zeigen. Für einen jungen Mann wie Gaius, dem der Makel seiner Abstammung zu schaffen machte, waren alle Begegnungen, Anlässe und Ereignisse aufregend und faszinierend. Er hatte seinem Vater einmal gesagt, er sei nicht ehrgeizig. Aber damals ahnte er noch nichts von den Belohnungen des Reichtums und der richtigen Verbindungen. Sogar Eilan hatte ihn daran erinnert, daß ihre gemeinsame Flucht ihn um alle Aussichten auf Erfolg bringen würde. Bestimmt erwartete sie nicht von ihm, die einmalige Gelegenheit, die sich ihm hier bot, auszuschlagen.

Julia lächelte ihn an. »Wolltest du sie wirklich heiraten?«
»Ja, das habe ich damals geglaubt. Ich war verliebt. Natürlich kannte ich dich noch nicht«, fügte er schnell hinzu. Aber was mochte für die unschuldige Julia das Wort ›verliebt‹ schon bedeuten?
Sie sah ihm ruhig und lange in die Augen. »Ich glaube, du solltest sie noch einmal sehen, bevor wir heiraten«, sagte sie. »Du mußt dir wirklich sicher sein, daß du dich nicht doch nach ihr sehnst, wenn wir verheiratet sind ...«
»Ich habe die Absicht, ein guter Ehemann zu sein ...«, begann er, aber Julia verstand ihn nicht oder wollte ihn nicht verstehen. Ihre Augen waren zu dunkel, er konnte darin nichts von ihren Gedanken oder Gefühlen sehen. Eilans Augen dagegen waren so klar wie ein Waldsee.
»Denn«, erklärte sie rundheraus, »ich möchte keinen Mann, der lieber mit einer anderen Frau verheiratet wäre. Ich finde, du solltest sie wiedersehen und dir darüber klarwerden, wie dein Leben aussehen soll. Wenn du zu mir zurückkommst, dann weiß ich, daß du mich wirklich aus eigenem Entschluß heiraten möchtest.«
Gaius mußte seinen Unmut unterdrücken.
Sie redet wie ihr Vater, wenn er einen Vertrag aushandelt. Wenn man ihr zuhört, dann könnte man glauben, die Ehe sei eine Beförderung ...
Aber Julia war in der Hauptstadt aufgewachsen, und vermutlich war eine Ehe für sie nichts anderes als ein gesellschaftlicher Aufstieg. Was sonst konnte eine römische Frau von der Ehe erwarten? Was wußte sie von der Leidenschaft im Blut, wenn die Beltane-Feuer entzündet wurden ... von der Sehnsucht, die das Herz verzehrt, von den wehmütigen Klängen der Flöten, der Lieder der Hirten auf den Hügeln? Was ahnte sie von dem Gefühl der Vollkommenheit, von der Erfüllung aller Träume, die ein Blick, ein Kuß bewirken konnte?
Wie auch immer, sein Vater hatte dafür gesorgt, daß er Eilan nicht mehr sehen durfte. Julia würde zweifellos entsetzt sein, wenn sie

erfuhr, daß seine Geliebte das keltische Gegenstück einer Vestalin war ...

Doch sie ahnte nichts von seinen Gedanken. Sie lebte in der Welt ihrer ehrgeizigen Wünsche und machte bereits Pläne. Wieder einmal hatte Gaius das Gefühl, er sei das Ziel einer gut vorbereiteten Belagerung.

»Vater wird dich mit Depeschen für Agricola in den Norden schicken ...«

Gaius hob die Augenbrauen, denn davon wußte er noch nichts. Aber wirklich überraschend kam das nicht. Julia wurde von jedem Mann im Tabularium angebetet, und wenn Einsatzbefehle oder wichtige Änderungen erwogen wurden, dann erfuhr sie immer alles als erste.

Nur diejenigen, die die Suppe auslöffeln müssen, erfahren es zuletzt!

»Auf dem Weg dorthin kannst du dir die Zeit nehmen, diese Frau zu sehen. Wenn du zurückkommst, dann wirst du ganz, ganz sicher sein, daß du mich heiraten möchtest.«

Gaius unterdrückte ein Lächeln, denn so viel, wie sie zu wissen glaubte, wußte sie trotz allem nicht, wenn sie dachte, auf einem Ritt zu Agricola hätte er Zeit für persönliche Abstecher. Aber vielleicht würde sich doch eine Gelegenheit bieten ... Sein Herz klopfe bereits schneller bei dem Gedanken, Eilan wiederzusehen. Venus sei Dank, daß Julia auch diesmal seine Gedanken nicht lesen konnte, obwohl er manchmal den Eindruck hatte, sie besitze die Fähigkeiten einer Sibylle, wenn es um die Erfüllung ihrer Wünsche ging – vielleicht besaßen alle Frauen, die so ehrgeizig waren wie Julia, diese Gabe.

Seine bezaubernde Braut redete jedenfalls bereits von ihrem Hochzeitsschleier, der aus einem märchenhaften Stoff sein sollte, den Karawanen um die halbe Erde brachten.

Die Nachricht, Londinium verlassen zu dürfen, erfüllte Gaius insgesamt mit Erleichterung, selbst wenn er zu den wilden Caledoniern reiten mußte, denn der normale Militärdienst war doch einfacher als das Leben in der römischen Gesellschaft.

17. KAPITEL

Als sich der Sommer dem Lugnasafest näherte, hatte Eilan den Eindruck, daß sich Lhiannons Zustand nicht mehr bessern werde. Die Herzbeschwerden der Hohenpriesterin ließen nicht nach, und sie war ständig müde. Ardanos erschien täglich im Heiligtum. Anfangs hatte sich Lhiannon noch mit ihm unterhalten, aber je mehr Tage vergingen, desto seltener richtete sich ihr Blick noch nach außen. Und so saß er stumm an ihrem Bett. Manchmal redete er mit Caillean oder auch zu den Wänden. Wenn er dann schließlich gegangen war, wirkte Caillean nachdenklich und in sich gekehrt. Sie war schon immer daran gewöhnt gewesen, mit sich selbst zu Rate zu gehen und niemanden mit ihren Sorgen zu belasten.

Eilan fand es eigenartig, daß sich in ihrem Körper die Geburt eines neuen Menschen vorbereitete, während sich in Lhiannon eine ähnliche Verwandlung vollzog, an deren Ende sich die Seele aus ihrem Körper lösen sollte. Aber niemand konnte sagen, in welcher Welt sie wiedergeboren werden würde.

Die Freude über das neue Leben, das in ihr heranwuchs, war durch die Trauer um Lhiannon gedämpft. In Vernemeton wurde es überall sehr still. Die Frauen gingen ihren Aufgaben mit sehr gemischten Gefühlen nach. Niemand wagte jedoch, danach zu fragen, wer Lhiannons Nachfolgerin sein würde.

Die Übelkeit am Anfang der Schwangerschaft war vorüber, und Eilan hatte nur noch das Problem, die Veränderungen ihres Körpers zu tarnen. Vermutlich war es ein Glück, daß Lhiannons Krankheit alle sehr beschäftigte und jeder mehr als sonst in sich gekehrt war.

Aber was sollte sie tun, wenn das weite Gewand den schwellenden Leib nicht mehr verbergen konnte? Caillean schien sich deshalb keine Sorgen zu machen. Als Eilan sie einige Male darauf ansprach, schob sie die Frage beiseite. Trotz allem konnte Eilan nicht vergessen, daß Ardanos bislang die Drohung, sie mit dem Tod zu bestrafen, nicht zurückgezogen hatte. Dieda war als einzige Priesterin in das Geheimnis eingeweiht worden, und Eilan hatte den Eindruck, daß sie seitdem von ihr kaum verhüllte Verachtung zu spüren bekam.

Nur Caillean blieb unverändert freundlich und verständnisvoll. Aber Caillean gehorchte stets dem Gesetz ihres Gewissens, und wenn Eilans Ängste anfingen, sie zu bedrohen, dann fand sie Trost in der Gewißheit, daß sie sich auf Caillean wirklich verlassen konnte.

Eilan wußte nicht, wann – und ob überhaupt – sie Gaius wiedersehen würde. Sie klammerte sich jedoch an die Hoffnung, daß er eines Tages wieder da sein werde. Von Ardanos wußte sie, daß Gaius sich in Londinium aufhielt. Das klang einleuchtend. Aber sie wollte dem Druiden nicht glauben, daß Gaius in aller Eile eine andere Frau hatte heiraten müssen. Gerade bei den Römern waren die Verhandlungen vor einer Heirat umständlich und zeitraubend. Darin unterschieden sie sich von den Sitten der Bewohner Albions.

Ein Monat verging, und Caillean vollzog die Vollmondrituale. Trotz aller Pflege und Fürsorge ließ sich nicht länger leugnen, daß Lhiannon im Sterben lag. Ihre Füße und Beine waren so angeschwollen, daß es ihr unmöglich wurde, das Bett zu verlassen. Caillean pflegte sie mit ganzer Hingabe. Keine Mutter hätte sich eine bessere Tochter wünschen können. Aber das Wasser sammelte sich in ihrem Leib, und Lhiannon wurde immer schwächer. Caillean gab ihr regelmäßig Kräutertees zu trinken und sprach niedergeschlagen von Wassersucht. Einmal gingen sie weit in den Wald, um die kleinen violetten Blüten des Fingerhuts zu suchen, denn Caillean sagte, sie seien das Beste für ein schwaches Herz.

Eilan kostete vorsichtig den Tee, den Caillean daraus bereitete. Er schmeckte so bitter wie der Tod.
Aber auch dieser Tee half wenig. Lhiannon wurde Tag für Tag bleicher, hinfälliger und aufgedunsener.

»Caillean ...«
Im ersten Augenblick glaubte sie nicht, etwas gehört zu haben, denn der Ruf war so schwach wie eine leichte Brise. Dann knarrte das Bett. Caillean drehte sich langsam um. Lhiannon hatte die Augen offen. Caillean versuchte, richtig wach zu werden, und zwang sich zu einem Lächeln.
Das Gesicht der Hohenpriesterin war durch die Krankheit völlig ausgezehrt, so daß man die weißen Knochen mit erschreckender Deutlichkeit sah.
Es ist fast vorbei. Bald ist sie erlöst.
»Hast du Durst? Hier ist kühles Wasser, oder soll ich das Feuer wieder in Gang setzen und dir den Tee wärmen ...?«
»Etwas Warmes ... würde mir guttun ...« Lhiannon atmete mühsam und flüsterte dann: »Du bist so gut zu mir, mein Kind.«
Caillean schüttelte den Kopf. Als Zehnjährige hatte sie einmal Fieber gehabt, und damals hatte Lhiannon sie gepflegt. Sie war kaum noch am Leben gewesen, aber die Priesterin hatte sie mit ihrer Heilkunst wieder zurückgeholt. Ihre Eltern hätten sie sterben lassen, das wußte Caillean nur allzu gut. Ihre Gefühle für Lhiannon überstiegen alles – selbst Liebe und Haß. Wie sollte sie das je in Worte fassen? Wenn Lhiannon es nicht mit jedem Schluck schmecken konnte oder dem kühlenden Umschlag auf der Stirn spürte, dann würde sie nie darum wissen.
»Ich glaube, einige werden sagen, du tust das, damit ich dich zu meiner Nachfolgerin mache ... Frauen können manchmal ziemlich boshaft sein, ... auch wenn sie Priesterinnen sind ... Du bist eine größere Priesterin als sie alle zusammen ... aber ...«
»Ich weiß ...«, erwiderte Caillean und legte ihr die kühle Hand auf die Stirn. »Ardanos und die anderen Druiden würden es nicht

ertragen, mich als die Hohepriesterin von Vernemeton zu sehen. Es ist mein Schicksal, immer im Schatten zu bleiben. Aber ich werde die Frau unterstütztzen, die hier an der Spitze steht. Und wenn die Göttin es will, dann wird es noch eine Weile dauern.«

Wer weiß, wie lange ich dich überleben werde?

Die seltsamen Blutungen hatten zwar aufgehört, aber Caillean litt unter einer grenzenlosen Müdigkeit. Manchmal hatte sie den Eindruck, in das Blei der Minen gehüllt zu sein.

»Vielleicht ... Mein Kind, glaube nicht, daß du alles weißt ... Auch wenn viele es bezweifeln, aber mein Wissen stammt nicht nur von den Druiden ... Ich sehe mit meinen eigenen Augen, wenn ich zwischen den Welten wandere ... und ich habe dich mit den Insignien der Hohenpriesterin gesehen ... ein Nebel, nicht von dieser Welt, hat dich umgeben und geschützt ... Ein Leben kann viele überraschende Wendungen nehmen ... Wir kommen nicht immer dorthin, wohin wir wollen ...«

Das kochende Wasser dampfte in dem kleinen Kessel, und Caillean goß den Tee auf – eine Mischung aus Kamille, Schafgarbe und Silberweide – und nahm ihn vom Feuer.

»Die Göttin weiß, ich habe es nicht so gewollt ...«, brach es plötzlich aus Lhiannon heraus. »Ardanos und ich ... was hatten wir für Träume, als wir jung waren ... aber er wollte die Macht ... und er hat mir nichts gelassen ...«

Du hättest dich gegen ihn behaupten können. Du bist die Stimme der Göttin gewesen. Dreißig Jahre lang haben die Menschen an deine Worte geglaubt. Und du ahnst nicht einmal, was du gesagt hast! Wenn du dir je eingestanden hättest, was er von dir verlangt, dann hättest du handeln müssen. Erst dann wäre aus dem falschen Schein göttlicher Autorität, die über dem Tun der Menschen steht, Wirklichkeit geworden ...

Aber Caillean verbot sich, diese Gedanken auszusprechen, denn andererseits hatte Lhiannon den unwissenden Menschen mehr Hoffnung geschenkt, als Caillean mit all ihrer Klugheit es hätte tun können. Das glich ihre Fehler aus, auch wenn Kritikerinnen wie Dieda es nicht wahrhaben wollten.

Caillean rührte etwas Honig in den Tee, um die Bitterkeit zu mildern, schob den Arm unter Lhiannons Schultern und hielt ihr den Löffel an die Lippen. Die Kranke warf den Kopf unruhig von einer Seite zur anderen. Tränen liefen über ihre Wangen.
»Ich bin so müde, Caillean . . .«, flüsterte sie, »so müde . . . und ich habe Angst . . .«
»Komm, trink einen Schluck . . . Alle, die dich lieben und verehren, sind an deiner Seite«, sagte Caillean beruhigend. »Trink das, und dann geht es dir besser.«
Lhiannon gehorchte, trank den bitteren Tee und seufzte.
»Ich habe Ardanos versprochen, meine Nachfolgerin selbst zu wählen . . . damit seine Pläne nicht gestört werden . . . Ich weiß, er wartet . . .« Sie verzog das Gesicht. »Er wartet wie eine Krähe neben einem todkranken Schaf . . . Es sollte Eilan sein, aber sie . . . muß bald hier weg . . . Jetzt sagt er, ich soll Dieda wählen . . . aber das werde ich nicht . . . sie würde nicht . . .«
Lhiannon mußte husten, und Caillean stellte schnell den Becher ab. Sie richtete Lhiannon etwas höher auf und klopfte ihr behutsam auf den Rücken, bis sich der Hustenreiz legte.
»Ich werde nicht . . .«, Lhiannon rang nach Luft.
»Bis die Göttin dir zeigt, was SIE will«, beendete Caillean an Lhiannons Stelle den Satz, und zum ersten Mal seit vielen Wochen lächelte die Hohepriesterin von Vernemeton erleichtert.

Lhiannon würden nur noch wenige Tage bleiben. Jetzt sahen es alle – alle außer vielleicht Caillean, die sie aufopferungsvoll und mit verzweifelter Entschlossenheit pflegte. Tag und Nacht wich sie kaum von ihrer Seite und verließ das Haus der Hohenpriesterin nur selten. Selbst jene, die Caillean immer eher mißtrauisch als eine Fremde abgelehnt hatten, mußten ihre Ausdauer und Willensstärke bewundern.
Auch Dieda und Eilan sahen deutlich das Unvermeidliche, aber sie brachten beide nicht den Mut auf, mit Caillean darüber zu sprechen.

»Sie hat so große Fähigkeiten zu heilen«, sagte Dieda. »Sie muß es sehen und sich eingestehen, daß alles vergebens ist.«
Eilan wollte ihr nicht widersprechen.
Wahrscheinlich hätte Caillean ihren Mut und ihre Kraft verloren, wenn sie es sich so nüchtern eingestanden hätte wie alle anderen.
Aber dann kam der Tag, an dem auch Caillean die Augen nicht länger vor den Tatsachen verschließen konnte. Ardanos ordnete an, daß die Priesterinnen bei der Sterbenden Wache hielten. Sein Gesicht war aschgrau und von Kummer gezeichnet. Eilan mußte wieder daran denken, daß Dieda einst behauptet hatte, er liebe Lhiannon. Wenn das der Fall war, dann mußte das sehr lange her oder eine sehr seltsame Art Liebe sein.
Ich würde das nicht als Liebe bezeichnen, und ich erwarte etwas anderes von der Liebe.
Ardanos saß neben der bewußtlosen Lhiannon und hielt ihre Hand. Die Priesterinnen erschienen und hielten zu zweit oder zu dritt Wache, und Caillean achtete darauf, daß niemand die Sterbende beunruhigte oder störte.
»Warum gönnt sie sich nicht ein wenig Ruhe? Ich glaube, niemand wird Lhiannon noch einmal zu nahe treten können«, flüsterte Eilan besorgt Dieda zu, die wortlos nickte.

Die Sonne würde bald untergehen. Ardanos hatte das Haus der Hohenpriesterin verlassen, um etwas frische Luft zu schöpfen. Wie alle Krankenzimmer war auch dieses heiß und stickig. Niemand konnte es ihm übelnehmen, wenn er nach einem langen Tag hinaus ins Freie wollte.
Mittsommer war schon lange vorbei, aber es war noch immer hell. Die untergehende Sonne tauchte den Raum in warmes, sanftes Licht, und Eilan wußte, es würde bald dunkel sein. Sie stand auf, um die Öllampe anzuzünden, als sie plötzlich bemerkte, daß Lhiannon aufgewacht war und sie zum ersten Mal seit Tagen mit klaren Augen anblickte.

»Wo ist Caillean?« flüsterte sie heiser.
»In der Küche, Mutter«, erwiderte Eilan. »Soll ich sie rufen?«
»Nein, dazu ist keine Zeit ...« Lhiannon hustete, dann flüsterte sie: »Komm her ... bist du Dieda?«
»Ich bin Eilan. Dieda ist nebenan bei den Priesterinnen, die Wache halten. Soll ich sie rufen?«
Ein merkwürdig klingendes Röcheln kam aus der Kehle der Sterbenden, und Eilan sah zu ihrer Verblüffung, daß Lhiannon zu lachen versuchte.
»Ich kann euch beide noch immer nicht richtig auseinanderhalten«, flüsterte sie. »Verstehst du, es ist das Werk der Göttin ...«
Eilan dachte, Lhiannon rede im Delirium. Man hatte ihr gesagt, daß so etwas vor dem Ende kommen könnte. Aber dann stieß die Hohepriesterin rauh hervor: »Ruf Dieda. Mir bleibt nur noch wenig Zeit. Hab keine Angst, ich bin völlig klar bei Verstand ... Ich weiß sehr wohl, was ich tun muß ... Ich muß es zu Ende bringen, bevor ich sterbe.«
Eilan eilte zu Tür, um Dieda zu rufen. Als sie beide zurückkehrten und nebeneinander am Bett standen, lächelte die Sterbende.
»Es stimmt, was man sagt ...«, flüsterte sie, »Sterbende sehen mehr ... Jetzt weiß ich, was Ardanos versucht hat ... und ihr werdet es auch wissen, wenn ihr soweit seid ...« Sie sammelte Kraft, dann sagte sie leise, aber klar und deutlich: »Dieda, du mußt jetzt meine Zeugin sein ... Eilan, Tochter der Rheis, nimm den *Torque*, der neben mir liegt ... Nimm ihn!«
Sie rang nach Luft, und Eilan nahm zitternd den geflochtenen goldenen Reif, der auf dem Kissen lag.
»Und auch die Armreife ... Leg sie an ...«
»Aber nur die Hohepriesterin ...«, wollte Eilan widersprechen. Die Augen der Sterbenden richteten sich jedoch mit solcher Kraft auf sie, daß Eilan verstummte, den Halsreif öffnete und ihn anlegte. Im ersten Augenblick war er kalt. Dann schmiegte er sich glatt um ihren schlanken Hals und wärmte ihn, als sei er dankbar, wieder von einem Menschen getragen zu werden.

Dieda stieß einen erstickten Schrei aus, aber Lhiannons Husten übertönte sie.
Dann sagte die Hohepriesterin heiser und mit letzter Kraft: »So sei es denn ... Jungfrau und Mutter, ich sehe in dir jetzt die Göttin ... Sagt es Caillean ...« Sie verstummte und schien nach Luft zu ringen. Dann hob sie die Hand und berührte noch einmal das schwere Gold.
»Ich höre Caillean draußen, Mutter. Soll ich sie rufen?« fragte Dieda.
»Geh«, flüsterte Lhiannon, und das Reden schien ihr etwas leichter zu fallen. »Sag ihr, daß ich sie liebe ...«
Als Dieda aus dem Zimmer eilte, richtete sich der Blick der Sterbenden auf Eilan.
»Ich weiß jetzt, was Ardanos wollte, als er dich zu meiner Nachfolgerin auserkoren hat ... Aber die Göttin führte mich zu Dieda ... Er hat sich in dir geirrt ... und doch hat er den Willen der Göttin erfüllt!«
Sie verzog die Lippen, und Eilan wußte, daß sie lachte.
»Vergiß nicht ... es ist wichtig! Nur die Göttin kann euch unterscheiden ... nicht die Römer ... Jetzt sehe ich ...«
Sie verstummte, und das Licht in ihren Augen erlosch.
Eilan blickte sie staunend an und konnte sich nicht von der Stelle rühren.
Als Caillean das Zimmer betrat, fragte sie: »Schläft Lhiannon? Wenn sie schlafen kann, dann braucht sie die bittere Medizin nicht zu nehmen ...« Sie trat an das Bett, hielt den Atem an und flüsterte: »Sie muß die bittere Medizin nie mehr nehmen ...«

Caillean kniete neben dem Bett und küßte Lhiannon auf die Stirn. Dann schloß sie ihr behutsam die Augen. Mit jedem Augenblick, der verging, verlor das Gesicht der Toten mehr von ihrer Identität. Sie schien bereits nicht mehr bei ihnen zu sein und sah bald nicht mehr wie Lhiannon aus.
Eilan schlang die Arme um sich und zuckte zusammen, als sie das

harte Gold der Armreifen spürte. Ihr war schwindlig, und sie fror.

Als Caillean sich erhob, fiel ihr Blick auf die Insignien, die Eilan trug. Einen Augenbllick lang blieb sie regungslos stehen, dann lächelte sie.

»Hohepriesterin von Vernemeton, ich verneige mich vor dir und grüße dich im Namen der All-Mutter!«

Ardanos betrat hinter Dieda das Zimmer. Er beugte sich über die Tote und richtete sich langsam wieder auf.

»Sie ist gestorben«, sagte er, und seine Stimme klang seltsam tonlos und schwach.

Während er sich umdrehte, zuckte es um seinen Mund, als er die goldenen Insignien sah, die Eilan trug. Er schwieg, denn in diesem Augenblick kamen die Priesterinnen herein, die draußen Wache gehalten hatten. Die alte Latis schob sich an den anderen vorbei und verneigte sich vor Eilan. Dann sagte sie mit einer Ehrerbietung, die Eilan erzittern ließ: »Ich bitte dich, Stimme der Göttin, sage uns alles, was dir die gestorbene Hohepriesterin mit ihren letzten Atemzügen anvertraut hat.«

»Lhiannon, die Göttin möge ihr Ruhe schenken, hat einen sehr ungünstigen Zeitpunkt für ihren Tod gewählt«, sagte Ardanos erregt. »Wir brauchen für das Ritual an Lugnasa eine Orakelpriesterin, die die Göttin zu den Menschen herabruft, und es ist wohl klar, daß wir Eilan nicht nehmen können!« Er musterte die beiden Frauen finster.

Die drei Tage der rituellen Trauer waren vorüber, und Lhiannons Asche war der Erde übergeben worden. Ardanos staunte, wie sehr er gerade hier in diesem Raum litt, in dem er immer mit Lhiannon zusammengewesen war. Ihr Tod schmerzte ihn mehr, als er sich eingestehen wollte.

Caillean wirkte nachdenklich, aber Eilan sah ihn mit großen undurchdringlichen Augen an. Er erwiderte ihren Blick. Die Vorstellung, daß dieses Mädchen, dieses schwangere Mädchen an Lhiannons Stelle treten sollte, war reiner Hohn. Daran änderte auch nichts, daß sie seine Enkeltochter war.

»Nun ja ...«, sagte Caillean, »du weißt so gut wie ich, daß es reiner Aberglaube ist zu behaupten, nur eine Jungfrau könne der Göttin dienen. Aber du hast recht, es wäre für Eilan und das Kind sehr gefährlich, in diesem Augenblick die Stimme des Orakels zu sein.«

Die alten Überlieferungen sprachen nicht davon, daß eine Frau unberührt bleiben mußte, um eine Priesterin zu sein, doch für die großen Rituale war sexuelle Enthaltsamkeit erforderlich. Für das Mysterium der völligen Hinwendung von Körper und Geist mußte eine Reinigung stattfinden, denn erst dann konnte die Göttin durch den Mund einer Sterblichen sprechen.

Wenn die göttliche Kraft ungehindert fließen sollte, mußte sich der Geist von den Sinnen und dem Bewußtsein lösen. Deshalb war es einer Priesterin in der Vorbereitungszeit verboten etwas zu tun, das ihre Sinne stimulieren und ihre Energiekanäle blockieren konnte. Dazu gehörte auch, das Fleisch bestimmter Tiere zu essen, Met oder anderen Alkohol zu trinken und mit einem Mann zu schlafen.

»Daran hätte Lhiannon denken sollen, als sie ihren Todestag wählte ...« Der höchste Druide haderte mit dem Schicksal. »Das mit Eilan geht einfach nicht! Es ist schlimm genug, daß sie noch hier in Vernemeton ist. Aber eine schwangere Hohepriesterin? Das ist unmöglich!«

»Ich könnte an ihrer Stelle das Ritual vollziehen ...«, bot Caillean an.

»Und wie bitte, sollen wir *das* den Menschen erklären? Wir könnten so etwas wagen, wenn Lhiannon noch krank wäre, aber alle wissen, daß sie gestorben ist.« Er schüttelte energisch den Kopf und ging erregt auf und ab. »Die Übergabe der Macht ist immer heikel. Alle fragen sich, ob die neue Priesterin die Prüfung überlebt. Die Menschen sind verständlicherweise verunsichert, denn sie wollen wissen, ob die Göttin auch jetzt noch zu ihnen spricht, nachdem Lhiannon tot ist.«

Er legte die Hand auf seine schmerzende Stirn. Sie alle hatten in der letzten Zeit viel zu wenig geschlafen. Caillean hatte dunkle Ringe unter den Augen, und ihre Wangen waren eingefallen. Trotz der gesundheitlichen Blüte durch die Schwangerschaft wirkte Eilan angespannt und sehr gereizt.

Lhiannon hatte durch ihre Entscheidung für Eilan ihnen allen eine schwere Prüfung auferlegt.

»Bei den Wäldern von Albion«, sagte Ardanos entschlossen, »welche Hirngespinste Lhiannon auch vor ihrem Ende quälen mochten, ich werde nicht zulassen, daß alles zerstört wird, was wir hier in Vernemeton unter so großen Mühen aufgebaut haben! Ich bin für das ganze Land verantwortlich, und ich habe nicht vergessen, daß es in ganz Albion außer Vernemeton keinen heiligen Hain mehr für unsere Priesterinnen gibt.«

Er seufzte und setzte sich. Dann sagte er etwas ruhiger: »Es hilft also alles nichts. Wir müssen die Wahl der Nachfolgerin wiederholen. Es gibt einen Präzedenzfall. Die alte Helve wollte ihre Macht der ... Ach ich weiß nicht mehr, wie das arme Mädchen hieß. Sie ist jedenfalls wahnsinnig geworden und gestorben. Der Rat der Priester hat danach Lhiannon gewählt.«

»Das würde dir so gefallen!« rief Caillean. Doch Eilan, die die ganze Zeit über geschwiegen hatte, so daß der höchste Druide ihre Anwesenheit beinahe vergaß, stand plötzlich auf.

»Nach der Prüfung ...«, sagte sie laut, und zwei rote Flecken erschienen auf ihren Wangen, als die beiden sie verblüfft ansahen. »Der Rat der Priester hat die neue Hohepriesterin gewählt, nachdem die gewählte versagt hatte und nicht die Macht der Göttin bei dem Ritual ertragen konnte. Habe ich recht?« Sie schwieg und fügte dann bitter lächelnd hinzu: »Was werden die Leute sagen, wenn ich nicht einmal den Versuch mache, die Prüfung zu bestehen? In Vernemeton weiß jeder, daß Lhiannon mich zu ihrer Nachfolgerin bestimmt hat.«

»Aber die Gefahr . . .«, rief Caillean.
»Glaubst du, die Göttin wird mich töten? Wenn das, was ich getan habe, eine so große Sünde war, dann tut SIE recht daran, mich auf diese Weise zu bestrafen!« erklärte Eilan ruhig und gefaßt. »Aber wenn ich überlebe, dann werdet ihr alle wissen, daß SIE mich in der Tat zur Hohenpriesterin bestimmt hat!«
»Und was sollen wir deiner Meinung nach mit dir tun, wenn du überlebst?« fragte Ardanos scharf. »Dein Zustand wird bald für jedermann sichtbar sein. Die Römer werden uns höhnisch auslachen, wenn unsere Hohepriesterin wie eine trächtige Kuh mit einem dicken Bauch herumläuft!«
»Lhiannon hat an einen Ausweg gedacht«, erwiderte Eilan ruhig. »Es waren ihre letzten Worte. Wenn das Ritual vorbei ist, muß Dieda meinen Platz einnehmen, und ihr müßt sagen, daß Dieda weggeschickt worden ist.«
Eilan verzog keine Miene, als sie Ardanos fest in die Augen blickte. »Selbst du, Großvater, kannst uns nicht auseinanderhalten. Das konntest du noch nie!«
Ardanos kniff die Augen zusammen, und in seinem Kopf überschlugen sich die Gedanken. Das klang völlig verrückt, aber es mochte tatsächlich die Lösung sein. Wenn Eilan die Zeremonie nicht überlebte – und das war mehr als wahrscheinlich –, dann hatte er das Recht, die Nachfolgerin zu bestimmen. Wenn Eilan im Kindbett starb, dann wäre Dieda bereits die Hohepriesterin, und niemand würde etwas erfahren. Auf jeden Fall wäre der Skandal vermieden. Selbst Eilan als Hohepriesterin würde er unter seine Kontrolle bringen, denn sie konnte mit einem Kind in ihrem Amt nie völlig souverän und sicher sein. Wenn die Hohepriesterin von Vernemeton die Unterstützung der Priesterschaft brauchte, wenn sie nicht frei und unabhängig war, dann würde sie auch tun, was man ihr sagte.
»Aber wird Dieda dem Plan zustimmen?« fragte er vorsichtig.
»Das kannst du mir überlassen«, erwiderte Caillean.

Dieda wußte nicht, weshalb Caillean sie hatte rufen lassen. Sie sah sich etwas beklommen im Zimmer um, das so lange Lhiannon gehört hatte.

»Wie du weißt, hat die Göttin Eilan zur Hohenpriesterin des Orakels gewählt«, sagte Caillean langsam. »Aber es wird in Kürze notwendig sein, ihren Zustand zu verbergen. Noch vor ihrem Tod hat Lhiannon erkannt, daß niemand etwas merken würde, wenn du eine Zeitlang ihren Platz einimmst. Ardanos hat zugestimmt. Deshalb bitte ich dich, uns zu helfen, Dieda.«

Dieda schüttelte entsetzt den Kopf. »Ich werde mich niemals den Wünschen von Ardanos beugen! Warum sollte ich mir darum Gedanken machen, was er will? Er hat sich noch nie um mich gekümmert!« Sie hatte die Fäuste geballt und blickte Caillean wütend an. »Eilan hat ihre Schwangerschaft selbst zu verantworten. Es ist ihre eigene Schuld! Ich werde diesen Betrug nicht unterstützen. Und das kannst du auch meinem Vater sagen!«

Caillean erwiderte: »Gut gesagt! Aber wenn du immer nur entschlossen bist, das Gegenteil von dem zu tun, was Ardanos befiehlt, dann wirst du trotzdem von seinem Willen beherrscht. Ich nehme an, wenn ich dir gesagt hätte, er widersetzt sich dem Plan, dann hättest du zugestimmt, ja?«

Dieda starrte blicklos vor sich hin. Sie mußte sich unbedingt beruhigen und einen kühlen Kopf behalten. Jetzt ging es um alles. Sie war entschlossen, die Gunst der Stunde zu nutzen. Endlich war sie am Zug, aber sie durfte auf keinen Fall einfach nachgeben.

»Ihm paßt das überhaupt nicht . . .«, fügte Caillean hinzu und sah sie durchdringend an. »Er würde viel lieber Eilan ablehnen und dich an ihrer Stelle zur Hohenpriesterin machen.« Sie lachte leise. »Ich glaube, er hat dem Vorschlag, daß du sie vertrittst, nur zugestimmt, weil er wußte, daß du so reagieren würdest . . .«

»Ich die Hohepriesterin? Nie im Leben!« rief Dieda. »Dann würde ich Vernemeton nie mehr verlassen können!«

»Wenn du zustimmst, soll es nur vorübergehend sein«, sagte Caillean langsam. »Wenn Eilans Kind geboren ist, übernimmt sie wieder ihre Pflichten. Dann müßtest du auf jeden Fall hier weg ...«

»Würdest du mich zu Cynric in den Norden gehen lassen?« fragte Dieda mißtrauisch.

»Ja, wenn das dein Wunsch ist. Aber wir haben daran gedacht, dich nach Eriu zu schicken, damit du dort die hohe Kunst der Barden erlernst ...«

»Du weißt sehr wohl, daß ich mir nichts lieber wünsche!« rief Dieda.

Caillean lächelte. »Offenbar kann ich dir etwas bieten oder auch verweigern. Wenn du Eilan ... und mir ... hilfst, werde ich mich dafür einsetzen, daß du bei den größten Dichtern und Harfnern von Eriu lernen kannst. Aber wenn du es nicht tust ...«, sie seufzte, »dann wird Ardanos dich bestimmt zur Hohenpriesterin machen, und ich werde dafür sorgen, daß du hier nicht mehr wegkommst.«

»Du willst mir nur angst machen«, erwiderte Dieda, aber ihr lief ein kalter Schauer über den Rücken.

»Du kannst es ja darauf ankommen lassen«, erklärte Caillean herausfordernd. »Es gibt inzwischen keine Alternative mehr. Es ist Lhiannons Wunsch ..., und ich werde ihren Willen erfüllen, wie wir alle es immer getan haben.«

Dieda schwieg lange. Sie wollte Eilan nicht schaden, obwohl sie der Ansicht war, daß Eilan eine große Dummheit begangen hatte. Sie verstand auch nicht, weshalb Caillean sich so für diesen verrückten Plan einsetzte. Aber sie wollte es mit der älteren Priesterin nicht verderben. Caillean konnte eine gute Freundin oder eine gefährliche Feindin sein – sowohl für sie als auch für Cynric. Dieda war lange genug in Vernemeton, um zu wissen, daß Caillean auf ihre stille Weise sehr großen Einfluß hatte und vieles nur mit ihrer Billigung geschehen konnte.

»Also gut«, sagte sie schließlich, »ich bin bereit, Eilan solange zu vertreten, bis sie das Kind geboren hat, wenn du mir versprichst, daß ich anschließend das tun kann, was mir wichtig ist.«

»Das verspreche ich dir«, Caillean hob die rechte Hand, »die Göttin ist meine Zeugin. Niemand unter den Lebenden kann sagen, daß ich jemals einen Eid gebrochen habe.«

Ein halber Mond war seit Lhiannons Tod vergangen. Heute mußte die Hohepriesterin um Mitternacht zum Lugnasafest vor den Menschen erscheinen.

Eilan wartete mit Caillean in dem besonderen Raum, wo Lhiannon sich so oft auf das Ritual vorbereitet hatte. Die Anspannung schärfte ihr Gehör, und so schreckte sie bei dem Geräusch von Sandalen draußen im Gang zusammen. Die Tür wurde geöffnet, und sie sah die in den rituellen weißen Gewändern übergroß wirkende Gestalt des höchsten Druiden im Halbdunkel.

»Eilan, Tochter der Rheis! Die Göttin hat dich erwählt. Bist du bereit, dich IHR nun völlig zu überlassen?«

Ardanos' Stimme hallte wie eine große Glocke, und Eilan spürte, wie sich ihr Magen vor Angst zusammenzog.

Bin ich bereit?

Eilan hatte geglaubt zu wissen, wozu sie sich bereiterklärt hatte. Jetzt aber stürmten die schrecklichen Geschichten wieder auf sie ein, die sie im Haus der jungen Frauen gehört hatte, und es war um ihre innere Sicherheit geschehen. Es kam kaum noch darauf an, ob die Göttin ihr wirklich zürnte, weil sie sich Gaius hingegeben hatte. So oder so forderte das Ritual von ihr alles, und es mußte ein Wunder geschehen, wenn sie die schwere Prüfung ohne Schaden für Körper und Geist und das Kind in ihr überstehen sollte.

Ich wollte doch nur die Druiden herausfordern, aber ich habe SIE herausgefordert und auf diese Weise IHREN Zorn. Die Göttin wird mich bestimmt bestrafen! Was wird das für mein Kind zur Folge haben?

Wenn die Göttin ein Ungeborenes für das bestrafen würde, was die Mutter getan hatte, dann war SIE nicht die liebende Gottheit, der Eilan geschworen hatte zu dienen.

Ardanos wartete auf ihre Antwort – sie alle warteten und hatten hoffnungsvoll oder skeptisch die Augen auf Eilan gerichtet. Langsam kehrte ihre Ruhe zurück.

Wenn die Göttin mich nicht so will, wie ich bin, dann möchte ich nicht mehr leben.

Eilan holte tief Luft und rang sich wieder zu der Entscheidung durch, die sie in der schlaflosen Nacht nach Lhiannons Tod getroffen hatte.

»Ich bin bereit ...«

Ihre Stimme bebte kaum. Wenigstens war ihr Vater nicht da. Sie hatte gehört, daß er bei Cynric im Norden war. Eilan hätte ihm nicht in die Augen blicken können.

»Erklärst du, ein geeignetes Gefäß für IHRE Kraft zu sein?«

Eilan mußte schlucken.

Bin ich das?

Noch in der Nacht zuvor hatte sie es bezweifelt und wie ein verängstigtes Kind an Cailleans Schulter geweint.

»Ein geeignetes Gefäß? Wer kann das von sich behaupten?« hatte Caillean sie gefragt. »Wir sind alle nur Sterbliche. Aber du bist gewählt worden. Warum sonst hast du dich so viele Jahre auf diese Aufgabe vorbereitet?«

Der höchste Druide musterte sie wie ein Falke, der auf das verräterische Rascheln im Gras wartet. Er rechnete damit, daß sie schwach werden würde, denn dann wäre sie in seiner Macht. Unbestimmt wurde ihr bewußt, daß er diesen Augenblick genoß.

Lhiannon war der Ansicht, ich sei als Gefäß geeignet!

Nur wenn sie diese Prüfung auf sich nahm, konnte sie die Entscheidung der sterbenden Lhiannon rechtfertigen ... und ihre Liebe zu Gaius.

In jener Nacht hatte sie geglaubt, einem älteren Gesetz der Göttin zu gehorchen als es das Gebot der Keuschheit war. Wenn sie die Prüfung verweigerte, gestand sie damit ein, daß die Vereinigung mit Gaius eine Sünde gewesen war ...

Eilan richtete sich stolz auf und hob die Hand zum Schwur.

»Ich bin ein geeignetes und reines Gefäß. Die Erde möge sich auf-

tun und mich verschlingen, der Himmel möge über mir einstürzen und mich zermalmen, die Götter, denen ich Treue geschworen habe, mögen mich verlassen, wenn ich lüge!«
»Die Anwärterin ist gefragt worden, und sie hat geschworen . . .«, sagte Ardanos zu den Druiden in seiner Begleitung. Dann forderte er die Priesterinnen auf: »Reinigt sie, die vor das Antlitz der Göttin treten will, und bereitet sie auf das Ritual vor, das ihre Prüfung vor den Göttern und den Menschen sein wird . . .«
Ardanos sah Eilan einen Augenblick lang an – Mitleid, Ärger und Genugtuung lagen in seinem Blick. Dann drehte er sich um und verließ mit den Druiden den Raum.

»Eilan, du mußt nicht so zittern«, flüsterte Caillean beruhigend. »Laß dir von dem alten Habicht keine Angst machen . . . du mußt nichts fürchten. Die Göttin ist liebevoll und gnädig. Sie ist unsere Mutter, Eilan, und die Mutter aller Frauen. Sie erschafft alles, was sterblich ist. Vergiß das nicht.«
Eilan nickte stumm. Sie wußte, auch wenn dieser Augenblick im normalen Ablauf der Dinge gekommen wäre, hätte sie sich gefürchtet. Aber wenn sie sterben sollte, dann wollte sie durch die Hand der Göttin sterben. Es bestand kein Grund, schon jetzt vor Angst zu zittern. Sie holte tief Luft. Auf jeden Fall bedauerte sie nichts, was sie getan hatte.
Der Vorhang bewegte sich wieder, und Dieda erschien mit drei der jüngsten Priesterinnen. Sie hatten Wasser von der heiligen Quelle geholt, blieben mit ihren Eimern in der Tür stehen und sahen sie voll Ehrfurcht an.
Die Hand der Göttin ruht auf mir . . .
Eilan schien in ihren Gesichtern das zu sehen, was sie immer bei Lhiannon wahrgenommen hatte. Die Frauen waren alle noch jung, nur Dieda war so alt wie sie.
Eilan wollte ihnen sagen: »Es hat sich nichts geändert. Ich bin noch immer Eilan . . .«, aber in Wirklichkeit war alles anders. Und als sie ihr das Gewand auszogen, und Eilan sich betrachtete,

staunte sie, wie anders ihr Körper plötzlich wirkte. Ein geheimnisvolles Strahlen schien von ihm auszugehen. Das silberne Licht hüllte sie wie in einen Schleier. Die Umrisse verschwammen, und selbst Eilan sah nichts von den Veränderungen der Schwangerschaft. Der Leib wölbte sich kaum, und die Brüste wirkten straff, klein und rund. Sie zitterte in dem kalten Raum. Das eiskalte klare Wasser schien alle Schwere von ihr zu nehmen. Es war wie eine Reinigung von innen. Ihr ganzes Leben, auch die Spuren der Liebesnacht mit Gaius schienen von ihr abzufallen.

Eilan fühlte sich wie neugeboren, als die Priesterinnen sie in das rituelle Gewand kleideten. Sie legten ihr die traditionelle Blumengirlande um den Kopf. Als die Blüten ihre Stirn berührten, überkam sie kurz ein Schwindelgefühl.

Ist das die erste, von weit her kommende Berührung der Göttin?

Ihr Kopf schien seltsam leer, und eine leichte Benommenheit überkam sie. Vielleicht lag es auch an ihrem leeren Magen. Die heiligen Kräuter in dem Trank, den sie am Anfang des Rituals erhielt, durften nur nach einer Zeit des Fastens eingenommen werden, sonst konnte sie sehr krank werden.

Caillean hatte öfter gesagt, Lhiannons Siechtum sei zum Teil auf die Wirkung dieser Kräuter zurückzuführen. Eilan konnte nicht umhin, sich jetzt zu fragen, wie lange ihr Körper das Gift ertragen würde. Sie mußte lächeln. Es blieb noch genug Zeit, über die Zukunft nachzudenken, wenn sie das Ritual überleben sollte.

Die Priesterinnen brachten ihr die aus Gold getriebene Schale mit dem Zaubertrank. Sie wußte, daß außer anderen Pflanzen auch Misteln verwendet worden waren. Sie hatte öfter zusammen mit Miellyn die heiligen Pflanzen gesammelt – und auch Pilze mit ganz besonderen Eigenschaften. Die Menschen wagten nie, diese Pilze zu benutzen, weil sie als heilig und als giftig galten. Essen konnte man sie bestimmt nicht. Die Priesterinnen jedoch wußten, daß diese Pilze kein gewöhnliches Gift enthielten, sondern in sehr kleinen Mengen das innere Sehen bewirkten, die Hellsichtigkeit, in der auch Eilan ausgebildet worden war.

Eilan hatte oft genug mitangesehen, wie Lhiannon die Schale an die Lippen setzte, aber trotzdem zitterte sie, als Dieda sie ihr jetzt reichte. Da sie das Ritual in allen Einzelheiten kannte, wußte Eilan, was sie zu tun hatte.

Als Priesterin des Orakels hatte auch sie stets den kleinen zeremoniellen Schluck getrunken und kannte den Geschmack. Aber von der Hohenpriesterin wurde erwartet, daß sie den Trank in einem Zug leerte, weil es ihr sonst nicht möglich gewesen wäre, die Schale auszutrinken. Es schmeckte gallebitter. Als sie getrunken hatte, überlegte sie, ob es nicht doch tödliches Gift gewesen sei. Auf diese Weise hätte Ardanos sie mühelos beseitigen können. Aber Caillean hatte ihr versichert, daß sie die Kräuter und Pflanzen selbst zubereiten würde. Niemand außer ihr hatte sie auch nur berühren dürfen. Eilan konnte ihr vertrauen.

Der Raum verschwamm vor ihren Augen, und der Magen revoltierte. Die Bitterkeit schnürte ihr die Kehle zu. Würde sie sich übergeben müssen? Vielleicht begann jetzt die Strafe ...

Sie kämpfte gegen die Übelkeit, atmete ruhig und gleichmäßig, verband sich mit der heilenden Kraft der Erde, und ihre Selbstdisziplin siegte. Sie trank ein paar Schlucke klares Wasser, um den bitteren Geschmack aus dem Mund zu vertreiben, schloß die Augen und wartete.

Nach einer Weile legte sich das Gefühl der Übelkeit, aber das Schwindelgefühl erfaßte sie in heftigen Wellen. Sie mußte sich setzen, um nicht das Gleichgewicht zu verlieren. Unbestimmt erinnerte sie sich, daß auch Lhiannon nach dem Trinken auf ihrem Sitz zusammengesunken war. Damals dachte Eilan, es sei die Schwäche ihres Alters. Inzwischen wußte sie, daß Lhiannon eigentlich nicht so alt gewesen war. Würde auch sie lange vor ihrer Zeit dem allmählichen Siechtum verfallen?

Es entstand Bewegung im Raum. Die jungen Priesterinnen verschwanden, und dann nahm Eilan wahr, daß Ardanos vor ihr stand. Sie hob den Kopf, um seinen prüfenden Blick zu erwidern.

»Eilan ... wie ich sehe, hat man dich für die Zeremonie vorbereitet.« Er nickte und sagte leise: »Du siehst wirklich sehr schön aus. Die Menschen werden nicht daran zweifeln, daß die Göttin zu ihnen kommt ...« So freundliche Worte aus seinem Mund klangen seltsam.

Eilan gab keine Antwort, aber irgendwo in ihrem Bewußtsein kam ein klarer Gedanke.

Du sprichst von den Menschen, aber was ist mit dir? Du wolltest mich töten, und jetzt ... siehst du wirklich die Göttin in mir, glaubst du an SIE? Deine Gebote hätten mich dazu verurteilt, mit den Blumen im Haar verbrannt zu werden ...

Aber auch das war jetzt nicht weiter wichtig. Eilan hatte das Gefühl, sich darüber zu erheben, denn sie begann zu schweben und entfernte sich immer weiter von allem, was sie umgab.

»Der Trank wirkt schnell«, murmelte Ardanos und forderte mit einer herrischen Geste Caillean und Dieda auf, den Raum zu verlassen. Dann beugte er sich über Eilan und flüsterte: »Achte auf meine Worte, mein Kind ... ich weiß, du kannst mich noch immer hören ...«

Seine Stimme wurde zu einer Melodie wie der Gesang eines Rituals, als er weitersprach.

Eilan wußte nur, daß er etwas sagte, das von großer Bedeutung war, etwas, an das sie sich erinnern sollte ..., aber sie wußte nicht genau, woran. Sie nahm ihn nicht mehr wahr. Sie schwebte über einer grünen Dunkelheit. Die Baumwipfel unter ihr waren in weiter Ferne. Man trug sie in einer Sänfte. Sie erreichten den Platz, und man half ihr, sich zu erheben. Sie spürte Caillean an ihrer Seite und noch jemanden. War es Latis? Man nahm sie bei den Händen und führte sie hinter der Prozession der Fackeln und silbernen Glöckchen vor den hohen Erdhügel.

Eilan glaubte zu sehen, wie sie zögerte, als sie den hohen Sitz sah. Es gab einen wichtigen Grund dafür, daß sie sich nicht dorthin setzen durfte ... eine Sünde, ein Vergehen gegen die Gebote ... deshalb sollte sie sich nicht der Göttin nähern. Aber die beiden

Priesterinnen an ihrer Seite führten sie langsam weiter, und Eilan dachte, wenn sie sich nicht an den Grund erinnern konnte, dann war es vielleicht nicht weiter wichtig.
Der heilige Stier war bereits geopfert und das Fleisch von den Priestern verteilt worden. Die Druiden hatten in ihren rituellen Gesängen von dem jungen Gott berichtet, der mit den alten Göttern kämpfte und ihnen die Ernte entriß. Mitternacht nahte, und das Orakel mußte befragt werden, um allem Volk den Spruch der Göttin für die dunkle Zeit des Jahres zu verkünden. Der Herbstmond stand leuchtend und rund am Himmel und ließ die goldenen Insignien der Hohenpriesterin geheimnisvoll schimmern.
O Göttin, sieh her zu mir und schütze mich gut, denn ich will mich dir nun ganz öffnen!
Eilan rang um die zeremoniellen Worte des Gebets.
Eine der Priesterin drückte ihr den kleinen gebogenen goldenen Dolch in die Hand. Sie mußte etwas damit tun ... sie hob ihn hoch und stieß ihn schnell in ihre Fingerspitze. Der stechende Schmerz durchzuckte sie, und ein Blutstropfen quoll hervor. Sie hielt den Finger über die goldene Schale und ließ drei Tropfen hineinfallen.
Die Schale war bis zum Rand mit dem Wasser der heiligen Quelle gefüllt. Auf dem Wasser trieben Blätter der heiligen Mistel, die unberührt von Menschen zwischen Himmel und Erde wuchs und das Wesen von Blitz und Donner, von Sonne und Sternen, von Wind und Regen in sich aufnahm ...
Die beiden Priesterinnen neben Eilan halfen ihr jetzt auf den hohen Sitz. Wieder überkam sie ein Schwindelgefühl beim Anblick der wartenden Menge.
Als die Priester zu singen anfingen, glaubte Eilan zu fallen oder sich mit den Klängen des Lieds in die Luft zu erheben. Ihre Bewegung hatte keine Richtung und stand in keiner Beziehung zur Wirklichkeit der Erde. Warum nur hatte sie Angst gehabt? Sie erreichte eine Sphäre, in der sie nichts wollte und nichts fühlte. Sie war einfach zufrieden in dem Bewußtsein zu leben ....

Das grelle Licht von Fackeln traf ihre Augen. Die Menschen unter ihr schienen zu einem einzigen Gesicht zu verschmelzen. Die vielen Augen, die auf sie gerichtet waren, empfand sie wie ein schweres Gewicht, wie eine große Last. Sie schien sich von ihnen allen zu entfernen ... an einen Platz, der in dieser Welt, und doch nicht von dieser Welt war.

»Kinder des Don, warum seid ihr gekommen?«

Aus weiter Ferne hörte sie Cailleans Stimme.

»Wir flehen um den Segen der Göttin«, antwortete die Stimme eines Mannes.

»Dann ruft SIE ...«

Eilan holte tief Luft, als ihr plötzlich Rauch in die Nase stieg ... der schwere duftende Rauch brennender Kräuter. Aber dann verschlug es ihr den Atem, alles begann, sich zu drehen, und sie mußte um ihr Gleichgewicht kämpfen. Sie hörte ein Wimmern und wußte, daß sie es war, die stöhnte. Aus der Tiefe klang zu ihr der laute Ruf vieler Stimmen, die immer lauter wurden, immer lauter ...

»Jägerin der Nacht ... strahlende Mutter ... Göttin der Blumen und des Lebens ... höre uns ... komm zu uns, Göttin des silbernen Rads ...«

Ich bin Eilan ... Eilan ...

Sie klammerte sich an ihre Identität, wehrte sich gegen das Rufen der Stimmen, die sie bedrängten, sie bestürmten, bis der Druck, die Last so groß wurde, daß sie in der Brust stechende Schmerzen empfand.

Gleichzeitig spürte sie einen anderen wachsenden Druck ... Kam er von oben? ... Kam er aus ihrem Innern? ... Etwas verlangte, von ihr eingelassen, ... zugelassen zu werden. Krämpfe erfaßten sie, Zuckungen schüttelten ihren Körper, wütende Klauen schienen sie zu zerreißen, während sie kämpfte ... gegen wen?

Eilan erlebte das Entsetzen, das Grauen, die Angst vor der endgültigen Auflösung, als das Ich, das sie kannte, den Kräften, die sie erfaßt hatten, sich nicht länger entziehen konnte und weichen mußte. Sie bekam keine Luft mehr.

Helft mir, ihr Götter!

Der Ruf schien vergebens, und sie sank nach vorne, sah vor sich das schimmernde Wasser, und eine Stimme in ihr klang voll und tönend.

Du bist meine Geliebte. Ich bin immer bei dir. Wenn du mich sehen willst, dann blicke in den heiligen Teich.

»Sieh in die Schale, Hohepriesterin des Orakels . . .«, befahl ihr eine andere Stimme. »Blicke in das Wasser und dann sag uns, was du siehst!«

In dem bewegten Wasser nahm ein Bild Gestalt an.

Eilan richtete die Kraft, die in ihr wirkte, auf das Bild, und es wurde hell und klar. Sie sah ein Gesicht, aber es war nicht ihr Gesicht. Erschrocken zuckte sie zurück, aber da hörte sie eine dritte Stimme.

Meine Tochter, sei ohne Sorge. Dein Geist ist bei MIR in Sicherheit . . .

Mit den Worten kam eine grenzenlose Liebe auf sie zu. Und Eilan überließ sich mit demselben Vertrauen, das sie Gaius geschenkt hatte, seufzend und erlöst von allen Qualen den tröstlichen Armen der Göttin.

Aus weiter Ferne sah sie, wie ihr Körper sich aufrichtete, wie sie aufstand, den Schleier aus dem Gesicht schob, die Hände hob und den Mond zu umarmen schien.

»Seht, die Göttin des Lebens ist zu uns gekommen!« rief Caillean jubelnd. »Laßt sie uns willkommen heißen!«

Der Klang zahlloser Stimmen erhob sich wie eine Woge, die Eilan umfing und trug, so daß sie ihren Körper, den sie aufgegeben hatte, gelassen betrachten konnte.

Als der Jubel sich legte, sank die Hohepriesterin auf den Sitz zurück. Die Kraft, die sie erfüllte, wartete in zeitloser Geduld auf das Anliegen der Menschen.

»Wir haben Fragen, Fragen DEINER Kinder, und bitten um DEINE Antwort, o Göttin«, rief der höchste Druide in der alten

Sprache der Weisheit; und obwohl Eilan sie nie gelernt hatte, antwortete die Göttin in dieser Sprache.
Nach jeder Frage und jeder Antwort sprach der höchste Druide zu den Menschen. In der anderen Sphäre, aus der Eilan ihn hörte, schienen seine Worte seltsam zu klingen. Wenn er übersetzte, was die Göttin gesagt hatte, dann schien das, was er in IHREM Namen den Menschen zurief, kaum mit IHRER Antwort in Einklang zu stehen. Ardanos war im Begriff, etwas falsch zu machen, aber vielleicht verstand ihn Eilan auch nicht richtig. In der Geborgenheit ihrer Zuflucht schien das jedoch nicht weiter wichtig zu sein.
Die Fragen nahmen kein Ende, aber nach einer Weile beobachtete Eilan, daß ihre Wahrnehmungsfähigkeit nachließ. Schleier und Wirbel zogen auf und schoben sich zwischen die Welten.
Ardanos schien es zu bemerken. Er runzelte die Stirn und beugte sich über sie.
»Göttin, wir danken DIR für DEINE Worte. Es ist Zeit, den Körper wieder zu verlassen, durch den DU gesprochen hast. Wir verneigen uns vor DIR in Demut und Ehrfurcht. Schenke uns DEINEN Segen!«
Caillean reichte ihm einen Mistelzweig. Er tauchte ihn in die goldene Schale und besprengte Eilan mit den kalten Wassertropfen.
Eilan war wie geblendet. Ihr Körper bäumte sich auf, und sie begann, am ganzen Leib zu zittern. Schmerzen wie feine Nadelstiche durchzuckten sie, und dann versank sie auf einem Teppich silberner Glöckchen in Dunkelheit.

Als Eilan das Bewußtsein wiedererlangte, hörte sie die Priesterinnen singen. Sie kannte das Lied. Auch sie hatte es oft gesungen, aber in ihrer augenblicklichen Schwäche und Benommenheit konnte sie nicht mitsingen. Sie nahmen ihr die Blumengirlande vom Kopf, jemand kühlte ihr Stirn und Hände mit Wasser. Dann setzte man ihr einen Becher an die Lippen, und sie trank gierig,

denn ihre Kehle schmerzte und war wie ausgedörrt. Jemand flüsterte ihr liebevoll etwas ins Ohr ... Caillean ... Eilan fühlte sich sanft hochgehoben. Man setzte sie in die Sänfte.
»Gelobt und gepriesen sei SIE«, sangen die Priesterinnen.
»Silbernes Licht in der Nacht«, antworteten die Druiden.

»Königin, Jungfrau und Mutter
Bring die Schönheit von Himmel und Sternen
Zu den Menschen auf die Erde.
Spiegelbild der Sonne
Bring uns das Licht!«

Die Priesterinnen hoben die weißen Arme zum Mond.
»Gelobt und gepriesen sei SIE«, wiederholten sie im Chor.
»Kraft, aus der wir leben«, antworteten die tiefen Stimmen der Druiden.

Ewigkeiten schienen vergangen zu sein, als Eilan erwachte und in ihrem Bett im Haus der Hohenpriesterin lag. Das Licht der Fakkeln blendete sie nicht länger, und die Wirkungen des Zaubertranks ließen langsam nach. Eilan konnte wieder klar denken. Irgendwoher tönte noch in ihrem Kopf das Lied der Priesterinnen, mit dem sie die Zeremonie beendet hatten.
»Wir nehmen die heiligen Geräte, wir verbrennen die geweihten Blumen ...«
Aber um sie herum war alles still. Eilan wußte, daß die Blumengirlande, die sie getragen hatte, ins Feuer geworfen worden war. Sie glaubte, noch immer den Duft der Blüten zu riechen. Langsam erinnerte sie sich an weitere Einzelheiten ... der Wechselgesang der Priesterinnen und der Druiden ... der silberne Mond ... die vielen Menschen ...
Eilan wußte auch, daß Fragen gestellt worden waren, aber sie konnte sich an keine einzige Antwort erinnern. Aber was die Göttin auch gesagt haben mochte, das Volk schien zufrieden gewesen zu sein.
Und die Göttin hat mich nicht bestraft! Zumindest diesmal nicht ...

Aber vielleicht würde SIE es noch tun. Eilans Magen war noch immer in Aufruhr. Sie hatte das Gefühl, geschlagen worden zu sein, und sie würde bestimmt noch einige Zeit große Schmerzen haben. Aber das Kind schien unversehrt. Das Leben in ihr hatte keinen Schaden genommen. Eilan hatte die Prüfung auf sich genommen und überlebt.

»Wir wünschen unserer Hohenpriesterin eine gute Nacht«, hörte sie den Gruß der Frauen an der Tür.

Unsere Hohepriesterin ...

Eilan lächelte. Ja, das Wunder war geschehen, sie war jetzt die Hohepriesterin von Vernemeton.

Caillean ließ wenige Tage später Dieda in das Haus der Hohenpriesterin rufen. Eilan saß am Feuer. Sie wirkte blaß und erschöpft.

»Es ist soweit, Dieda. Wir bitten dich jetzt, dein Versprechen zu halten. Eilan geht es wieder gut genug, daß sie Vernemeton verlassen kann. Sie wird sich in ein Versteck begeben, um das Kind zu bekommen.«

»Das ist verrückt. Glaubt ihr wirklich, niemand wird die Täuschung durchschauen?« fragte Dieda kopfschüttelnd.

»Seit Eilan Hohepriesterin geworden ist, war sie in völliger Klausur, und kaum jemand hat sie unverschleiert gesehen. Nur wenige werden mißtrauisch werden und Verdacht schöpfen. Wenn sie eine Veränderung bemerken, dann werden sie es mit den Nachwirkungen des Rituals in Verbindung bringen.«

Cynric würde sich nicht täuschen lassen ...

Dieda sehnte sich nach ihm. Warum kam er nicht zu ihr und brachte sie fort von Vernemeton?

Es war mehr als ein Jahr vergangen, seit sie etwas von ihm gehört hatte. Selbst wenn er um ihre Not wußte – würde er kommen, um ihr zu helfen?

Dieda senkte den Kopf. Sie war den Tränen nahe.

»Dein Vater ist dir dankbar«, sagte Caillean.

Dieda zuckte zusammen, als hätte man sie geschlagen.
Er hat allen Grund, dankbar zu sein! Wenn ich darauf bestanden hätte, Cynric zu heiraten, was wäre dann aus seinen schlauen Plänen geworden?
»Dieda ...« Eilan unterbrach das lange Schweigen. »Wir sind immer wie Schwestern gewesen. Wir gehören zu derselben Sippe. Deshalb bitte ich dich, hilf mir, denn auch du weißt, was Liebe ist ...«
»Ich war wenigtens nicht so dumm, mich einem Mann hinzugeben, der auf Nimmerwiedersehen verschwindet!« rief Dieda zornig. »Caillean hat mir geschworen, mich nach Eriu zu schicken. Ich frage dich, Schwester, was kannst du mir versprechen?«
»Wenn ich die Hohepriesterin bleibe, werde ich versuchen, dir und Cynric zu helfen. Wenn mir das nicht gelingt, dann hast du das Wissen, um mich zu vernichten. Ist dir das genug?«
»Das stimmt ...«
Dieda lächelte seltsam und sah ihre Zukunft in einem anderen Licht. Wenn sie ihr Studium bei den Druiden in Eriu beendet haben würde, dann besaß sie Fähigkeiten und ein Wissen, von dem sich diese frömmelnden Frauen hier nichts träumen ließen.
Dieda wurde plötzlich bewußt, daß ihr eigentlich nur die engen Grenzen von Vernemeton so schwer zu schaffen machten. Wenn sie erst das wahre Wissen um Vergangenheit und Zukunft und damit die Macht besaß, dann konnte das Leben auch für sie wieder annehmbar werden.
»Also gut, ich werde dir helfen«, sagte sie und reichte Eilan die Hand.

18. KAPITEL

Trotz der Schauergeschichten der Römer in Londinium über den Norden war der Weg durch das nördliche Albion am Ende des Sommers für einen gesunden jungen Mann keine große Härte. Es regnete nicht jeden Tag, und in der Luft lag der belebende Duft von Heu, das auf den Wiesen trocknete.

Gaius ritt an der östlichen Seite von Albion durch ein Land, das immer einsamer und wilder wurde. Er betrachtete sich die Wälder und Berge mit militärischem Interesse, denn auf seinem letzten Feldzug waren sie durch Lenacum an der Westküste marschiert. Der Osten war für ihn neu. Der alte Capellus begleitete ihn wieder, und so lagen alle praktischen Dinge wie das Aufschlagen des Lagers und das Versorgen der Pferde in den geübten Händen des zuverlässigen Dieners. Da Gaius die Sprache der Stämme beherrschte, wurden sie immer freundlich aufgenommen, wenn sie in einer Siedlung der Einheimischen Unterkunft finden mußten.

Je weiter Gaius nach Norden kam, desto mehr wurde über den Feldzug Agricolas gesprochen. Ein Veteran, der erst seit kurzem den aktiven Dienst verlassen hatte und eine der Poststationen verwaltete, erzählte Gaius, daß im vergangenen Jahr das Auftauchen einer römischen Flotte vor der caledonischen Küste die Einheimischen in solche Panik versetzt hatte, daß sie in ihrer Verzweiflung plötzlich angriffen. Es gelang ihnen, die Neunte Legion zu überrennen, bis Agricola seine Reiterei einsetzte und die Caledonier im Rücken angriff.

»Es sah schlecht aus, junger Mann, sehr schlecht«, erzählte der Veteran. »Diese Dämonen stürmten mit Wolfsgeheul mitten in unser Lager. Die Männer fielen über die Zeltleinen und suchten ihre Waffen. Trotzdem gelang es uns irgendwie, die Stellung zu halten, und ich werde nie den Augenblick vergessen, als wir plötzlich unsere Standarten aufblitzen sahen und wußten, daß endlich der Tag anbrach ...«

Er leerte noch einmal langsam den Becher Wein und wischte sich den Mund mit dem Handrücken ab.

»Aber dann hatten wir uns wieder besonnen und kämpften wie die Löwen. Als die Zwangzigste uns schließlich zur Hilfe kam, konnten wir ihnen bereits sagen, daß sie zu spät kamen und wieder abziehen sollten! Aber der Feldherr ließ nicht locker. Wenn die angemalten Wilden nicht wie Geister in ihre undurchdringlichen Wälder und verseuchten Sümpfe verschwunden wären, hätten wir sie alle erledigt.« Er lachte zufrieden und sagte gönnerhaft: »Na ja, vermutlich mußten wir noch etwas für euch junge Leute übriglassen, damit ihr euch die Sporen verdienen könnt!«

Er schob Gaius den Weinkrug über den Tisch und forderte ihn auf, noch einmal auf den Feldherrn und den Sieg zu trinken.

Gaius mußte ein Lächeln unterdrücken. Er kannte die Geschichte dieser Schlacht bereits von Männern, die nach Deva zurückbeordert worden waren. Aber aus dem Mund eines Mannes, der im Lager gewesen war, als die Caledonier angriffen, klang sie etwas anders.

»Ja, Agricola ist ein großer Feldherr! Nach dem letzten Sommer singen auch die sein Lob, die zuerst nicht mitmachen wollten und die großen Gefahren beschworen. Mach dir keine Gedanken, er findet auch eine Aufgabe für dich. Dann hast du schon ein paar Auszeichnungen, wenn deine Laufbahn beginnt! Bei den Göttern, ich würde dich gerne begleiten, nur um wieder dabei zu sein! Ja wirklich ...«

Licinius hatte nichts davon erwähnt, daß er unter dem Feldherrn dienen sollte. Aber Gaius überlegte plötzlich, ob die Depeschen, die er Agricola überbringen sollte, unter anderem den Zweck hat-

ten, den großen Feldherrn auf ihn aufmerksam werden zu lassen. Als Statthalter der Provinz zeichnete sich Agricola auch dadurch aus, daß er mit seinen Prokuratoren ein gutes Verhältnis hatte. Ein lobendes Wort von Licinius mochte deshalb wirklich nicht von Schaden sein.
Im letzten Feldzug war Gaius nur einer der vielen jungen Offiziere gewesen, die sich alle im Kampf auszeichnen wollten, aber ohne die Unterstützung ihrer Centurionen eher hilflos waren.
Das Verhalten Agricolas hatte ihn beeindruckt. Aber es gab keinen Grund für den Feldherrn, sich an ihn zu erinnern.
In Gaius erwachte ein Ehrgeiz, den er glaubte vergessen zu haben. Seine Gedanken kreisten um eine Tat, mit der er sich das Lob des berühmten Feldherrn verdienen würde.
Sie ließen die Jagdgebiete der Briganten hinter sich und erreichten Land, das noch spärlicher besiedelt war. Die Menschen dort sprachen einen Dialekt, den Gaius nicht mehr verstand. Als sie über die karge Heide und durch die dichten Wälder ritten, kamen ihm wieder Zweifel an dem Sinn dieses Feldzugs.
Rom mag dieses Volk zwar erobern, aber das bedeutet noch nicht, daß es hier auch herrschen kann.
Die römische Präsenz war eigentlich nur damit zu rechtfertigen, daß die Truppen die wilden Caledonier und ihre irischen Verbündeten daran hinderten, immer wieder die reicheren Gegenden im Süden zu überfallen.

Die lange Dämmerung im Norden tauchte den Himmel in dunkles Violett, als Gaius die Festung erreichte, die die Zwanzigste Legion über dem Tava-Fjord errichtete, wo die Flotte im Sommer zuvor einen so nachhaltigen Eindruck hinterlassen hatte. Im Schutz der hohen Palisaden wuchsen bereits die dicken Festungsmauern empor. Die Lederzelte des Feldlagers waren durch Unterkünfte und Ställe aus Holz ersetzt worden, die in dieser Wildnis auch einen Winter überstehen konnten. Die Anlage wirkte um so größer, da kaum jemand zu sehen war.

»Wo sind alle?« fragte Gaius, als er unter dem wilden Eber, dem Feldzeichen der Legion, durch das Tor ritt und dem diensthabenden Offizier seinen Marschbefehl zeigte.
»Dort oben ...« Der Mann deutete unbestimmt nach Norden. »Es heißt, daß die Stämme sich schließlich unter einem Häuptling der Votadiner vereinigt haben. Sie nennen ihn Calgacus. Der Feldherr hat sie den ganzen Sommer über gejagt; die Marschlager, die er dabei gebaut hat, sind überall im Land verstreut. Du wirst noch eine Woche reiten müssen, um ihn einzuholen. Aber heute nacht kannst du wenigstens wieder einmal unter einem Dach schlafen und bekommst etwas Warmes zu essen. Der Präfekt wird dir morgen bestimmt eine Eskorte geben. Es wäre ein Jammer, wenn du in einen Hinterhalt geraten würdest, nachdem du es soweit geschafft hast.«
Gaius war weniger an der warmen Mahlzeit interessiert, als an einem Bad. Aber nachdem er sich endlich wieder einmal richtig hatte waschen können, war er auch froh über das Essen. Sein Gastgeber, der Lagerpräfekt, fühlte sich offensichtlich einsam, und ihm war nicht ganz geheuer, mit so wenig Leuten hier ausharren zu müssen. Deshalb schien er sich zu freuen, daß er jemanden hatte, mit dem er sich unterhalten konnte.
»Hast du von dem Usipiter-Aufstand gehört?« fragte der Präfekt, als die Sklaven die Reste des gebratenen Moorhuhns, das sie gegessen hatten, abräumten. Gaius setzte den Becher mit Wein ab – ein recht guter Falerner – und sah den Mann erwartungsvoll an.
»Ein Haufen wilder Germanen, die frisch aus ihren Wäldern kamen, waren als Zwangsarbeiter nach Lenacum geschickt worden. Sie rebellierten und stahlen drei Schiffe und, stell dir vor, sie sind an der Westküste nach Norden und an der Ostküste nach Süden beinahe um ganz Britannien gesegelt.«
Gaius war sprachlos. »Dann ist Britannien mit seinen undurchdringlichen Wäldern also doch eine Insel ...«
Diese Frage hatte die Gemüter beschäftigt, solange er denken konnte.

»Sieht ganz so aus.« Der Mann nickte und erzählte weiter. »Die Sueben haben die Überlebenden schließlich überwältigt und sie auf der römischen Seite des Rheins als Sklaven verkauft. Auf diese Weise haben wir alles erfahren!«
»Erstaunlich!« sagte Gaius. Der Wein tat seine Wirkung. Er fühlte sich angenehm betrunken. Das war eine gute Geschichte für Julia, wenn er wieder in Londinium sein würde.
Überrascht stellte er fest, daß er etwas hatte, worüber er mit ihr sprechen wollte – aber diese Geschichte konnte eben nur jemand richtig verstehen, der aus seiner Welt kam. Eilan hätte für die Ironie, die darin lag, kein Verständnis.

Am nächsten Tag begann es leicht zu regnen. Gaius lief die Nase und er hustete, als sie durch das nasse Land ritten. Kein Wunder, dachte er, daß man sagt, die Menschen der Stämme können sich jederzeit in Luft auflösen. Es sah an diesem Tag wirklich so aus, als würden die Hügel mit dem Himmel verschmelzen, die Bäume in der Erde und er mit seinem Pferd im Schlamm versinken.
Gaius konnte zumindest reiten. Er bedauerte den Trupp Legionäre, die mit ihren Waffen und dem Gepäck durch den Schlamm marschieren mußten.
Aber darin bestand die eine große Leistung von Agricola. In seinem Heer herrschte Disziplin. Die Soldaten fühlten sich durch die Aufgaben, die der Feldherr ihnen stellte, herausgefordert. Sie kämpften für die Ideale, die er ihnen vorlebte. Sie glaubten an die Sache Roms, und wer sich in dieser Wildnis auszeichnete, dessen Leben hatte einen Sinn. Außerdem spürten die Männer, daß dem Feldherrn ihr Leben kostbar war. Er führte sie unter Einsatz einer klugen Strategie von Erfolg zu Erfolg. Und auch wenn sie den großen Sieg bis jetzt nicht hatten erringen können, dann hatte doch jeder unter Agricolas Kommando aus eigener Erfahrung erlebt, daß sie sich mit ihrem militärischen Können auch gegen diese unfaßbaren, fast geisterhaften Feinde behaupten konnten.

Ihre Mission war der Kampf der von Menschen geschaffenen Kultur gegen die ungebändigte Natur. In Londinium saß der Kopf dieser von Römern geschaffenen Zivilisation. Das hatte Gaius auf eindrucksvolle Weise erlebt. Aber hier im unbezwungenen Norden würde der Geist der neuen Zeit auf die eigentliche Probe gestellt werden. Daran zweifelte Gaius inzwischen nicht mehr.
Hin und wieder sahen sie Schafe an einem Hang oder auch die kleinen schwarzen Rinder der Einheimischen. Abgesehen von einem Pfeil, der an seinem Kopf vorbeizischte und irgendwo zwischen den Bäumen abgeschossen worden war, als sie einen Bachlauf überquerten, war vom Feind nichts zu spüren.
»Das ist gut für uns, aber vielleicht schlecht für das Heer«, sagte der Decurion nachdenklich, der die Eskorte anführte. »Wenn die Stämme ihre Jagdgebiete nicht bewachen, dann kann das nur bedeuten, daß sie sich schließlich doch zusammengeschlossen haben. Niemand kann leugnen, daß sie gut kämpfen, wenn sie erst einmal dazu entschlossen sind. Wenn sich die Stämme schon damals verbündet hätten, als Cäsar erschien, dann würde das Reich noch immer an der Küste Galliens enden.«
Gaius nickte und zog den dicken Mantel enger um sich. Was hatte Licinius wohl bewogen, seine Botschaften gerade in dem Augenblick durch ihn dem Statthalter der Provinz überbringen zu lassen, als sich das vielleicht größte Heer der vereinigten britischen Stämme formiert hatte, um die römischen Streitkräfte unter ihrem berühmten Feldherren, den Statthalter der Provinz Britannien, anzugreifen ...?

»Du kommst mit Nachrichten von Martius Julius Licinius? Sag mir, geht es ihm gut?«
Der Mann, der aus dem großen Lederzelt trat, war nicht besonders groß und ohne die Rüstung beinahe schlank. Trotz der Regentropfen im grau werdenden Bart und den dunklen Ringen unter den Augen strahlte er eine Autorität aus, die ihn auch ohne den purpurroten Mantel als Feldherrn verraten hätte.

»Gaius Macellius Severus Siluricus meldet sich zur Stelle!«
Er stand stramm und salutierte, ohne auf das Regenwasser zu achten, das über den Helm lief. »Dem Prokurator geht es gut. Er sendet dir die herzlichsten Grüße, und wie du vielleicht in seinen Briefen lesen wirst, Herr...«
»Gut«, sagte Agricola und nahm die Schriftrollen entgegen. »Am besten lese ich sie im Zelt, bevor sie sich in der Nässe auflösen.«
Agricola sah Gaius augenzwinkernd an und sagte: »Nach dem langen Ritt mußt du auch völlig durchweicht sein. Tacitus wird dich zum Lagerfeuer der Offiziere bringen und für dein Quartier sorgen.«
Er deutete auf einen großen, verschlossen wirkenden jungen Mann. Gaius erfuhr später, daß er Agricolas Schwiegersohn war.
»Da du schon einmal hier bist, wartest du am besten das Ende der Kämpfe ab. Dann kann ich dich mit einem Bericht wieder zurückschicken.«
Gaius staunte. Er hatte das einnehmende Wesen dieses Mannes vergessen. Vielleicht aber war ihm zum ersten Mal persönlich etwas von der besonderen Ausstrahlung zuteil geworden. Tacitus legte ihm die Hand auf die Schulter, und Gaius folgte ihm steifbeinig durch den Regen, denn seine Muskeln schmerzten.

Es tat gut, mit seinen Offizierskameraden wieder einmal am Lagerfeuer zu sitzen. Er aß mit einem Riesenhunger die heiße Linsensuppe, das harte Brot und trank mit Genuß den sauren Wein.
Erst jetzt wurde ihm bewußt, wie sehr er diese Art der Kameradschaft vermißt hatte. Nachdem die anderen Tribunen von seinen Erfahrungen während des Feldzugs im vergangenen Jahr erfahren hatten und feststellten, daß er kein Offizier war, der in Londinium höchstens einmal Truppen exerzierte, nahmen sie ihn in ihrer Runde auf. Während der Weinkrug kreiste, störte ihn nicht einmal der kalte Regen, der noch immer auf seinen Mantel fiel.
Die große Anspannung, die Gaius allgemein spürte, war nicht

weiter verwunderlich. Aber die Stimmung schien bestens. Die Brustpanzer der diensthabenden Männer waren sauber und glänzten trotz des schlechten Wetters, und die Schilde waren frisch gestrichen. Die jungen Stabsoffiziere, mit denen er zusammensaß, wirkten ernst, aber nicht ängstlich.

»Glaubt ihr, es wird dem Feldherrn gelingen, Calgacus zu einer Schlacht zu stellen?« fragte Gaius.

Einer der Männer lachte. »Es wird eher andersherum kommen. Hörst du sie nicht?« Er deutete in die windige Nacht. »Sie sind dort oben auf dem Berg, heulen wie die Wölfe und malen sich blau an! Unsere Kundschafter sagen, auf dem Graupius haben sich dreißigtausend versammelt ... Krieger der Votadiner und Selgoven, Novanten und Dobuner. Nicht zu vergessen die Männer der vielen anderen kleinen Clans, denen wir seit vier Jahren auf den Fersen sind. Und dann noch die Caledonier der nördlichen Stämme, deren Namen wir nicht einmal kennen.« Er lachte noch einmal: »O ja, Calgacus will die Schlacht. Es bleibt ihm nichts anderes übrig als zu kämpfen, bevor sie sich alle an die alten Fehden erinnern und übereinander herfallen, anstatt über uns!«

»Und wie viele Männer«, erkundigte sich Gaius vorsichtig, »haben wir?«

»Von den Legionen fünfzehntausend – die Zwanzigste Valeria Victrix, die Zweite Adiutrix und was noch von der Neunten übrig ist«, antwortete einer der Tribunen, der seinem Rangabzeichen nach zur Zweiten gehörte.

»Wir haben außerdem achttausend Mann Infanterie der Hilfstruppen. Das sind zum größten Teil Batavier und Tungrer, aber auch ein paar irreguläre Briganten, und als Flankenschutz die Kavallerie.«

Das sagte ein Truppenkommandant, der kurz darauf aufstand und zu seinen Männern zurückkehrte.

»Da sind wir ja beinahe in der Überzahl«, bemerkte Gaius munter, und alle lachten.

»Es wäre wirklich kein Problem, aber sie halten die oberen Hänge.«

Auf dem Berg, den die Römer Mons Graupius nannten, blies ein eiskalter Wind. Bei den Britonen hatte er einen anderen Namen. Sie nannten ihn ›die unsterbliche Alte‹, ›die unerbittliche Todesbotin‹ und ›die böse Winterhexe‹.
Nach Einbruch der Nacht verstand Cynric den letzten Namen plötzlich am besten. Der Regen wurde von den Windböen gepeitscht und fiel wie eine Wasserwand in das Hochtal. Hagelkörner trommelten auf ihn ein, schlugen ihm ins Gesicht und zischten in den Flammen, als würde die Winterhexe ihn persönlich prügeln.
Den Caledoniern schien das Wetter nichts auszumachen. Sie saßen um ihre Lagerfeuer, tranken aus den Trinkschläuchen Heidebier und feierten den Sieg, den sie am nächsten Tag erringen würden.
Cynric zog den bunt karierten Wollumhang schließlich über den Kopf. Er hoffte, daß niemand sah, wie er am ganzen Leib zitterte.
»Der Jäger, der am Morgen zu laut von seiner Beute prahlt, sitzt bei Einbruch der Nacht vielleicht vor einem leeren Kochtopf«, hörte er neben sich eine ruhige, tiefe Stimme.
Cynric drehte sich zur Seite und erkannte Bendeigid. Sein helles Gewand war ein undeutlicher gespenstischer Fleck in der Dunkelheit.
»Unsere Krieger singen immer vor einem Kampf ... das macht ihnen Mut!« antwortete ein Caledonier.
Cynric warf einen Blick auf die Männer am Feuer. Es waren Novanten einer Sippe von der Südostküste Caledoniens, wo der Salmaes-Fjord einen Bogen in Richtung Luguvallium beschrieb. Am nächsten Feuer tranken Männer aus Selgova; es waren ihre alten Erzfeinde.
Die Flammen brannten heller, als jemand Äste in die Glut warf,

und Cynric sah ihren Anführer. Der riesige Mann legte den Kopf zurück und lachte aus vollem Hals. Das Licht spiegelte sich in seinen hellblauen Augen und zuckte über die roten Haare.
»Wir sind auf unserem eigenen Boden, Männer. Das Land wird mit uns kämpfen!« rief er laut. »Die Rotröcke treibt nur die Gier. Das ist ein kalter, berechnender Ratgeber, auf den kein Verlaß ist, aber in uns brennt das Feuer der Freiheit! Ich frage euch: Wie können wir diese Schlacht verlieren?«
Als die Novanten seine Worte hörten, verließen sie ihr Feuer und setzten sich zu ihm. Kurze Zeit später waren die beiden Gruppen Freunde, die fröhlich zusammen tranken und sangen.
»Er hat recht«, sagte Cynric, »es ist Calgacus gelungen, alle für diese Sache zu gewinnen. Wir sind ein Volk. Wie sollten wir den Kampf verlieren?«
Sein Ziehvater neben ihm blieb stumm. Trotz seiner mutigen Worte spürte Cynric, daß sich die unheimliche Schlange der Angst wieder regte, die ihn seit Einbruch der Nacht nicht aus ihrer Umklammerung ließ.
»Was hast du?« fragte er Bendeigid. »Stehen die Zeichen nicht günstig?«
Bendeigid schüttelte den Kopf. »Keine guten, keine schlechten Zeichen . . ., ich glaube, der Ausgang der Schlacht ist so ungewiß, daß selbst die Götter sich nicht festlegen wollen.« Er schwieg und sagte dann ruhig: »Gewiß, wir sind im Vorteil, aber Agricola ist bestimmt ein ernstzunehmender Gegner. Calgacus ist ein großer Heerführer, aber wenn er Agricola unterschätzt, dann kann das für unsere Sache tödlich sein.«
Cynric seufzte tief. Er hatte schwer darum gekämpft, sich unter den Männern der Stämme zu behaupten. Sie verspotteten ihn als Sohn eines besiegten Volkes, obwohl sie nicht einmal ahnten, daß er zum Teil römischer Abstammung war. Deshalb war ein trotziges, herausforderndes Wesen seine zweite Natur geworden. Aber mit seinem Ziehvater konnte er offen sprechen.
»Ich höre sie singen, aber ich kann nicht mit einstimmen. Ich

trinke, aber mein Herz bleibt kalt. Vater, wird mich morgen der Mut verlassen, wenn wir gegen die Römer kämpfen?«

In solchen Augenblicken fragte sich Cynric, ob es nicht besser gewesen wäre, mit Dieda davonzulaufen, als noch eine Möglichkeit dazu bestand.

Bendeigid sah Cynric in die Augen. »Du wirst nicht versagen!« erklärte er mit Nachdruck. »Die Männer dort am Feuer kämpfen nur für den Ruhm. Sie wissen nicht so viel über den Feind wie du. In der Schlacht wird dich deine Verzweiflung zum Helden machen.« Er legte ihm die Hand auf die Schulter. »Cynric, vergiß nicht, du bist einer der Raben. Morgen kämpfst du nicht für den Ruhm, sondern für die Rache!«

Gaius lag wach. Er konnte in dieser Nacht nicht schlafen. Er lauschte auf den gleichmäßigen Atem der Männer und verstand nicht, was ihn nicht zur Ruhe kommen ließ. Ein so trockenes Bett hatte er seit langem nicht gehabt, und am nächsten Morgen erwartete ihn nicht seine erste Schlacht. Aber die anderen Kämpfe waren plötzliche Überfälle des Feindes gewesen. Da blieb keine Zeit zum Nachdenken, und der Kampf war beinahe so schnell vorbei, wie er begonnen hatte.

Gaius suchte etwas, um seine Gedanken in eine andere Richtung zu lenken, und plötzlich erinnerte er sich an Eilan. Auf dem Ritt in den Norden hatte er an Julia gedacht, an ihre spöttischen Bemerkungen über das Land und die Leute und an die Geschichten, die er ihr erzählen wollte, um sie nach seiner Rückkehr zu unterhalten. Aber mit Julia würde er niemals über das sprechen können, was ihn in dieser Dunkelheit quälte.

Mitten unter den vielen Soldaten fühle ich mich allein . . . Eilan, ich möchte den Kopf an deine Brust legen und deine Arme um mich spüren . . . Ich bin so allein und so verlassen. Eilan, ich habe Angst!«

Irgendwann fiel er in einen unruhigen Schlaf. Er träumte, mit Eilan in einer Hütte mitten im Wald zu sein. Er küßte sie und sah den gewölbten Leib, in dem das Kind heranwuchs. Sie lächelte

ihn an, zog das Gewand straff, so daß er die Rundung besser sah. Er legte die Hand darauf, spürte die Bewegungen des Kindes und fand, daß Eilan nie schöner gewesen sei. Sie nahm ihn in ihre Arme und zog ihn neben sich. Sie flüsterte zärtliche Worte.
Nach dem Traum schlief Gaius tiefer. Als er erwachte, bewegten sich die Männer im Zelt. Sie zogen ihre Tuniken an und befestigten im dunstigen Grau vor Tagesanbruch ihre Rüstungen.

»Tacitus, warum läßt er die Legionen nicht Kampfstellung beziehen?« fragte Gaius leise.
Sie ritten zu den anderen Stabsoffizieren auf eine kleine Anhöhe. Die leichte Infanterie verteilte sich in einer weit gezogenen Linie am Fuß des Berges, während die Reiterei an den Flanken Aufstellung nahm. Das fahle Licht schimmerte auf dem polierten Metall der Bronzehelme und Speerspitzen und brach sich matt auf den Brustpanzern. Steiniges Weideland zog sich bis zu den unteren Hängen. Dort ging das braune Gras in breite Teppiche aus blaßviolettem Heidekraut und rotbraunem Farn über. Den größten Teil des Mons Graupius konnte man jedoch nur ahnen, denn der untere Teil des Berges war von bewaffneten Kriegern übersät.
»Wir sind zahlenmäßig unterlegen«, erhielt er als Antwort. »Wie du weißt, hat der Kaiser für seinen germanischen Feldzug Soldaten aus allen vier Legionen abgezogen. Deshalb marschieren dreitausend unserer besten Truppen gegen die Germanen, während die Chatten und Sugambrer sie auslachen. Agricola muß jeden Vorteil, den er sieht, ausnutzen, um ihre Abwesenheit auszugleichen. Er läßt die Legionen vor den Schanzen Stellung beziehen. Dort können sie uns unterstützen, wenn wir zurückfallen sollten. Aber wir hoffen, daß es nicht soweit kommt.«
»Der Kaiser hat Agricola den Befehl gegeben, das nördliche Britannien zu befrieden . . .«, erwiderte Gaius. »Domitian ist doch auch ein Soldat. Ist ihm denn nicht bewußt, daß . . .«
Tacitus lächelte, und Gaius kam sich plötzlich wie ein kleiner Junge vor.

»Manche Leute würden sagen«, erwiderte Tacitus leise, »der Kaiser weiß nur allzugut, was das bedeutet. Titus hat unseren Feldherrn für seine Erfolge in Britannien als Held geehrt. Nach diesem Feldzug ist Agricolas Zeit als Statthalter abgelaufen. Vielleicht ist Domitian der Meinung, es sei in Rom nicht Platz für zwei siegreiche Feldherren . . .«

Gaius blickte zu Agricola hinüber, der den Aufmarsch seiner Truppen mit Aufmerksamkeit verfolgte. Seine Rüstung, ein Schuppenpanzer über dem Harnisch, verschmolz beinahe mit den fahlen Wolkenfetzen und ließ ihn fast körperlos wirken, wenn nicht der wehende Helmbusch dem Auge einen Anhaltspunkt geboten hätte. Unter der Rüstung trug er eine weiße Tunika und eine helle Hose. Der weite rote Mantel blähte sich wie ein Segel.

Bei einem Besuch in Rom las Gaius viele Jahre später in der Biographie des Tacitus die Beschreibung dieses Tages. Er mußte über die Reden lächeln, die Tacitus der Wirkung zuliebe in bester rhetorischer Tradition ausgeschmückt hatte. Sie saßen nebeinander auf ihren Pferden und hörten beide, was der General sagte; und die Rede des Calgacus, die der Wind ihnen bruchstückhaft zutrieb, verstand Gaius zweifellos besser als Tacitus.

Calgacus sprach als erster zu seinen Kriegern – zumindest vermuteten sie, daß er es war, denn sie sahen einen großen Mann mit Haaren, die so rot leuchteten wie ein Fuchspelz, der mit großen Schritten vor einer prächtig gekleideten Gruppe von Männern auf und ab ging. Es mußte demnach der Anführer des Feindes sein. Seine Worte brachen sich am Berghang, und das Echo trug sie über das offene Gelände.

». . . sie haben das ganze Land geschluckt, und hinter uns bleibt nur noch das Meer!« rief Calgacus und deutete nach Norden. ». . . laßt uns diese Ungeheuer vernichten, die unsere Frauen und Kinder als Sklaven verkaufen würden!«

Die Caledonier brüllten zustimmend, und deshalb gingen die nächsten Sätze im Lärm unter. Als Gaius wieder etwas verstand, sprach Calgacus über den Aufstand der Icener.

»... sie flohen vor Entsetzen, als Boudicca, eine Frau, gegen sie ins Feld zog ... sie wagten nicht einmal, ihre eigenen Leute gegen uns kämpfen zu lassen! Die Gallier und unsere Brüder, die Briganten, mögen sich daran erinnern, wie die Römer sie verraten haben. Sollen die Bataver sie im Stich lassen, wie die Usipiter es getan haben!«
Bei den Teilen der Hilfstruppen, die Calgacus verstanden, entstand Bewegung, denn er beschwor alle Caledonier, für die Freiheit zu kämpfen. Ein Wort ihres Befehlshabers beruhigte die Männer jedoch wieder.
Die Krieger der Stämme drängten vor. Sie sangen und hoben drohend ihre Speere. Gaius bebte innerlich, denn aus diesen wilden Gesängen drang ein Ruf zu ihm herüber, der Erinnerungen in ihm weckte, die so alt waren, daß er sie kaum in Worte fassen konnte. Es waren Lieder, wie er sie bei den Silurern gehört hatte, als seine Mutter ihn noch auf den Armen trug. Die verborgene Seite seiner Seele, die Seite seiner Mutter, weinte, denn Gaius wußte um das Leid in den Bleiminen und hatte die langen Reihen der Sklaven gesehen, die zum Verkauf auf den Sklavenmärkten in Rom brutal auf die Schiffe getrieben wurden. Gaius wußte, daß Calgacus die Wahrheit sprach.
Die Römer verstanden zwar nicht die Worte, aber den Sinn der Rede. Unter den Legionären erhob sich zorniges Murren. In diesem Augenblick, als die Disziplin, wenn auch nicht die Treue seiner Männer, in Gefahr schien, hob Agricola die Hand. Er zügelte seinen Schimmel, wendete ihn und blickte seine Soldaten an. Die Offiziere scharten sich um ihn, sie wollten seine Worte hören.
Der General sprach ruhig wie ein verständnisvoller Vater zu einem aufgeregten Kind. Aber seine Worte hatten Gewicht. Er erinnerte an den weiten Weg, den sie gemeinsam zurückgelegt hatten, an den Mut, den alle bewiesen hatten, als sie die Grenzen der römischen Welt überschritten. Beinahe liebenswürdig, aber deutlich wies er auf die Gefahren hin, die ein Rückzug durch Feindesgebiet bedeuten würde.

»... ein Feldherr oder ein Heer auf dem Rückzug sind niemals in Sicherheit ... Ein ehrenvoller Tod ist dem Leben in Schande vorzuziehen ... Wer am äußersten Rand der Erde und unter den größten Härten der Natur sein Leben verliert, für den ist das kein ruhmloses Ende.«

In Agricolas Darstellung wurden die Caledonier, die Calgacus als die letzten freien Menschen in Britannien bezeichnet hatte, Flüchtlinge. »... dort drüben sind nur noch die Feiglinge und die Schwächsten. Endlich sind sie in eurer Reichweite, aber nicht, weil sie ihre Stellung behauptet hätten, sondern weil ihr sie in die Enge getrieben habt.«

Als Gaius die ruhigen und souveränen Worte hörte, mit denen Agricola das caledonische Heldentum wie eine Seifenblase platzen ließ, haßte er ihn beinahe.

Die Gedanken des Feldherren besaßen jedoch eine zwingende Logik. Agricola kam zu dem richtigen Schluß, daß ein römischer Sieg an diesem Tag das Ringen beenden würde, das fünfzig Jahre angedauert hatte, und daß danach endlich Frieden herrschen werde.

Gaius erschien dieser Mann plötzlich als die Verkörperung all dessen, was sein Vater unter einem Römer verstand. Agricola hatte zwar gallisches Blut, war durch Erfolge im Staatsdienst in den mittleren Rang eines Ritters aufgestiegen und hatte es schließlich zum Senator gebracht. Aber er erinnerte Gaius an einen alten Heroen des republikanischen Rom.

Die Beamten des Licinius brachten diesem alten Mann großes Vertrauen und Zuneigung entgegen. Agricolas Offiziere jedoch dienten ihrem Feldherrn mit Leib und Seele. Deshalb gerieten ihr Vertrauen und ihre Zuversicht nicht ins Wanken, als sich die wilden Krieger der Stämme durch Kriegsrufe und ohrenbetäubendes Schlagen auf die Schilde in Kampfeswut steigerten. Alle Soldaten unter Agricolas Kommando schienen diese Haltung zu haben. Und während Gaius das ernste Gesicht beobachtete und ihrem Feldherrn zuhörte, der unbeirrt ruhig weitersprach, als rede er in seinem Zelt mit Freunden, wußte er, warum Domitian ihm mißtraute.

Wer dieses Vertrauen wecken kann, der ist zum Kaiser geschaffen. Vielleicht hat Domitian recht, ihn zu fürchten.

Die Caledonier hielten die Hänge besetzt; ihre Reihen schienen sich bis zum Gipfel hinaufzuziehen. Nun rasten inmitten von Reitern auf wendigen Pferden, die in vollem Galopp und in jedem Gelände auf Schenkeldruck oder die Zügel reagierten, ihre Streitwagen herab. Die Wagenlenker standen schwankend auf den geflochtenen Wagen, während die Speerwerfer neben ihnen ihre blitzenden Waffen hoben und lachten.

Für Gaius war dies ein Bild der Schönheit und des Schreckens. Er wußte, er sah die kriegerische Seele Britanniens vor sich, so wie Caesar und Frontinus sie erblickt hatten. Aber er ahnte auch, daß nach dieser Schlacht von all ihrem ruhmvollen Glanz nichts bleiben würde.

Die Kriegswagen rasten näher und wendeten erst im letzten Augenblick, während die Wurfspieße mit einem dumpfen Geräusch die römischen Schilde trafen. Die Krieger liefen auf den Deichseln zwischen den Pferden entlang, warfen ihre blitzenden Schwerter in die Luft und fingen sie wieder auf. Es sah aus, als sei der Kampf für sie ein Fest, zu dem sie sich geschmückt hatten. Ihre goldenen *Torques* und Armreifen glänzten. Einige trugen Helm und Rüstung, aber die meisten kämpften in den buntkarierten Tuniken oder halbnackt. Die Haut war mit blauen Spiralen bemalt. Gaius hörte über dem Gepolter der Wagen das jubelnde Rasen, ihren Siegesgesang, und er empfand keine Angst, sondern nur schreckliche Trauer.

Einer der Tribunen protestierte, als Agricola absaß. Aber der Feldherr schüttelte den Kopf und ließ seinen Schimmel von einem Mann wegführen. In den Gesichtern der Offiziere stand grimmige Entschlossenheit, denn nun war für alle deutlich, welches Geschick seinem Heer auch drohen mochte, Agricola würde nicht fliehen.

Sie werden alle ihr Leben opfern, um ihn zu beschützen ... auch ich!
Für Gaius gab es keine Zweifel mehr, wem seine Treue galt. Er war Römer und würde an der Seite dieses großen Feldherrn kämpfen und siegen oder sterben.
Einige Offiziere folgten dem Beispiel Agricolas und saßen ab. Andere erhielten Einsatzbefehle und galoppierten zu ihren Truppen. Gaius saß unschlüssig auf seinem Hengst und wartete.
»Du ...«, Agricola winkte ihn mit einer Geste zu sich, »du reitest zu den Tungrern und sagst ihnen, sie sollen die Front weiter auseinanderziehen. Ich weiß, das schwächt ihre Mitte, aber ich möchte nicht, daß es dem Feind gelingt, uns zu umzingeln. Sag ihnen das.«
Als Gaius seinen Hengst zum Galopp antrieb, hörte er hinter sich den dumpfen Aufprall der Wurfspieße, die sich in die Schilde bohrten. Die Wagen der Feinde scherten aus, und ihre Krieger der ersten Linie griffen zu Fuß an.
Gaius beugte sich über den Hals seines Hengstes und trieb ihn an. Dort, wo die beiden Heere zum ersten wütenden Schlagabtausch aufeinanderprallten, war kein guter Platz zum Verweilen. Bald sah er die Standarte der Tungrer vor sich, und die Front öffnete sich kurz, um ihn durchzulassen. Er machte seine Meldung und blieb hinter den Soldaten, die sofort nach beiden Seiten ausschwärmten. Aus dem Augenwinkel sah er, wie der Angriff der Feinde sich ebenfalls ausfächerte.
Die Krieger der Stämme kämpften gut. Er sah, wie sie die römischen Speere geschickt mit ihren Rundschilden abwehrten. Ihre Langschwerter waren sogar noch länger als die römischen Spata. Es waren Hiebwaffen mit stumpfer Spitze, aber die Seiten der Klingen waren gefährlich scharf. Die wilden Männer entwickelten in ihrer Kampfeswut eine unvorstellbare Kraft, mit der sie den Feind im ersten Augenblick lähmten.
Die Trompeten der Römer bliesen zum Gegenangriff. Agricolas Mitte stürmte wie ein Keil vorwärts und erreichte den Feind.
Gaius wußte, hier bei der Infanterie konnte er nicht viel ausrich-

ten. Aber der General hatte ihm keine weiteren Befehle gegeben. Ohne nachzudenken, spornte er seinen Hengst an und jagte zur Reiterei an der rechten Flanke, um sich dort einzureihen. Über die Köpfe der Männer von den Hilfstruppen hinweg sah er den mörderischen Zusammenprall der beiden Fronten. Sie brachen aus, und es kam zu einem ungeordneten Handgemenge. Die Stammeskrieger konnten auf engem Raum nicht ihre langen Schwerter schwingen und gerieten aus dem Rhythmus ihrer Schläge.

Aber die Batavier waren auf diese Art Nahkampf spezialisiert. Sie kämpften sich verbissen Schritt um Schritt vorwärts, stießen und schlugen mit ihren Gladii und zertrümmerten mit dem Buckel ihrer Schilde die Köpfe der Feinde.

Es dauerte nicht lange, und aus den Reihen der Römer erhob sich Triumphgeschrei, denn die erste Linie des Feindes wich verwirrt zurück, und Agricolas Mittelfeld faßte auf den Hängen Fuß.

Die Infanterie auf beiden Seiten versuchte langsam zu folgen. Doch die Streitwagen der Feinde erkannten die momentane Schwäche der Flanken und rasten über den unebenen Boden auf sie zu. Blitzschnell stürzten sie sich auf die Infanterie und wüteten unter den Legionären wie Wölfe in einer Schafherde. Sie griffen die Fußsoldaten mit Schwert und Spieß an. Jemand schrie den Männern zu, die Reihen zu schließen. Als das geschah, agierte die Front wie ein Netz, in dem sich die Streitwagen verfingen. Die Krieger und Pferde der Feinde wirbelten in heilloser Verwirrung durcheinander. Gaius sah plötzlich einen blau bemalten Riesen vor sich und stieß mit der Lanze zu.

Dann ging alles zu schnell, um noch zu denken oder den Überblick zu bewahren. Gaius schlug zu und parierte, während der Kampf um ihn herum tobte. Ein Streitwagen flog auf ihn zu. Sein Hengst wich zur Seite, und er wurde heftig gegen den Sattelknauf gepreßt. Die Lanze wurde ihm aus der Hand gerissen, und er duckte sich blitzschnell, als ein Wurfspieß durch die Luft zischte. Er prallte klirrend gegen seinen Helm, verfing sich im Helmbusch und fiel zur Erde. Gaius verschwamm alles vor den Augen, und er

wußte plötzlich, weshalb nur die Offiziere im Kampf einen Helmbusch hatten. Aber der Hengst war klüger als sein Reiter und trug ihn bereits aus der Gefahr.
Einen Augenblick lang hatte Gaius Luft. Er sah, daß es den Streitwagen nicht gelungen war, die römischen Linien zu durchbrechen, und sie von den Römern in die Zange genommen wurden. Einer der Wagen schoß in atemberaubendem Tempo auf ihn zu. Aber das hölzerne Rad stieß plötzlich gegen einen großen Stein, und der Wagen drehte sich. Der Wagenlenker durchschlug die Zugriemen, die beiden Pferde rannten laut wiehernd davon zu den anderen, die in Panik über das Schlachtfeld stürmten und Freund und Feind über den Haufen rannten.
Der Kampf war in vollem Gang. Auf den Hängen des Graupius schlugen in wilder Wut und Raserei die Kämpfer beider Seiten aufeinander ein. In ständig wechselnden Formationen ballten sie sich in Gruppen und zerstreuten sich wieder. Aber Gaius hatte den Eindruck, daß die Römer allmählich Boden gewannen.
Unvermittelt schien ein Wurfspieß vor ihm aus der Erde zu schießen. Dahinter sah Gaius ein verzerrtes Gesicht. Sein Hengst stieg, als er den Schaft mit dem Schwert beiseite schlug und dann nach unten stach. Blut färbte die blauen Spiralen rot. Das Pferd machte einen Satz vorwärts, und das Gesicht war verschwunden. Gaius stach und schlug wie besinnungslos zu, ohne etwas Genaues zu sehen. Es war ein wildes, grausames Gemetzel.
Als er wieder um sich blicken konnte, sah er, daß sie sich bereits auf dem eigentlichen Berg befanden. Von links hörte er lautes Geschrei. Die Caledonier, die den Kampf vom Gipfel aus beobachtet hatten, griffen nun ein. Mit erschreckender Schnelligkeit und verwegener Kühnheit sprangen sie die Hänge hinab, um den Römern in den Rücken zu fallen. Würde Agricola das rechtzeitig sehen?
Im selben Augenblick hörte Gaius wieder die römischen Trompeten. Er lachte erleichtert auf, als die vier Flügel Reiterei, die der Feldherr zurückgehalten hatte, in den Kampf eingriffen. Sie um-

faßten die Flanken der Caledonier und trieben sie gegen die eiserne Front der Infanterie. Dann begann das eigentliche Blutbad.
Das Heer des Calgacus hatte jeden Zusammenhalt verloren. Einige Trupps kämpften noch, andere versuchten zu fliehen, aber die Römer waren überall. Sie schlugen nieder, was sich ihnen in den Weg stellte, oder machten Gefangene, die sie ebenfalls töteten, wenn sie wieder angegriffen wurden.
Gaius entdeckte in seiner Nähe plötzlich etwas Weißes und stellte zu seiner Verwunderung fest, daß sich Agricola mit nur zwei Tribunen und ein paar Legionären zu seinem Schutz mitten im Kampfgetümmel befand. Er wendete sein Pferd und ritt auf den Feldherrn zu.
Beim Näherkommen hörte er einen der Tribunen aufschreien. Ein paar Caledonier griffen Agricola an. Sie waren über und über mit Blut bedeckt, und sie kämpften nur noch mit Dolchen und Steinen. Gaius trieb den Hengst zwischen Agricola und die Angreifer. Er holte mit dem Schwert zum Schlag aus und traf den ersten in die Brust. Sein Pferd verlor den Halt und stolperte. Gaius stürzte, ließ den Schild los und sprang noch im Fall aus dem Sattel. Er sah einen Dolch aufblitzen, und ein stechender Schmerz durchzuckte ihn, als sein Oberschenkel getroffen wurde. Das Pferd versuchte, wieder auf die Beine zu kommen. Der Dolch stieß noch einmal zu und bohrte sich in den Pferdehals. Der Hengst richtete laut wiehernd noch einmal den Vorderleib auf, sank auf die Erde und riß dabei den Caledonier mit sich.
Gaius stützte sich auf den linken Arm und stieß seinen Dolch dem Gegner in die Brust. Dann erlöste er das sterbende Pferd mit einem Schnitt durch die Kehle. Mit schmerzverzerrtem Gesicht stand er auf und sah sich nach seinem Schild und dem Schwert um.
»Alles in Ordnung, mein Junge?«
Agricola stand vor ihm.
»O ja, Herr!«

Gaius wollte salutieren, aber er hielt noch den blutigen Dolch in der Hand.
»Dann mach weiter«, sagte Agricola, »wir haben noch viel zu tun.«
Ehe Gaius etwas erwidern konnte, hatte sich der Feldherr bereits umgedreht und gab seinem Tribun einen Befehl. Ein Legionär eilte herbei und stützte ihn. Gaius holte tief Luft und sah sich um.
Das Schlachtfeld war übersät mit Leichen und Waffen. Die noch lebenden Feinde hatten die Flucht ergriffen und wurden von der Reiterei verfolgt. Die Fußsoldaten blieben den Caledoniern auf den Fersen, die in den Wald auf der anderen Seite des Berges flohen. Agricola befahl einem Trupp seiner Männer abzusitzen und ihnen den Weg abzuschneiden, während die anderen sie umzingeln sollten.

Die Dämmerung brach bereits an, als Gaius hinkend den Waldrand erreichte. Plötzlich sprang hinter einem Busch ein Mann hervor. Instinktiv parierte er den Angriff, aber er war erschöpft, und die Klinge drehte sich ihm in der Hand. Sie traf den feindlichen Krieger seitlich am Kopf, und der Mann stürzte mit einem erstickten Aufschrei zu Boden. Gaius zog den Dolch und beugte sich über ihn, um ihm den Rest zu geben. Er stieß einen Fluch aus, als eine blutige Hand seinen Arm packte. Gaius verlor das Gleichgewicht und fiel auf seinen Gegner. Die beiden rollten über den Boden und kämpften um den Dolch.
Sein Arm begann zu zittern, als die Muskeln um die alte Wunde, in die sich der Pfahl in der Fallgrube einst gebohrt hatte, erschlafften. In Panik mobilisierte er seine letzten Kraftreserven. Seine Finger krallten sich um den Hals des Feindes. Einen Augenblick lang lagen sie keuchend übereinander. Der Dolch glitt wirkungslos an seiner Rüstung ab. Dann war der Kampf plötzlich vorüber, denn der andere rührte sich nicht mehr.
Zitternd richtete sich Gaius auf und zog den Dolch aus der schlaf-

fen Hand seines Gegners. Als er sich über den Mann beugte, um ihm die Kehle durchzuschneiden, blickte er in Cynrics Augen.

»Beweg dich nicht!« sagte er in Cynrics Sprache. Gaius sah sich schnell um. »Ich kann dich retten ...«, flüsterte er. »Sie nehmen jetzt Geißeln. Übergibst du dich mir?«

»Römer ...«, stieß Cynric mühsam hervor. »Ich hätte dich damals in der Grube sitzen lassen sollen!« Also hatte Cynric ihn ebenfalls erkannt. »Das wäre besser für mich und für Eilan gewesen!«

»In deinen Adern fließt ebensoviel römisches Blut wie in meinen!« In der zornigen Erwiderung schwangen jedoch Schuldgefühle mit.

»Deine Mutter hat ihre Ehre verkauft! Meine ist auf dem Scheiterhaufen gestorben!«

Gaius wollte wütend zustechen, aber dann durchschaute er Cynric. Genau dazu wollte der andere ihn mit seiner höhnischen Bemerkung hinreißen.

»Du hast mir einmal das Leben gerettet. Jetzt schenke ich dir das Leben. Und beim Hades, du kannst dir deinen verfluchten Stolz sparen! Ergib dich jetzt. Dann kannst du bei einer anderen Gelegenheit noch einmal gegen mich kämpfen.«

Gaius wußte, er handelte leichtsinnig. Cynric war und blieb gefährlich. Aber wenn er ihn verschonte, dann tat er es für Eilan.

»Ihr ... habt ... gesiegt ...« Cynric drehte den Kopf erschöpft zur Seite. Gaius sah, daß er an Armen und Beinen aus vielen Wunden blutete. »Heute ...« Ihre Blicke trafen sich, und Gaius sah den glühenden Haß in Cynrics Augen. »Aber eines Tages werdet ihr dafür bezahlen ...«

Cynric verstummte, und der Wagen, der die Verwundeten einsammelte, kam rumpelnd näher.

Gaius meldete die Geiselnahme und beaufsichtigte, wie man Cynric zu den anderen auf den Wagen legte. Die Freude über den Sieg schwand, als er einsah, daß er seinen Freund für immer verloren hatte – als wäre Cynric vor seinen Augen gestorben.

Bei Einbruch der Dunkelheit ließ Agricola die Verfolgung einstellen. Er wollte in dem unbekannten Gelände nicht das Leben seiner Soldaten aufs Spiel setzen.
Die ganze Nacht hindurch hörten die Römer die Rufe der Frauen, die das Schlachtfeld nach ihren Männern absuchten. Aber erst im Verlauf der nächsten Tage wurde das ganze Ausmaß der Tragödie der Stämme bekannt. Das Land, in dem ein glückliches Volk gelebt hatte, war von einem Tag zum anderen zu einem Totenreich geworden. Die Leichen der Frauen und Kinder, die von den Überlebenden getötet worden waren, damit sie den Römern nicht als Sklaven in die Hände fielen, starrten blicklos in den Himmel. Der dunkle Rauch der verbrannten Häuser zog nur langsam mit den grauen Wolken davon.
Als die Zahlen schließlich feststanden, errechnete man etwa zehntausend Tote und Verwundete beim Feind. Die Römer dagegen hatten nur dreihundertsechzig Tote, aber viele Verwundete zu beklagen.
Als Gaius an den langen Reihen der Männer vorbeiritt, die nach Süden marschierten, dachte er an die Worte von Calgacus: »Sie erheben ohne Berechtigung Anspruch auf unser Land. Sie kommen, um zu plündern und um zu töten. Was sie auf diese Weise an sich reißen, machen sie zu ihrem Reich. Wenn sie eine ausgeblutete Wildnis und nur Tote hinterlassen, nennen sie das Frieden.«
Ja, der Norden war befriedet. Die letzten Hoffnungen auf die Freiheit der Stämme waren erloschen wie das Leben der Männer, die dafür gekämpft hatten.
Es war eine bittere Einsicht, aber Gaius wußte, mehr als die Depeschen, die er bei sich trug, und die auch eine sehr lobende Erwähnung seines Verhaltens in der Schlacht enthielten, zwang ihn die endgültige Niederlage der Stämme, nun ein richtiger Römer zu werden.

[illegible]

[illegible]

[illegible]

[illegible]

[illegible]

[illegible]

19. KAPITEL

Agricolas Hoffnungen erfüllten sich nicht ganz. Die Befriedung des Nordens ließ sich nicht einfach mit einer gewonnenen Schlacht zum Abschluß bringen. Die Menschen in Rom tanzten zwar auf den Straßen, als der Sieg am Mons Graupius bekanntgegeben wurde, aber es mußte noch viel getan werden, um den Frieden zu sichern.

Unter den Depeschen, mit denen Gaius nach Süden ritt, befand sich auch ein Befehl, in den Norden zurückzukehren, sobald seine Wunden verheilt waren. Nachdem Agricola ihn kennengelernt hatte, wollte er einen so fähigen Offizier nicht in Londinium herumsitzen lassen. Das bedeutete jedoch auch, daß Gaius keine Zeit fand zu heiraten.

Zu seinen Aufgaben gehörte es, das Lager zu besuchen, wo sie die wichtigen Gefangenen untergebracht hatten. Dort fand er auch Cynric. Seine Wunden verheilten zwar langsam, aber er haderte mit dem Schicksal und freute sich nur darüber, daß es den Römern trotz aller Anstrengungen nicht gelungen war, Calgacus gefangenenzunehmen, um Agricolas Sieg zu krönen, wenn er nach Rom zurückkehrte. Keiner schien zu wissen, was mit dem Anführer der Stämme geschehen war. Aber es gab Gerüchte, nach denen sich der Druide Bendeigid noch immer in den Bergen versteckt hielt.

»Ich bin im Kampf überwältigt worden und erwarte keine Gnade«, sagte Cynric zu Gaius. »Aber wenn dein Feldherr etwas von dir hält, dann bitte ihn, den alten Mann zu begnadigen. Ich habe dich aus der Falle geholt, aber er hat dir das Leben gerettet. Ich glaube, dafür bist du ihm etwas schuldig.«

Gaius stimmte ihm zu. Er schuldete Bendeigid mehr, als Cynric ahnen konnte. Deshalb setzte er sich bei Agricola für den Druiden ein. Da es keinen Beweis dafür gab, daß sich Bendeigid aktiv an den Kämpfen beteiligt hatte, entschied der Feldherr, im Norden bekanntzugeben, daß der Druide von den Römern nichts zu fürchten habe und nach Hause zurückkehren könne. Auf besondere Fürsprache von Gaius begnadigte er sogar Cynric, der bis auf weiteres unter Beobachtung gestellt wurde und sich nur in einem gewissen Umkreis frei bewegen durfte. Danach fühlte Gaius sein Gewissen etwas entlastet.

Der Winter ging zu Ende, als er sich schließlich auf den Weg nach Deva machte, um seinen Vater zu besuchen. Beinahe neun Monate waren vergangen, und erst jetzt bot sich ihm vielleicht die Möglichkeit, Julias Forderung zu erfüllen. Gaius wollte unbedingt Eilan wiedersehen, um sich mit ihr auszusöhnen.

Der Winter im Norden war dunkel und kalt gewesen. Die eiskalten Stürme und die langen Nächte schienen kein Ende zu nehmen. Selbst hier, sehr viel weiter südlich, war die Luft noch kühl, obwohl sich an den Zweigen bereits die ersten grünen Spitzen zeigten.

Aber es war auch tagsüber noch kalt, und Gaius wußte auf dem langen Ritt den dicken Wolfsfellumhang sehr zu schätzen. Er erinnerte sich, gehört zu haben, daß selbst der göttliche Caesar bei seinem Aufenthalt in Britannien manchmal drei Tuniken übereinander getragen hatte, um sich gegen die Kälte zu schützen.

Es war seltsam, durch ein Land zu reiten, in dem Frieden herrschte. Gaius hatte den Eindruck, alles habe sich verändert, seit er das letzte Mal hier gewesen war. Es schienen viele Jahre vergangen zu sein. Aber als er sich Deva näherte, blies wie immer ein stürmischer Wind vom Meer, und die dunklen Berge am westlichen Horizont ragten als die unwirklich dunklen und drohenden Schatten auf, die ihn schon als Kind geängstigt hatten.

Er ritt an den mächtigen Wallanlagen vorbei zum großen Tor der Festung und stellte fest, daß nur die Palisaden etwas verwitterter zu sein schienen und sich ihm ansonsten der vertraute Anblick bot. Gaius lächelte bitter. Also er mußte sich verändert haben und nicht das Land ...

Seine Schritte hallten auf dem Steinboden in der Präfektur, als er zum Amtszimmer seines Vaters ging. Valerius hob bei seinem Eintritt erstaunt den Kopf, runzelte beim Anblick des Fremden unwillig die Stirn und erkannte ihn erst, als Gaius den Wolfsfellumhang ablegte. Aber erst, als Macellius aufstand, um ihn zu begrüßen, sah Gaius, daß nicht nur er in den vergangenen Monaten gealtert war.

»Mein Sohn, bist du es wirklich? Wir hatten schon gefürchtet, Agricola würde dich mit nach Rom nehmen. Er hat sich sehr lobend über dich geäußert ... sehr, sehr lobend.«

Macellius breitete die Arme aus und drückte Gaius herzlich an sich, aber nicht zu lange, als fürchtete der alte Mann, eine Schwäche zu verraten, wenn er seinen Sohn zu lange in den Armen hielt.

Aber Gaius spürte an dem zu festen Druck der Hände, daß sein Vater sich versichern mußte, daß sein Sohn tatsächlich wieder lebend vor ihm stand. Deshalb mußte Gaius nicht fragen, ob Macellius sich um ihn gesorgt hatte; er war überzeugt, daß die grauen Haare des Präfekten nicht vom Schlichten belangloser Streitigkeiten der Männer im Winterquartier oder dem Überprüfen der Vorräte kamen.

»Also, wie lange haben wir das Vergnügen deiner Gesellschaft, bevor du nach Londinium weiterreiten mußt?«

»Ich habe ein paar Wochen Urlaub, Vater.« Gaius zwang sich zu einem Lächeln. »Ich dachte, es sei Zeit, wieder einmal eine Weile zu Hause zu sein.«

Plötzlich fiel ihm auf, daß Macellius mit keinem Wort die Heirat erwähnt hatte.

Offenbar hat er begriffen, daß ich schließlich doch erwachsen bin!

Aber Macellius mußte seinen Sohn nicht nach seinen Heiratsplänen fragen, denn auf dem Ritt nach Süden hatte Gaius kaum an etwas anderes gedacht. Der Präfekt hatte eine Frau der Stämme geheiratet, eine Frau, die wie ihre ganze Sippe keine Bürgerrechte besaß, und Macellius hatte seitdem dafür büßen müssen. Gaius verstand inzwischen besser, wie verbissen und ausdauernd sein Vater sich darum bemüht hatte, seinem einzigen Sohn eine Laufbahn zu ermöglichen, auf die er – aus Liebe? – verzichtet hatte. Gaius war jetzt in allen Ehren aus einem siegreichen Feldzug zurückgekehrt. Wenn er Julia heiratete, dann war sein Glück gemacht; er konnte in hohe Ämter aufsteigen und die Macht erringen, die seinem Vater trotz aller Fähigkeiten verwehrt geblieben war.

Seit dem Sieg am Mons Graupius hatte sich Gaius innerlich damit abgefunden, daß er Julia heiraten würde. Aber beim Anblick der vertrauten Wälder und Wiesen um Deva stellten sich die alten Erinnerungen wieder ein, und er war von neuem unsicher geworden.

Sollte er wirklich eine solche Ehe auf sich nehmen? Sollte er auf sein Glück verzichten, auf die Liebe, die ihm Eilan geschenkt hatte? Und wenn nicht, was sollte er dann tun?

Eines stand jedesfalls fest: Wenn er beschloß, Julia nicht zu heiraten, dann konnte er seine militärische Laufbahn vergessen. Gaius machte sich nichts vor. Die Gunst, die der Prokurator ihm schenkte, basierte auf wenig mehr als der verständlichen Zuneigung für den zukünftigen Schwiegersohn.

Aber Gaius mußte sich auch eingestehen, daß sich ihm in Londinium und im Stab des Feldherrn eine andere, eine faszinierende Welt aufgetan hatte. Auf Julia hätte er ohne weiteres verzichten können, aber die vergangenen Monate hatten ihm gezeigt, daß er ehrgeizig war und ein Leben in untergeordneten Positionen nicht so leicht verkraften würde.

Agricola war ein faszinierender Mann und charismatischer Feldherr. Er hatte als Statthalter der Provinz Großes geleistet. Noch stand nicht fest, wen Domitian zu Agricolas Nachfolger bestimmen würde. Auch wenn die Provinz jetzt von Süden bis Norden

befriedet war, entzog sich dieses Land trotz allem auch dem Verständnis eines Agricola.
Das alte Albion der Stämme gab es nach dem Willen Roms nicht mehr. Rom hatte die Provinz Britannien in das Weltreich eingegliedert und würde ihr dort einen festen Platz zuweisen. Die Menschen in diesem Land würden sich ändern und Römer werden müssen.
Aber wie sollte ein Mann aus Gallien oder Spanien sie verstehen? Wenn die Provinz ein zuverlässiger Bestandteil des römischen Reiches werden sollte, dann brauchte sie einen Führer, der sowohl Römer als auch Britone war – einen Mann wie Gaius. Er konnte zum Statthalter der Provinz Britannien werden, wenn er jetzt die richtige Entscheidung traf.
»... ich lade heute abend ein paar der höheren Offiziere zum Essen ein«, sagte sein Vater, »das heißt, wenn du nicht zu müde bist.«
»Mir geht es blendend.« Gaius lächelte. »Nach der Wildnis in Caledonien war es ein echtes Vergnügen, wieder einmal hier durch das Land zu reiten.«
Macellius nickte, und Gaius sah, daß der Stolz seines Vaters wie die Hitze eines Feuers auf seinem Gesicht strahlte. Er schluckte, denn ihm wurde plötzlich bewußt, daß Macellius ihn noch nie zuvor so uneingeschränkt gelobt hatte. Es tat Gaius gut, endlich einmal dieses zufriedene Leuchten in den Augen seines Vaters zu sehen.

Die Hohepriesterin verbrachte nach den großen Festen immer einige Zeit in Klausur, um sich von dem Ritual zu erholen. Die Frauen in Vernemeton hatten sich daran gewöhnt, denn so war es auch bei Lhiannon gewesen. Deshalb nahm niemand Anstoß daran, daß sich ihre Nachfolgerin nach dem ersten Ritual als Hohepriesterin sehr viel länger zurückzog und das Haus nicht verließ, das ihr zu solchen Klausuren diente.
Als sie sich wieder zeigte, hätten sie vielleicht darüber enttäuscht

sein können, daß Lhiannons Nachfolgerin kaum am Leben der Priesterinnen teilnahm, sondern meist tief verschleiert blieb und nur selten mit jemandem sprach.

Aber auch das überraschte sie nicht. Die meisten der Frauen hatten außer Lhiannon noch keine andere Hohepriesterin erlebt, und Lhiannon war in den letzten Jahren meist in ihren Räumen geblieben.

Caillean umsorgte die neue Hohepriesterin wie zuvor Lhiannon, und nur die von ihr ausgewählten Priesterinnen des Orakels durften ihr dabei helfen. Außerdem ließ Caillean alle wissen, die Übernahme des Amts der Hohenpriesterin sei ähnlich wie eine Einweihung. Die Nachfolgerin Lhiannons müsse deshalb längere Zeit in Einsamkeit verbringen und die Verbindung mit der Göttin pflegen, um dem schweren Amt in der richtigen Weise gerecht zu werden.

Die Zurückgezogenheit der neuen Hohenpriesterin war als Quelle von Gerüchten weniger interessant als das Verschwinden von Dieda. Einige vertraten die Ansicht, Dieda sei freiwillig gegangen, denn sie habe nicht verwinden können, daß Eilan und nicht sie zur Nachfolgerin gewählt worden war. Andere sagten, Dieda sei mit Cynric auf und davon, denn man hatte Cynric in Begleitung von Bendeigid in Vernemeton gesehen.

Aber als ein Holzfäller berichtete, in der Hütte im Wald lebe eine schwangere junge Frau, schien das Geheimnis auf eine völlig überraschende Weise gelöst – Dieda bekam ein Kind! Man hatte sie in die Hütte geschickt, bis das Kind da war, damit niemand ihre Schande sah.

Die Wahrheit war natürlich so abwegig, daß niemand das Täuschungsmanöver durchschaute. Von Dieda verlangte die Rolle, die sie dabei spielen mußte, erfreulicherweise sehr wenig, denn nach der Schlacht am Mons Graupius hatte der Statthalter der Provinz alle öffentlichen Versammlungen verboten, um Unruhen vorzubeugen. An Samhain mußten sich die Menschen im Land mit Äpfeln, Nüssen und dem eigenen Feuer begnügen. Es gab kein Fest, keinen Markt und kein Ritual mit der Hohenpriesterin.

Eilan verbrachte den Winter zufrieden im tiefen Wald. Die runde Hütte ließ sich gut heizen und war wohlig warm. Caillean besuchte sie einmal in der Woche. Eine alte Frau, die nicht wußte, wer Eilan war, versorgte sie.

Eilan errichtete neben dem Feuer der Göttin und All-Mutter einen kleinen Altar. Sie beobachtete gelassen, wie sich ihr Leib langsam wölbte, und überließ sich ganz der Freude über das neue Leben, das in ihr heranwuchs. Aber auch Sorgen quälten sie, denn sie wußte nicht, ob sie den Vater des Kindes noch einmal sehen würde. Die Zukunft schien so undurchdringlich wie der dichte hohe Schnee vor der Hütte. Mit der Kälte schwand die Hoffnung auf ein Wiedersehen mit Gaius, und das Licht der Sonne schien selbst die kurzen Tage nicht mehr hell werden zu lassen.

Aber es entsprach dem natürlichem Gang der Dinge, daß selbst der längste Winter schließlich dem Frühling weichen mußte. Manchmal hatte Eilan jedoch den Eindruck, sie werde in alle Ewigkeit schwanger sein, aber dann rückte Brigantia näher – und an diesem Fest sollte ihr Kind zur Welt kommen.

Ein paar Tage vorher erschien Caillean unvermutet bei ihr in der Hütte. In der letzten Zeit kamen Eilan schnell die Tränen. Sie freute sich über den Besuch ihrer Freundin, aber bei ihrem Anblick hätte sie am liebsten wieder geweint.

»Ich habe heute morgen frisches Haferbrot gebacken«, sagte Eilan schnell und unterdrückte die Tränen, »wie schön, daß du da bist. Bleib doch zum Mittagessen . . .« Sie zögerte. »Es sei denn, meine sündige Gegenwart ist dir lästig, und du hast das Gefühl, ich könnte dich anstecken . . .«

Caillean lachte. »Niemals!« antwortete sie. »Wenn es nicht so heftig geschneit hätte, wäre ich schon früher gekommen.«

»Was gibt es Neues in Vernemeton?« fragte Eilan. »Was macht Dieda? Du mußt mir alles ausführlich erzählen. Ich werde langsam ungeduldig und von Tag zu Tag unbeweglicher!«

»Aber nicht doch ...« Caillean lächelte. »Du bist wie ein Baum, der nicht im Herbst, sondern im Frühjahr Früchte trägt. Und was Vernemeton angeht ... Dieda erledigt pflichtschuldig alle deine Aufgaben, wenn auch vielleicht nicht so gut, wie du es machen würdest. Aber niemand ahnt etwas von unserem Geheimnis. Mach dir keine Sorgen, ich verspreche dir, ich werde bei der Geburt deines Kindes dabeisein. Schick auf jeden Fall die alte Frau, wenn es soweit ist.«

»Woher soll ich das wissen?«

Caillean lachte, aber es klang eher fürsorglich.

»Du warst doch dabei, als Mairi ihr zweites Kind bekommen hat. Was weißt du noch?«

»Ich kann mich nur noch an die Räuber erinnern und daran, wie du die Glut aus dem Feuer geholt hast«, erwiderte Eilan kleinlaut.

Caillean legte ihr begütigend den Arm um die Schulter.

»Lange wird es nicht mehr dauern. Vielleicht ist es am Fest der Jungfrau soweit ... Deine Hände sind heute so unruhig. Das ist oft ein Zeichen dafür, daß das Kind sich bewegt und bereit ist, geboren zu werden. Sieh mal, ich habe ein Geschenk für dich mitgebracht ...«

Caillean stand auf und holte etwas aus ihrem Lederbeutel.

»... eine Girlande aus weißen Birkenzweigen, die der Mutter heilig sind. Ich hänge sie über dein Bett, damit die Göttin dir Glück bringt.«

Eilan nickte nur stumm, als sie die Birkenzweige sah. Die Gefahren einer Geburt waren ihr sehr wohl bewußt. Sie würde die Hilfe der Göttin jetzt wahrscheinlich mehr brauchen als je zuvor.

Caillean setzte sich zu ihr und sagte aufmunternd: »Es sieht vielleicht aus, als wären dir die Götter der Männer nicht wohl gesonnen, aber die Göttin sorgt für alle Frauen, die wie du eine Geburt vor sich haben. Hab keine Angst, ich werde nach dem Fest so schnell ich kann wiederkommen. Es wird natürlich nicht so schön sein, Dieda an deiner Stelle dort zu sehen ...«

»Ich freue mich, aus deinem Mund zu hören, was du von mir hältst«, sagte jemand an der Tür so betont freundlich, daß die Bosheit der Worte noch deutlicher wurde. »Aber wenn ich als Hohepriesterin deinen Ansprüchen nicht genüge, dann ist es jetzt zu spät, das zu beklagen!«
Die Tür war aufgegangen, und eine tief verschleierte Gestalt in blauen Gewändern trat in den Raum. Eilan bekam große Augen, und Caillean errötete zornig.
»Warum bist du hierher gekommen?«
»Warum nicht?« erwiderte Dieda. »Ist es nicht sehr freundlich von der Hohenpriesterin, ihre gefallene Schwester zu besuchen?« Sie lachte, nahm den Schleier und den Umhang ab und setzte sich. »Alle in Vernemeton wissen inzwischen, daß jemand hier lebt, und sie sind der Ansicht, daß ich es bin. Wenn ich einmal ›zurückkomme‹, wird von meinem guten Ruf nichts mehr übrig sein.«
Eilan fragte mit zitternder Stimme: »Bist du nur gekommen, um dich über mich lustig zu machen, Dieda?«
Dieda wurde ernst und schüttelte den Kopf. »Du wirst es vielleicht nicht glauben, nein. Trotz allem, was gewesen ist, wünsche ich dir nur Gutes.« Sie seufzte. »Nicht nur du bist allein. Cynric ist wieder im Norden. Ich habe schon lange nichts mehr von ihm gehört. Für ihn gibt es nur noch die Raben. Wenn dieses Spiel hier vorüber ist, werde ich vielleicht nicht nach Eriu gehen, sondern zu ihm und eine der Kriegerinnen werden, die der Göttin des Kampfes dienen.«
»Unsinn!« rief Caillean. »Du wärst nie eine gute Kämpferin, aber du bist eine begnadete Sängerin.«
Dieda zuckte mit den Schultern. »Vielleicht, aber ich muß eine Möglichkeit finden, um mich an Ardanos für seinen Verrat zu rächen.«
»Hältst du es wirklich für Verrat?« fragte Eilan. »Ich bin anderer Meinung. Hier in der Einsamkeit hatte ich viel Zeit zum Nachdenken. Mir scheint, die Göttin hat das alles zugelassen, damit ich

aus eigener Erfahrung verstehe, wie notwendig es ist, die Kinder in diesem Land zu schützen. Ich werde nach meiner Rückkehr für den Frieden wirken und nicht für den Krieg.«

Dieda sah Eilan nachdenklich an und sagte langsam: »Ich wollte weder von Cynric noch von einem anderen Mann ein Kind bekommen. Aber ich glaube, wenn ich von Cynric ein Kind bekäme, dann würde ich vermutlich genauso denken wie du.«

In ihren Augen standen Tränen, und sie trocknete sie mit einer ärgerlichen Bewegung.

»Gut, aber ich wollte mit dir auch über den Vater deines Kindes reden. Dein Gawen hat Cynric und Bendeigid offenbar das Leben gerettet. Dafür bin ich ihm dankbar, auch wenn ich ihn verachte. Aber dich mag es trösten, daß er kein Verräter ist. Cynric hat mir die Geschichte erzählt, und ich wollte, daß du es weißt.«

Eilan stand auf, und die beiden Frauen umarmten sich stumm, bis sich Dieda schließlich von Eilan löste und sagte: »Ich muß wieder gehen, bevor die geschwätzigen Zungen Gelegenheit haben, noch mehr Gerüchte in die Welt zu setzen.« Aber ihre Stimme klang weich und aufrichtig, als sie hinzufügte: »Ich wollte dir für die Geburt nur alles Gute wünschen, aber wie mir scheint, ist Caillean mir wie immer zuvorgekommen.«

Sie zog den Schleier über den Kopf, hüllte sich in den weiten, dicken Umhang und verließ die Hütte ebenso schnell, wie sie aufgetaucht war.

Mit jedem neuen Tag blieb es etwas länger hell. In den Zweigen stieg der Saft, und das Werben der Schwäne in den Sümpfen kündigte den Frühling an, auch wenn die Winterstürme noch immer über das Land jagten. Die Bauern nahmen die Pflugschare von den Haken an den Wänden, die Fischer reparierten ihre Netze, und die Hirten blieben nachts bei den Schafen an den kalten Hängen, wo die ersten Lämmer das Licht der Welt erblickten.

Gaius ritt über die Hügel und betrachtete staunend das Leben, das überall um ihn herum erwachte. Er zählte die Monate und

Tage. Seit dem letzten Beltane und der Liebesnacht mit Eilan waren neun Monate vergangen. Sie würde das Kind bald bekommen – vielleicht war es schon da. Manche Frauen starben bei der Geburt ...

Er hob den Kopf, beobachtete eine Schar Wildgänse, die nach Norden flogen, und wußte, ganz gleich, ob er Julia heiratete oder nicht, er mußte Eilan noch einmal sehen.

Er suchte nach etwas, das ihn von seinem schlechten Gewissen entlasten würde. Wie konnte er sich vor Eilan verteidigen? Was mußte geschehen, damit sie ihm verzieh? Plötzlich fand er die Lösung: Je einflußreicher und höher seine Stellung bei den Römern sein würde, desto mehr konnte er für Eilan und das Kind tun.

Seine Gedanken liefen so schnell wie das Pferd. Wenn es ein Junge war, dann würde Eilan ihm das Kind vielleicht überlassen. Wenn sie in Vernemeton bleiben wollte, konnte sie seinen Sohn nicht dort behalten. Das wäre nicht unwahrscheinlich ... Die Sippe seiner Mutter hatte ihn nach ihrem Tod ohne Schwierigkeiten Macellius überlassen.

Auf dem Rückweg ins Tal wanderten seine Gedanken aber immer wieder im Kreis. Wie sollte er Eilan nur sagen, daß er sie – zumindest jetzt – nicht heiraten konnte? Wenn Julia ihm keinen Sohn gebar, dann wäre er bald wieder frei ..., manchmal hatte er den Eindruck, daß es in der römischen Welt mehr geschiedene Paare als verheiratete gab. Sobald seine Stellung gesichert war, konnten sie vielleicht heiraten. Zumindest würde er dem Kind eine gute Grundlage für sein späteres Leben bieten können. Würde Eilan ihm das glauben? Konnte sie ihm verzeihen?

Gaius biß sich verzweifelt auf die Lippen. Was sollte er ihr nur sagen? Er wußte es nicht, und niemand gab ihm eine Antwort auf seine Fragen.

Aber sein Herz schlug schneller bei dem Gedanken, sie wenigstens wiederzusehen – mehr wollte er ja nicht. Er wollte sich nur vergewissern, daß es Eilan gutging ...

Mehrere Tage verstrichen, und Gaius wußte noch immer nicht, wie er es anstellen sollte, Eilan zu sehen.
Macellius hatte gesagt, man werde Eilan schwer bestrafen, wenn sie sich noch einmal mit ihm traf. Gaius zweifelte nicht an der Härte der Strafen, denn auch bei den Römern konnte eine Priesterin, die ihr Gelübde brach, nicht auf Erbarmen hoffen.
Er wußte, es würde wenig helfen, in der Nähe von Vernemeton zu warten und zu hoffen, er werde Eilan vielleicht zufällig sehen.
Wem konnte er überhaupt vertrauen? Wer würde ihm sagen, wo sie sich befand?
Während seine Gedanken wieder Tag und Nacht um Eilan kreisten, wuchs die Sehnsucht nach ihr wie ein Feuer, das ihn verbrannte. Er konnte nicht mehr schlafen und glaubte plötzlich, sie sei in Gefahr.
War sie krank? War etwas bei der Geburt nicht gutgegangen? War etwas mit dem Kind?
Von seiner inneren Unruhe getrieben, beschloß er schließlich, sich einfach auf den Weg zu machen und auf die Hilfe der Götter zu vertrauen.
Der Legat, der die Zweite Legion befehligt hatte, war im Winter in den Ruhestand gegangen. Gerade jetzt traf sein Nachfolger ein, und Macellius war vollauf damit beschäftigt, dem neuen Befehlshaber mit Rat und Tat beiseite zu stehen.
Als Gaius seinem Vater am Morgen mitteilte, er werde ein paar Tage auf die Jagd gehen, hatte Macellius kaum Zeit, sich von ihm zu verabschieden.
An diesem Tag feierten die Stämme das Fest Brigantia und damit das Ende des Winters. Gaius kam wieder einmal in die Nähe von Vernemeton, als die Stämme ein Fest der Göttin feierten.
Im Dorf in der Nähe des Heiligtums zogen junge Männer, maskiert und mit Kostümen aus Stroh verkleidet, dem Zug der Mädchen voran, die ein Bild der Göttin von Haus zu Haus trugen, um den Menschen IHREN Segen zu bringen. Dafür gab man den jun-

gen Leuten Bier und Kuchen. Hier hörte Gaius, daß bei Sonnenuntergang die Hohepriesterin kommen werde, um den Menschen das neue Licht zu bringen.
Gaius hatte im Wald seine Uniform mit der unauffälligen und bequemen Kleidung der Einheimischen vertauscht. Er schloß sich dem Zug der jungen Leute an, denn er war entschlossen, mit ihnen auf die Hohepriesterin zu warten.
Als sie den Festplatz erreichten, hörte Gaius, wie die Leute um ihn herum davon sprachen, daß sich diesmal sehr viel mehr Menschen versammelt hatten als üblich.
»Die alte Priesterin ist im letzten Herbst gestorben«, sagte ihm eine Frau, die er ansprach. »Und die neue Hohepriesterin ist jung und schön.«
»Wer ist es?« fragte er mit klopfendem Herzen.
»Die Enkeltochter des höchsten Druiden, hat man mir gesagt, und einige behaupten, ihre Wahl sei sehr umstritten gewesen. Aber ich finde, für unsere heiligen Feste, die so alt sind wie das Land, ist keine besser geeignet als sie, weil auch ihre Eltern und Großeltern der Göttin gedient haben . . .«
Sie spricht von Eilan!
Aber wie konnte das sein? Man hatte ihm gesagt, Eilan sei schwanger . . . Hatte sie das Kind verloren?
Wenn Eilan wirklich die neue Hohepriesterin von Vernemeton war, wie sollte er dann noch einmal mit ihr sprechen können?
Gaius wartete ungeduldig auf den Einbruch der Dunkelheit. Aber auch er wurde still wie alle anderen, als die Prozession der weißgekleideten Novizinnen durch das Tor zog und langsam auf dem breiten Weg zwischen den Bäumen näherkam. An ihrer Spitze schritt eine schlanke Frau in einem Purpurmantel über dem weißen Gewand. Unter dem dünnen Schleier glaubte er, blonde Lokken zu sehen. Auf dem Kopf trug sie einen brennenden Lichterkranz. Am Ende folgten junge Druiden, die den Zug mit dem Spiel ihrer Harfen begleiteten.
Eilan . . . . Eilan, spürst du nicht, daß ich in deiner Nähe bin?

»Aus der Dunkelheit des Winters komme ich ...«,
Die junge Hohepriesterin begann das Ritual. Ihre dunkle, weiche Stimme tönte wie Musik. Sie klingt viel zu sehr nach Musik, dachte Gaius. Er hatte Eilans Stimme immer schön gefunden, aber sie war ohne die Resonanz einer ausgebildeten Sängerin gewesen, wie sie die Stimme dieser Frau besaß. Er drängte sich vor, um besser sehen zu können.

»Ich bringe das Licht, und ich schenke euch den Segen.
Jetzt naht der Frühling, bald wachsen die neuen Blätter.
Es grünen die Zweige, und es blühen die ersten Blumen.
Wälder und Felder schmücken sich in den Farben des Regenbogens.
Alles Leben erwacht und huldigt der wärmenden Sonne.
Möge sich das Vieh in Fülle vermehren und
der Pflug die Felder zu einer reichen Ernte vorbereiten.
Kommt zu mir, meine Kinder, und nehmt das Licht.
Ich gebe euch mit ihm die Hoffnung auf das neue Leben ...«

Man nahm der Hohenpriesterin den Lichterkranz vom Kopf und legte ihn vor sie auf die Erde. Die vielen Flämmchen beleuchteten dabei ihr Gesicht, und Gaius sah es zum ersten Mal genauer. Von diesem Gesicht hatte er geträumt und doch ... Er wußte sofort, daß es nicht Eilan war.

Gaius hatte nie Mühe gehabt, den Unterschied zwischen Dieda und Eilan zu sehen, auch wenn der alte Ardanos die beiden immer verwechselte. Gaius erinnerte sich jetzt an die Lieder, die Dieda gesungen hatte. Dieda hatte die schöne Stimme ...

Erregt und innerlich zitternd verließ er die Menge. Hatte die alte Frau sich geirrt? War die *Tochter* des höchsten Druiden die neue Hohepriesterin? Aber was hatte man mit Eilan gemacht?

»Gepriesen sei die Göttin!« riefen die Leute. »Gepriesen sei die heilige Braut!«

Unter großem Jubel entzündeten die jungen Männer ihre Fackeln an dem Lichterkranz und zogen in einer Prozession durch die Nacht, um allen Menschen das Licht der Göttin zu bringen.

Gaius sah aus dem Dunkel zu. Ja, die Frau dort mußte Dieda sein. Daran zweifelte er nicht mehr. Und sie würde bestimmt wissen, wo sich Eilan befand oder was aus ihr geworden war. Doch jetzt konnte und durfte er sich ihr nicht nähern.
Ich habe Cynric das Leben gerettet. Auch Dieda weiß, was es bedeutet, auf die Liebe zu verzichten. Was auch immer die Hohepriesterin von mir denken mag, sie ist mir eine Antwort schuldig.

Als Gaius am nächsten Tag am Tor von Vernemeton erschien, trug er wieder die Kleidung der Einheimischen. Er hatte damit gerechnet, daß man ihn abweisen würde, als er darum bat, die Hohepriesterin sprechen zu können. Aber als er die Priesterin am Tor leise fragte: »Wann fliegen Raben um Mitternacht?« sah ihn die Frau mit unbewegtem Gesicht an, drehte sich wortlos um und verschwand.
Gaius wartete einige Zeit, aber die Priesterin kam nicht zurück. Hatte er einen Fehler gemacht? Glaubte die Frau, so wie er damals bei Cynric, der Fremde habe den Verstand verloren? Was sollte er tun? Im Schutz der Bäume abwarten, was geschehen würde?
Gaius ging langsam zum Waldrand. Dorthin hatte Cynric ihn zu dem Treffen mit Eilan bestellt. Wenn Dieda seine Nachricht erhielt, würde sie vielleicht dorthin kommen ...
Sein Herz schlug schneller, als er unter den Bäumen eine Gestalt im dunkelblauen Gewand sah.
»Caillean!« rief er erstaunt, als die Frau sich umdrehte und den Schleier hob. »Ich muß mit dir sprechen! Im Namen der Barmherzigkeit, sag mir, wo ist Eilan?«
Er spürte den durchdringenden Blick der alten Priesterin auf sich ruhen. Sie nickte stumm und bedeutete ihm mit einer Geste, ihr zu folgen.
Die Priesterin verließ den Weg und lief schweigend einen schmalen Pfad entlang, der tiefer in den Wald führte. Gaius hielt sich dicht hinter ihr, aber erst als sie die kleine Lichtung erreichten, wo er Eilan das erste Mal getroffen hatte, blieb sie stehen.

Seine Stimme klang heiser, als er sagte: »Caillean, ich weiß, daß Eilan dir vertraut hat. Im Namen der Göttin, der du dich geweiht hast, sag mir, wo sie ist. Sag mir, ob sie lebt und ob sie gesund ist . . .«
In ihrem Blick lagen Staunen, Zorn und auch Furcht.
»Ich hätte die Wächter rufen lassen und ihnen sagen sollen, wer du bist«, antwortete sie schließlich. »Aber auch ich liebe Eilan, und sie hat zuviel ertragen müssen . . .«
»Lebt sie?« fragte Gaius mit angehaltenem Atem.
»Du hast alles getan, um sie dem Tod zu weihen«, schleuderte ihm Caillean zornig entgegen. »Ardanos hätte sie töten lassen, aber er wurde bewogen, sie zu verschonen. Eilan hat mir alles erzählt. Warum bist du nicht früher gekommen? Ist es wahr, daß du eine andere Frau geheiratet hast?«
»Mein Vater hat mich damals sofort aus Deva weggeschickt . . .«
»Nach Londinium«, sagte sie und nickte. »Hat Ardanos also gelogen, als er uns sagte, du hättest eine Römerin geheiratet?«
»Das sollte ich«, erwiderte Gaius und ließ den Kopf sinken, »aber ich wurde an die Front abkommandiert und konnte nicht früher kommen.« Er sah die strenge Priesterin flehend an. »Was ist mit Eilan geschehen?«
Caillean erwiderte seinen Blick mit unverhüllter Verachtung, und Gaius fühlte sich so schuldig wie noch nie in seinem Leben.
Schließlich sagte Caillean: »Hast du erwartet, sie würde wieder hier auf dich warten? Das kann sie nicht, denn sie hat gestern deinem Sohn das Leben geschenkt!«
Gaius wagte nicht zu atmen.
»Sie lebt?« flüsterte er. »Und das Kind?«
Cailleans abweisendes Gesicht wurde etwas weicher.
»Sie lebt, aber sie ist sehr schwach, denn es war eine schwere Geburt. Ich hatte Angst um sie. Du scheinst es mir nicht wert zu sein, deinetwegen zu sterben, aber wenn sie dich sieht, ist das vielleicht die Medizin, die sie jetzt braucht. Bei der Göttin, ich will nicht richten, und ich schulde Ardanos keine Rechenschaft über

mein Tun. Hör zu, ich werde dir den Weg zu einer Hütte zeigen. Aber du darfst erst morgen dorthin gehen, denn Eilan ist jetzt nicht allein. Die alte Frau, die sie betreut, kommt morgen zu mir, um Medizin für Eilan zu holen. Wenn du eine Stunde nach Sonnenaufgang bei der Hütte bist, kannst du mit Eilan sprechen. Aber die Alte darf dich auf keinen Fall sehen. Du hast höchstens eine Stunde Zeit. Dann mußt du wieder gehen, sonst sind wir alle in höchster Gefahr. Versprichst du das?«
Gaius nickte stumm. Er hätte ihr alles versprochen, nur um Eilan und sein Kind zu sehen ...

Gaius wollte sich an sein Versprechen halten, aber er stand bereits bei Sonnenaufgang gut versteckt hinter einem dicken Baum und ließ die Tür der Hütte nicht aus den Augen. Er mußte nicht lange warten, bis die Alte in einen dicken Umhang gehüllt und mit Tüchern über dem Kopf erschien. Sie lief mit einem Korb am Arm den Pfad entlang und verschwand zwischen den Bäumen.
Gaius schlug das Herz bis zum Hals, als er an der Tür stand und sie behutsam öffnete. Einen Moment lang blendete ihn der Feuerschein, dann sah er Eilan. Sie lag auf einem schmalen Bett mit einem Bündel an ihrer Seite – das Kind, wie er wußte. Er blieb gebannt stehen.
Eilan spürte den kalten Luftzug, aber sie war noch zu müde, um die Augen zu öffnen. Warum stand die Tür offen? War die Alte zurückgekommen, oder hatte sie den Riegel nicht richtig vorgeschoben?
Sie zwang sich seufzend, die Augen aufzuschlagen, und sah in der offenen Tür einen Mann stehen. Erschrocken drückte sie das Kind enger an sich. Es wachte auf und stieß empört einen dünnen Schrei aus. Der Mann trat schnell in den Raum, und als das Licht auf sein Gesicht fiel, erkannte sie ihn.
»Gaius!« rief sie und brach in Tränen aus. Er kniete neben ihr nieder, ließ den Kopf sinken und wagte nicht, ihr in die Augen zu sehen.

»Man hatte mich nach Londinium geschickt ... Mir blieb keine andere Wahl ...«, stieß er heiser hervor, »ich wollte zu dir kommen ... Ich wollte dir eine Nachricht schicken ... Ich konnte nicht ...«

»Es tut mir leid ...«, flüsterte sie, obwohl sie nicht wußte, weshalb sie sich entschuldigen sollte. »Mir kommen in letzter Zeit so schnell die Tränen.«

Er hob den Kopf, blickte sie flüchtig an und richtete dann die Augen auf das Kind.

»Ist das ... mein Sohn?«

»Wer sonst ...«, erwiderte sie. »Oder glaubst du, daß ich vielleicht, nur weil ...«, sie schluchzte so heftig, daß sie kaum noch sprechen konnte, »ich mit dir geschlafen habe, mich auch einem anderen Mann hingeben würde?«

»Eilan!« rief er entsetzt. »So etwas darfst du nicht sagen!«

An seinem Gesicht sah sie, daß ihm dieser Gedanke nie gekommen war, und sie wußte nicht, ob sie sich von dieser Selbstsicherheit geschmeichelt fühlen oder ob sie darüber empört sein sollte. Er ballte die Fäuste, öffnete sie und sagte schließlich leise: »Bitte! Gib mir meinen Sohn ...«

Eilans Tränen versiegten so schnell, wie sie gekommen waren. Sie lächelte ihn an, aber sie sah ihn erst richtig, als er das Kind in die Arme nahm. Er wirkte älter und härter. Bittere Erfahrungen hatten seine Züge noch feiner gemacht, und die Schatten in seinen Augen sprachen von Kummer und Schmerz. Auf der Wange entdeckte sie eine Narbe. Aber als er sein Kind zum ersten Mal auf den Armen hielt, veränderte sich sein Gesicht.

»Mein Sohn ...« flüsterte er und blickte in das winzige, faltige Gesicht, »mein Erstgeborener ...«

Eilan seufzte erleichtert und lächelte.

Auch wenn er eine römische Frau heiraten wird, dieser Augenblick gehört mir ganz allein.

Als sich die blaugrauen Augen des Neugeborenen auf den Vater richteten und auf seinem Gesicht verweilten, drückte ihn Gaius

liebevoll und beschützend an sich. Alle Härte war aus seinem Gesicht gewichen. Seine Aufmerksamkeit galt jetzt ganz dem Kind.
Er würde dieses Kind, das so hilflos in seinen Armen lag, mit seinem Leben schützen und verteidigen. Eilan sah, wie von Gaius ein Strahlen ausging, wie sie es noch bei keinem Menschen erlebt hatte, und sie erkannte das Vater-Gesicht des Gottes.
»Wie wird die Welt für dich sein, mein Kleiner?« flüsterte Gaius. »Wie kann ich dir helfen, wie kann ich dir ein Zuhause geben, in dem du Sicherheit findest?«
Lange schienen er und das Kind in gegenseitigem Betrachten versunken zu sein. Dann rülpste der Kleine plötzlich und begann, an seinem Daumen zu lutschen.
Gaius blickte wieder zu Eilan. Als er ihr das Kind in den Arm legte, wußte sie, so erschöpft und kraftlos sie auch sein mochte, für ihn war sie die Göttin.
»Wie findest du ihn, Liebster?« fragte sie leise. »Ich habe ihn Gawen genannt so wie deine Mutter dich.«
»Ich finde, er ist hübsch, Eilan«, erwiderte er mit bebender Stimme. »Wie kann ich dir jemals für dieses Geschenk danken?«
Flieh mit mir! Bring uns in ein Land, wo wir zusammen leben können und frei sind!
Aber das Licht zuckte höhnisch über den Siegelring an seinem Finger, und Eilan wußte, daß es dieses Land nicht gab. Wohin sollten sie fliehen, um der Macht Roms zu entkommen?
»Trage dazu bei, daß es eine Welt gibt, in der er sicher ist . . .«, erinnerte sie ihn an seine eigenen Gedanken und dachte an die Worte des Merlin. In diesem Kind mischte sich das Blut des Drachen und des Adlers mit dem alten Geschlecht der Weisen. Die Retter Albions würden aus dieser Sippe hervorgehen. Aber damit sich die Prophezeiung erfüllen konnte, mußte das Neugeborene zum Mann heranwachsen.
»Manchmal frage ich mich, ob das überhaupt möglich ist . . .«

Er richtete den Blick nach innen, und wieder sah sie den dunklen Schatten in seinem Gesicht.
»Du hast gekämpft und warst in der Schlacht, seit ich dich das letzte Mal gesehen habe ...«, sagte sie teilnahmsvoll. »Diese Narbe stammt nicht aus Londinium ... Erzähl mir, was ist geschehen?«
»Hast du von der Schlacht am Mons Graupius gehört?« Seine Stimme klang rauh. »Ja, ich war dabei ...«
Während er ihr alles berichtete, was er erlebt hatte, und Bilder um Bilder aus ihm herausbrachen, litt Eilan, als sei sie dabei gewesen. Sie erlebte das Grauen, das Elend und die Angst. Es hatte nicht nur viele Tote gegeben, eine Zeit war unwiderruflich zu Ende gegangen.
»Ich wußte, daß etwas Schreckliches geschehen war ...«, sagte sie schließlich kaum hörbar. »Einen Monat nach Lughnasa überkam mich plötzlich in der Nacht große Angst. Ich hatte das Gefühl, daß dein Leben in Gefahr ist. Ich habe mit dir auf meine Art gesprochen, ich habe dich beruhigt und dich umarmt. Den ganzen nächsten Tag war ich in Gedanken bei dir. Aber ich hatte immer wieder Angst, und erst nach Einbruch der Dunkelheit fühlte ich mich etwas ruhiger. Ich hatte den Eindruck, daß du kämpfen mußtest, aber ich war sicher, daß du am Leben warst. Du bist ein Teil von mir, Geliebter, wenn du gefallen wärst, dann hätte ich es gewußt!«
Gaius griff nach ihrer Hand. »Es ist wahr. Ich träumte vor der Schlacht von dir. Du warst bei mir und hast mich in deine Arme genommen. Nach dem Traum schwand meine Angst. Eilan, keiner anderen Frau als dir wird mein Herz gehören. Keine andere Frau kann mir meinen Erstgeborenen schenken, denn du hast es bereits getan! Aber ...«, er verstummte. »Ich kann ihn nicht als meinen Sohn anerkennen. Ich kann dich nicht heiraten!«
Er schlug die Hände vor das Gesicht. »Als ich nicht in Erfahrung bringen konnte, was mit dir geschehen war, warf ich mir vor, daß wir hätten fliehen sollen, als noch die Möglichkeit dazu bestand.

Damals hätte ich ein Leben auf der Flucht ertragen, wenn wir dafür hätten zusammenbleiben können ...« Er sah sie totenblaß an. »Aber was für ein Leben wäre das für dich gewesen? Und was für ein Leben für ihn?«

Er streckte zitternd die Hand aus und fuhr dem Kind zart über die Wange.

»Er ist so klein und so verletzlich ...«, sagte er staunend. »Wenn jemand versuchen würde, ihm etwas anzutun, ich würde ihn mit meinen Händen erwürgen!«

Gaius blickte von dem Kind zu Eilan und errötete. Seine Gefühle machten ihn verlegen.

»Du hast gesagt, ich soll die Welt für ihn sicher machen ...« Seine Stimme klang wieder etwas ruhiger. »So wie die Dinge jetzt stehen, sehe ich nur eine Möglichkeit, um das zu erreichen. Aber dazu brauchst du soviel Mut wie eine Frau der alten römischen Republik.«

Eilan sank erschöpft gegen das Kissen und dachte, trotz der großen Kaiser beschwören die Römer immer die Zeit der Republik, wenn sie von hohen Tugenden und Idealen sprechen. Sie schloß die Augen.

»Du willst mir damit sagen, daß du diese Römerin heiraten möchtest ...«, flüsterte sie mit erstickter Stimme, und wieder kamen ihr die Tränen.

»Ich muß es tun!« rief er, stand auf und ging unruhig in dem kleinen Raum hin und her.

»Versteht du nicht? Mons Graupius war das letzte Aufbäumen der Stämme. Dein Volk kann nur noch auf die hoffen, die das Land regieren, auf Männer wie mich, in deren Adern das Blut beider Völker fließt. Aber ich kann in der römischen Welt nur dann Einfluß und Macht erringen, wenn ich die Tochter einer bedeutenden und politisch einflußreichen Familie heirate.«

Eilan schien ihm nicht zuhören zu wollen, sondern schluchzte stumm immer mehr.

»Bitte weine nicht«, flehte er verzweifelt. »Ich kann deine Tränen nicht ertragen. Bitte, denk an ihn ...«, er deutete auf das schlafende Kind. »Um seinetwillen können wir bestimmt ertragen, was sein muß.«

Du wirst nicht das ertragen müssen, was mir bevorsteht und was ich schon durchgemacht habe.

Eilan kämpfte gegen die Tränen. Sie bäumte sich innerlich gegen das Schicksal auf. Sie war verzweifelt.

»Du wirst nicht immer allein sein. Das verspreche ich dir«, sagte Gaius. »Ich kehre zu dir zurück, sobald ich kann. Und du weißt, daß bei den Römern eine Ehe aufgelöst werden kann.«

»Ja, das habe ich gehört«, murmelte Eilan.

Sie wußte jedoch auch, daß die Adelsfamilien eine Ehe durch entsprechende Verträge so absicherten, daß die Scheidung kaum durchführbar war. Eilan holte tief Luft und trocknete die Tränen. Sie wußte, es war falsch, Gaius Vorwürfe zu machen und die Schuld an der aussichtslosen Lage nur ihm anzulasten. Innerlich noch immer tief verletzt, aber nach außen ruhig und gefaßt, fragte sie dann: »Was ist das für eine Frau? Ist sie hübsch?«

Gaius sah sie bedrückt an. »Sie ist nicht halb so schön wie du, mein Schatz. Sie ist so jung ...« Dann fügte er hinzu: »Aber sie weiß ganz genau, was sie will. Manchmal hatte ich den Eindruck, unbewaffnet in eine Arena geschickt worden zu sein, um gegen einen Kriegselefanten zu kämpfen oder gegen ein wildes Raubtier, so wie man in Rom die Verbrecher um ihr Leben kämpfen läßt.«

Dann wird sie dich nie mehr loslassen ...

Eilan zwang sich zu einem Lächeln. »Dir liegt also ... nicht viel an ihr?«

»Eilan!« Er kniete sich wieder neben sie. Als sie die Erleichterung in seiner Stimme hörte, hätte sie beinahe gelacht. »Wenn ihr Vater nicht der Prokurator wäre ... ich schwöre dir, ich hätte sie nicht beachtet. Aber mit seiner Hilfe kann ich Senator werden und eines Tages sogar der Statthalter der Provinz. Denk doch nur, was ich dann für dich und das Kind tun könnte!«

Gaius beugte sich über seinen Sohn und blickte ihn liebevoll an. Als er bemerkte, daß Eilan ihn beobachtete, richtete er sich auf und sah sie unsicher an.
Eilan sagte jedoch nichts, sondern erwiderte nur stumm seinen Blick.
Caillean hat recht. Er ist einer Illusion verfallen und redet sich ein, das sei die Wirklichkeit. In dieser Hinsicht ist er wie jeder Mann! Er denkt nur an sich und an sein Leben …
Eilan erkannte, daß sie sich in das Unvermeidliche fügen mußte. Die Würfel des Schicksals waren endgültig gefallen. Noch wäre sie bereit gewesen, auf alles zu verzichten, um an seiner Seite zu sein. Sie hätte dem Schicksal und der Welt getrotzt, allerdings hätte er sich dazu für sie entscheiden müssen. Aber Gaius wollte den Ruhm, er glaubte an die Macht, und er stellte die Gesetze der Menschen über die Liebe. Das erleichterte es ihr, ihm zu sagen, was er erfahren mußte.
»Gaius, du weißt, wie sehr ich dich liebe«, begann sie. »Aber selbst wenn du die Möglichkeit hättest, mir die Ehe nach den römischen Gesetzen anzubieten, könnte ich dich trotzdem nicht heiraten.«
Sie seufzte, als sie seine Verwirrung sah.
»Siehst du den blauen Halbmond auf meiner Stirn?«
Er nickte.
»Ich bin nicht nur eine geweihte Priesterin, sondern die Hohepriesterin von Vernemeton, die Stimme der Göttin. Hat man dir das nicht gesagt?«
»Aber was ist mit Dieda? Ich habe sie als Hohepriesterin gesehen …«
Eilan lachte bitter.
»Ardanos wollte mich töten, wie es das Gesetz der Druiden vorsieht. Aber es gelang Lhiannon und Caillean, ihn davon abzubringen. Man hat dich nach Londinium geschickt, und ich sollte Vernemeton verlassen. Aber dann starb Lhiannon und wählte mich mit ihren letzten Atemzügen zu ihrer Nachfolgerin …«

Gaius sah sie ungläubig an und hörte mit angehaltenem Atem zu. Eilan lachte leise, und es klang nüchtern, als sie sagte: »Ardanos kämpfte um die Verwirklichung seiner Pläne. Er wollte um jeden Preis einen Skandal verhindern. Deshalb war er bereit einzuwilligen, daß Dieda mich solange vertritt, bis ich in der Lage bin, meine Pflichten als die neue Hohepriesterin zu erfüllen.«

Gaius runzelte die Stirn. Gewiß, Dieda und Eilan sahen sich ähnlicher, als er wahrhaben wollte.

»Wer weiß etwas davon?«

»Nur Ardanos, Caillean und Dieda. Es kursieren Gerüchte, aber offenbar glauben die Leute, daß Dieda es ist, die ein Kind bekommt. Und wenn ich nach Vernemeton zurückkehre, wird Dieda uns für einige Zeit verlassen.«

Er schwieg, und Eilan fuhr mit großem Nachdruck fort.

»Gaius, was du bei den Römern werden möchtest, das bin ich für mein Volk bereits! Ich habe mein Leben riskiert, um zu beweisen, daß ich würdig bin . . ., und die Prüfung der Göttin war bestimmt ebenso gefährlich wie deine Schlacht. Ich kann den Sieg, den ich errungen habe, nicht einfach wegwerfen, so wie du auf dein Ansehen nicht verzichten willst!«

»Wenn niemand etwas weiß, dann werden wir zusammenarbeiten . . .«, sagte er langsam und blickte wieder auf das Kind. »Wenn seine Eltern der römische Statthalter und die Hohepriesterin von Vernemeton sind, was kann dann nicht alles aus ihm werden?« Lächelnd fügte er hinzu: »Wer weiß, vielleicht wird er eines Tages sogar Kaiser sein.«

Als er das sagte, schlug der kleine Gawen die Augen auf und betrachtete seine Eltern. Seine grauen Augen waren so klar, weil noch kein Gedanke, kein Wissen um die Dinge dieser Welt sie trübte.

Gaius war angesichts dieser Unschuld so überwältigt, daß er ihn wieder auf den Arm nahm und ihn etwas ungeschickt wiegte.

»Keine Angst, du großer Herr der Welt«, flüsterte er, als das Kind

anfing, ungeduldig zu zappeln, »jetzt gehörst du noch mir, und ich halte dich als meinen kleinen Sohn auf den Armen . . .«
Bei der Vorstellung, daß so ein winziges und rosarotes Wesen einmal groß und ein Kaiser werden würde, mußten sie beide lachen.

20. KAPITEL

Gaius kehrte in einer Art bittersüßer Benommenheit nach Londinium zurück. Er hatte Eilan gefunden und sie verloren. Er war gezwungen, das Kind zurückzulassen, das sie ihm geschenkt hatte – aber er hatte einen Sohn!

Während er sich der Hauptstadt und Julia näherte, überkam ihn manchmal der Wunsch, das Pferd zu wenden und zu Eilan zurückzugaloppieren. Es mußte doch einen Weg geben, daß sie als Familie zusammenbleiben konnten!

Aber so sehr er auch grübelte, er fand diesen Weg nicht. Und Eilan . . .?

Er vergaß das ernste Gesicht nicht, mit dem sie ihm erklärt hatte, was das Amt der Hohenpriesterin für sie bedeutete. In diesen Augenblicken hatte sie für ihn nicht mehr wie Eilan ausgesehen. Sie wirkte fremd und ihm entrückt. Bei dem Gedanken, welchen Gefahren sie sich ausgesetzt hatte, um die rituellen Prüfungen zu bestehen, liefen ihm noch immer kalte Schauer über den Rücken. Eilan hatte sogar das Leben des Kindes aufs Spiel gesetzt!

Beim Abschied hatte sie wieder Tränen vergossen. Und um die Wahrheit zu sagen, auch er hatte geweint.

Falls Eilan glauben sollte, der Gedanke, Julia Licinia zu heiraten, bereite ihm Vergnügen, dann irrte sie sich sehr. Als er den letzten Hügel erreichte und die Ziegeldächer der Stadt sah, die in der Nachmittagssonne leuchteten, tröstete er sich noch einmal damit, daß er alles nur für seinen Sohn tat . . .

Es war bereits dunkel, als Gaius das Haus des Licinius erreichte. Der Prokurator befand sich noch im Tabularium, aber im Atrium begrüßte ihn Julia. Bei seinem Anblick leuchteten ihre Augen. Er

fand, sie sei hübscher als damals. Natürlich war sie nicht so schön wie Eilan, aber keine Frau konnte sich mit ihrer Schönheit und Anmut messen. Aber Julia war jünger, kaum erwachsen und würde bestimmt eine sehr attraktive Frau werden.
Sie begrüßte ihn zurückhaltend. »Du bist also wieder zurück, Gaius . . .«
»Offenbar, da ich vor dir stehe. Was würdest du sagen, wenn ich dir erwidern würde, ich sei noch immer im Norden?«
Sie kicherte. »Ich habe gehört, daß die Geister der Gefallenen manchmal den Hinterbliebenen erscheinen.«
Plötzlich bekam sie Angst und fragte tonlos: »Im Ernst, Gaius, sag mir bitte, bist du es wirklich, lebendig und gesund?«
Er mußte daran denken, wie jung sie doch war.
»Ich bin aus Fleisch und Blut . . .«, erwiderte er müde.
Seit seinem letzten Aufenthalt in Londinium war er dem Tod begegnet, und er hatte in den Augen seines Sohnes die Zukunft gesehen. Als er sich von Julia verabschiedet hatte, war er noch ein junger Mann gewesen. Jetzt war er erwachsen und hatte gelernt, sich entsprechend zu verhalten. Kein Wunder, daß diese Veränderung Julia verwirrte.
Julia trat vorsichtig näher und berührte seinen Arm.
»Ja . . . du bist kein Geist«, sagte sie beruhigt. »Hast du diese . . . Frau gesehen?« Sie blickte ihn erwartungsvoll an.
»Ich habe sie gesehen . . .«, begann er und suchte nach einer Möglichkeit, ihr zu sagen, was geschehen war. Bevor Julia ihn heiratete, sollte sie erfahren, daß er einen Sohn hatte. Aber noch ehe er die Worte über die Lippen brachte, hörte er Licinius kommen, und der Augenblick war vorüber.
»Du bist also zurück, mein lieber Junge!« Licinius schien sich aufrichtig zu freuen. »Ich nehme an, das bedeutet, wir werden hier bald eine Hochzeit feiern.«
»Das hoffe ich«, antwortete Gaius nach einer verlegenen Pause und wußte, daß die beiden sein Zögern als Bescheidenheit auffaßten. Vielleicht war das ganz gut, denn wenn Julia ablehnen

würde, ihn zu heiraten, wie sollte er dann sein Versprechen erfüllen, Eilan und ihr Kind zu beschützen?
Julia lächelte, und er fand, daß sie sehr glücklich wirkte. Vielleicht hatte eine Ehe mit ihr schließlich doch ihren Reiz. Als er sie ansah, wurde sie rot.
»Kommt mit, ich werde euch meinen Hochzeitsschleier zeigen«, sagte sie stolz. »Ich habe beinahe acht Monate an der Stickerei gearbeitet. Die Seide ist um die halbe Erde gebracht worden.« Sie lächelte Licinius einschmeichelnd an. »Ich darf Gaius doch meinen Schleier schon zeigen, nicht wahr, Vater?«
»Aber natürlich, mein Kleines. Trotzdem bin ich immer noch der Ansicht, ein Schleier aus Leinen hätte es auch getan. Eine Römerin in den Tagen der Republik war damit zufrieden, und das hättest du auch sein sollen«, brummte Licinius.
»Und was ist aus der Republik geworden?« erwiderte Julia spöttisch. »Ich wollte unbedingt den schönsten Schleier haben, den man überhaupt bekommen kann ... und ich glaube, das wolltest du auch, Vater!«

Der Schleier war wirklich sehr schön. Julia hatte die feuerrote Seide kunstvoll mit goldenen Früchten und Blumen bestickt. Als sie das kostbare Stück wieder zusammenlegte, nahm Licinius seinen künftigen Schwiegersohn beiseite.
»Ich habe die Verlobung auf das Ende dieses Monats festgesetzt, also noch vor den ungünstigen Tagen Anfang März. Dein Vater kann nicht kommen, aber im April wird der Legat bestimmt eine Weile auf ihn verzichten können. Meine Auguren haben nämlich im April einen glückverheißenden Tag für die Hochzeit gefunden. Bis dahin ist wenig Zeit, aber ich glaube, wir werden es schaffen ...«
Er sah Gaius erwartungsvoll an, und als der künftige Schwiegersohn nur nickte, seufzte er und fuhr lächelnd fort.
»Verstehst du, mein Junge, sonst müßten wir bis zur zweiten Junihälfte warten. Erst dann, sagen die Auguren, stünde die Hoch-

zeit wieder unter einem guten Zeichen. Aber während du dich im Norden als Offizier ausgezeichnet hast, mußten meine Tochter und ich ein ganzes Jahr auf die Hochzeit warten.«
Er legte ihm zufrieden die Hand auf die Schulter.
»Also das wäre mein Vorschlag. Bist du damit einverstanden, mein Junge?«
»Ja, natürlich . . .«, antwortete Gaius kleinlaut und fragte sich, was sie alle tun würden, wenn er jetzt nein sagte. Warum wollte Licinius eigentlich noch seine Zustimmung?
Julia kam in diesem Augenblick wieder zu ihnen, und als sie ihn so glücklich anstrahlte, wußte Gaius, er durfte sie nicht enttäuschen.

Dunstiges Sonnenlicht fiel durch die Tür der Hütte im Wald, denn es hatte am Vormittag geregnet. Eilan konnte sich nur langsam bewegen, während sie sich ankleidete. Sie war immer noch schwach, und es fiel ihr schwer, sich zu konzentrieren. Ihre Aufmerksamkeit galt dem schlafenden Kind, das leise Laute von sich gab.
Die alte Frau war heute wieder zu Caillean gegangen, um die Medizin für Eilan zu holen, die sie weiterhin kräftigen sollte. Wie Caillean gehofft hatte, setzte der Heilungsprozeß ein, nachdem Gaius bei ihr gewesen war. Aber noch schmerzte jede Bewegung, denn die Geburt war sehr schnell und in ihrer Heftigkeit gefährlich gewesen. Eilan hatte viel Blut verloren. Deshalb wurde sie auch die schreckliche Müdigkeit nicht los.
Der kleine Gawen war in ein warmes Umschlagtuch gewickelt und schlief friedlich. Eilan blieb stehen und betrachtete das Kind nachdenklich. Sie fand es schön, besonders da sie glaubte, Züge seines Vaters zu erkennen . . . die kleine Nase und die fein geschwungenen dunklen Brauen.
Sie setzte sich auf die Bank und war völlig in den Anblick versunken.
Gawen . . . mein kleiner König!

Was würde Macellius zu seinem Enkelsohn sagen, wenn er je erfahren sollte, daß er einen hatte?
Am liebsten hätte sie das Kind wieder auf die Arme genommen, aber sie hatte so viel zu tun, und es schlief tief und fest. Es schlief sogar so fest, daß sie sich besorgt hinunterbeugte, um seinen Atem zu hören. Beruhigt richtete sie sich wieder auf.
Mit langen Pausen dazwischen gelang es ihr schließlich, ein Kleidungsstück nach dem anderen anzuziehen, die Haare auszukämmen und den langen Zopf zu flechten. Normalerweise hätte ihr die alte Annis geholfen, aber Caillean hatte natürlich recht gehabt, sie heute nach Vernemeton zu rufen. Sie hüteten das Geheimnis nun schon so lange, und es wäre nicht klug, wenn die alte Frau Ardanos hier sehen würde.
Eilan legte den Zopf in der Art der erwachsenen Frauen um den Kopf und steckte ihn fest. Diese Frisur war neu für sie. Vielleicht konnte sie dem höchsten Druiden mit größerem Selbstvertrauen gegenübertreten, wenn Ardanos in ihr jetzt die Mutter und nicht mehr das verängstigte Kind sah.
Was wollte er von ihr?
Caillean hatte nur ausrichten lassen, daß er sie heute besuchen werde. Natürlich würde Ardanos ihr befehlen, nach Vernemeton zurückzukehren ... was sonst? Aber eine gewisse Angst konnte sie nicht loswerden. Wollte er sie möglicherweise doch wegschikken? Sollte Dieda die Hohepriesterin bleiben?
Sofort war sie entschlossen, Gaius zu folgen. Wenn er schon verheiratet sein sollte, würde Mairi sie vielleicht bei sich aufnehmen, wenn ihr Vater es nicht verbot.
Von Caillean wußte sie, daß Bendeigid aus dem Norden zurückgekehrt war – hager wie ein Winterwolf und verbittert, weil sie den Kampf verloren hatten. Gaius hatte ihr versichert, daß die Römer ihn in Ruhe lassen würden, solange er friedlich im Haus seiner ältesten Tochter lebte.
Wenn Eilan erst wieder bei Kräften war, dann konnte sie ohne weiteres für sich und das Kind sorgen. Sie würde sich als Magd

bei einem Bauern verdingen. Und bald würde Gawen als gesunder Junge sich sein Brot selbst verdienen. Es würde natürlich klüger sein, niemandem zu sagen, wer sein Vater war. Eilan war sehr geschickt in allen Aufgaben einer Frau, wie Spinnen und Weben, Melken, Buttern und sogar Heilen. Wenn sie für sich selbst und ihren Sohn sorgen mußte, konnte sie das auch tun ...

Sie seufzte plötzlich und setzte sich auf das Bett, denn natürlich waren das alles nur verrückte Träume.

Sie hatte gehört, daß die Vestalinnen im Alter von dreißig Jahren den Tempel verlassen konnten, aber von dem Gelübde der Keuschheit waren sie nicht entbunden. Eine Hohepriesterin konnte nur über das Begräbnisfeuer das Heiligtum der Göttin verlassen. Eilan wußte sehr wohl, daß Ardanos sie wegen der Schwangerschaft am liebsten zum Tode verurteilt hätte. Außerdem mußte sie auch Bendeigid fürchten. Aber wenn diese beiden sie hätten töten wollen, dann wäre das in den vergangen Monaten sehr viel einfacher gewesen als jetzt ...

Als der Schatten des höchsten Druiden schließlich durch die Tür fiel, befand sich Eilan in einem Zustand dumpfer Furcht.

»Ich bin froh, daß es dir wieder besser geht«, sagte Ardanos sachlich und blickte auf sie herab.

»Ja, Großvater, es geht mir wieder gut.«

Er runzelte die Stirn. »In der Tat, ich bin dein Großvater. Kein Mann in ganz Albion würde mir Vorwürfe machen, wenn ich dich mit eigenen Händen ertränkt hätte!«

Er ging zu dem Körbchen, blickte kurz auf das Kind und nahm es hoch. »Aber du hast deine Entscheidung getroffen, und wir müssen jetzt alle damit leben. Die Täuschung hat lange genug gedauert. Drei Tage sollten genügen, damit deine Milch zurückgeht. Dann gehst du nach Vernemeton und bereitest dich auf das Beltane-Ritual vor.« Er sah sie herausfordernd an und fügte hinzu: »Dein Sohn wird in einer anderen Familie aufgezogen.« Er drehte sich um und ging mit dem kleinen Gawen auf dem Arm zur Tür.

»Halt!« rief Eilan. »Wohin bringst du ihn?«
Die Angst schnürte ihr die Kehle zu. Sie erinnerte sich noch gut daran, wie ihre Hündin gewinselt hatte, als Bendeigid ihr die Jungen wegnahm, um sie zu ertränken, weil sie sich mit dem Terrier des Nachbarn eingelassen hatte.
Ardanos sah sie kalt an und erwiderte, ohne mit der Wimper zu zucken: »Glaube mir, es ist besser, wenn du es nicht weißt. Ich verspreche dir, dein Sohn wird gut versorgt und in sicheren Händen sein. Wenn du deine Aufgaben zu unserer Zufriedenheit erfüllst, darfst du ihn vielleicht von Zeit zu Zeit sehen.«
Eilan fragte sich, weshalb ihr noch nie aufgefallen war, wie grausam Ardanos aussah, wenn er lächelte, und wie lang und spitz seine Zähne waren.
»Das darfst du nicht tun!« rief sie. »Ich werde für ihn sorgen. Du darfst ihn mir nicht wegnehmen. Bitte, das darfst du nicht . . . Ich flehe dich an!«
Ardanos zog die buschigen Augenbrauen zusammen. »Wieso überrascht dich das? Was hast du dir denn vorgestellt, Eilan? Was, glaubtest du, würde nach der Geburt deines Kindes geschehen?« fragte er mit kaum verborgener Ungeduld. »Hast du erwartet, du könntest unter den Augen aller Priesterinnen und Novizinnen in Vernemeton dein Kind stillen? Sei doch vernünftig!«
Aber Eilan hörte ihm nicht zu. Sie wußte nur, daß er ihr das Kind wegnehmen wollte.
»Gib mir meinen Sohn zurück!« rief sie. »Du kannst ihn nicht haben.«
Sie zog an dem Bündel in den Armen ihres Großvaters, und das Kind begann zu weinen.
»Du törichtes dummes Ding, laß ihn los.«
Eilans Beine gaben unter ihr nach, aber sie umklammerte seine Knie.
»Ich flehe dich an . . . ich flehe dich an . . . Großvater! Das kannst du mir nicht antun. Du kannst mir meinen Sohn nicht wegnehmen . . .«

»Ich muß es tun, und ich werde es tun«, erwiderte Ardanos entschlossen, schob sie zornig zur Seite und machte sich von ihr los. Als sie laut schluchzend auf dem Boden lag, ging er mit dem schreienden Kind durch die offene Tür hinaus.
Sie sah nur noch die Sonnenflecken, hörte den leichten Wind in den Zweigen; dann umgab sie plötzlich Dunkelheit, und sie wußte nichts mehr.

»Soll das deine Rache sein, du Ungeheuer?«
Caillean schlug die Tür hinter sich zu und stürmte in das Zimmer. Sie war zu erregt, um überhaupt zu würdigen, daß es im Haus des höchsten Druiden in Deva Türen gab, die man zuschlagen konnte.
Ardanos saß beim Essen und hob erstaunt den Kopf, als er sie plötzlich vor sich sah. Caillean hatte sich auf dem Weg nach Deva genau überlegt, was sie ihm mit der ganzen aufgestauten Wut entgegenschleudern wollte.
»Du bösartiger, grausamer alter Mann! Ich habe Lhiannon vor ihrem Tod geschworen, dir zu helfen. Aber das bedeutet nicht, daß ich deine Sklavin bin oder dir als Folterknecht dienen muß!«
Er öffnete den Mund, um etwas zu sagen, aber sie ließ ihn nicht zu Wort kommen.
»Wie kannst du es wagen, Eilan so zu behandeln? Sie ist deine Enkeltochter! Ich sage dir, an diesem grausamen Spiel will ich keinen Anteil haben. Entweder du gibst ihr das Kind zurück oder . . .«, sie holte Luft, »ich wende mich direkt an das Volk und werde die Göttin zwischen uns beiden entscheiden lassen.«
»Das wagst du nicht . . .«, begann Ardanos.
»Du wirst es erleben!« erwiderte sie unversöhnlich. »Ich vermute, Eilan ist für dich nützlich«, fuhr sie etwas ruhiger fort, »sonst hättest du sie nicht am Leben gelassen. Gut, dann nimm zur Kenntnis, wenn Eilan ihr Kind nicht haben kann, dann wird sie sterben.«
»Nun ja, es sollte mich nicht wundern, wenn dieses dumme Mäd-

chen so verrückt ist. Aber von dir hätte ich etwas anderes erwartet . . .«, sagte er, als sie ihn schließlich zu Wort kommen ließ.
»Hör auf zu übertreiben. Eine Frau stirbt nicht so einfach . . .«
»Ach, meinst du? Eilan blutete wieder, als ich sie in der Hütte fand. Du hättest sie beinahe verloren, alter Mann. Und was wäre dann aus deinen Plänen geworden? Glaubst du wirklich, Dieda würde sich so ohne weiteres deinem Willen beugen? Da irrst du dich! Eilan wird sterben, wenn man ihr nicht verspricht, daß ihr Sohn bald zu ihr zurückkehrt!«
Ardanos seufzte. »Sag ihr, dem Kind geht es gut, und wenn sie sich an ihr Versprechen hält, dann wird er auch weiterhin in Sicherheit sein.«
»Das ist nicht genug!«, erklärte Caillean entschlossen.
»Im Namen der Göttin, was willst du von mir, Frau?«
»Wage nicht, von der Göttin zu sprechen. Du hast mir lange genug bewiesen, daß du so gut wie nichts von IHR weißt!« rief Caillean wütend. »Um Lhiannons willen, die dich geliebt hat – und nur die Götter wissen warum – und an deine Pläne glaubte, habe ich dir bis jetzt geholfen.«
Sie trat noch näher und sah ihn durchdringend an. Er konnte ihrem Blick nicht ausweichen, aber ihm war nicht sehr wohl in seiner Haut, als Caillean ruhig und bestimmt sagte: »Du kannst mich nicht einschüchtern, so wie du es mit Lhiannon getan hast. Du kannst mir auch keine Angst machen. Ich habe nur wenig zu verlieren. Du aber alles! Ich bin bereit, zu deinen Druiden zu gehen und sie ein Urteil fällen zu lassen. Dein Doppelspiel mit den Römern und die Einmischung bei den Orakelsprüchen ist eine unverzeihliche Sache. Das würden alle so sehen, auch deine Freunde bei den Römern, und niemand hätte Verständnis«, sie hielt inne und verzog spöttisch den Mund, »für deine hehren Absichten.«
Im Gesicht des höchsten Druiden regte sich nichts, als er fragte: »Warum tust du das? Eilan ist nicht deine Tochter . . .« Er sah sie an, als verstehe er sie wirklich nicht.

Caillean seufzte. Sie hatte Lhiannon geliebt wie eine Tochter die Mutter, aber Eilan war für sie wie eine Schwester oder die Tochter, die sie nie hatte und nie haben würde. Aber auch wenn sie selbst keine Kinder hatte, verstand sie Eilans leidenschaftlichen Wunsch, ihren Sohn bei sich haben zu wollen.

»Es sollte dir genügen zu wissen, daß du mich nicht aufhalten kannst. Du hast mehr zu verlieren als ich. Glaubst du, die Priesterinnen und die Druiden werden sich ohne weiteres zufriedengeben, wenn Eilan plötzlich tot ist und ein Kind zurückläßt? Vergiß nicht, du hast Eilan nur so lange in der Hand, wie sie weiß, daß du ihr das Kind wegnehmen kannst. Den Göttern sei Dank, ich bin dir zu nichts verpflichtet, verstehst du? *Zu nichts*!«

Der höchste Druide sah sie nachdenklich an. Caillean hoffte bereits, ihn überzeugt zu haben, doch sie mußte sich eingestehen, daß ihre Worte nicht ganz der Wahrheit entsprachen. Ardanos drohte ihr, indem er Eilan bedrohte.

»Gib nach, Ardanos.«

Caillean hatte in all den vielen Jahren bei Lhiannon gelernt zu verhandeln. Sie wechselte jetzt den Ton und fuhr freundlicher fort: »Selbst wenn Eilan das Kind bei sich hat, befindet sie sich in deiner Macht. Glaubst du, es sei kein Zugeständnis von dir notwendig, um dir die Hohepriesterin des Orakels geneigt zu machen?«

»Vielleicht habe ich etwas voreilig gehandelt ...«, sagte er einlenkend, »aber ich stehe zu meinem Wort. Wenn sie sich in Vernemeton zu ihrem Sohn bekennt, dann können wir ihre Schande gleich vor aller Welt verkünden. Was schlägst du vor? Wie sollen wir die Täuschung aufrechterhalten, wenn sie ihren Sohn im Heiligtum um sich haben will?«

Er bot ihr an, sich zu setzen, und Caillean wußte, daß sie gewonnen hatte. »Ich habe mir eine Möglichkeit ausgedacht ...«

Der Tag der Hochzeit brach mit einem klaren und hellen Himmel an. Gaius erwachte von den Strahlen der Frühlingssonne, die durch das Fenster fielen. Er blinzelte, als er die blendendweiße Toga sah, die über seinem Stuhl hing. Im vergangenen Jahr hatte er diese Art Kleidung bei gesellschaftlichen und diplomatischen Anlässen tragen müssen, wenn er seinen künftigen Schwiegervater begleitete. Er wußte inzwischen, wie man die Falten ordnete, aber er fand eine Toga noch immer ein schwieriges und unangenehmes Kleidungsstück.

Agricola rühmte sich, daß er den Söhnen der Anführer der Stämme beigebracht habe, die Toga zu tragen. Gaius war in diesem Punkt nicht ganz seiner Meinung. Er war als Römer aufgewachsen und fühlte sich noch immer in Uniform oder in der Tunika und der karierten Hose der Stämme am wohlsten.

Er setzte sich mit einem tiefen Seufzer auf und musterte die Toga angewidert. Sein Vater, der am Tag zuvor aus Deva eingetroffen war, schlief in demselben Zimmer. Macellius gähnte und öffnete ein Auge.

»Ich finde«, schimpfte Gaius, »sie sollten etwas Besseres für formelle Anlässe erfinden ... oder wenigtens etwas, das angenehmer zu tragen ist.«

»Eine Toga ist mehr als ein Kleidungsstück«, sagte Macellius, »sie ist ein Symbol ...«

Und schon saß er aufrecht im Bett, und zum Schrecken seines Sohnes, der morgens nie gesprächig war, begann er, ihm einen Vortrag über die Geschichte der ehrwürdigen Toga zu halten.

Aber Gaius hörte ihm, wenn auch widerwillig, zu und verstand plötzlich etwas. Sogar hier – oder gerade hier – am Rande des römischen Reiches unterschied das Recht, die weiße Toga eines römischen Brügers zu tragen, die Herren der Welt von denen, die sie besiegt hatten. Der schmale purpurrote Streifen der *Eques* auf seiner Tunika war darüber hinaus eine Auszeichnung, die er sich ehrlich erkämpft hatte. Für Menschen wie seinen Vater war das alles von größter Bedeutung, und die Bequemlichkeit der Kleidung selbstverständlich Nebensache.

Gaius hätte das widerliche Ding zwar am liebsten aus dem Fenster geworfen, doch es gehörte zu den Dingen, die er akzeptiert hatte, als er sich entschloß, sein Leben mit Rom zu verbinden. Immerhin war die Toga aus Wolle und die Tunika ebenfalls, die er darunter tragen würde. Der Wind im April war noch sehr kalt, und es konnte jederzeit anfangen zu regnen. Er würde wenigstens nicht frieren müssen. Vermutlich sollte er dankbar dafür sein, daß er nicht im Winter heiratete.

Seufzend ließ er sich von seinem Diener baden und rasieren. Dann zog er die Tunika und die Sandalen an. Der Augenblick war gekommen, und er mußte sich überlegen, wie er das Ding drapieren sollte.

Nach ein paar erfolglosen Versuchen nahm ihm sein Vater mit unbewegtem Gesicht – Gaius wußte, er unterdrückte ein Grinsen – die Toga aus der Hand. Geschickt ordnete er den weißen Wollstoff so, daß er vorne in Falten von der linken Schulter herabhing, zog ihn hinten quer über dem Rücken und dem rechten Arm hindurch. Dann verteilte er den Rest ordentlich über der Brust und in Gegenrichtung über die linke Schulter, so daß die Falten lässig über seinen Arm fielen.

»Na bitte ...«, er trat zurück und bewunderte seinen Sohn. »Wenn du dich noch etwas gerader hältst, könntest du für eine Statue Modell stehen.«

»Ich komme mir wie eine Statue vor ...«, murmelte Gaius und wagte kaum, sich zu bewegen, da er das Gefühl hatte, im nächsten Augenblick würde ihm das ganze Gebilde vom Leib fallen. Jetzt mußte sein Vater lachen.

»Mach dir nichts daraus. Es ist völlig normal, daß ein Bräutigam nervös ist. Ich verspreche dir, wenn alles vorbei ist, geht es dir wieder besser.«

»Warst du unsicher«, fragte Gaius plötzlich, »als du meine Mutter geheiratet hast?«

Macellius blieb stehen und schloß in schmerzlicher Erinnerung die Augen. »Ich war glücklich ...«, flüsterte er, »als sie zu mir kam. Und das Glück hörte nicht auf, bis sie viel zu früh starb ...«

Ich war glücklich, als Eilan in meinen Armen lag. Warum nur habe ich mich zu diesem Theater bereitgefunden? Ich weiß, jetzt bleibt mir nichts anderes übrig, als meine Rolle zu spielen ...

Der Anblick des Haruspex, der erschienen war, um aus den Eingeweiden der Opfertiere die Zeichen der Götter für die Ehe zu deuten, verbesserte seine Stimmung auch nicht. In der hellen Mittagssonne sah der Mann mit dem roten kahlen Schädel und den langen dürren Beinen ebenso abstoßend aus wie seine geschlachteten Hühner. In seiner Bitterkeit dachte Gaius, was immer der Haruspex in den Därmen der armen Tiere auch finden mochte, würde bestimmt einen günstigen Tag verheißen. Schließlich wäre es mehr als unangebracht, die Hochzeit abzusagen, wenn alle Würdenträger Londiniums sich bereits im Atrium versammelt hatten und wie Gaius dem Mann zusahen. Außerdem hatten die Auguren schon vor Wochen erklärt, es sei der richtige Tag, und sie würden sich wohl kaum widersprechen.

Im Atrium drängten sich entsetzlich viele Menschen. Gaius kannte nur ein paar der Gesichter, darunter auch zwei faltige alte Witwen mit rot geschminkten Apfelwangen. Sie waren in den letzten Monaten öfter hier im Haus erschienen. Gaius stellte fest, daß die beiden tatsächlich auch lächeln konnten – zum ersten Mal, seit er sie gesehen hatte. Zwar lächelten sie ihn nicht direkt an, aber zumindest in seine Richtung. Vielleicht freuten sie sich für Julia.

Sie ahnen nicht, daß Julia einen Mann bekommt, der eine andere Frau liebt, die ihm bereits einen Sohn geschenkt hat. Soll ich es ihnen allen sagen? Dann werden wir ja sehen, ob noch jemand lächelt ...

Es überraschte ihn nicht, als der Haruspex mit Fistelstimme erklärte, es sei ein sehr günstiger Tag für die Hochzeit, und dem Brautpaar gratulierte.

Ein Tag, für den Julia sich entschieden hat, kann es nicht wagen, ungünstig zu sein ...

Die Menge unterhielt sich leise, als die Reste des Opfers abgeräumt wurden und die Braut am Arm ihres Vaters erschien. Gaius sah nur den Saum ihrer weißen Tunika unter dem berühmten flammendroten Schleier.

Ein Sekretär des Licinius entrollte umständlich den Ehevertrag und begann, ihn näselend vorzulesen. Auf die meisten Punkte hatten sie sich bereits bei der Verlobungszeremonie geeinigt: die Höhe der *Coemptio*, die Gaius anbot, und die Summe, die Julia in die Ehe einbrachte, der Punkt, daß sie »in den Händen« ihres Vaters blieb als legaler Teil der Familie. Außerdem blieb sie im Besitz ihres Eigentums.

Man hatte Gaius erklärt, das sei inzwischen die übliche Form, und niemand würde deshalb auf ihn herabsehen. Es gab auch eine Klausel, daß er sich nur dann von Julia scheiden lassen konnte, wenn auf ihrer Seite »Ehebruch« vorlag, der mindestens von zwei ehrenwerten Matronen bezeugt werden mußte. Gaius hätte am liebsten laut gelacht, wenn ihn inzwischen noch etwas hätte zum Lachen bringen können. Alles würde er der tugendhaften und nur auf ihren Ruf bedachten Julia zutrauen, nur das nicht.

»Gaius Macellius Severus Siluricus, stimmst du den Bedingungen dieses Vertrages zu und willst du diese Frau als deine Ehefrau anerkennen, wie es das Gesetz vorschreibt?« fragte ihn danach sein Vater.

Gaius stellte fest, daß alle ihn erwartungsvoll ansahen. Trotzdem dauerte es sehr lange, bis er die Worte endlich über die Lippen brachte: »Ich will es . . .«

»Julia Licinia . . .«

Licinius stellte seiner Tochter dieselbe Frage. Ihre Antwort kam sehr viel schneller. Der Sekretär reichte beiden das Dokument zur Unterschrift und brachte es dann zur Registrierung in die Archive.

Gaius hatte das Gefühl, daß der Mann seine Freiheit davontrug, aber der römische Ernst, der zur Toga gehörte, verlangte von ihm wenigstens kein Lächeln.

Eine Frau mit einem freundlichen Gesicht – man hatte ihm gesagt, es sei die Tochter Agricolas – trat vor, nahm Julia bei der Hand und führte sie zu Gaius. Ihn durchzuckten Gewissensbisse, als sich die kleinen, schlanken Finger vertrauensvoll in seine Hand legten.

Dann kamen die Gebete – und sie schienen kein Ende zu nehmen. Man betete zu Juno und Jupiter, Vesta und offenbar jeder Gottheit, die etwas mit dem Wohl von Heim und Herd und Familie zu tun hatte. Er wußte nicht, daß es überhaupt so viele Götter gab. Von einigen hatte er noch nie etwas gehört und wollte es auch nicht.

Dann reichte man ihm und Julia eine Schale mit Getreide und einen Krug Öl für den Altar. Als die Flammen die Opfergaben verbrannten, drang aus dem Speisezimmer neben dem Atrium der Geruch von angerichtetem Essen. Er verband sich mit dem süßlichen Duft des Weihrauchs, der noch in der Luft hing, und Gaius wurde davon beinahe übel.

Gaius wußte, jetzt begann bald das eigentliche Fest. Julia schob den Schleier aus dem Gesicht, und er griff nach dem Brot aus grob gemahlenem Dinkel – er hoffte, es werde auf dem Fest etwas Besseres zu essen geben –, brach es und schob Julia ein Stück zwischen die Lippen. Sie wiederholte das alte Ritual und sprach dann die Worte, mit denen sie vor dem Gesetz zu einem Ehepaar wurden.

Die Hochzeit hatte mittlerweile ein von Tradition und Reichtum bestimmtes Eigenleben erlangt. Unter der Anleitung eines aufgeblasenen Zeremonienmeisters war das Fest in vollem Gange, und von Gaius wurde kaum noch etwas verlangt. Er mußte nur alles geduldig mitmachen, ein glückliches Gesicht zur Schau tragen, und dann war das Ende der Feier bald in Sicht.

Selbst wenn sein Herz blutete und er sich in seinem Innersten immer noch gegen diese Hochzeit auflehnte, kam es darauf jetzt nicht mehr an – Julia, die beiden Väter und die ehrenwerte römische Gesellschaft der Hauptstadt gaben sich die Ehre und feierten ihre Macht.

Mit solchen Gefühlen ließ er das Fest über sich ergehen, das Licinius mit all seinem Reichtum und Julia mit ihrem Stolz arrangiert hatten.
Die ganze Zeit über war er mehr oder weniger benommen. Er nahm kaum wahr, daß die Tafeln mit den erlesensten und seltensten Speisen überladen waren. Alle kamen zu ihm und beglückwünschten ihn. Von einem alten Freund des Licinius ließ er sich auf die Schulter klopfen und stimmte ihm höflich zu: »Ja, er hatte Glück und bekam eine gute Frau.« Der alte Senator erzählte ihm ausführlich Geschichten über Julia als kleines Mädchen, denn er kannte sie schon, seit sie in der Wiege gelegen hatte. In seiner Nähe unterhielten sich zwei hohe Beamte. Sie sprachen leise über den bevorstehenden Feldzug des Kaisers in Germanien.
Sklaven erschienen und murmelten ihre Glückwünsche. Das Brautpaar stand im Mittelpunkt und wurde gefeiert. Aber Gaius konnte nicht umhin zu bemerken, daß jeder der Anwesenden mehr mit sich selbst beschäftigt war.
Alles, was man ihnen brachte, war mit besonderer Sorgfalt zubereitet – zartes Brathuhn und Schweinebraten mit kunstvoll arrangierten Zutaten, Wild auf großen Platten, knusprig gebackenes weiches Brot, süße Honigkuchen und anderes Gebäck mit Gewürzen, die er nicht kannte. Der unverdünnte Wein floß in Strömen. Gaius trank, was man ihm reichte, und staunte über die edlen Tropfen. Die festlich gekleideten Gäste bewiesen sich und der Welt, wofür es sich lohnte zu leben.
Noch nie hatte er Macellius so glücklich gesehen. Immerhin hatte sein Vater erreicht, was er schon so lange geplant hatte: Gaius war mit einer Frau aus bester Familie verheiratet.
Das Fest nahm seinen Verlauf, aber Gaius mußte all seine Reserven an Höflichkeit und Selbstkontrolle aufbieten. Was würde Eilan von diesem albernen Theater halten? Würde sie je ermessen, was er für sie und ihren Sohn auf sich genommen hatte?
Julia kicherte über die anzüglichen Witze der Gaukler, die sie unterhielten, aber er bezweifelte, daß sie die Pointen wirklich ver-

stand. Die drastische Komik gehörte traditionell zu einer Hochzeit, um das Brautpaar daran zu erinnern, Kinder zu zeugen. Die Possenreißer gaben sich alle Mühe, die Sache so anschaulich wie möglich zu machen, aber er fand das alles abgeschmackt und abstoßend.

Auch der Anblick der immer neuen Gerichte wurde ihm zuwider. Er bemühte sich sehr, den Anschein zu erwecken, er äße immer noch, obwohl er kaum einen Bissen herunterbrachte, während er zum wiederholten Mal zustimmte, er könne sich glücklich preisen, und Julia sei eine bezaubernde Frau, die ihm viele Söhne schenken werde, und ihn erwarte der Himmel auf Erden.

Julia konnte kaum noch die Augen offenhalten. Sie hatte zwei und dann drei Gläser Wein getrunken, aber diesmal war er nicht mit Wasser verdünnt, wie es bei Licinius sonst üblich war. Seiner mädchenhaften Braut war der Alkohol in den Kopf gestiegen, und sie bemerkte kaum noch etwas von dem, was um sie herum geschah. Gaius hätte ebenfalls am liebsten sein Bewußtsein ausgeschaltet, aber obwohl er mehr trank, als ihm guttat, nahm er immer noch alles überdeutlich wahr.

Draußen wurde es bereits dunkel, als man vor dem Tor Jubel und Geschrei hörte. Gaius lächelte verlegen, als der Zeremonienmeister verkündete, der Augenblick für den Brautzug sei gekommen.

Das war der absurdeste Teil von allem, denn das Brautpaar würde kein eigenes Haus in der Stadt beziehen, sondern nur einmal um den Palast getragen werden. Licinius und Julia waren übereingekommen, an den bestehenden Verhältnissen nur insoweit etwas zu ändern, als sie einen eigenen Flügel in dem Palast bezogen. Julia hatte es sich jedoch in den Kopf gesetzt, daß nichts, absolut nichts an ihrem großen Tag fehlen dürfe – also auch nicht der Brautzug.

Welch ein Glück, daß man von ihm nicht erwartete, die Braut zu tragen. Gaius packte mit gespielter Derbheit Julia am Handgelenk und »entführte« sie unter dem Beifall der Gäste. In seinem Zu-

stand hätte ihn eine alte Frau oder ein zahnloser Hund daran hindern können.
Der Zeremonienmeister reichte jedem von ihnen einen Sack vergoldeter Walnüsse und Kupfermünzen. Er erklärte Gaius, das sei für die Bettler vor dem Tor bestimmt, die aus diesem Grund bei den Hochzeiten erschienen.
Die Sänftenträger trugen sie aus dem Palast und auf der breiten Straße zum Forum, vorbei am neuen Palast des Statthalters und am Tabularium. An der Spitze des Zugs tanzten die Gaukler, Sänger und Flötenspieler im Schein der zahllosen Fackelträger.
Schließlich kehrten sie zum Eingang des Flügels zurück, den man für sie hergerichtet hatte. Gaius mußte das Lachen unterdrücken. Er hatte die Münzen verteilt, und sie waren von der Menge mit Segenswünschen bedacht worden. Nicht mehr lange, tröstete er sich, dann hatte er es geschafft.
Die brennenden Weißdornzweige vor dem Eingang warfen zukkende Schatten. Sie sollten böse Zauber und die dunklen Geister vertreiben.
Die kalte Abendluft hatte Gaius wieder etwas belebt. Er wünschte sich sehnlichst, nichts mehr denken zu müssen. Jemand reichte Julia eine Schale mit Öl, mit dem sie die Türpfosten besprengen sollte, und dann weiße Wollfäden, die sie zum Zeichen der Unschuld und Reinheit daran befestigen würde.
Die alten Witwen küßten Julia, wünschten ihr Glück, und nach kurzem Zögern küßten sie auch Gaius. Das löste einen wahren Sturm von Umarmungen, Küssen und noch mehr Glückwünschen aus. Selbst Macellius war leicht angetrunken. Er umarmte sie beide. Licinius küßte Julia und Gaius. Sein Schwiegersohn beteuerte, es sei ein glänzendes Fest gewesen.
Dann nahm Gaius die Braut auf die Arme und staunte darüber, wie leicht sie war, trug sie über die Schwelle ins Haus und gab der Tür einen Tritt, so daß sie laut hinter ihnen zufiel.
Es roch alles nach frischer Farbe, brennendem Weihrauch und

dem Duft von Julias Blumen. Sie stand mit angehaltenem Atem vor ihm. Behutsamer und zärtlicher, als er es für möglich gehalten hätte, nahm er ihr den Schleier ab.
Die Blumen in ihrem Haar welkten. Die sechs Locken, die ihre Zofe mit soviel Hingabe aufgesteckt hatte, fielen ihr in den Nakken.
Sie wirkt viel zu jung, um verheiratet zu sein, fand er.
Noch bevor er etwas sagen konnte, führte sie ihn zu dem Altar in der Mitte ihres Atriums. Dort blieb sie abwartend stehen.
Er bedeckte mit der Toga seinen Kopf und verneigte sich vor den kleinen Tonstatuetten, den Bildnissen der Familiengötter.
»Mit Feuer und Wasser mache ich dich zur Frau und Priesterin meines Hauses ...«, sagte er tonlos, nahm den Krug und goß ihr das Wasser über die Hände. Er reichte ihr das Handtuch zum Trocknen und übergab ihr den Holzspan, um das Feuer am Altar zu entzünden.
»Mögen die Götter Haus und Hof beschützen und unser Bett segnen, damit ich dir viele Söhne schenken kann ...«, erwiderte sie.
Das Brautbett stand an der Wand. Er führte sie dorthin und begann, den verschlungenen Knoten des Gürtels zu lösen, der ihre Tunika hielt. Das war keine leichte Aufgabe.
Wie viele Bräutigame haben die Geduld verloren und den Gürtel einfach durchgeschnitten?
Dann konnte er sich endlich von der lästigen Toga befreien.
Julia lag in dem riesigen Bett, hatte das Laken bis zum Kinn gezogen und beobachtete ihn.
Am nächsten Morgen würde das blutbefleckte Leinen zeremoniell den Witwen als Zeichen der vollzogenen Ehe vorgelegt. Aber dazu mußte er nicht anwesend sein. Zweifellos hatte die sehr praktisch veranlagte Julia an einen Krug mit Hühnerblut gedacht, falls er zu betrunken sein würde, um die ehelichen Pflichten zu erfüllen. Er wußte, daß beinahe jede Braut klug genug war, sich keine solche Blöße zu geben.

Aber Gaius war nicht zu betrunken. Auch wenn er seine Pflicht eher unbeteiligt als leidenschaftlich erfüllte, so tat er es zumindest vorsichtig und rücksichtsvoll, um Julia nicht zu erschrecken oder zu verletzen. Und Julia in ihrer Unschuld erwartete nicht mehr von ihm.

21. KAPITEL

Eilan kehrte erst im März nach Vernemeton zurück, denn selbst nachdem Caillean ihr versichert hatte, Ardanos werde ihr das Kind zurückgeben, dauerte es eine Weile, bis sie den Schock überwunden hatte, unter dem sie nach dem Verlust ihres Sohnes stand. In den langen Stunden, die sie allein in der Hütte lag, hatte sie viel Zeit zum Nachdenken. Als ihre Tränen schließlich versiegten, wurde ihr langsam bewußt, daß alles ganz anders sein würde, selbst wenn sie Gawen wieder um sich hatte.

Nach ein paar Tagen ließen die Schmerzen in den Brüsten nach, und sie wußte, daß ihre Milch versiegt war. Eine andere Frau stillte jetzt ihr Kind. Sie hielt es in den langen Nachtstunden in den Armen, liebkoste es und hatte die Freude, den zarten, weichen Körper zu baden und in Windeln zu wickeln. Nicht Eilan, sondern eine andere Frau beugte sich über seine Wiege und sang die Lieder, die sie von ihrer Mutter gelernt hatte. Auf all das mußte Eilan in Zukunft verzichten, sonst wäre alles, was sie erreicht hatte, wieder verloren.

In Vernemeton hieß es, die Hohepriesterin sei krank, und Dieda zeigte sich überhaupt nicht mehr, bis Eilan eines Nachts zurückkehrte. Danach verschwand Dieda spurlos, und nur Caillean wußte, daß sie nach Eriu unterwegs war, um bei den Barden zu lernen.

Cynric war noch immer im Norden. Dieda wußte, es war ihr nicht möglich, sich ihm anzuschließen, auch wenn sie den Wunsch dazu hatte. Sie schien sich schließlich damit abgefunden zu haben, daß sie in einem Land, das die Römer nie betreten hatten, die alte Weisheit und Kunst der Barden lernen würde.

Als Eilans Genesung weitere Fortschritte machte, und sie die Pflichten als Hohepriesterin des Orakels übernahm, wurde ihr bewußt, wie einsam ihr Leben in Zukunft sein würde. Zum Teil lag das an der Dieda aufgezwungenen Zurückgezogenheit. Die Distanz zu den anderen lag jedoch auch an dem neuen Amt.

Eilan zeichnete Caillean, Eilid, Miellyn und die junge Senara damit aus, daß sie die vier Frauen als ihre persönlichen Helferinnen wählte. Die anderen Priesterinnen und Novizinnen sah sie nur bei den Zeremonien.

In der Vergangenheit hatten in Vernemeton immer wieder in Not geratene Frauen und Kinder Schutz gefunden. Es war deshalb nicht besonders außergewöhnlich, daß die junge Frau Lia und das Kind, das ihr der höchste Druide als Amme anvertraut hatte, im Heiligtum aufgenommen wurden. Man brachte sie in dem Rundhaus neben den Lagerräumen unter, das für Besucher bereitstand. Es überraschte auch nicht, daß Caillean das Kind der Hohenpriesterin brachte, damit sie es segnete.

Nach dem ersten glücklichen Wiedersehen weinte Eilan viele Stunden. Sie spürte, daß Gawen, den Lia jetzt stillte, bereits mehr das Kind dieser Frau als ihr eigenes war. Eilan hatte jedoch mit der Entfremdung gerechnet. Es war ein Wunder, daß Ardanos – wenn auch gezwungenermaßen – sein Wort gehalten hatte. Manchmal überlegte Eilan, wie es Caillean gelungen war, ihm dieses Zugeständnis abzuringen, aber sie wagte nicht, danach zu fragen.

Natürlich wurde bald darüber geredet, daß ihre Anteilnahme für das Kind mehr als offenkundig war. Caillean war so klug, der alten Latis unter dem Siegel der Verschwiegenheit anzuvertrauen, der kleine Junge gehöre ihrer Schwester Mairi, die wieder heiraten wolle und deshalb ihren Sohn aus erster Ehe hierher geschickt habe. Wie nicht anders zu erwarten, kannten in wenigen Tagen alle in Vernemeton diese Geschichte. Einige blieben mißtrauisch und vertraten die Ansicht, es sei bestimmt Diedas Kind, aber niemand ahnte, daß Eilan die Mutter war. Es dauerte

nicht lange, und bald war der Kleine der erklärte Liebling der meisten Frauen, den sie verwöhnten, wann immer sie konnten.
Eilan quälte das schlechte Gewissen. Sie hatte dem Ruf ihrer Schwester geschadet und der Frau, die immer wie eine Schwester zu ihr gewesen war. Trotzdem, die Täuschung war gelungen, und im Augenblick zählte nichts anderes. Noch mehr litt sie darunter, daß sie sich nicht zu ihrem Kind bekennen konnte. Aber das durfte sie nicht, und das würde sie nicht. So vergingen die Wochen, und der drohende Skandal schien abgewendet.
Für Eilan schleppten sich die Tage mühsam dahin. Die ständige Angst, die Gefahr einer Entdeckung und die drohende Zukunft lasteten ihr schwer auf der Seele. Ardanos kam eines Tages und berichtete beinahe schadenfroh, der Sohn des Präfekten habe in Londinium die Tochter des Prokurators geheiratet.
Sie wußte, daß es hatte so kommen müssen. Aber als sie die Nachricht aus dem Mund des höchsten Druiden hörte, fiel es ihr schwer, die Tränen zurückzuhalten. Sie wollte Ardanos jedoch nicht die Genugtuung geben, sie weinen zu sehen, und ließ sich in seiner Gegenwart nichts von ihrem Kummer anmerken.
Was konnte sie noch tun? Eilan klammerte sich daran, daß Gaius und sie die richtige Entscheidung getroffen hatten. Trotzdem plagten sie Zweifel. Außerdem gelang es ihr nicht, in dieser Römerin keine Rivalin zu sehen, auch wenn Gaius ihr feierlich geschworen hatte, er liebe Julia Licinia nicht. Eilan war die Mutter seines Erstgeborenen. Bedeutete das nichts? Hatte er sie vielleicht doch vergessen? Wie sollte sie das je erfahren?

Die Zeit verging unerbittlich, und Beltane rückte näher. Diesmal würde sie als die Stimme der Göttin vor die Menschen treten müssen.
In den Stunden der Nacht stellte Eilan sich die Frage, ob die Göttin sie für ihr Tun bestrafen werde. Tagsüber jedoch siegte die Vernunft, und sie zweifelte nicht daran, daß sie das Ritual überleben werde, denn warum sollte die Göttin sie gerade jetzt strafen?

Wenn die Kraft und die Vision bei der Einweihung eine Täuschung gewesen waren, dann hätte sie umsonst auf Gaius verzichtet. Aber wenn Ardanos im Grunde seines Herzens nicht an die Göttin glaubte, dann machte *er* sich des Verrats schuldig.

Eilan wollte ihre Aufgabe mit ganzer Hingabe erfüllen, aber dazu mußte sie herausfinden, ob die Interpretation der Orakelsprüche des höchsten Druiden verlogene Taktik waren oder ob die Beschwörung der Göttin eine Täuschung der Menschen war.

Während sich Eilan als Vorbereitung auf Beltane der vorgeschriebenen inneren und äußeren Reinigung unterzog, kam ihr die Idee, es sei sehr viel eindrucksvoller, wenn das Trinken aus der goldenen Schale in Gegenwart der Menschen auf dem Festplatz stattfand. Sie nahm sich vor, mit Ardanos darüber zu sprechen, und er erhob erstaunlicherweise keine Einwände. Er schien nur überrascht zu sein, daß sie überhaupt auf diesen Gedanken gekommen war.

Eilan mischte den Trank diesmal selbst und nahm verschiedene Veränderungen vor. Sie behielt die Pflanzen bei, die ihre visionären Fähigkeiten vergrößerten, aber ließ jene weg, die ihren Willen von den Sinnen lösten.

Mit klarem Bewußtsein nahm sie deshalb wahr, wie die Menge bei ihrem Anblick verstummte. Sie spürte die allgemeine Ehrerbietung und die Erwartungen. Aus der Sicht dieser Menschen war der naive Glaube gut zu verstehen. Eilan wußte, sie bewunderten ihre Schönheit. Die ihnen im Kreis der Priesterschaft und der Priesterinnen entrückte Stimme des Orakels war für sie bereits göttlich.

Hatte Lhiannon in ihrer Jugend auf die gleiche Weise die Herzen aller allein durch ihre Erscheinung gewonnen? Hatte Ardanos schon immer nur auf diese Wirkung gesetzt? Boten die Druiden, allen voran ihr Großvater, dem Volk schon immer nichts anderes als ein gut inszeniertes Schauspiel?

Bis jetzt hatte Eilan nicht den Mut aufgebracht, diese Frage Caillean zu stellen. Aber insgeheim glaubte sie immer mehr daran.

Caillean mußte es ebenfalls glauben. Nur so ließ sich ihre heftige Ablehnung des höchsten Druiden erklären. Schließlich war sie von Anfang an nicht von Lhiannons Seite gewichen. Ihr konnte man bestimmt nichts vormachen. Aber auch wenn Caillean jetzt Eilan liebevoll half und sie in jeder Hinsicht rückhaltlos unterstützte, war sie allen Ansätzen, über dieses Thema zu sprechen, kategorisch ausgewichen.
Eilan hob die goldene Schale an die Lippen und trank. Die Wirkung setzte sofort ein, und die Trance erfaßte sie. Sie ließ sich auf den Sitz sinken und schloß die Augen. Ardanos sollte nicht sehen, daß diesmal ihr Bewußtsein nicht völlig aussetzte.
Als der höchste Druide die Anrufung begann, stellte sie fest, daß sich zwischen die rituellen Worte Anweisungen mischten. Sie durchschaute seine Absicht und wußte plötzlich, weshalb er das tat.
Eilan verstand jetzt, weshalb Ardanos eine junge, möglichst unerfahrene Hohepriesterin des Orakels als Lhiannons Nachfolgerin haben wollte, die sich nicht auf ihre geistigen Kräfte verlassen konnte. Ardanos redete immer von dem großen Fortschritt, den Albion durch den Einfluß der Römer machen werde. Er glaubte an die Kultur und Zivilisation der Weltmacht Rom, das heißt, an die *Ratio* und nicht an die Göttin, die sich den Manipulationen der Menschen genauso entzog wie den beschränkten Erkenntnissen ihres Bewußtseins, mit denen sie sich zu Herren der Welt machten. Ardanos verfolgte unbeirrt sein Ziel, und man konnte ihm vielleicht vieles vorwerfen, aber inkonsequent war er nicht.
Bei der letzten Begegnung mit Gaius hatte sie genug begriffen, um ihrem Großvater insgeheim darin zuzustimmen, daß er – zumindest für diese Zeit – vielleicht doch die richtigen Grundsätze vertrat, selbst wenn er damit auf der Seite der Sieger stand, die alle Macht in Albion an sich gerissen und den Frieden versprochen hatten. Das Orakel der Göttin war ein machtvolles Instrument, um die Menschen zu lenken. Wenn der höchste Druide klug genug war, eine Politik zu betreiben, die ebenfalls den Frie-

den für das Land zum Ziel hatte, dann war sein Tun vielleicht sogar zu rechtfertigen – zumindest würde er das vor seinem Gewissen so verantworten.
Eilan war jedoch nicht länger das unschuldige und nichtsahnende Werkzeug dieser Täuschung. Sie würde sich ernsthaft damit beschäftigen müssen, was außerhalb der Wälder von Vernemeton in der Welt geschah. Sie hatte das Wirken ihres Großvaters durchschaut, und sie mußte sich nur noch entscheiden, ob sie ihn unterstützen würde oder nicht. Und wenn sie es tat, welche Grenzen sie ihm setzen mußte.
Göttin, hilf mir! Wenn DU da bist und nicht nur meine Einbildung mich blendet, dann zeige mir DEINEN Willen!
Ardanos beendete die Anrufung, und die Spannung der Menge wuchs. Der Rauch der geweihten Kräuter stieg in die Luft, und Eilan spürte das Nahen einer anderen Kraft.
Göttin, All-Mutter, ich gebe mich in DEINE Hände.
Mit einem tiefen Seufzer ließ sie es geschehen, daß ihr Bewußtsein schwand. Sie hatte das Gefühl, von weichen Armen gehalten zu werden, aber gleichzeitig sah sie, wie ihr Körper sich aufrichtete, und SIE, deren Kraft nun durch Eilan hindurchfloß, richtete den strahlenden Blick auf Ardanos.
Großvater, hüte dich! Siehst du nicht, WER jetzt zu dir spricht?
Aber er hatte der Hohenpriesterin den Rücken zugekehrt. Seine Aufmerksamkeit galt der Menge.
Göttin, habe Erbarmen! Er will auf seine Weise das Beste für sein Volk. Gib ihm die Weisheit, das Richtige zu tun – zum Nutzen von uns allen.
Auf dem Platz herrschte atemlose Stille. Nur die Flammen der Beltane-Feuer knisterten bis zu dem Erdhügel hinauf, wo Eilan saß. Sie schien plötzlich eine Antwort auf ihr Flehen zu hören.
Meine Tochter, ICH sorge für alle meine Kinder, auch wenn sie sich streiten. ICH sorge für sie zu allen Zeiten, nicht nur in eurer Gegenwart. MEIN Licht ist vielleicht eure Dunkelheit. Euer Winter aber ist der Auftakt zu MEINEM Frühling.

Kannst du begreifen, daß aus allem etwas entstehen kann, das besser ist?
Eilan fühlte sich wieder geborgen. Der Frieden innerer Sicherheit wurde ihr zuteil. Alle Sorgen und Ängste schienen von ihr genommen. Sie spürte die unendliche Fürsorge und eine Liebe, die alles überstieg, die jedes Lebewesen und alle Menschen umfaßte.
Ich vertraue DIR, aber verlaß mich nicht, denn ich habe nur DICH ...
Wieder hörte sie die Stimme.
Wie könnte ICH dich verlassen ... Weißt du nicht, daß ICH dich so sehr liebe wie du dein Kind?

In den ersten Monaten seiner Ehe mußte Gaius gegen das Bewußtsein ankämpfen, daß alles auf einer Lüge beruhte. Er vermutete, Julia war mehr darüber entzückt, verheiratet zu sein, als verliebt in ihn. Sie war fröhlich und zärtlich, und wenn er ihr genug Aufmerksamkeit schenkte, schien sie völlig zufrieden. Er dankte den Göttern für ihre Unschuld oder das Fehlen echter, tiefer Gefühle, denn dadurch kam Julia nicht auf den Gedanken, daß die Beziehung zwischen einem Mann und einer Frau sehr viel mehr sein konnte als das, was ihre Ehe war.
Licinius vertrat die Ansicht, ein junges Paar sollte im ersten Jahr der Ehe nicht getrennt werden. Deshalb hatte er dafür gesorgt, daß Gaius als *Aedile* in Londinium die Verantwortung für die Regierungsgebäude erhielt. Er würde auf diese Weise noch mehr Einblick in den öffentlichen Dienst erhalten, und das konnte seiner Karriere nur dienlich sein.
Gaius hatte zunächst abgewehrt, weil ihm jede Erfahrung für diese Aufgabe fehlte. Er hatte den Verdacht, Licinius habe ihm die Stelle verschafft, damit Julia auch weiterhin seinen Haushalt führen konnte. Nach kurzer Einarbeitungszeit stellte Gaius jedoch fest, daß der große Stab Sklaven und Freigelassener die eigentliche Arbeit sehr wohl verrichten konnte, aber darüber hinaus ein Mann notwendig war, der Autorität besaß und die entsprechen-

den Befugnisse, um alle wichtigen Entscheidungen zu fällen. Gaius hatte schon seit früher Jugend seinem Vater zugehört, der ständig über die Probleme sprach, die eine große Festung mit sich brachte, und so stellte er fest, daß er auf diese neue Aufgabe sehr gut vorbereitet war.

»Freu dich über die Zeit, die du jetzt mit Julia zusammen bist, mein Junge«, sagte Licinius und klopfte ihm auf die Schulter. »In Zukunft werdet ihr oft genug getrennt sein, und wenn du erst in Dakien bist oder wieder an der Front, dann ist es zu spät.«

Sie wußten beide, daß eine erfolgreiche Laufbahn Gaius durch das ganze römische Reich führen würde. Das Amt eines Lagerpräfekten oder eines Prokurators bildete den Abschluß der Dienstzeit.

Vor Gaius lagen die entscheidenden Jahre, in denen er sich einen Namen machen und die richtigen Verbindungen knüpfen konnte. Davon hing ab, wie weit er in der Hierachie aufsteigen würde. Bestimmt mußte er auch bald eine gewisse Zeit in Rom verbringen, und er freute sich schon darauf. Doch zunächst mußte er sich einen gründlichen Einblick in die Regierungsgeschäfte der kleineren Hauptstadt der Provinz verschaffen.

Das Jahr ging schneller vorüber, als er geglaubt hatte. Von Zeit zu Zeit erreichten sie beunruhigende Nachrichten aus Rom. Der Kaiser hatte sich für die nächsten zehn Jahre zum Konsul wählen lassen und auf Lebenszeit als Zensor.

Die Patrizier murrten finster, das sei ein Anschlag, um die Kontrolle über den Senat zu bekommen, aber mehr konnten sie nicht tun, denn das Militär war mit dem Kaiser sehr zufrieden – er hatte mit diplomatischem Geschick den Sold um ein Drittel erhöht. Als Offizier konnte auch Gaius darüber nicht klagen, aber es war deutlich, aus welcher Richtung der Wind blies. Domitian schien noch mehr als seine Vorgänger die verbliebenen demokratischen Institutionen Roms als überholte und lästige Überbleibsel zu betrachten und entschlossen zu sein, sie abzuschaffen.

Wenige Monate nach der Hochzeit bestellte Licinius einen Tutor –

in erster Linie für Julia, wie er sagte. Sie sollte besseres Griechisch lernen und ein gepflegteres Latein. Zum großen Verdruß von Gaius forderte sein Schwiegervater jedoch auch ihn auf, am Unterricht teilzunehmen.

»Wenn du nach Rom kommst«, erklärte Licinius, »mußt du gutes Griechisch sprechen . . . und ein aristokratisches Latein.«

Gaius wehrte sich entschieden dagegen. Von frühester Kindheit an hatte sein Vater Tutoren für ihn angestellt. Deshalb sprach er Latein ebenso mühelos wie das Keltisch seiner Mutter.

»Das gewöhnliche Latein ist für mich völlig ausreichend!« rief Gaius.

»Auf einem Feldzug bestimmt«, sagte Julia, »aber du kannst mir glauben, es wäre besser für dich, im Senat keltisch zu sprechen als den vulgären Dialekt von Deva.«

Dieses Argument saß, wie alles, was Julia wohlüberlegt zu sagen pflegte. Gaius wollte noch einwenden, daß sein Latein nicht besser oder schlechter sei als das seines Vaters, aber er schwieg, denn natürlich hatte Macellius nie vor den Senatoren in Rom sprechen müssen.

Nun ja, es würde nicht schaden, die Sprache der Gebildeten zu lernen – und das war Griechisch. Gaius hatte Glück, denn der Unterricht dauerte nicht lange. Am Ende des Sommers war Julia schwanger. Es ging ihr so schlecht, und sie mußte sich so oft übergeben, daß der Tutor wieder entlassen wurde.

Mittlerweile hatte Gaius jedoch Interesse an der griechischen Sprache gefunden. Er unterhielt sich mit den griechischen Haussklaven, vor allem mit Charis, Julias Zofe, die aus Mytilene, von der Insel Apollos, kam.

Zu den Freigelassenen, die für ihn arbeiteten, gehörte der Sekretär eines ehemaligen Statthalters. Der Mann verdiente sich nur allzugern ein paar zusätzliche Sesterzen, indem er die Aussprache seines Vorgesetzten korrigierte und mit ihm die Reden Ciceros studierte. Das empfand Gaius als eine angenehme Methode, seinen Stil zu verbessern.

Wenn Julias Kind geboren war, und sie den Unterricht wieder aufnehmen würde, dann würde er ihr jedenfalls weit voraussein.

Der Winter verging. An ihrem ersten Hochzeitstag mußte Julia schon lange nicht mehr mit Übelkeit kämpfen. Sie protestierte nicht, als ihr Vater Gaius vorschlug, einen reichen Senator, der ein blühendes Weinhandelsunternehmen besaß und behauptete, die lange Reise nur wegen der guten Jagdmöglichkeiten unternommen zu haben, in die Wälder nördlich von Londinium zu begleiten, um eine besondere Jagdtrophäe mit nach Rom zu nehmen. Licinius hielt nicht viel von den Fähigkeiten des Mannes als Jäger, aber er kannte seine politische Macht. Der Senator fühlte sich sehr geschmeichelt, als der Prokurator ihm seinen Schwiegersohn als Begleiter zuteilte.
Julia hatte gegen die vorübergehende Abwesenheit überhaupt nichts einzuwenden, sondern war im Grunde sogar erleichtert. Wie die meisten Männer hatte auch Gaius immer das Gefühl, das Eingeständnis von Schwierigkeiten sei ein Hilferuf. Da er ihr in dieser Lage wirklich nicht helfen konnte, reagierte er mittlerweile gereizt, wenn sie über Schmerzen klagte oder Angst vor der Geburt erkennen ließ. Darin unterschied er sich kaum von ihrem Vater, und Julia war viel zu stolz, um ihr Herz bei den Sklaven auszuschütten.
An dem Vormittag, als Gaius zur Jagd aufbrach, entschloß sich Julia deshalb, zum Tempel der Juno zu gehen. Ihre Zofe Charis machte ihr auf dem ganzen Weg Vorhaltungen, und das nicht ganz zu Unrecht. Julia war inzwischen so unförmig, daß sie das Gehen übermäßig anstrengte; aber sie fürchtete, durch das Rütteln eines Wagens oder das Schaukeln der Sänfte könnte ihr wieder übel werden.
Sie fand sich auch damit ab, daß der Eunuch am Tor des Tempels ihr erklärte, sie müsse warten, bis die Hohepriesterin Zeit für sie habe. Im Tempel war es kühl und dämmrig. Es tat ihr gut, nach

der Sonne und dem Staub auf der Straße draußen eine Weile zu sitzen und die bemalte Statue der Göttin zu betrachten. Sie betete.

Domina Dea, ich dachte, es würde so einfach sein. Aber die Sklavinnen reden ständig von Frauen, die im Kindbett gestorben sind, wenn sie glauben, ich höre sie nicht. Davor habe ich keine Angst, o Göttin, aber was wäre, wenn mein Kind stirbt? Werde ich vielleicht wie meine Mutter nur ein Kind haben, das länger als ein Jahr am Leben bleibt? Mein Vater besitzt politische Macht, und Gaius kann in der Schlacht kämpfen, aber ich kann nur das eine ... ihm einen rechtmäßigen Erben schenken.

Sie zog den Schleier über das Gesicht, damit niemand sah, wie sie weinte.

O Göttin, ich flehe dich an. Hilf mir, einen gesunden Sohn zur Welt zu bringen ... bitte, o Göttin, bitte ...!

Sie fuhr erschrocken zusammen, als der Eunuch sie an der Schulter berührte. Schnell trocknete sie sich die Augen und folgte ihm in die inneren Gemächer, ohne besonders auf die Rückenschmerzen zu achten, die kurz zuvor eingesetzt hatten.

Die Hohepriesterin der Juno war eine Frau in mittleren Jahren. Sie hatte Schminke aufgelegt, um jünger zu wirken. Ihre kalten Augen musterten flink Julias Schmuck und das teure Gewand, bevor sie die Bittstellerin mit überschwenglicher Herzlichkeit begrüßte. Julia wurde sofort sehr vorsichtig, denn im Haus ihres Vaters hatte sie viele Erfahrungen mit falscher Freundlichkeit gemacht.

»Du machst dir Sorgen wegen der Geburt ...« Die Priesterin tätschelte ihr begütigend den Arm. »Ach, und es ist auch noch dein erstes Kind? Dann ist es ganz natürlich, daß du Angst hast ...«

Julia wich ein wenig zurück und blickte die Frau mißtrauisch an. Wie konnte sie als Priesterin nicht verstehen, daß sie nicht um ihr Leben besorgt war?

»Ich wünsche mir einen Sohn ...«, sagte sie vorsichtig und mußte husten, denn als die Frau sich vorbeugte, traf Julias empfindliche Nase eine süßliche Parfümwolke.

»Aber ja doch. Wenn du ihr ein Opfer darbringst, dann wird dir die Göttin helfen.«
»Was für ein Tier soll ich kaufen?«
»Nun ja . . .«
Die Hohepriesterin blickte auf ihre Ringe. »Opfertiere haben wir genug. Aber du weißt bestimmt, daß man unten am Fluß einen neuen großen Tempel der Isis baut. Es wäre doch eine Schande, wenn Juno im Vergleich zu ihr wie eine arme Verwandte dasteht. Die Göttin wird dir bestimmt alle deine Wünsche erfüllen, wenn du ihrem Heiligtum eine großzügige Spende machst . . .«
Julia erwiderte ausdruckslos den eindringlichen Blick. Sie hatte begriffen und stand mühsam auf.
»Ach ja«, sagte sie trocken. »Ich muß jetzt gehen. Vielen Dank für den guten Rat.«
Sie drehte sich um und wünschte, sie wäre groß genug für einen wirklich eindrucksvollen Abgang, und verließ den Raum, während die Hohepriesterin ihr mit offenem Mund nachsah.
Als Julia den Ausgang erreicht hatte, nahm ihr ein stechender Schmerz plötzlich den Atem.
»Herrin . . .!« rief Charis entsetzt und stützte sie.
»Ruf mir eine Sänfte«, flüsterte Julia und lehnte sich gegen eine Säule. »Ich glaube, ich werde mich doch nach Hause tragen lassen.«

Gaius kehrte erst am späten Abend nach Londinium zurück. Er hatte dafür gesorgt, daß der hohe Gast aus Rom die gewünschte Trophäe geschossen hatte, und verabschiedete sich erleichtert von dem Senator.
Als er nach Hause kam, herrschte eine Riesenaufregung. Julias Wehen hatten in seiner Abwesenheit eingesetzt, und sie hatte ihm vor der Zeit eine Tochter geboren.
Licinius berichtete ihm die Neuigkeit und sagte, es sei alles vor ein oder zwei Stunden vorübergewesen, und Julia schlafe jetzt.
Der alte Mann griff nach einem verstaubten Krug mit einem grie-

chischen Siegel und sagte mit kaum unterdrückter Rührung: »Mein Junge, es ist Zeit, daß wir auf die Geburt deines ersten Kindes trinken!«
Gaius hatte den Eindruck, daß Licinius die Geburt bereits seit einer Weile auf diese Weise feierte, aber er lächelte pflichtschuldig und hörte sich alles geduldig an, was sein Schwiegervater ihm zu sagen hatte.
»Du ahnst nicht, wie glücklich ich bin«, murmelte der alte Mann mit schwerer Zunge. »Ich wollte schon immer Großvater sein ... und auch wenn das Kind nur eine Tochter ist, ich habe nichts dagegen.«
Vor Rührung traten ihm die Tränen in die roten Augen.
»Mein Junge, Julia war für mich ein so gutes Kind. Sie hat mir vierzig Söhne ersetzt ... und sie hat dich in unsere Familie gebracht ... Außerdem, das nächste Kind wird bestimmt ein Junge sein.«
»Das will ich hoffen«, murmelte Gaius verlegen und dachte, wenn es wieder ein Mädchen wird, dann ist es jedenfalls nicht meine Schuld. Er hatte bereits einen Sohn. Aber es schien ihm nicht der richtige Augenblick, seinen Schwiegervater damit zu überraschen.
»Diesen Wein habe ich beiseite getan, als Julia geboren wurde, um mich zu betrinken, wenn mein erstes Enkelkind auf die Welt kommen würde«, sagte Licinius und brach das Siegel. »Trink mit mir, mein Sohn, und laß uns den edlen Tropfen nicht mit Wasser verderben.«
Gaius fand keine Gelegenheit, etwas zu essen. Er hätte viel lieber einen Krug Bier getrunken und einen Teller Bohnen gegessen oder gebratenes Huhn. Aber da der ganze Haushalt durcheinander war, konnte er von Glück sagen, daß er von einem der Sklaven etwas Brot und kalten Braten bekam. Er fand sich damit ab, völlig betrunken zu Bett zu gehen, und erfüllte auch diesmal den Wunsch seines Schwiegervaters, der einen Krug Wein nach dem anderen öffnete und mit ihm anstieß.

»Auf deine Tochter«, lallte Licinius immer wieder, »möge sie so gut zu dir sein wie Julia es zu mir immer gewesen ist ...«
Gaius trank, und als nächstes wollte der alte Mann auf seinen Sohn trinken. Gaius riß erstaunt die Augen auf und hätte sich beinahe verschluckt. Aber dann sagte sein Schwiegervater: »Auf deinen Sohn, den du im nächsten Jahr bekommen wirst.«
»Ach ja ... natürlich«, stotterte Gaius, rot bis über beide Ohren.
Aber als er feierlich den Becher hob, trank er in Gedanken auf Eilan und den Sohn, den er bereits hatte.
Der kleine Gawen mußte bereits über ein Jahr alt sein. Konnte er schon laufen? Waren aus dem dunklen Flaum inzwischen blonde Locken geworden?
Er lächelte und war zum ersten Mal an diesem Abend glücklich, aber schon mußte er wieder auf Julia trinken. Wenn nicht in diesem Augenblick eine Sklavin erschienen wäre, um zu sagen, er könne jetzt Mutter und Kind sehen, dann wäre Gaius zu betrunken und nicht mehr dazu in der Lage gewesen. Dankbar für die Unterbrechung folgte er der Frau in das Schlafgemach.

Sie ist wirklich noch ein Kind.
Das fiel Gaius als erstes auf. Julia war so zierlich und blaß. Sie wirkte fast wie eine Puppe. In ihren Armen lag das winzige, in Windeln gewickelte Mädchen.
Als Julia ihn sah, begann sie zu weinen.
»Es tut mir so leid ... Ich wollte dir doch einen Sohn schenken ... Ich war mir so sicher ... so sicher ...«
Gaius dachte an Eilans Sohn und wäre nie auf den Gedanken gekommen, Julia Vorwürfe zu machen. Er beugte sich liebevoll über sie und gab ihr einen Kuß.
»Du mußt doch nicht weinen«, murmelte er, »das nächste Mal wird es ein Junge sein, wenn es die Götter wollen.«
»Dann erkennst du das Kind an?«
Die Hebamme nahm den Säugling hoch und hielt ihn Gaius entgegen. Alle blickten ihn erwartungsvoll an. Im ersten Augenblick

verstand Gaius nicht, was von ihm erwartet wurde, aber dann nahm er das Kind ungeschickt auf den Arm. Er blickte in das winzige faltige Gesicht und wartete auf die Welle der Zärtlichkeit und das unbeschreibliche Glücksgefühl, wie damals, als er den kleinen Gawen an sich gedrückt hatte. Aber jetzt empfand er nur Staunen, denn es schien einfach unmöglich, daß etwas so Winziges lebendig sein sollte. Er seufzte und sagte dann feierlich: »Im Namen meiner Vorfahren erkläre ich, daß dieses Kind meine Tochter ist.«

Jetzt liefen auch Licinius die Tränen über die Wangen.

»Sie soll Macellia Severina heißen.«

Bald nach Beltane erschien Bendeigid in Vernemeton und bat offiziell um ein Gespräch mit der Hohenpriesterin. Eilan hatte sich inzwischen an ihre neue Aufgabe gewöhnt, aber es schien trotzdem seltsam, daß ihr Vater, ein mächtiger Druide, um Erlaubnis bitten mußte, sie zu sehen. Eilan ließ ihm ebenso förmlich ausrichten, daß sie ihn empfangen werde. Als er dann noch am selben Nachmittag in ihrem Besuchszimmer erschien, nahm sie sich vor, ihn in aller Herzlichkeit zu begrüßen.

Um die Wahrheit zu sagen, Eilan empfand keine Herzlichkeit. Sie erinnerte sich allzu gut an die Weigerung ihres Vaters, die Heirat mit Gaius auch nur in Erwägung zu ziehen. Das hatte dazu geführt, daß sie sich in einer zwar sehr ehrenvollen und einflußreichen Position befand, ihr Sohn aber ein Fremder für sie sein mußte und Gaius in Londinium lebte.

Eilan stellte sicher, daß Gawen an diesem Nachmittag nicht in der Nähe war, denn Bendeigid würde natürlich wissen, daß Mairi nicht noch ein Kind bekommen hatte. Außerdem glich Gawen, je älter er wurde, mehr und mehr seinem Vater. Sie hätte Bendeigid sein Enkelkind gern gezeigt, aber sie wußte, daß er sich auch kaum etwas aus Mairis Kindern machte. Vielleicht würde er Eilans Sohn ebenso ablehnen wie den Vater. Eine Antwort auf diese Frage zu erhalten, war das Risiko jedenfalls nicht wert.

Ein Krug mit frischem Wasser, das Senara von der heiligen Quelle geholt hatte, stand auf dem Tisch. Eilan bedeutete Huw, den Besucher eintreten zu lassen. Es bereitete ihr eine gewisse Genugtuung, daß ihr Leibwächter bei dem Gespräch anwesend sein würde. Im Vergleich zu dem riesigen Huw wirkte selbst der große und starke Bendeigid klein. Eilan hatte zunächst befürchtet, es werde unangenehm sein, ständig von einer Art Wachhund begleitet zu werden, denn Huw hatte seine Loyalität sofort auf sie übertragen, als sie schließlich die Zeit der Zurückgezogenheit beendete und Besucher empfing. Aber er war nie aufdringlich. Huw war einfach immer gegenwärtig, und allmählich lernte sie ihn zu schätzen, wenn sie Besucher loswerden wollte oder er wie jetzt verhinderte, daß sich jemand ihr gegenüber zuviel herausnahm.

»Womit kann ich dir dienen, mein Vater?« fragte sie höflich, so wie sie jeden einflußreichen Druiden begrüßt hätte.

Aber sie sah nicht ohne Mitgefühl, daß die Zeit im Norden ihn sehr verändert hatte. Er wirkte zwar noch immer stark und unbeugsam, aber aus dem kraftvollen Mann, an den sie sich noch gut erinnerte, war ein hagerer Greis geworden.

Bendeigid blieb stehen und sah sie seltsam an. Eilan fragte sich, was er wohl sah. Bestimmt nicht die Tochter, an die er sich erinnerte. Aus dem Gesicht, das Eilan im heiligen See gesehen hatte, war die mädchenhafte Weichheit verschwunden. Das Leid und die Verantwortung zeigten sich auch in ihren wachsamen Augen, die nicht mehr bereit waren, jeden mit offener Freundlichkeit und Verständnis anzusehen. Aber vielleicht waren diese weniger sichtbaren Zeichen ihrer Entwicklung nicht so auffällig wie die goldenen Insignien und der Halbmond zwischen den Brauen.

Eilan hatte zwar den dünnen dunkelblauen Leinenschleier zurückgeschlagen, aber er umrahmte ihren Kopf, und die weichen Falten lagen hoheitsvoll auf den Schultern. Seit ihrer Rückkehr nach Vernemeton ging sie wie Dieda verschleiert, damit niemandem etwas auffallen sollte. Inzwischen hätte sie auf diese Vorsichtsmaßnahme verzichten können, aber sie hatte sich an den Schleier gewöhnt und betrachtete ihn als einen gewissen Schutz. Außerdem fand sie, daß der Schleier ihre Autorität unterstrich und ihr etwas Geheimnisvolles gab.

»Ich möchte dir nur meine Ehrerbietung erweisen, Tochter ... oder sollte ich ... Herrin sagen«, erwiderte der alte Druide. »Es ist viel Zeit vergangen, seit wir uns das letzte Mal gesehen haben. Ich wollte mich vergewissern, daß es dir gutgeht ...«

Du hast lange gebraucht, um auch an mich zu denken.

Sie wollte jedoch nicht bitter werden und ihm keine Vorwürfe machen. Es war deutlich zu sehen, daß die letzten Jahren auch für ihn sehr schwer gewesen waren. Nicht nur der riesige Huw ließ ihn kleiner wirken. Er war inzwischen völlig ergraut und hatte Falten um den Mund und auf der Stirn. Bendeigid war schon immer streng gewesen, aber jetzt glühte in seinen Augen ein gefährliches Feuer.

Eilan reichte ihm das Wasser in einem mit Silber eingelegten Holzbecher, und er setzte sich auf eine Bank, während sie auf dem großen geschnitzten Lehnstuhl Platz nahm.

»Bestimmt ist das nicht der einzige Grund, der dich hierher führt, mein Vater«, sagte sie ruhig. »Was möchtest du mir sagen?«

»Lhiannon war alt.«

Er starrte in den Becher und sah sie dann wieder an. »Ich kann sehr gut verstehen, daß sie das Land nicht von Krieg ausgeblutet sehen wollte ... Und vielleicht hat die Göttin in den letzten Jahren deshalb immer den Frieden beschworen.« Er richtete sich auf.

»Aber die Zeiten haben sich geändert, und es gibt eine neue Hohepriesterin in Vernemeton. Hast du nicht von der Schlacht am Mons Graupius, wie die Römer sie nennen, gehört? Weißt du, daß das Land der Votadiner zu einer menschenleeren Wildnis geworden ist, wo ein paar wenige, die dem Blutbad entkommen sind, ums nackte Überleben kämpfen? Die Votadiner waren einmal ein großer und wohlhabender Stamm mit reichen Siedlungen, mit Viehherden und Sippen, die unsere Göttin verehrten ...«

Eilan senkte den Kopf, um seinem Blick auszuweichen. O ja, sie hatte von der Schlacht gehört – sogar von einem, der dort gekämpft hatte.

Von Gaius wußte sie, daß in jenem Winter die Hungernden zu den Toren der Festung gekommen waren und um etwas zu essen gebettelt hatten. Es stimmte, die Römer waren Eindringlinge, aber Eilan wußte auch, daß die besiegten Krieger in ihrer Verzweiflung die eigenen Häuser angezündet, Frauen und Kinder getötet und die Tiere geschlachtet hatten, damit nichts in die Hände der Feinde fiel.

»Du bist die Stimme der Göttin, sage mir ... Die Tränen der in Gefangenschaft geratenen Frauen fallen wie Regen auf die Erde, und das Blut unserer erschlagenen Krieger schreit zum Himmel ... warum hört SIE die Klagen IHRER Kinder nicht? Warum hat die Göttin nicht unsere Gebete erhört? Warum rät uns das Orakel noch immer, diesen elenden Frieden zu halten?«

Er stand auf, streckte die Hände nach ihr aus, und Huw trat mit finsterer Mine vor und bedeutete Bendeigid, sich wieder zu setzen.

Eilan holte tief Luft, um ihr Staunen zu verbergen, und gab Huw ein Zeichen, sich zurückzuziehen.

Sie hatte immer geglaubt, ihr Vater berate sich ständig mit dem höchsten Druiden. War es möglich, daß Bendeigid nicht ahnte, wie Ardanos in den vergangen Jahren das Orakel manipuliert hatte?

»Mein Vater weiß bestimmt, daß ich nur die Orakelsprüche spreche, die ich sagen *muß*«, erwiderte sie leise.

Wenn er etwas weiß, dann habe ich ihm die Wahrheit gesagt ... und wenn nicht, dann habe ich ihm nicht mehr gesagt, als er ohnehin weiß.

Aber sie hatte die Wahrheit sehr genau in Worte gefaßt, besser als selbst Ardanos ahnte. Der höchste Druide übersetzte ihre Antworten auf Fragen, so wie er es für angemessen hielt, doch wenn die Göttin von der Hohenpriesterin Besitz ergriffen hatte und SIE unmittelbar zu dem Volk sprach, war es die Göttin, die nach ihrem Gutdünken mit der Politik des höchsten Druiden einverstanden war oder nicht. Eilan hatte daran keinen Anteil, und Ardanos konnte SIE nicht beeinflussen, denn die Göttin stand über den Zeiten und den kurzsichtigen politischen Überlegungen, denen sich Ardanos in Mißbrauch seines Amtes verschrieben hatte. Noch klang IHR Rat friedfertig genug, so daß der gerissene Diplomat nichts dagegen einzuwenden hatte . . .

Bendeigid stand wieder auf und ging unruhig im Raum auf und ab. Schließlich sagte er: »Hör mich an, du bist die Hohepriesterin, die wir ehren und der wir vertrauen. Ich flehe dich an, bitte die Göttin, uns zu rächen. Wir haben geschworen, das blutige Opfer der Frauen von Mona nicht zu vergessen. Der Frevel ist bis heute nicht gesühnt, und ihre Seelen rufen nach Rache.«

Eilan runzelte die Stirn.

»Hat Cynric dich zu mir geschickt?«

Eilan wußte, daß Gaius ihrem Ziehbruder das Leben gerettet, ihn als Geisel gefangengenommen und seine Freilassung durchgesetzt hatte. Aber sie wußte nicht, was aus Cynric danach geworden war.

»Cynric hat beim Truppenabzug die Römer überfallen. Er wurde überwältigt, und sie wollten ihn in Ketten nach Rom schleppen, aber er hat seine Wächter getötet und ist geflohen.«

»Wo ist er jetzt?« fragte Eilan erschrocken.

Wenn die Römer ihn noch einmal zu fassen bekamen, dann wäre ein schneller Tod das beste, was er von seinen Feinden erwarten konnte.

»Ich weiß es nicht«, erwiderte der Druide ausweichend, »aber im Norden wächst der Zorn und der Widerstand, meine Tochter. Die Römer geben ihre Stellungen dort auf. Nicht alle Raben sind damals in der Schlacht gefallen, und ihre Wunden sind inzwischen verheilt. Wenn die Göttin das Land nicht zum Widerstand gegen die Römer aufruft, dann kannst du sicher sein, daß Cynric es tun wird.«

»Aber ich spreche nur zu denen, die sich an den Festen versammeln«, sagte Eilan nachdenklich. »Das sind in der Hauptsache die Cornovier, Teile der Dobuner und Silurer und manchmal auch wildere Bewohner der Berge. Aber was haben wir mit den Caledoniern zu tun?«

»Könnte es sein, daß dir dein Einfluß nicht bewußt ist?«

Er sah sie durchdringend an.

»Die Römer haben uns das Land weggenommen und mit ihnen unsere Anführer. Die meisten Rituale und Bräuche sind inzwischen verboten. Das Orakel von Vernemeton gehört zu den wenigen Dingen, die uns geblieben sind. Wenn du nicht weißt, daß die Worte der Göttin von einem Ende der Wälder Albions bis zum anderen wiederholt werden, dann bist du taub und blind!«

Er weiß nicht, daß Ardanos das Orakel beeinflußt ..., aber er ist mißtrauisch geworden und ahnt etwas.

Solange Eilan Unwissenheit vorgab, konnte er sie nicht direkt um eine Einmischung bitten. Aber die Lage würde sich weiter zuspitzen, und wenn sie als Hohepriesterin nicht wußte, was im Land geschah, dann wäre sie wirklich taub und blind.

»Ich habe bisher in größter Zurückgezogenheit gelebt ...«, sagte sie leise, »aber Pilger kommen zu uns und beten an der heiligen Quelle. Mögen alle, die Nachrichten haben, in jedem Monat nach dem neuen Mond das heilige Wasser trinken. Wenn die verschleierte Priesterin dort erscheint und von den Raben spricht, dann sollen sie ihr alles sagen, was sie auf dem Herzen haben.«

»Ah, du bist wirklich meine Tochter! Ich wußte, du würdest dein Volk nicht verraten!« rief er mit funkelnden Augen. »Ich werde Cynric sagen ...«

»Sag ihm, daß ich nichts versprechen kann«, unterbrach sie ihn, »aber wenn du möchtest, daß ich die Göttin um IHRE Hilfe bitte, muß ich wissen, worum ich bitten soll! Ich kann dir allerdings nicht versprechen, wie SIE antworten wird ...«

Damit mußte sich Bendeigid zufriedengeben. Nachdem er gegangen war, blieb Eilan noch lange in Gedanken versunken sitzen. Ihr Vater hatte sie in aller Deutlichkeit wissen lassen, daß Cynric

alles tat, um einen neuen Aufstand zu schüren. Wenn die Hohepriesterin des Orakels ihn nicht unterstützte, dann würde er jedoch sein Ziel nicht erreichen.
Aber Bendeigid hatte offenbar auch erkannt, daß Eilan inzwischen eine erwachsende Frau war und ihre Entscheidungen selbst traf. Alles Leid der letzten Jahre hatte sich schon gelohnt, weil sie ihm nun in dieser Machtstellung entgegentreten konnte. Aber die Macht brachte Verantwortung mit sich. Sie konnte sich Unwissenheit nicht länger leisten. Es mochte ein Tag kommen, an dem ihr Vater und Cynric noch einmal dem Vater ihres Sohnes auf dem Schlachtfeld gegenüberstanden.
Wenn das geschieht, wen werde ich dann unterstützen?
Eilan schloß traurig die Augen.
O Göttin, was soll ich nur tun?

Julias Tochter überlebte die vorzeitige Geburt und blieb gesund. Alle gewöhnten sich an, sie »Cella« zu nennen, denn es schien einfach lächerlich, daß ein so winziges Geschöpf einen so langen Namen haben sollte.
Gaius wartete vergeblich auf die Verbundenheit, die er sofort empfunden hatte, als er den kleinen Gawen in den Armen hielt. Ereignete sich dieses Mysterium für den Vater nur bei dem erstgeborenen Sohn? Oder lag es daran, daß Gaius zu der Mutter des Kindes keine echte Beziehung hatte?
Julia jedenfalls fand es nicht merkwürdig, daß er sich so wenig für seine Tochter interessierte. Cella war ein friedliches Kind, das allem Anschein nach bald bezaubernd aussehen würde. Ihr Großvater war in sie vernarrt, und Julia umsorgte ihre Tochter mit rührender Hingabe und widmete ihr viel Zeit. Sie kleidete das Kind in immer neue, wunderschön bestickte Kleidchen, so daß es aussah wie eine Puppe. Gaius hielt das für lächerlich und reine Zeitverschwendung, aber er sagte nichts. An Cellas erstem Geburtstag war Julia wieder schwanger. Diesmal zweifelte sie nicht daran, daß es der lang ersehnte Sohn sein würde.

Gaius ging auf Julias Drängen zu einer Wahrsagerin, die ihm versicherte, daß er einen Sohn bekommen werde. Gaius teilte die Überzeugung der beiden Frauen nicht, aber er schwieg.
Diesmal mußte er jedoch nicht mit Julia die lange Zeit der Schwangerschaft durchleiden. Die Kriege in Dakien brachten den Römern nicht die erwarteten Erfolge. Als Gaius erfuhr, daß die Zweite Legion abgezogen und die Festung im Norden zerstört werden sollte, traf es ihn wie ein Schlag. Wie nicht anders zu erwarten, hatte sich herausgestellt, daß der Norden für die Römer ohne sehr viel mehr Soldaten und Material nicht zu halten war. Den Aufwand konnte und wollte sich das römische Reich nach dem Willen des Kaisers nicht leisten.
So viele Menschenleben wären gerettet worden, wenn die Verantwortlichen das bereits vor drei Jahren gesehen hätten. Und bei all ihrer Vernunft hätten sie es sehen können!
In seiner freien Zeit ging Gaius oft ins Hauptquartier, um auf dem laufenden zu bleiben. Der Kaiser hatte dem neuen Statthalter, Sallustius Lucullus, den Befehl erteilt, alle Festungen im Norden zu räumen. Die Mauern sollten geschleift und die Holzgebäude verbrannt werden, damit dem Feind nichts Nützliches in die Hände fiel. Die Zwanzigste Legion verließ ebenfalls den Norden und bezog wieder die alten Quartiere in Glevum. Aber niemand wußte, ob sie dort bleiben würde.
Schließlich erhielt jedoch die Zweite Legion den Marschbefehl nach Dakien. Macellius erklärte, er sei zu alt, um noch einmal durch das ganze Reich zu marschieren, und beschloß, es sei an der Zeit, in den verdienten Ruhestand zu treten. Er wollte sich ein Haus in Deva bauen.
Der neue Legat der Zweiten Legion forderte Gaius zu seiner Überraschung jedoch auf, sich ihm anzuschließen. Erfreulicherweise hatte sogar Licinius keine Einwände, als Gaius ihm den Wunsch vortrug, das Angebot anzunehmen.
»Du wirst uns fehlen, mein Junge«, sagte der alte Mann, »aber es ist Zeit, daß wir an deine Laufbahn denken, denn du hast jetzt

eine Familie.« Er lächelte und fügte seufzend hinzu: »Schließlich habe ich aus diesem Grund in ganz Londinium dein Lob gesungen ... Es ist nur schade, daß du bei der Geburt deines zweiten Kindes nicht hier sein wirst. Aber das war nicht anders zu erwarten. Mach dir keine Sorgen um Julia ..., ich kümmere mich um sie. Erfülle du deine Pflichten und komme ruhmbedeckt zu uns zurück!«

22. KAPITEL

Dieda erschien Mitte Mai wieder in Vernemeton. Etwas mehr als vier Jahre waren vergangen, seit sie ins Exil nach Eriu verschwunden war. Endlich schien wieder die Sonne, und Eilan wollte Dieda im Garten begrüßen. Sie hoffte, die Wiederbegegnung sei einfacher in der weniger förmlichen Umgebung. Aber sie bat für alle Fälle Caillean, bei ihr zu bleiben.

Als Dieda durch das Tor kam, richtete sich Eilan auf und ließ den Schleier auf die Schulter fallen. Caillean eilte Dieda entgegen, um sie zu begrüßen.

»Dieda, mein Kind, es ist schön, dich nach so langer Zeit wiederzusehen ...«

Sie umarmten sich förmlich und drückten Wange an Wange.

Dieda trug ein langes, kunstvoll besticktes Kleid aus weißem Leinen im irischen Stil und darüber den himmelblauen Umhang der Sängerin mit dem goldenen Saum und einer goldenen Spange. Ein besticktes Band hielt die Haare zusammen, die ihr in blonden Locken über den Rücken fielen. Trotz der festlichen Kleidung wirkte sie auf Eilan angespannt.

»Ah, ich hatte den Frieden hier ganz vergessen ...«, sagte Dieda und blickte bewundernd auf das helle Grün der Minze, den silbernen Glanz des Lavendels und auf die Bienen, die die violetten Blüten umschwirrten und in der warmen Sonne summten.

»Vermutlich wird es dir hier bei uns sehr ruhig vorkommen, nach dem Leben bei den Königen und Fürsten von Eriu ...«, sagte Eilan, um das Schweigen zu brechen.

»O ja, es ist ein schönes Land mit einem Herz für Sänger und Dichter und für alle, die Musik machen.«

Sie schwieg und sagte dann leise: »Aber nach einer Weile bekommt man doch Sehnsucht nach dem eigenen Land.«
»Mein Kind, ich höre bereits an deiner Aussprache den Klang von Eriu«, sagte Caillean, »und ich freue mich schon auf die Musik!«
Niemand, der uns reden hört, wird uns noch verwechseln können!
Eilan atmete erleichtert auf. Der Unterschied lag jedoch nicht nur in der Aussprache, sondern auch im Timbre der Stimme. Dieda hatte schon immer eine schöne Stimme gehabt, aber jetzt setzte sie die Stimme wie ein kostbares Instrument ein. Selbst verletzende Worte, auf diese Weise ausgesprochen, konnte man leichter verzeihen.
»Ich hatte Zeit genug, das alles zu erlernen«, sagte Dieda und blickte auf Eilan. »Ein halbes Leben scheint in meiner Abwesenheit vergangen zu sein . . .«
Eilan nickte. Sie fühlte sich um hundert Jahre älter. Nichts war von dem jungen Mädchen geblieben, das Lhiannon vor vier Jahren zu ihrer Nachfolgerin bestimmt hatte. Aber Dieda verzog unzufrieden den Mund. Hatte sie das Täuschungsmanöver von damals noch immer nicht verwunden? Würde sie Eilan vorwerfen, daß man sie einfach weggeschickt hatte?
»Es war lange genug, daß mehr als ein halbes Dutzend Novizinnen zu uns gekommen ist«, erwiderte sie ruhig, »eine vielversprechende Gruppe . . . Ich glaube, die meisten werden das Gelübde ablegen.«
Dieda sah sie an. »Was hast du mit mir vor? Was soll ich tun?«
»Unterrichte diese jungen Frauen. Zeige ihnen so viel wie du kannst von deinen neuen Fähigkeiten!« Eilan beugte sich vor. »Ich meine damit nicht nur neue Lieder, um unsere Rituale schöner zu machen. Ich denke an das alte Wissen . . . an die Weisheit der Götter und an die Helden unserer Vergangenheit.«
»Das wird den Druiden nicht gefallen . . .«
»Sie werden nicht gefragt, und sie werden sich dazu auch nicht äußern«, erklärte Eilan mit Nachdruck. Dieda bekam große Au-

gen. »Heutzutage holen sich die Anführer der Stämme Tutoren für ihre Söhne, damit sie Vergil lernen und etwas von italienischen Weinen verstehen. Es wird alles getan, damit aus unseren Männern Römer werden, aber niemand achtet darauf, was die Frauen machen. Vielleicht ist Vernemeton das letzte Heiligtum, in dem das alte Wissen unseres Volks gepflegt wird. Ich möchte, daß dieses Wissen nicht verlorengeht!«

»Es hat sich offenbar vieles hier verändert.« Zum ersten Mal lächelte Dieda. Dann fiel ihr Blick auf etwas hinter Eilan, und ihr Gesicht versteinerte.

Gawen lief auf sie zu. Die Amme folgte ihm langsam. Eilan preßte in den Falten des Schleiers die Hände zusammen, um dem Wunsch nicht nachzugeben, die Arme auszubreiten und ihren Sohn an sich zu drücken.

»Mondpriesterin! Mondpriesterin!« rief er, blieb aber plötzlich wie angewurzelt stehen und blickte Dieda fragend an. Dann sagte er enttäuscht: »Du bist nicht die Mondpriesterin!«

»Nicht mehr . . .«, erwiderte Dieda blaß und mit einem seltsamen Lächeln.

»Diese Frau ist unsere Schwester Dieda . . .«, zwang sich Eilan zu sagen. »Sie singt so schön wie ein Vogel.«

Der Junge blickte verwirrt von der einen zur anderen. Seine Augen waren so grau wie Eilans Augen, aber er hatte die dunklen und lockigen Haare seines Vaters. Als Mann würde er auch einmal die breite, hohe Stirn bekommen.

»Entschuldige, Herrin . . .« Lia erreichte sie keuchend und griff nach Gawens Hand. »Er hat sich losgerissen und ist mir davongelaufen!«

Gawen verzog den Mund und wollte anfangen zu weinen, und Eilan bedeutete der Amme schnell, ihn wieder loszulassen.

Ich habe ihn verwöhnt. Aber er ist noch so klein, und bald werde ich ihn ganz verlieren . . .

»Wolltest du zu mir, mein Schatz?« fragte sie liebevoll. »Ich kann jetzt nicht mit dir spielen. Aber wenn du kurz vor Sonnenuntergang zu mir kommst, dann gehen wir zusammen zum heiligen See und füttern die Fische. Bist du damit zufrieden?«

Gawen sah sie an und nickte ernst. Sie streichelte ihm kurz die Wange, als er plötzlich wieder lachte und seine Grübchen zum Vorschein kamen. So schnell wie er aufgetaucht war, drehte er sich um und ließ sich ohne weitere Klagen von der Amme wegführen. Die Sonne schien nicht mehr so hell, als er ihren Blicken entschwunden war.

»Ist er das Kind?« fragte Dieda nach langem Schweigen. Als Eilan nickte, rief sie zornig: »Hast du den Verstand verloren, daß du ihn hier bei dir behältst? Wenn bekannt wird, wer seine Mutter ist, dann ist alles verloren! Bin ich vier Jahre im Exil gewesen, damit du eine glückliche Mutter *und* die Hohepriesterin sein kannst?«

»Er weiß nicht, daß ich seine Mutter bin ...«, flüsterte Eilan schuldbewußt.

»Aber du siehst ihn jeden Tag! Vergiß nicht, du schuldest dein Leben und auch sein Leben mir, ehrwürdige Mondpriesterin von Vernemeton!«

Dieda lief bebend vor Zorn auf und ab.

»Hab doch Verständnis, Dieda ...«, sagte Caillean streng, »der Junge wird in ein oder zwei Jahren zu seinen Zieheltern kommen. Niemand weiß etwas, und wenn du es nicht in alle Welt hinausrufst, wird es auch niemand erfahren.«

»Und wer ist die angebliche Mutter dieses Kindes?« fauchte Dieda. »Vielleicht die arme Mairi oder ich?«

In den Gesichtern der beiden konnte sie die Antwort deutlich genug sehen.

»Aha! Nachdem das Exil endlich vorüber ist, muß ich auch noch deine Schande auf mich nehmen.« Sie lachte böse. »Nun ja, wenn sie sehen, wie ich das Kind behandle, dann wird das Gerücht vielleicht schnell verstummen. Das eine kann ich euch jedenfalls sagen, ich kann Kinder nicht ausstehen!«

»Aber du wirst bei uns bleiben und ... schweigen?« fragte Caillean.

»Das werde ich«, antwortete Dieda nach einer Weile, »denn ich glaube an das, was ihr hier tut ...«
Sie wurde wieder etwas ruhiger und sagte dann leise, aber mit großem Nachdruck: »Eilan, vergiß nie, was ich dir damals schon gesagt habe, als ich bereit war, dich zu vertreten ..., wenn du je unser Volk verraten solltest, dann hüte dich, denn ich werde für deinen Untergang sorgen!«

Die schmale Sichel des neuen Mondes stand bereits am abendlichen Himmel, als die Sonne gerade unterging, und warf einen silbernen Glanz auf das dunkle Wasser im heiligen See. Der große Fisch war gekommen, als sie ihn riefen, und hatte sich von Gawen mit Brot füttern lassen, das er ihm aus den Händen fraß.
Eilan wartete, bis die Amme den Kleinen weggeführt hatte. Dann zog sie den Schleier über das Gesicht und ging den Pfad hinauf zur Quelle, deren Wasser in den Teich floß.
Eilans Priesterinnen hielten es für einen großen zusätzlichen Dienst, daß ihre Hohepriesterin nach jedem Neumond im Heiligtum an der Quelle saß und alle Pilger anhörte, die nach Vernemeton gekommen waren, um sich bei den Priesterinnen Rat zu holen. Oft genug tat Eilan nichts anderes, als den Bekümmerten verständnisvoll zuzuhören. Andere, die greifbare Probleme hatten, schickte sie zu den Priesterinnen, die ihnen mit ihrem besonderen Können helfen würden.
Aber da Eilan wußte, daß Cynric durch das Land zog und einen Aufstand vorbereitete, stieg sie den Weg jedesmal mit innerem Zittern hinauf, denn sie fürchtete sich vor dem Abend, an dem ein Pilger bei ihr erscheinen würde, um von Raben und Rebellion zu reden.
In dem Heiligtum über dem See war es kühl. Eilan zog den Umhang enger um sich und lauschte auf das Murmeln der Quelle, in der Hoffnung, daß ihre Angst sich legen würde. Das Wasser floß aus einem Felsspalt. Darüber stand in einer Nische das Bildnis der Göttin.

Eilan schöpfte das eiskalte Wasser mit der hohlen Hand und berührte damit die Stirn und die Lippen.

Quelle des Lebens, heiliges Wasser
Aus der Tiefe der Erde, du fließt ans Licht
Durch alle Zeiten hindurch. Schenke mir
Deine Kraft. Nichts ist weicher und nichts
Ist härter als du. Deine Tugend ist die
Ausdauer, mit der du jedes Hindernis
Überwindest. Sei du stets mein Vorbild.

Eilan entzündete die Öllampe unter der Statue, setzte sich auf den Stein und wartete auf die Pilger.

Die zarte Mondsichel stand bereits hoch am Himmel, als Eilan hörte, wie sich jemand mühsam den Weg hinaufschleppte. Entweder war der Betreffende sehr krank oder völlig erschöpft. Die Kehle wurde ihr trocken, als schließlich die dunkle Gestalt eines Mannes erschien. Er trug ein derbes *Sagum* wie ein Bauer, aber die Hose unter dem Umhang war verklebt von getrocknetem Blut. Als er die Hohepriesterin sah, stieß er langsam den Atem aus.

»Komm her ... trinke das heilige Wasser ... und empfange den Frieden der Göttin ...«, murmelte Eilan.

Der Mann wankte zur Quelle, fiel auf die Knie und schöpfte das Wasser mit der hohlen Hand. Er trank langsam und rang sichtlich darum, die Ruhe zu bewahren.

»Ich habe gekämpft ... die Raben sind über das Schlachtfeld geflogen ...«, flüsterte er schließlich und sah sie erwartungsvoll an.

»Raben fliegen auch um Mitternacht ...«, antwortete sie. »Was hast du mir zu sagen?«

»Der Aufstand ... sollte an Beltane beginnen. Die Römer haben irgendwie davon erfahren ... Sie haben uns angegriffen ...«, er fuhr sich mit der Hand über die Augen, »vor zwei Nächten ...«

»Wo ist Cynric?« fragte Eilan leise. »Was sollen wir hier seiner Meinung nach tun?«

Der Mann ließ niedergeschlagen die Schultern hängen.
»Cynric? Er ist vermutlich auch auf der Flucht ... Wahrscheinlich werden noch mehr von uns hierher kommen ... auf der Suche nach einem Ort, um die Wunden zu lecken.«
Eilan nickte.
»Wenn du von hier dort hinüber zum Wald gehst, kommst du an den hinteren Ausgang. Wende dich nach Osten, bis du eine Kreuzung erreichst. Zwischen den Bäumen hindurch führt ein Pfad tief in den Wald. Folge ihm, bis du auf eine Hütte stößt. Unsere Priesterinnen nutzen sie manchmal, um in Einsamkeit zu meditieren. Dort kannst du dich in Ruhe ausschlafen. Jemand wird dir morgen etwas zu essen bringen.«
Mühsam stand der Mann wieder auf, und Eilan hoffte, er werde die Kraft haben, um die Hütte zu erreichen.
»Gesegnet sei die Göttin«, murmelte er, »und gesegnet seist du, weil du mir hilfst.«
Er verneigte sich vor der Statue, und lautloser, als Eilan es für möglich gehalten hätte, verschwand er in der Dunkelheit.
Sie blieb noch lange an der Quelle sitzen, lauschte auf das plätschernde Wasser und starrte in das flackernde Licht der Lampe, die geheimnisvolle Schatten auf den Felsen warf.
Göttin, erbarme DICH der Flüchtlinge. Hab Mitleid mit uns allen! In einem Monat ist Beltane. Ardanos wird von mir verlangen, daß das Volk auch diese Niederlage ohne Murren hinnimmt. Aber mein Vater möchte, daß es sich gegen die Römer erhebt und den Tod der Raben mit Blut und Feuer rächt.
Was soll ich den Menschen sagen? Wie können wir dem Land Frieden bringen?
Eilan wartete lange auf eine Antwort, aber sie sah nur das glitzernde Wasser, das aus dem Felsen quoll und den Hügel hinunterfloß.

Gaius saß in seiner Unterkunft in der Festung von Colonia Agrippensis. Er schrieb und lauschte dabei auf den Regen. Das Wetter

in Germanien war vermutlich nicht schlechter als in Britannien, aber der Frühling in diesem Jahr war besonders verregnet.
Die Zeit war schnell vergangen. Zuerst hatte er in Dakien und in den Ländern im Norden und Westen von Italien gekämpft, und jetzt war er hier, wo die schäumenden Strudel des Rheins endeten und der Fluß sich in majestätischer Breite durch die flachen Weiden der Nordsee entgegenwälzte. Manchmal erschienen ihm die zwei Jahre, die er von zu Hause weg war, wie ein paar Wochen, aber an diesem Tag hatte er den Eindruck, es seien bereits Jahrzehnte vergangen.
Gaius tauchte das Schreibrohr in das Tintenfaß und formte die Buchstaben des nächsten Satzes in dem Brief, den er Licinius schrieb. Zwei Jahre regelmäßiger Korrespondenz, so stellte er nicht unzufrieden fest, hatten ihn fast zu einem ebenso geschickten Schreiber gemacht, wie sein Sekretär es war. Am Anfang war ihm das Schreiben schwergefallen, aber er lernte sehr schnell die Vorzüge zu schätzen, sich mit seinem Schwiegervater zu verständigen, ohne daß ein Dritter seine Gedanken kannte.
»*... die letzten Legionäre, die sich vor einem Jahr dem Aufstand des Saturninus angeschlossen hatten, sind abgeurteilt worden. Die meisten hat man mehr oder weniger begnadigt und anderen Legionen zugeteilt*«, schrieb Gaius langsam.
»*Der neue Befehl des Kaisers, daß in einem Lager nur jeweils eine Legion stationiert sein darf, hat einige zusätzliche Arbeit gemacht – besonders betroffen sind die Pioniere. Ich weiß nicht, ob damit Aufstände wirkungsvoll verhindert werden können, aber es wird sicher gut sein, wenn unsere Festungen in gleichmäßigen Abständen entlang der Grenze entstehen. Hat dieser Befehl auch in Britannien Gültigkeit?*«
Gaius hielt inne und lauschte auf den gleichmäßigen Tritt der beschlagenen Sandalen auf dem Stein, als die Wache draußen vorüberging. Dann beugte er sich wieder über seinen Brief.
»*Es heißt hier, daß die Markomannen und die Quaden wieder aufsässig sind und zu den Waffen greifen. Domitian mußte seinen Feldzug gegen Dakien abbrechen, um sie zur Ordnung zu rufen.*

Ich würde dem Kaiser raten, König Decebalus zum Verbündeten zu machen, und dann die Markomannen den Dakern zu überlassen. Ich gehöre jedoch noch nicht zum Kreis seiner auserwählten Ratgeber. Wer weiß also, was Domitian tun wird?«
Gaius lächelte, denn Licinius würde diese Anspielung richtig verstehen und lachen. Er war dem Kaiser inzwischen mehrmals begegnet, bevor er von der Zweiten Legion aus Dakien nach Germanien versetzt wurde und das Kommando über die Reiterei in Colonia erhielt. Trotzdem bezweifelte Gaius, daß Domitian überhaupt etwas von seinem Vorhandensein wußte.
»Das Exerzieren mit meiner Truppe geht sehr gut. Die hier stationierten Briganten sind furchtlose Reiter und freuen sich, einen Kommandanten zu haben, der ihre Sprache spricht. Die armen Kerle müssen ebensogroßes Heimweh haben wie ich. Grüße Julia und die Kinder von mir. Ich denke, Cella muß inzwischen ein großes Mädchen sein, und ich kann kaum glauben, daß die kleine Secunda bereits zwei Jahre alt ist.
Wenn ich an Britannien denke, erscheint es mir im Vergleich zu Germanien als eine Insel des Friedens, aber vermutlich mache ich mir Illusionen. Ich habe gehört, wie einige neue Männer in meinem Kommando von den ›Raben‹ gesprochen haben. Ich frage mich, ob es den Geheimbund noch gibt, von dem schon vor vielen Jahren immer wieder die Rede war ...«
Er hielt wieder inne und sagte sich, die Ängste, die ihn plötzlich erfaßten, seien bestimmt nur eine Reaktion auf den Regen. Aber bevor er den Brief fortsetzen konnte, klopfte es an die Tür, und man sagte ihm, der Legat wünsche ihn sofort zu sprechen. Gaius hüllte sich in den dicken Mantel und verließ das Zimmer. Was mochte der Befehlshaber jetzt von ihm wollen?

»Ich habe neue Befehle, Tribun ...«, sagte der Legat, »und ich muß sagen, ich verzichte nur ungern auf dich, denn du hast deine Sache hier gut gemacht.«
»Wird die Reiterei verlegt?«
Gaius sah ihn verblüfft an. Vor einer solchen Veränderung gab es im allgemeinen viele Gerüchte.

»Nein, das ist es ja, was ich bedaure. Es geht nur um dich. Du bist zum Stab des Statthalters von Britannien versetzt worden. Mir scheint, es hat eine Art Aufstand gegeben, und sie brauchen dort einen Mann mit deinem Wissen und deinen Erfahrungen.«

Die Raben!

Gaius dachte sofort an Cynric und sein haßverzerrtes Gesicht damals im Gefangenenlager.

Ich werde in Zukunft meine Vorahnungen ernster nehmen ...

Bestimmt hatte Licinius bei dieser Berufung seine Hand im Spiel. Als ein Offizier unter vielen, wie er es hier war, gehörte schon eine sehr große Portion Glück dazu, die Aufmerksamkeit auf sich zu lenken. Aber wenn es ihm gelang, einen Aufstand niederzuschlagen ...

Licinius beglückwünschte sich zweifellos dafür, daß er einen Weg gefunden hatte, um seinem Schwiegersohn zu einer Beförderung zu verhelfen und ihn gleichzeitig nach Britannien zurückzurufen. Nur Gaius konnte wissen, daß diese Aufgabe bedeutete, einen Mann zu vernichten, der einmal sein Freund gewesen war.

Gaius bedankte sich bei dem Kommandanten, dessen letzte Worte er kaum noch hörte, und ging zu seiner Unterkunft zurück, um zu packen.

Als die Tage länger wurden, und Beltane näherrückte, zirkulierten im ganzen Land Gerüchte über den Aufstand der Raben.

Eilan hatte gehofft, daß der Statthalter der Provinz als Reaktion auf die Rebellion alle öffentlichen Veranstaltungen verbieten werde. Aber es hatte den Anschein, als sei es die Politik der Römer, die Raben nicht ernst zu nehmen, um damit dem Volk ohne Worte klarzumachen, daß jeder Widerstand zwecklos sei und für die Machthaber ein Nichts. Von den Flüchtlingen wußte Eilan jedoch, daß Cynric zu seinen Freunden in den Norden zurückgekehrt war. Er hatte sein Truppenaufgebot aus den Überlebenden der Schlacht am Mons Graupius zusammengestellt, und die Raben waren die Führer seiner Streitmacht.

Da sich die Römer in der Zwischenzeit aus dem verödeten Land zurückgezogen hatten und die wenigen Menschen außer ihrem Haß wenig besaßen, war ein solches Unterfangen in Caledonien nicht schwer gewesen.
Danach aber hatte er versucht, den Widerstand in Brigantia zu schüren. Dort waren die Römer nach der brutalen Niederschlagung der Rebellion des Venuntius darangegangen, die Provinz wiederaufzubauen. Vermutlich hatte ein Mann der Briganten oder eine Frau wie Cartimandua die Raben verraten, weil diese ein Leben in Ketten den römischen Schwertern vorzogen.
Allein oder zu zweit schlugen sich die Raben zum Heiligtum im Süden durch. Sie waren verwundet oder verzweifelt, und Eilan übergab sie der Obhut ihrer vertrauenswürdigsten Frauen. Sie erhielten neue Namen, neue Kleidung und wurden weitergeschickt.
Von solchen Männern erfuhr Eilan, daß Cynric mit den Überresten seiner Streitmacht noch im Norden war und von einer Spezialeinheit der Legionäre gejagt wurde. Die Caledonier waren in ihren Bergen untergetaucht, aber die Raben hatten keine Sippen und keine Familien, zu denen sie fliehen konnten, wenn sie in Not gerieten.
Die Flüchtlinge, die nach Vernemeton kamen, waren alle in Cynrics Alter, aber die Entbehrungen und Härten hatte sie bereits zu alten Männern gemacht.
Eilan sah sie mit Bestürzung an, denn an den Gesichtern einiger war wie bei ihrem Gawen die römische Abstammung erkennbar.
Der Merlin hatte ihr gesagt, es sei notwendig, daß sich das Blut Roms mit dem der Stämme mischte. Aber er hatte nicht gesagt, ob das in Freundschaft oder über viele Generationen hinweg geschehen sollte, in denen Männer Kinder zeugen und sterben würden, während die verzweifelten Frauen allein und in der Hand der Feinde zurückblieben.
Ardanos und Lhiannon hatten sich im Gedenken an die Tragödie

von Mona zu einer Politik der Mäßigung entschlossen, weil sie darin das geringere Übel sahen. Bendeigid und Cynric waren offenbar der Ansicht, daß der Tod ehrloser Sklaverei vorzuziehen sei.

Eilan sah, wie Gawen heranwuchs, und sie wußte nur, sie würde ihr Kind nicht aufgrund von Haß und Unversöhnlichkeit sterben lassen.

Mit den langen Tagen kam schließlich Beltane, und die Priesterinnen von Vernemeton machten sich zu der Prozession bereit, um der Göttin auf dem Festplatz zu huldigen.

Schon von weitem sahen sie den Schein der großen Feuer und die zuckenden Flammen, die sich in feuriger Glut vom dunklen Himmel abhoben. Die hallenden Trommeln schlugen mit monotoner, die Sinne reizender Ausdauer, und ihr dumpfes Pulsieren klang wie Donnergrollen. Auf dem Festplatz wetteiferten die jungen Männer darin, ihre Fackeln möglichst hoch in die Luft zu schleudern.

Könige und Soldaten mochten kommen und gehen, aber der wahre Kampf – und Eilan hatte manchmal den Eindruck, es sei der einzige Kampf, auf den es im Grunde ankam – war das Ringen der Männer und Frauen, die Jahr um Jahr ihre Felder bestellen und die heranwachsende Ernte pflegen und schützen mußten.

Das Vieh brüllte noch aufgeregt, denn man hatte die Herden wie in jedem Jahr zwischen den reinigenden Feuern hindurchgetrieben. Eilan roch den Rauch der Kochfeuer, den Duft von gebratenem Fleisch und der vielen anderen Köstlichkeiten, die bei diesem Fest verzehrt wurden, und dazwischen den schweren Duft von Wermut und den Hyazinthen der Girlande, die sie trug.

»Sieh nur«, sagte Senara an ihrer Seite, »sieh nur, wie hoch sie die Fackeln werfen, so hoch wie Sternschuppen!«

»Möge das Getreide so hoch wachsen, wie die Fackeln in die Luft steigen . . .«, antwortete Caillean ernst.

Nicht nur das Getreide wächst, dachte Eilan, als sie Cailleans Bemerkung hörte und lächelnd Senara ansah. Aus dem schüchternen achtjährigen Mädchen war inzwischen eine langbeinige junge Frau geworden, die mit ihren schlanken Gliedern und dem bernsteinfarbenen Haar schon bald eine Schönheit zu werden versprach.

Die Trommeln und das Rufen der silbernen Glöckchen wurde immer lauter und kündigte den Menschen die Ankunft der Priesterinnen an.

Die jungen Männer rissen brennende Äste aus dem Feuer und rannten in jede Richtung den Hügel hinunter, um das schützende Licht des Feuers, die Kraft der Sonne, den Feldern zu bringen.

Für Eilan klangen die Trommeln wie das Schlagen unzähliger Herzen, und sie spürte das erste Zeichen der nahenden Göttin.

Es ist bald soweit, und was auch immer aus den Worten dieser Nacht entstehen mag, es muß geschehen, wie SIE es will.

Zum ersten Mal in all den Jahren hatte Eilan die stärksten Kräuter in den Trank gemischt, da sie fürchtete, ohne die Hilfe der heiligen Pflanzen nicht in der Lage sein zu können, der Göttin rückhaltlos als Stimme zu dienen.

Eilan wußte, auch Ardanos erwartete das Orakel mit größter Spannung, obwohl ihm äußerlich nichts anzusehen war.

Er wirkt wie eine tönerne Statue, wie ein sprödes Gefäß, in dem sich der Geist unruhig und wie ein Gefangener wehrt.

Sie sah, daß der höchste Druide sich schwer auf den Eichenstab stützte. Eines Tages würde auch er nicht mehr da sein. Manchmal haßte sie ihn, aber sie hatten in den vergangenen Jahren eine stillschweigende Übereinkunft gefunden. Er hatte mit ihr jedoch nie darüber gesprochen, wer sein Nachfolger sein werde. Der Frage konnte sie sich vielleicht zuwenden, wenn diese Nacht vorüber war.

Die Prozession hatte den Platz vor dem Erdhügel erreicht, den Eilan wie immer mit der goldenen Schale in den Händen ohne Hilfe von Caillean oder Senara langsam hinaufstieg.

Die Druiden begannen zu singen, und ihre tiefen Stimmen hallten weit durch die warme Nacht.

»Seht, die heilige Priesterin naht
mit dem geweihten Trank göttlicher Klarheit.
Sie hebt die goldene Schale
Und trinkt, damit wir die Göttin zu uns rufen ...«

Selbst nach vier Jahren kam immer der Augenblick der Überraschung, wenn Eilan sich langsam umdrehte und ihr die erste Welle der Erwartung entgegenschlug.

Die versammelten Menschen verstummten und blickten wie gebannt auf die Hohepriesterin, die das Ritual begann.

Es fiel ihr inzwischen leichter, die Übelkeit und das würgende Aufbegehren ihres Bewußtseins zu überwinden, das sich gegen die Wirkung des Tranks wehrte.

Aber nun packte sie die Trance wie eine zornige Hand, und Eilan kämpfte gegen das Gefühl der Panik, als die Welt wie ein Strudel zu kreisen begann. Sie hatte es gewollt. Und diesmal sollte es so sein, daß die Welt schnell von ihr abfiel, denn der Augenblick der Wahrheit war gekommen.

Göttin des Lebens, DIR vertraue ich mich an! Mutter, erbarme DICH aller DEINER Kinder!

Eilan besaß inzwischen die Erfahrung und kannte die Methoden, um sich richtig zu konzentrieren und den Atem so zu lenken, daß sich ihr Geist vom Körper lösen konnte. Unterstützt durch die Wirkung der Kräuter vollzog sich der Vorgang noch schneller, als sie erwartet hatte. Ihr Kopf schien wie ein tönernes Gefäß zerschlagen zu werden. Die Kraft der anderen Welt schoß mit der Wucht einer Springflut auf sie herab und riß ihr Bewußtsein wie ein welkes Blatt mit sich davon.

Eilan spürte, wie Caillean und Senara ihr auf den Sitz halfen. Sie hatte das Gefühl, ins Bodenlose zu sinken, durch die Welten zu fallen, obwohl sie wußte, daß man sie festhielt. Doch ihr Geist wurde zwischen Himmel und Erde hin und her geschleudert. Als der Trommelwirbel und das Klingen der Silberglöckchen abbra-

chen, empfand sie das wie einen letzten heftigen Stoß, und dann ... war sie endlich frei.
Sie schwebte durch einen goldenen Nebel und überließ sich voll Freude dem Gefühl völliger Sicherheit. Sie war geschützt und wieder zu Hause. In der Ewigkeit ihres Vertrauens schienen alle Ängste, die sie auf der Erde zurückgelassen hatte, nur etwas Vorübergehendes und Vergängliches zu sein. Sie waren völlig belanglos und unwichtig.
Aber das silberne Band, mit dem sie noch immer an ihrem Körper hing, ließ sie nicht völlig los, und nun hob sich langsam – oder zögernd, wie es schien – der Nebel, so daß sie etwas sehen und hören konnte.
Tief unter ihr saß eine zusammengesunkene Gestalt in dunkelblauen Gewändern; und sie wußte, das war ihr Körper im Schein der großen Feuer zu beiden Seiten der Anhöhe. Priester und Priesterinnen hatten einen weiten Kreis gebildet. Auf der einen Seite schimmerten hell die weißen Gewänder der Druiden und auf der anderen die dunkelblauen der Priesterinnen – wie zwei Hälften aus Licht und Schatten –, und dahinter standen dicht gedrängt die Menschen. So viele waren diesmal zum Fest gekommen, daß der ganze Hügel schwarz übersät war. Feuerpunkte glühten von den Verkaufsständen und vor den Zelten der Lager, die überall aufgeschlagen worden waren. Dahinter erstreckte sich das unregelmäßig hellgrüne und dunkelbraune Muster von Wäldern und Feldern. Heller schimmernde Wege wanden sich wie silberne Bänder durch das Land. Eilan sah die Kraftlinien der Erde, die pulsierenden Farben des Frühlings.
Sie bemerkte eine schillernde Unruhe am Rand der Menge, und weiter weg, in Richtung der Stadt, sah sie unter dem am Horizont sinkenden Mond ein blutiges, metallisches Glitzern.
Die Druiden riefen die Göttin an und verwoben so alle unterschiedlichen Vorstellungen der Menschen zu einem einzigen, machtvollen Bild der Göttin, das aber gleichzeitig so vielfältig blieb wie die Menschen, die den Ruf nach IHR wie ein gewaltiges

Echo aufgriffen. Eilan sah die Kraft, die sie beschworen, als einen Wirbel aus vielfarbigem Licht, und sie bedauerte ihren zerbrechlichen Körper, der dieser Explosion willenlos ausgeliefert war. Ihre zuckende Gestalt verschwand in den Blitzen, denen die erwachte Erde sich bebend überließ. Dann nahm die Kraft Gestalt an. Eilan sah eine Frau von übermenschlicher Größe und strahlender Schönheit, deren Gesicht sie allerdings nicht erkennen konnte. Sie blickte genauer hin, denn sie wollte wissen, mit welchem Gesicht die Göttin diesmal erschienen war.

In diesem Augenblick stieß die Unruhe in der Menge vom Rand in die Mitte vor. Sie sah den roten Schein von Schwertern und hörte rauhe Männerstimmen zornig rufen: »Große Königin, höre uns! Cathubodva, wir rufen dich ... Göttin der Raben, räche deine Söhne!«

Ardanos drehte sich mit wutverzerrtem Gesicht um und wollte die Männer zum Schweigen bringen, aber die Inbrunst der Gefühle in diesem Ruf hatte ihr Wirkung bereits getan.

Eine wilde Schar dunkel geflügelter Schatten flatterte über den Platz, und ein Wind ließ die Feuer auflodern. Die Gestalt in dem hohen Stuhl schien plötzlich noch größer zu werden und richtete sich drohend auf. SIE schob mit einer heftigen Bewegung den Schleier aus dem Gesicht.

»ICH höre euer Flehen, und ICH bin gekommen ... wer wagt es, MICH zu rufen?«

Das ängstliche Gemurmel der Menge verstummte zu atemlosem Schweigen, als ein Mann entschlossen in den geweihten Kreis zwischen den Feuern trat.

Ardanos erkannte Cynric. Er trug einen blutigen Verband um den Kopf und hielt ein langes Schwert in der Hand.

»Mutter, ich rufe DICH ... ich habe DIR schon immer gedient! Göttin der Raben, erhebe DICH jetzt in DEINER ganzen Wut!«

Der hölzerne Sitz schien zu zerbrechen, als die Gestalt sich vorbeugte. Im Feuerschein brannten IHRE Haare, und IHR Gesicht glühte rot – so rot wie Cynrics Schwert.

Ardanos blickte von der Göttin auf den Mann. Er wollte einschreiten, aber er wagte nicht, die Kraft, die sich plötzlich entfaltet hatte, auf sich zu lenken.
»Gewiß, du hast MIR gedient . . .«
IHRE Stimme durchbrach die Stille wie ein Peitschenknall.
»Abgeschlagene Köpfe und entseelte Leiber sind deine Opfergaben, das Blut der Gefallenen der Trank, den du der Erde anbietest. Die Klagen der Frauen und das Stöhnen der Sterbenden sind dir heilige Musik! Deine rituellen Feuer werden genährt von den Leichen der Männer . . . Du hast MICH gerufen, Rabe! Was möchtest du jetzt von MIR, da ICH gekommen bin?«
Sie lächelte furchterregend, und obwohl es eine warme Nacht war, ließ der plötzliche eiskalte Wind alle erschauern. Es schien, als habe Cathubodvas Dunkelheit das Licht von Sonne und Mond für immer ausgelöscht. Die Menschen wichen schaudernd zurück, nur Cynric, Ardanos und die beiden Priesterinnen verharrten auf ihren Plätzen.
»Vernichte unsere Feinde! Bestrafe die Römer, die uns das Land genommen haben! Wir fordern den Sieg, große Göttin!«
»Sieg?«
Die Göttin begann, schauerlich zu lachen.
»ICH schenke nicht den Sieg . . . ICH bin die Braut der blutigen Kämpfe. ICH bin die allesverschlingende Mutter! Tod ist der einzige Sieg, den du in MEINEN Armen findest!«
Sie hob die Arme, und der weite Umhang flatterte im Wind wie dunkle Schwingen. Jetzt wich auch Cynric vor der Göttin zurück.
»Hab Erbarmen, wir kämpfen für eine gerechte Sache . . .«, stieß er mühsam hervor.
»Gerechtigkeit! Wie kann es bei den Kriegen der Menschen jemals Gerechtigkeit geben?«
IHRE Stimme klang wie ein Unwetter, das über das Land brauste.
»Alles, was die Römer euch antun, das haben sich Männer eures

Blutes gegenseitig angetan und den Völkern, die vor ihnen hier waren! Euer Blut nährt die Erde, ganz gleich, ob ihr im Stroh oder auf dem Schlachtfeld sterben müßt ... ICH sehe darin keinen Unterschied!«

Cynric zitterte am ganzen Leib, aber er blieb mutig stehen und schüttelte heftig den Kopf.

»Aber ich habe für mein Volk gekämpft ... Sag mir wenigstens, daß unsere Feinde eines Tages ... auch so leiden müssen wie wir ...«

Die Göttin beugte sich vor und starrte ihn mit glühenden Augen an. Er war wie gebannt und konnte den Blick nicht von ihr wenden.

»ICH sehe ...«

Die gespenstisch hallende Stimme klang jetzt heiser und sank fast zu einem Flüstern herab.

»Die Raben fliegen auf und verlassen ihren Platz auf der Schulter des strahlenden Gottes ... Sie werden ihm in Zukunft keinen Rat mehr geben. An ihrer Stelle schenkt er seine Gunst einem Adler.«

SIE lachte hämisch.

»Er soll fallen, stürzen, sinken, alles verlieren, was er gewonnen hat, und zu einem Adler werden. Man wird ihn verraten und betrügen, so wie er alle verrät und betrügt. Er wird in den Ästen der Eiche leiden, bis er wieder ein Gott wird ...«

Die Göttin hob die Hände wie Blitze, die sie in die Nacht schleuderte, und rief: »ICH sehe ... Der Adler wird von einem weißen Hengst verjagt, der über das Meer galoppiert. Der Adler verbündet sich mit dem roten Drachen, und zusammen kämpfen sie gegen den Hengst. Und der Hengst kämpft gegen die Drachen aus dem Norden und gegen die Löwen aus dem Süden!«

SIE lachte triumphierend. Die Menschen fielen erschrocken auf die Erde, als sich die Göttin aufrichtete und ihr Gewand zu brennen schien wie eine kalte blaue Flamme.

»ICH sehe ... Wie ein Tier das andere tötet und an seiner Stelle das Land verteidigt. Das Blut all derer, die kämpfen, wird die Erde trinken. Und das Blut all jener, die Feinde sind, wird sich mischen, bis niemand mehr sagen kann, wer Freund ist und wer Feind ...«

Nach den Worten der Göttin herrschte tiefes Schweigen. Niemand schien zu wissen, ob ihre Prophezeiung Hoffnung bedeutete oder ob sie alle noch mehr Grund hatten, die Zukunft zu fürchten.

Man hörte das Muhen der Rinder und dann einen fernen Trommelschlag, obwohl die Trommeln um die Feuer schon lange verstummt waren.

»Sag uns, Göttin ...«, Cynric rang nach Worten. »Sag uns, was wir tun sollen ...«

Die Göttin sank auf den Sitz zurück, und diesmal klang das Lachen leise und eher spöttisch.

»Flieh ...«, flüsterte sie, »flieh schnell, sonst werden deine Feinde dich fangen.«

SIE hob gebieterisch die Hand und sah sich auf dem Platz um.

»Ihr alle, hört MICH! Geht schnell und leise auseinander. Flieht, dann werdet ihr ... noch eine Weile leben.«

Einige verließen daraufhin sofort den Platz, andere blieben wie gebannt stehen und rührten sich nicht von der Stelle.

»GEHT!«

Nach diesem Ruf senkte sich plötzlich tiefe Dunkelheit über den Platz. Aufgeschreckt stoben die Menschen auseinander.

»Cynric, Sohn der Junius, lauf!«

Der Schrei der Göttin hallte durch die Nacht.

»Flieht, denn die Adler kommen!«

Das Lachen der Göttin klang wie ein Schlachtruf, der Angst und Schrecken verbreitet.

Während die Menschen fluchtartig das Weite suchten, wurde das ferne Trommeln zu einem lauten Donnern, und die römische Reiterei griff an.

Gaius ließ sich von der Wucht des Angriffs mitreißen und richtete sein Bewußtsein nur auf die Bewegung des Pferdes und der Reiter zu seinen Seiten. Er sah das ansteigende Gelände, die Gestalten rennender Männer und Frauen, und er sah die brennenden Feuer. Verbissen kämpfte er gegen Bilder, die in sein Bewußtsein eingegraben waren, aber trotzdem sah er auch einen silbernen Vollmond und Tänzer ... Cynric, der mit Dieda Hand in Hand über den Platz lief ... und Eilans rosiges Gesicht, das ihn im Schein der Beltane-Feuer vertrauensvoll anlächelte.

Gaius wurde gegen den Sattelknauf gedrückt, als der Hang steiler anstieg. Er verstärkte den Schenkeldruck, umfaßte Lanze und Schild fester und hielt Ausschau nach bewaffneten Männern.

Ihr Befehl war klar und eindeutig ... Sie sollten nicht die friedlichen Menschen töten, die sich zum Fest versammelt hatten, sondern die flüchtigen Rebellen, die man in der Menge vermutete. Der Legat hatte ihnen allerdings nicht gesagt, wie sie in der Dunkelheit und dem allgemeinen Durcheinander einen solchen Befehl in die Tat umsetzten sollten.

Gaius verfluchte das Schicksal, das ihn zwang, Cynric und die Raben auf dem heiligen Platz der Priesterinnen von Vernemeton anzugreifen. Plötzlich sah er vor sich ein metallisches Blitzen und ein haßverzerrtes Gesicht. Er reagierte, wie das seiner Ausbildung entsprach, und mußte nicht erst eine Entscheidung treffen. Er spürte den Aufprall und den tödlichen Stoß, als die Lanze ihr Ziel traf, und riß sie blitzschnell wieder zurück. Das Gesicht war verschwunden.

Der Angriff geriet ins Stocken. Sie erreichten die flache Hügelkuppe und sahen, daß der Platz beinahe menschenleer war.

Noch flohen die Menschen in der Dunkelheit nach allen Seiten. Er gab seinem Optio einen knappen Befehl, und die Männer schwärmten aus, um die fliehenden Rebellen vielleicht doch noch einzuholen.

Der Hengst unter Gaius stieg, denn eine gespenstische Gestalt hob drohend die Arme und rief etwas über den Platz.

Gaius ließ sich nicht beirren, trieb das Pferd in Gallop und hielt Ausschau nach Cynric. Er hörte auf der anderen Seite des Erdhügels, der sich in der Mitte des Platzes erhob, metallisches Klirren und wollte wenden, um in diese Richtung zu reiten.
Aber sein Hengst bäumte sich auf und wieherte angstvoll, denn ein schwarzer Schatten jagte wie eine Sturmbö über sie hinweg. Dann hörte er den Schrei ...
Es klang nicht nach Angst, sondern nach Zorn und Wut. Der Schrei trug das Grauen und Entsetzen, den Tod und die Raserei aller Schlachtfelder weit über das Land.
Gaius stockte der Atem, sein Herzschlag setzte aus, und er glaubte, zu Eis zu erstarren.
Alle Pferde und Tiere verfielen in diesem Augenblick göttlichen Zorns in Panik, und jeder Mensch zitterte vor Angst.
Gaius entglitten Zügel und Lanze. Er klammerte sich an die Mähne des Hengstes, und die Welt begann, sich plötzlich im Kreis zu drehen.
Das Gesicht einer Furie tauchte vor ihm auf. Glühende Augen starrten ihn an. Ein blutiger Mund öffnete sich haßverzerrt, und er hörte den Fluch durch den lodernden Kranz glühender Haare.
Der Hengst stürmte davon, und Gaius glaubte, von den Flammen verschlungen zu werden. Die Menschen, die am Fuß des Erdhügels standen, schienen von einem Zauber gebannt zu sein. Schließlich blieb sein Pferd mit bebenden Flanken stehen, und die Menschen bewegten sich wieder, aber er sah das Entsetzen noch in ihren Augen.
Gaius holte tief Luft, er sah sich langsam um und wußte, daß die Überraschung des Angriffs vorüber war.
Einige der Druiden stützten einen alten Mann, und Gaius vermutete, daß es sich um Ardanos handelte. Zwei Priesterinnen in blauen Gewändern hoben etwas aus dem hohen Sitz, das wie ein Stoffbündel aussah.
Der Angriff der römischen Reiterei war wie durch Zauberei ver-

ebbt, und Gaius war plötzlich sehr müde. An seiner Seite erschien leichenblaß der Optio und meldete mit tonloser Stimme: »Sie sind in alle Winde verstreut, Tribun.«
Gaius nickte und staunte, daß er überhaupt antworten konnte. Aber seine Worte waren das Ergebnis militärischer Disziplin.
»Weit können sie noch nicht sein. Die Soldaten sollen das Gebiet durchkämmen. Ich bleibe hier, bis alle wieder zurück sind.«
Steifbeinig saß er ab und ging langsam zu den Druiden. Der Hengst folgte ihm mit hängendem Kopf. Bei seinem Näherkommen bewegte sich Ardanos und sah den römischen Offizier schuldbewußt an.
»Das war nicht mein Werk ...«, murmelte Ardanos. »Er hat die Göttin gerufen ... Plötzlich stand er da!«
Gaius nickte. Er kannte die Politik des höchsten Druiden gut genug, um ihm Glauben zu schenken. Der Schrei jener geisterhaften Frau hatte sie alle gelähmt und den Rebellen die Zeit verschafft, die sie benötigten, um in der Dunkelheit zu verschwinden.
Gaius ging wortlos weiter und auf die Priesterinnen zu. Es überraschte ihn nicht, als er plötzlich vor Caillean stand, die ihn mit hoch erhobenem Kopf trotzig ansah. Aber Gaius wollte die Frau sehen, die auf dem Boden lag.
Er machte noch einen Schritt und blickte in das Gesicht einer Frau – sie war blaß und bewußtlos.
In den leblosen Zügen konnte er noch einen Anflug der Wut erkennen, die ihm in dieser Nacht begegnet war. Gaius erschauerte und wußte mit erschreckender Sicherheit, daß es die Göttin gewesen war, gleichzeitig aber auch Eilan.

23. KAPITEL

In den Tagen nach dem Kampf auf dem Hügel von Vernemeton verfolgte die römische Reiterei die Raben. Die Aktion blieb jedoch ohne Erfolg. Die Rebellen waren untergetaucht, und das Volk in der Umgebung war so verschlossen und unzugänglich wie der Wald, dem das Geheimnis des Verstecks der Raben ebenfalls nicht zu entlocken war. Gaius blieb deshalb nichts anderes übrig, als die Suchaktion abzubrechen und mit seinen Leuten nach Deva zurückzukehren.

Er hatte das Gefühl, zweigeteilt zu sein. Äußerlich souverän berichtete er dem Legaten sachlich den Ausgang der Operation und kehrte dann nach Londinium zurück, um dort die Geschichte dem Statthalter der Provinz vorzutragen. Die Verantwortlichen kamen zu dem Schluß, die Bevölkerung habe ein Warnsignal erhalten, und werteten seinen Einsatz als einen strategischen Erfolg.

Die andere Seite seines Wesens dagegen versuchte, die Maske des Zorns und der Wut, die er gesehen hatte, mit dem Gesicht der Frau in Einklang zu bringen, die er liebte. Er machte sich im Gegensatz zu seinen Vorgesetzten nichts vor. Die Hohepriesterin des Orakels hatte ihnen den Kampf angesagt; und Gaius hatte zum ersten Mal erlebt, daß es eine Kraft gab, die aus einem römischen Reitertrupp kopflose Spielzeugsoldaten machen konnte. Gaius hatte den Angriff geführt und war an der Macht einer Frau gescheitert, die ihm verschlossen war, denn er hatte diese Frau, er hatte Eilan endgültig verloren.

Julia umgab ihn mit weiblicher Fürsorge, aber bald begannen ihn Alpträume zu quälen. Deshalb kamen sie überein, es sei besser,

wenn er einige Zeit allein schlafen würde. Julia schien das nichts auszumachen, denn sie blieb freundlich wie immer. Aber in seiner Abwesenheit hatte sich ihre Konzentration auf die Kinder verlagert. Die Mädchen wuchsen schnell heran. Es waren kleine Ebenbilder ihrer Mutter, obwohl Gaius manchmal in den Augen seiner ältesten Tochter einen Anflug der Willenskraft seines Vaters zu erkennen glaubte. Seine Töchter waren gehorsam und gut erzogen, aber er blieb für sie ein Fremder. Es schmerzte Gaius ein wenig, daß ihr Lachen verstummte, wenn er den Raum betrat, in dem sie spielten. Er konnte jedoch nicht umhin, sich selbst die Schuld daran zu geben. Wenn er sich die Zeit nahm und sich mit ihnen beschäftigte, dann würde die trennende Distanz zwischen ihnen vermutlich zu überwinden sein.
Aber genau dazu konnte er sich nicht durchringen – besonders jetzt nicht, da sein Herz ihm sagte, die Entscheidung sei gefallen. Eilan war die Hohepriesterin des Orakels. Sie kämpfte für ihr Volk, aber er hatte das Volk seiner Mutter verraten und stand im Lager der Römer, deren militärische Überlegenheit doch zum Scheitern verurteilt war. Hinter den Festungen, Legionen und von Beamten und Freigelassenen verwalteten Gesetzen stand eine moralisch ausgehöhlte Gesellschaft, die in ihrer Anmaßung nicht mehr sah, daß die Künstlichkeit ihrer Welt eines Tages in sich zusammenfallen mußte wie ein Kartenhaus.
Eilan hatte ihm einen Sohn geschenkt. Gemeinsam hätten sie einen Weg finden können, wenn er den Blick für die wahren Kräfte des Lebens nicht verloren hätte. Das Gefühl, versagt zu haben und unausweichlich einer Maschinerie einverleibt zu sein, die alle in den Untergang riß, ließ ihn verzweifeln. Manchmal hätte er am liebsten aufgeschrien, um seinem Herzen Luft zu machen, denn er konnte es kaum noch ertragen, seinen Kummer vor allen zu verbergen.
Zu seiner Erleichterung rief ihn der Befehlshaber in Deva zu weiteren Beratungen zurück. Der Legat deutete in seinem Schreiben an, Macellius rechne damit, daß Gaius nicht in der Festung woh-

nen werde, sondern in dem neuen Haus, das sich sein Vater in der Stadt gebaut hatte.
Gaius hoffte, es werde ihm dort vielleicht besser gelingen, mit dem Konflikt ins reine zu kommen, der ihm Nacht für Nacht Alpträume bescherte.

»Hat man inzwischen wenigstens einen Teil der flüchtigen Raben gefaßt?«
Macellius füllte einen Becher mit Wein und reichte ihn seinem Sohn. Vom Weinkrug und den Bechern angefangen, war in dem herrschaftlichen Anwesen alles gediegen – auch das Eßzimmer. Das Haus seines Vaters gehörte zu den größeren Anwesen, die in der Nähe der Festung entstanden waren, und unterstrich das Wachsen einer zivilen Bevölkerung, die sich in Deva im Schutz der Römer niederließ, nachdem im Land Frieden herrschte.
»Dieser . . . Cynric war doch ihr Anführer, wenn ich nicht irre?« sagte Macellius. »Du hattest ihn doch am Mons Graupius gefangengenommen . . .«
Gaius nickte und trank durstig den sauren Wein. Er zuckte zusammen, da die Bewegung seine verheilende Wunde an der Seite wieder schmerzen ließ.
Er hatte die Verletzung erst bemerkt, als der Kampf auf dem Hügel von Vernemeton vorüber war. Es war nichts Ernstes, im Grunde nur lästig, da ihn die Schmerzen seine Niederlage nicht vergessen ließen. An der Front in Dakien hatte er schlimmere Verwundungen gehabt. Aber sehr viel mehr als unter der Wunde litt er darunter, daß Eilan die Römer, also auch ihn, verflucht hatte. Plötzlich wurde ihm bewußt, daß sein Vater auf eine Antwort wartete.
»Das stimmt, aber er wurde begnadigt und ist später geflohen.«
»Das scheint er ja gut zu können«, stellte Macellius fest, »ebenso gut wie dieser Dämon Carac. Aber wir haben ihn schließlich doch erwischt. Am Ende wird jemand auch diesen Cynric verraten . . . einer seiner eigenen Leute . . .«

Gaius hätte seinem Vater am liebsten die Wahrheit gesagt, aber das Thema war zu gefährlich. Er schwieg und hoffte, sein Vater werde sich nicht an Bendeigid erinnern.
Wieviel wäre uns allen erspart geblieben, wenn ich Cynric damals getötet hätte . . .
»Nun ja«, fuhr der alte Mann fort, »niemand macht dir einen Vorwurf, weil er noch frei herumläuft. Wohin die Überlebenden auch immer fliehen, hier in Deva werden wir sie wohl kaum zu Gesicht bekommen . . .«
Macellius blickte sich, wie Gaius fand, etwas zu selbstgefällig in seinem neuen Eßzimmer um.
»Da hast du recht«, murmelte Gaius unverbindlich. »Fühlst du dich hier wirklich wohl?«
Kurz nachdem Macellius in sein prächtiges Haus eingezogen war, wählte man ihn zum Decurio, und inzwischen hatte er sich als einer der neuen Ratsherren bereits große Anerkennung erworben.
»O ja, es gefällt mir hier. Ich bin in den vielen Jahren irgendwie in Deva heimisch geworden. Es ist schön mitanzusehen, wie die Stadt wächst. Das neue Theater ist natürlich ein besonderer Anziehungspunkt, täglich öffnen Läden, und ich habe gerade eine ganz schöne Summe für den neuen Tempel gespendet.«
»Deva wird also ein kleines Rom«, sagte Gaius und lächelte. »Es fehlt nur noch ein Amphitheater für die Spiele.«
»Die Götter mögen mich davor bewahren!« rief Macellius mit gespieltem Entsetzen. »Dann müßte ich die Spiele auch noch aus der eigenen Tasche bezahlen. Jeder glaubt, als Ratsherr hätte man Geld wie Heu! Ich wage kaum noch, vor die Tür zu treten, weil mich sonst jemand sieht und mir die große Ehre zuteil werden läßt, wieder einmal tief in die Tasche greifen zu dürfen . . .«
Macellius lachte gutmütig, und Gaius fand, sein Vater sei noch nie so zufrieden gewesen wie nach dem Abschied vom Militär. Er schien das Leben als angesehener Bürger der Stadt in vollen Zügen zu genießen.

»Für etwas würde ich allerdings gerne Geld ausgeben«, sagte Macellius und sah seinen Sohn ernst an. »Wir müssen dich nach Rom schicken, mein Junge. Es ist an der Zeit, verstehst du? Nach deinem letzten Einsatz hier wird dich der Statthalter bestimmt zur Beförderung vorschlagen. Mit der Protektion deines Schwiegervaters und meiner Unterstützung wirst du es nicht viel weiter schaffen als bis Londinium. Hat Licinius eigentlich schon etwas in dieser Hinsicht gesagt?«
»Ja, er hat darüber gesprochen«, erwiderte Gaius vorsichtig. »Aber ich kann nicht nach Rom, bevor nicht alle der Meinung sind, daß in der Provinz alles ruhig bleibt.«
Macellius seufzte und leerte seinen Becher Wein. »Ich kann mir nicht helfen, aber es wäre alles viel besser, wenn Vespasian nicht so früh gestorben wäre.« Er lachte leise und fuhr dann fort: »Er war ein alter Fuchs und ein notorischer Geizhals, aber er hatte eine Nase für gute Männer. Sein Sohn, dieser Domitian, scheint entschlossen, wie ein orientalischer Despot zu herrschen. Stell dir vor, er hat alle Philosophen verbannt. Ich frage dich, welchen Schaden können diese alten Langweiler schon anrichten?«
Gaius mußte an die stumme Verzweiflung denken, die ihn erfaßt hatte, wenn sein alter Tutor nicht aufhören wollte, über Platon zu reden, und er empfand eine gewisse Sympathie für den Kaiser.
»Trotzdem, wenn du eine gute Position bekommen willst, dann mußt du ihn beeindrucken. Du wirst mir sehr fehlen, aber der logische nächste Schritt in deiner Laufbahn ist das Amt des Prokurators in einer der älteren Provinzen.
»Du wirst mir auch fehlen«, erwiderte Gaius ruhig, und das war nicht gelogen. Er mußte sich allerdings eingestehen, daß ihm Licinius oder Julia und die Kinder überhaupt nicht fehlen würden. Bestimmt wäre es besser für ihn, Britannien eine Zeitlang zu verlassen und irgendwo zu sein, wo ihn nichts an Cynric oder Eilan erinnerte.

An den Iden des August machte sich Gaius schließlich auf den Weg nach Rom. Ihn begleitete ein griechischer Sklave namens Philo. Es war ein Geschenk von Licinius, der geschworen hatte, Gaius könne sich darauf verlassen, daß er ihm die Toga richtete und dafür sorgte, daß sein Herr jeden Morgen wie ein ehrenwerter Bürger das Haus verließ.
In den Satteltaschen trug Gaius den Jahresbericht des Prokurators über die wirtschaftliche Lage der Provinz. Damit hatte er den Status eines offiziellen Kuriers und das Recht, auf dem Weg in den Süden die militärischen Post-Stationen zu benutzen.
Es blieb warm, aber der Ritt war ermüdend. Je weiter sie nach Süden kamen, desto trockener wurde das Land. Gaius, der im Norden zu Hause war, hatte das Gefühl, durch eine Wüste zu reiten. Doch die Offiziere in den Post-Stationen lachten ihn aus, wenn er das sagte, und erzählten ihm Geschichten über Ägypten und Palästina, wo im Wüstensand ganze Städte versanken, die älter als Rom waren.
Gaius hätte sich am liebsten die Zeit damit vertrieben, daß er wie Caesar unterwegs seine Erinnerungen schrieb. Aber er vermutete, selbst wenn er damit noch ein paar Jahrzehnte wartete, hätte niemand das geringste Interesse daran gehabt, sie zu lesen.
In den langen Stunden auf dem Pferderücken wäre ihm selbst Julias Geplapper eine willkommene Abwechslung gewesen, aber dann dachte er jedesmal mit leichtem Widerwillen daran, daß Julia in letzter Zeit offenbar nur noch über Kinder sprechen konnte.
Er grübelte darüber nach, weshalb er bei seinen Töchtern nicht dasselbe Band spürte wie bei Gawen, seinem Sohn. Vermutlich würde sich daran auch nichts ändern, wenn Julia ihm eines Tages wirklich einen Sohn schenken sollte. Nun ja, wenigsten Licinius – und natürlich Julia wären dann außer sich vor Freude.
Aber er hatte Julia geheiratet, um Kinder zu bekommen – Kinder und eine gesellschaftliche Stellung. Bislang, so versuchte er sich zu trösten, war alles mehr oder weniger nach Plan verlaufen.

Während Gaius durch Gallien mit seinen riesigen, von Sklaven bewirtschafteten Gütern ritt, kamen ihm jedoch immer mehr Zweifel, ob ein Leben, das nur um das Streben nach gesellschaftlicher Anerkennung und Macht kreiste, nicht doch ein Irrtum sei.
Und so erreichte er das nächste Rasthaus oder die nächste Villa, die einem der vielen Freunde seines Schwiegervaters gehörte, während seine innere Unsicherheit von Station zu Station wuchs. In den Armen einer hübschen Sklavin, die man schickte, um sein Bett zu wärmen, konnte er dann für ein paar Stunden Julia und Eilan vergessen. Am nächsten Morgen fühlte er sich bereits wieder elend und redete sich ein, daß seine Zweifel am Tag zuvor nur auf die Müdigkeit zurückzuführen gewesen seien oder vielleicht auf die natürliche Unsicherheit beim Gedanken daran, wie er das Abenteuer Rom bestehen sollte.

Als er in Rom eintraf, fing es an zu regnen; und die schweren Regenfälle hörten nicht mehr auf, als wollten sie die lange Dürre wieder wettmachen.
Der Verwandte des Licinius, bei dem er wohnte, war zuvorkommend und gastfreundlich, aber Gaius konnte die ständigen Witzeleien, er habe aus Britannien das schlechte Wetter mitgebracht, bald nicht mehr hören. Außerdem stimmte der Vergleich nicht einmal, denn in Britannien gehörte zum Regen eine ehrliche Kälte. In Rom dagegen blieb es warm, und in der Stadt herrschte drückende Feuchtigkeit, von dem schrecklichen Gestank ganz zu schweigen.
Gaius würde später mit dieser Zeit immer den allgegenwärtigen und durchdringenden Geruch feuchter Wände und feuchter Wolle in Verbindung bringen.
Der Himmel in Rom war dunstig und meist von Rauchschwaden bedeckt. Der Tiber stank nach Abfällen und Verwesung, und von den Kochfeuern zahlloser unterschiedlicher Völker stiegen exotische Gerüche auf, bei denen sich ihm oft der Magen umdrehte.

Aber Rom war auch weißer Marmor, goldener Reichtum und betörende Parfüms, Trompetengeschmetter und das Gezänk der Marktweiber – nicht zu vergessen das ständige Stimmengewirr von mehr Menschen in mehr Sprachen, als Gaius überhaupt für möglich gehalten hätte. All das drängte sich auf sieben Hügeln, deren Konturen schon lange unter den Erzeugnissen der Menschen begraben waren. Zweifellos – Rom war das pulsierende Herz der Welt – aber wie lange noch?

»Ist das dein erster Besuch in Rom?«
Die elegante Frau, mit der Gaius sprach, schenkte ihm ein Lachen, das ebenso melodisch war wie das Klirren des Schmucks, den sie trug. Frauen mit bewundernswerten Locken und vornehm gekleidete Männer drängten sich im Atrium seines Gastgebers, der zu Ehren von Gaius ein Fest gab. Die Unterhaltung der Gäste klang in seinen Ohren wie das unaufhörliche Summen von schwärmenden Bienen.
»Und wie findest du die Perle des Reichs und die Herrin aller Völker?«
Die Frau schlug kokett die geschwärzten Augenlider nieder. Auch diese Frage hatte Gaius so oft gehört, daß er über eine Antwort nicht mehr nachdenken mußte.
»Ich finde, der Glanz der Stadt tritt bei weitem in den Schatten der Schönheiten, die sie schmücken«, erwiderte er höflich.
Hätte ihm ein Mann diese Frage gestellt, dann würde er nicht von »Glanz«, sondern von »Erhabenheit« und nicht von »Schönheiten«, sondern »den Mächtigen« sprechen.
Dieses Kompliment brachte ihm noch ein melodisches Lachen ein, doch dann rettete ihn der Gastgeber und führte ihn in den Säulengang, wo mehrere würdige Männer standen, die ihre Toga wie Statuen trugen. Gaius gesellte sich mit Erleichterung zu ihnen, denn die römischen Frauen lösten bei ihm eine Art Lähmung aus – wie damals, als er Julia zum ersten Mal begegnet war.
Aber im Vergleich zu den Frauen, denen er hier begegnete, war

Julia offen und ehrlich. Einige hatten ihn in ihr Schlafzimmer eingeladen, aber ein ausgeprägter Selbsterhaltungstrieb hatte bisher verhindert, daß er in eine solche Falle geraten war. In Rom versammelte sich von allem nur das Beste, und wenn Gaius eine Frau brauchte, dann gab es Kurtisanen, die nichts außer Geld von ihm wollten und deren Künste seine Sorgen und seine Alpträume verschwinden ließen – wenigstens für eine Weile.

Wenn er sich in der römischen Gesellschaft bewegte, hatte er das Gefühl, bei einem Angriff über vereistes Gelände zu reiten – es war ein erhebendes Gefühl, aber man wußte nie, ob man auf dem tückischen Glatteis nicht zu Fall gebracht wurde.

Gaius überlegte, ob sich Julia in dieser Umgebung hätte behaupten können – mit etwas Übung vielleicht, aber Eilan ...? Bei diesem Gedanken mußte er lachen, denn das war, als versuche er, sich ein Reh oder vielleicht eine Wildkatze inmitten edler Stuten vorzustellen – nicht weniger schön als die hochgezüchteten Geschöpfe, aber überhaupt nicht mit ihnen zu vergleichen.

»Ich habe gehört, daß du unter Agricola in Caledonien gekämpft hast ...«

Gaius fuhr innerlich zusammen, als er feststellte, daß diese Frage ihm galt. Er sah einen breiten Purpurstreifen auf der Tunika des älteren Mannes, der vor ihm stand, und richtete sich instinktiv auf, als habe ihn ein vorgesetzter Offizier zu sich rufen lassen. Verzweifelt dachte er über den Namen des Mannes nach; er konnte sich aber beim besten Willen nicht daran erinnern. Die meisten Gäste gehörten zu den Rittern, aber vor ihm stand zweifellos ein Senator.

»Ja, ich hatte die Ehre ... und ich habe gehofft, Agricola hier in Rom wiederzusehen.«

»Soweit mir bekannt ist, befindet er sich zur Zeit auf den Besitztümern seiner Familie in Gallien«, erwiderte der Senator betont neutral. Jetzt fiel es Gaius wieder ein. Das war Marcellus Clodius Malleus.

»Man kann sich kaum vorstellen, daß Agricola nichts tut.« Gaius lachte. »Ich hätte gedacht, daß er an irgendeiner Front den Feinden Roms das Fürchten lehrt oder einer Provinz die Pax Romana bringt.«

»Ja, das könnte man glauben.« Der Senator wurde sichtlich freundlicher. »Aber du solltest nur so offen reden, wenn du genau weißt, zu wem du es sagst ...«

Gaius schwieg und fühlte sich wieder auf dem Glatteis, aber Malleus lächelte.

»Viele hier in Rom schätzen Agricola sehr. Seine Fähigkeiten scheinen noch viel bewundernswerter zu sein, wenn wir wieder einmal von einem fehlgeschlagenen Feldzug hören, den einer unserer Feldherren zu verantworten hat.«

»Warum hat der Kaiser dann keine Verwendung für ihn?« fragte Gaius.

»Weil ein Sieg der römischen Truppen weniger wichtig ist als die Stärkung der Macht unseres Kaisers. Je mehr Leute nach Agricola rufen, desto mißtrauischer wird unser ›Herr und Gott‹. Im nächsten Jahr wird Agricola zum Konsul ernannt werden müssen, aber so wie die Dinge jetzt stehen, werden ihm seine Freunde dringend raten, diese Würde nicht anzunehmen.«

»Ich verstehe das Problem«, murmelte Gaius. »Agricola ist viel zu gewissenhaft, um sich bewußt eine Niederlage einzuhandeln. Aber wenn er siegt, dann fühlt sich der Kaiser durch den Erfolg bedroht.« Er lächelte. »Nun ja, in Britannien wird man ihn immer in großen Ehren halten, ungeachtet dessen, was in Rom geschehen mag.«

»Über diese Worte würde sich Tacitus sehr freuen«, sagte Malleus.

»Oh, kennst du ihn? Ich habe in Caledonien Seite an Seite mit ihm gekämpft ...«

Das Gespräch kreiste nun um den Feldzug im Norden, den der Senator mit größter Aufmerksamkeit verfolgt hatte. Erst als die Gäste in den Garten gebeten wurden, wo Tänzerinnen aus Bithynien auftraten, wurde die Unterhaltung wieder persönlicher.

»In drei Wochen gebe ich ein Essen . . .«, sagte Malleus und legte Gaius freundlich die Hand auf den Arm, »nichts Großes, aber du wirst ein paar Männer kennenlernen, deren Ansichten für dich vielleicht von Interesse sind. Es wäre mir eine Ehre, wenn du kämst. Cornelius Tacitus wird ebenfalls da sein.«

Von diesem Tag an schien die Runde seichter Feste und Veranstaltungen, die Gaius bereits ermüdeten, eine neue Dimension anzunehmen. Er hatte den Eindruck, als hebe sich endlich der Schleier, mit dem sich die römische Gesellschaft vor Außenseitern schützte. Auch wenn er nur einen Teil dieser Gesellschaft kennenlernte und vielleicht sogar einen gefährlichen Teil, war das besser, als vor Langeweile zu sterben.

Ein paar Tage später begleitete er seinen Gastgeber – er hieß mit Vornamen Corax – zu den Spielen im neuen Colosseum, das Domitian an der Stelle hatte errichten lassen, wo einst Neros prunkvoller Palast stand.

»Das Colosseum an dieser Stelle macht einen gewissen Sinn«, sagte Corax, als sie ihre Plätze in dem den Rittern vorbehaltenen Teil der Ränge einnahmen, »denn Nero hat Spiele veranstaltet, wie Rom sie noch nie gesehen hatte. Ein Höhepunkt war, als er die Römer davon überzeugen wollte, daß diese seltsame jüdische Sekte . . . du weißt schon, die Christen . . . den großen Brand von Rom verursacht hatten.«

»Und hatten sie es getan?«

Gaius sah sich neugierig um. Sie waren gerade zwischen zwei Kämpfen angekommen, und Sklaven entfernten den blutigen Sand.

»Man braucht in dieser Stadt kaum einen Brandstifter, damit ein Feuer ausbricht«, erwiderte Corax spöttisch. »Weshalb gibt es in jedem Viertel eine Feuerwache, für die wir alle bereitwillig zahlen? Aber der Brand damals war besonders verheerend, und der Kaiser brauchte einen Sündenbock, um den Gerüchten entgegenzutreten, er selbst habe die Stadt angezündet!«

Gaius sah ihn verblüfft an.
»Denk an die neuen Häuser, mein Freund ... die neuen Häuser!« erklärte Corax. »Nero hielt sich für einen großen Architekten, und die Leute, denen das Land gehörte, wo das Feuer ausbrach, wollten nicht verkaufen. Der Brand geriet außer Kontrolle, und der Kaiser mußte jemandem die Schuld zuschieben. Aber du kannst mir glauben, die Spiele damals waren wirklich schrecklich ... Es fehlte dabei jedes Geschick und jedes Können. Die armen Kerle starben wie Schafe beim Schlachter, weniger wie Männer.«
Plötzlich war Gaius froh, daß er Cynric doch nicht gefangengenommen hatte. Ein Krieger wie er wäre bestimmt hierher in die Arena gekommen. Das verdiente sein ehemaliger Freund wirklich nicht, obwohl Cynric bestimmt wie ein Wolf oder ein Bär um sein Leben gekämpft hätte.
Ein Trompetensignal ertönte, und unter der Menschenmenge breitete sich erwartungsvolle Stille aus. Gaius spürte, wie sein Herz schneller schlug, und fühlte sich seltsam an die Spannung vor einer Schlacht erinnert. Zum ersten Mal erlebte er, wie viele tausend Menschen nur darauf warteten, daß Blut floß. Bei einer Schlacht hatten beide Seiten zumindest eine faire Chance, aber die Römer auf den Zuschauerbänken riskierten nicht ihr eigenes Blut, sondern das der Gladiatoren.
Gaius kannte natürlich Bärenhatzen. Das war ein großer Spaß für die Legionäre. Und es war zweifellos spannend, wenn zwei wilde Tiere gegeneinander kämpften, ein Löwe und eine Giraffe zum Beispiel oder ein wilder Keiler gegen einen Panther. Corax erzählte, einmal hätte eine trächtige Sau gekämpft und noch in den letzten Zuckungen ein Ferkel geworfen. Aber der Höhepunkt an diesem Nachmittag war der Kampf der Gladiatoren.
»Jetzt werden wir wirklich etwas zu sehen bekommen«, sagte Corax, als die Schaukämpfe vorüber waren, und der erste Gladiator, dessen geölte Haut ebenso glänzte wie die schimmernde Rüstung, in die Arena kam.
»Für solche Kämpfe lohnt es sich wirklich, in das Colosseum zu

kommen. Aber wenn sie halb verhungerte Kriegsgefangene oder Verbrecher, manchmal sogar Frauen und Kinder gegeneinander hetzen, dann ist das nichts anderes als widerliches Blutvergießen. Heute kämpft übrigens ein Samniter gegen einen Retarius ...«, er deutete auf den ersten Gladiator, der Beinschienen trug und einen federgeschmückten Helm mit Visier. Als Waffe hatte er ein Kurzschwert und zur Verteidigung einen großen rechteckigen Schild. Sein sehr viel wendigerer Gegner kämpfte mit Netz und Dreizack.

Gaius war dazu ausgebildet, Krieger beim Kampf zu beurteilen, und sein Interesse erwachte, denn er versuchte instinktiv, das Können der beiden Gladiatoren einzuschätzen. Um sie herum wurden Wetten abgeschlossen, die immer leidenschaftlicher in die Höhe schnellten, je dramatischer der Kampf verlief. Corax sparte nicht an Kommentaren, und erst, als der Samniter am Boden lag und der Dreizack seines Gegners ihm gegen die Kehle drückte, sah Gaius, daß der Mann in der mit Purpur ausgekleideten Loge, der mit dem Daumen nach unten wies, der Kaiser war.

Der Dreizack stieß zu, der Samniter zuckte, blieb dann regungslos liegen, und das helle Blut floß in den Sand.

Gaius lehnte sich zurück und fuhr mit der Zunge über die trockenen Lippen. Seine Kehle schmerzte nach dem Geschrei, er mußte so von dem Kampf mitgerissen worden sein, daß er nicht einmal die Trompeten gehört hatte, die die Ankunft des Kaisers ankündigten. Von ihren Plätzen aus sah er nur eine Gestalt in einer purpurnen Tunika und einem goldglitzernden Mantel.

Als sich Gaius am Abend nach dem Bad den geschickten Händen des Masseurs seines Gastgebers überließ, kam es ihm vor, als bestehe sein ganzer Körper nur aus verkrampften und schmerzenden Muskeln – so sehr hatte ihn der Kampf der Gladiatoren gepackt.

Nach der erregenden Spannung stellte sich jetzt erst das wohltuende Gefühl der Erleichterung ein. Der Besuch im Colosseum war

in der Tat wie eine Schlacht gewesen, wie jener Augenblick, in dem das ganze Dasein auf das Ringen um das nackte Überleben reduziert ist, der einzelne über sich selbst hinauswächst und Teil eines größeren Ganzen wird.
In diesem Augenblick glaubte Gaius zu verstehen, weshalb die Römer ihre Spiele über alles liebten. Wie widernatürlich, sinnlos und grausam diese Art der Unterhaltung auch sein mochte, die Menschen gerieten in den Bann derselben Kraft, die ihre Legionen befähigt hatte, die halbe Welt zu erobern.

Es war ein windiger und regnerischer Abend, als Gaius sich auf den Weg zu Malleus machte. Die Straßen waren wie immer verstopft von Essensverkäufern, Barbieren und allen möglichen Straßenhändlern, die noch auf Kunden hofften, bevor die Dunkelheit ihr Geschäft für den Tag beendete.
Die Sänftenträger kamen auf dem Weg zum Aventin nur langsam voran. Gaius stellte fest, daß er sich an den Lärm und an das Geschrei schon ebenso gewöhnt hatte wie an das Rattern der eisenbeschlagenen Karrenräder auf dem Pflaster, das die Nacht fast so laut machte wie den Tag.
Aber als sie endlich die Hauptstraße erreichten, hörte er eine neue Art Lärm. Die Sänftenträger blieben stehen, und er schob neugierig die Vorhänge zur Seite, um den Grund für die Verzögerung zu sehen.
Eine feierliche Prozession näherte sich ihnen. Er sah die glattrasierten Köpfe von Priestern in weißen Gewändern und verschleierte Frauen. Die Frauen stießen laute Klagerufe aus, die durch das Rasseln von Sistren und das tiefe rhythmische Schlagen einer Trommel noch unheimlicher wirkten.
Gaius lief ein Schauer über den Rücken. Die Trauer rührte an etwas Tieferes, das er in dieser sinnenfrohen Stadt nicht erwartet hätte.
Ohne den Grund für das Leid der Priester und Priesterinnen zu kennen, empfand er es als sein eigenes Leid. Es war wie der

Schmerz der Gläubigen im Mithräum, wenn der Stier getötet wurde.
Den Priestern an der Spitze folgten noch mehr Frauen. Ihr beinahe schwebender Gang erinnerte ihn an den Zug der Priesterinnen von Vernemeton. Das Ende der Prozession bildeten Träger mit der schwarz verschleierten Statue einer goldenen Kuh. Das Trommeln dröhnte noch ein paar Augenblicke in seinen Ohren, dann war der Zug vorbei, und seine Sänfte setzte sich wieder in Bewegung. Aber die Angst war nicht gewichen.

Gaius stellte fest, daß sich im Haus des Malleus Männer versammelt hatten, die nach allem, was er bisher erlebt hatte, den besten Teil der römischen Gesellschaft verkörperten. Die Speisen waren einfach, aber wohlschmeckend; alle Anwesenden waren gebildet und hervorragend informiert. Gaius fühlte sich geschmeichelt, unter ihnen sein zu können, und er wußte, von diesen Männern konnte er viel lernen.
Man sprach über die »Pietas«, und der Wein wurde halb und halb mit Wasser getrunken, damit alle klar genug im Kopf blieben, um das Thema ernsthaft erörtern zu können.
»Meiner Meinung nach geht die Frage darum, ob es mehr als eine wahre Religion gibt«, sagte Gaius, als man ihm das Wort überließ. »Natürlich hat jedes Volk seinen eigenen Glauben, und man sollte ihm erlauben, diesen Glauben zu behalten. Aber hier in Rom verehrt man viele Götter. Von der Existenz der meisten wußte ich früher überhaupt nichts. Erst heute abend habe ich zufällig eine Prozession gesehen. Sie wirkte orientalisch, aber die Gläubigen schienen alle Römer zu sein.«
»Das muß die Isis-Prozession gewesen sein«, sagte Herennius Senecio, einer der vornehmsten Gäste. »Die Anhänger der Isis gedenken in dieser Jahreszeit der Suche der Göttin nach dem zerstückelten Leib des Osiris. Wenn Isis die Stücke wiedergefunden hat, dann belebt sie den Gott und empfängt aufs neue das Sonnenkind Horus.«

»Haben nicht die Stämme in Britannien um diese Zeit ein ähnliches Fest?« fragte Tacitus. »Ich glaube, mich an Prozessionen durch die Felder zu erinnern ... mit Masken und gebleichten Knochen.«
»Richtig«, erwiderte Gaius, »an Samhain läuft die weiße Stute mit ihren Anhängern über das Land, und die Menschen fordern die Seelen ihrer Ahnen auf, in den Leibern der Frauen wiedergeboren zu werden.«
»Vielleicht bringt uns das einer Antwort näher«, sagte Malleus. »Wir haben zwar unterschiedliche Namen für die Götter, aber ihrem Wesen nach sind sie alle gleich. Deshalb ist es Frömmigkeit, wenn wir sie unter irgendeinem dieser Namen verehren.«
»Zum Beispiel ist der Gott, den wir Jupiter nennen, der Gott der Eichen und Blitze«, sagte Tacitus. »Die Germanen verehren ihn als Donar und die Britonen als Taranis.«
Gaius runzelte die Stirn. Er konnte sich kaum vorstellen, daß eine keltische Gottheit in einem so großen Tempel verehrt werden konnte, wie er dem Jupiter auf dem Forum geweiht war.
Auf einem der Feste war er einer Vestalin begegnet. Er hatte die Frau mit besonderer Neugier beobachtet. Sie besaß zwar eine gewisse Würde und bestimmt mehr Moral als die meisten Römerinnen, die er kannte, aber er entdeckte nichts von der Besonderheit, wie er sie bei den Priesterinnen von Vernemeton kannte. Seltsamerweise konnte er die ägyptische Isis der Prozession eher mit der Göttin in Verbindung bringen, der auch Eilan diente.
»Ich glaube«, sagte Malleus, »unser Freund aus Britannien hat den Finger in die Wunde gelegt. Unsere Väter und Vorväter haben erbittert gekämpft, um zu verhindern, daß fremde Kulte wie die der Cybele und des Dionysos in Rom Wurzeln schlugen. Man hat sogar den Tempel der Isis verbrannt.«
»Wenn wir alle Völker der Welt in unserem Reich vereinigen wollen«, sagte Tacitus, »dann können wir nicht ihre Götter verbieten. Ich würde das nie tun, denn ich weiß, daß in der Halle eines germanischen Sippenführers mehr Ehre, mehr moralische Sauber-

keit und mehr Frömmigkeit zu finden sind als in den meisten Häusern Roms. Ich sehe in den unterschiedlichen Kulten nichts Schlechtes, wenn die Rituale, die den Staat erhalten, immer an erster Stelle stehen.«

»Das scheint der göttliche Augustus beabsichtigt zu haben, als er dafür sorgte, daß sich sein Kult im ganzen Reich ausbreitete«, sagte einer der alten Senatoren in der Runde. Es entstand ein kurzes Schweigen.

»*Dominus et Deus* . . .«, sagte jemand leise, und Gaius erinnerte sich, gehört zu haben, daß der Kaiser es offenbar schätzte, wenn man ihn so ansprach.

»Ja, das geht zu weit! Wir werden bald wieder dahin kommen, daß ein Caligula sein Pferd anbeten läßt.«

Gaius hob erstaunt den Kopf und sah, daß diese Worte von Flavius Clemens, einem Verwandten des Kaisers, kamen.

»*Pietas* ist das Wesen von Ehrerbietung und Pflichten in der Beziehung zwischen Menschen und Göttern und kann nicht der Eitelkeit eines Sterblichen dienen!« rief Senecio.

»Sogar Augustus bestand darauf, ›Roma‹ mit seinem Namen in Verbindung zu bringen. Wir haben nicht den Menschen verehrt, sondern seinen Geist, den Gott, den er verkörperte. Wer glaubt, ein Mensch besitze die Weisheit und die Macht, über ein Reich wie das unsere zu herrschen, der ist wahrhaftig gottlos.«

»In den Provinzen wirkt der Kult als einigende Kraft«, bemerkte Gaius, als sich wieder ein seltsames Schweigen ausbreitete. »Dort, wo niemand den Kaiser in Person kennt, kann man nur die Idee eines göttlichen Herrschers verehren. Unabhängig vom persönlichen Glauben können sich alle versammeln und zu Ehren des Kaisers Weihrauch verbrennen.«

»Alle, nur nicht die Christen . . .«, warf jemand ein, und mit Ausnahme von Flavius Clemens lachte die Runde.

»Es ist nicht notwendig, sie zu verfolgen, um noch mehr Märtyrer zu schaffen . . .«, sagte Tacitus. »Dieser Kult ist in erster Linie etwas für Sklaven und Frauen, und sie sind völlig zersplittert!« Er

lachte abfällig. »Man kann davon ausgehen, daß sie sich gegenseitig umbringen werden, wenn man sie nur in Ruhe läßt.«
Auf ein Zeichen von Malleus wurden Süßigkeiten und Käse gereicht. Danach kreiste das Gespräch um andere Dinge. Schließlich befand man sich im Kreis kultivierter Männer, die sich nicht zu religiösem Fanatismus hinreißen ließen.
Aber Gaius konnte nicht umhin, sich zu fragen, ob die römischen Tugenden – Frömmigkeit, Pflichterfüllung und moralische Verantwortung – genug seien für die Seele der Menschen. Vermutlich wurden viele Menschen von Kulten wie dem der Isis oder des Christus angezogen, weil die Staatsreligion so nüchtern und leblos war. Vielleicht waren aber auch die blutigen Rituale im Colosseum zur wahren Religion Roms geworden.
Gaius erkannte jedoch noch etwas – unter den ernstzunehmenden Köpfen dieser Stadt, Männern, deren Gesellschaft er immer mehr zu schätzen lernte, wuchs die Opposition gegen den Kaiser. Solche Verbindungen brachten ihm bestimmt nicht die für eine Beförderung notwendige Fürsprache. Wenn es soweit kam, daß er zwischen Ehrgeiz und Ehre wählen mußte, wofür sollte er sich dann entscheiden?

Bald nach seiner Ankunft in Rom übergab Gaius den Bericht des Licinius dem kaiserlichen Prokurator, dessen Fachleute, alles Freigelassene, sich an die Arbeit machten, den Inhalt in Hinblick auf die Entscheidungen des Kaisers zu verarbeiten und zu überprüfen. Doch der Senat besaß noch soviel Autorität, daß auch ihm diese Informationen vorgetragen werden mußten. Gaius stellte fest, daß der Einfluß seiner neuen Freunde ausreichte, damit er schließlich die Aufforderung erhielt, im Senat eine Rede zu halten. Anschließend sollte er dem Kaiser vorgestellt werden.
Am Morgen seines Auftritts ließ sich Gaius mit besonderer Sorgfalt rasieren – alles, was mit Barbaren zu tun hatte, wurde in Rom mit Bärten in Verbindung gebracht. Manchmal fand Gaius allerdings, Ardanos und Bendeigid seien im Grunde kultivierter als er

selbst. Das würde er der hohen Versammlung jedoch nicht erklären können.

Gaius erschien sehr früh im Senat. Man führte ihn zu einem Sitz unter der Statue des göttlichen Augustus, der auf seinem Sockel stand und kalt und mißmutig auf ihn herabsah. Die Senatoren erschienen einzeln oder zu zweit und unterhielten sich leise. Ihnen folgten die Sekretäre mit Stapeln von Wachstäfelchen, um die Debatten und Entscheidungen des Tages zu protokollieren.

Das sind also die Herren der Welt, die das Schicksal von Völkern entscheiden, dachte Gaius. Auf diesem Marmorboden hatten die Debatten über die Verteidigung stattgefunden, als Hannibal über die Alpen zog und Rom bedrohte. Aber auch die Eroberung der Provinz Britannien war hier beschlossen worden. An einem Ort wie dem Sitz des römischens Senats war der unaufhaltsame Gang der Zeit mehr als sonst spürbar. Selbst der Ruhm der Cäsaren war aus dieser Sicht nur eine Welle in dem großen Strom.

Mit Beginn der Anrufungen erschien der Kaiser. Er trug eine prächtige Purpurtoga, die mit goldenen Sternen übersät war. Gaius staunte. Er hatte von der *Toga picta* gehört, aber geglaubt, der Kaiser trage sie nur bei besonderen Feierlichkeiten und vor allem bei Siegesfesten. Es war irritierend, daß er in dieser Toga hier erschien, und Gaius fragte sich, ob sich Domitian der Wirkung bewußt war, oder ob er schlicht Gefallen an prunkvoller Kleidung fand.

Erst, als er sich an den Anblick der Toga gewöhnt hatte, konnte er den Mann betrachten, der sie trug. Zum ersten Mal sah er den Kaiser aus der Nähe und nicht nur gut abgeschirmt vom Stab seiner ausgewählten Tribunen wie damals in Dakien oder in der Loge im Colosseum.

Domitian, der jüngste Sohn des großen Vespasian, hatte einen Stiernacken und die muskulösen Schultern eines Soldaten. Aber Gaius entdeckte Verdruß in den herabgezogenen Mundwinkeln und Mißtrauen in den zusammengekniffenen Augen.

Es war fast Zeit für die Mittagspause, als man Gaius schließlich

aufforderte, den Bericht des Licinius über die wirtschaftliche Lage der Provinz Britannien zu verlesen. Es gab anschließend ein paar Fragen – in erster Linie über die Einkünfte. Clodius Malleus erkundigte sich nach den Rebellen und gab Gaius damit Gelegenheit, von seinem letzten Einsatz gegen die Raben zu berichten.
Trotz einiger oratorischer Schulung hatte Gaius den Eindruck, die Senatoren zu langweilen, aber am Ende seiner Rede schenkten sie ihm alle freundlichen Beifall und stimmten dafür – wie Licinius es wünschte –, daß ein erheblicher Teil der Steuereinnahmen in der Provinz verblieb. Aus diesem Grund hatte Licinius seinen Schwiegersohn nach Rom geschickt, und Gaius freute sich, daß er die gute Nachricht mit nach Hause nehmen würde.
Die anschließende Begegnung mit Domitian fiel kurz aus. Der Kaiser legte bereits die prächtige Toga ab und machte sich auf den Weg zu seinem nächsten Termin. Aber er bedankte sich höflich bei Gaius.
»Du bist beim Militär?« fragte er.
»Als Tribun in der Zweiten Legion. Ich hatte die Ehre, in Dakien unter euch zu dienen«, fügte Gaius zurückhaltend hinzu.
»Hmm . . . gut. Ich nehme an, wir müssen für dich etwas Geeignetes in den Provinzen finden«, erklärte der Kaiser ohne besondere Anteilnahme und entließ ihn.
»Dominus et Deus«, sagte Gaius und salutierte, aber er haßte sich wegen dieser Worte.

Auf dem Rückweg lud ihn Clodius Malleus zu sich in seine Sänfte ein. Zum ersten Mal an diesem Tag konnten sie ungestört miteinander reden.
»Wie findest du den Senat?« fragte der ältere Mann.
»Der Senat macht mich stolz, ein Römer zu sein«, erwiderte Gaius aufrichtig.
»Und was sagst du zum Kaiser?«
Gaius schwieg, und dann hörte er den Senator seufzen.
»Du hast gesehen, wie die Dinge stehen«, sagte er schließlich

leise. »Wenn ich mich für dich einsetze, dann muß das sehr vorsichtig geschehen ... zumindest im Augenblick. Aber wenn du bereit bist, nicht nur die möglichen Vorteile, sondern auch die Gefahren in Kauf zu nehmen, die dir eine solche Verbindung einbringen wird, will ich dich gerne in den Kreis meiner Klienten aufnehmen. Ich kann zum Beispiel dafür sorgen, daß du als Prokurator in Britannien die Verantwortung für die Versorgung der Legionen erhältst – normalerweise würde man dich in irgendeine andere Provinz schicken, aber ich glaube, du kannst uns am besten in dem Land dienen, das du wirklich kennst.«
Das freundschaftliche »uns« ließ Gaius die kühle Distanziertheit des Kaisers vergessen. Das Rom, das zu ehren sein Vater und Licinius ihn gelehrt hatten, gab es vielleicht nicht mehr, aber Gaius hoffte, daß unter der Führung von Männern wie Malleus und Agricola der Geist Roms zu neuem Leben erwachen könnte.
»Es wäre mir eine große Ehre«, sagte er und brach damit das lange Schweigen. Gaius wußte, wie der Entschluß, den er nach der Schlacht am Mons Graupius gefaßt hatte, würde diese Entscheidung von nun an sein Leben bestimmen.

[illegible]

[illegible] wird [illegible]

[illegible] Einfluß [illegible] Welt [illegible] unter Freunden [illegible]

[illegible]

[illegible] Partei [illegible]

[illegible] Familie der Freunde von Kindern [illegible]

Es wäre nie [illegible]

[illegible]

24. KAPITEL

Die Priesterinnen versammelten sich zur Anbetung des neuen Mondes im heiligen Hain von Vernemeton. Dieses Ritual stammte nicht von den Druiden, und kein Mann durfte es sehen.

Caillean wartete darauf, daß die Novizinnen ihre Plätze einnahmen und den Kreis bildeten. Sie kam sich fast wie eine Glucke vor, die ihre Küken zählt. Als sie in der abendlichen Dämmerung den hellen Schimmer der ungebleichten Gewänder sah, dachte sie, vielleicht sind es auch junge Schwäne.

Als der Kreis geschlossen war, herrschte einen Augenblick lang Schweigen. Caillean trat vor den großen Stein, der ihr Altar war; Dieda stand zu ihrer Linken und Miellyn zu ihrer Rechten – normalerweise war das ihr Platz. Aber Eilan hatte an diesem Abend schmerzhafte Krämpfe, und deshalb vertrat Caillean die Hohepriesterin.

Es war für sie seltsam, an dieser Stelle zu stehen und nicht zu spüren, wie die vertraute Kraft der jüngeren Frau das Gleichgewicht zu ihr herstellte.

Dieda hob die Hand, und das Klingen der hellen Silberglöckchen durchbrach die Stille.

»Neuer Mond, wir grüßen dich!
Du strahlendes Kleinod der Sanftheit,
Führe uns mit deiner Klarheit.«

Die Novizinnen stimmten den heiligen Gesang an. Es waren inzwischen ein volles Dutzend. Sie waren alle nach Vernemeton gekommen, seit Eilan die Hohepriesterin war. Die letzten Neuankömmlinge hatte Diedas Musik angelockt. Als der alte Ardanos seine Tochter und seine Enkeltochter unbedingt für Vernemeton gewinnen wollte, hatte er damit weit mehr bewirkt, als er das damals ahnte.

Caillean lauschte den reinen Stimmen, die dem Himmel ihren Dank darbrachten, und seufzte zufrieden.

»Vor dir verneige ich mich in Demut
Ich schenke dir meine Liebe
Vor dir beuge ich das Knie
Ich hebe meine Hände zu dir
Meine Augen blicken dich an
O neuer Mond, Rhythmus des Lebens!«

Nach jedem Vers verneigten sie sich und hoben in Ehrerbietung die Hände. Sie richteten die Augen auf die schmale silberne Sichel, und aus dem Gesang wurde ein Tanz. Dann begannen sie langsam, mit denselben Bewegungen im Kreis zu gehen.

»Neuer Mond, wir ehren dich
Als reine Frauen lieben wir dich!
Neuer Mond, wir danken dir.
Als reine Frauen dienen wir dir!
Du bist uns Vorbild der Beständigkeit.
Du schenkst uns das Licht der Weisheit
O neuer Mond, Rhythmus des Lebens!«

Caillean ließ ihre Augen blicklos werden, und schnell versetzte sie der Rhythmus des Gesangs in Trance. Das gelang ihr inzwischen von Mond zu Mond müheloser.

Es hatte in ihrem Leben eine ernüchternde Zeit gegeben, in der nichts mehr einen Sinn zu haben schien. Aber der Göttin sei gedankt, das war vorüber. Nach den quälenden Monaten unregelmäßiger Blutungen hatte sie sich auf Anraten von Eilan in einer Meditation so tief und so lange in Trance versetzt, daß sie zu Schichten ihres Bewußtseins vordringen konnte, die ihr sonst verborgen waren. Sie hatte es gewagt, weil sie glaubte, sich damit auf den Übergang in die andere Welt vorzubereiten. Aber hier in diesem Hain, in der ungestörten Klarheit ihrer Seele hatte sie den

Zugang zu ihrer Lebenskraft entdeckt. Der Sonnenmeridian tat sich ihrem geistigen Auge auf. Sie sah das helle Licht in der vorgeschriebenen Bahn kreisen, und sie befreite sich von der dunklen Schwingung, die sie fast überwältigt hätte. Es war ein Mysterium, aber sie durchlebte es wie eine Reinigung.

Aus Dankbarkeit hatte sie Eilan das Ritual an jedem neuen Mond vorgeschlagen. Es war für sie als Frau das Zurücknehmen ihres Wesens, wie eine Welle, die das Land hinter sich läßt und sich wieder mit dem Meer vereint. Jetzt spürte sie mit jedem neuen Mond deutlicher die heilende Vereinigung mit der Kraft.

Das habe ich alles dir zu verdanken, Eilan! Hörst du den Gesang deiner Töchter?

Wie von selbst breiteten sich Cailleans Arme aus. Die jungen Frauen, die den Altar umkreisten, schienen sich in silbernes Licht verwandelt zu haben.

»Wir reinen Frauen überlassen uns deiner Führung,
Wir reinen Frauen übergeben dir unser Schicksal.
Wir reinen Frauen schenken uns dir allein
O neuer Mond, Rhyhtmus des Lebens!«

Wieder ertönten die Silberglöckchen, und dann breitete sich Stille aus. Aber dieses Schweigen war jetzt erfüllt und getragen von der Schwingung ihrer Kraft. Caillean hob die Hände, ließ sie langsam sinken, und als die beiden Priesterinnen neben ihr sie ergriffen, durchzuckte Caillean ein Blitz und kurz darauf ein zweiter. Da wußte sie, daß sich die Novizinnen ebenfalls an den Händen hielten, und sie begann die Anrufung.

»Hört mich, meine Schwestern! Die Kraft des Mondes ist die Kraft der Frauen. Der Mond ist das Licht in der Dunkelheit, und er lenkt den Rhythmus, das Kommen und Gehen der Kräfte auf den inneren Ebenen. Der jungfräuliche Mond birgt in sich das Wachstum und den Keim zu allem, was beginnt. Deshalb bitten wir die Göttin um IHRE Kraft für alles, was von uns erwartet wird.

Meine Schwestern, seid ihr bereit, euch dem zu schenken, was wir zu unserer Aufgabe machen?«

Im Kreis erklang das leise Murmeln der Zustimmung, und Caillean verwurzelte sich fester mit den Füßen im feuchten, kühlen Gras.

»Wir rufen die Göttin, die Herrin des Lebens! IHR Gewand ist der mit Sternen übersäte Himmel. SIE ist die jungfräuliche Braut, die Mutter allen Lebens, die Weisheit über allen Welten. In IHR sind alle Göttinnen, und alle Göttinnen sind eine Göttin. In all IHREN Verkörperungen, in allen Gesichtern leuchtet SIE am Himmel und in uns!«

Caillean fühlte die Wärme der Kraft aus der Erde aufsteigen. Ihr Atem wurde vom Wind getragen, und ihre Augen blickten in andere Welten, als sie jetzt rief: »Göttin, höre unseren Ruf!«

»Göttin, blicke auf uns!« riefen die Priesterinnen.

»Göttin, erscheine uns jetzt!«

Die Spannung hatte ihren Höhepunkt erreicht. Caillean erlebte den heißen Strom pulsierender Kraft nicht nur in ihrem Körper, sondern auch in dem Kreis, der sie umgab.

»Wir rufen DEINE Kraft, um die Kranken zu heilen, um den Sterbenden in ihrer Not zu helfen und um das Land zu schützen!«

Sie hörte, wie Dieda den ersten Ton des Heilgesangs anstimmte, und ein Drittel der Novizinnen fiel ein. Der Ton klang tief und sanft wie der einer Harfe, aber je länger sie ihn hielten, desto tiefer und weicher, lauter und klarer erhob er sich in die Luft. Dann folgte der zweite Ton, den das nächste Drittel der jungen Frauen aufnahm und dann der dritte. Ein Dreiklang entstand und wurde zur Vollkommenheit geführt, als sich Diedas Stimme mit dem höchsten Ton über den Chor erhob wie eine Lerche, die in den Himmel aufsteigt.

Das Prinzip des Gesangs stammte von den Barden in Eriu, die damit ihre Magie bewirkten. Eilan hatte die Idee gehabt, das Prinzip auf Stimmen zu übertragen. Dieda hatte daran gearbeitet und den Novizinnen diesen Heilgesang beigebracht. Für Caillean war es ein Gefühl, als stehe sie in einer Harfe und werde von dem reinigenden Klängen wie von Wasser umspült. Als die Stimmen immer harmonischer zusammenklangen, konnte Caillean zu allen im Kreis eine geistige Verbindung herstellen und sie mit ihrem inneren Ohr hören. Der Gesang war zu einer Brücke zwischen den Welten geworden.

»Ich fliege mit den Flügeln des Lichts
Ich sehe den Regenbogen um den Mond
In der Sonne
Im Wasserfall
Die Welt erstrahlt in allen Farben
Kühles, klares Wasser
Wärme des Feuers
Weichheit des Windes
Liebe in den Armen der Mutter«

Gedanken, Gefühle und Visionen im Kreis der Frauen wuchsen über die Wahrnehmung der einzelnen hinaus. Sie waren in diesen Augenblicken alle miteinander verbunden und eins. Die Sinne durften sich entfalten, ohne die Harmonie aller zu stören. Es war ein Einklang der Schwingungen, der unter dem Schutz des neuen Mondes stand, den die Göttin ihren Kindern als Hoffnung schenkte.

»Atmet den göttlichen Frieden
Laßt euch durchdringen von der Freude
So überwindet ihr die Schwere
So helft ihr allen Menschen
Ihr werdet zur Göttin des Lichts«

Die letzten Schwankungen verschwanden. Die Stimmen der Frauen stiegen immer höher und wurden in ihrer Reinheit zur Stimme der Göttin. Auch Diedas Spannung und Unzufriedenheit löste sich. Sie konnte sich glücklich dem Klang der Musik überlassen, der Richtigkeit dessen, was sie als Sängerin hörte – das Erleben vollkommener Harmonie. Caillean atmetete ruhig und gleichmäßig. Dann spürte sie den Impuls, die Kraft, die sie umfloß, wieder zu sammeln. Sie sah einen Schimmer wie zarten Nebel, der mit jedem Atemzug heller wurde.

Sie atmete langsam und lange ein und lenkte das Licht auf den Altar, bis alle schließlich den schimmernden Nebel auf dem Stein sahen. Die Töne stiegen weiter an und verebbten im ungestörten Rhythmus, aber das Licht gewann ständig an Stärke. Sie hoben die Arme, streckten die Hände nach der gleißenden Lichtsäule aus, die mit den reinen Tönen Himmel und Erde sichtbar verband.

Und dann war alles vorbei. Sie sanken keuchend ins Gras, als seien sie lange gerannt.

Noch zweimal riefen sie an diesem Abend die heilende Kraft der Göttin und dann noch ein letztes Mal, um die Energie aufzufüllen, die sie bei ihrem Dienst für das Land verloren hatten.

Als das Ritual vorüber war, verbeugten sie sich vor dem Altar und gingen schweigend zwischen den Bäumen zum Haus zurück.

Caillean überwand ihre Müdigkeit und ging noch einmal zu dem Haus der Hohenpriesterin, denn sie wollte Eilan von dem Ritual berichten.

»Du mußt mir nichts erzählen«, sagte Eilan, als Caillean ihr Zimmer betrat. »Sogar hier habe ich euch gehört . . . und die Kraft gespürt.«

Caillean schien von innen heraus zu strahlen.

»Eilan, für das, was wir dort tun, sind wir hier! Als Kind habe ich davon geträumt, während ich Lhiannon diente. Später haben uns die Druiden in Vernemeton eingeschlossen, und die Vision ging verloren. Auch mein Wissen verschwand, und ich wußte nicht, wie ich es wiederfinden sollte, bis du mir den Weg gewiesen hast.«

»Du hättest es auch ohne mich gefunden . . .«

Eilan zwang sich zu einem Lächeln, denn noch immer quälten sie Schmerzen, wie so oft in der Zeit um den neuen Mond.

Sie blickte die ältere Frau lange an. So klar wie noch nie spürte sie, daß Caillean einst eine der größten Priesterinnen gewesen war. So vieles von dem, was sie jetzt in Vernemeton taten, öffnete sich ihnen mit erstaunlicher Sicherheit. Sie schienen die Rituale nicht zu erfinden, sondern sich daran zu erinnern. Eilan zweifelte auch nicht mehr daran, daß sie einst eine Priesterin gewesen war, denn sie besaß eine angeborene visionäre Gabe. Caillean jedoch gelang es, Kräfte von einer unglaublichen Intensität zu beschwören.

»Ich denke oft, daß du an meiner Stelle die Hohepriesterin sein solltest.«

Caillean warf ihr einen kurzen Blick zu. »Früher hätte ich das auch so gesehen«, erwiderte sie. »Inzwischen möchte ich es nicht mehr.«

»Du bist immer so vernünftig! Aber glaub mir, wenn es sein müßte, dann könntest du es auch . . .«

Durch Cailleans schwarze Haare zogen sich inzwischen mehr silberne Fäden, aber sonst unterschied sie sich äußerlich kaum von der Frau, die vor zehn Jahren Mairis Töchterchen entbunden hatte.

»Jetzt muß ich keine Hohepriesterin sein . . .«, erklärte sie energisch, »sondern brauche nur ein paar Entscheidungen von dir. Uns liegt eine seltsame Bitte vor . . . Ein eigenartiger Mann dieser römischen Sekte, die sich Christen nennen, möchte in der alten Hütte im Wald leben. Er sagt, er sei ein Einsiedler. Soll ich ihm erlauben zu bleiben oder soll ich ihn wegschicken?«

»Er kann bleiben«, sagte Eilan nach kurzem Nachdenken. »Ich habe nicht vor, unsere Frauen in Zukunft damit zu bestrafen, daß ich sie in den Wald schicke. Und du bestimmt auch nicht.«

Trotzdem schmerzte sie der Gedanke, daß ein Fremder in der Hütte leben würde, in der sie ihr Kind geboren und gestillt hatte. Aber sie durfte sich solche sentimentalen Gefühle nicht erlauben.

»Also gut«, sagte Caillean, »wenn Ardanos Einwände hat, kann ich ihn daran erinnern, daß die Druiden ein Beispiel gesetzt haben, als sie zuließen, daß Christen auf Avalon in der Nähe der heiligen Quelle eine Kapelle errichteten.«

»Bist du einmal dort gewesen?« fragte Eilan.

»Vor sehr langer Zeit. Damals war ich noch jung«, erwiderte Caillean. »Das Sommerland ist eine seltsame Gegend aus Sümpfen, Seen und Wiesen. Wenn es regnet, dann ist der steile Hügel, auf dem sich das Heiligtum befindet, völlig von Wasser umschlossen und wird zur Insel. Manchmal hüllt dichter Nebel das Land ein, und man glaubt, bereits in der anderen Welt zu sein. Aber wenn die Sonnenstrahlen die Wolken durchdringen, leuchtet der heilige Hügel mit dem uralten Ring der Steine in überirdischem Glanz.«

Während Eilan zuhörte, glaubte sie, Avalon beinahe sehen zu können ... und wieder einmal vollzog sich der blitzschnelle Übergang von einer Welt zur anderen.

Eilan glitt mit Caillean durch den Nebel. Sie saßen in einem flachen Boot, das die kleinen dunklen Männer dieser Gegend durch das Wasser lenkten. Am Bug drängte sich eine Gruppe Novizinnen. Aber Caillean stand aufrecht. Der goldene *Torque* lag um ihren Hals, und sie trug die Armreifen der Hohenpriesterin.

»Caillean«, flüsterte Eilan, »du wirst einmal die Hohepriesterin von Avalon sein. Du wirst unsere Novizinnen mit auf die Insel nehmen ...«

»Wann ...?« fragte Caillean, aber Eilan schüttelte den Kopf.

»Ich weiß es nicht!« Sie seufzte, denn die Vision verschwand so schnell, wie sie gekommen war. »Avalon scheint mir ein sicherer Ort, den die Römer nicht erreichen können. Vielleicht sollten wir jetzt schon daran denken, einige Priesterinnen auf die Insel zu schicken.«

Das neue Amt machte es notwendig, daß Gaius viel im Land unterwegs war. Da sich das größte Vorratslager derzeit in Deva befand, wo die Zwanzigste Legion stationiert war, schien es nur vernünftig, mit seiner Familie auf einen Landsitz in der Nähe zu ziehen. Sie tauften das Haus Villa Severina. Es lag inmitten der sanft abfallenden Hänge im Süden etwas außerhalb der Stadt.

Julia verließ Londinium nur ungern, aber sie gewöhnte sich mit stoischer Gelassenheit an das Landleben, und bald nach ihrem Eintreffen im Westen brachte sie Zwillinge zur Welt. Sie nannte die beiden Mädchen Tertia und Quarta. Letztere war so winzig, daß man sie bald Quartilla nannte.

»Aber warum diese Namen?« fragte Licinius bei einem Besuch. Er war gekommen, um seine neuen Enkeltöchter zu sehen.

»Zweimal darfst du raten!« erwiderte Julia, aber ohne zu lachen. »In einen Krug ihrer Größe könnte man doch höchstens einen Viertelliter füllen ...« Als ihr Vater sie verwirrt ansah, wurde ihr bewußt, daß ihre Antwort alles andere als komisch war. Trotzdem, Quartilla *war* winzig.

Julia konnte sich nur schwer damit abfinden, daß sie zwei Mädchen bekommen hatte. Als ihr Leib sich so gewaltig wölbte, hatte sie nicht mehr daran gezweifelt, daß sie Gaius diesmal endlich einen gesunden Jungen schenken würde. Dann kamen die langen und heftigen Wehen und ... zwei Töchter, von denen eine auch noch ein schwächliches Kind war. Wie sollte sie da nicht niedergeschlagen sein?

Ihre Kräfte kehrten nur langsam zurück, denn bei der Geburt hatte sie größere Verletzungen davongetragen. Bald war deutlich, daß sie nicht genug Milch zum Stillen hatte. Sie überließ die Zwillinge ohne Gewissensbisse einer Amme. Je früher sie wieder schwanger werden würde, desto schneller konnte sie auf einen Sohn hoffen.

Der griechische Arzt sprach mit gerunzelter Stirn davon, sie müsse sich Zeit lassen. Eine nächste übereilte Schwangerschaft könne gefährlich für sie werden. Aber der Mann war nur ein Sklave, und Julias Drohungen verhinderten, daß er mit Gaius oder ihrem Vater darüber sprach.

Wenn ich wieder schwanger bin ... dann werde ich der Juno einen Tempel in Deva bauen, wenn es sein muß. Aber das nächste Mal muß es ein Junge sein!

Die Säuglinge wuchsen heran, und Julia fand sich damit ab, die meiste Zeit im Jahr inmitten der Felder und fern von allen gesell-

schaftlichen Ereignissen der Hauptstadt zu leben. Nur den Winter verbrachte sie im Haus ihres Vaters in Londinium.
Licinius liebte seine Enkelkinder und hielt bereits Ausschau nach einflußreichen Familien, um die richtigen Ehen vorzubereiten.
Gaius zeigte als Vater wenig Interesse an seinen Töchtern. Aber Julia erwartete nichts anderes von ihm. Sie wußte, wenn sie manchmal ihre Migräne hatte, dann schlief er mit einer der Sklavinnen. Doch solange er auch seine ehelichen Pflichten erfüllte, konnte sie wenig dagegen einwenden.
Julia hatte geheiratet, um eine ehrenwerte Matrone zu sein und ihrem Vater den lang ersehnten Erben zu schenken. Die Beziehung zu Gaius beruhte auf gegenseitiger Achtung und verständnisvoller Zuneigung. Etwas anderes wäre für eine Römerin aus gutem Haus eher anstößig gewesen.
In Anbetracht der vielen Skandale und Scheidungen in Londinium, die selbst in diesem blassen Abglanz Roms mehr oder weniger zum Alltag gehörten, schienen Julia und Gaius zu den wenigen Ehepaaren zu gehören, denen es noch gelang, die alten römischen Tugenden zu wahren. Sie führten eine gute Ehe. Manchmal, wenn ihre Töchter im Garten der Villa spielten und ihre bunten Tuniken wie Blumen im grünen Gras leuchteten, hatte Julia das Gefühl, als Mutter vielleicht doch nicht völlig versagt zu haben.
Als die Zwillinge ihren zweiten Geburtstag feierten, war sie wieder schwanger.

Nach einer langen Regenzeit, in der sich die Kinder im Haus langweilten und ihr Jammern kaum noch zu ertragen war, wurde es endlich wieder warm.
Julia saß auf der Veranda, die sie gebaut hatten, als sie die Villa um zwei Flügel erweiterten, und hatte vor sich die Abrechnungen ihres Haushalts liegen; aber sie arbeitete nicht, sondern genoß schläfrig die warme Sonne. Die Hände ruhten entspannt auf dem gewölbten Leib, in dem sie die Bewegungen des Kindes spüren

konnte. Der Kleine hatte sich in letzter Zeit wenig bewegt – sie zweifelte nicht daran, daß es diesmal ein Sohn war. Vermutlich machte das warme Wetter das Ungeborene ebenso träge wie sie sich fühlte.
Julia schloß die Augen und lehnte sich zurück. Ohne sich zu bewegen, lauschte sie dem Zwitschern der Vögel und den Stimmen der Sklaven, die ihren Pflichten in Haus und Hof nachgingen.
Gaius sagte immer, Julias Haushalt funktioniere so reibungslos wie eine Legion beim Aufschlagen des Lagers. Julia wußte, ohne es überprüfen zu müssen, welche ihrer Diener und Dienerinnen sich gerade an welcher Stelle auf dem großen Anwesen befanden.
» . . . spielen im Garten«, hörte sie das kräftige gallische Kindermädchen sagen, deren Aufgabe es war, Julias Töchter nicht aus den Augen zu lassen.
»Das stimmt nicht!« erwiderte Lydia, die alte Amme der Kinder. »Die Zwillinge bekommen gerade das Mittagessen, und Cella hilft in der Küche beim Kuchenbacken. Ich finde, Secunda ist noch nicht in dem Alter, in dem man sie alleinlassen kann . . .«
»Sie war vorhin noch im Garten . . .«, erwiderte das Kindermädchen unsicher.
»Und wo bist du gewesen? Hast du wieder mit dem Stallknecht geflirtet?«
Das Kindermädchen sagte: »Weit kann sie nicht sein . . .«
Die alte Lydia erwiderte: »Mach dich sofort auf den Weg und such sie. Aber das kannst du mir glauben, wenn dem Kind etwas zugestoßen ist, werde ich persönlich dafür sorgen, daß man dich auspeitscht! Hast du denn kein Verantwortungsgefühl? Du weißt doch, daß unsere Herrin hochschwanger ist und sich nicht aufregen darf!«
Julia runzelte die Stirn. Sie überlegte, ob sie aufstehen und mit dem Kindermädchen ein ernstes Wort reden sollte. Aber die Schwangerschaft setzte ihr zu. Sie fühle sich schlapp und kraftlos. Bestimmt würden sie Secunda finden . . .

In der Ferne hörte sie Stimmen, und sogar Gaius schien auf einmal in der Nähe zu sein.
Gut. Sie haben ihn geholt. Es ist nur richtig, daß er sich auch einmal um seine Kinder kümmert ...
Sie lehnte sich wieder zurück und sagte sich, sie dürfe sich wegen des Ungeborenen nicht aufregen. Aber trotzdem wuchs ihre Unruhe. Die Stimmen schienen sich zu entfernen. Wie weit war Secunda gelaufen?
Der Schatten auf der Sonnenuhr hatte fast die nächste volle Stunde erreicht, als sie Schritte auf dem Kies hörte.
Aha, sie hatten Secunda gefunden ..., aber warum waren sie so still? Secunda würde doch bestimmt weinen, wenn ihr Vater sie bestraft hatte, wie sie es verdiente ...
Ein kalter Schauer lief Julia plötzlich über den Rücken. Sie ahnte nichts Gutes, richtete sich mühsam auf und hielt sich an der Säule fest. Zwischen den Bäumen tauchten die Männer und Frauen auf.
Als sie Gaius in der Gruppe entdeckte, wollte sie rufen, aber sie brachte kein Wort über die Lippen. Dann trat der Gärtner zur Seite, und sie sah, daß Gaius die kleine Secunda auf den Armen trug. Selbst im Schlaf war das Mädchen noch nie so still gewesen.
Warum rührt sie sich nicht?
Julia bewegte lautlos die Lippen.
Gaius trat zu ihr. Tränen liefen ihm über die Wangen. Von Secundas rosa Kleidchen tropfte Wasser, und die schwarzen Locken klebten ihr am Kopf. Julia starrte auf das Kind. Der Schock der Erkenntnis schoß ihr eiskalt durch die Adern.
»Sie ist ... in den Bach gefallen ...«, stieß Gaius heiser hervor, »das nasse Ufer ... Sie ist ins Wasser gerutscht ... Ich habe versucht, sie zu beatmen ... Ich habe alles versucht ...«
Er schluckte und blickte auf das kleine leblose Gesicht, das so weiß war wie Marmor.
Nein, dachte Julia wie betäubt, Secunda wird nie wieder atmen.

Sie hob verwirrt die Hand vor die Augen und verstand nicht, weshalb alles um sie herum plötzlich so dunkel wurde. Dann durchzuckte sie ein stechender Schmerz im Leib, und sie verlor das Bewußtsein.

Die nächsten Stunden vergingen in Verwirrung, Schmerzen und Tränen. Sie hörte unbestimmt, wie Gaius schwor, er werde das gallische Kindermädchen eigenhändig bestrafen, während Licinius versuchte, ihn zu beruhigen. Sie wußte nur, Secunda war etwas geschehen ... Sie wollte aufstehen und zu ihr gehen, aber die Frauen drückten sie in die Kissen zurück. Dann zerriß sie noch einmal der fürchterliche Schmerz, und die Dunkelheit schien sie zu verschlingen.

In etwas klareren Augenblicken wußte Julia, daß etwas an den Wehen nicht stimmte ... Sie war doch erst im sechsten Monat schwanger.

Ihr Götter, habt Erbarmen. Es dürfen keine Wehen sein. Ihr habt mir die Tochter genommen ... bitte, laßt mir wenigstens meinen Sohn!

Die Dämmerung brach bereits an, als sie sich aufbäumte und den heißen Blutstrom zwischen den Schenkeln spürte. Lydia beugte sich über sie und murmelte leise beschwörende Worte. Jemand drückte ihr Tücher zwischen die Beine, um das Blut zu stillen. Aber einen Augenblick lang hatte sie etwas gesehen – es war klein und rot, und es bewegte sich nicht.

»Mein Sohn ...«, flüsterte sie flehend, »gebt ihn mir ... bitte!«

Weinend brachte ihr Lydia etwas in einem blutbefleckten Tuch und legte es ihr in den Arm. Man hatte das Köpfchen gesäubert, und Julia sah das winzige, vollkommene Gesicht. Aber es war so leblos wie die Blütenblätter einer abgerissenen Rose.

Sie hielt ihn noch immer in den Armen, als Gaius zu ihr ans Bett trat.

»Die Götter hassen mich«, flüsterte sie, und Tränen flossen über ihre Wangen.

Er kniete an ihrem Bett nieder, schob ihr die feuchten Haare aus der Stirn und küßte sie so zärtlich, wie sie es nicht für möglich gehalten hätte. Einen Augenblick lang blickte er auf das totgeborene Kind. Dann zog er behutsam das Tuch über das kleine Gesicht und nahm ihr das Kind aus den Armen. Sie wollte es nicht zulassen, aber sie konnte sich nicht bewegen. Er hielt das Kind in den Armen wie ein Vater, der seinen neugeborenen Sohn anerkennt, dann reichte er das Bündel stumm der alten Lydia.

Julia drückte schluchzend das Gesicht in die Kissen.

»Ich will sterben! Ich habe versagt! Ich will sterben!«

»Das darfst du nicht sagen, mein armer Schatz. Du hast drei Töchter, die dich brauchen. Du darfst jetzt nicht so weinen.«

»Mein Sohn, mein kleiner Sohn ist tot!«

»Still ... Liebes ...«

Gaius versuchte sie zu beruhigen. Dann trat Licinius ins Zimmer, und er sah seinen Schwiegervater hilflos an.

»Wir sind noch nicht alt, mein Schatz ...«, flüsterte er Julia ins Ohr. »Wenn die Götter wollen, können wir noch viele Kinder haben ...«

Auch Licinius küßte Julia und sagte liebevoll: »Und wenn du auch keinen Sohn bekommst, mein liebes Kind, was ist schon dabei? Du warst mir immer ein besseres Kind als viele Söhne ...«

»Denk an deine lebenden Kinder ...«, sagte Gaius beschwörend.

Aber in Julia schlugen die Wellen der Verzweiflung hoch.

»Du hast Secunda nie beachtet ... warum sollten die anderen Töchter dir plötzlich etwas bedeuten? Für dich zählt nur, daß ich deinen Sohn verloren habe.«

»Nein ...«, erwiderte Gaius ruhig, »du mußt mir keinen Sohn schenken. Du mußt jetzt schlafen.«

Er stand auf und sah sie ruhig an.

»Nur der Schlaf kann solche Wunden heilen. Morgen wird die Welt wieder anders aussehen.«

Aber Julia sah nur das zarte, fein geformte kleine Gesicht vor sich und glaubte, vor Kummer zu sterben.

In den langen Wochen von Julias Genesung stellte Gaius fest, daß ihn ihre Trauer mehr bekümmerte als seine eigenen Gefühle. Seit Secundas Geburt war er die meiste Zeit unterwegs gewesen und hatte nie besondere Zuneigung für das Kind entwickelt. Er trauerte nur äußerlich um ihren Tod.
Wenn er an den totgeborenen Sohn dachte, beschäftigte er sich mehr mit Eilans Sohn. In der römischen Gesellschaft war die Adoption des gesunden Sohnes einer anderen Familie eine traditionelle Lösung, wenn kein Erbe vorhanden war. Falls Julia ihm keine männlichen Nachkommen gebar – und nach Gesprächen mit dem Arzt schien das nicht mehr auszuschließen zu sein –, dann würde sie wahrscheinlich nichts dagegen einwenden, wenn er Eilans Sohn seinen Namen gab. Er liebte auch seine Töchter, allerdings auf eine andere Weise als Gawen.
Aber zuerst mußte Julia wieder gesund werden. Er hoffte, sie mit einer Pilgerfahrt zum Heiligtum der Muttergöttin in der Nähe von Venta Icenorum von ihrem Leid abzulenken, aber auch das half nicht, sie aus der schweren Krise herauszuholen. Als Gaius ihr schließlich anbot, mit der Familie nach Londinium zurückzukehren, lehnte sie ab.
»Hier sind unsere Kinder begraben«, erklärte Julia unter Tränen. »Hier fühle ich mich ihnen näher.«
Gaius hielt das für unlogisch. Die Stämme glaubten zwar, im Land der Silurer befinde sich der Eingang zur anderen Welt, aber er dachte, auf der Erde sei jeder Ort dem Land der Toten gleich nah oder fern. Trotzdem wehrte er sich nicht gegen Julias Wunsch, und so blieben sie in Deva.
Im Jahr darauf trat Licinius in den Ruhestand und zog zu ihnen. Er wollte in der Nähe seiner Tochter und Enkelkinder sein.
Sie erweiterten die Villa Severina noch um einen Trakt. Damit begann für Gaius das dritte Jahr als Prokurator. Er hatte gehofft, nach dem Ende seiner Amtszeit werde Senator Malleus eine Beförderung für ihn durchsetzen können, aber in dem Jahr erhielten sie schlechte Nachrichten – der Kaiser herrschte mittlerweile noch

despotischer und wurde immer mißtrauischer. Als Feldherr hatte Domitian gewisse Erfolge, aber er schien darin eine übersteigerte göttliche Bestätigung seiner Macht zu sehen. Corax schrieb Licinius, der Kaiser habe nichts anderes im Sinn, als die verbliebene Macht der Patrizier völlig zu zerstören.

Gaius vermutete, daß dieser Versuch der Funke war, an dem sich die Rebellion entzünden würde. Aber wenn ein Aufstand geplant war, dann kam der Herrscher, dem niemand Unentschlossenheit nachsagen konnte, ihm zuvor. Als nächstes erhielt Licinius die Nachricht, daß Herennius Senecio und mehrere andere Männer seiner Umgebung als Hochverräter hingerichtet worden waren.

Damit wußte Gaius, an eine Beförderung war in nächster Zeit nicht zu denken. Sein Gönner, Senator Malleus, wurde zwar nicht angeklagt, aber er hielt es für klüger, sich auf seine Güter in Kampanien zurückzuziehen. Gegen Ende des Jahres traf die Nachricht vom Tod Agricolas ein.

»Wie Tacitus immer sagte«, schrieb Corax an Licinius, *»›es ist ein Prinzip der menschlichen Natur, jene zu hassen, die wir verletzt haben‹. Aber sogar unser göttlicher Kaiser fand wenig an Agricola auszusetzen, was seinen Haß gerechtfertigt hätte. Deshalb entging unser Freund der Schmach, öffentlich in Ungnade zu fallen. Im Gegenteil, der Kaiser zeigte sich während Agricolas Krankheit sehr besorgt. Es kursieren zwar Gerüchte, nach denen der große Feldherr sein Leben durch Gift verlor, aber ich glaube, er ist an gebrochenem Herzen gestorben, weil er Roms moralischen Zerfall untätig mitansehen mußte. Wahrscheinlich geht es ihm jetzt besser, und wir werden uns selbst bald wünschen, nicht mehr am Leben zu sein. Seid froh, daß ihr in Britannien außer Sichtweite des Kaisers lebt . . .«*

Deshalb verschob Gaius nach Ablauf seiner Amtszeit den geplanten Besuch in Rom und beschloß, sich wie der Senator seinen Feldern und Wäldern zu widmen. Das Leben in der Familie ließ schließlich ein stärkeres Gefühl der Freundschaft mit seinen drei Töchtern entstehen. Aber Julia konnte ihre Niedergeschlagenheit und körperliche Schwäche nicht überwinden.

Sie schliefen zwar wieder zusammen, aber es wurde immer deutlicher, daß sie ihm keinen Sohn gebären würde, der einmal den Besitz erben konnte, für den Gaius so schwer arbeitete.

Deshalb begannen seine Gedanken wieder um Eilans Kind zu kreisen. Der Junge mußte inzwischen beinahe neun Jahre alt sein. Selbst ein Vater, der nicht in der besonderen Gunst des Kaisers stand, konnte einem Kind eine bessere Zukunft garantieren als eine britonische Priesterin, die sich nicht einmal zu ihrem Kind bekennen konnte. Julia würde bestimmt sehr viel lieber seinen Sohn großziehen als das Kind von Fremden – obwohl er noch immer nicht abschätzen konnte, was Julia wirklich empfinden würde, wenn sie es erfuhr. Gaius konnte ihr jedoch, ohne zu lügen, versichern, daß sein Sohn gezeugt worden war, bevor er sie überhaupt kannte.

Zu Pferd brauchte man nur wenige Stunden, um Vernemeton zu erreichen. Mein Sohn lebt vielleicht hinter dem nächsten Hügel, dachte Gaius und blickte sehnsüchtig in Richtung Süden.

Aber dann erinnerte er sich an den letzten Anblick von Eilan, und er gestand sich ein, daß er sich fürchtete, ihr noch einmal zu begegnen.

Haßt sie Rom? Haßt sie mich?

Die Frau, die er als junger Mann geliebt hatte, gab es nicht mehr. Sie hatte sich zu der schrecklichen Hohenpriesterin von Vernemeton verwandelt.

Manchmal hatte er den Eindruck, daß es die Frau, die er geheiratet hatte, auch nicht mehr gab. Julias Verspieltheit und ihr nicht zu leugnender Charme, den er einmal bewundert hatte, waren mit ihren Kinder gestorben.

Gaius hatte Erfolge aufzuweisen, obwohl er kaum die hochfliegenden Träume seines Vaters erfüllte. Aber in seinem Leben gab es keine Liebe. Wann immer er daran dachte, wuchs sein Entschluß, einen Weg zu finden, um seinen Sohn wiederzusehen.

Eines Tages verfolgte Gaius die Wildschweine, die seine Felder übel zugerichtet hatten, tief in den Wald. Plötzlich stellte er zu seiner Überraschung fest, daß er in die Gegend gekommen war, wo Eilan ihren Sohn geboren hatte, denn er sah zwischen den Bäumen die Hütte.

Neugierig geworden, fragte er sich, ob jemand dort sein mochte, und folgte dem schmalen Pfad. Er wußte, daß er Eilan bestimmt nicht in der Hütte antreffen würde, aber vielleicht eine Priesterin, von der er etwas über sie erfahren konnte.

Zuerst glaubte er, die Hütte sei verlassen. Der Frühling zeigte sich in den schwellenden Knospen an den kahlen Zweigen, und in wenigen Wochen würde hier alles grün sein. Das schilfgedeckte Dach der Hütte war vom Sturm zerzaust und schwarz vom Regen. Auf der Erde lagen abgerissene Zweige und das Laub vom vergangenen Jahr.

Dann bemerkte er eine dünne Rauchfahne, die in die Luft stieg. Sein Hengst schnaubte, als Gaius die Zügel anzog, und ein Mann trat aus der Tür.

»Sei willkommen, mein Sohn«, sagte er freundlich. »Wer bist du, und weshalb bist du gekommen?«

Gaius nannte seinen Namen und musterte den Mann mißtrauisch. »Und wer bist du?« fragte er dann.

Der Mann war groß, hatte ein vom Wetter gegerbtes Gesicht und tiefschwarze Haare. Er trug ein rauhes Gewand aus Ziegenhaar und hatte einen langen, struppigen Bart.

Gaius dachte, es sei vielleicht ein umherziehender Wanderer, der in der unbewohnten Hütte Zuflucht gefunden hatte. Aber dann sah er das kleine hölzerne Kreuz an einem Lederband um seinen Hals und wußte, daß es sich um einen dieser Christen handelte. Vielleicht war er ein Einsiedler, wie sie in den letzten Jahren überall im römischen Reich an einsamen Plätzen anzutreffen waren. Gaius hatte gehört, daß man sie in Ägypten ebenso fand wie in Nordafrika. Trotzdem war es seltsam, auf einen solchen Mann hier im Wald von Vernemeton zu stoßen.

»Wer bist du, und was tust du hier?« fragte er noch einmal.
»Ich bin hierher gekommen, um die verlorenen Seelen zu Gott zurückzubringen«, antwortete der Einsiedler. »In der Welt nannte man mich Lycias, jetzt heiße ich Vater Petros. Dich hat bestimmt Gott zu mir geschickt, weil du Hilfe brauchst. Was kann ich für dich tun?«
»Woher weißt du, daß Gott mich zu dir geschickt hat?« fragte Gaius und mußte gegen seinen Willen über die Einfalt des Mannes lächeln.
»Du bist doch hier, oder nicht?« erwiderte Vater Petros.
Darauf konnte Gaius natürlich nichts erwidern. Er hob die Schultern, und Petros fuhr fort: »Glaube mir, mein Sohn, nichts geschieht ohne das Wissen Gottes, der auch die Sterne am Himmel geschaffen hat.«
»Nichts?« rief Gaius mit einer Bitterkeit, die ihn selbst erstaunte. Irgendwann in den letzten Jahren, vielleicht als er vom Tod Agricolas hörte, oder vielleicht, während er Tag für Tag Julias Leid mitansah, hatte er aufgehört, an die Götter zu glauben.
»Dann kannst du mir vielleicht sagen, welcher Gott einer liebenden Mutter einen Sohn und eine Tochter nehmen würde?«
»Ist das dein Kummer?« Vater Petros hielt die Tür weit auf. »Komm herein, mein Sohn. Solche Dinge lassen sich nicht mit einem Satz beantworten. Dein armes Pferd könnte auch eine Rast brauchen, denn es sieht müde aus.«
Gaius mußte ihm recht geben, denn er hatte den Hengst an diesem Tag lange laufen lassen. Er führte ihn zu einem dicken Baum und band ihn mit einem langen Zügel fest, damit er das trockene Gras fressen konnte. Dann folgte er Vater Petros in die Hütte.
Der Einsiedler stellte einen Becher auf den einfachen Holztisch und fragte: »Was kann ich dir anbieten? Ich habe Bohnen und Rüben und sogar etwas Wein. Bei dem Wetter hier kann ich nicht so oft fasten, wie ich es im wärmeren Klima getan habe. Ich trinke nur Wasser, aber den Gästen, die zu mir kommen, darf ich diese weltlichen Dinge anbieten.«

Gaius begriff, daß er einem Philosophen begegnet war. »Ich trinke gern einen Schluck Wein. Aber mach dir keine falschen Hoffnungen, du wirst mich nie davon überzeugen, daß dein Gott allmächtig oder gut ist. Wenn dein Gott allmächtig wäre, warum kann er dann nicht das Leid verhindern? Und wenn er es kann und nicht tut, warum sollten die Menschen ihn dann verehren?«

»Ah!« rief Vater Petros, »deine Frage verrät deine Ausbildung in stoischer Philosophie, denn du redest wie ein Stoiker. Aber die Philosophen irren sich und haben das Wesen Gottes nicht richtig verstanden.«

»Und du irrst dich natürlich nicht?« fragte Gaius herausfordernd.

Vater Petros schüttelte den Kopf. »Ich bin nur ein armer Diener der verlorenen Kinder des Herrn, die meinen Rat suchen. Der einzige Sohn Gottes wurde ans Kreuz geschlagen und ist von den Toten auferstanden, um uns zu retten. Mehr muß ich nicht wissen. Alle, die an ihn glauben, werden in Ewigkeit im Paradies leben.«

Das übliche orientalische Märchen, dachte Gaius und erinnerte sich daran, was er in Rom von dieser Sekte gehört hatte. Er verstand, weshalb diese rührende Geschichte Sklaven und auch manchen Frauen aus guten Familien so gefiel. Er dachte, vielleicht würde auch Julia sich für das Gerede des Einsiedlers von der Wiederauferstehung interessieren oder es könnte sie zumindest auf andere Gedanken bringen. Er stellte den Becher ab.

»Ich danke dir für deinen Wein, Vater Petros, und für deine Geschichte«, sagte er. »Darf meine Frau dich vielleicht einmal besuchen? Sie kann den Tod unserer Tochter nicht verwinden.«

»Sie ist jederzeit willkommen«, erwiderte Vater Petros. »Ich bedaure nur, daß ich dich nicht überzeugen kann ... Ich habe dich doch nicht überzeugt, oder?«

»Nein, das hast du wirklich nicht«, sagte Gaius und lachte über die entwaffnende Offenheit des Einsiedlers.

»Ich bin kein guter Prediger«, sagte Vater Petros sichtlich enttäuscht. »Wenn Vater Joseph hier wäre, hätte er dich bestimmt zu unserem Glauben bekehrt.«

Gaius hielt auch das für sehr unwahrscheinlich, aber er lächelte höflich. Als er aufstand und gehen wollte, hörten sie jemanden vor der Tür.

»Senara, bist du es? Komm herein!« rief der Einsiedler.

»Du hast Besuch«, hörten sie die Stimme eines Mädchens von draußen. »Ich komme ein anderes Mal wieder.«

»Das mußt du nicht. Ich bin dabei zu gehen«, sagte Gaius und schob die Lederklappe vor der Türöffnung beiseite. Als er hinaustrat, stand vor ihm das hübscheste Mädchen, das er seit . . . ja, das er seit der Begegnung mit Eilan gesehen hatte.

Damals war er natürlich auch noch jung gewesen. Das Mädchen war vielleicht fünfzehn und hatte Haare, die schimmerten wie Kupfer im Schmiedefeuer. Ihre Augen strahlten in einem reinen Blau, und sie trug ein ungebleichtes Leinengewand.

Er blickte das Mädchen noch einmal genauer an, und plötzlich wußte er, wen er vor sich hatte. Trotz der hellen Hautfarbe waren die römische Nase und die römischen Backenknochen unverkennbar und erinnerten Gaius stark an Valerius, den alten Sekretär seine Vaters. Das erklärte, weshalb sie Latein sprach. Als er wegen ihr in Vernemeton gewesen war, hatten sich alle seine Gedanken natürlich nur um Eilan gedreht.

Erst als er zu seinem Hengst ging, fiel ihm ein, daß er sich bei – wie hatte der Einsiedler sie noch genannt? – Senara nach Eilan hätte erkundigen können. Aber die Türklappe war bereits zugefallen, und zu dem Wenigen, was er über Frauen wußte – es war wirklich nicht sehr viel und seit seiner Ehe glaubte er sogar, noch weniger zu wissen –, gehörte der Grundsatz: Es ist immer unklug, eine Frau nach einer anderen zu fragen.

Gaius erreichte die Villa erst nach Sonnenuntergang, aber Julia begrüßte ihn freundlich, wenn auch wie immer niedergeschlagen. Licinius saß bereits im Eßzimmer.

Macellia und Tertia spielten mit einem Spielzeugwagen auf der Terrasse. Sie hatten Julias Äffchen Kindersachen angezogen und versuchten, das Tier in den Wagen zu setzen. Er rettete das Äffchen und gab es dann Julia. Manchmal wußte er wirklich nicht, wie drei kleine Mädchen und eine Frau mit sieben Dienstboten soviel Trubel im Haus schaffen konnten.
Quartilla kam ebenfalls angelaufen und rief: »Papa, Papa!« Er umarmte sie alle nacheinander und winkte der alten Lydia, die sich der Kinder annahm. Dann ging er mit Julia in das Eßzimmer.
Das Äffchen saß noch immer auf ihrer Schulter. Es war etwa so groß wie ein Säugling. Der Anblick der Kinderkleider, die die Mädchen dem Tier angezogen hatten, stieß ihn ab. Er verstand nicht, weshalb sich Julia überhaupt mit einem solchen Tier umgab. Das Äffchen war in einem heißen Klima zu Hause und sollte nicht wie ein kleines Kind behandelt werden. Als Haustier war ein Affe im naßkalten Britannien bestimmt fehl am Platz. Selbst im Sommer war es für das Tier vermutlich hier viel zu kühl.
»Ich finde, du solltest dieses Äffchen nicht ständig um dich haben«, sagte er gereizt, als sie sich an den Tisch setzten.
Sofort traten die Tränen in ihre Augen. »Ach ... Secunda ... hat das Tier so geliebt«, flüsterte sie.
Nicht zum ersten Mal zweifelte er an Julias Verstand. Secunda war bei ihrem tödlichen Unfall drei gewesen. Die Kleine hatte das Äffchen nie und nimmer »so geliebt«. Nun ja, wenn Julia es so sehen wollte ... Licinius warf ihm einen warnenden Blick über den Tisch zu. Gaius seufzte und wechselte das Thema.
»Was hast du heute gemacht?« fragte Julia bemüht, fröhlich zu wirken, während die Sklaven zu den ersten frischen Kräutern des Jahres, die mit Olivenöl angemacht waren, gekochte Eier, geräucherte Austern und gesalzenen Fisch auftrugen.
Gaius schluckte eine Zwiebelscheibe zu schnell und mußte husten. In Gedanken legte er sich eine Geschichte zurecht, die er Julia erzählen konnte. Sie mußte nicht erfahren, welcher Grund ihn zu der Hütte im Wald geführt hatte und daß er dort der

Nichte des Valerius begegnet war. Er nahm sich ein Stück frisches Brot, das noch ofenwarm war, und kaute langsam.
»Ich habe versucht, die Wildschweine aufzuspüren, die so großen Schaden anrichten, und bin dabei in den Wald hinter den Hügeln gekommen«, erzählte er. »Die alte Hütte dort mitten im Wald hat einen neuen Bewohner ... eine Art Einsiedler.«
»Ein Christ?« fragte Licinius mißbilligend. Er hatte noch nie viel von den orientalischen Sekten gehalten, die in Rom so zahlreich waren.
»Offenbar«, sagte Gaius und ließ die Sklavin den Teller abräumen, während die gebratene Ente mit Pflaumen in Weinsauce gebracht wurde. Er tauchte die Finger in die Schale mit dem parfümierten Wasser und trocknete sie an der Serviette ab. »Der Mann glaubt, daß sein Gott von den Toten auferstanden ist.«
Licinius schnaubte abfällig, aber in Julias Augen traten Tränen.
»Wirklich ...?« hauchte sie. Ihre Hilflosigkeit schmerzte Gaius, obwohl sie ihn gleichzeitg ärgerte.
Wenn ich nur wüßte, wie man ihr helfen kann ...
Er legte den Entenflügel auf den Teller und sah sie an.
»Der Einsiedler ist sehr freundlich. Er heißt Vater Petros und sagt, er ist für alle da, die in Not sind ...«
»Ach ja ...« Julia trocknete die Tränen und fragte: »Glaubst du, er würde sich auch mit mir unterhalten?« Sie sah ihn ängstlich an. »Hättest du nichts dagegen, wenn ich ihn besuche?«
»Liebste Julia, wenn es dich glücklich macht, bin ich natürlich einverstanden.« Er meinte das aufrichtig. »Ich weiß, daß du Trost brauchst ...«
»Du bist so gut zu mir ...«
Ihre Augen füllten sich schon wieder mit Tränen. Sie schlug die Hände vor das Gesicht, stand auf und lief aus dem Zimmer.
»Ich weiß nicht, was mit ihr los ist«, sagte Licinius, als seine Tochter gegangen war. »Ich habe sie dazu erzogen, ein tugendhaftes Leben zu führen und ihre Ahnen zu verehren. Aber jetzt ist sie plötzlich völlig verwandelt.« Er seufzte und kaute nachdenklich

an einem Stück Entenbrust. »Nun ja, ich habe die Kleine auch sehr geliebt, aber wir alle müssen eines Tages sterben, der eine früher, der andere später. Ihre Trauer um das Mädchen geht wirklich zu weit. Sie hat keinen Grund, sich zu beklagen«, fügte er nach einer Weile hinzu, »du bist für sie immer ein guter Mann gewesen, obwohl sie dir keinen Sohn geboren hat.«

Gaius seufzte und griff nach dem Weinkrug. Er kam sich wie ein schrecklicher Betrüger vor. Aber auch diesmal zog er es vor zu schweigen. Er fühlte sich für Julia verantwortlich, und er wollte weder sie noch ihren Vater durch Geständnisse verletzten, die jetzt auch nicht weiterhelfen würden. Er trank den Becher auf einen Zug leer und dachte, Eilan wäre niemals so albern und würde auf die törichten Worte eines Einsiedlers hören ...

Als der Nachtisch abgeräumt war, ging er in den Teil des Hauses, wo die Kinder schliefen. Dort fand er Julia, die darauf achtete, daß die kleinen Mädchen ordentlich zu Bett gebracht wurden. Zu seiner Genugtuung sah Gaius, daß das Äffchen offenbar davongesprungen war. Er fand seine Gedanken zwar boshaft, aber er hoffte, das Tier werde durch ein offenes Fenster springen und mit etwas Glück von einem Hund auf dem Weg in die Freiheit erwischt werden. Dann könnte ihm Julia keine Vorwürfe machen, und sie wären den Affen endlich los.

Er umarmte pflichtschuldig seine Töchter und gab ihnen den Gute-Nacht-Kuß. Die alte Lydia deckte die Kinder zu, während Julia und er zusahen, wie die Amme die Lampen löschte und auf die rosigen Wangen die langen Schatten der Nacht fielen.

Julia segnete die Kinder und berührte das Amulett an der Wand, das sie vor Feuer schützen sollte.

In letzter Zeit ist sie sehr abergläubisch geworden, dachte Gaius. Natürlich wäre ein Brand eine Katastrophe, aber sie hatten zuverlässige Sklaven, und er vertraute mehr der Wachsamkeit seiner Diener als irgendwelchen Göttern oder Zaubersprüchen.

Als sie zur Treppe kamen, sagte Julia: »Ich glaube, ich gehe jetzt auch schlafen.«

Gaius legte ihr die Hand auf die Schulter und küßte sie auf die Wange, die sie ihm bot.
So war es jetzt immer. Wenn er dann ins Schlafzimmer kam, würde sie so tief schlafen – oder vorgeben zu schlafen –, daß er sie in Ruhe ließ. Er hätte ebensogut keine Frau haben können. Wie sollte sie noch ein Kind von ihm bekommen, wenn sie nicht mehr mit ihm schlafen wollte?
Es schien jedoch sinnlos, mit ihr darüber zu sprechen. Er wünschte ihr eine gute Nacht und ging zu seinem Schreibzimmer im anderen Teil der Villa. Dort wartete eine dicke Schriftrolle von Tacitus, der über das Leben von Agricola geschrieben hatte. Darauf freute er sich schon.
In seinem Zimmer entdeckte er jedoch, wohin das Äffchen geflohen war. Das freche Tier saß auf seinem Schreibpult, hatte die Papyrusrolle zerfetzt, die Stücke im ganzen Zimmer verstreut und das Schreibpult mit seinen Exkrementen besudelt.
Gaius schäumte vor Wut. Er packte das Vieh und warf es hinunter in den Hof. Er hörte einen dumpfen Aufprall und dann ein Wimmern. Kurz darauf war alles still.
Gut, dachte er, vielleicht ist damit das Problem gelöst. Wenn der Affe tot war, würde er nicht trauern. Er würde Julia auch ohne Gewissensbisse erzählen, daß ihr Spielzeug einem Hund zum Opfer gefallen sein mußte.
Soll dieser Christ sie doch trösten, dachte Gaius. Er wußte allerdings, daß diese Einsiedler keusch lebten und mit Frauen nichts im Sinn hatten.
Als er viel schneller als beabsichtigt im Bett lag und wieder einmal nicht einschlafen konnte, hätte er sich das auch gewünscht – ein Leben ohne Frauen.

[illegible]

[illegible]

[illegible]

[illegible]

[illegible]

[illegible]

[illegible]

25. KAPITEL

Gaius erwachte früh am nächsten Morgen und dachte, er müsse unbedingt etwas unternehmen, um seinen Sohn zu finden. Ardanos würde bestimmt wissen, wie er seine Enkeltochter um ein Gespräch bitten konnte. Gaius drängte es nicht, mit dem alten Druiden zu reden, der vermutlich auf seine Weise ebenso fanatisch war wie Vater Petros. Trotzdem schien ihm keine andere Möglichkeit zu bleiben. Wo sollte er Ardanos finden? Er wußte nur, daß er nicht mehr in seinem Haus in Deva lebte.

Während er noch über das Problem nachdachte, hörte er, wie jemand an das Tor klopfte. Der Türsteher schimpfte leise vor sich hin und öffnete. Gaius stand auf und zog sich schnell an. Dann verließ er leise das Zimmer, um Julia nicht zu wecken.

Im Vorraum wartete ein Legionär mit einer Nachricht von Macellius, der seinen Sohn um einen Besuch in der Präfektur bat.

Gaius hob die Augenbrauen. Was hatte das zu bedeuten? Offiziell befand sich sein Vater im Ruhestand, aber Gaius wußte sehr wohl, daß der alte Mann ein geschätzter Ratgeber des jungen Kommandanten der Zwanzigsten Legion geworden war.

Trotzdem konnte sich Gaius nicht vorstellen, was sein Vater von ihm wollte. Er zögerte jedoch nicht und versprach, sich schnellstens auf den Weg zu machen. Vermutlich war es ohnehin besser, wenn er das Haus verließ, denn wenn Julia entdeckte, daß ihr Äffchen nicht mehr lebte, waren die nächsten Tränen fällig. Das wollte er sich ersparen.

Gaius ritt durch die Stadt und geradewegs zu den Toren des Kastells. Er wechselte ein paar Worte mit dem Wachoffizier, der ihn noch aus seiner Zeit als Prokurator kannte.

»Dein Vater erwartet dich«, sagte der Mann. »Der Legat und er sitzen im Prätorium.«

Auf der Bank vor dem Zimmer des Befehlshabers saß eine ängstlich wirkende Frau. Sie war eine dunkelhaarige Britonin und hatte eine blasse Haut wie die Silurer. Gaius schätzte sie auf dreißig bis fünfunddreißig. Sie trug ein kostbares safrangelbes Gewand, das über und über mit Gold bestickt war. Was mochte diese Frau getan haben?

Als man ihn vorließ, erkundigte sich Gaius sofort nach der Frau.

»Sie heißt Brigitta«, antwortete sein Vater kopfschüttelnd, »und behauptet, sie sei die Königin der Demeten. Ihr Mann ist gestorben und hat seinen Besitz zu gleichen Teilen ihr und dem Kaiser vermacht. Daraus leitet sie das Recht ab, über die Demeten zu herrschen. Woran erinnert dich das, mein Sohn?«

Gaius fuhr sich nachdenklich mit der Zunge über die trockenen Lippen. Es war üblich, daß ein reicher Mann sein Erbe zwischen dem Kaiser und seiner Familie aufteilte, denn dann bestand die Hoffnung, daß der kaiserliche Miterbe darauf achten würde, daß die Familie den rechtmäßigen Anteil auch wirklich erhielt. Agricola zum Beispiel hatte das in seinem Testament ebenso verfügt.

Der Legat blickte von Gaius zu Macellius. Er schien offenbar nichts zu verstehen.

»Boudicca . . .«, erwiderte Gaius trocken. »Ihr Mann hat das auch versucht. Aber die Icener hatten Schulden bei einigen wichtigen Senatoren. Als Boudiccas Mann starb, erhoben die Senatoren ihre Ansprüche, und die Königin leistete Widerstand. Sie und ihre Töchter wurden . . .«, er räusperte sich, »nun ja, sagen wir, sie wurden sehr schlecht behandelt, und die Königin rief den Stamm zu einem Aufstand auf, der uns beinahe aus dem Land gefegt hätte!«

Dieselbe Drohung stand Macellius jetzt vor Augen, wenn er an die unglückliche Frau dachte, die dort draußen saß. Die Demeten gehörten außerdem zu den Stämmen, bei denen die Abstammung nach der mütterlichen Linie zählte.

»Ach, *diese* Boudicca ...«, murmelte der Legat. Er hieß Lucius Domitius Brutus und schien Gaius etwas zu jung für ein so verantwortungsvolles Amt zu sein. Aber es hieß, er sei ein guter Freund des Kaisers.

»*Diese* Boudicca«, wiederholte Macellius ernst. »Deshalb, mein junger Freund, haben die Tribunen in Maridunum diese Frau sofort hierher gebracht, als das Testament verlesen wurde. Und deshalb können wir das Testament nicht einfach vollstrecken, auch wenn der Kaiser dadurch große Vorteile haben würde.«

»Andererseits«, sagte Gaius, »sollten wir uns auch darüber im klaren sein, daß man diese Frau wie hauchdünnes Glas behandeln muß. Alle Britonen im Land warten nur darauf, zu sehen was wir tun ...« Er hielt inne und dachte nach, dann fragte er: »Die Frau hat doch bestimmt Kinder?«

»Ich habe gehört, sie hat ein paar Töchter«, erwiderte Macellius verdrießlich, »aber ich weiß nicht, was aus ihnen geworden ist. Sie sind leider erst drei oder vier Jahre alt, sonst würde ich sie auf der Stelle mit ehrbaren Bürgern verheiraten.«

Er brummte und stand erregt auf. »Wir dürfen uns auf keinen Fall auf einen Krieg gegen Frauen und Kinder einlassen! Aber was können wir tun, wenn sich Frauen in die Politik einmischen?« Er setzte sich wieder und sagte dann etwas ruhiger. »Ich habe gehört, daß sie oder jene Leute, die diese Frau benutzen möchten ..., sich um ein Bündnis mit den Stämmen von Eriu bemühen.«

Gaius dachte mit Schaudern an die Räuber, die Eilans Elternhaus in Brand gesteckt hatten.

»Bringt sie nach Londinium«, schlug er vor. »Wenn man sie nach Rom schickt, denken ihre Leute, sie sei eine Gefangene. Aber wenn man ihr ein schönes Haus in der Stadt gibt, werden die Leute glauben, sie hätte ihr Volk verraten. Sagt der Frau, wenn sie nicht in Londinium lebt, bekommt sie keine einzige Sesterze aus dem Erbe ihres Mannes.«

»Das wäre vielleicht eine Lösung . . .« Macellius nickte und sagte zu dem Legaten: »Ich halte den Vorschlag meines Sohnes für gut. Du hast bereits eine Truppe marschbereit, um die Garnison in Maridunum zu verstärken. Sie können die Nachricht gleich überbringen.«

»Wir halten sie als eine Art Geisel«, sagte Domitius Brutus. Damit konnte er etwas anfangen.

Als Gaius den Raum verließ, mußte er an die Töchter der Frau denken, die ihn bedrückt ansah und sein Mitleid erregte.

»Du hast noch sehr kleine Töchter, nicht wahr?« sagte er in ihrer Sprache. »Wo sind sie denn jetzt?«

»Dort, wo kein Römer sie finden wird, und dafür danke ich den Göttern«, erwiderte sie. »Glaubst du, ich weiß nicht, wie eure Legionäre junge Mädchen mißbrauchen?«

»Aber doch keine Kinder!« rief Gaius. »Ich habe selbst drei kleine Töchter. Ich denke, wir würden dafür sorgen, daß deine Mädchen in Sicherheit sind.«

»Die Mühe könnt ihr euch sparen. Sie sind bestens versorgt!«

Ein Legionär kam und berührte sie am Arm. Als sie vor ihm zurückzuckte, sagte er: »Folge mir . . . Niemand will dir etwas tun.«

Sie sah sich erschrocken um und fragte Gaius: »Wohin bringt ihr mich?«

»Nur nach Londinium«, erwiderte er beruhigend. Gaius sah, wie sie erleichtert – oder auch enttäuscht – aufatmete und dem Legionär folgte.

Der wachhabende Offizier sagte später zu Gaius: »Es ist kaum zu glauben, aber sie hat Rebellen unterstützt.«

»Woher weiß man das?« fragte Gaius.

»Sie wurde hierher gebracht, weil man einen bekannten Aufrührer in ihrem Haus gesehen hat. Ich glaube, er heißt Conmor oder . . . Cynric. Der Mann soll immer noch in der Gegend sein.«

»Ich kenne ihn«, sagte Gaius, und der Offizier starrte ihn verwundert an.

Gaius nickte. Er bedauerte wieder einmal, daß sein ehemaliger Freund, der ihm das Leben gerettet hatte, zu einem erbitterten Feind der Römer geworden war. Aber falls Cynric noch hier lebte, stand er vermutlich mit Eilan in Verbindung. Wenn man Cynric gefangennahm, würde er ihn fragen, wie er ein Treffen mit Eilan bewerkstelligen konnte.

»Bei den Göttern!« sagte Macellius und trat zu ihm. »Wenn ich dem jungen Brutus zuhöre, komme ich mir uralt vor!«

»Übertreibe nicht, Vater«, erwiderte Gaius.

»Der Legat möchte, daß ich etwas unternehme, um die Leute zu beruhigen. Ich soll meine alten Verbindungen benutzen, meint er ...«

Gaius dachte, der junge Brutus scheint doch nicht so dumm zu sein, wie er aussieht. Macellius war vielleicht der einzige weit und breit, der wirklich noch Einfluß auf die Stämme hatte.

»Aber ich habe keine Lust, für andere die Kastanien aus dem Feuer zu holen«, brummte Macellius. »Vielleicht ziehe ich doch nach Rom ... Ich habe Sehnsucht nach der Hauptstadt. Und von dort könnte ich dann nach Ägypten, wo es nicht immer so kalt ist.«

»Vater, mach keine Witze«, sagte Gaius, »was soll ich meinen Töchtern sagen, wenn ihr Großvater nichts mehr von ihnen wissen will?«

»Ach, wann denken die schon an ihren Großvater? Licinius ist ihr Großvater. Sie wissen kaum, daß es mich gibt«, sagte Macellius, aber er fühlte sich geschmeichelt. »Wenn du einen Sohn hättest, wäre es natürlich etwas anderes ...«

»Ich ... also vielleicht habe ich bald einen Sohn ...«, erwiderte Gaius. Plötzlich stand ihm der Schweiß auf der Stirn, denn er hätte sich nach all den Jahren beinahe verraten.

Aber er war endgültig entschlossen. Koste es, was es wolle, er mußte herausfinden, was aus seinem Sohn ... und aus Eilan geworden war.

Eilan träumte. Sie ging in der Dämmerung – es konnte morgens oder abends sein – an einem See entlang. Ein Dunstschleier hing über dem Wasser und verhüllte das andere Ufer. Kleine Wellen plätscherten leise ans Ufer. Dann drangen vom Wasser her leise Töne wie Gesang zu ihr, und aus dem Nebel tauchten auf dem silbrigen Wasser zwölf weiße Schwäne auf. Sie waren so schön wie die Novizinnen von Vernemeton, wenn sie den Mond anbeteten.

Eilan hatte noch nie etwas so Schönes gesehen. Sie lief zum Ufer hinunter und streckte sehnsüchtig die Hände nach den Schwänen aus, die langsam näherschwammen.

»Ich möchte zu euch kommen ... Ich möchte mit euch schwimmen!« rief sie, aber die Schwäne antworteten: »Du kannst nicht zu uns kommen. Deine Gewänder und deine Insignien sind zu schwer, und du würdest ertrinken ...«

Die Schwäne entfernten sich, und Eilan fühlte sich einsam und verlassen.

In einem plötzlichen Entschluß zog sie das Gewand aus, warf den Schleier und den schweren Umhang von sich, nahm den goldenen *Torque* vom Hals und streifte die Armreifen ab. Ihr Schatten fiel schimmernd auf das Wasser, und sie sah sich in der Gestalt eines Schwans. Glücklich ließ sie sich in den See gleiten ...

... und als die silbernen Wellen über ihrem Kopf zusammenschlugen, erwachte sie im Morgengrauen in ihrem Zimmer in Vernemeton.

Ein paar Augenblicke blieb sie still liegen und rieb sich langsam die Augen. Nicht zum ersten Mal hatte sie von den Schwänen geträumt. Jedesmal fiel es ihr schwerer, aus dem Traum zu erwachen. Sie hatte noch mit niemandem darüber gesprochen. Schließlich war sie die Hohepriesterin von Vernemeton und kein kleines Mädchen, das sich vor einem seltsamen Traum fürchtete. Aber der Traum schien immer realer und lebendiger zu werden und ihr Alltag immer seltsamer und unwirklicher.

Jemand klopfte an eine Tür – undeutlich registrierte sie, daß es das Tor zu ihrem Garten war. Sie hörte die Stimme der jungen Priesterin, die dort Dienst hatte.

»Wer glaubst du denn zu sein?« rief die Priesterin ungehalten. »Du kannst nicht einfach plötzlich hier auftauchen und die Hohepriesterin sehen wollen. Es ist noch nicht einmal richtig hell!«

»Verzeih mir . . .«, antwortete eine Männerstimme. »Für mich ist sie noch immer meine Schwester und nicht die Hohepriesterin. Bitte sag ihr, daß ich sie sprechen möchte.«

Eilan hüllte sich schnell in ihren Umhang und eilte hinaus.

»Cynric!« rief sie. »Ich dachte, du seist im Norden . . .«

Sie blieb wie angewurzelt stehen, denn er hielt ein zwei- oder dreijähriges Mädchen im Arm, und ein vielleicht fünfjähriges Mädchen blickte ängstlich hinter seinem Umhang hervor.

»Sind das deine Kinder?«

Er schüttelte den Kopf. »Sie gehören einer unglücklichen Frau. Deshalb bin ich gekommen. Im Namen der Göttin bitte ich dich, ihnen hier Schutz zu gewähren.«

»Schutz . . .?« wiederholte Eilan, »aber warum?«

»Weil sie Schutz brauchen!« antwortete Cynric, als sei das die natürlichste Sache der Welt.

»Ich meine, weshalb sollten sie hier Schutz finden? Haben sie keine Verwandten, die sie aufnehmen können? Und wenn es nicht deine Kinder sind, wieso hast du die Verantwortung für sie übernommen?«

»Ihre Mutter ist Brigitta, die Königin der Demeten«, erwiderte Cynric unwillig, »Brigitta hat versucht, die Macht in ihrem Reich zu übernehmen, nachdem ihr Mann gestorben war, und nun ist sie eine Gefangene der Römer. Wir fürchten, daß ihre Töchter als Geiseln gehalten werden oder daß ihnen ein noch schlimmerers Schicksal bevorsteht, wenn sie in die Hände der Römer fallen.«

Eilan sah die Kinder an und dachte an ihren Sohn. Sie bedauerte die Mutter aus ganzem Herzen. Aber was würde Ardanos dazu sagen? Jetzt hätte sie Cailleans Rat gebrauchen können. Aber sie war im Sommerland, um die heilige Quelle aufzusuchen.

»Cynric, du weißt sehr wohl, daß sie zu jung sind, um als Novizinnen hier aufgenommen zu werden ...«
»Ich bitte dich nur, für sie zu sorgen und ihnen Sicherheit zu gewähren!« erwiderte Cynric.
In diesem Augenblick hörten sie, wie sich jemand dem Haus der Hohenpriesterin näherte.
»Du kannst Eilan jetzt nicht sehen«, sagte die diensthabende Priesterin. »Sie hat Besuch.«
»Das ist ein Grund mehr, bei ihr zu sein!« hörten sie Dieda antworten, die kurz darauf im Garten erschien. Als sie Cynric sah, stieß sie einen leisen Schrei aus und lief zu ihm.
»Es sind nicht meine Kinder!« murmelte er, als sie beim Anblick der Mädchen blaß wurde. »Die Königin Brigitta schickt sie hierher, damit sie im Heiligtum Schutz finden.«
»Dann sollten wir sie zu den Novizinnen bringen...«, sagte Dieda und streckte die Hände nach den Kindern aus. Aber ihre Augen waren unverwandt auf Cynric gerichtet.
»Wartet!« sagte Eilan. »Die Sache muß gut überlegt sein. Vernemeton kann es sich nicht leisten, in politische Angelegenheiten verwickelt zu werden.«
»Du meinst, wir brauchen die Zustimmung der Römer?« rief Cynric verächtlich.
»Du hast gut reden«, erwiderte Eilan, »vergiß nicht, daß wir von der Gunst jener Römer abhängig sind, auf die du so leichthin verzichtest. Ich bin der Meinung, wir sollten uns mit dem höchsten Druiden beraten, bevor wir uns auf etwas einlassen, das uns als Unterstützung einer Rebellion ausgelegt werden kann.«
»Du willst Ardanos fragen?« Cynric spuckte auf die Erde. »Warum gehst du nicht gleich zum Legaten in Deva? Vielleicht sollten wir den Statthalter von Britannien fragen ...«
»Cynric, ich habe um deinetwillen und für deine Sache bereits sehr viel riskiert«, erwiderte Eilan kühl, »aber ich kann es nicht wagen, ohne Zustimmung von Ardanos politische Flüchtlinge hier aufzunehmen.«

Eilan schickte die diensthabende Priesterin mit einer Nachricht zu dem Haus, das sich der höchste Druide im Gelände des Heiligtums hatte errichten lassen.
Cynric sagte: »Eilan, weißt du, welches Schicksal diese Mädchen erwartet, wenn du sie nicht bei euch aufnimmst?«
»Weißt du es ...?« Eilan sah Cynric kopfschüttelnd an. »Warum bist du so sicher, daß Ardanos es ablehnen wird, sie aufzunehmen. Wir sollten ihn wenigstens um Rat fragen ...«
»Um welchen Rat?«
Sie fuhren erschrocken zusammen und drehten sich verwirrt um.
Ardanos kam den Gartenweg entlang. »Deine Priesterin hat mich vor dem Tor getroffen. Also, worum geht es hier?«
Eilan deutete auf die Mädchen und erklärte ihm Cynrics Wunsch.
»Ich kann für Brigitta nichts tun«, sagte Ardanos schließlich. »Man hat sie gewarnt und ihr gesagt, was geschehen werde, falls sie Anspruch auf die Herrschaft erheben sollte. Aber ich kann euch versichern, man wird sie mit Achtung behandeln ... Selbst die Römer werden in einem Jahrhundert nicht zweimal denselben Fehler begehen.« Er schwieg und betrachtete die Kinder. »Und diese Mädchen ... ich weiß keinen Rat. Später könnte es Schwierigkeiten mit ihnen geben ...«
»Aber nicht jetzt!« Eilan hatte ihre Entscheidung getroffen. »Ich kann diese Kinder nicht für die Fehler ihrer Eltern verantwortlich machen. Senara und Lia können sich ihrer annehmen. Wir geben ihnen neue Namen und behandeln sie wie jeden, dem wir hier Schutz gewähren. Niemand wird daran Anstoß nehmen.« Sie lächelte bitter. »Schließlich weiß man, daß ich ein Herz für mutterlose Kinder habe!«
»Das stimmt ...«, brummte Ardanos. »Aber Cynric sollte schnellstens verschwinden. Denn das weiß ich inzwischen, wo er auftaucht, gibt es Schwierigkeiten.«
Er sah den jungen Mann finster an, und Dieda wurde blaß.

»Die Römer werden vielleicht nicht die Mädchen suchen, aber ganz bestimmt dich!«
»Wenn sie sich mit mir anlegen«, erklärte Cynric, »dann werden sie vielleicht mehr Schwierigkeiten bekommen, als ihnen lieb ist.«
Eilan seufzte. Die Lage schien wieder einmal aussichtslos. Aber sie wußte, es half wenig, mit Cynric zu rechten ... oder mit Dieda. Sie konnte nur versuchen, den Frieden etwas länger aufrechtzuhalten. Manchmal hatte sie den Eindruck, die Last von ganz Albion liege auf ihren Schultern ..., und alle ihre Verwandten sorgten dafür, daß sich daran nichts ändern konnte.
Man rief Senara und übergab ihr die Kinder. Eilan kehrte ins Haus zurück und ließ Dieda mit Cynric allein.

Am Nachmittag hörte Eilan in dem Haus, in dem die Heilkräuter zum Trocknen lagen, jemanden weinen. Sie ging hinein und sah zu ihrem Erstaunen Dieda.
Dieda schreckte zusammen und wollte erregt auffahren, aber dann schlug sie die Hände vor das Gesicht und begann von neuem zu schluchzen. Eilan stellte mit leichter Überraschung fest, daß Dieda, obwohl ihre Beziehung schon lange nicht mehr so eng wie früher war, keinen Grund sah, ihren Kummer vor ihr zu verbergen. Trotzdem war Eilan vorsichtig genug und versuchte nicht, sie zu trösten.
»Was ist los?« fragte sie. »Was ist denn geschehen?«
»Cynric!« rief Dieda unter Tränen und trocknete sich die Augen mit dem Schleier. »Er hat mich aufgefordert, ihm zu folgen ...«
»Und das hast du abgelehnt«, sagte Eilan betont sachlich.
»Stell dir doch vor ... ein Leben auf der Flucht ... immer unterwegs ... im Wald ... in einem Versteck ... immer die Angst, was geschehen könnte!« Sie schluchzte heftig und stieß dann hervor: »Soll ich vielleicht mitansehen, wie sie ihn eines Tages in Ketten wegführen oder mit ihren Schwertern töten? Nein, das kann ich nicht, Eilan! Das kann er nicht von mir verlangen. Hier habe ich

wenigstens meine Musik und ich tue etwas, woran ich glaube. Weshalb sollte ich Vernemeton verlassen?«

»Hast du ihm das gesagt?«

Dieda nickte.

»Er hat mir vorgeworfen, daß ich ihn nicht wirklich liebe. Er hat gesagt, daß ich unsere Sache verrate ...« Sie sank auf den Hocker und murmelte unter neuen Tränen: »Er hat gesagt, daß er mich braucht ...«

Natürlich braucht er sie. Er denkt nur an sich! Hat er sich je gefragt, ob Dieda ihn braucht und ob sie einsam ist, weil er den Helden spielen muß?

»Es ist alles deine Schuld!« rief Dieda. »Ohne dich wäre ich schon lange nicht mehr hier. Ich hätte ihn geheiratet, und dann wäre er vielleicht von den Römern nie geächtet worden!«

Eilan mußte sich beherrschen, um Dieda nicht daran zu erinnern, daß sie ihr Gelübde als Priesterin abgelegt hatte, ohne daß sie jemand dazu gezwungen hatte. Es war ihr freier Wille gewesen. Selbst damals, als Eilan nach Gawens Geburt ihr Amt als Hohepriesterin antrat, hätte Dieda nicht nach Eriu, sondern zu Cynric gehen können. Aber die Arme wollte das alles nicht hören. Sie war unglücklich und brauchte jemanden, dem sie die Schuld an ihrem Kummer geben konnte.

»Ich werde den Blick nie vergessen, mit dem er sich von mir verabschiedet hat ...«, jammerte Dieda. »Es werden vielleicht Monate oder sogar Jahre vergehen, bis ich erfahre, wo er sich aufhält, oder was mit ihm geschehen ist! Wenn ich bei ihm wäre, dann wüßte ich es wenigstens ...«

»Ich nehme an, meine Meinung ist dir nicht wichtig«, sagte Eilan ruhig. »Ich weiß nicht, wie du meine Entscheidungen inzwischen beurteilst, aber ich habe gelernt, damit zu leben. Ich kann dir jedoch versichern, auch ich habe in vielen Nächten geweint und mich gefragt, ob ich das Richtige getan habe. Dieda, auch du wirst es vielleicht nie mit letzter Sicherheit wissen ..., du kannst nur das eine tun: Widme dich der Arbeit, die du hast, und hoffe darauf, daß die Göttin dir eines Tages den Grund für alles offenbart.«

Dieda hielt den Kopf gesenkt, aber Eilan glaubte zu sehen, daß die Tränen langsam versiegten.

»Ich werde den Novizinnen sagen, daß du krank bist und heute nicht mit ihnen singen kannst«, sagte Eilan nach einer Weile. »Bestimmt werden sie sich über ein paar freie Stunden freuen. Mach dir also deswegen keine Gedanken.«

Eilan dachte, das Problem mit Brigittas Kindern sei gelöst. Aber ein paar Tage später erschien die diensthabende Priesterin kurz vor dem abendlichen Mahl bei ihr und sagte, ein Römer bitte sie um ein Gespräch.

Eilan glaubte im ersten Augenblick erschrocken, es sei Gaius, aber dann sagte ihr der Verstand, daß Gaius nicht wagen würde, hier zu erscheinen.

»Frag ihn, wie er heißt und was er von mir will«, sagte sie ruhig.

Die junge Priesterin kehrte kurz darauf zurück. »Es ist Macellius Severus. Er bittet darum, kurz mit dir sprechen zu dürfen.« Als Eilan schwieg, fügte sie schnell hinzu: »Er war der Präfekt von Deva . . .«

»Ich weiß, wer er ist.«

Lhiannon hatte ihn ein- oder zweimal vorgelassen, um mit ihm über organisatorische Fragen bei den Festen zu sprechen. Aber Macellius befand sich inzwischen im Ruhestand. Was im Namen aller Götter konnte er von ihr wollen? Um das zu erfahren, mußte sie ihn wohl oder übel anhören.

»Führ ihn herein.«

Eilan richtete ihr Gewand, und nach kurzem Zögern legte sie den Schleier über das Gesicht.

Es dauerte nicht lange, bis Huw mit einem Mann in der Tür erschien.

Das ist der Vater von Gaius . . . der Großvater von Gawen . . .

Eilan musterte ihn neugierig durch den Schleier. Sie hatte ihn noch nie gesehen, und doch hätte sie ihn sofort erkannt. Sie sah das faltige Gesicht eines alten Mannes mit ausgeprägter Nase und hoher Stirn, wie sein Sohn sie hatte und wie sie in ersten Ansätzen bei Gawen sichtbar wurden.

Huw nahm seinen Platz an der Tür ein, und Macellius trat näher. Er blieb stehen und verneigte sich vor ihr. Eilan wußte plötzlich, woher Gaius seinen Stolz hatte.

»*Domina* . . .«, er benutzte die römische Anrede, aber dann fuhr er in gutem Britonisch fort: »Es ist sehr freundlich von dir, mich zu empfangen . . .«

»Keineswegs«, erwiderte Eilan. »Was kann ich für dich tun?«

Vermutlich wollte er mit ihr wie damals mit Lhiannon über die nächsten Feste sprechen.

Macellius räusperte sich.

»Wie ich höre, hast du die Töchter der Königin der Demeten in Vernemeton aufgenommen . . .«

Jetzt war Eilan froh, daß sie den Schleier als Schutz hatte.

»Wenn es so wäre«, erwiderte sie langsam und wünschte, Ardanos oder Caillean wären zur Stelle, um ihr zu helfen, »weshalb wäre das für dich von Bedeutung?«

»Wenn es so wäre«, wiederholte er, »würden wir gerne wissen, warum . . .«

Eilan dachte an Cynrics Worte. »Weil man mir gesagt hat, daß sie Schutz brauchen. Könntest du dir einen besseren Grund vorstellen?«

»Nein, das kann ich nicht«, erwiderte er, »und doch ist ihre Mutter eine Rebellin, die gedroht hat, den ganzen Westen der Provinz zum Widerstand gegen Rom aufzurufen. Aber Rom hat Gnade vor Recht ergehen lassen. Brigitta ist zu ihrer eigenen Sicherheit nach Londinium gebracht worden. Dort wird ihr kein Leid geschehen. Wir fordern auch nicht den Tod ihrer Angehörigen.«

Die Mädchen werden sich freuen, wenn sie erfahren, daß ihre Mutter in Sicherheit ist.

Macellius hatte nicht unrecht. Die Römer hätten Brigitta töten und ihren Angehörigen ebenfalls den Prozeß machen können. Darauf hatten sie verzichtet. Aus welchem Grund? Konnte es sein, daß Macellius ebensosehr wie sie Frieden zwischen Rom und den Britonen wünschte?

»Wenn das stimmt, dann bin ich froh über diese Nachricht«, erwiderte sie. »Aber was möchtest du von mir?«

»Das dürfte nicht schwer zu erraten sein, *Domina*. Ich möchte dafür sorgen, daß die Mädchen in Zukunft nicht zum Vorwand für einen Aufstand werden können.«

»Deshalb mußt du dir bestimmt keine Sorgen machen. Wenn die Kinder bei den Priesterinnen leben würden, könnte sie niemand für solche Zwecke benutzen.«

»Auch nicht, wenn sie erwachsen sind?« fragte er. »Wer sagt uns, daß sie nicht Männer heiraten, die aufgrund einer solchen Ehe versuchen, die Herrschaft über die Demeten an sich zu reißen?«

Das ließ sich nicht ohne weiteres von der Hand weisen. Cynric zum Beispiel hätte genau das im Sinn gehabt und andere seiner Art bestimmt auch.

»Wie würdest du das vermeiden wollen?« fragte Eilan vorsichtig.

»Meiner Meinung nach wäre es das beste, sie in römischen Familien aufwachsen zu lassen. Wenn sie erwachsen sind, werden wir für sie gute, ehrenwerte Männer finden, die Rom die Treue halten.«

»Und mehr würde ihnen nicht geschehen, wenn sie sich in römischer Obhut befänden?«

»Mehr nicht«, erwiderte Macellius mit Nachdruck. »*Domina*, du kannst uns bestimmt nicht nachsagen, daß wir Krieg gegen Säuglinge und kleine Kinder führen . . .«

Eilan schwieg.

Du irrst, Römer! Genau das habt ihr in der Vergangenheit oft genug getan, wenn es um Herrschaftsansprüche ging.

Er schien ihre Gedanken zu erraten und schüttelte den Kopf.

»Möchtest du, daß wir immer für Freveltaten bezahlen sollen, die andere begangen haben? Auch ich weiß um die Fehler der Vergangenheit ... zum Beispiel auf der heiligen Insel Mona.«

Cynric und die Raben werden euch das nie vergeben. Aber in diesem Fall liegt die Entscheidung bei mir. Die Göttin muß mir sagen, was ich tun soll.

Eilan schwieg und suchte in der inneren Stille die Antwort.

»Ich möchte das gerade nicht«, sagte sie dann langsam, »aber ich würde das Vertrauen meines Volks verlieren, wenn ich dir zu bereitwillig glaube. Auch du weißt, daß Brigittas Töchter noch zu jung sind, um verheiratet zu werden. Außerdem haben die Kinder viel durchmachen müssen und sind verängstigt. Es ist bestimmt besser und menschenwürdiger, sie dort zu lassen, wo sie jetzt sind.«

Ihre Worte klangen klar und wurden von innerer Kraft getragen. Macellius wagte nicht, ihr zu widersprechen. Eilan holte tief Luft und fügte hinzu: »Aber in ein paar Monaten oder einem Jahr, wenn sich die Aufregung gelegt hat, sieht alles vielleicht anders aus. Dann wird jedermann wissen, wie ihr die Mutter behandelt. Wenn alles so ist, wie du sagst, werden sich die Gemüter beruhigt haben, und kaum jemand wird sich empören, wenn bekannt wird, daß euch auch die Kinder übergeben worden sind.«

»Aber wird man sie uns dann geben?« fragte Macellius.

»Wenn alles eintrifft, wie du es versprichst, dann schwöre ich bei der Göttin, daß man sie euch übergibt ...«

Eilan legte feierlich die Hand an den *Torque*.

»Am Fest der Jungfrauen im nächsten Jahr werden wir sie in dein Haus in Deva bringen.«

Er wirkte erleichtert, und Eilan sah verblüfft in seinem Gesicht ein Lächeln, das sie von Gaius kannte.

Könnte ich ihr doch nur sagen, wie sehr ich sie bewundere, weil sie mir einen Enkelsohn geschenkt hat. Wenn ich ihn doch nur einmal sehen könnte ...

»Ja, ich vertraue dir«, sagte Macellius nachdenklich. »Ich kann nur hoffen, daß der Legat auch *mir* vertraut ...«

»Vernemeton steht als Unterpfand für meine Ehrlichkeit.« Sie deutete auf ihre Umgebung. »Wenn ich wortbrüchig werde, dann sind wir jederzeit in eurer Hand.«
»*Domina*, ich möchte dir die Hand küssen, aber dein Leibwächter könnte das falsch verstehen.«
»Du mußt mir nicht die Hand küssen«, sagte sie lächelnd, »aber ich freue mich über deinen guten Willen.«
»Ich danke dir«, sagte Macellius und verneigte sich vor ihr.
Als er gegangen war, blieb Eilan stumm sitzen. Sie überlegte, ob sie ihr Volk verraten oder gerettet hatte. War es ihre Aufgabe als Hohepriesterin der Göttin, zwischen den verfeindeten Völkern zu vermitteln? War das ihre Mission auf dieser Erde?

Als Caillean aus dem Sommerland zurückkehrte, wirkte sie erschöpft, aber innerlich war sie hochgestimmt. Als sie sich erfrischt und etwas ausgeruht hatte, ließ Eilan sie durch Senara zum Abendessen zu sich bitten.
»Wie groß sie geworden ist!« sagte Caillean, als Senara in die Küche ging, um die Mahlzeit zu bringen. »Mir kommt es vor, als sei sie erst gestern zu uns gekommen, und jetzt ist sie im selben Alter, in dem du warst, als ich dir zum ersten Mal begegnet bin.« Sie lächelte. »Senara ist beinahe genauso schön wie du!«
Eilan mußte sich eingestehen, daß Senara in der Tat bereits eine junge Frau und alt genug für das Gelübde war. In naher Zukunft würde sie zur Priesterin geweiht werden können.
Ihre römischen Verwandten hatten seit Jahren nichts mehr von sich hören lassen, und es gab keinen Grund zu der Annahme, sie hätten dagegen etwas einzuwenden. Eilan seufzte und dachte, wenigstens diese Sache habe keine Eile.
»Was hast du an diesem schönen Tag gemacht, mein Kind?« fragte Caillean, als Senara zurückkehrte.
Senara schlug die Augen nieder und erwiderte leise: »Ich bin zu der Hütte im Wald gewandert. Wußtet ihr, daß dort ein Einsiedler wohnt?«

»Ja, wir haben ihm erlaubt, dort zu sein. Er ist ein seltsamer Mann und kommt aus dem Süden. Er ist ein Christ, nicht wahr?«

»Ja, das stimmt«, erwiderte Senara und errötete. »Er war sehr freundlich zu mir.«

Caillean runzelte die Stirn. Eilan wußte, die ältere Priesterin hielt es nicht für richtig, daß eine Frau aus Vernemeton allein einen Mann aufsuchte, auch wenn der Betreffende alt oder ein Einsiedler war. Senara war aber noch keine Novizin, und Eilan wußte, daß die Prediger der Christen Keuschheit geschworen hatten. Deshalb fand sie keinen Grund, an Senaras Ehrbarkeit zu zweifeln.

»Meine Mutter war Christin«, sagte Senara. »Erlaubt ihr mir, diesen Prediger zu besuchen und ihm etwas aus der Küche mitzubringen? Ich würde gern mehr über das erfahren, woran meine Mutter geglaubt hat . . .«

»Es spricht eigentlich nichts dagegen«, antwortete Eilan nach kurzem Nachdenken. »Auch zu unserem alten Wissen gehört die Erkenntnis, daß alle Götter ein Gott sind . . . Du darfst zu ihm gehen, mein Kind, und höre dir an, wie sich der Gott den Christen zeigt . . .«

Als Senara das Zimmer verlassen hatte, aßen Caillean und Eilan schweigend ihr Mahl.

»Es ist etwas geschehen . . .«, sagte Eilan schließlich und musterte Cailleans Gesicht, die versunken in das Feuer blickte.

»Vielleicht . . .«, antwortete Caillean. »Aber ich weiß noch nicht, was es wirklich zu bedeuten hat. Der Ring der Steine ist von großer Kraft, und der See . . .« Sie seufzte und schüttelte den Kopf. »Mir fehlen die richtigen Worte. Aber ich verspreche dir, wenn ich verstehe, was ich dort empfunden habe, dann werde ich es dir sagen.« Sie schwieg und sah Eilan fragend an. »Wie ich höre, hat sich auch hier einiges ereignet. Dieda sagt, daß du einen Besucher hattest.«

»Nicht nur einen«, erwiderte Eilan, »aber vermutlich meinst du Cynric . . .«

»Nein, Macellius Severus«, sagte Caillean. »Wie fandest du ihn?«

Ich hätte mir keinen besseren Schwiegervater wünschen können ...

Aber das konnte sie Caillean nicht sagen. Sie suchte nach einem Kompromiß und erwiderte schließlich: »Er wirkte auf mich freundlich und väterlich.«

»Auf diese Weise erobern die Römer inzwischen mehr und mehr von unserer Welt«, sagte Caillean. »Mir wäre es lieber, sie wären alle durch und durch böse. Wenn selbst *du* einen Macellius freundlich und väterlich findest, wer soll sich dann noch gegen die Römer auflehnen?«

»Warum sollten wir uns noch gegen die Römer auflehnen? Du redest ja wie Cynric.«

»Ich könnte dir noch Schlimmeres sagen«, erwiderte Caillean.

»Aber was kann uns das helfen?« Eilan schüttelte abwehrend den Kopf. »Wir sind auf den Frieden mit den Römern angewiesen ... und was ist daran so schlecht? Friede ist zweifellos besser als Krieg.«

»Auch ein Friede ohne Glück? Auch ein Friede, in dem man uns alles, was das Leben lebenswert macht, genommen hat?«

»Auch die Römer können ehrenwerte Menschen sein ...«, erwiderte Eilan, aber Caillean fiel ihr ins Wort.

»Von dir hätte ich solche Worte wirklich nicht erwartet!«

Danach schwieg sie betroffen, denn sie wußte, mit jedem weiteren Wort würde sie die Auseinandersetzung nur noch verschärfen, und das wollte sie um keinen Preis.

Eilan kämpfte darum, sich nicht persönlich getroffen zu fühlen. Sie wollte zu ihrer Entscheidung stehen. Die Mutter von Gaius hatte Macellius geheiratet. Bestimmt hatten die Eltern damals auf den Frieden zwischen beiden Völkern gehofft. Und Eilan hatte aus demselben Grund damals zugestimmt, daß Gaius eine Römerin zur Frau nahm. Hatte er bei ihr Frieden und Glück gefunden?

»Cynric irrt sich«, sagte sie schließlich. »Nicht der Ruhm, nach dem die Krieger streben, macht das Leben lebenswert, sondern die stetige Arbeit der Bauern auf den Feldern, die für eine reiche Ernte arbeiten, und die Zuverlässigkeit der Hirten, die ihre Herden vor Gefahren schützen, und damit zum Wohlstand im Land beitragen. Nur wenn das möglich ist, sitzen glückliche Kinder an den Feuern und die Alten finden am Ende ihres Lebens die verdiente Ruhe. Ich weiß, die Göttin kann so gefährlich sein wie eine Bache, deren Frischlinge bedroht sind. Aber ich weiß, SIE erwartet von den Menschen, daß sie das Land pflegen und hüten und nicht durch Krieg, Plünderung und Mord zerstören. Haben wir uns nicht aus diesem Grund in Vernemeton immer auch dem Heilen gewidmet? Wir wollen allen Menschen helfen, innerlich und äußerlich gesund zu werden und gesund zu bleiben.«

Eilan hob den Kopf und sah Caillean an. Zu ihrer Überraschung bemerkte sie, daß die ältere Frau schmerzlich berührt zu sein schien.

»Du weißt, weshalb ich keinem Mann trauen kann«, erwiderte sie leise. »Mir fällt es manchmal schwer, an das Leben zu glauben. Es wäre viel einfacher, kämpfend zu sterben. Manchmal gelingt es dir, mich zu verunsichern, und dann schäme ich mich. Eilan, ich habe im Sommerland in die heilige Quelle geblickt . . . Ich meinte zu sehen, wie sie sich in unzählige kleine Bäche aufteilte und so ihre heilende Kraft über das ganze Land verteilt. Dort in der Einsamkeit und im Frieden von Avalon konnte ich wieder an den Frieden in der Welt glauben . . . «

»Wir müssen uns dieser Quelle annehmen«, sagte Eilan nachdenklich und griff nach Cailleans Hand. Wie ein Echo auf ihre Worte glaubte sie, den Gesang der Schwäne zu hören.

Nicht lange danach besuchte Gaius seinen Vater. Während sie zusammen einen Krug Wein tranken, kam ihr Gespräch auch auf Brigitta, die Königin der Demeten.

»Hast du eigentlich herausgefunden, wo ihre Töchter sind?« fragte Gaius.

»Gewissermaßen ja«, erwiderte sein Vater. »Ich weiß, wo sie sind. Aber du wirst nicht erraten, wo.«
»Ich dachte, du wolltest für sie römische Zieheltern suchen.«
»Das wird geschehen, wenn die Zeit dafür gekommen ist. Aber ich glaube, im Augenblick kann ihnen die Hohepriesterin des Orakels am besten Sicherheit bieten.«
Gaius staunte und hörte gespannt zu, als sein Vater weitersprach.
»Die Hohepriesterin scheint eine junge Frau zu sein, und ich hatte befürchtet, sie sympathisiere mit den Rebellen, zu denen auch dieser Cynric gehört. Offen gesagt, ihn würde ich ohne Gnade hinrichten lassen, wenn er uns in die Hände fiele. Aber diese Frau war erstaunlich vernünftig.«
Er lachte leise und füllte sich noch einmal den Becher.
»Du kannst dir vorstellen, ich habe seit Jahren dort meinen Informanten, aber ich habe die Hohepriesterin zum ersten Mal mit eigenen Augen gesehen.«
»Wie sieht sie aus?« fragte Gaius. Er konnte nur mühsam seine Erregung verbergen, aber Macellius achtete nicht weiter auf ihn, sondern hing seinen eigenen Gedanken nach.
»Sie war verschleiert ...«, erwiderte er. »Ihr Gesicht konnte ich nicht sehen. Aber wir haben uns darauf geeinigt, daß sie die Mädchen in Vernemeton behält, bis sich die Spannungen gelegt haben. Dann wird sie mir die Kinder übergeben, damit ich römische Zieheltern für sie finde. Später sollen sie mit römischen Männern verheiratet werden. Ich denke, auch Brigitta wird damit einverstanden sein. Ich werde sie zu gegebener Zeit informieren, und dann werden wir sehen. Wenn sie nicht völlig den Verstand verloren hat, wird sie von uns nicht erwarten, daß wir zusehen, wie irgendein Aufrührer die Mädchen dazu benutzt, einen neuen heiligen Krieg vom Zaun zu brechen.« Er seufzte und leerte den Becher. »Nach Domitians Niederlagen an der Front wäre das für uns eine Katastrophe.«
Er schwieg und sah seinen Sohn prüfend an.

»Manchmal frage ich mich, ob ich für dich die richtige Entscheidung getroffen habe, mein Junge. Ich hatte gehofft, Vespasian würde länger leben. Er war ein guter Kaiser, und du würdest jetzt besser dastehen. Nach all den Plänen, die wir hatten, lebst du wie ein britonischer Sippenführer auf deinem Gut. Selbst die Ehe mit Julia . . .«, er schüttelte den Kopf und seufzte. »Kannst du mir verzeihen?«

Gaius glaubte, seinen Ohren nicht zu trauen.

»Ich weiß nicht, was ich dir verzeihen sollte. Ich bin für mein Leben hier in Deva selbst verantwortlich. Britannien ist mein Zuhause. Und meine Laufbahn . . . nun ja, es ist ja noch nicht aller Tage Abend.«

Kein Kaiser lebt ewig . . .

Gaius dachte an den letzten Brief von Malleus, aber selbst seinem Vater gegenüber würde er nicht wagen zu wiederholen, was darin stand. Außerdem, wenn er an Rom dachte, an die vielen Menschen, den Gestank und Dreck, an die lästigen gesellschaftlichen Verpflichtungen und nicht zuletzt an die Notwendigkeit, ständig die verhaßte Toga zu tragen . . . Nein, er war nicht unglücklich, hier in Deva zu sein. In Britannien hätte vielleicht die Sonne etwas mehr scheinen können, aber trotzdem sehnte er sich nicht nach der Hitze des Südens.

Er wußte, Macellius bekümmerte, daß sein Sohn noch immer keinen männlichen Nachkommen hatte. War das die Gelegenheit, Macellius von Eilans Sohn zu berichten? Hatte sein Vater wirklich Eilan getroffen?

Dann war es vielleicht doch nicht Eilan gewesen, deren von rasendem Zorn verzerrtes Gesicht er damals gesehen hatte, als die Reiterei an Beltane versuchte, die Raben zu fassen. Es erfüllte ihn mit großer Erleichterung zu hören, daß Eilan so maßvoll sein konnte. Er freute sich auch, daß es ihr offenbar gutging und sie sich als Hohepriesterin Achtung und Anerkennung verschafft hatte.

Gaius wollte sich eigentlich nicht von Julia scheiden lassen. Sie würde gegen seinen Plan wahrscheinlich keine Einwände erheben. Aber er wollte Licinius und seinen Vater nicht unglücklich machen. Wenn Julia sich eingestand, daß sie Gaius keinen Sohn mehr schenken konnte und der Adoption von Eilans Kind zustimmte, hatte Gaius sein Ziel erreicht. Er liebte seine Töchter, und er wußte, Licinius war in seine Enkelkinder vernarrt. Aber vor dem römischen Gesetz zählten nur die männlichen Kinder. Das war ungerecht, und in seinem Fall würde er die kleine Cella enterben. Aber Gesetz war Gesetz. Daran konnte auch er nichts ändern.

Als Gaius diesen Gedanken zu Ende geführt hatte, sprach sein Vater bereits von etwas anderem. So erschien es ihm klüger, auch diesmal zu schweigen. Er hatte aus bitteren Erfahrungen gelernt, was er nicht aussprach, mußte er später nicht bereuen.

26. KAPITEL

Caillean erwachte zitternd. Es wurde gerade hell.

Es war nur ein Traum ...

Aber sie konnte die Bilder nicht vergessen. Selbst jetzt, während sie auf die Bettvorhänge blickte und den ruhigen Atem der Frauen um sie herum hörte, waren sie noch erschreckend wirklich. Sie richtete sich mühsam auf und zog ihre Sandalen an. Noch immer zitternd nahm sie das Umschlagtuch vom Haken, legte es über die Schultern und setzte sich auf den Rand des Bettes.

Selbst die weiche Wolle konnte sie nicht wärmen. Als sie die Augen schloß, sah sie wieder das silbergraue Wasser, über das sich wirbelnde Nebelschwaden senkten. Eilan stand am anderen Ufer, aber der Abstand schien immer größer und weiter zu werden, als würde sie von einer starken Strömung davongetrieben.

Caillean versuchte sich zu beruhigen. Es gab keinen Grund zur Furcht. Aber wie so oft bei ihren Träumen, ließen sie die Gefühle nicht mehr los, die von den Bildern des Traums ausgelöst worden waren. Sie glaubte, von der Welle der Angst und dem endgültigen Verlust verschlungen zu werden.

Das sind meine Ängste. Der Traum hat nichts mit Vorsehung zu tun. Bei Sonnenaufgang wird alles vergessen sein.

Sie stand entschlossen auf und trank einen Schluck Wasser.

Ein grauer Nebelschleier hatte sich zwischen sie und Eilan geschoben. Er hatte Eilan von der Welt getrennt.

Das ist der Tod. Das bedeutet Sterben ...

Caillean konnte diesen Gedanken nicht loswerden. Gewöhnliche Träume verschwanden wie der Dunst im Morgengrauen, wenn die Sonnenstrahlen den neuen Tag ankündigten. Auch bedroh-

liche Bilder konnten sie nach dem Erwachen nicht mehr ängstigen. Aber ein schicksalhafter Traum – ein Traum der göttlichen Kraft – wurde bei Tagesanbruch immer klarer und eindringlicher. Solche Träume durfte sie nicht beiseite schieben.
Als die anderen Frauen langsam erwachten, wußte Caillean, daß sie ihre neugierigen Blicke nicht würde ertragen können. Vielleicht fand sie im Garten die nötige Ruhe, um sich diesem Traum zu stellen. Aber sie wußte bereits, sie würde mit Eilan darüber sprechen müssen.

In diesem Jahr kündigte sich bereits vor Beltane ein früher Sommer an. In den Wäldern um Vernemeton blühten so viele Blumen wie nie zuvor.
Eilan ließ sich überreden, mit Miellyn, Lia und den Kindern Heilpflanzen zu sammeln. Im Schatten der Bäume blühten noch immer Schlüsselblumen und Vergißmeinnicht, der gelbe Löwenzahn vergoldete die Wiesen, und die Zweige des Weißdorns verschwanden unter den üppigen weißen Blüten.
Gawen war stolz auf sein Wissen und zeigte Brigittas beiden Töchtern, was er gelernt hatte. Sie hingen bewundernd und mit großen Augen an seinen Lippen. Eilan lächelte und erinnerte sich, daß Dieda und sie als Kinder Cynric nicht von der Seite gewichen waren. Sie freute sich über das Lachen der Kinder, und ihr wurde plötzlich klar, wie sehr Gawen Spielgefährten vermißt hatte. Aber nicht nur die Mädchen würden Vernemeton bald verlassen, auch Gawen sollte zu Zieheltern kommen.
Erst kurz vor Mittag kehrten sie zurück. Die Kinder hatten rote Wangen und trugen Blumenkränze im Haar.
»Caillean wartet im Garten auf dich«, sagte Eilid zu Eilan, als sie das Haus betrat. »Sie sitzt schon den ganzen Morgen dort und hat nicht gefrühstückt. Aber sie behauptet, es fehle ihr nichts.«
Beunruhigt ging Eilan sofort in den Garten. Sie nahm sich nicht einmal die Zeit, den breitrandigen Strohhut abzunehmen. Caillean saß auf einer Bank vor dem Beet mit Rosmarin und Thymian.

Sie bewegte sich nicht und schien zu meditieren. Als sie aber Eilans Schritte hörte, öffnete sie die Augen.
»Caillean . . . was ist los? Warum sitzt du ganz allein hier?«
Als die ältere Priesterin den Kopf hob und sie ansah, staunte Eilan wie so oft über die grenzenlose Ruhe, die aus den dunklen Augen sprach.
»Wie viele Jahre kennen wir uns nun schon?« fragte Caillean leise.
Eilan dachte nach. Sie waren sich begegnet, als Mairi ihr zweites Kind bekam. In Wirklichkeit schienen sie sich jedoch schon viel länger zu kennen. Und manchmal öffnete sich der Schleier, der über der Vergangenheit lag, und Eilan wußte, daß sie schon über viele Leben hinweg Schwestern waren.
»Fünfzehn Jahre, glaube ich«, sagte sie schließlich unsicher. Es war kurz vor Winteranfang gewesen . . . Aber nein, das konnte nicht sein, denn die Räuber wären nicht in den Winterstürmen über das Meer zurückgesegelt. Es hatte nicht geschneit, sondern geregnet, und der Frühling war sehr kalt gewesen. Ja, und sie war im Sommer darauf als Novizin nach Vernemeton gekommen.
»Ist es schon so lange her?« fragte Caillean und seufzte. »Ich glaube, du hast recht. Mairis Tochter ist bald alt genug, um zu heiraten, und Gawen hat den zehnten Winter hinter sich.«
Eilan nickte und erinnerte sich plötzlich mit großer Klarheit daran, wie Caillean sie vor der Geburt in der Hütte im Wald besucht hatte und wie sie ihr später bei der schweren Geburt half. Ohne Caillean wäre sie nicht mehr am Leben.
Sie hatte damals gedacht, die Erinnerungen würden nie verblassen. Inzwischen erschien ihr das alles wie ein längst vergangener Traum, und die Arbeit in Vernemeton erfüllte sie völlig.
»Jetzt leben Brigittas Töchter bei uns«, sagte Caillean nachdenklich, »aber bald werden sie den Römern übergeben werden . . .«
Eilan seufzte.
»Es fällt mir schwer, daran zu denken, daß Brigitta ihre Kinder verloren hat.«

»An deiner Stelle hätte ich kein Mitleid mit ihr«, antwortete Caillean. »Ich bezweifle, daß sie auch nur eine schlaflose Nacht wegen der Kinder hatte, als Cynric sie überreden konnte, einen Aufstand gegen die Römer zu planen.«
Vermutlich hatte Caillean recht, aber Eilan würde nie vergessen, wie sie gelitten hatte, als Ardanos ihr Gawen wegnahm. Ohne Cailleans entschlossenes Handeln wäre der Junge nicht hier in Vernemeton ...
»Weshalb sprichst du heute von diesen Dingen?« fragte sie erstaunt. »Ich kann nicht so recht glauben, daß du den ganzen Vormittag hier auf mich gewartet hast, nur um in alten Erinnerungen zu kramen wie ein römischer Geldverleiher in seinen Schatullen voller Goldmünzen!«
Caillean seufzte.
»Ich muß dir etwas sagen und ich weiß nicht, wie. Deshalb rede ich von all diesen unwichtigen Dingen ... Eilan, ich hatte ein Zeichen ... ein Zeichen, wie eine Priesterin es vor ihrem Tod erhält. Nein, warte ... ich kann es dir nicht erklären.«
Eine kalte Faust schien sich um Eilans Herz zu legen.
»Was meinst du damit? Was für ein Zeichen? Hast du Schmerzen? Vielleicht kann Miellyn dir ein paar Kräuter geben ...«
Caillean erwiderte ruhig: »Ich hatte einen Traum, und ich glaube, der Traum bedeutet, daß mein Leben bald vorüber ist.«
Caillean soll sterben?
Eilan war wie vor den Kopf geschlagen und flüsterte nur: »Aber wie das?«
Die Priesterin antwortete: »Ich weiß wirklich nicht, wie ich es dir sagen soll, vielleicht kann man es nur verstehen, wenn es soweit ist.«
Sie hat recht. Auch ich bin eine Priesterin und werde einmal dieses Zeichen erhalten.
Wenn Caillean wirklich sterben sollte, würde das für Vernemeton und besonders für sie eine neue schwere Prüfung bedeuten. Seit der letzten Begegnung mit Cynric und Ardanos war Eilan sehr

wohl bewußt geworden, wie leicht sie zwischen die Fronten geraten konnte. Eilan wollte zwar ebenso den Frieden mit den Römern wie Ardanos, und in der letzten Zeit waren die Stämme mehr oder weniger ruhig geblieben, aber sie wußte, daß die Römer überall in ihrem großen Reich Schwierigkeiten hatten und mit ihrem Kaiser unzufrieden waren. Cynric würde jede Schwäche der Römer zum Anlaß nehmen, den Widerstand voll zu entfachen. Mit Caillean hatte Eilan eine erfahrene und kluge Ratgeberin an ihrer Seite. Caillean besaß das Wissen und die Kraft, sich gegen die Druiden zu behaupten. Eilan war noch eine junge, in weltlichen Dingen unerfahrenene Hohepriesterin. Als Stimme des Orakels rang sie jedesmal von neuem um die Gunst der Göttin. Nur wenn sie wirklich IHRE Stimme hörte, konnte sie sich dem Ruf der Stämme nach Krieg wirkungsvoll widersetzen. Aber wenn sie ihre Integrität nicht verlieren wollte, dann mußte es ihr immer wieder gelingen, die Kraft zu beschwören. Jedes Fest wurde deshalb für sie zu einer neuen Prüfung. Wenn sie einmal versagen sollte, konnte sie vor sich selbst und erst recht vor ihren Kritikern – allen voran Dieda – nicht mehr bestehen. Auch dabei half ihr Caillean. Wie sollte sie in dieser kritischen Phase auf die einzige wirkliche Stütze verzichten? Selbst Gaius, den sie geliebt hatte, stand nicht an ihrer Seite. Nur Caillean war immer zur Stelle gewesen. Eilan sah ihre Freundin hilflos an und suchte die Ruhe in ihrem Inneren.

Auch das haben wir schon öfter erlebt. Ich muß nicht zum ersten Mal mitansehen, wie sie stirbt . . .

Sie wehrte sich gegen dieses Wissen. Zorn und Empörung stiegen in ihr auf. Warum tat Caillean ihr das an? Aber so etwas zu denken, war ungerecht, denn sie sah sehr wohl, daß auch Caillean mit ihren Gefühlen zu kämpfen hatte; und Eilan wußte, für Caillean war es ebenfalls nicht einfach, das Wissen um den Tod zu ertragen.

Auch Caillean fürchtet sich, trotz ihrer Reife und ihrer Abgeklärtheit. Caillean fürchtet den Tod!

Eilan holte tief Luft, und die Kraft der Göttin, die Caillean in ihr wecken konnte, kam plötzlich über sie.
»Als Hohepriesterin von Vernemeton befehle ich dir: Erzähle mir deinen Traum!«
Caillean senkte den Kopf und berichtete schnell, was sie geträumt hatte. Eilan hörte ihr mit geschlossenen Augen zu. Sie sah die Bilder, während Caillean sie beschrieb. Bald befand sie sich in dem Traum, und Caillean mußte ihn nicht erst erzählen. Als die Priesterin schwieg, berichtete Eilan von den Schwänen in ihren Träumen.
»Wir werden getrennt werden«, sagte Eilan schließlich und öffnete die Augen. »Ob durch den Tod oder durch eine andere Macht, das weiß ich nicht. Aber der Gedanke, dich zu verlieren, Caillean, ist wie der Tod«, fügte sie leise hinzu.
»Aber wenn es nicht der Tod ist, was ist es dann?« fragte die Priesterin.
Eilan richtete den Blick wieder nach innen, und sie sah das silberne Wasser unter den Wolken.
»Das Sommerland . . .«, flüsterte sie plötzlich. »Wir haben beide in unseren Träumen Avalon gesehen. Caillean, du mußt dorthin und die Novizinnen mit dir nehmen. Ich kann dir nicht sagen, ob wir damit der Göttin dienen, aber es ist bestimmt besser, etwas zu tun, als hier zu warten, bis der Tod nach dir greift. Wir müssen es wagen, auch wenn wir uns irren sollten!«
Caillean schien noch immer nicht überzeugt zu sein, aber in ihren Augen zeigte sich wieder ein Funken Hoffnung.
»Ardanos wird das niemals erlauben. Er ist der höchste Druide, und er möchte, daß alle Priesterinnen hier in Vernemeton unter seiner Aufsicht sind . . .«
Eilan sah sie an und lächelte.
»Aber ich bin die Stimme des Orakels. Ardanos kannst du mir überlassen!«

Am Morgen von Beltane gingen die Novizinnen noch vor Tagesanbruch in den Wald, um den Tau auf den Blumen zu sammeln, denn der Tau besaß viele wundersame Kräfte. Er verlieh Schönheit und galt als Liebeszauber. Man sagte, wenn eine Frau vor Sonnenaufgang das Gesicht mit dem Tau benetzte und in einen klaren Bach blickte, werde sie das Gesicht ihres zukünftigen Mannes sehen.

Eilan runzelte die Stirn und fragte sich, weshalb Priesterinnen, die Keuschheit gelobt hatten, auf die Idee kamen, Tau zu sammeln ...

Aber dann mußte sie lächeln. Beltane war ein besonderes Fest. Es weckte alle Sinne, und als Novizin hatte auch sie den Zauber der erwachenden Natur erlebt. Das Gelübde bedeutete nicht, für das Leben blind und taub zu werden. Das wäre ein schlechter Dienst an der Göttin gewesen.

Eilan hörte das heitere Lachen der jungen Frauen, die aus dem Wald zurückkehrten, aber sie konnte nicht zu ihnen hinausgehen und mit ihnen sprechen. Mit jedem Jahr spürte sie deutlicher, wie notwendig die Zeit der Zurückgezogenheit vor dem Ritual war, in der auch Lhiannon niemandem Zutritt gewährt hatte. Eilan hatte gehofft, es werde für sie mit der Zeit leichter werden, aber es fiel ihr von Fest zu Fest schwerer, das Gleichgewicht zwischen all den Kräften aufrechtzuerhalten, die die Macht der Göttin auf ihre Weise nutzen wollten.

Ardanos kam zwar immer noch mit seinen Anweisungen, doch sie befolgte sie nicht so willenlos wie damals Lhianonn, denn sie leerte die Schale erst auf dem Platz und in Gegenwart aller Menschen. Ardanos wiederum war das Werkzeug der Römer, die ihren Einfluß durch ihn geltend machten. Sie arbeiteten beide auf ihre Weise für das Wohl Albions. Aber wie lange würde sich das Volk noch täuschen lassen und den fremden Einfluß nicht bemerken?

Der Vorhang vor der Tür wurde zur Seite geschoben, und Caillean trat ein. Sogar sie trug zur Feier des Tages roten Mohn im

Haar. Ihre Wangen waren von der Sonne gerötet, und sie wirkte gesünder als je zuvor.
»Du bist allein?«
»Ja, es muß so sein.«
»Gut.« Caillean setzte sich auf den Hocker. »Wir müssen über das Orakel sprechen.«
»Seit dem Aufwachen denke ich an nichts anderes . . .«, erwiderte Eilan und es klang vorwurfsvoll. »Mir wäre lieber, du würdest hier in dem dunklen Zimmer sitzen. Du wärst eine sehr viel bessere Hohepriesterin als ich!«
»Alles, nur das nicht. Ich könnte niemals folgsam Worte aussprechen, die nicht von der Göttin, sondern von den Priestern kommen.«
Wie immer war Eilan in den Stunden vor dem Ritual bis zum äußersten gereizt. Es schmerzte sie noch mehr als sonst, daß Caillean die Verlogenheit des Orakels damit erklärte, daß die Hohepriesterin eine willenlose Puppe der Druiden war. Deshalb erwiderte sie zornig: »Wenn ich nur ein Sprachrohr der Priester bin, dann weißt du sehr wohl, wer mich dazu gemacht hat!«
Caillean seufzte und sagte beruhigend: »Glaub mir, ich wollte dich nicht kritisieren.«
Eilans Ärger verflog, und sie ließ den Kopf sinken. Caillean sprach weiter. »Wir sind alle in IHREN Händen und erfüllen IHREN Willen, so gut wir können. Das tust du ebenso wie ich. Bitte, sei mir nicht böse.«
»Ich bin dir nicht böse«, flüsterte Eilan noch immer unglücklich, denn sie wollte sich nicht mit Caillean streiten. »Ich kann es nur nicht ertragen, daß du sagst, ich sei das Sprachrohr der Druiden.«
Sie hob den Kopf und sah Caillean mit blitzenden Augen an. »Also gut, ich werde dir etwas anvertrauen, was sonst kein Mensch weiß. Der heilige Trank soll mich so betäuben wie zu Zeiten von Lhiannon. Ich habe jedoch die Mischung verändert, damit die Trance nicht so schnell eintritt und ich noch eine gewisse

Kontrolle über mein Bewußtsein behalte. Ich *höre* deshalb sehr wohl, was Ardanos mir auf seine Weise zu sagen versucht ...«

»Aber bis jetzt scheint er mit deinen Antworten durchaus zufrieden zu sein«, erwiderte Caillean. »Liebst du deinen Gaius noch immer so sehr, daß du dich verpflichtet fühlst, Rom zu dienen?«

»Ich diene dem Frieden!« rief Eilan. »Ardanos ahnt nicht, daß ich mich ihm widersetze. Wenn meine Antworten sich auch von dem unterscheiden, was er mir einzuflüstern versucht, dann glaubt er nur, ich sei kein so vollkommenes Werkzeug wie Lhiannon.«

Sie lachte bitter und fügte leise hinzu: »Aber wenn ich den Frieden beschwöre, dann sind das nicht meine Worte ... Wenn ich mich der Göttin überlasse, dann lüge ich nicht! Glaubst du, unsere Rituale sind eine Lüge?«

Caillean schüttelte den Kopf. »Nein, das glaube ich nicht ... Ich spüre die Göttin selbst sehr stark, aber ...«

»Erinnerst du dich an Beltane vor sieben Jahren, als Cynric plötzlich auftauchte?«

»Wie könnte ich das vergessen?« Caillean seufzte. »Mich hatte wie alle anderen das Entsetzen gepackt!« Sie schwieg einen Augenblick. »Ich weiß, das bist du nicht gewesen. Es war ein Gesicht der Göttin, dem ich hoffe, nie mehr begegnen zu müssen. Ist es für dich immer so?«

Eilan ließ die Schultern sinken. »Manchmal denke ich, daß SIE nicht kommt. Dann müßte ich die Antworten auf die Fragen geben.«

Ein Schauer lief ihr über den Rücken, und sie stand erregt auf.

»Jedesmal, wenn ich dort oben auf der Anhöhe sitze, überlasse ich mich vorbehaltlos der Göttin. Und jedesmal erwarte ich, daß SIE mich vernichtet, weil ich die Kühnheit besitze, SIE zu rufen!«

»Ach«, sagte Caillean leise, »verzeih, wenn ich deine Absichten falsch verstanden hatte. Aber was soll nun mit mir geschehen?«

»Heute müssen wir uns dieser Prüfung unterziehen ...« Eilan

ging zu Caillean und sagte eindringlich: »Wir beide! Wenn alles, was wir hier aufbauen, keine Lüge sein soll, dann müssen wir beide heute alles riskieren. Deshalb werde ich den Trank diesmal nach dem alten Rezept zubereiten. Wenn die Göttin erscheint, dann mußt du SIE nach deinem Traum fragen. Alle werden IHRE Antwort hören! Du, Ardanos und ich ... wir werden IHR gehorchen müssen, was immer SIE befiehlt.«

Das Licht hatte sich bereits völlig verändert, als noch vor Sonnenuntergang das Tor von Vernemeton geöffnet wurde, um Ardanos und seine Priester einzulassen.
Der höchste Druide stieß seinen Stab dreimal auf den Boden, und er rief mit tiefer Stimme: »Wir sind bereit und bitten dich, Stimme der Göttin, uns zu folgen.«
Eilan stand auf. Sie hatte in langer Meditation gewartet und alle Gedanken aus ihrem Bewußtsein verbannt. Eilid und Caillean legten ihr den schweren rituellen Umhang um die Schultern und befestigten ihn mit der goldenen Kette am Hals.
Es war trotz der Sonne tagsüber eine kalte Nacht. Eilan fröstelte, als sie die Sänfte bestieg. Der Zug der Druiden, deren Gewänder gespenstisch schimmerten, setzte sich langsam in Bewegung. Ihnen folgten die Priesterinnen wie eine Schar dunkler Schatten.
Sie sind alle da, um mich zu beschützen. Aber ich komme mir vor wie eine Gefangene auf dem Weg zur Hinrichtung.
Der Gedanke tauchte in ihrem Bewußtsein auf und verschwand so schnell wieder wie ein Kaninchen auf der Flucht vor dem Falken.
Alle Priesterinnen und Priester sind die Gefangenen ihrer Götter ...
Eilan nahm nur schemenhaft die breite Allee mit den hohen Bäumen wahr, die zur Hügelkuppe hinaufführte. Die beiden Feuer loderten hell. Schatten und Licht zuckten als unruhige Muster über das Laub der alten Eichen um den großen Platz. Das Geräusch der wartenden Menge klang wie ein langer Seufzer. Eilan würde nie vergessen, wie sie dort mit den Menschen zum ersten

Mal auf die Hohepriesterin gewartet hatte – jetzt nahm sie Lhiannons Platz ein, und die vielen Augen, die erwartungsvoll auf sie gerichtet waren, verstanden so wenig von dem, was wirklich geschah, wie sie als Kind damals verstanden hatte.

Zwei Novizinnen, die Eilan wegen ihrer Reinheit und Schönheit mit dieser Aufgabe betraut hatte, traten in ihren ungefärbten Gewändern mit der goldenen Schale vor. Die beiden zehnjährigen Mädchen trugen goldene *Torques* um den Hals und mit Goldfäden durchwirkte Gürtel um die schlanke Taille. Auf ein kaum wahrnehmbares Zeichen von Caillean ließ der junge Priester, der verborgen in den Ästen der alten Eiche saß, einen Mistelzweig fallen. Im silbernen Mondlicht wirkte er wie ein kleiner heller Vogel. Eilan fing den Zweig auf und legte ihn mit einem gemurmelten Segensspruch in die Schale.

Dann schlug sie das rituelle Zeichen darüber, wappnete sich gegen die Bitterkeit und leerte die Schale.

Die Druiden begannen mit der Anrufung. Der Druck der Erwartung in der Menge stieg und legte sich wie ein schweres Gewicht auf ihr Bewußtsein. Der Trank brannte in ihrem Leib. Hatte sie beim Mischen einen Fehler begangen? Aber sie erinnerte sich an das Gefühl aus der Zeit, als sie die Zusammensetzung des Tranks noch nicht geändert hatte. Wie auch immer, das Gift schien jedesmal etwas mehr an ihr zu zehren. Auch das gehörte zu dem Preis, den sie zu bezahlen hatte. Sie würde wie Lhiannon sterben, aber vielleicht nicht so früh.

Die Welt um sie herum wich bereits zurück. Eilan registrierte kaum noch, daß sie auf den hohen Stuhl der Seherin sank. Dann trug man sie den Erdhügel hinauf.

Caillean beobachtete die Hohepriesterin, die zusammengesunken auf dem hohen Sitz saß, mit größerer Sorge als üblich. Die Kraft der Gesänge versetzte sie wie immer in Trance, aber noch wehrte sie sich dagegen. In den pulsierenden Schwingungen auf dem Platz spürte sie eine ungewöhnliche Spannung, die sie nicht verstand. Entschlossen drehte sie sich um und entdeckte Eilans Vater unter den weißgewandeten Druiden. Ardanos hatte nichts davon erwähnt, aber vielleicht wußte er nicht, daß Bendeigid bei dem Ritual anwesend sein würde.

Eilan begann zu zucken, und Caillean nahm schnell ihren Platz hinter dem Sitz der Hohenpriesterin ein. Es war verboten, die Stimme des Orakels während der Trance zu berühren, aber sie mußte sich bereithalten, um Eilan aufzufangen, wenn sie fiel.

Göttin! Nimm DU DICH ihrer an. Ich bin bereit, alles zu ertragen, was sein muß.

Eilan schien etwas ruhiger zu werden. Undeutlich sah Caillean eine weiße Hand schlaff über der Armlehne hängen – sie war so schlank und zart wie die eines Kindes. Wie konnte von diesen Händen soviel Kraft ausgehen?

Ardanos rief mit weithin hallender Stimme.

»Göttin, Hüterin des Kessels!
DU silbernes Rad der Unendlichkeit!
O große Königin der Nacht!
Komm zu uns, Allmächtige Göttin!
Verkünde uns DEINEN Willen!«

Caillean glaubte zu hören, wie die hohe Lehne plötzlich ächzte. Eilan streckte die Finger aus, und mit Staunen sah Caillean, wie die blassen Hände plötzlich zu leuchten anfingen.

Die Göttin ist da. SIE ist wirklich gekommen!

Die Gestalt auf dem Sitz des Orakels richtete sich langsam auf, reckte sich höher, als versuche die zarte Frau, die dort saß, der geistigen Wesenheit gerecht zu werden, die sie erfaßt hatte. Caillean lief ein kalter Schauer über den Rücken, als Ardanos rief.

»Seht, ihr Menschen, die Herrin des Lebens ist da!
Wir bitten das Orakel zu uns zu sprechen!
Die Göttin soll uns Sterblichen
den Willen der Unsterblichen verkünden!«

Jetzt begann auch Ardanos zu zittern und stützte sich nach der Anrufung erschrocken auf seinen Stab. In diesem Augenblick trat

Bendeigid aus dem Kreis der Druiden und richtete als erster das Wort an das Orakel.

»Göttin! Befrei uns von denen, die uns versklaven!«

Er hob beschwörend die Hände und rief mit lauter Stimme: »Göttin, schenke uns den Sieg. Führe uns in den gerechten Kampf!«

Ardanos glaubte, einen der Raben zu hören, die in ihrer Verblendung immer aufs neue blutige Rache und Tod forderten. Ahnten sie, was mit diesem Land geschehen würde, wenn es zum offenen Kampf kam, wenn ein Aufstand Rom und seinen Legionären noch einmal die Rechtfertigung lieferte, die Menschen wie Vieh abzuschlachten? Wie konnte ein vernünftiger Mann oder eine kluge Frau, wie konnte eine wohlmeinende Göttin einen Krieg entfesseln? Hatte Bendeigid vergessen, was es hieß, Frau und Kinder zu verlieren? Hatte er vergessen, wie schnell sein Haus abgebrannt war? Ein Krieg in diesem Augenblick war reiner Wahnsinn.

Göttin, DU hast den Frieden in Eilans Hände gelegt. Laß Eilan jetzt standhaft sein und DEINEN Willen den Menschen verkünden, auch wenn es so aussehen mag, als diene sie damit den Römern . . .

Die Hohepriesterin erhob sich von ihrem Sitz und schob den Schleier zurück. Ihr Gesicht war so kalt und gelassen wie die Gesichter der römischen Statuen. Und als SIE sprach, klang IHRE Stimme leise und ruhig. Die Menge hielt den Atem an, um die Worte zu hören.

»Heute ist noch nicht die kürzeste Nacht.
Nutzt die Zeit, die euch bleibt,
denn bald werden die Kräfte des Lichts schwächer.
Ihr lernt in eurem Stolz die Geheimnisse
von Erde und Himmel und seid doch verblendet!«

SIE deutete verächtlich auf den Kreis der Druiden.

»Könnt ihr die Zeichen der Welt nicht
deuten, in der ihr lebt?
Die große Zeit der Stämme ist vorüber,
und sie werden schwächer und schwächer.

So wird es den Römern und ihrem Reich
eines Tages auch ergehen.
Alles erreicht einen Höhepunkt
und muß dann wieder versinken.«

»Bleibt uns keine Hoffnung?« rief Bendeigid. »Auch die Sonne wird nach einem langen Winter wiedergeboren!«

»Das stimmt! Aber zuerst muß der dunkelste
Tag vorüber sein.
Legt eure Schwerter beiseite!
Hängt eure Schilde an die Wand,
Kinder des Don!
Die römischen Adler mögen sich gegenseitig
zerfleischen, während ihr eure Felder pflügt.
Habt Geduld, die Zeit wird alle Übeltaten
auf ihre Weise rächen!«

Ein Murmeln der Erleichterung, aber auch der Enttäuschung lief durch die Menge. Ardanos sprach flüsternd mit einem Druiden.

Caillean erkannte, daß sich jetzt vermutlich die einzige Möglichkeit bot, dem Orakel ihre Frage zu stellen, und rief: »Was aber soll aus dem alten Wissen werden? Wie sollen wir in der sich verändernden Welt die Lehre und die Verehrung des Göttlichen bewahren, das DU uns geschenkt hast?«

Ardanos und Bendeigid starrten sie wütend an, aber die Frage war gestellt, und die Göttin wandte sich ihr bereits zu. Caillean zitterte, denn in diesem Augenblick stand nicht Eilan vor ihr.

»Du, Tochter der alten Rasse, du stellst MIR
diese Frage?«

Die Göttin schwieg und schien den Blick nach innen zu wenden. Dann lachte SIE leise.

»Ah, auch sie wartet auf meine Antwort.
Du dummes Kind, du könntest noch viel mehr
von MIR erfahren, aber du hast Angst.
Du dummes, dummes Kind. Warum kannst du nicht verstehen,

ICH will, daß ihr alle in Freiheit lebt.
Aber ihr seid alle Kinder, und ICH will euch
eure Träume nicht nehmen.
Ihr seid nicht stark genug, um die
Wirklichkeit zu ertragen!«

Bei den letzten Worten hatte sie unverwandt Ardanos angesehen, der unter ihrem Blick den Kopf senkte.

SIE streckte den Arm aus, drehte die Hand und bewegte die Finger, als erfreue SIE sich an der Bewegung. Dann lachte SIE wieder leise.

»Der Körper ist so schön. Ich verstehe sehr wohl,
warum ihr so daran hängt.
Was bedeutet mir euer Tun?
Es ist weder eine Hilfe noch richtet es Schaden an.
ICH bin hier seit dem Anfang, und ICH bleibe,
solange die Sonne scheint und das Wasser fließt, denn
ICH bin . . .«

In dieser einfachen Aussage lag die Wahrheit und die Wirklichkeit, und deshalb war sie für die Menschen so schrecklich. Caillean zitterte.

»Aber unser Leben fließt wie das Wasser davon, und dann sind wir nicht mehr . . .«, erwiderte Caillean bebend. »Wie sollen wir das, was DU uns gelehrt hast, an die weitergeben, die nach uns kommen?«

Die Göttin blickte von Caillean zu Ardanos und wieder zu Caillean.

»Du kennst die Antwort bereits.
In Zeiten der Vergangenheit hat deine Seele
den Eid geschworen . . . sie auch.
Eine von euch beiden soll gehen!«

Die Göttin hob die Stimme und rief laut und klar, daß es über den ganzen Platz hallte.

»Niemand kann aufhalten, was geschehen muß!
Eine von euch soll in das Sommerland gehen.

Auf Avalon soll MEIN Haus neu erstehen.
Dort sollt ihr MIR dienen,
Seite an Seite
Mit den Priestern des Nazareners.
So wird das Wissen überdauern,
Was da kommt.
Denn es ist die Zeit der großen
Verwirrung!«

Die Göttin verstummte, und der Körper der Hohenpriesterin, der straff wie eine Bogensehne gespannt gewesen war, erschlaffte wie die gespannte Sehne eines Bogens. Der Pfeil war abgeschossen, die Göttin hatte ihre Antwort gegeben, und Eilan sank auf den Sitz zurück. Caillean und Eilid stützten sie, während sie unter Zuckungen und unverständlichen Worten aus der Trance erwachte.

Ardanos hatte den Kopf sinken lassen und dachte über den Orakelspruch nach. Wie konnte er ihn für seine Zwecke nutzen? Er durfte sich der Göttin nicht widersetzen, und er würde es nicht tun. Er mußte seinen Ruf als frommer Priester wahren, und das Wort der Göttin war heilig. Aber er hatte das Recht, es auf seine Weise auszulegen.

Plötzlich hob er den Kopf und sah Caillean an. Er schien zu lächeln.

»Die Göttin hat gesprochen. IHR Wille sei uns Gebot. SIE verlangt ein zweites Heiligtum, und du, Caillean, wirst in das Sommerland gehen und an der heiligen Quelle von Avalon das neue Haus der Priesterinnen gründen.«

Caillean sah den Triumph in seinen blassen Augen. Ja, er würde den Wunsch der Göttin erfüllen. Sie und Eilan hatten nur nach einem Weg gesucht, das alte Wissen zu bewahren. Ardanos sah darin jedoch eine gute Gelegenheit, sich einen lang gehegten Wunsch zu erfüllen – endlich konnte er die beiden Priesterinnen voneinander trennen.

Ardanos nahm den Mistelzweig aus der Schale, tauchte ihn in das kühle Wasser aus der heiligen Quelle und besprengte damit Eilan. Alles andere ging im Klingen der Silberglöckchen unter.

»Für jemanden, der seit Jahren im Ruhestand ist, hast du aber noch sehr viel zu tun!«
Gaius lächelte seinen Vater an, der vor seinem Tisch stand, auf dem sich Papyrusrollen und Wachstäfelchen stapelten.
Draußen fegte ein kalter Wind durch die Zweige, an denen sich die ersten grünen Knospen zeigten. Im Haus verbreitete die Heizung unter dem Fliesenfußboden eine angenehme Wärme, und die brennende Holzkohle in den eisernen Becken verringerte die Luftfeuchtigkeit.
»Ich hoffe, der junge Brutus weiß zu schätzen, was du für ihn tust.«
»Er schätzt meine Erfahrung«, erwiderte Macellius, »und ich bin an seinen Informationen interessiert. Der Mann hat gute Verbindungen ... Er ist mit fast allen alten wichtigen römischen Familien verwandt. Sein Vater ist übrigens ein guter Freund deines Gönners Malleus ...«
»Ach ...« Gaius trank vorsichtig einen Schluck von dem heißen gewürzten Wein. »Und was hält der Legat von der Politik des Kaisers?«
»Offen gesagt, die Briefe, die er aus Rom erhält, vergrößern seine Angst. Seine Zeit als Befehlshaber endet mit diesem Jahr, und er macht sich Gedanken darüber, wie er vermeiden kann, nach Hause zurückzukehren! Als Ritter haben wir beide den großen Vorteil, nicht in Rom leben zu müssen. Die ewige Stadt ist für Senatoren derzeit ein äußerst ungesunder Ort, wie ich höre.«
»Du denkst an Flavius Clemens?« fragte Gaius. Kein Wunder, daß die Senatoren unruhig wurden, nachdem Domitian seinen eigenen Vetter hatte hinrichten lassen. Was würde mit den anderen geschehen?
»Weiß man inzwischen eigentlich, was Flavius Clemens vorgeworfen wurde?«

»Die offizielle Anklage lautete auf Atheismus. Aber es gibt Gerüchte, nach denen er Christ war und es abgelehnt hat, vor dem Bildnis des Kaisers Weihrauch zu verbrennen.«
»Nun ja, das mußte unser *Dominus et Deus* natürlich als Hochverrat empfinden!« sagte Gaius spöttisch.
Macellius lächelte mißmutig. »Die Götter wissen, diese Christen machen uns allen viel zu schaffen. Wenn der Staat sie nicht verfolgt, dann verfolgen sie sich gegenseitig. Wenn Nero es dabei belassen hätte, die unterschiedlichen Fraktionen in die Arena zu schicken, dann hätte er auf die Löwen verzichten können und ein Vermögen gespart. Spaß beiseite, die Verehrung, die Domitian fordert, geht wirklich über alles Vertretbare hinaus!«
Gaius nickte. Er wußte inzwischen durch Julia, die Vater Petros an den Lippen hing, daß die Christen eine Vorliebe für das Märtyrertum hatten und Sektierer waren, die sich leidenschaftlich gegenseitig bekämpften. Julia sagte allerdings, dadurch werde die Kirche von den Gottlosen gesäubert. Wie auch immer, im Grunde waren die Christen ein kleineres Problem. Weit gefährlicher war der Größenwahn des Kaisers.
»Entwickelt sich Domitian zu einem zweiten Nero oder Caligula?« fragte Gaius.
»Er hat noch nicht versucht, seinen Hengst zu vergöttlichen, wenn du das meinst . . .«, erwiderte sein Vater. »In gewisser Hinsicht ist er ein Kaiser, der viel erreicht hat. Deshalb ist er so gefährlich. Worauf soll Rom sich stützen, falls der nächste verrückte Kaiser gekrönt wird, wenn Domitian alles vernichtet, was vom Senatorenstand noch geblieben ist?«
Gaius sah Macellius nachdenklich an. »Du machst dir deshalb wirklich Sorgen . . .«
»Um mich geht es dabei weniger«, sagte Macellius und drehte seinen Siegelring, der ihn als Ritter auswies, am Finger hin und her. »Aber du hast deine Laufbahn noch vor dir. Und bei diesem Kaiser kannst du dir keine großen Hoffnungen machen.«
»Vater, was ist . . . Was hat man von dir verlangt?«

Macellius seufzte, sah sich in dem bequemen Zimmer um und betrachtete die Regale mit den vielen Pergamentrollen, als fürchte er, sie würden sich im nächsten Augenblick in Luft auflösen.
»Es gibt einen Plan . . .«, sagte er leise, »das Ende der flavischen Dynastie herbeizuführen. Wenn Domitian beseitigt ist, werden die Senatoren einen neuen Kaiser wählen. Damit das gelingt, müssen die Provinzen diesen Plan unterstützen. Der neue Statthalter von Britannien ist Domitians Mann, aber die meisten Legaten kommen aus ähnlichen Familien wie Brutus . . .«
»Sie möchten, daß wir sie unterstützen«, sagte Gaius rundheraus. »Und was glauben sie, werden die Stämme tun, während wir unsere kaiserlichen Probleme lösen?«
»Wenn wir ihnen einige Zugeständnisse machen, werden sie uns bestimmt unterstützen . . .«
Er zuckte mit den Schultern und sah Gaius hilfesuchend an.
»Hör zu, die Töchter von Königin Brigitta werden bald zu uns gebracht. Valerius hilft mir, geeignete Zieheltern für sie zu finden. Römer und Britonen müssen irgendwann einmal Verbündete werden. Auf diese Weise geschieht es vielleicht etwas früher, das ist alles.«
Gaius stieß einen lautlosen Pfiff aus. Hier ging es um Rebellion in großem Maßstab! Er leerte seinen Becher Wein. Als er den Kopf hob, sah ihn sein Vater prüfend an.
»Es hat schon seltsamere Dinge gegeben«, sagte Macellius leise. »Je nachdem, wie sich alles entwickelt, könnte ein Römer von königlich-silurischer Abstammung mit einem halb-druidischen Sohn eine große Zukunft haben!«

Auf dem Ritt nach Hause zurück drehte sich Gaius nicht nur deshalb alles im Kopf, weil er etwas viel von dem heißen Wein getrunken hatte. Sein Vater wußte, daß Eilan ihm einen Sohn geboren hatte – vermutlich wußte er es schon die ganze Zeit! Was auch in Zukunft geschehen mochte, er mußte jetzt wirklich etwas unternehmen, um sein Kind offiziell zu adoptieren.

Eigentlich wollte Gaius bei seiner Rückkehr sofort mit Julia über dieses Thema sprechen. Aber er stellte fest, daß ihre Gedanken nur um den letzten Besuch bei dem Einsiedler kreisten.
»Und Vater Petros sagt«, erklärte sie mit glühenden Augen, »die Heilige Schrift und alle Propheten haben verkündet, daß nach dieser Generation die Welt untergehen wird. Mit jedem neuen Morgen sollten wir daran denken, daß wir vielleicht nicht die aufgehende Sonne sehen, sondern den Anfang des großen Weltenbrandes. Dann werden wir mit unseren Lieben wiedervereint sein. Hast du das gewußt?«
Gaius schüttelte den Kopf. Wie konnte eine Frau mit Julias Bildung an solches Geschwätz glauben? Aber Frauen, das wußte man, waren eben leichtgläubig. Deshalb konnte man ihnen auch keine verantwortungsvollen Ämter übertragen. Gaius schloß nicht aus, daß sich die Christen mit ihren Prophezeiungen die Ängste der Menschen wegen des despotischen Kaisers zunutze machten und mit dem Weltuntergang drohten.
»Willst du eine Anhängerin des Nazareners werden ... dieses Propheten der Sklaven und abtrünnigen Juden?« fragte er.
»Ich weiß nicht, wie ein denkender Mensch etwas anderes tun könnte«, erwiderte Julia, ohne nachzudenken.
Gut, dann bin ich offenbar kein denkender Mensch ... jedenfalls nicht einer, wie Julia ihn sich vorstellt.
Er fragte jedoch nur: »Was wird Licinius dazu sagen?«
»Es wird ihm nicht gefallen«, antwortete Julia traurig, »Aber seit dem ... Tod unserer Kinder ...«, ihre Augen füllten sich wieder mit Tränen, »habe ich mich nicht mehr so sicher gefühlt. Ich weiß einfach, daß ich mich nicht irre.«
Sie hat den Verstand verloren!
Gaius zog es vor zu schweigen. Offenbar brauchte Julia diese Hirngespinste als Trost. In letzter Zeit schien sie wirklich wieder etwas glücklicher zu sein.
»Also gut, tu, was du für richtig hältst«, sagte er, »ich werde nicht versuchen, dich daran zu hindern.«

Sie sah ihn fast etwas enttäuscht an, dann erklärte sie selbstsicher: »Wenn du wüßtest, was richtig ist, würdest du auch ein Nazarener werden.«
»Meine liebe Julia, du hast mir schon oft gesagt, daß ich nicht weiß, was richtig ist«, erwiderte er wegwerfend. Als sie daraufhin auf den Boden starrte und schwieg, wußte er, daß sie ihm noch etwas zu sagen hatte.
»Was ist?« fragte er.
»Ich möchte es dir nicht vor den Kindern sagen ...«, stammelte sie. Gaius lachte, nahm ihren Arm und ging mit ihr ins Nebenzimmer.
»Also, was kannst du mir nicht vor den Kindern sagen, Julia?«
Wieder schlug sie die Augen nieder. »Vater Petros sagt ..., weil das Ende der Welt naht ...«, sie suchte vergeblich nach den richtigen Worten. »... ist es besser, wenn alle verheirateten Frauen ... und auch Männer ... Keuschheit geloben.«
Gaius schlug sich mit der Hand auf die Stirn und lachte laut.
»Dir ist doch klar, daß es nach dem Gesetz ein Scheidungsgrund ist, wenn du dich deinem Mann verweigerst«, sagte er.
Julia hatte sich offensichtlich auf diese Frage gut vorbereitet und erklärte: »Im himmlischen Paradies gibt es keine Ehe und keine Scheidung.«
»Gut, dann wäre ja alles geklärt«, sagte Gaius und lachte wieder. »Mir liegt nichts an deinem Paradies ... zumindest nicht an dem Teil, über den dein Vater Petros das Sagen hat.«
Dann fügte er ruhig hinzu, und wußte, das würde sie nicht gerne hören: »Leg alle deine Gelübde ab, mein Schatz. Da du ohnedies im letzten Jahr im Bett so liebevoll zu mir gewesen bist wie ein Besenstiel, wird sich für mich kaum etwas ändern.«
Ihre Augen wurden vor Überraschung groß. »Dann wirst du mir keine Schwierigkeiten machen?«
»Nein, liebe Julia. Aber es ist nur gerecht, darauf hinzuweisen, wenn du dich nicht mehr an unsere Ehe gebunden fühlst, dann kannst du es auch nicht mehr von mir verlangen.«

Er wußte, daß er ihr mit diesen Worten eine große Szene genommen hatte, die sie ihm hatte machen wollen. Sie hatte vermutlich geglaubt, er werde zornig sein oder sie anflehen.
»Ich würde von dir niemals verlangen, ein Keuschheitsgelübde abzulegen«, sagte sie spitz. »Du würdest diesen Schwur ohnehin brechen. Glaubst du, ich weiß nicht, weshalb du im letzten Jahr diese hübsche Sklavin gekauft hast? Die Götter sind meine Zeugen, sie ist in der Küche zu nichts zu gebrauchen, aber natürlich steht sie unter deinem besonderen Schutz ...« Als er auch darauf nicht reagierte, sagte sie anklagend: »Wer schon so viele Sünden auf seine Seele geladen hat ...«
Aber Gaius hatte genug von diesem Gerede. Er beabsichtigte nicht, mit Julia über seine Seele – was immer sie darunter verstehen mochte – zu sprechen, und fiel ihr ins Wort.
»Ich bin für meine Seele selbst verantwortlich.«
Damit drehte er sich um und ging in sein Schreibzimmer. Dort stellte er fest, daß Julia ihm bereits ein Bett aufgeschlagen hatte. Sie hatte also fest damit gerechnet, daß er bereit war, in Zukunft allein zu schlafen.
Gaius dachte kurz daran, seine Freiheit zu feiern, indem er die hübsche Sklavin zu sich rief. Aber dann stellte er fest, daß er nicht den Wunsch dazu hatte. Er wollte mehr als eine gefügige Frau, die mit ihm schlafen mußte, weil sie seine Sklavin war. Seine Gedanken richteten sich auf Eilan. Endlich konnte Julia keine Einwände mehr erheben, wenn er Gawen adoptieren würde. Jetzt mußte er nur noch auf die Gelegenheit warten, es ihr auf die richtige Weise zu sagen.
Wie auch immer, er war wieder frei und konnte Eilan unter die Augen treten. Er versuchte, sich ihr Gesicht vorzustellen, aber das Gesicht der Furie, das er an jenem schicksalhaften Beltane gesehen hatte, schob sich zwischen ihn und seine Erinnerungen. Schließlich sah er das Gesicht des jungen Mädchens vor sich, dem er vor einem Jahr zufällig in der Hütte des Einsiedlers begegnet war. Mit diesem Bild vor Augen schlief er schließlich ein.

27. KAPITEL

Nach einem bitterkalten Winter schlug das Wetter Mitte Februar um, und auf die endlosen Stürme folgte blauer Himmel. Es blieb zwar kalt, aber die Sonne schien endlich wieder. Die ersten Obstbäume begannen, in geschützten Lagen zu blühen, und in den Ästen stieg der Saft. Auf den Hängen hörte man das Blöken der Lämmer und über den Sümpfen und Wiesen den lauten Ruf der zurückgekehrten Schwäne.

Eilan blickte zum Himmel hinauf und erinnerte sich daran, daß mit dem schönen Wetter die Zeit gekommen war und sie ihr Wort halten mußte: Sie würde Brigittas Töchter nach Deva schicken. Sie ging in den Garten und ließ Senara rufen.

»Heute ist wirklich ein schöner Tag«, sagte Senara. Sie war neugierig zu erfahren, weshalb Eilan sie hatte kommen lassen.

»Ja, das stimmt«, sagte Eilan und nickte. »Ein schöner Tag, um eine unerfreuliche Pflicht zu erfüllen. Aber du bist die einzige, die ich darum bitten kann.«

»Worum handelt es sich?«

»Brigittas Töchter sind jetzt ein Jahr hier, und ich muß sie den Römern übergeben, wie ich es versprochen habe. Sie haben Brigitta gegenüber Wort gehalten, und deshalb gibt es keinen Grund, ihnen die Kinder nicht zu überlassen. Aber es muß unauffällig geschehen, damit die alten Spannungen nicht neu erwachen. Du bist alt genug, mein Kind, um sie nach Deva zu bringen. Und du sprichst gut genug Latein, um dich in der Stadt nach dem Haus von Macellius Severus zu erkundigen. Traust du dir das zu?«

»Severus?« Senara zog nachdenklich die Augenbrauen zusammen. »Ich glaube, ich habe diesen Namen schon gehört. Meine Mutter hat mir erzählt, daß ihr Bruder bei ihm gedient hat. Sie sagte, er sei ein strenger, aber gerechter Mann.«

»Der Meinung bin ich auch ...« Eilan nickte. »Je früher wir die Kinder seiner Fürsorge überlassen, desto schneller werden sie ein neues Zuhause finden.«

»Aber sie werden bei den Römern aufwachsen ...«, rief Senara.

»Wäre das wirklich so schlimm?« Eilan lächelte sie an. »Denk daran, daß deine Mutter auch eine Römerin war.«

»Richtig ...« Senara senkte den Kopf. »Manchmal denke ich an ihre Familie und versuche mir vorzustellen, wie es wäre, in jener Welt aufzuwachsen«, sagte sie leise. Dann hob sie den Kopf. »Also gut, ich werde mich auf den Weg machen.«

Es dauerte eine Weile, bis die Kinder zum Aufbruch fertig waren. Eilan wollte auf keinen Fall, daß jemand in der römischen Stadt ihnen vorwerfen würde, sie hätten die Mädchen vernachlässigt. Aber schließlich war sie mit allen Vorbereitungen zufrieden, und Senara machte sich mit den Mädchen auf den Weg nach Deva.

Selbst mit einem Kind auf den Armen und dem anderen an der Seite kam Senara an diesem schönen Tag gut vorwärts. Die Kinder freuten sich über den Ausflug, lachten und stellten viele Fragen. Sie machten unterwegs Rast, setzten sich auf einen dicken Baumstamm und aßen in der Sonne das, was man ihnen in der Küche für unterwegs eingepackt hatte. Als die Kinder nach dem Essen müde wurden, legte Senara das jüngere Mädchen in ihr Umschlagtuch, wo es bald einschlief, und nahm das ältere auf den Arm. Sie wußte nicht, wieviel Zeit verging, aber schließlich erreichte sie den Waldrand und sah hinter den Bäumen die ersten Häuser der Stadt und die hohen Palisaden der Festung.

Die Kinder erwachten und liefen neugierig an ihrer Seite. Bald hatten sie das Forum erreicht. Senara setzte sich mit ihnen auf eine Bank neben einem Brunnen und dachte darüber nach, wen sie nach dem Weg zum Haus von Macellius Severus fragen könnte.

Plötzlich fiel ein Schatten über sie. Senara hob erstaunt den Kopf und sah den Römer vor sich, dem sie vor einem Jahr in der Hütte des Einsiedlers begegnet war.

»Dich kenne ich doch«, sagte er, »oder irre ich mich?«

»Ja . . .«, murmelte sie errötend, »du warst auch einmal bei Vater Petros . . .«

Bei den Versammlungen der wenigen Nazarener in der Stadt hatte sie den Römer nie gesehen. Aber sie konnte Vernemeton nur selten verlassen, um an diesen Zusammenkünften teilzunehmen.

Zuerst war Senara nur aus Neugier zu den Nazarenern gegangen, aber dann erschien ihr das Latein als ein Bindeglied zu ihrer Mutter. Schließlich fand sie bei den Menschen dort Trost und fühlte sich von ihnen anerkannt.

Der gutaussehende, vornehme Römer betrachtete sie noch immer. Er war jünger, als sie anfangs gedacht hatte, und ihr gefiel sein Lächeln.

»Wohin möchtest du, mein Kind?«

»Zum Haus von Macellius Severus. Ich soll ihm diese Mädchen übergeben . . .«

»Ach, das sind also die Kinder . . .« Er zog die Stirn in Falten und lächelte dann wieder. »Das trifft sich gut. Dein Ziel ist auch mein Ziel. Darf ich dein Führer sein?«

Er streckte die Hand aus, und das ältere Mädchen ergriff sie lächelnd. Als er sie auf seine Schulter setzte, verzog Senara etwas erschrocken das Gesicht, aber als das Mädchen vor Freude laut jubelte, kam Senara zu dem Schluß, daß dieser Römer bestimmt kein schlechter Mensch war.

»Du kannst gut mit Kindern umgehen«, sagte sie, und er erwiderte: »Ich habe drei Töchter und bin Kinder gewöhnt.«

Er ist also verheiratet. Gehört er zu uns?

Nach kurzem Schweigen fragte sie: »Gehörst du zur Gemeinde von Vater Petros?«

»O nein«, erwiderte er, »aber meine Frau. Die Sekte ist nicht mehr

verboten, sonst hätte der Einsiedler nicht wagen können, so lange in der Nähe der Stadt zu bleiben.«
Das stimmt nicht. Vater Petros wäre jederzeit zum Martyrium bereit!
Aber Senara hielt es für klüger, dem Römer nicht zu widersprechen. »Dann ist deine Frau meine Schwester in Jesus, und so sind wir miteinander verwandt.«
Er verzog spöttisch die Lippen und sah sie unglücklich an.
Er ist noch zu jung, um so bitter zu sein. Wer hat ihn wohl so tief verletzt?
Sie sagte freundlich: »Es ist wirklich schön, daß du mich begleitest.«
»Das ist für mich keine Mühe, Macellius ist mein Vater ...«
Sie näherten sich einem großen Haus, das in der Nähe der Festungsmauer stand. Es war weiß gestrichen, und nach römischer Art war der Platz davor mit Steinplatten belegt. Der Römer klopfte an das Tor. Ein Sklave öffnete, und sie gingen durch einen langen überdachten Säulengang in einen Innenhof.
»Ist mein Vater zu Hause?«
»Er ist beim Legaten«, erwiederte der Mann. »Geh hinein, er ist bestimmt bald zurück.«
Es dauerte wirklich nur ein paar Minuten, bis Macellius eintraf. Senara war froh, denn die Kinder wurden unruhig. Macellius übergab die Mädchen einer dicken freundlichen Sklavin, die für sie sorgen würde, wie er sagte, bis er die richtigen Zieheltern gefunden hatte. Macellius bedankte sich bei Senara und fragte sie höflich, ob sie für den Rückweg eine Eskorte brauche.
Sie schüttelte schnell den Kopf. In Vernemeton dachten alle, Senara hätte die Kinder zu Verwandten ihrer Mutter nach Deva gebracht. Wenn sie, eskortiert von römischen Legionären, zurückkommen würde, hätten sich bestimmt die Gemüter erhitzt. Sie hätte sich zwar gefreut, von dem jungen Severus begleitet zu werden, aber diesen Gedanken schob sie schnell beiseite.
»Sehen wir uns wieder?« fragte er, und ein Schauer lief Senara über den Rücken.

»Vielleicht bei den Gottesdiensten ...«, murmelte sie verlegen, und bevor sie rot wurde, lief sie schnell den Gang entlang und durch das Tor.

Julia Licinia tat nie etwas nur halb. An einem Tag im April forderte sie Gaius auf, sie zu einem Gottesdienst in den Tempel der Nazarener zu begleiten. Ihre Ehe war inzwischen zwar nur noch eine reine Formsache, aber Julia war trotzdem nach wie vor die Herrin seines Hauses. Deshalb fühlte sich Gaius verpflichtet, ihr nach außen hin zur Seite zu stehen.

Er hatte eine Scheidung erwogen, aber er wollte weder Licinius noch die Kinder verletzen, um irgendeine andere Römerin zu heiraten. Dem Kaiser wollte er sich nicht verpflichten, indem er eine Verbindung mit einer Familie einging, die in Domitians Gunst stand. Und wenn er sich durch eine Heirat offen zur Opposition bekannte, konnte das gefährlich sein.

Der alte Macellius sprach wenig darüber, aber Gaius wußte, daß eine Rebellion vorbereitet wurde. Nach dem Sturz des Kaisers würde sich alles ändern. Deshalb fand Gaius, es sei besser, sich keine Gedanken um die eigene Zukunft zu machen, bis er wußte, ob es für ihn überhaupt eine Zukunft gab.

Der Tempel der Nazarener war zu einem Teil von Julias Schmuck gekauft worden, auf den sie inzwischen offenbar keinen Wert mehr legte. Gaius war neugierig zu sehen, was Julia für das Gold und Silber eingetauscht hatte. Als sie sich schließlich auf den Weg machten, sah er zu seiner Überraschung, daß seine Töchter mit den Kindermädchen und offenbar die Hälfte des Personals ebenfalls zu diesem Gottesdienst gingen.

»Warum kommen sie alle mit?« fragte Gaius nicht gerade freundlich. Es war besprochen, daß sie anschließend über Nacht bei Macellius bleiben würden. Aber sein Vater war nicht auf die vielen Dienstboten vorbereitet.

»Sie sind alle Mitglieder der Gemeinde«, erwiderte Julia sehr zufrieden.

Gaius verschug es die Sprache. Er hätte nie daran gedacht, Julias Haushaltsführung zu kritisieren, aber daß sie in ihrem Glaubenseifer so weit ging, war wirklich eine Überraschung.
Julia fügte schnell hinzu: »Sie kehren anschließend zur Villa zurück. Ich kann ihnen doch nicht die Teilnahme am Gottesdienst verwehren.«
Sie könnte es schon, aber sie will es nicht!
Wieder einmal hielt er es für klüger, im Augenblick zu schweigen.

Die Kirche der Christen war ein großes Gebäude, das früher einem Weinhändler gehört hatte. In den Geruch nach Wein mischten sich der Duft der Kerzen und der vielen Blumen auf dem Altar. Gaius sah an den weiß gestrichenen Wänden unbeholfen gemalte Bilder, die einen Hirten mit einem Schaf, einen Fisch und Männer in einem Boot zeigten.
Als sie eintraten, machte Julia ein geheimnisvolles Zeichen, und zu seinem Unwillen bemerkte er, daß Cella, Tertia und Quartilla es ihr gleichtaten. Hatte Julia nicht nur die Dienerinnen, sondern auch ihre Töchter zu dem neuen Glauben bekehrt?
Ärgerlich dachte er, daß die Christen offenbar nichts anderes im Sinn hatten, als den Verband der Familie auszuhöhlen.
Julia setzte sich auf eine harte Holzbank in der Nähe der Tür. Ihre Mägde und die Töchter drängten sich um sie. Gaius blieb hinter ihr stehen und sah sich neugierig um. Die meisten Gläubigen schienen arme Leute zu sein. Er verstand nicht, wie sich die sonst überhebliche Julia in diesem Kreis so wohl fühlen konnte. Dann entdeckte er ein Gesicht, das er kannte – Senara, das Mädchen, das Brigittas Töchter in die Stadt gebracht hatte.
Senara hatte ihm gesagt, daß sie die Zusammenkünfte der Christen besuchte, und er mußte sich eingestehen, daß er vor allem deshalb so schnell bereit gewesen war, Julias Wunsch zu erfüllen, sie in den Tempel der Nazarener zu begleiten. Ja, er hatte gehofft, Senara hier wiederzusehen.

Ein kahlgeschorener Priester in einem langen grobgewebten Gewand trat ein. Ihm folgten zwei Knaben. Der eine trug ein großes Holzkreuz und der andere eine brennende dicke Kerze. In einigem Abstand schritten ältere Männer – Julia hatte ihm gesagt, es seien Diakone. Einer trug ein dickes in Leder gebundes Buch. Er hatte einen langen schwarzen Bart und blickte sehr ernst. Als er das Buch auf das große Lesepult legte, stolperte er über ein Kind, das in den Gang gekrabbelt war.
Das Kind fing jedoch nicht an zu weinen oder lief davon, sondern lachte ihn an. Der Diakon beugte sich hinunter und legte dem Kind lächelnd die Hand auf den Lockenkopf. Dann griff der Vater, offenbar ein Schmied mit verrußten muskulösen Armen, nach dem Kleinen und setzte ihn auf seine Knie.
Es folgten Gebete und Anrufungen. Die Gemeinde wurde mit Weihrauch und Wasser von ihren Sünden gereinigt. All das glich den römischen Zeremonien, und Gaius fand nichts Besonderes daran, obwohl die Priester und die Diakone kein besonders gutes Latein sprachen. Als sie sich schließlich in der Nähe des Altars auf eine Bank setzten, trat unter dem ehrfürchtigen Gemurmel der Gemeinde ein Mann vor.
Es überraschte Gaius nicht, Vater Petros zu sehen, der neben den anderen ungepflegt und struppig wirkte. Der Einsiedler richtete seinen Blick mit solcher Intensität auf die Gläubigen, daß sich Gaius spöttisch fragte, ob der arme Mann kurzsichtig sei. Dann begann Vater Petros mit der Predigt.
»Unser Herr hat einmal gesagt: ›Lasset die Kindlein zu mir kommen, denn ihrer ist das Himmelreich.‹ Viele von uns, die heute abend hier zusammengekommen sind, haben ein Kind verloren und trauern. Aber ich sage euch, eure Kinder sind bei Jesus im Paradies. Ihr Eltern, die ihr trauert, könnt glücklicher sein, als jene Eltern, deren Kinder leben und von ihnen angehalten werden, falsche Götter anzubeten. Ich sage euch, es wäre für diese Kinder, die nicht gesündigt haben, besser, tot und in Sicherheit zu sein, als zu leben und den falschen Göttern zu dienen!«

Er machte eine Pause, holte Luft, und die Gemeinde seufzte.
Sie sind hierher gekommen, um sich einschüchtern zu lassen. Sie haben Angst vor dem angeblichen Zorn ihres Gottes, und sie sonnen sich im Gefühl ihrer tugendhaften Überlegenheit!
»Vergeßt nie, das erste Gebot lautet, du sollst deinen Herrn und Gott aus vollem Herzen und mit ganzer Seele lieben. Das zweite Gebot sagt, du sollst Vater und Mutter ehren!« rief Vater Petros mit Inbrunst. »Es stellt sich also die Frage, wie weit man einen jungen Menschen verantwortlich machen kann, wenn seine Eltern ihn dazu anhalten, ein heidnisches Idol anzubeten.
Es gibt Prediger in unserer Kirche, die gesagt haben, alle, auch die Kinder auf den Armen der Mütter, machen sich schuldig, wenn sie bei der Anbetung eines Götzenbildes anwesend sind. Andere jedoch sagen, wenn die Eltern ein Kind zur Anbetung eines falschen Gottes anhalten, und das Kind noch nicht die Vernunft hat, selbst zu entscheiden, dann bleibt es ohne Sünde. Ich glaube . . .«
Aber Gaius hörte nicht mehr, was Vater Petros glaubte. Es interessierte ihn auch nicht. Inzwischen wandte er seine Aufmerksamkeit einem sehr viel erfreulicheren Anblick zu. Er blickte versonnen auf Senara, die sich vorbeugte und andächtig den Worten des Einsiedlers lauschte. Die Predigt war für ihn vergessen. Gaius fand die christliche Zeremonie ohnehin viel zu langweilig. Es gab keine dramatischen Höhepunkte, keine Opfer, kein geheimnisvolles Mysterium, nicht einmal ein mitreißendes oder beklemmendes Ritual wie bei der Verehrung der Isis oder des Mithras. Der christliche Gottesdienst war in der Tat ebenso trocken wie das endlose Gerede der Philosophen.
Obwohl er jetzt das hübsche Mädchen betrachtete, dauerte es schrecklich lange, bis Vater Petros schließlich zum Ende seiner Predigt kam. Gaius wollte so schnell wie möglich gehen. Er hörte jedoch zu seinem Verdruß, daß die Ungetauften draußen im Vorraum warten sollten, während die Gläubigen an irgendeiner Art Liebesmahl teilnahmen. Er gab seinem Unmut so laut Ausdruck,

daß Julia sich bereiterklärte, mit ihm die Kirche zu verlassen. Den Sklaven und Mägden ihres Haushalts erlaubte sie jedoch zu bleiben.
Gaius nahm die schlafende Quartilla auf den Arm, und sie machten sich auf den Weg zu Macellius. Aber bereits nach wenigen Schritten wollte auch Tertia getragen werden. Gaius wies sie energisch zurecht und forderte sie auf, sich wie ein großes Mädchen zu benehmen. Julia ging es gesundheitlich zwar wieder besser, aber sie war noch nicht stark genug, um das Kind zu tragen. Als Tertia zu weinen anfing, trat jemand zu ihnen und sagte liebenswürdig: »Ich werde das kleine Mädchen tragen.«
Gaius hätte das normalerweise nicht zugelassen, aber Senara hatte die schluchzende Tertia bereits hochgenommen, die sofort ruhig wurde und einschlief.
»Sie ist wirklich nicht schwer«, sagte Senara. »Ich bin daran gewöhnt, Kinder zu tragen!«
»Du bist eine wahre Christin!« sagte Julia gerührt, und Gaius zuckte mit den Schultern. So machten sie sich auf den Weg. Die Frauen unterhielten sich leise über belanglose Dinge, und Gaius stellte zu seiner Erleichterung fest, daß sie sich offenbar nicht sehr gut kannten. Er hatte den Eindruck, der Gottesdienst habe eine Ewigkeit gedauert, aber zu seiner Überraschung stellte er fest, daß die Sonne noch hoch am Himmel stand.
Als sie das Haus seines Vaters erreichten, erschien sofort der Haushofmeister am Tor und begrüßte sie. Tertia erwachte gähnend, und Senara stellte sie auf den Boden.
»Du mußt unbedingt bleiben und mit uns essen, denn unseretwegen hast du auf das Agape verzichtet«, sagte Julia.
»O nein, das kann ich nicht«, erwiderte das Mädchen verlegen. »Das ist sehr freundlich von dir, *Domina*, aber ich habe dazu keine Erlaubnis. Ich muß nach Hause zurück, sonst komme ich zu spät, und man wird mich vermissen. Selbst wenn man mich nicht bestrafen würde, dürfte ich nicht mehr zum Gottesdienst kommen.«

»Ich möchte dir keine Schwierigkeiten bereiten, das wäre ein schlechter Dank«, sagte Julia und fügte hinzu: »Gaius wird dich begleiten ... In diesem Teil der Stadt ist es zwar sicher, aber ehe du das Stadttor erreichst, könntest du Leuten begegnen, denen ein so junges Mädchen wie du besser nicht über den Weg laufen sollte.«

»Das ist nicht nötig, *Domina* ...«, wehrte sie ab, aber Gaius fiel ihr ins Wort.

»Ich begleite dich gern. Ich wollte vor dem Essen ohnedies noch einmal über den Markt gehen. Ich begleite dich ein Stück, dann können wir beruhigt sein, und du wirst rechtzeitig nach Hause zurückkommen.«

Dann kann ich sie wenigstens fragen, was ein Mädchen aus Vernemeton bei den Christen zu suchen hat. Auf die Antwort bin ich sehr gespannt.

Senara hüllte sich sorgfältig in ihren Umhang – ein dunkler, einfacher Stoff, wie ihn eine Magd in einem guten Haushalt tragen würde. Gaius wartete geduldig, bis sie den Kindern einen Kuß gegeben hatte, und folgte ihr dann auf die Straße hinaus.

Es war ein stiller Nachmittag, und niemand beachtete sie. Aber selbst als die letzten Häuser hinter ihnen lagen, zog seine Begleiterin nicht die Kapuze vom Kopf.

Das Schweigen wurde bedrückend, und Gaius suchte verzweifelt nach einem harmlosen Thema.

»Wie lange gehst du schon zu den Gottesdiensten in dem neuen Tempel?« fragte er schließlich.

»Seit sie dort den Gottesdienst haben.«

»Und davor?«

»Als ich klein war, hat mich meine Mutter zu den Versammlungen im Haus eines der Stadtväter gelassen. Der Haushofmeister dort war Christ, und er hatte die Erlaubnis, das Quartier der Sklaven und Dienstboten dafür zu benutzen.«

»Aber du bist in Vernemeton ...«, sagte er kopfschüttelnd.

»Das stimmt«, erwiderte sie ruhig. »Aber mich bindet kein Gelübde. Die Priesterinnen haben mich aufgenommen, weil ich eine

Waise bin. Mein Vater ist Britone und lebt im Exil. Meine Mutter war Römerin. Sie ließ mich taufen, und als ich hörte, daß Vater Petros in der Hütte lebt, wollte ich mehr über diesen Glauben erfahren.«

Gaius blieb stehen. »Ich wußte schon beim ersten Mal, daß du Valeria sein mußt!«

Sie sah ihn erstaunt an, denn so hatte sie schon seit vielen Jahren niemand mehr genannt.

»Diesen Namen hat mir meine Mutter gegeben. Aber man nennt mich jetzt schon so lange Senara, daß ich den anderen Namen fast vergessen habe.« Sie fuhr schnell fort: »Vater Petros sagt, es ist meine Pflicht, den Priesterinnen zu gehorchen, auch wenn sie Heiden sind. In Vernemeton bin ich jedenfalls in Sicherheit. Er hat auch gesagt, die Druiden gehören zu den guten Heiden, die eines Tages gerettet werden, aber ich soll nicht das Gelübde ablegen. Der Apostel Paulus hat die Sklaven aufgefordert, ihren Herren zu dienen und zu gehorchen. Nur die Seele ist frei, der Leib ist den Gesetzen des Staates unterworfen, und ein rechtmäßiges Gelübde darf nicht gebrochen werden.«

»Soviel Vernunft scheinen sie noch nicht lange zu haben ...«, murmelte Gaius und dachte an den hingerichteten Senator.

Senara redete weiter, ohne auf ihn zu achten. Hatte sie Angst oder freute sie sich, jemanden zu haben, der ihr zuhörte?

Sie ist so unschuldig wie Eilan, als sie noch jung war ...

»In Vernemeton verlangt man von mir nicht, daß ich eine Sünde begehe, und die Frauen dort sind alle sehr gut. Aber ich möchte eine wahre Gläubige sein und in den Himmel kommen. Ich würde mich zwar davor fürchten, eine Märtyrerin zu werden, und zuerst hatte ich Angst, die Christen könnten von mir verlangen, für meinen Glauben zu sterben wie die Heiligen, von denen mir meine Mutter erzählt hat. Ich war damals noch sehr jung, aber ich kann mich noch gut an ihre Worte erinnern.«

»Der Staat verfolgt die Christen nicht mehr ...«, sagte Gaius, und sie nickte. Dann sagte sie eifrig:

»Vater Petros hat heute abend von mir gesprochen. Ein paar Leute in der Gemeinde wissen, daß ich in Vernemeton bin, und sie verachten mich deshalb. Aber Vater Petros sagt, ich soll die Priesterinnen erst verlassen, wenn ich alt genug bin, für mich selbst zu sorgen . . .«

Wie seltsam, daß ein junges Mädchen sich so ernsthaft mit einer so unsinnigen Religion beschäftigt.

»Du meinst, bis Valerius für dich eine angemessene Heirat arrangiert?«

»O nein, ich werde nicht heiraten, sondern sehr wahrscheinlich einer frommen Schwesternschaft beitreten. Vater Petros sagt, im Himmel werden keine Ehen geschlossen, und dort muß auch niemand heiraten.«

»Ich glaube, dein Vater Petros irrt sich in dieser Hinsicht. Eine so schöne Frau wie du sollte unbedingt einen anständigen Mann heiraten!«

»O nein! Wenn das Ende der Welt kommt, dann möchtest du doch auch keine sündige Seele haben?«

Gaius erwiderte aufrichtig: »Über meine Seele habe ich mir noch nie Gedanken gemacht. Ich weiß nicht einmal, ob ich eine Seele habe.«

Sie blieb stehen und rief: »Das ist schrecklich! Du möchtest doch nicht in die Hölle geworfen werden?«

»Was ist das für eine Religion, mein Kind, die alle Menschen verdammt, nur weil sie Kinder bekommen! Und deine Hölle, ach weißt du, das ist ein Märchen wie die Geschichten über den Hades oder Tartarus. Damit läßt sich ein vernünftiger Mensch keine Angst einjagen. Glaubst du wirklich, daß alle in die Hölle kommen, die gegen die Gebote von Vater Petros verstoßen?«

Sie blieb wieder stehen und sah ihn mit großen Augen an.

»Aber natürlich«, erwiderte sie. »Du mußt an deine Seele denken, bevor es zu spät ist.«

Wenn ein anderer als dieses hübsche Mädchen ihm das gesagt hätte, dann hätte Gaius vermutlich laut gelacht. Julias Gerede

konnte er mittlerweile nicht mehr ertragen, aber da Senara ihn so aufrichtig ansah, sagte er lächelnd: »Wenn dir so viel an meiner Seele liegt, wirst du mir helfen müssen, sie zu retten.«
Sie erwiderte verlegen: »Vater Petros könnte dir viel besser helfen als ich.«
Sie hatten die Kreuzung erreicht, von der der Weg nach Vernemeton abbog. Senara blieb stehen und sagte zu ihm: »Jetzt kann ich mich nicht mehr verlaufen. Du mußt jetzt nach Deva zurückgehen . . .«
Er faßte sie an den Schultern und sagte halb im Spaß: »Wie kannst du mich wegschicken, obwohl meine Seele noch nicht gerettet ist?«
Als sie zusammenzuckte und sich schnell von ihm losmachte, fragte er: »Wann können wir uns wiedersehen?«
Sie ließ den Kopf sinken und erwiderte leise: »Eigentlich dürfte ich dir das nicht sagen, aber manchmal bringe ich Vater Petros mittags etwas zu essen. Wenn du wieder einmal dort vorbeikommst . . . könnten wir . . . bestimmt miteinander reden.«
»Dann wirst du bestimmt meine Seele retten . . ., wenn sie noch zu retten ist«, erwiderte Gaius lachend.

Es war zwar alles nach Plan gelaufen – das Orakel und Ardanos hatten Caillean den Auftrag erteilt, in das Sommerland zu gehen, doch Caillean reagierte zunächst äußerst unwillig. Sie war besonders wütend auf Ardanos, der den Orakelspruch unnötig schnell so gedeutet hatte, wie es seinen Zielen am besten diente. Ardanos hatte immer nur darauf gewartet, Eilan und sie voneinander trennen zu können, und seine Feindschaft war noch größer geworden, nachdem sie ihn gezwungen hatte, Eilan ihren Sohn zurückzugeben.
Jetzt war sein Wunsch in Erfüllung gegangen, und Caillean fühlte sich wieder einmal hilflos dem politischen Spiel der Druiden ausgeliefert.
Solche Gedanken beschäftigten sie fast auf der ganzen mühsa-

men Reise in das Sommerland. Es war naßkalt und regnerisch, und daß sie auch nach der Fahrt über das Sommermeer in einer Sänfte sitzen mußte, trug nicht dazu bei, ihre Stimmung zu bessern. Caillean wäre viel lieber zu Fuß gegangen, aber das durfte sie diesmal nicht.

Sie reiste in Begleitung der Novizinnen, die für das neue Heiligtum ausgewählt worden waren. Die jungen Frauen waren alle noch nicht lange in Vernemeton und wagten kaum, die ehrwürdige alte Priesterin anzusprechen. Auch das vergrößerte ihren Unmut.

Es war bereits dunkel, als die kleine Prozession den Einschnitt in den niedrigen Felsen erreichte, hinter dem sich der Weg den steil aufragenden Hügel hinaufwand.

Am Fuß der Anhöhe erwartete sie eine Gruppe junger Druiden. Die Priester begrüßten sie mit Ehrerbietung, aber nicht besonders freundlich; sie schienen nicht recht zu wissen, weshalb die Frauen gekommen waren.

Caillean mußte trotz ihres Ärgers über die Verwirrung der Priester lächeln. Es half alles nichts, sie mußte sich in das Unvermeidliche fügen. Die Priesterschaft hatte sie hierher geschickt, und es schien der Wille der Göttin zu sein.

Als sie den großen Ring der Steine erreichten, war es bereits dunkel. Die Druiden im Heiligtum musterten die Neuankömmlinge zurückhaltend, aber Caillean hatte im Grunde nicht mit einem anderen Empfang gerechnet. Aus der Sicht von Ardanos befand sie sich in einem – wenn auch ehrenhaften – Exil, und Caillean war entschlossen, das Beste daraus zu machen.

Nach der förmlichen Begrüßung ging sie zu ihren Novizinnen zurück, die müde und sichtlich verwirrt um ein Feuer lagerten. Ein junger Priester führte Caillean zu einem kleinen Haus, eher einer Hütte. Er murmelte etwas, das wie eine Entschuldigung klang, und sagte, es sei selbstverständlich kein ihrem Rang angemessener Platz, aber im Augenblick stehe nichts anderes zur Verfügung.

Caillean erwiderte nichts. Da der höchste Druide ihr aufgetragen hatte, auf Avalon zu bleiben, würde sie darauf bestehen, daß man ihnen ein geeignetes Haus zur Verfügung stellte. Die Demütigung sollte sie vermutlich abschrecken oder ihnen sofort deutlich machen, daß die Druiden sie als Frauen entsprechend behandelten und von ihnen Gehorsam erwarteten.

Caillean vergewisserte sich, daß die Novizinnen in dem eilig eingerichteten Schlafsaal gut untergebracht waren, dann ging sie erschöpft zu ihrem Bett und hatte nur noch den Wunsch, auf der Stelle einzuschlafen.

Obwohl Bett und Umgebung fremd waren, schlief sie zu ihrer Überraschung tief und fest und erwachte erst, als sich der Himmel im Osten bereits rot färbte.

Sie stand auf und trat ins Freie. Je heller es wurde, desto mehr konnte sie von ihrer neuen Umgebung sehen. Welches Schicksal hatte sie an diesen von allen Menschen weit entfernten Ort geführt?

Sie stand auf der Spitze eines steilen, hochaufragenden Hügels. Unter ihr erstreckte sich weites, wildes Land, das fast völlig von dichtem Dunst und Nebel umgeben war, der von einer großen Wasserfläche aufstieg.

Am Abend zuvor waren sie so spät am anderen Ufer angelangt, daß Caillean kaum noch etwas gesehen hatte. Die bewaldeten Hänge benachbarter Täler ragten aus dem Nebel auf. Alles war still, aber während die Sonne aufging, hörte Caillean leise Stimmen – jemand schien zu singen oder etwas zu murmeln.

Sie drehte sich um und lauschte. Die Töne kamen aus dem Tal, wo geschützt vor einer kleinen Erhebung ein Gebäude stand. Sie stieg den Hang hinab, um besser zu hören. Der Gesang klang ruhig und getragen. Sie hörte nur tiefe Stimmen von Männern. Nach einer Weile verstand sie im gleichmäßigen Fluß der Töne griechische Worte.

Kyrie eleison, Kriste eleison . . .

Mit diesem Gebet, das wußte sie, verehrten die Christen ihren

Gott. Das mußte also die Gemeinde der Flüchtlinge sein, denen die Priesterschaft der Druiden erlaubt hatte, sich dort niederzulassen. Caillean hatte auch gehört, daß dieser Kult inzwischen nicht mehr verboten war. Inzwischen verbreiteten sich überall im römischen Reich neue, merkwürdige Religionen.

Es dauerte nicht lange, und der Gesang verstummte. Plötzlich entdeckte Caillean ganz in ihrer Nähe einen kleinen vom Alter gebeugten Mann, der sie musterte. Caillean staunte, denn sie hatte sein Kommen nicht bemerkt, und das war ungewöhnlich für eine Priesterin wie sie. Als sie seinen Blick erwiderte, senkte er den Kopf. Es mußte einer der christlichen Priester sein. Sie wußte, daß diese Priester Keuschheit gelobt hatten und Frauen nicht ansehen durften.

Offenbar durfte er jedoch mit ihr sprechen, denn er trat auf sie zu und sagte im Händlerlatein, mit dem man sich im ganzen Reich verständigte: »Ich wünsche dir einen guten Tag, meine Schwester. Darf ich fragen, wie du heißt? Ich weiß, daß du nicht zu unseren Catechumenen gehörst, denn wir haben seit vielen, vielen Jahren keine Frauen bei uns, außer den ehrwürdigen Alten, die vor langer Zeit mit uns gekommen sind. Und du bist eine junge Frau.«

Caillean lächelte bei dem Gedanken, daß jemand sie für jung halten konnte. Aber der Priester hatte schneeweiße Haare und wirkte so leicht wie ein zur Erde gefallenes Blatt. Zumindest dem Alter nach hätte er ihr Großvater sein können. Im Vergleich zu ihm war sie in der Tat eine junge Frau.

»Ich gehöre nicht zu euch«, sagte sie. »Ich bin eine der Priesterinnen, die die Göttin verehren. Man nennt mich Caillean.«

»Ach wirklich?« erwiderte er höflich. »Ich weiß etwas über die Brüder bei den Druiden, und mir ist auch bekannt, daß sie Priesterinnen haben.«

»Die Druiden, die hier leben, haben keine Priesterinnen«, erwiderte Caillean. »Das heißt, bis jetzt nicht. Ich bin von Vernemeton hierher geschickt worden, um ein Haus der Priesterinnen zu gründen. Ich bin heruntergestiegen, um zu sehen, an welchen Ort mich die Göttin geführt hat.«

»Deinen Worten entnehme ich, daß du die Wahrheit liebst, meine Schwester. Dann weißt du auch sicher, daß alle Götter ein Gott sind. . .«

Er schwieg, und Caillean ergänzte: ». . . und alle Göttinnen sind eine Göttin.«

Sein altes Gesicht war freundlich. »Das stimmt. Diejenigen, zu denen unser Herr als der Sohn Gottes kam, sehen das Göttliche nicht in einer Frau. Deshalb sprechen wir zu ihnen nicht von der Göttin, sondern von Sophia . . . der heiligen Weisheit. Aber wir wissen, die Wahrheit ist unteilbar und eins.«

Er fuhr bedächtig fort. »Deshalb erscheint es mir sehr richtig, daß du hier nach der Art deines Volkes ein Heiligtum der Heiligen Weisheit errichten sollst.«

Caillean verneigte sich. Sein faltiges Gesicht wirkte nicht häßlich, denn aus ihm strahlte echte Güte.

»Das ist eine wunderbare Aufgabe für den Rest dieses Lebens, meine Schwester.«

Sein Blick richtete sich nach innen. Er schwieg eine Weile und murmelte dann: »Es ist richtig, daß du hierher gekommen bist . . . Mir scheint, wir haben bereits zusammen vor demselben Altar gestanden . . .«

Caillean staunte nicht zum ersten Mal, seit sie den seltsamen alten Mann getroffen hatte.

»Ich habe gehört, daß deine Glaubensbrüder das Wissen um die Inkarnationen leugnen«, erwiderte sie. Aber es stimmte, was er gesagt hatte. Für sie war es eine Wiederbegegnung wie damals mit Eilan.

»Es steht geschrieben«, sagte der alte Priester, »daß unser Meister selbst an die Wiedergeburt glaubte, denn er hat zu dem Wegbereiter, den die Menschen Jochanaan nannten, gesagt, er sei der wiedergeborene Elias. Es steht aber auch geschrieben, daß er gesagt hat, Milch ist für Säuglinge und Fleisch für starke Männer. Vielen von den Säuglingen unter uns im neuen Glauben wird die Nahrung gegeben, die für geistige Säuglinge richtig ist, damit sie es nicht unterlassen, sich zu bessern und das Leben auf der Erde so gut wie möglich nutzen. Unser Meister hat jedoch auch gesagt, noch in dieser Zeit soll der Menschensohn kommen. Deshalb bin ich hier, damit auch das Volk am Ende der Welt die Wahrheit erfährt und hört.«

Caillean sagte ruhig: »Möge die Wahrheit siegen.«

»Ich wünsche dir Erfolg für deine Aufgabe, meine Schwester«, erwiderte der alte Mann. »Es gibt hier viele, die sich über eine fromme Schwesternschaft freuen werden.«

Er verneigte sich noch einmal und wollte gehen.

»Darf ich deinen Namen erfahren, mein Bruder?«

»Ich heiße Joseph und ich war ein Kaufmann in Arimathea. Möge der Erfolg deiner Arbeit für uns alle ein großer Segen sein. Die frommen Frauen, die unter uns weilen, haben den Meister noch selbst gesehen. Sie werden sich über eine Frau freuen, die von dem göttlichen Wissen erleuchtet ist.«

Caillean verneigte sich. Sie fand es seltsam, hielt es aber für ein gutes Zeichen, daß sie von diesen Christen, die Frauen nicht besonders schätzten, freundlicher auf der Insel willkommen geheißen wurde als von den Druiden.

Diener des Lichts . . .

Die Worte drangen aus der Tiefe ihres Bewußtseins empor. Als der alte Priester sich entfernte, hoben sich ihre Hände in einer Geste der Ehrerbietung, die sehr viel älter war als die Druiden.

Wenn eine so starke und große Seele sich mit den Christen verbünden konnte, dann mußte für sie alle noch Hoffnung bestehen.

Als Joseph von Arimathea wieder in dem kleinen Gebäude verschwand, lächelte Caillean glücklich. Sie wußte jetzt, daß die Göttin ihr Tun hier mit Wohlgefallen sah, und daß es in der Tat einen guten Grund für die Arbeit gab, die vor ihr lag. Sie beschloß, noch an diesem Tag damit zu beginnen.

Beim Frühstück mit den anderen Frauen wurde Caillean plötzlich bewußt, daß sie hier – weit entfernt von allen vertrauten und bekannten Dingen – nicht die Distanz zu den anderen halten konnte, die Lhiannon und Eilan in Vernemeton immer gewahrt hatten.

So traf sie ihre erste Entscheidung. Keine Außenstehenden sollten für sie arbeiten. Es war wichtig, so anzufangen, wie sie vorhatte weiterzumachen.

Caillean mußte deshalb auch sofort entscheiden, wie weit der Kontakt zur Priesterschaft der Druiden überhaupt gehen sollte. Sie würde aus der gezeigten Ablehnung die Konsequenz ziehen und auf völliger Unabhängigkeit bestehen.

Es fiel ihr nicht schwer, die größte und stärkste der jungen Frauen damit zu beauftragen, einen geeigneten Platz für einen Garten zu finden. Sie sollte so schnell wie möglich Beete anlegen und so viel Gemüse anbauen, wie sinnvoll war. Die Bevölkerung der Umgebung würde ihnen natürlich ebenfalls Nahrungsmittel zur Verfügung stellen. Aber Caillean wollte von Anfang an deutlich machen, daß sie in keiner Weise von der Priesterschaft Befehle entgegennahm. Die Druiden sollten auch nicht den geringsten Vorwand haben, Einfluß auf das Leben der Frauen zu nehmen.

Sie bestimmte eine einfallsreiche und praktische Novizin zur Köchin und versprach ihr, sie werde bald so viel Hilfe bekommen, wie nötig sei.

Noch im Laufe des Tages führte sie ein Gespräch mit dem verantwortlichen Druiden. Sie erklärte ihm, daß sofort ein Haus gebaut werden müßte. Noch bevor der Winter begann, sollten Räume zur Verfügung stehen, in denen etwa vier- bis fünfmal mehr Frauen, als sie jetzt waren, ein Unterkommen finden würden. Höflich, aber energisch wies sie den Einwand des Druiden zurück, ihre derzeitige Unterkunft werde doch bestimmt für einen Winter ausreichen.

Als sie den Mann schließlich entließ, ging er sichtlich ungehalten und verwirrt davon. Vermutlich hatte er den Eindruck, von einer ganzen Reiterschar überrannt worden zu sein. Aber Caillean freute sich darüber, daß sie zum ersten Mal in ihrem Leben in der Lage war, ihren Willen durchzusetzen. Das war keine unangenehme Erfahrung, und an der klaren, ruhigen Kraft, die sie spürte, erkannte sie auch, daß die Göttin am Werk war. Die Göttin hatte sie auf diese geheimnisvolle Insel geschickt, weil sie hier am besten für SIE wirken konnte. Hier wurden ihre Talente gefordert, wie es noch nie zuvor der Fall gewesen war.

Sie wünschte, Dieda wäre mit ihr gekommen. Sie hätte die jungen Frauen Musik und die Gesänge lehren können. Aber vielleicht war ein Anfang ohne eine der älteren Priesterinnen besser. Auf diese Weise konnten keine der alten Spannungen und Reibereien aufkommen. Da Caillean einen engen Kontakt suchte, war es von großer Bedeutung, daß sich niemand aus ihrer Gruppe gegen die Regeln auflehnen würde, die sie für wichtig und sinnvoll hielt. Sie beschloß jedoch, am Ende des Tages eine der Novizinnen, die am meisten Erfahrung mit Gesängen hatte, damit zu beauftragen, ihre Leier spielen zu lernen. Vielleicht würde sie ihr später sogar zeigen, wie man solche Instrumente bauen konnte.

Als Caillean sich schließlich schlafen legte – die Novizinnen hatten den Abend damit verbracht, das Wissen der Göttin, das Caillean sie Stück für Stück lehrte, auswendig zu lernen –, hörte sie aus der Ferne den feierlichen Gesang der christlichen Brüder. Und so schlief sie unter den Worten »Kyrie eleison« in großer Dankbarkeit ein, denn die Göttin hatte sie an einen Ort geführt, der vielversprechender war, als sie es sich jemals hätte denken können.

In der Nacht träumte sie von einem Heiligtum der Priesterinnen, von Festungen und großen Hallen auf der heiligen Insel. Es war ein Blick in die Zukunft.

Vielleicht erlebte sie das alles nicht mehr, aber eines Tages würde ihr Traum bestimmt Wirklichkeit werden.

28. KAPITEL

Nach Beltane wurden die Tage länger. Die Hirten trieben die Rinder auf die Weiden an den Berghängen, und die Bauern waren schon frühmorgens auf den Feldern. Das Getreide stand gut, und die Hoffnung wuchs, daß nach den schlechten Jahren diesmal eine reiche Ernte die Arbeit belohnen würde.

Am Mittsommerfest versuchte Ardanos zum ersten Mal nicht, Eilan vor dem Ritual seine Wünsche zu vermitteln. Als sie ihn dann in der Mittsommernacht sah, stellte sie mit Verwunderung fest, wie alt und schwach der höchste Druide plötzlich wirkte.

Nachdem Eilan wieder aus der Trance erwacht war, sagte man ihr, die Göttin habe große Veränderungen und gefährliche Wirren vorausgesagt. Aber SIE habe auch Frieden prophezeit, wenn diese Zeit der Unruhe erst einmal vorüber sei.

Kein Wunder also, daß nach dem Fest im ganzen Land Gerüchte kursierten. Aber niemand wußte, aus welcher Richtung die Gefahren wirklich drohten.

Eilan hatte sich vorgenommen, dem höchsten Druiden einen Besuch abzustatten, nachdem sie sich vom Ritual erholt hatte. Aber zu dieser Jahreszeit gab es in Vernemeton sehr viel zu tun. Im Hochsommer halfen sogar die Novizinnen auf den Feldern von Vernemeton beim Heumachen. Und es fehlte Caillean mit ihrem unerschöpflichen Wissen und ihrer Fähigkeit, in ihrer ruhigen Art alle Arbeiten reibungslos zu organisieren. Eilan versuchte, diese Lücke zu füllen. So vergingen die Tage wie im Flug, und sie war noch immer nicht bei Ardanos gewesen.

Eilan beaufsichtigte die Frauen, die das Leinen für die Gewänder der Druiden woben, und sie half sogar beim Färben, das ohne

Caillean besonders schwierig war, denn sie hatte die Kunst des Färbens von allen Priesterinnen am besten beherrscht.

Kein Gesetz verlangte von Eilan, solche körperlichen Arbeiten zu übernehmen. Doch sie bemühte sich seit Jahren darum, die Sonderstellung abzubauen, die ihr Amt mit sich brachte. Sie versuchte stets, am Leben ihrer Priesterinnen teilzunehmen, solange sie die Verantwortung für Vernemeton trug.

So war sie auch an diesem Tag wieder sofort nach dem Frühstück zu den Farbbottichen gegangen. Sie rollte die Ärmel hoch und hatte bald an Unterarmen und Händen blaue Farbflecken.

Eilan war so in die Arbeit vertieft, daß sie kaum den Schatten bemerkte, der plötzlich den Eingang verdunkelte. Erst das aufgeregte Kichern der Frauen ließ sie auf den jungen Druiden in seinem weißen Gewand aufmerksam werden, der schwitzend und mit gerötetem Gesicht dort stand. Das Färberhaus befand sich nicht im inneren Bereich, zu dem nur die höchsten Priester Zugang hatten, aber die Frauen waren an den Anblick von Männern nicht gewöhnt, und ein verlegenes Schweigen entstand.

»Wo ist die Hohepriesterin ...?« stieß der Druide aufgeregt hervor. »Ist die Herrin Eilan hier?«

Die Frauen blickten stumm auf Eilan, und der junge Mann wurde noch verlegener. Vermutlich hatte er die Hohepriesterin noch nie aus der Nähe und ohne Schleier gesehen.

Er rang nach Worten. »Bitte Herrin ... der höchste Druide ist krank. Du mußt ... sofort ... zu ihm gehen ...«

Eilan blieb im Eingang des Zimmers stehen, in dem Ardanos lag. Sie erschrak, obwohl man sie auf den Anblick vorbereitet hatte. Miellyn schlug fassungslos die Hand vor den Mund. Eilan bedeutete ihr und Huw, an der Tür zu warten. Dann setzte sie sich an das Bett des Sterbenden. Es gab wirklich keinen Zweifel mehr, Ardanos lag im Sterben. Jeder Atemzug klang röchelnd und mühsam, als sei es der letzte. Eilan sah das eingefallene Gesicht und den Schädel unter der wächsernen Haut.

Sie erinnerte sich noch gut daran, wie Ardanos während der langen Krankheit von Lhiannon an ihrem Bett gesessen hatte. Auch wenn sie ihn manchmal gehaßt hatte, hoffte sie jetzt, er werde nicht unter großen Qualen hinübergehen müssen.

»Er ist beim Essen zusammengebrochen«, flüsterte einer der alten Priester. »Er war bis vor kurzem bewußtlos ... Wir haben auch Bendeigid rufen lassen.«

Eilan schlug den Schleier zurück und griff nach seiner Hand.

»Ardanos ...«, sagte sie leise. »Kannst du mich hören?«

Die durchscheinenden Augenlider bewegten sich mühsam. Nach einem Augenblick der Unsicherheit wurde sein Blick jedoch klar.

»Dieda ...«, flüsterte er.

»Großvater, erkennst du mich noch immer nicht?« erwiderte sie kopfschüttelnd. »Dieda ist im Süden bei jungen Frauen, die als Novizinnen zu uns kommen wollen. Ich bin Eilan.«

Sein Blick richtete sich auf den goldenen *Torque*. Eilan hatte sich die Zeit genommen, vor diesem Besuch die Insignien der Hohenpriesterin anzulegen.

Etwas schien Ardanos auf der Seele zu lasten, denn er rang nach Luft, dann seufzte er und flüsterte: »Du warst doch die Richtige ... ja ... wenigstens das ist ...«

»Ardanos«, sagte Eilan ruhig und klar, »als Hohepriesterin ist es meine Pflicht, dir zu sagen, daß du stirbst. Du darfst nicht von uns gehen, ohne deinen Nachfolger zu benennen. Sag uns, höchster Druide, wer soll die goldene Sichel tragen, wenn du gestorben bist?«

Seine Augen blickten unverwandt auf ihr Gesicht, als erwarte er von Eilan die Hilfe, die er dringend brauchte.

»Göttin ... Ich habe alles versucht ... Ich habe das Schlimmste verhindern wollen ... so gut ich es konnte«, flüsterte er. »Der Merlin weiß es ...«

»Aber *wir* müssen es wissen!« sagte der Druide, der am Kopfende des Bettes stand. »Wen wählst du zu deinem Nachfolger?«

»Friede!«
Ardanos sagte das mit plötzlicher Kraft, als befehle er allen zu schweigen.
»Friede . . .«
Das Wort erstarb mit dem schwindenden Atem. Noch einmal rang der alte Mann nach Luft, dann verstummte er.
Einen Augenblick lang bewegte sich niemand. Dann griff der Druide nach der schlaffen Hand und fühlte den Puls. Er wartete, zählte und ließ die leblose Hand los.
»Er ist tot!« sagte er, und es klang vorwurfsvoll.
»Es tut mir leid . . .«, sagte Eilan. »Was werdet ihr tun?«
»Wir müssen alle Mitglieder unseres Ordens zusammenrufen«, sagte ein anderer und nahm die Dinge bereits in die Hand. »Geht jetzt, Herrin. Du hast als Hohepriesterin deinen Teil getan. Wir werden dich benachrichtigen, wenn die Götter uns zu einer Entscheidung geführt haben, da es nicht ihr Wunsch war, uns durch Ardanos ihren Willen kundzutun.«

Der fünfzehnte Sommer der Herrschaft Domitians neigte sich dem Ende entgegen. Das Wetter blieb wie schon am Vortag schwül und drückend. Am Horizont schien sich ein Gewitter zusammenzubrauen.
Gaius ritt durch die Straßen von Deva und wartete auf das erste Grollen des Donners – aber nicht nur er litt unter der Schwüle. Die Stimmen der Straßenverkäufer klangen schrill und gereizt. Überall auf den Straßen stritten sich die Leute, und es kam zu Handgreiflichkeiten. In den Weinschänken und in den Unterkünften der Soldaten sprach man schon seit Tagen offen von Rebellion und Meuterei. Sogar sein Hengst schien die Spannungen zu spüren, die in der Luft lagen, und tänzelte unruhig wie vor einer Schlacht. Gaius konnte sich nicht auf den Weg konzentrieren. Er war mit seinen Gedanken woanders.
Die Iden des September . . . die Iden des September . . .
Die Worte hallten mit jedem Hufschlag, der das Pflaster traf, un-

heilvoll in seinem Kopf. Seit er von Macellius das Datum der geplanten Entmachtung des Kaisers erfahren hatte, konnte Gaius nicht mehr schlafen. Sein Vater glaubte, daß die Stämme sie unterstützen würden, aber Gaius zweifelte daran. Wenn die Adler sich gegenseitig bekämpften, mochten die Raben am Ende die Sieger sein. Lohnte es wirklich, einen allgemeinen Aufstand zu riskieren, nur um Domitian zu stürzen?

Wenn das vorüber ist, werde ich mit Freuden für den Rest meines Lebens auf dem Landgut bleiben. Ich bin nicht zum Verschwörer geschaffen.

Gaius rieb sich müde die Augen. Er dachte an den Grund für diesen Ritt und schüttelte den Kopf. Ausgerechnet diesen Augenblick hatte sich der höchste Druide, der ein Garant der Stabiltät in der Provinz war, ausgesucht, um zu sterben.

Wenn Gaius an die Hölle der Christen geglaubt hätte, von der Julia sprach, dann hätte er den alten Ardanos dem Höllenfeuer übergeben. Es war eine teuflische Bosheit, sie durch seinen Tod in eine so schwierige Lage zu bringen. Mithras allein wußte, wen die Druiden zu seinem Nachfolger wählen würden. Selbst wenn er den Römern freundlich gesonnen wäre, dann würde es einige Zeit dauern, um das Vertrauen aufzubauen, das zwischen Ardanos und Macellius bestanden hatte. Aber die Ereignisse in Rom richteten sich nicht danach, was im fernen Britannien geschah. Das war das eigentliche Problem in diesem Riesenreich. Keiner wußte mehr, was wo und mit welchen Folgen geschah.

Gaius stand zwischen den Fronten. Aber er fühlte sich in erster Linie Eilan und seinem Sohn verpflichtet. Bei einem Krieg aller gegen alle war Vernemeton gefährdet und konnte zur Zielscheibe von Übergriffen werden. Wer würde dann noch die Sicherheit der Priesterinnen garantieren? Man mußte kein Prophet sein, um vorauszusehen, daß sich Greueltaten, wie sie in Mona geschehen waren, jederzeit wiederholen konnten. Er mußte handeln, bevor der eigentliche Sturm losbrach, das Land erbebte, und eine Revolution unvermeidlich war.

Die Nachricht vom Tod des Ardanos hatte Gaius zum Handeln

getrieben. Er hatte sich vom Legaten offiziell eine Beileidsbotschaft geben lassen und befand sich auf dem Weg zu Eilan. Ihm ging es jedoch weniger darum, ihr sein Beileid auszudrücken, er wollte ihr einen Vorschlag machen!

Gaius hatte für dieses Treffen viel Zeit und Überlegung auf sein Aussehen verwandt. Er trug zwar römische Kleidung, aber mit keltischen Farben. Die safrangelbe Tunika war mit Akanthusblättern bestickt, und er trug eine dunkelrote Hose aus Hirschleder. Der leichte Mantel aus brauner Wolle wurde von einer goldenen Spange gehalten. Niemand konnte von ihm verlangen, auf dem Pferd eine Toga zu tragen.

Trotz seiner prächtigen Kleidung war Gaius aufgeregt, als er mit seinem Hengst in die Allee einbog, die nach Vernemeton führte. Er hatte sich am Morgen die ersten grauen Haare an den Schläfen auszupfen lassen. Würde er Eilan noch immer gefallen?

Man führte ihn in den Garten. Dort saß vor einer duftenden Geißblatthecke unter einem Baum eine Frau mit einem blauen Schleier. Es konnte nur die Hohepriesterin sein, denn ihr Leibwächter stand nicht weit entfernt und musterte den Besucher mißtrauisch.

Trotzdem fiel es Gaius schwer zu glauben, daß die bewegungslos und aufrechtsitzende verschleierte Gestalt Eilan sein sollte.

»*Domina* . . .«, er schwieg und verneigte sich vor ihr. »Ich bin gekommen, um im Namen des Legaten von Deva unser Beileid zum Tod des höchsten Druiden, deines Großvaters, zum Ausdruck zu bringen. Man wird ihn sehr vermissen. Er war . . .«, Gaius dachte kurz nach, »ein wahrhaft bemerkenswerter Mann.«

»Es ist in der Tat ein großer Verlust für uns«, antwortete sie. Obwohl ihre Stimme keine Gefühle verriet, schlug sein Herz schneller, als sie ihn mit einer Geste aufforderte, sich zu setzen, und fragte: »Darf ich dir eine Erfrischung anbieten?«

Gaius mußte etwas geantwortet haben, denn kurz darauf erschien ein Novizin mit einem Tablett, auf dem sich Honigkuchen und

ein Krug befanden. Man bot ihm ein kühles Getränk aus wohlschmeckenden Kräutern und Beerensaft an, der mit Wasser verdünnt war.
Das Wasser stammt vermutlich aus der heiligen Quelle, dachte Gaius. Er trank und überlegte, was er als nächstes sagen sollte. Sein Blick richtete sich wieder auf die Frau, und er sah plötzlich, daß der Schleier sich zitternd bewegte.
»Eilan ...«, flüsterte er, »bitte, laß mich dein Gesicht sehen. Es ist so lange her ...«
Sie lachte kurz.
»Wie töricht, von mir zu glauben, es sei nichts dabei, dich wiederzusehen.«
Sie zog mit einem Ruck den Schleier vom Gesicht, und er sah, daß in ihren Augen Tränen standen.
Gaius staunte, denn Eilan wirkte überhaupt nicht älter. Vor ihm saß das Mädchen, das er kannte. Trotz Tränen, trotz des schweren *Torque* um den schlanken Hals, der zu zart für die Last zu sein schien, wirkte sie bezaubernd jung. Aber er spürte auch ihre Kraft, ihre Hoheit und ihre Macht.
In ihrer Welt übt sie seit Jahren soviel Macht aus wie der Befehlshaber einer Legion.
Diese schöne, begehrenswerte Frau konnte nicht die Furie sein, die ihn in seinen Alpträumen quälte. Alte Erinnerungen stürmten auf ihn ein. Er wollte sich ihr zu Füßen werfen und ihr aufs neue seine Liebe erklären. Aber der finstere Leibwächter hätte ihn wahrscheinlich mit der Keule erschlagen, wenn er das gewagt hätte. Nein, ermahnte er sich, Eilan ist nicht mehr das unschuldige Mädchen, das mir einmal vertraut hat.
»Hör mich an, Eilan, ich weiß nicht, wie lange ich bleiben kann«, sagte er schnell. »Es gibt Krieg, aber nicht, weil dein Großvater tot ist, sondern weil in Rom grundlegende Veränderungen stattfinden. Macellius hofft, daß die Britonen uns unterstützen werden, aber niemand kann sagen, was wirklich geschieht. Ich muß dich in Sicherheit bringen, Eilan ... dich und den Jungen.«

Eilan sah ihn enttäuscht an. Ihre grauen Augen wurden ausdruckslos und hart.

»Habe ich dich richtig verstanden? Jetzt, da das Kaiserreich auseinanderzubrechen droht und ihr Römer bereit seid, euch gegenseitig zu zerfleischen, da bietest du mir römischen Schutz an ... nach all den Jahren? Wenn es in den nächsten Wochen zu Schwierigkeiten kommen wird, bin ich, wenn überhaupt irgendwo, dann hier sicher ...« Sie deutete auf die Palisaden und auf ihren Leibwächter. »Wie kannst du oder deinesgleichen mir dann noch Schutz bieten?«

Gaius schoß das Blut ins Gesicht, denn ihre kalten und herablassenden Worte verletzten seinen Stolz.

»Bist du sicher, daß sich dein Volk nicht gegen dich wenden wird? Deine Orakelsprüche haben immer wieder den Frieden mit Rom beschworen. Doch jetzt ist dein Großvater nicht mehr da. Wen werden Leute wie Cynric anklagen, wenn etwas geschieht? Eilan, verstehst du nicht, daß du mit mir kommen mußt?«

»Ich *muß* ...?«

Ihre Augen blitzten vor Zorn. Diese römischen Männer behandelten Frauen entweder wie Kinder oder wie hilflose Wesen, die auf Gedeih und Verderb auf ihren männlichen Schutz angewiesen waren. Eine Frau mußte schön und einflußreich sein. Und je nachdem wie die Dinge sich entwickelten, war sie begehrenswert oder nicht viel mehr wert als ein abgelegtes Kleidungsstück.

»Und was sagt deine römische Frau zu diesem Plan? Hat sie nach dreizehn Jahren genug von dir, oder willst du sie loswerden?«

»Julia ist Christin geworden und hat ein Keuschheitsgelübde abgelegt. Nach römischem Recht ist das ein Grund, mich von ihr zu trennen. Ich kann dich heiraten, Eilan. Wir können von jetzt an zusammensein. Wenn du das nicht willst, dann kann ich unseren Sohn adoptieren!«

»Wie freundlich von dir!«

Eilan war entsetzt über seine Gedankengänge. Er schien jedes Gefühl für die Ehre der Frau verloren zu haben, die das höchste Amt

ihres Volkes bekleidete. Er dachte wie immer nur an sich und seinen Vorteil. Ihr Gesicht glühte, und ihre Augen funkelten ihn so kalt an, daß er bleich wurde.
Ohne ihn zu beachten, stand sie abrupt auf und ging den Weg entlang. Der Saum ihres langen Gewandes schleppte über den Kies. Huw sprang auf und folgte ihr auf den Fersen. Auch Gaius erhob sich und lief hinter den beiden her.
Am Ende des Garten stand eine Hecke. Sie war gerade so hoch, daß man darüber hinweg auf einen Platz blicken konnte. Dort spielten mehrere Kinder mit einem Lederball. Nach einigen Augenblicken sah Gaius, daß ein Junge die Gruppe anführte. Er hatte lange Beine, war hoch aufgeschossen und schlaksig wie ein Füllen. Die Sommersonne hatte seine Locken rötlich gefärbt, aber darunter waren die Haare dunkel. Als er seinen Mitspielern aufgeregt etwas zurief, glich er für einen kurzen Augenblick so sehr Macellius, daß Gaius der Atem stockte.
Eilan sagte etwas, doch Gaius konnte den Blick nicht von dem Jungen wenden. Sein Herz klopfte so laut, daß man es bis nach Deva hören mußte. Gawen war voll von dem Spiel in Anspruch genommen. Er drehte nicht einmal den Kopf nach den drei Erwachsenen, die ihnen zusahen.
»Als ich Gawen in der Hütte zur Welt gebracht habe, wo bist du da gewesen?« fragte sie leise, aber ihre Stimme klang zornig. »Als ich darum gekämpft habe, ihn bei mir zu behalten, und in all den Jahren, in denen ich das Geheimnis gehütet und nie gewagt habe, ihn als meinen Sohn anzuerkennen, wo warst du da? Er weiß nicht, daß ich seine Mutter bin, aber er war bei mir immer sicher aufgehoben, und ich habe für ihn gesorgt.«
Ihre Worte klangen wie ein Urteil, als sie fortfuhr: »Und jetzt, da er beinahe erwachsen ist, tauchst du plötzlich auf und möchtest, daß ich ihn dir überlasse? Das werde ich nicht tun, Gaius Macellius Severus Siluricus. Mein Sohn heißt Gawen . . ., und er hat nichts mit Rom gemein!«
»Eilan!« flüsterte er wie vor den Kopf geschlagen. Er erinnerte

sich noch genau an seine Empfindungen, als er den Säugling in den Armen gehalten hatte. Trotz ihrer harten und erbitterten Worte bewegten ihn dieselben Gefühle wie damals. Er empfand die Bindung so deutlich, daß sie ihn bis ins Innerste erschütterte.
»Bitte . . . Eilan!«
Sie achtete nicht auf sein Flehen, sondern drehte sich um und ging den Weg zurück. »Ich danke dir, Römer, für dein Mitgefühl«, sagte sie laut und hoheitsvoll. »Es war sehr freundlich von dir zu kommen . . . Ja, du hast recht. Der Tod von Ardanos ist für uns alle ein großer Verlust. Ich bitte dich, dem Legaten und deinem Vater meine Grüße zu überbringen.«
Gaius spürte Huw in seinem Rücken. Der Leibwächter ließ ihn nicht aus den Augen. Gaius wollte Eilan folgen, aber er konnte sich nicht von der Stelle rühren. In diesem Augenblick hob Gawen den Kopf und sah ihn kurz an. Dann köpfte er den Ball geschickt zur Seite und rannte weiter.
Gaius ging langsam den Weg zurück. Er hatte das Gefühl, als sei alles Licht dieser Welt für ihn erloschen.
Eilan hatte den Schleier wieder über das Gesicht gezogen. Er sah sie nur noch als einen dunklen Schatten in einer Tür verschwinden.

Als Gaius wieder auf dem Pferd saß, überließ er es dem Hengst, den Rückweg zu finden. Er fragte sich verzweifelt, warum alles so schiefgelaufen war. Warum war es zu dieser schrecklichen Auseinandersetzung gekommen? Er hatte doch die besten Absichten gehabt. Er liebte Eilan, und er liebte seinen Sohn.
Er war so erleichtert gewesen, Eilan offenbar unverändert wiederzusehen. Er hatte ihr sagen wollen, daß er sie noch immer liebte. Aber nun mußte er endgültig einsehen, daß sie in den vergangenen Jahren noch schlimmer als jene Furie geworden war, die er gesehen hatte. Als Hohepriesterin von Vernemeton war sie unnahbar; aus ihr sprach eine übernatürliche und allem Mensch-

lichen entrückte Macht. Eilan war zu einer gefährlichen und bösartigen Frau geworden, die wie die alten römischen Kaiserinnen oder wie Boudicca aus Stolz und Machtbesessenheit über Leichen ging.

In diesem Augenblick mußte Gaius an Senara denken, die ihn so vertrauensvoll angesehen hatte. Das Mädchen war so gut und unschuldig ... wie Eilan, als er sie kennenlernte ... wie Eilan, bevor die Druiden aus ihr eine Rachegöttin gemacht hatten.

Ja, Eilan war eine Frau der Stämme und hatte ihn nie wirklich verstanden, aber Senara war zum Teil Römerin, so wie er zu einem Teil Römer war. Sie wurde bestimmt von denselben Konflikten und Unsicherheiten gequält wie er.

Ich muß sie für mich gewinnen, sonst bin ich verloren. Ich brauche diese unschuldige reine Frau, denn nur dann kann ich vielleicht wieder zu mir selbst finden.

Gaius gab sich noch nicht geschlagen. So oder so würde er Senara gewinnen und auch seinen Sohn – selbst wenn sich ihm alle Legionen Roms und die Krieger aller Stämme in den Weg stellen würden ...

Eilan verbrachte die Tage nach dem Besuch von Gaius in völliger Zurückgezogenheit. Die Priesterinnen dachten, sie betraure den Tod ihres Großvaters.

Der Tod von Ardanos hatte sie zunächst überrascht und innerlich aufgerüttelt, aber jetzt empfand sie eher Erleichterung als Trauer.

Ihre Reaktion auf Gaius war jedoch etwas anderes. Der Zorn hatte sie ebenso verblüfft wie ihn. Ihr war nicht bewußt gewesen, wie sehr sie darunter gelitten hatte, daß Gaius sie damals verließ – aber sie hatte es im tiefsten Inneren so empfunden. Gewiß, sie hatte zugestimmt, daß er diese Römerin zur Frau nahm, aber trotz allem hätte er sich längst um einen Kontakt zu ihr bemühen müssen! Wie konnte er es wagen, bei ihr zu erscheinen und ohne ein Wort der Liebe versuchen, ihr das Kind wegzunehmen?

An diesem Punkt ihrer Gedanken mußte sie sich immer wieder zur Ordnung rufen. Sie mußte sich zwingen, ein paar Schritte zu gehen oder eine strenge Meditationsübung zu machen, die sie von Caillean gelernt hatte. Die Wucht der Gefühle drohte sie mitzureißen, und dann wäre sie hoffnungslos verloren gewesen. Bitterkeit und Zweifel würden sie verunsichern und schwächen. Sie durfte sich ihrem Zorn nicht überlassen und mußte das Gleichgewicht wiederfinden.

Es vergingen mehrere Tage, bis es ihr gelang, ruhig über das nachzudenken, was Gaius ihr gesagt hatte. Ihr wurde klar, daß die veränderte Lage von ihr höchste Wachsamkeit und Klugheit verlangte. Wer würde sich berechtigt fühlen, ihr zu sagen, was sie im Namen der Göttin dem Volk verkünden sollte?

Eilan hatte gehört, daß inzwischen die Druiden aus allen Teilen des Landes eintrafen und offenbar bereits heftige Auseinandersetzungen um die Nachfolge im Gang waren. Bisher stand nur fest, daß der neue höchste Druide nach Lughnasaid gewählt werden würde. Also brauchte sie sich wegen dieses Festes keine Sorgen zu machen. An Samhain jedoch würde sich der neue Führer bei den Druiden mit seinen Plänen durchgesetzt haben. Und dann stellte er für sie eine neue Herausforderung oder sogar eine Gefahr dar. Sollte es ein Mann wie ihr Vater sein, würde er verlangen, daß die Göttin die Stämme zum Krieg aufrief . . .

Als Dieda nach Vernemeton zurückkehrte, stellte Eilan fest, daß ihre Trauer bei Dieda nur ein abfälliges Schulterzucken auslöste.

»Sein Tod ist kein Verlust«, erklärte Dieda ungerührt. »Er war immer ein Werkzeug der Römer. Ich möchte nur wissen, wer den Druiden jetzt die Befehle gibt . . . oder dem Orakel.«

Seit der Geburt ihres Sohnes hatte sich Eilan in Diedas Gegenwart nicht mehr wohl gefühlt. Sie spürte die Kluft, die sie beide trennte, und fand keinen Weg, sie zu überwinden. Sie hatte das Gefühl, daß Dieda sie ablehnte und kritisierte, selbst wenn sie schwieg. Schließlich war sie außer Caillean die einzige, die wußte, daß Eilan mit einem Mann zusammengewesen war, nachdem sie ihre Gelübde abgelegt hatte. Wahrscheinlich war sie deshalb in Diedas Augen nicht würdig, das Amt der Hohenpriesterin zu bekleiden. Aber es erschien Eilan unmöglich, daß Dieda für ihren Vater überhaupt nichts empfand. Doch Dieda blieb hart, kalt und abweisend.

Eilan stand vor einem Rätsel, und sie vermißte Caillean, die ihr mit einem guten Rat hätte helfen und zwischen ihnen vermitteln können. Dieda war noch bei Eilan, als ihr die diensthabende Priesterin mitteilte, Cynric sei gekommen.

Die Raben sammeln sich also wieder . . .

Eilan ahnte nichts Gutes, aber sie begrüßte Cynric freundlich als ihren Bruder, nachdem Huw ihn hereingeführt hatte.

Cynric wirkt alt und so struppig wie ein wildes Pferd, dachte Eilan traurig. Seine sonst so straffe Haut war faltig und das Gesicht von Narben entstellt.

»Was führt dich in diesen Teil des Landes? Ich dachte, du bist im Norden und in Sicherheit, nachdem sich deine Pläne mit Brigitta und den Demeten nicht verwirklichen ließen.«

»Ich kann jederzeit kommen und gehen, wie es mir gefällt«, erwiderte er eine Spur zu selbstgefällig. »Ich bin ein freier Mensch, und dagegen kann auch der Legat von Deva nichts machen.« Er lachte zufrieden. »Ich bin zu schlau für die Römer!«

Eilan fand seine übertriebene Fröhlichkeit nicht sehr überzeugend, aber sie schwieg.

»Der unvorsichtige Hirsch wird schnell die Beute des Jägers«, murmelte Dieda mißbilligend.

Cynric zuckte überheblich mit den Schultern.

»Man könnte auch sagen, ein Gott schenkt mir seine Gunst mehr als anderen Sterblichen.«

Er blickte Dieda herausfordernd an, aber sie seufzte nur. Das schien Cynric zu reizen, denn er fügte hinzu: »So ist es nun einmal! Mich schützt offenbar ein Zauber. Ich glaube, ich könnte nach Londinium gehen und das Pferd des Statthalters stehlen.«

»Das würde ich an deiner Stelle nicht versuchen«, sagte Dieda. Sie lachten beide.

»Im Augenblick habe ich das auch nicht vor. In einem oder zwei Monaten mag sich die Lage jedoch geändert haben, denn dann sind die Römer auf der Flucht!«

Er schwieg und sagte schließlich: »Übrigens, um das klarzustellen, ich beklage den Tod von Ardanos nicht. Und du hast auch keinen Grund dazu, Eilan. Der alte Mann hatte immer nur seine politischen Ziele im Sinn, und alles mußte nach seiner Pfeife tanzen.«

»Da hast du recht«, erwiderte Eilan. Sie blieb äußerlich ruhig, obwohl ihr bei Cynrics Worten ein kalter Schauer über den Rücken lief, denn sie mußte an die Nachricht denken, die Gaius ihr überbracht hatte.

»Gut, du bist wenigstens ehrlich«, sagte er lauernd. »Ich würde nur gern wissen, wie weit deine Ehrlichkeit geht, Schwester.«

Sie erwiderte vorsichtig: »Ich zumindest weiß genau, was ich möchte.«

»Ach wirklich? Und was möchtest du, Eilan?«

»Den Frieden!«

Ich möchte den Frieden, damit mein Sohn zum Mann heranwachsen kann . . .

Aber das konnte sie weder Dieda noch Cynric sagen. Ardanos hatte ihr Glück zerstört und das Glück von Cynric und Dieda. Aber zumindest im Westen der Provinz hatten die Stämme über ein Jahrzehnt lang nicht zu den Waffen gegriffen.

Cynric verzog abfällig das Gesicht.

»Frauen denken immer nur an den Frieden!« rief er höhnisch. »Du klingst wie das Sprachrohr von Macellius. Dafür habe ich früher Ardanos gehalten, und der ist tot. Jetzt bietet sich uns die Möglichkeit, die Römer aus dem Land zu jagen. Brigitta wartet nur auf mein Zeichen. Sie weiß, was wir von ihr wollen . . .«

»Man sollte denken, daß Brigitta genug vom Krieg hat«, erwiderte Eilan.

»Ich bin der Meinung, liebe Schwester, sie hat genug von der römischen Gerechtigkeit, die alle versklavt!« rief Cynric erregt. »Hast du nichts von den Gerüchten gehört? Wenn die Römer sich gegenseitig bekämpfen, dann können wir uns vielleicht von dem Joch befreien, das sie Gerechtigkeit nennen. Dann werden wir uns rächen und jedes römische Haus in Schutt und Asche legen, wie es mit Bendeigids Haus geschehen ist.«
Eilan fiel ihm ins Wort. »Hast du vergessen, daß nicht die Römer das Haus meines Vater zerstört und meine Mutter getötet haben? Es waren die wilden Stämme aus dem Norden, und die Römer haben sie bestraft. Bendeigid und du, ihr seid mit ihnen gezogen und habt euch gerächt.«
»Wer außer uns selbst trägt die Verantworutng für unsere Häuser?« fragte Cynric, ohne auf ihren Einwurf einzugehen. »Wir haben das Recht zu strafen oder zu begnadigen! Sollen wir diese Fremdherrschaft wie alte, zahnlose Hunde ertragen? Sollen wir immer nur die Römer entscheiden lassen, gegen wen wir kämpfen dürfen und wo?«
Eine gefährliche Röte stieg ihm ins Gesicht. Eilan achtete nicht darauf, sondern erwiderte unbeeindruckt: »Was auch geschehen mag, der Frieden ist das beste für uns alle.«
»Aha, das wollte ich nur wissen! Du wirst also auch in Zukunft die verräterischen Worte eines Ardanos wiederholen? Oder sind es die Worte von Macellius? Oder ist vielleicht sein vornehmer Sohn der Maßstab aller Dinge für dich?« fragte er herausfordernd.
Huw trat unruhig von einem Bein auf das andere. Eilan achtete nicht auf ihren Leibwächter, denn sie hatte Mühe, die Ruhe zu bewahren.
»Soweit ich weiß, hat Macellius für unsere beiden Völker immer nur das Beste gewollt.«
»Ich etwa nicht?« rief Cynric empört.
»Das habe ich nicht gesagt, ja, nicht einmal angedeutet.«
»Im Gegenteil, genau das hast du mir damit sagen wollen!« warf

er ihr vor. »Ich weiß sehr wohl, daß der Sohn dieses Macellius hier bei dir war. Kannst du mir wiederholen, was er zu dir gesagt hat?!«

Er trat dicht vor Eilan. Seine lange aufgestaute Wut und sein Haß entluden sich im Vorgefühl des Triumphs, den die Raben erringen würden.

»Für einen Verräter wie Ardanos hat die Stunde bereits geschlagen, und die Römer werden bald niemanden mehr schützen können. Auch dich nicht! Keiner in diesem Land wird auf eine Hohepriesterin hören, die ihr Volk verraten hat!«

Er lachte höhnisch und siegessicher.

»Wenn alles nach Plan verläuft, dann wird Bendeigid zum höchsten Druiden gewählt. Das, liebe Schwester, wollte ich dir sagen, damit du dich gut auf das nächste Ritual vorbereiten kannst, denn Bendeigid wird dir beim nächsten Fest andere Anweisungen als Ardanos geben!«

Dieda blickte stumm von Cynric zu Eilan. Sie wagte kaum zu atmen, denn die Spannung hatte einen gefährlichen Höhepunkt erreicht. Eilan bemühte sich sichtlich darum, auch jetzt die Ruhe nicht zu verlieren. Sie wußte, daß Cynric es nur darauf anlegte, sie zu verletzen.

»Es stimmt, Ardanos hat mir stets gesagt, was er zu sagen hatte. Und als höchster Druide hat er die Antworten des Orakels dem Volk ausgelegt. Aber was die Göttin sagt, während ich in Trance bin, das unterliegt nicht meinem Willen. Cynric, vergiß nie, als Stimme des Orakels hörst du nicht meine Worte, sondern die Worte der Göttin«, sagte sie leise.

»Du willst mir sagen, daß die Göttin diesen Verrat an unserer Sache, an unserem Volk wünscht?«

»Warum sollte SIE nicht den Frieden wollen?« rief Eilan erregt. »Sie ist eine Mutter . . .«

So wie ich eine Mutter bin!

Die letzten Worte unterdrückte sie und fügte zornig hinzu: »Du hast kein Recht, so mit mir zu sprechen!«

Aber Cynric hatte es auf diese Kraftprobe angelegt und rief: »Ich bin der Rabe der Göttin. Ich bin IHRE Rache. Ich sage, was ich sagen will. Und ich strafe, wenn ich strafen will!«
Noch ehe Eilan reagieren konnte, holte er aus und schlug sie auf die rechte Wange. Sie zuckte erschrocken zurück, und Dieda rief: »Wie kannst du es wagen?«
»Cathubodva weiß, daß ich alle Verräter bestrafen werde!«
Cynric drehte sich um und wollte gehen, aber genau in diesem Augenblick traf ihn Huws Keule. Sein Schädel brach, und das Blut schoß hervor. Dieda schrie entsetzt auf, und Eilan wich stumm an die Wand zurück.
Cynric blieb noch einen Augenblick blutüberströmt und schwankend stehen. Schließlich widersetzte sich sein Körper dem Tod nicht mehr, und er brach zusammen.
Zitternd kniete Eilan neben ihm nieder und griff nach seinem Handgelenk. Aber da der Blutstrom aus seinem Kopf bereits nachließ, wußte sie, daß Cynrics Herz nicht mehr schlug.
Sie sah ihren Leibwächter an, der bleich geworden war.
»Huw ... warum hast du das getan? Warum?«
»Herrin ... es ist meine Pflicht«, murmelte Huw. »Herrin ... er hat dich *geschlagen*!«
Eilan senkte den Kopf. Selbst wenn Ardanos das getan hätte, wäre es Huws Pflicht gewesen, ihn auf der Stelle zu töten. Huw hatte gelernt, daß die Hohepriesterin unantastbar war. Er mußte so handeln, es war seine Pflicht.
Als sich Eilan langsam erhob, wußte sie, daß Cynrics Tod nicht an die Öffentlichkeit dringen durfte. Er hatte vermutlich nicht mehr viele Anhänger, aber die noch lebenden Raben gingen in ihrer Verzweiflung immer bis zum Äußersten. Wenn sie beschließen würden, Cynric zu rächen, konnte die gefährdete Einheit im Land sofort auseinanderbrechen. Cynrics Tod machte ihn gefährlicher, als er es jemals zu Lebzeiten gewesen war.
Dieda hatte schluchzend die Hände vor das Gesicht geschlagen, aber Eilan konnte keine Tränen vergießen.

»Geh jetzt, Huw«, sagte sie erschöpft, »geh zu Miellyn und sag ihr, was geschehen ist. Sie soll meinen Vater benachrichtigen.«
Ist Bendeigid vielleicht schon der neue höchste Druide?
Diese Frage durfte sie jedoch im Moment nicht beschäftigen, und sie fuhr leise fort, ihrem Leibwächter genaue Anweisungen zu geben.
»Sprich mit niemandem außer Miellyn darüber. Hast du verstanden? Wenn du das getan hast, vergiß, was heute hier geschehen ist.«
Als Huw das Haus verlassen hatte, drehte sich Eilan um. Sie fühlte sich plötzlich alt, unendlich alt. »Dieda . . . komm mit mir hinaus in den Garten. Wir können nichts mehr für ihn tun.«
Sie ging zu der weinenden Frau, um sie zu trösten, aber Dieda zuckte vor ihr zurück.
»Ist das dein Lohn für das Vertrauen, das dein Volk dir entgegenbringt? Wenn das so ist, dann soll deine gezähmte Bestie auch mich töten!«
Eilan ließ den Kopf sinken.
»Ich habe versucht, ihn zu retten. Ich hätte mein Leben für ihn gegeben . . .«
»Ach wirklich? Du lügst! Das kann man sehr leicht sagen . . .«, rief Dieda. »Aber du nimmst das Leben der Menschen, anstatt es ihnen zu geben. Du lebst von ihrer Kraft und läßt dich von allen verehren. Glaub nicht, daß ich blind oder taub bin. Ich halte meine Augen offen, und ich weiß, was du tust! Du hast dein ganzes Wissen von Caillean, und als sie dir nichts mehr zu bieten hatte, hast du sie ins Exil geschickt. Du hast mir meinen Ruf gestohlen, bist zur Hohenpriesterin gemacht worden und benutzt nach deinem Ermessen die Macht, auf die du es schon immer abgesehen hattest! Jetzt hast du den einen Mann getötet, den ich geliebt habe! Dein Römer kann von Glück sagen, daß er nicht mehr an dich gekettet ist! Seht sie euch an: Eilan, die Unbesiegbare! Eilan, die Unverletzliche! Eilan, die Allmächtige! Aber das Spiel ist aus, wenn ich nicht mehr schweige . . .«

»Niemand hat dich mit vorgehaltenem Schwert gezwungen, dein Gelübde als Priesterin von Vernemeton abzulegen, Dieda. Als Lhiannon mich zu ihrer Nachfolgerin bestimmt hat, hättest du von deinem Eid entbunden werden können. Du bist nach Eriu gegangen, und niemand hat dich zur Rückkehr gezwungen. Ich habe dir das schon einmal gesagt, aber das willst du natürlich nicht hören.«

Eilan sprach ruhig und gefaßt, obwohl Diedas Worte sie weit mehr verletzt hatten als Cynrics Schlag. Sie durfte jetzt nicht schweigen, denn Dieda war eine geweihte Priesterin, und sie konnte in ihrer Hysterie nicht nur Eilan, sondern ganz Vernemeton zu Fall bringen. Das wußte Dieda, und sie drohte mit dieser Waffe.

»Ich habe dir einmal gesagt, daß du meinen Zorn fürchten mußt, wenn du unser Volk verrätst. Mich kannst du nicht täuschen. Ich frage dich jetzt, Eilan, hatte Cynric recht? Hast du die ganze Zeit für die Römer gearbeitet?«

Eilan legte bebend die Hand an den *Torque* und sah Dieda fest in die Augen.

»Ich schwöre ... ich habe nur der Göttin gedient, so gut ich es konnte.«

Ihre Stimme klang rauh, aber fest.

»Möge der Himmel über mir zusammenstürzen und mich unter sich begraben! Möge sich die Erde auftun und mich verschlingen, wenn ich lüge!«

Sie holte Luft und fügte etwas ruhiger hinzu: »Ich bin noch immer die Hohepriesterin von Vernemeton. Aber ich halte dich hier nicht zurück. Wenn du möchtest, kannst du zu Caillean gehen oder wohin du willst, wenn du der Meinung bist ..., daß du der Göttin unter mir als Hohepriesterin nicht länger dienen kannst!«

Dieda schüttelte langsam den Kopf. In ihren Augen lag plötzlich eine Bosheit, die Eilan noch abstoßender fand als Diedas Hysterie.

»Ich gehe nicht ...«, flüsterte sie. »Ich werde um nichts in der

Welt jetzt Vernemeton verlassen. Ich will zur Stelle sein, wenn du von der Göttin bestraft wirst!«

Senara wartete bereits vor der Hütte des Einsiedlers, als Gaius dort ankam. Ihre roten Haare leuchteten unter den dunklen Bäumen wie Flammen.

»Du bist also gekommen . . .«, sagte er lächelnd.

Senara drehte sich um. Sie hatte ihn zwar erwartet, aber bei seinem Anblick stieß sie erschrocken einen leisen Schrei aus.

»Bist du es wirklich?«

»Kein anderer«, erwiderte er lachend. »Trotz des schlechten Wetters bin ich gekommen. Ich glaube, es wird bald regnen.«

Er blickte mit hochgezogenen Brauen zum Himmel hinauf.

»Was glaubst du, wird Vater Petros zwei verirrten Wanderern unter seinem Dach Schutz gewähren?«

»Wenn Christen kommen«, sagte sie, »würde er sich bestimmt freuen. Ich weiß nicht, ob er zu Heiden ebenso freundlich ist«, fügte sie mahnend hinzu.

Sie gingen in die Hütte. Dort standen nur zwei Bänke an der Wand und ein grob gezimmertes Holzbett an der anderen. Aber Vater Petros war nirgends zu sehen.

Kaum hatten sie die Türklappe geschlossen, brach das Gewitter los, und der Regen trommelte auf das Dach. Senara zuckte bei jedem lauten Donnerschlag zusammen, und Gaius blickte mißtrauisch zur Decke. Würde das Dach den Wolkenbruch überstehen?

»Wie du siehst, haben wir es gerade noch rechtzeitig geschafft«, sagte er dann und fügte liebevoll hinzu, »*Bellissima*!«

»Das darfst du zu mir nicht sagen«, erwiderte sie schüchtern.

»Warum nicht?« fragte er und beobachtete sie dabei genau. »Ich dachte, die Wahrheit ist eine Tugend – besonders unter den Christen. Auch die Stoiker schätzen die Wahrheit, und wie ich gehört habe, gilt sie selbst unter den Druiden als eine Tugend. Möchtest du, daß ich lüge?«

»Wie immer«, sagte sie und schlug die Augen nieder, »bist du mir mit deinen Worten überlegen. Aber wir haben uns hier getroffen, um über deine Seele zu sprechen.«
»Ja, das stimmt. Wir wollen über das reden, wovon du mich noch nicht überzeugt hast.«
»Ich bin kein Philosoph. Aber sprechen nicht auch die Stoiker, die du erwähnst, von dem Teil des Menschen, den man weder sehen noch fühlen kann?«
»Ja, und dieser Teil an dir ist es, der dich von allen Frauen zur schönsten und begehrenswertesten macht.«
Er wußte, daß er Senara mit diesen Worten bedrängte, aber seine Leidenschaft brach aus ihm hervor wie das Gewitter. Die Blitze und der Donner schienen seine Spannung nicht gelöst, sondern noch gesteigert zu haben. Seit der Begegnung mit Eilan war er dem Aufruhr seiner Gefühle nicht mehr Herr geworden. Entweder versank er in Verzweiflung oder er raste vor Wut.
Er wollte Eilan mit sich nehmen. Er wollte seine Pflicht ihr gegenüber erfüllen, aber sie hatte ihn zurückgewiesen. Julia und Eilan aber wollten keine Ansprüche mehr auf ihn geltend machen. Warum sollte er dann nicht Trost in den Armen einer anderen Frau suchen? Wenn er Senara gestand, daß er sie schön fand, dann log er nicht! Er wollte sie in die Arme schließen und alles vergessen.
Sie errötete und sagte ängstlich: »Es ist nicht richtig, wenn du so etwas zu mir sagst.«
»Im Gegenteil! Ich finde es sehr richtig, denn du möchtest von mir die Wahrheit hören. Sag mir, weshalb du sonst als Frau geschaffen worden bist?«
Jetzt geriet das Gespräch für Senara wieder auf sicheren Boden.
»In der Schrift steht geschrieben«, erwiderte sie, »daß wir erschaffen wurden, um den Schöpfer zu ehren.«
»Das ist selbst für den Schöpfer sehr langweilig«, sagte Gaius. »Wenn ich ein Gott wäre, würde ich mehr von den Menschen verlangen, als mich nur zu verehren.«

Aber Senara ließ sich nicht mehr von ihm verunsichern. Sie hatte die Predigten von Vater Petros alle im Kopf und hob mahnend die Hand.
»Es steht den Geschöpfen nicht zu, den Schöpfer in Frage zu stellen.«
»Warum nicht?« wollte Gaius wissen.
»Was kann es Schöneres geben, als Gott zu ehren?« fragte sie und sah ihn an. Ihre zart geröteten Wangen machten sie noch verführerischer und begehrenswerter.
Es gibt etwas Schöneres, mein Engel ... Und das möchte ich mit dir erleben ...
Aber er wußte, daß er solche Andeutungen noch nicht machen durfte. Wenn es einen Gott gab, dann hatte er die Schönheit der Frauen erschaffen. Gaius konnte nicht glauben, daß Gott einen Mann verurteilen würde, weil er sich an dieser Schönheit erfreute. Aber auch das durfte er jetzt noch nicht sagen.
»Erzähl mir etwas mehr von diesem Schöpfer«, bat er.
»Beinahe jede Religion ... mit Ausnahme vielleicht der römischen, die nur die Verehrung des Kaisers zuläßt, der das Böse in Menschengestalt ist ..., kennt einen Schöpfer. ER hat alle Dinge erschaffen, und ER hat uns auf die Erde gebracht, um IHM zu dienen.«
»Um das richtigzustellen, wir verehren das Göttliche im Kaiser, sein göttliches Wesen, das ihn lenkt und durch ihn das Kaiserreich lenkt, aber wir verehren nicht den Menschen. Deshalb, schönste Senara, werden alle, die es ablehnen, zu Ehren des Kaisers Weihrauch zu verbrennen, als Verräter bestraft.«
»Vielleicht hat es gute Kaiser gegeben, auch wenn einige der Priester das nicht so sehen«, meinte Senara einlenkend, »aber du wirst zugeben, daß Nero, der die Christen in seiner Arena verbrennen ließ, ein Teufel in Menschengestalt war.«
»Gut, über Nero sind wir uns einig«, sagte Gaius munter, »bestimmt auch über Caligula. Und es gibt Leute in Rom, die sagen, Domitian ist in seiner Hybris zu weit gegangen. Wenn das ge-

schieht, haben jene, die einen Menschen zum Kaiser gemacht haben, das Recht, ihn abzusetzen.«

Das wird in Kürze geschehen ... Der September geht bald zu Ende, und dann wissen wir mehr.

»Du bist sehr stolz darauf, ein Römer zu sein«, sagte sie. »Ich weiß sehr wenig über die Familie meiner Mutter, aber ich habe oft darüber nachgedacht, wie es sein würde, als Römerin aufgewachsen zu sein. Bist du in Rom geboren?«

Er lächelte sie an, und sie errötete wieder. »Nein. Ich bin zur Hälfte Britone wie du. Meine Mutter entstammte der königlichen Sippe der Silurer. Sie starb, als ich noch ein Kind war, und nahm meine kleine Schwester mit ins Grab ...«

»Eine traurige Geschichte ..«, flüsterte sie, und ihre grünen Augen wurden vor Mitgefühl noch dunkler. Er hatte bis jetzt nicht gewußt, daß sie grüne Augen hatte. »Was wurde danach aus dir?«

»Ich blieb bei meinem Vater«, erzählte er und rückte etwas näher. »Ich war sein einziger Sohn, deshalb erhielt ich eine gute Ausbildung durch Tutoren, und ich lernte Griechisch und Latein. Dann bin ich zu den Legionen gegangen.« Er lächelte entwaffnend. »Mehr ist von mir eigentlich nicht zu berichten.«

»Und ... hat es in deinem Leben keine ... Frauen gegeben?«

Es war offensichtlich, daß sich Senara nicht erst jetzt mit dieser Frage beschäftigte. Er sah darin ein gutes Zeichen, denn dann lag ihr etwas an ihm. »Mein Vater hat die Ehe mit Julia arrangiert, als ich noch ein Kind war«, antwortete er langsam.

Eines Tages würde er ihr auch von Eilan ... und ihrem Sohn erzählen müssen. Aber noch nicht ... jetzt noch nicht!

»Wie du vielleicht weißt, hat meine Frau Keuschheit gelobt ..., und das bedeutet, ich bin jetzt allein«, murmelte er niedergeschlagen, während es draußen noch immer blitzte und donnerte.

Sie erwiderte: »Ich sollte das nicht sagen, und Vater Petros würde es auch nicht billigen, aber mir scheint das nicht besonders gerecht zu sein. Ich weiß, ein Keuschheitsgelübde gilt als eine Voraussetzung für bestimmte Menschen, die ihr Leben Gott weihen,

und es ist die beste Art des Lebens, aber wenn eine Frau verheiratet ist, dann ...«
»Würdest du einen solchen Schwur ablegen, wenn du mit mir verheiratet wärst?«
Sie errötete wieder, sagte aber ernst: »Nein, das würde ich nicht. Paulus war ein Schriftgelehrter und hat geschrieben: ›Wer verheiratet ist, soll verheiratet bleiben.‹«
»Wenn ich dich geheiratet hätte, würdest du die Ehe ernster nehmen als Julia?« fragte er leise.
»Ich würde nie einen Schwur brechen, den ich dir gegeben habe.«
»Hast du dein Gelübde in Vernemeton noch nicht abgelegt?«
Senara blickte noch immer auf den Boden. Gaius rückte wieder etwas näher. Es war eine süße Qual, sie nicht an sich zu drücken und sie auf der Stelle zu küssen.
»Nein ...«, flüsterte sie. »Die Priesterinnen sind immer so gut zu mir gewesen und haben von mir kaum etwas verlangt. Aber wenn ich der Göttin diene, muß ich mein römisches Erbe aufgeben.« Sie seufzte. »Ich werde mich bald entscheiden müssen.«
»Es gäbe noch eine andere Möglichkeit ...«
Seine Stimme wurde heiser, als er den seidigen Glanz ihrer Haare so dicht vor sich sah, aber er dachte an ihre gemeinsame Zukunft. Er war dicht am Ziel seiner Träume und zwang sich zur Selbstbeherrschung.
»Julia hat ihre Rechte als meine Frau durch das Keuschheitsgelübde verwirkt. Wir sind nach römischem Gesetz getraut und nicht nach den christlichen Geboten. Ich könnte dich heiraten, Senara ... oder Valeria, wie deine Mutter dich nannte. Dein Onkel Valerius ist ein guter Mann. Er wäre bestimmt froh, wenn ich dich aus Vernemeton heraushole.«
Er hörte, wie sie die Luft anhielt. Sie glich einem unschuldigen Vögelchen, das ihm in die Hand geflogen war ..., sie erinnerte ihn an Eilan, die ihm vor so vielen Jahren an jenem schicksalhaften Beltane vertraut hatte, bevor die Druiden sie hart und grau-

sam gemacht hatten. Eilan hatte ihn zurückgewiesen, Julia ebenfalls. Die beiden Frauen waren wie Schatten, die sein Leben verdunkelten; nur das strahlende Licht dieser jungen unschuldigen Frau befreite ihn aus dieser Dunkelheit.
»Wenn das sein könnte ...«, flüsterte Senara. »Wohin würden wir gehen?«
»Nach Londinium oder vielleicht sogar nach Rom. Es wird große Veränderungen geben ..., mehr kann ich dir im Augenblick nicht sagen. Aber uns beiden würde die Welt offenstehen, wenn du meine Frau wirst!«
Nichts war so schwer, als sie jetzt nicht zu berühren. Sie war ihm so nahe, aber noch konnte er sie verlieren. Senara hob den Kopf, und er sah sie mit seiner ganzen Leidenschaft an.
Sie sprang nicht auf und rannte davon, sondern flüsterte zitternd: »Wenn ich nur wüßte, was ich tun soll ...«
Werde mein Frau! Hilf mir, meinen Sohn zu dem Erben zu machen, den ich brauche ...
Senara würde Gawen bestimmt so lieben wie ihr eigenes Kind. Deshalb brauchte er sie und konnte keine Römerin heiraten, die Gawen verachten würde, weil er eine britonische Mutter hatte. Ja, er würde Senara heiraten, um seinem Sohn eine Familie zu geben ...
Jetzt erst wagte Gaius, zärtlich ihre Haare zu berühren. Sie wich nicht zurück, aber er spürte sie unter seiner Hand zittern. Er wollte sie nicht ängstigen und ließ vorsichtig die Hände sinken.
»Was soll ich nur tun? Gott helfe mir ...«, stammelte sie und drehte den Kopf so, daß sich ihre Wange in seine Hand legte.
»Ich glaube ...«, flüsterte er ihr ins Ohr, »dein Gott hat uns zusammengeführt.«
»Gebe Gott, daß du recht hast.«
»Ich werde mit deinem Onkel sprechen und mir von ihm die Erlaubnis geben lassen, dich aus Vernemeton wegzuholen. Sei bereit zu gehen, wenn ich komme. Beim nächsten neuen Mond werden wir beide in Londinium sein.«

Es erforderte eine große Anstrengung, Senara nicht zu verführen. Sie belohnte ihn damit, daß sie aufstand, sich auf die Zehenspitzen stellte und leise sagte: »Mein Bruder, wir wollen uns den Kuß des Friedens geben.«

»Valeria, ich möchte von dir nicht nur den Kuß des Friedens . . .« Er vergrub sein Gesicht in ihre seidigen Haare. »Bald wirst du mich verstehen . . .«

Sie löste sich von ihm, und er hielt sie in der Hoffnung auf ihre gemeinsame Zukunft nicht fest.

Das war gut so, denn in diesem Augenblick hörten sie Schritte vor der Hütte, und Vater Petros kam herein.

Zu seiner Überraschung sah Gaius, daß Senara den Einsiedler begrüßte, ohne zu erröten. Hatten alle Frauen das Geschick, ihre Gefühle blitzschnell zu verbergen? Er erinnerte sich daran, daß auch Eilan dazu in der Lage gewesen war.

Sie sagte: »Freu dich, mein ehrwürdiger Vater, Gaius Macellius hat versprochen, mich aus dem Heiligtum zu holen. Er wird mir ein neues Zuhause schenken, vielleicht sogar in Rom.«

Vater Petros blickte Gaius mißtrauisch an. Er war nicht so naiv wie das Mädchen.

Gaius wandte sich an ihn: »Guter Vater, Senara hat mir erklärt, warum ich ein Mitglied eurer Gemeinde werden soll.«

»Wirst du das?« Der Einsiedler blickte ihn durchdringend an.

Gaius erwiderte: »Sie hat mir sehr gute Gründe genannt.«

Vater Petros lächelte plötzlich sehr freundlich und setzte sich. »Ich nehme dich gern als einen Sohn in meine Herde auf. Du wirst den anderen deines Standes ein gutes Vorbild sein.«

Da hat er recht, dachte Gaius, ein römischer Ritter mit meinen Verbindungen ist ein guter Fang für diesen Menschenfischer. Und dabei behauptet Julia immer, Christen machen keinen Unterschied zwischen arm und reich . . .

29. KAPITEL

»Eilan ... Eilan! Der Kaiser ist tot!«
Senara stürmte durch die Tür, blieb atemlos stehen und versuchte schnell, die notwendige Ehrerbietung zu zeigen, mit der sie der Hohepriesterin begegnen sollte.
Eilan legte lächelnd die Spindel auf den kleinen Tisch und forderte Senara auf, neben ihr Platz zu nehmen. Seit Caillean nicht mehr da war, Miellyn immer verschlossener wurde, und Eilid als Lehrerin alle Hände voll zu tun hatte, leistete ihr in letzter Zeit oft Senara Gesellschaft.
Seit Cynrics Tod hatte Dieda nicht mehr mit ihr gesprochen. Es war wenigstens gelungen, ihn ohne Aufsehen zu beerdigen. Zwei Druiden hatten die Leiche in der Nacht zu dem alten Hügelgrab gebracht, auf dem Eilan die Orakelsprüche verkündete, und dort bestattet. Cynric war vielleicht nicht ehrenvoll gestorben, aber er war wie ein Held begraben worden.
»Der Mann, der uns die Eier bringt, hat diese Nachricht aus Deva ...«, berichtete Senara mit leuchtenden Augen. »Man hat ihn vor einer Woche ermordet ... kurz vor der Tagundnachtgleiche. Die Welt von Caledonien bis Parthien gleicht einem aufgeschreckten Bienenschwarm! Einige sagen, ein Senator wird der nächste Kaiser sein, andere glauben, die Legionen werden einen ihrer Feldherren krönen wollen. Noch wahrscheinlicher ist es jedoch, daß mehrere Anspruch auf den Thron erheben werden, und dann kann es zum Bürgerkrieg kommen!«
»Wie ist die Lage in Deva?« fragte Eilan.
»Die Legionäre der Zwanzigsten sind verunsichert, aber sie halten noch Ruhe. Der Befehlshaber läßt sie mit freiem Wein und

Bier den geglückten Umsturz feiern. Was wird jetzt wohl geschehen?«

Eilan seufzte und stützte nachdenklich den Kopf auf ihre Hand.

»Der Legat hofft, daß sich die Männer alle betrinken. Wenn sie den Rausch aufgeschlafen haben, fühlen sie sich vermutlich so elend, daß sie keine Schwierigkeiten machen und weiter ihre Pflichten erfüllen.«

Mit etwas Glück konnte die Strategie Erfolg haben. Wenn der Alkohol die Männer jedoch aufputschte, und sie untereinander in Streit gerieten, dann konnte niemand sagen, was geschehen würde.

Senara kicherte und schüttelte den Kopf.

»Ich meinte doch, was wird in Rom geschehen? Werden die Senatoren an die Macht kommen, und wird Rom dann wieder eine Republik?«

Eilan blickte Senara erstaunt an. Wieso machte sich das Mädchen über Rom Gedanken? Gewiß, sie war wie Gaius zum Teil römischer Abstammung, aber bisher hatte Senara nie großes Interesse für diesen Teil ihres Erbes erkennen lassen.

»Ich mache mir sehr viel größere Sorgen um *unser* Land«, erwiderte Eilan ernst. »Nicht nur Männer wie Cynric hätten darin eine glänzende Möglichkeit gesehen, die Stämme zur Rebellion aufzurufen. Dann kommt es auch hier zum Bürgerkrieg!«

Bendeigid zum Beispiel wird das wollen!

Eilan schauderte bei diesem Gedanken. Was in der Göttin Namen sollte sie tun, wenn Bendeigid mit der Macht des höchsten Druiden und als Vater solche Forderungen an sie stellte? Wieder einmal wünschte sie nichts sehnlicher, als mit Caillean darüber sprechen zu können.

Senara sah sie mit großen Augen an.

»Was sollen wir tun?«

»Du kannst etwas für mich tun . . .«, antwortete Eilan nachdenklich. »Bring das neue Leinen zu den Druiden. Du hast noch nicht dein Gelübde abgelegt, und deshalb werden sie es nicht seltsam

finden, wenn du bei ihnen erscheinst. Erkundige dich in aller Unschuld, ob sie bereits von den Neuigkeiten wissen, und sag mir dann, wie sie die Lage einschätzen ...«
Senara nickte verschwörerisch, sprang auf und lief aus dem Zimmer. Eilan lächelte und beneidete sie um ihren Schwung. Dann holte sie tief Luft und dachte nach.
Was soll ich tun?
Vielleicht würde sie doch noch gezwungen sein, das Angebot von Gaius anzunehmen. Aber in Deva war die Lage bestimmt kritisch, und er hatte genug eigene Probleme. Gawen war für Ardanos immer eine Waffe gegen sie gewesen. Eilan hatte geglaubt, mit dem Tod ihres Großvaters sei sie frei. Ihr Vater kannte das Geheimnis nicht – aber Dieda! Wie lange würde es dauern, bis Diedas Haß dem neuen höchsten Druiden die gleiche Macht über sie gab wie Ardanos sie gehabt hatte? Ihr Vater würde keinen Augenblick zögern, sein Wissen zu nutzen, es sei denn, er würde sie in seiner Wut auf der Stelle umbringen.
Sie stützte den Kopf in die Hände. Die stechenden Kopfschmerzen, die sie schon seit Tagen quälten, setzten wieder ein.
Wohin könnte ich fliehen? Wie kann ich in dieser Lage keine Fehler machen? O Göttin, hilf mir!
Eines Tages, wenn alle wußten, warum sie das auf sich genommen hatte, wenn im ganzen Land wieder Frieden herrschte und es weder Römer noch Britonen mehr gab, sondern ein einziges Volk ... ja, dann würde man ihr vergeben!
Eilan schüttelte gequält den Kopf. Das waren dumme Tagträumereien. Die Wirklichkeit sah wenig hoffnungsvoll aus, denn alle Auswege schienen versperrt. Der Tod des höchsten Druiden und die Ermordung des Kaisers deuteten auf das Ende einer Zeit hin. Sie standen vor den großen Veränderungen, die die Göttin vorausgesagt hatte.
In diesem Augenblick durchzuckte sie wie ein Blitz vom Himmel ein stechender Schmerz, der ihr den Kopf zu spalten schien. Wie aus weiter Ferne trat ein Gedanke in ihr Bewußtsein.

Ich werde nicht mehr lange leben. Ich muß mir um die Zukunft keine Gedanken machen ...
Plötzlich wurde es Eilan dunkel vor den Augen, und die Welt um sie herum versank.

Als Eilan wieder zu sich kam, hing sie zusammengesunken über dem Tisch. Sie fühlte sich seltsam leicht und von allen Sorgen befreit. Mit großer innerer Gewißheit stellte sie fest, daß sich etwas verändert hatte. Eilan wußte schon lange, daß einige Kräuter des heiligen Tranks das Blut gefährlich verdünnten. Manchmal löste das eine Gehirnschwäche aus. Vielleicht tat das schleichende Gift jetzt seine Wirkung ...
Wenn es soweit ist, dann weißt du es ganz genau ...
Caillean hatte sie mit diesen Worten auf das Zeichen der Göttin vorbereitet. Ein langsamer Tod wie der von Lhiannon war ungewöhnlich. Eilan wußte von der alten Latis, daß die meisten Hohenpriesterinnen plötzlich gestorben waren. Aber, wie Eilan vermutete, nicht ohne zuvor das Zeichen der Göttin erhalten zu haben.
Werde ich so auf den Tod vorbereitet? Aber meine Aufgabe ist noch nicht erfüllt ...
Sie richtete den Blick nach innen, und wie als Antwort auf ihre Gedanken hörte sie eine Stimme aus der anderen Welt.
Deine Aufgabe ist erfüllt!
Eilan hörte es und fragte sich stumm:
Aber wer soll meine Nachfolgerin sein und an meiner Stelle als Stimme des Orakels dienen? Ich darf nicht gehen und wie Ardanos alle in Verwirrung zurücklassen ...
Wieder hörte sie die Stimme klar und deutlich.
Das ist nicht wichtig!
Nach dieser Antwort wurde sie ruhig. Die Göttin hatte zu ihr gesprochen. Was geschehen sollte, lag in IHREN Händen. Eilan mußte sich darum keine Gedanken machen. Der Tod würde eine Gnade und keine Strafe sein. Caillean hatte recht gehabt. Die

Druiden durften sich nicht anmaßen, den Priesterinnen vorzuschreiben, wie sie der Göttin dienen sollten. Das Mysterium des Göttlichen, das sich den Menschen offenbarte, lag ganz allein in den Händen der geweihten Frauen. Eilans Tun war von Liebe bestimmt gewesen, und nur darauf kam es an.

Im Herbst stieg dichter Nebel aus den Sümpfen des Sommerlandes auf, und die Nebelschwaden umschlossen auch den heiligen Ring der Steine auf dem Hügel. Wenn Caillean an solchen Tagen frühmorgens zu ihrer Meditation hinaufstieg, schien das Heiligtum eine kleine Insel in einem grauen, wogenden Meer zu sein. Aber je näher Samhain heranrückte, desto häufiger dachte sie an Eilan.

Als sich ihr diese Gedanken immer wieder aufdrängten, hatte sie sich zunächst dagegen gewehrt. Es war nicht gut für Eilan, sich an sie zu klammern, und auch Caillean durfte sich nicht von ihrer Aufgabe ablenken lassen. Aber als die Tage immer dunkler wurden, erschien ihr in Visionen immer häufiger Eilans Gesicht. Eilan brauchte sie, und es wäre gefährlich und falsch gewesen, solche Zeichen zu übersehen.

Eines Morgens erwachte sie und ihr klangen noch die Worte ihres Traums in den Ohren.

O Mutter, wir stehen hier in der Dunkelheit und sind vom Tod überschattet. Ich rufe dich, meine Schwester, denn du bist mehr als eine Schwester für mich ...

Da wußte Caillean, daß der Schwur, der Eilan und sie miteinander verband – es war nicht nur das Gelübde von Vernemeton, sondern ein Eid, der schon zuvor von einem Leben zum anderen erneuert worden war –, sie verpflichtete, zu Eilan zurückzukehren.

Als die Nachricht vom Tod des Ardanos im Sommerland eingetroffen war, hatte sie bei den Druiden große Unruhe ausgelöst. Sie wurden zur Wahl des Nachfolgers nach Vernemeton gerufen, aber sie gingen nur ungern, und sie beobachteten Caillean mißtrauisch. Die Spannungen zwischen Priesterinnen und Priestern waren nicht mehr zu leugnen, und Caillean wollte sich um keinen Preis den Druiden unterordnen.

Als der Zug der Priester eines frühen Morgens feierlich zu der schicksalhaften Reise aufbrach, erachteten sie es nicht einmal für notwendig, sich von Caillean zu verabschieden. Aber Caillean hatte gehört, daß sie von dem Nachfolger fordern wollten, daß er die Priesterinnen nach Vernemeton zurückrief. Die Waage des Schicksals pendelte. Wem würde die Göttin IHRE Gunst gewähren?

Caillean ließ sich von der Drohung nicht beeindrucken, sondern vermittelte ihren Frauen die Zuversicht, daß hier auf Dauer ein neues Heiligtum der Göttin entstehen würde. Sie glaubte an ihre innere Überzeugung, aber da die endgültige Entscheidung vermutlich in Vernemeton fiel, schien es doppelt richtig, daß auch sie das Sommerland verließ, um in diesem Augenblick an Eilans Seite zu stehen.

Als der Zug der Priester von den Nebeln verschluckt wurde, fragte sie sich unwillkürlich: Wer von uns wird nach Avalon zurückkehren?

Erst zwei Wochen vor Samhain hatte Caillean alles so weit geordnet, daß auch sie nach Vernemeton aufbrechen konnte.

Zu den Vorteilen ihres Amtes im neuen Haus der Priesterinnen gehörte es, daß nichts, was sie tat, in Frage gestellt wurde. Ihre Entscheidungen galten als der Wille der Göttin. Caillean mußte jedoch mit großer Umsicht und Klarheit dafür sorgen, daß alle Aufgaben gerecht verteilt waren, damit die Frauen während ihrer Abwesenheit – die lange dauern konnte – auch ohne sie zurechtkamen.

Caillean ließ bei Tagesanbruch die Sänftenträger kommen. Es würde Tage dauern, bis sie Vernemeton erreicht hatte. Sie wäre lieber in Männerkleidung und zu Fuß gegangen, aber sie wußte, das konnte sie nicht mit ihrem Amt in Einklang bringen. Deshalb

fand sie sich unwillig damit ab, wieder in der förmlichen Sänfte und in den Gewändern der Priesterin zu reisen.
Der lange Zug des kleinen Volks, der sie bis an das Ufer begleitete, war ein deutliches Zeichen, daß die Priesterinnen bei den Menschen der Insel willkommen waren. Sie brachten Caillean soviel Ehrfurcht entgegen wie einer Herrscherin. Diese Menschen waren so unschuldig und zierlich, daß Caillean immer den Eindruck hatte, es seien Kinder.
Es sind die Kinder, die ich nie bekommen durfte.
Als sie das große Wasser überquert hatten, begann es zu regnen. Caillean wußte, bei diesem Wetter würden die Sklaven nur langsam vorankommen. Sie wurde unruhig, aber sie konnte nichts dagegen tun. Seit der Tagundnachtgleiche hatten schwere Regenfälle eingesetzt, als weine der Himmel. Caillean seufzte über ihre seltsamen Gedanken und tröstete sich damit, daß selbst die größten Zauberer das Wetter in Albion nicht hatten ändern können.
Nach zwei Tagen erreichten sie Aquae Sulis. Von dort führte die römische Straße nach Norden bis Glevum. Zu ihrer Überraschung befand sich die Straße in einem ungepflegten Zustand. Überall gab es große schlammige Pfützen, und die Pflastersteine schienen zum Teil mutwillig entfernt worden zu sein. Manchmal fehlte sogar der Kies, und die Sänftenträger mußten durch den tiefen lehmigen Schlamm waten. In einem Karren oder einem Wagen wären sie jedoch vermutlich schnell steckengeblieben.
Caillean mußte eingeschlafen sein, denn plötzlich schreckte sie auf. Aus dem Wald, durch den die Straße führte, rannten Männer auf sie zu. Sie sahen abgerissen und heruntergekommen aus.
Entflohene Sklaven und Verbrecher, die überall in der Provinz die Straßen unsicher machen ...
Caillean hatte von solchen Banden gehört, war aber noch keiner begegnet. Dieses Gesindel lauerte den Reisenden auf und nutzte die Gelegenheit, Beute zu machen, wo immer sie sich bot.
»Laßt uns in Ruhe!« rief einer der Sänftenträger. »In der Sänfte sitzt eine große Priesterin.«

»Das kümmert uns wenig!« erwiderte der Anführer höhnisch. »Was kann sie uns schon antun? Kann sie Geister beschwören oder Feuer schlucken? Das kann jeder Gaukler auf dem Markt ebensogut!«

Caillean bedauerte, daß sie in der Sänfte keine glühende Holzkohle hatte. Aber diese Kerle schienen nicht so leicht zu beeindrucken wie die Räuber aus Eriu. Deshalb stieg sie aus der Sänfte und fragte ihre Sänftenträger: »Weshalb geht es nicht weiter?«

Die Träger deuteten aufgebracht auf die Männer. Caillean musterte sie ruhig. Dann griff sie in den kleinen Beutel, der an ihrem Gürtel hing. Sie schätzte die Lage immer noch nicht richtig ein, denn die Römer hatten viele Jahre lang für Ruhe und Ordnung auf den Straßen gesorgt. Deshalb glaubte sie nicht an eine wirkliche Gefahr. Sie öffnete den Beutel, nahm eine Münze heraus und sagte kühl: »Auch die Götter haben Mitleid. Das ist für euch . . .« Sie reichte dem Anführer einen römischen Denar. Der Mann starrte darauf und lachte.

»Wir verzichten auf dein Mitleid, Herrin!« rief er mit übertriebener Höflichkeit. »Aber wir können damit anfangen, daß du uns den Beutel gibst . . .«

Erst jetzt begriff Caillean, in welcher Lage sie sich befand und was die Männer wollten. Ihre Verwunderung wich der Empörung. Sie atmete tief ein, verwurzelte sich mit der Erde und verband sich mit den Wolken. Ihre Kraft wurde zu dem Gewitter, das in der Luft lag; plötzlich wußte sie, daß sie doch eine Macht über das Wetter besaß. Sie hob beschwörend die Hände und blickte zu der schwarzen Wolke über ihren Köpfen auf.

Der Anführer schien die Gefahr jedoch zu ahnen und holte zum Schlag mit seiner Keule aus. Ein greller Blitz zuckte, und als der explosionsartige Donner die Erde erbeben ließ, schien der Himmel über Caillean einzustürzen, dann wußte sie nichts mehr.

In den Tagen, nachdem Eilan das Zeichen ihres nahen Todes erhalten hatte, bereitete sie sich darauf vor, dem Willen der Göttin zu folgen. Sie zweifelte nicht daran, daß die Göttin für Vernemeton und für das Volk auf IHRE Weise sorgen würde, aber sie fürchtete um die Sicherheit ihres Sohnes, wenn sie nicht mehr dasein würde.

Sie hätte Gawen jederzeit Caillean anvertraut. Aber Caillean war weit weg und bestimmt von ihrer Arbeit in Anspruch genommen. Dieda war die Verwandte des Jungen, aber nach Cynrics Tod hätte sie ihr Gawen niemals anvertrauen können. Lia, die Amme, das wußte sie, würde für Gawen alles tun, aber die arme Frau hatte selbst keinen Platz, der ihr gehörte. Mairi wäre vielleicht bereit, Gawen zu sich zu nehmen; aber wäre der Junge in Sicherheit, wenn Bendeigid erfuhr, wer der Vater des Kindes war?

Eilan hätte gerne gewußt, wieviel Zeit ihr noch blieb. Aber so sehr sie sich auch um eine Antwort auf diese Frage bemühte, die Kräfte, die sie gewarnt hatten, blieben stumm. Gelegentlich spürte sie noch Stiche im Kopf, sonst hätte sie glauben können, alles sei nur Einbildung gewesen. Ihr blieb nichts anderes übrig, als sich soviel wie möglich mit dem Jungen zu beschäftigen.

Gawen war gerade zum Abendessen in die Küche gegangen, als Senara in das Zimmer kam und die Lampen anzündete. Wie immer stand Huw stumm vor der Tür. In all den Jahre hatte sie sich um ihren Leibwächter überhaupt keine Gedanken gemacht, aber seit er Cynric ohne Zögern getötet hatte, war ihr seine Gegenwart nicht mehr so angenehm.

»Huw, warum gehst du nicht auch essen?« sagte sie zu ihm. »Senara wird bei mir bleiben, bis du wieder zurück bist.«

Senara entzündete langsam eine Öllampe nach der anderen – sogar hier in Vernemeton stammten sie aus Rom. Wieder einmal wurde Eilan bewußt, daß ganz Albion inzwischen von den Römern verändert worden war. Cynric und Bendeigid irrten sich, wenn sie glaubten, die Zeit zurückdrehen zu können . . .

Senara wirkte an diesem Abend sonderbar unruhig, und es dauerte sehr viel länger als sonst, bis alle Lampen brannten. Als das Mädchen dann vor der letzten stehenblieb und in die kleine

Flamme starrte, wußte Eilan, daß Senara irgendeinen Kummer hatte.
»Was hast du, mein Kind? Geht es dir nicht gut?« fragte sie teilnahmsvoll.
»Eilan . . .«, Senara unterdrückte ein Schluchzen.
Eilan setzte sich auf eine Bank. »Komm zu mir, mein Kind. Sag mir, was dich bedrückt. Du weißt sehr wohl, was es auch sein mag, du mußt keine Angst davor haben, es mir zu erzählen.«
Senara liefen die Tränen über die Wangen.
»Du bist so gut zu mir . . . Du bist immer so gut zu mir gewesen . . ., und ich bin deine Güte nicht wert«, stieß sie schluchzend hervor, sank Eilan zu Füßen und weinte hemmungslos.
»Mein Kind«, sagte Eilan bestürzt, »du mußt doch nicht weinen. Für solche heftigen Gefühle fehlen mir im Augenblick die Kräfte. Was es auch ist, so schlimm kann es doch nicht sein!«
Sie beugte sich über Senara und zog sie liebevoll hoch. »Komm, setz dich neben mich.«
Senaras Tränen versiegten langsam, aber sie konnte sich nicht setzen, sondern lief unruhig im Zimmer auf und ab. Schließlich murmelte sie: »Ich weiß nicht, wie ich es dir sagen soll . . .«
Plötzlich wußte Eilan, was für einen Kummer Senara hatte, und fragte: »Willst du mir sagen, daß du dein Gelübde nicht ablegen und keine Priesterin werden möchtest?«
Senara hob den Kopf und trocknete die Tränen.
»Das gehört auch dazu«, flüsterte sie. »Aber das ist das Wenigste . . .« Sie suchte verzweifelt nach den richtigen Worten. »Ich bin es nicht wert, hier zu sein. Ich wäre eine unwürdige Priesterin. Wenn du wüßtest . . ., du würdest mich davonjagen . . .«
Eilan schüttelte lächelnd den Kopf und wiederholte Cailleans Worte, die sie nie vergessen hatte.
»Im Angesicht der Göttin ist vielleicht niemand von uns würdig, hier zu sein. Hör auf zu weinen, Liebes, und sag mir, was für einen Kummer du hast.«
Senara beruhigte sich etwas, konnte Eilan aber nicht in die Augen

sehen. Eilan erinnerte sich plötzlich daran, wie sie vor so vielen Jahren vor Lhiannon gestanden hatte. Wäre es möglich ...? Aber nein, Senara war immer nur in Vernemeton oder hin und wieder bei den Christen. Und bei den Christen galt Keuschheit als eine noch höhere Tugend als selbst hier in Vernemeton.

»Ich ... ich habe einen Mann kennengelernt ..., und er möchte, daß ich ihm folge ...«, flüsterte sie schließlich kaum hörbar.

Eilan stand auf und nahm Senara in die Arme.

»Mein armes Kind«, sagte sie tröstend, »warum nur machst du dir deshalb solche Sorgen? Dir steht es doch völlig frei, uns zu verlassen und zu heiraten, wenn das dein Wunsch ist. Du bist als Kind hierher gekommen. Es war nie wirklich unsere Absicht, von dir zu verlangen, das Gelübde abzulegen. Seit damals sind so viele Jahre vergangen, daß wir das alle fast vergessen haben.«

Sie führte sie zur Bank und zog sie neben sich. »Nun hör auf zu weinen und erzähl mir etwas mehr. Wo hast du den Mann kennengelernt? Wer ist es?«

Als Senara noch immer den Kopf hängen ließ, versicherte sie ihr: »Ich habe wirklich nichts dagegen, wenn du heiraten willst. Aber du bist mir ans Herz gewachsen wie eine Tochter, und ich möchte, daß du die richtige Entscheidung triffst ...«

Senara hob schließlich den Kopf. Sie konnte es kaum glauben, daß Eilan ihr nicht zürnte, sondern sie wohlwollend freigeben wollte.

»Ich habe ihn bei Vater Petros getroffen. Er ist Römer und ein Freund meines Onkels Valerius ...«

Sie brach ab, denn in diesem Augenblick erschien die diensthabende Priesterin und sagte zu Eilan: »Verzeih die Störung, Herrin. Am Tor ist ein Römer ...«

Eilan runzelte die Stirn. »Es ist spät ... Weißt du, was er will?«

»Er sagt ...«, sie deutete auf Senara. »Er will sie holen ...«

Senara wurde bleich und sprang auf.

»Das ist er ...!« Sie schlug die Hände vor das Gesicht und murmelte: »Er hat es versprochen ... und er ist gekommen.«

Eilan stand auf. »Zuerst muß er mit mir sprechen! Hole Huw. Er ist wahrscheinlich in der Küche. Er soll den Mann hierher bringen.«
Die Priesterin verneigte sich und ging schnell hinaus.

Es blieb Eilan kaum Zeit, das dunkelblaue Gewand der Hohenpriesterin anzulegen, denn sie verzichtete auf Senaras Hilfe und sagte ihr, sie solle sich vor allen Dingen erst einmal beruhigen und die Tränen trocknen. Sie hatte vor, dem Römer, der Senara heiraten wollte, ein paar wichtige Fragen stellen. Aber es gab keinen Grund zur Aufregung. Alles sollte mit Ruhe und Sachlichkeit besprochen werden.
Als Eilan gerade den goldenen *Torque* um den Hals legte, hörte sie Senara draußen vor der Tür.
»Gaius!« rief sie. »Ich hatte dich noch nicht so schnell erwartet! Hat mein Onkel dir erlaubt, mich zu heiraten?«
Beim Klang des Namens schoß Eilan der stechende Schmerz wieder durch den Kopf. Der Boden unter ihren Füßen schien zu schwanken, und sie umklammerte den Tisch, als sie ihn antworten hörte: »Bei den Göttern, warum bist du nicht zum Tor gekommen?«
Noch ehe Senara etwas erwidern konnte, hatte sich Eilan gefaßt. Sie trat langsam durch die Tür hinaus, und als sie sah, daß es sich tatsächlich um Gaius handelte, fragte sie: »Was willst du hier?«
Bei ihrem Anblick wurde er bleich und senkte den Kopf.
Eilan wandte sich an Senara und fragte: »Soll das heißen, daß Gaius Macellius Severus der Mann ist, den du liebst?«
»Ja . . .«, flüsterte sie, und ihre Augen wanderten erschrocken von Gaius zu Eilan. »Warum . . . was ist daran so schlimm?«
Eilan starrte Gaius zornig an. »Sag du ihr, was daran so schlimm ist . . .« Aber als er noch immer schwieg, rief sie zornig: »Sag ihr die Wahrheit . . . das bist du ihr schuldig!«
»Was für eine Wahrheit?« fragte Senara verwirrt. »Ich weiß, er ist mit einer Römerin verheiratet. Aber sie hält sich nicht an das Ehe-

gelübde. Er wird sich natürlich von ihr scheiden lassen, bevor er mich heiratet . . .«
»Natürlich wird er das tun«, sagte Eilan und richtete den Blick auf Gaius. »Sie weiß also von deinen Töchtern, die du Julia überlassen willst, weil sie dir nur eine Last sind. Aber weiß sie auch etwas von unserem Sohn?«
»Sohn . . .?« wiederholte Senara kaum hörbar und blickte Gaius fassungslos an. »Sag mir, daß das nicht wahr ist . . .!« rief sie flehend. Ihre Stimme versagte. ». . . Mein Gott!« Sie schlug die Hände vor das Gesicht und schluchzte. »Wie konntest du mich so belügen . . .?«
»Du verstehst das alles nicht richtig . . .«, murmelte Gaius.
»Ich verstehe alles . . .«, sagte Senara. »Ich wollte deine Seele retten, und du hättest mich beinahe in die Hölle gestürzt! Ich verstehe, wie sehr du mich betrogen hast!«
Als Gaius zu Senara treten wollte, die laut schluchzend auf der Bank zusammengesunken war, erschien Huw mit erhobener Keule. Aber man hatte ihm wegen Cynrics Tod schwere Vorwürfe gemacht, und er wollte denselben Fehler nicht zweimal machen. »Herrin«, fragte er, »was ist mit diesem Mann? Was soll ich tun?«
Eilan wandte den Blick nicht von Gaius, der totenblaß den Leibwächter anstarrte. Vielleicht war es die größte Strafe für einen stolzen Römer wie ihn, in eine solche Lage geraten zu sein. Wenn er nicht wirklich in Gefahr gewesen wäre, hätte Eilan laut gelacht.
Sie hob die Hand und bedeutete Huw, im Haus zu warten. Dann sagte sie leise und in einem Ton, der keinen Widerspruch duldete: »Geh! Geh, oder er wird dir den Schädel einschlagen!« Zu Senara sagte sie: »Wenn du willst, geh mit ihm.«
Senara hob das Gesicht. Nach einem kurzen Blick auf Gaius sprang sie zitternd auf und warf sich Eilan in die Arme.
»Nie im Leben! Nicht um alles in der Welt! Er könnte mir alles versprechen, und ich würde nicht mit ihm gehen . . .!«

Überrascht und gerührt drückte Eilan das zitternde Mädchen an sich. »Geh jetzt ...«, sagte sie noch einmal zu Gaius. »Geh, oder ich rufe Huw.«
Wieder durchzuckte sie der stechende Schmerz. Sie krümmte sich und murmelte: »Geh und laß dich nie wieder hier blicken, oder ich werde dich mit eigenen Händen umbringen!«
Gaius verließ wortlos den Raum. Dann hörte man nur noch die leiser werdenden Schritte von Huw und ihm auf dem Kies.

Gaius saß in der Taverne und rief dem Wirt zu, er solle ihm noch einen Krug von dem sauren gallischen Wein bringen. In den letzten drei Tagen hatte er fast ununterbrochen getrunken. Er wankte von einer Taverne zur nächsten und war überall willkommen. Geld war kein Problem. Die Wirte wußten, wer er war, und sie kannten seinen Vater. So oder so würden sie ihr Geld bekommen.
Manchmal fragte sich Gaius, ob man ihn vermissen würde. Aber er beruhigte sich damit, daß Macellius glaubte, er sei zur Villa zurückgekehrt, und Julia bestimmt dachte, er sei noch bei seinem Vater in der Stadt. Ihn interessierte im Augenblick nur das eine: Wieviel Wein mußte er trinken, bis der Schmerz verschwand?
Ursprünglich war er wegen der politischen Lage nach Deva gekommen. Aber er wollte auch Licinius aus dem Weg gehen. Wie sollte er dem alten Mann sagen, daß er beabsichtigte, Julia und seine drei Töchter zu verlassen? Licinius wäre zwar als liebevoller Vater sicher bereit, Julia ins Gewissen zu reden. Aber wenn er seine Tochter davon überzeugte, ihre ehelichen Pflichten wieder zu erfüllen, würde er Gaius einen Strich durch die Rechnung machen, der dann Senara nicht heiraten konnte. Und auf diese Heirat hatte er seine ganze Hoffnung gesezt.
Seine Träume hatten sich jedoch in Luft aufgelöst, und alles war verloren. Als einziger Trost blieb ihm der Wein. Senara liebte ihn nicht mehr. Julia liebte ihn nicht mehr. Und Eilan ... vor allem Eilan liebte ihn nicht mehr.

Beim Gedanken daran, wie sie ihm befohlen hatte, Vernemeton zu verlassen, glaubte er, wieder in einem Alptraum gefangen zu sein, aus dem es kein Erwachen gab.
Ein kalter Windzug fuhr in die Taverne, als lärmend eine Gruppe Legionäre hereinkam. Wahrscheinlich mußte sich der Legat inzwischen eingestehen, daß er sich verrechnet hatte. Das allgemeine Trinkgelage hatte wenig mehr bewirkt, als die militärische Disziplin zu schwächen. In Rom hätte der Kaiser die Schatztruhen geleert, um den Soldaten im Colosseum atemberaubende Spiele und Gladiatorenkämpfe zu bieten, aber in dieser elenden Provinz blieb den unzufriedenen Männern nur der Regen und die Langeweile. Wie sollte man die Soldaten von der bitteren Wahrheit ablenken, daß der Kaiser in Rom kein Gott, sondern ein Sterblicher war, der wegen seines Größenwahns das Leben verloren hatte? Woran sollten diese Männer sich halten, wenn sie für den neuen Kaiser und Rom kämpfen und töten sollten? Wer konnte von ihnen verlangen, an die Ehre und das Vaterland zu glauben? Kein Wunder also, daß sie von Tag zu Tag aufsässiger wurden.
Niemand beachtete den einsamen Gaius, der in einer dunklen Ecke saß und sich betrank. Er nahm keinen Anteil mehr am Geschehen um ihn herum. Seufzend griff er nach dem Krug und füllte sich den Becher.
Plötzlich packte ihn jemand am Handgelenk. Er hob erstaunt den Kopf und sah verschwommen, daß Valerius an seinem Tisch stand.
»Bei Merkur und allen Göttern! Ich suche die ganze Stadt nach dir ab!«
Valerius rümpfte die Nase und trat einen Schritt zurück. »Dank sei deinem guten Stern, daß dein Vater dich so nicht sieht ...«
»Weiß er ... etwas?« lallte Gaius.
»Bist du verrückt? Ich verehre Macellius und möchte nicht, daß ihn der Schlag trifft! Aber du hast offenbar den Verstand verloren ...«

Er schüttelte fassungslos den Kopf.
»Einer der Männer hat mir gesagt, daß ich dich vermutlich hier finden würde ... Was ist nur in dich gefahren? Schon gut«, fügte er hinzu, als Gaius etwas erwidern wollte, »du hast genug getrunken! Zuerst einmal bringe ich dich hier weg!«
Gaius wehrte sich mit Händen und Füßen. Er beschwerte sich noch, als Valerius ihn bereits auf die Straße und in eine Sänfte geschleppt hatte. Valerius befahl den Trägern, sie zum Badehaus am anderen Ende der Stadt zu bringen. Erst, als man Gaius in das Becken mit kaltem Wasser warf, wurde er nüchtern genug, um zu verstehen, was ihm Valerius sagte.
»Kannst du mir verraten«, fragte Valerius, als Gaius prustend auftauchte, »ob meine Nichte Valeria noch in Vernemeton ist?«
Gaius nickte. »Ich war dort ..., aber sie ... sie hat es sich anders überlegt. Sie ... wollte nicht mitkommen.«
Valerius nickte verständnisvoll. Liebeskummer! Gewiß, das war ein Grund, um sich zu betrinken!
Langsam erinnerte sich auch Gaius wieder an das, was vorgefallen war. Er hatte Valerius von seinem Plan berichtet und von ihm die Erlaubnis erhalten, Senara zu heiraten. Vermutlich glaubte Valerius deshalb gewisse Rechte zu haben, denn normalerweise hätte er nicht gewagt, Gaius so zu behandeln. Aber warum war er nur so aufgeregt?
»Du bist nicht der einzige in Deva, der sich zur Zeit betrinkt. Gestern abend war ich mit ein paar Legionären zusammen ... Ihre Namen sind nicht wichtig, aber Flavius Marco war dabei. Den kennst du. Das Gespräch kam auf die Priesterinnen von Vernemeton. Einer sagte: ›Diese Frauen sind eigentlich keine richtigen Vestalinnen. Sie sind Frauen wie alle anderen auch.‹ Ich widersprach, aber schließlich kam es zu einer Wette. Sie wollen eine der jungen Priesterinnen entführen ...«
Gaius sprang aus dem Wasser und rieb sich energisch mit dem Handtuch trocken. Sein Kopf schien zu bersten, und er verstand überhaupt nichts mehr.

»Komm mit in das Dampfbad«, sagte Valerius, »in der feuchten Hitze kannst du den Alkohol schneller ausschwitzen.«
Er half Gaius in den nächsten Raum. Als der heiße Dampf ihn traf, rang er nach Luft und glaubte zu ersticken. Der Sekretär erzählte weiter.
»Ich dachte zuerst, es sei nur Geschwätz am Wirtshaustisch gewesen und nichts, worüber man sich Gedanken machen muß. Aber heute morgen sind drei Männer nicht zum Appell erschienen. Jemand, der gestern abend mit am Tisch gesessen hat, sagte mir später, die drei seien in aller Frühe nach Vernemeton aufgebrochen. Es ist ihnen wirklich ernst mit der Wette. Sie wollen eine Priesterin entführen und . . .«, Valerius hustete verlegen.
»Der Centurio . . .«, stieß Gaius keuchend hervor und rannte aus dem Dampfraum. Sein Magen revoltierte, und er mußte sich an einem Spuckbecken übergeben, aber danach konnte er wenigstens wieder klarer denken.
Valerius gab ihm etwas Kühles zu trinken und sagte: »Der Centurio hat alle Hände voll zu tun, und die Tribunen sind schon mehr als überfordert. Die Disziplin geht vor die Hunde, seit die Nachricht von der Ermordung des Kaisers eingetroffen ist. Deshalb habe ich mich auf die Suche nach dir gemacht. Außer deinem Vater kennt niemand die Britonen so gut wie du.«
Er hielt inne und sah Gaius besorgt an.
»Ich frage dich, was wird wohl geschehen, wenn man entdeckt, daß unsere Männer eine Priesterin vergewaltigen?«
Gaius stöhnte auf. Würde dieser Alptraum niemals enden?
Valerius seufzte. »Boudiccas Aufstand war nichts im Vergleich zu dem, worauf wir uns dann gefaßt machen dürfen, und wir sind zur Zeit kaum in der Lage, entsprechend zu reagieren.«
»Ja, natürlich . . .«, murmelte Gaius. »Ich mache mich sofort auf den Weg. Weißt du, wann die drei aufgebrochen sind? Oder hast du eine Vorstellung, auf welchem Weg sie dorthin wollen?«
»Keine Ahnung«, sagte Valerius. »Ich müßte mich noch einmal umhören . . .«

»Nein, dazu ist keine Zeit mehr. Ich muß nach Hause, ich brauche etwas anderes zum Anziehen ...«
»Ich habe deine Sachen mitgebracht«, sagte Valerius. »Ich hatte mir gedacht, daß du dich gerne umziehen würdest ...«
»Mein Vater hatte recht«, murmelte Gaius, »du denkst immer an alles.«
Er ließ sich von den Sklaven trockenreiben und rasieren. Dann zwang er sich, etwas zu essen.
Wie konnte ich nur so ein Narr sein? Ich versuche, meinen Kummer in Wein zu ertränken, während die Welt um mich herum vor die Hunde geht.
Irgendwann, als sein Verstand wieder die Oberhand gewann, war ihm eingefallen, daß an diesem oder am nächsten Tag Samhain sein mußte. Die Hälfte aller Stämme im Westen würde sich zu dem Fest auf dem Hügel von Vernemeton versammeln. Es war nicht mehr wichtig, was Eilan oder Senara von ihm hielten. Gaius dachte nur noch an die Gefahr, in der sie sich alle befanden, wenn es aufgrund einer dummen Wette betrunkener Legionäre zum Krieg kommen würde.
»Ich bringe deine Nichte nach Deva zurück ...«, versprach er Valerius, als er sich auf den Weg machte.
Aber ich werde auch Eilan retten und Gawen. Wenn sie mich noch immer hassen, können sie mir das sagen, wenn wir alle in Sicherheit sind.
Er schlug den Mantel zurück, um die Arme frei zu haben, vergewisserte sich, daß sein Schwert wie immer an der Seite hing, und trieb seinen Hengst in Galopp.

All die Jahre, seit die Römer nach Albion gekommen waren, ... nein ... in all den Jahren, seit das große Heiligtum der Sonne gebaut worden war, konnte die Zeit der Vorbereitung auf das Ritual nicht so langsam vergangen sein wie diesmal für Eilan. Die diensthabenden Priesterinnen schwiegen, wie es von ihnen verlangt wurde, und ließen Eilan die meiste Zeit allein in dem Raum, in dem Lhiannon einst so gelitten haben mußte wie sie jetzt.

Die letzte Nacht vor dem Fest schien eine Ewigkeit zu dauern. Sie hatte die beiden Frauen schon vor Stunden weggeschickt. Als die Lichter langsam erloschen, wurde es immer dunkler in dem Raum, und die wachsenden Schatten schienen Eilan zu verschlingen.

Das Ende war ihr durch das Zeichen der Göttin angekündigt worden, und Eilan zweifelte nicht mehr daran, daß sie das Ritual nicht überleben würde. Der Tod saß wartend in ihrem Herzen, und ihr Geist machte sich bereit, die große Reise der Verwandlung anzutreten. In der Stille der Nacht schien der Tod sich bereits wie eine aufbrechende Blüte langsam zu entfalten. Ihr Herz pochte, als wolle es ihren Brustkorb zerbrechen. Selbst bei Gawens Geburt hatte sie keine solchen Schmerzen gehabt. Aber Eilan konnte nicht sagen, ob es Schmerzen ihres Körpers oder ihres Geistes waren.

Als sie kurze Zeit einschlief, träumte sie von Caillean. Die Priesterin wurde von Räubern überfallen; sie hob beschwörend die Hände zum Himmel. Ein Blitz zuckte grell und blendete Eilan; verwirrt schloß sie die Augen, und als sie wieder etwas sah, lagen die Angreifer leblos am Boden. Aber auch Caillean rührte sich nicht mehr. Eilan wußte nicht, ob sie noch lebte.

Schließlich erwachte sie zitternd. Über ihre Wangen liefen Tränen ... Tränen der Trauer und Tränen der Verzweiflung. War das eine Vision gewesen oder nur ein Alptraum mehr, der sie folterte?

Caillean sollte auf der heiligen Insel im Sommerland sicher sein. Sie errichtete mit den Novizinnen das neue Heiligtum der Göttin. Auf ihr ruhte die Hoffnung einer Zukunft, die es für Vernemeton kaum noch geben konnte. Aber wenn Caillean die Insel verlassen hatte und ihr etwas zugestoßen war, welche Hoffnung gab es dann überhaupt noch?

Gegen Morgen schleppte sich Eilan in das Haus, in dem Gawen schlief. Huw hatte im Freien vor dem kleinen Haus nahe der heiligen Quelle Wache gehalten, wohin Eilan sich vor den Ritualen zurückzog, und folgte seiner Herrin stumm. Zum ersten Mal, seit sie die Hohepriesterin von Vernemeton war, konnte sie seine Anwesenheit kaum ertragen. Der riesige Huw schien ihr selbst aus dem Abstand, den er wahrte, die Luft zum Atmen zu nehmen.

Plötzlich erinnerte sie sich an die Schauergeschichten, die man sich flüsternd im Haus der Frauen erzählte und die sie bisher nie verstanden hatte. Vor langer Zeit war eine Priesterin von ihrem Leibwächter belästigt worden. Sie hatte ihn den Druiden übergeben, die den Mann später zum Tod verurteilten.

Zum ersten Mal konnte sich Eilan vorstellen, wie sich eine Hohepriesterin in ihrer Verzweiflung und dem Wunsch nach etwas menschlicher Wärme an den einzigen Menschen gewandt hatte, der für sie erreichbar gewesen war. Und wie leicht konnte er sie mißverstanden haben.

Als Eilan ihr Ziel erreicht hatte, drehte sie sich schaudernd um und befahl Huw mit einer stummen Geste, an der Tür zu warten.

Wenn doch nur Caillean da wäre . . . oder Lhiannon . . . oder meine Mutter . . . irgend jemand, dem ich vertrauen könnte. Warum bin ich nur so schrecklich allein?

Aber es gab niemanden. Selbst die kleine Senara hatte in Eilans Augen die Reinheit und Unschuld verloren. Und Bendeigid? . . . Er gehörte inzwischen zu ihren größten Feinden. Bendeigid war von der Priesterschaft zum höchsten Druiden gewählt worden.

Eilan hob vorsichtig die Lampe hoch und betrachtete den ruhig schlafenden Gawen. Ihr Herz klopfte so laut, daß sie fürchtete, ihn aufzuwecken. Aber er schlief ruhig weiter. War dieser große Junge wirklich ihr Sohn? Als Säugling war er so winzig gewesen, daß sein Vater ihn mit beiden Händen halten konnte. Aber Gawen war gewachsen. Er war das Zeugnis der Liebesnacht, in der Gaius ihr die letzten Zweifel an der Richtigkeit ihrer Liebe genommen hatte. Inzwischen wußte sie jedoch, es war eine Nacht des Unheils gewesen. Damals war sie so glücklich wie nie zuvor in ihrem Leben gewesen, denn sie hatte daran geglaubt, daß ihre Liebe etwas Heiliges sei.

Aber Gawen war gesund und kräftig. Wie konnte ein so unschuldiger Mensch aus einer so unheilvollen Verbindung hervorgehen?
Sie musterte die kindlichen Züge, sah den schlaksigen Körper, für den die Hände und Füße eine Spur zu groß waren. Man konnte bereits erkennen, wie er als Mann einmal aussehen würde. Sie fand nicht, daß er seinem Vater glich. Früher war sie deshalb enttäuscht gewesen; aber jetzt war sie erleichtert, denn er erinnerte sie wenigstens nicht ständig an Gaius.
Und doch war Gaius sein Vater! Seinetwegen hatte sie keine Einwände dagegen erhoben, daß er diese vornehme Römerin geheiratet hatte. Und nun wollte sich Gaius von Julia scheiden lassen und Senara heiraten – ausgerechnet Senara, die für Eilan fast wie eine kleine Schwester geworden war. Natürlich, Senara war jünger und in den Augen von Gaius vermutlich schöner als sie ...
An Eilans Gürtel hing der kleine gebogene Dolch, den sie bei ihrer Einweihung bekommen hatte. Bei den Ritualen hatte sie ihn oft benutzt, um die Haut für den rituellen Blutstropfen zu ritzen, der in die heilige Schale fallen mußte... An ihrem Handgelenk schlug der Puls so heftig, daß sie das pochende Blut fast zu hören glaubte. Ein fester, tiefer Schnitt, und alle Schwierigkeiten, Ängste und Sorgen wären vorüber – zumindest in diesem Leben.
Warum sollte sie das Schicksal auf sich nehmen, das die Göttin ihr prophezeit hatte? Während Eilan am Bett ihres Sohnes stand, schien ihr das in der Tat eine Antwort auf alles zu sein ...
Aber was würde aus Gawen werden? Ihr offenkundiger Frevel, das Eingeständnis ihrer Sünde würden ihn das Leben kosten. Die Druiden – und allen voran Bendeigid – würden nicht zögern, das Todesurteil über ihn zu fällen.
Eilan schob den Dolch wieder in die Scheide zurück und drehte sich um. Im zuckenden Licht der Öllampe mußte in ihrem Gesicht etwas von dem zu sehen sein, was in ihr vorgegangen war, denn Huw eilte sofort herbei.
»Herrin?«

»Wir gehen in mein Haus zurück. Hol mir Senara!«

Es dauerte nicht lange, und er erschien mit Senara, die offenbar ebenfalls nicht hatte schlafen können. Ihr Gewand war zerknittert, das Gesicht mit Tränen verschmiert und die Augen rot gerändert. Als sie Eilan sah, rief Senara: »Herrin ... bitte ... verzeih mir ...«

Sie schluchzte so heftig, daß sie kein Wort mehr hervorbrachte.

»Sei ruhig«, sagte Eilan, »dazu habe ich jetzt keine Kraft mehr. Ich habe das Zeichen erhalten, daß ich bald sterben werde. Es ist ein Geschenk der Göttin, daß die Hohepriesterin weiß, wann ihre Zeit gekommen ist ...«

Sie machte eine Pause, und Senara sank schluchzend auf die Bank. »Das kann nicht sein«, flüsterte sie verzweifelt. »In der Heiligen Schrift steht, daß kein Mensch weiß, was ihm ein Tag bringen mag ...«

»Schweig!« sagte Eilan erschöpft. »Wie kannst du es wagen, so zu mir zu sprechen? Ich muß dir etwas Wichtiges sagen, und ich weiß nicht, ob ich später noch Gelegenheit dazu habe. Wenn ich mich irre, ist es nicht wichtig, aber wenn ich recht habe, dann wirst du mich verstehen. Hör zu, ich ... ich möchte dich um etwas bitten ...«

»Du willst mich um etwas bitten?« fragte Senara eingeschüchtert. »Ich werde alles tun ...«, flüsterte sie.

Eilan sammelte Kraft. Sie besann sich auf die Ruhe ihres innersten Wesens, mit dem sie sich als Priesterin verbinden konnte.

»Du hast gehört, daß Gaius und ich einen Sohn haben. Es ist Gawen.«

Als Senara etwas erwidern wollte, hob Eilan die Hand und bedeutete ihr zu schweigen.

»Ich möchte, daß du Gaius heiratest und seinen Sohn mit dir nimmst.«

Ihre Stimme klang so klar und fest, daß es an ihrem Entschluß nichts zu zweifeln gab.

»Senara, versprich mir, daß du gut zu ihm sein wirst ...«

»Nein!« rief Senara. »Ich würde Gaius Severus nicht mehr heiraten, und wenn er der einzige Mann auf der Welt wäre ...«

»Du wolltest alles tun, worum ich dich bitte«, erwiderte Eilan ruhig. »Hältst du so dein Wort?«

Senara rannen die Tränen über die Wangen, als sie flüsterte: »Ich möchte nur das tun, was für dich richtig ist. Wenn du glaubst ...«, sie rang um jedes Wort, »... daß Gott dich zu sich nehmen will, dann ist das SEINE Sache. Aber du darfst dir nicht das Leben nehmen, Eilan!«

Eilan richtete sich auf und erwiderte mit ihrer ganzen Würde und Autorität: »Es kommt nicht darauf an, was ich tue oder nicht. Aber wenn du mir nicht helfen willst, Senara, dann kannst du gehen.«

Senara fing an zu zittern, und Eilan mußte widerwillig ihre Entschlossenheit bewundern, als Senara schluchzend erwiderte: »Ich werde nicht gehen. Ich werde dich jetzt nicht alleinlassen.«

»Dann bitte ich dich im Namen deiner Liebe für Gaius, nimm Gawen zu dir und sorge für seinen Sohn ...«

»Du mußt leben, weil du dich um deinen Sohn kümmern mußt!« rief Senara. »Du hast ein Kind, wie immer das auch gekommen sein mag. Du darfst nicht nur an dich denken. Gawen ist jung und gesund. Du mußt für ihn dasein, bis er erwachsen ist. Und Gaius ...«

»Ich bitte dich, sprich nicht von ihm ...«

Aber Senara ließ sich nicht beirren. »Eilan, Gaius liebt dich und seinen Sohn. Das weiß ich. Er hat dich nicht vergessen ...«

»Da irrst du dich!«

»Nein, ich bin mir sicher. Ich weiß, wie er leidet. Ich habe seinen Kummer nicht verstanden, aber jetzt weiß ich, warum er zu Vater Petros gekommen ist. Er war so verzweifelt. Er liebt die Römerin nicht, die er auf Geheiß seines Vaters heiraten mußte ...«

»Hör zu«, unterbrach sie Eilan. »Ich weiß, daß ich das Zeichen der Göttin richtig verstanden habe. Aber selbst wenn ich nach Samhain noch lebe, kannst du mit Gaius darüber sprechen. Jetzt müssen wir vor allem Gawen in Sicherheit bringen. Heute nacht wird die Stunde der Wahrheit kommen, und die Göttin wird über unser Schicksal entscheiden. Beim Ritual kann alles geschehen. Ich gehe jetzt wieder zur heiligen Quelle, aber du verläßt Vernemeton und versteckst dich mit Gawen bei Vater Petros in der Hütte. Du darfst erst zurückkommen, wenn das Fest vorüber ist. Im Wald seid ihr in Sicherheit, denn dort wird euch niemand suchen!«

30. KAPITEL

Als Caillean wieder zu sich kam, stellte sie fest, daß sie eine Zeitlang das Bewußtsein verloren hatte. Es wurde bereits dunkel, und ihr Gewand war völlig durchnäßt. Ein Ochsenkarren, der quietschend und knarrend über die schlammige Straße holperte, näherte sich ihr. Auf dem Wagen saßen vier oder fünf Männer. Sie hielten Knüppel in der Hand. Ein paar kräftige Männer gingen dem Wagen mit Fackeln voraus. Waren die Wegelagerer vor ihnen geflohen? Caillean schien abgesehen von einer dicken Beule auf dem Kopf nicht weiter verletzt zu sein.

Mühsam stand sie auf, obwohl ihr der Kopf so heftig schmerzte, daß alles vor ihren Augen verschwamm. Als sie wieder klar sehen konnte, entdeckte sie die toten Männer. Sie waren vom Blitz erschlagen worden. Von den Sklaven, die ihre Sänfte getragen hatten, fehlte jede Spur. Vermutlich hatten sie geglaubt, Caillean sei ebenfalls tot, und waren davongelaufen.

Der Ochsenkarren blieb stehen. Ein Mann kam furchtsam mit einer Fackel auf sie zu und fragte ängstlich: »Bist du ein Geist? Verschone uns und sei uns gnädig ...«

»Ich kann dir versichern, ich bin ein Mensch«, erwiderte Caillean. »Ich bin eine Priesterin aus dem Sommerland. Wegelagerer haben mich überfallen.«

Jetzt sah sie auch die umgestürzte Sänfte.

»Man wollte mich ausrauben ...«

Ihr Blick fiel wieder auf die verkohlten Leichen, und sie begriff, daß die Göttin die Räuber bestraft hatte.

»Wohin willst du, Herrin?« fragte der Bauer auf seinem Wagen.

Caillean drehte dem schrecklichen Anblick den Rücken zu, obwohl sie wußte, daß sie dieses Bild nie mehr vergessen würde. »Nach Vernemeton in der Nähe von Deva. Bis vor kurzem habe ich dort gelebt.«

»Ach so, du bist nicht von hier«, sagte der Bauer, »das erklärt alles. Ich habe gehört, daß die Legion noch in Deva ist und die Straßen dort überwacht werden. Seit der Ermordung des Kaisers wagt sich hier in der Gegend niemand mehr ohne ausreichenden Schutz aus dem Haus. Hoffentlich haben wir bald wieder einen neuen Kaiser und Legionäre, die uns schützen können.«

Caillean glaubte, ihren Ohren nicht zu trauen. Domitian war gestürzt? Also erfüllte sich die Prophezeiung der Göttin. Der Machtkampf in Rom würde das Reich in seinen Grundfesten erbeben lassen, und in dieser Krise fiel die Entscheidung über das Schicksal von Albion.

An Samhain öffnen sich die Tore zu den anderen Welten. Die Toten fordern von den Lebenden ihren Tribut . . .

Caillean dachte an die verkohlten Leichen und ihr schauderte, denn plötzlich wurde ihr das ganze Ausmaß der Gefahr, in der Eilan und Vernemeton schwebten, bewußt. Die Priesterschaft mit dem neuen höchsten Druiden würde versuchen, die Hohepriesterin zu beeinflussen. Die Stunde der Wahrheit kündigte sich an. Würde Eilan ihren Grundsätzen treu bleiben? Würden die Druiden sie erpressen?

Der Bauer sprach britonisch wie ein Einheimischer. Waren selbst die Britonen auf dem Land schon soweit, daß sie sich einen neuen Kaiser wünschten? Dann würde auch der Bürgerkrieg in Albion unvermeidbar sein, denn für Männer wie Bendeigid war dieser Bauer ein Verräter.

»Deine Sänftenträger sind davongelaufen, Herrin«, sagte der Mann, der neben dem Bauern saß. »Wenn es Sklaven waren, wundert mich das nicht.«

Die Männer entdeckten erst jetzt die vom Blitz getroffenen Leichen der Wegelagerer. Sie wurden blaß und verneigten sich ehrfurchtsvoll vor der Priesterin.

»Herrin . . . ich sehe, daß die Götter dich beschützen. Wir wollen zwar in eine andere Richtung, aber wir werden dich bis zum nächsten Dorf mitnehmen. Dort kannst du Sänftenträger und eine Eskorte bekommen.«
Er reichte ihr die Hand und gab ihr eine trockene Decke, in die sie sich einhüllte. Langsam setzte sich der Wagen wieder in Bewegung; Caillean mußte einsehen, daß diese ehrlichen Leute ihr nicht besser helfen konnten. Aber keine Macht der Erde würde sie rechtzeitig zu Samhain nach Vernemeton bringen.

Gaius stellte nicht sonderlich überrascht fest, daß der breite Weg nach Vernemeton mit Menschen bevölkert war, die zum Fest kamen. Die Blicke, die man ihm zuwarf, wenn er vorbeiritt, waren jedoch nicht gerade freundlich, und nach einer Weile hielt er es für klüger, die Straße zu verlassen und durch den Wald zu reiten. Er kannte den Weg über die Hügel, der ihn an der Hütte des Einsiedlers vorbei zu den Priesterinnen führen würde.
Es blies ein kalter Wind. Die kahlen Zweige über seinem Kopf knackten und klapperten wie Knochen. Samhain war das Fest der Toten. Bei den Römern galt dieser Tag als unheilvoll, und Gaius war sicher, daß ihm nichts Gutes bevorstand. Trotzdem dachte er nicht daran, umzukehren. Ihn hatte inzwischen ein Fatalismus erfaßt, wie er ihn aus der Zeit bei den Legionen kannte – die bittere Entschlossenheit, mit der Männer manchmal in die Schlacht gehen, in der das Überleben weniger wichtig ist als die Ehre.
Gaius zweifelte nach den Ereignissen der letzten Tage an seiner Ehre. Aber er würde sie zurückgewinnen, koste es, was es wolle. Es lag in seinen Händen, ohne großes Aufsehen ein Unheil zu verhindern, das blitzschnell von einem Funken zu einem erschreckenden Brand werden konnte. Wie ihm das gelingen sollte, wußte er nicht. Er wußte nur, daß wenn überhaupt jemand, dann er dazu in der Lage war.
Er sah Rauch über der Hütte von Vater Petros und überlegte kurz, ob er mit dem Einsiedler sprechen sollte. Aber die Hütte erinnerte

ihn an Senara, an Eilan und an Gawen. Diesen Erinnerungen konnte er sich jetzt nicht stellen. Außerdem fehlte ihm die Geduld, sich die religiösen Plattheiten des Einsiedlers anzuhören.
Die Legionäre hielten sich vermutlich bis zum Einbruch der Dunkelheit versteckt. Im Wald sah er jedoch niemanden, und schließlich tauchten die Palisaden von Vernemeton vor ihm auf.
Es dämmerte bereits. Wo war das Versteck der Männer? Er mußte sie um jeden Preis finden, bevor sie versuchten, ihren Plan in die Tat umzusetzen. Er saß ab, band den Hengst locker an einen Ast, damit das Pferd sich losreißen konnte, falls er nicht zurückkommen sollte. Dann umrundete er langsam im Schutz der Bäume das Gelände.
Es war schon fast dunkel, als er hinter den Büschen nicht weit vor sich Stimmen hörte, die ihm der Wind zutrug. Vorsichtig wie eine Katze schlich er näher, und dann sah er sie.
Die Soldaten hatten unter Haselnußsträuchern einen Windschutz aus trockenen Zweigen gebaut und würfelten, um sich die Zeit zu vertreiben. Sie stritten sich gerade darüber, ob sie es wagen konnten, ein Feuer zu machen.
»Flavius Marco!« rief Gaius in barschem Befehlston. Der Mann sprang, ohne nachzudenken, auf und salutierte. Dann blickte er sich verwirrt um.
»Wer ist da?« Der zweite Soldat zog sein Schwert. Gaius trat bewußt auf einen trockenen Zweig, der knackend unter seinen Füßen zerbrach, und kam schnell unter dem Baum hervor.
» . . . Gaius Macellius«, sagte Marco. »Herr, wie kommst du hierher?«
»Es ist wohl an mir, euch diese Frage zu stellen«, erwiderte Gaius streng. »Man weiß in Deva, daß ihr davongelaufen seid. Was glaubt ihr wohl, wird geschehen, wenn man erfährt, mit welcher Absicht ihr euch hier im Wald versteckt?«
Marco wurde blaß und sagte kleinlaut: »Aber du wirst uns nicht verraten . . .?«
Gaius wartete lange genug, um den Männern gehörig Angst ein-

zujagen, dann sagte er: »Ich bin nicht mehr euer Offizier. Wenn ihr auf der Stelle nach Deva zurückkehrt, wird euch vermutlich nicht viel passieren. Im Augenblick ist der Legat durchaus bereit, ein Auge zuzudrücken.«

»Aber wir können nicht hier weg«, sagte der andere Soldat. »Longus ist noch da drinnen . . .« Er deutete auf die Palisaden.

Gaius erschrak, aber er ließ sich nichts anmerken und antwortete ruhig: »Ihr könnt ihm nicht helfen, indem ihr hier wartet. Geht jetzt! Das ist ein Befehl. Ich werde versuchen, eurem Freund zu helfen, so gut ich kann.«

Gaius atmete erleichtert auf, als die beiden ohne Widerspruch davonliefen und im Wald verschwanden. Jetzt blieb nur noch Longus. Selbst ein Legionär war zuviel, wenn man ihn entdeckte. Gaius biß sich auf die Lippen. Was sollte er tun?

Viel Zeit blieb ihm nicht. Inzwischen war es Nacht. Wenn er Senara, den Jungen oder auch Eilan retten wollte, dann mußte er in das Heiligtum eindringen.

So leise wie möglich schlich er zur Palisadenwand. Er wußte, daß es irgendwo in der Nähe einen Ausgang zum Wald gab.

Es dauerte nicht lange, und er erreichte das kleine Tor in den Palisaden. Er schob den Riegel zurück und befand sich auf dem Platz, wo sein Sohn Ball gespielt hatte. Senara hatte ihm einiges über Vernemeton erzählt, und er erinnerte sich an den Weg hinter der Hecke. Er vermutete, daß das große Gebäude auf der anderen Seite des Platzes das Haus der Novizinnen war. Hinter der Küche sah er eine dunkle Stelle. Dort würde er nicht gesehen werden und konnte unauffällig warten. Vorsichtig lief er dorthin.

Ein anderer hatte den gleichen Gedanken gehabt. Gaius stieß mit einen Mann zusammen, der erschrocken aufschrie, ehe Gaius ihm die Hand auf den Mund pressen konnte.

»Longus?« flüsterte er. Der Mann nickte. »Die Wette kannst du vergessen. Deine Kameraden sind schon auf dem Rückweg. Wenn du keinen Ärger willst, dann folgst du ihnen, und zwar schnell!«

Longus murmelte leise etwas Unverständliches, das wie ein Fluch klang, aber er nickte. Gaius ließ ihn los.
Als der Mann über den Platz rannte, ging plötzlich eine Tür auf. Das Licht einer Lampe fiel auf den Platz, und Longus erstarrte wie ein geblendetes Kaninchen.
»Lauf, du Dummkopf!« rief Gaius aus dem Dunkel.
Longus rannte schnell zum Tor und verschwand im Wald.
Plötzlich tauchten von allen Seiten Männer in weißen Gewändern auf.
Druiden! Wie kommen die hierher?
Im nächsten Augenblick würden sie ihn in seinem Versteck entdecken, denn einige Druiden trugen Fackeln. Gaius schlich so schnell er konnte an der Hauswand entlang. Plötzlich hörte er hinter sich einen Fluch. Er sprang zur Seite und zog instinktiv das Schwert.
Der Mann schrie auf, als Gaius zustieß. Die anderen hörten es und rannten herbei. Gaius wehrte sich eine Weile, so gut er konnte. Aber er war der Überzahl nicht gewachsen und mußte sich schließlich ergeben.

»Meine Tochter, bist du bereit?«
Bendeigid trat in ihr Zimmer. Er trug den rituellen Umhang aus Stierfell, das lange weiße Gewand und die goldenen Insignien des höchsten Druiden.
Er sah eindrucksvoll aus, aber Eilan sank bei seinem Anblick das Herz.
Eilan richtete sich auf und begrüßte ihn förmlich. Dann sagte sie: »Ich bin bereit!«
Wie vor jedem Ritual hatten die diensthabenden Priesterinnen sie vorbereitet.
Zum letzten Mal . . .
Daran zweifelte sie nicht, als man ihr den geweihten Kranz aus Eisenkraut um den Kopf legte. Zumindest würde sie gereinigt und geweiht vor die Göttin treten.

Bendeigid stützte sich auf seinen Stab und betrachtete sie. Dann bedeutete er den Priesterinnen, sie alleinzulassen.

»Hör zu, mein Kind. Es besteht kein Grund mehr, sich gegenseitig etwas vorzumachen. Man hat mir berichtet, daß Ardanos vor den Ritualen zu dir gekommen ist. Ich weiß auch von seinen Zaubertricks, mit denen er deinen Willen außer Kraft gesetzt hat. Es tut mir leid, daß ich dir einmal vorgeworfen habe, du seist eine Verräterin.«

Eilan erwiderte seinen Blick nicht, denn sie fürchtete, er werde ihren Zorn in den Augen sehen. Seit dreizehn Jahren war sie die Hohepriesterin von Vernemeton. Sie war die Herrin des Heiligtums und die am meisten geachtete Frau im ganzen Land. Warum redete er mit ihr, als sei sie noch ein Kind?

Aber Eilan ließ sich nicht von seinen väterlichen Worten täuschen. Eine gefährliche Spannung lag in der Luft. Und schließlich hatte ihr Vater einmal gedroht, sie lieber zu ertränken als einem Römer zur Frau zu geben. Bendeigid war zu allem fähig, und jetzt lag die Macht der Druiden in seinen Händen ...

Doch sie durfte sich nicht wegen einer persönlichen Kränkung seine Feindschaft zuziehen. Sie tröstete sich mit dem Gedanken, daß Senara am Nachmittag mit Gawen Vernemeton verlassen hatte und vermutlich in der Hütte im Wald war.

Ohne auf seinen Ton einzugehen, fragte sie ruhig: »Was möchtest du von mir?«

»Die Römer kämpfen gegeneinander ...«

Er verzog die Lippen und sah plötzlich wie ein Wolf aus, der die Zähne bleckt.

»Es gibt keinen besseren Augenblick, um den Aufstand zu beginnen. Es ist die Zeit der Toten. Die Tore zwischen den Welten haben sich geöffnet. Also laß uns heute Cathubodva anrufen. Sie soll die Geister der Toten gegen unsere Feinde hetzen. Die Stämme sollen sich gegen Rom erheben. Meine Tochter, du kannst ihnen den Krieg befehlen!«

Eilan unterdrückte ein Zittern. Sie hatte Ardanos gehaßt, aber sie

wußte, daß ihr Großvater ein schlauer und gerissener Mann gewesen war. Trotz seiner Blindheit hatte er sich nie soweit verrannt, daß man ihn nicht umstimmen konnte, wenn sich ihm dadurch ein anderer Weg öffnete, sein Ziel zu erreichen.
Eilans Vater war in seiner Direktheit bewundernswerter, aber auch sehr viel gefährlicher. Bendeigid würde alles für seine Ideale aufs Spiel setzen. Menschenleben zählten für ihn nicht.
Sie wußte, in diesem Augenblick durfte sie ihm nicht widersprechen, sonst war alles vorbei. Plötzlich spürte sie wieder das Stechen im Kopf. Einen Augenblick lang wurde alles um sie herum dunkel, und sie hörte die vertraute Stimme.
Was du auch tust, es wird nicht für lange sein.
Eilan hörte die tröstlichen Worte und wußte, was sie Bendeigid zu sagen hatte.
»Vater«, begann sie leise, »Ardanos hat meine Antworten nach eigenem Ermessen gedeutet. Ich nehme an, das wirst auch du tun. Aber du weißt nichts über die heilige Trance und über das Kommen und Gehen der Göttin.«
Draußen entstand plötzlich Lärm, und Eilan stellte fest, daß Bendeigid ihr nicht mehr zuhörte. Jemand rief nach ihr. Im nächsten Augenblick wurde der Vorhang zur Seite gerissen, und sie sah, daß sich im Gang viele Menschen drängten. Es waren Druiden in blutverschmierten Gewändern, die einen Mann mit sich schleppten.
»Was soll das bedeuten?«
Eilan legte ihre ganze Autorität in diese Frage, und es wurde augenblicklich still.
»Ein Eindringling, Herrin«, sagte jemand. »Wir haben ihn vor dem Haus der Frauen entdeckt. Er war nicht allein, aber der andere ist geflohen . . .«
»Er muß es auf eine der Priesterinnen abgesehen haben!«
Das Stimmengewirr setzte wieder ein.
Der höchste Druide verschaffte sich Ruhe, indem er seinen Stab auf den Boden stieß.

»Wer bist du, und was hast du hier zu tun?«
Eilan schloß die Augen, denn auch blutüberströmt hatte sie die dunklen Locken und das Gesicht erkannt.
Wollte er Senara entführen oder seinen Sohn?
»Höchster Druide, erkennst du ihn nicht?«
Dieda drängte sich vor, und Eilan zuckte unter Diedas boshaftem Lachen zusammen.
»Nun ja, vielleicht sieht er nicht mehr so gut aus. Deine Priester haben ihn beinahe wie ein Schwein abgestochen. Aber das ist Gaius Macellius. Wenn du mir nicht glaubst, dann überzeuge dich selbst. Du wirst dich bestimmt an die Narbe an seiner Schulter erinnern!«
Bendeigid hätte dein Vater sein sollen und ich die Tochter von Ardanos!
Eilan blickte fassungslos Dieda an, die auf den Gefangenen zutrat und seinen Kopf hochzog. Er schlug mühsam die Augen auf und sah sie kurz an. Dieda deutete auf Bendeigid.
»Du!« Bendeigid war verblüfft. »Hast du meiner Sippe nicht schon genug geschadet? Was hattest du heute im Sinn?«
Plötzlich veränderte sich sein Gesichtsausdruck. Er zog finster die Brauen zusammen und sagte drohend: »Das hat nun alles ein Ende.« Den Priestern befahl er: »Säubert seine Wunden. Wascht ihn, aber laßt ihn auf keinen Fall frei. Wenn das geschehen ist, zieht ihm ein weißes Gewand an.«
Eilan hielt bei seinen Worten den Atem an. Sie sah vor ihrem inneren Auge den Sommerkönig, der an Beltane mit einer weißen Tunika und einer Girlande auf dem Kopf auf sie zukam – und dieser Mann war Gaius.
Eilan wußte sofort, was ihr Vater plante. Sie konnte ihn sogar verstehen. In alter Zeit suchte man die Gunst der Göttin Cathubodva zu erlangen, indem man ihr den vornehmsten Gefangenen opferte. Wenn Bendeigid als höchster Druide dieses Ritual jetzt wiederholte, dann lud er den Zorn der Römer auf die Stämme, und die Britonen würden zu den Waffen greifen müssen.

»Ist das mit deinem Wissen geschehen?« fragte Bendeigid, als man den Gefangenen weggebracht hatte. »Hast du dich etwa die ganze Zeit über mit diesem Verräter getroffen?«
»Nein, das habe ich nicht«, erwiderte sie leise. »Ich schwöre bei der Göttin, daß ich das nicht getan habe.«
»Nun ja«, murmelte der höchste Druide und kniff die Augen zusammen. »Es kommt wohl nicht darauf an, ob ich dir glaube oder nicht!«
Er drehte sich um und sagte zu allen, die wartend vor der Tür standen: »Die Wahrheit wird sich heute nacht zeigen. Am Samhain-Feuer wird Cathubodva richten.«

»Seht, die Hohepriesterin naht.
Mit dem geweihten Kranz im Haar . . .«

Als sie zum Festplatz hinaufzogen, sangen die Priester das alte Lied, aber in dieser Nacht hatte ihr Lied neue Verse.

»Krieg ist die Losung der Nacht!
Für jeden Baum soll ein Krieger stehen.
So werden die Wälder von Albion uns den Sieg bringen!
Wie reißende Wölfe fallen wir über unsere Feinde her!
Die Herden der schwachen Römer sind DEINE Opfer,
Cathubodva!
Wie Schafe treiben wir sie in den Tod!«

Gaius stöhnte, aber die Speerspitze trieb ihn vorwärts. Wenn nur Dieda ihn nicht verraten hätte! Macellius würde trauern, wenn er vom Tod seines Sohnes erfuhr, aber noch mehr würde er unter der Schande leiden, wenn bekannt wurde, wie Gaius gestorben war . . .
Wie konnte er nur so versagt haben? Nun war er zum Anlaß des Krieges geworden, den er hatte verhindern wollen. Es war ihm nicht einmal gelungen, die zu retten, die er liebte. Seine einzige Hoffnung war, daß er bis jetzt weder etwas von Senara noch dem Jungen gehört oder gesehen hatte.
Der Weg zum Festplatz von Vernemeton schien noch nie so lang

und steil gewesen zu sein. Wäre ich doch wie das letzte Mal mit meinen Reitern und dem Schwert in der Hand hierher gekommen, dachte er grimmig. Das weiße Gewand rieb an seinen Wunden, und die geweihte Girlande auf dem Kopf drückte auf seine Stirn. Sie hatten ihn gebadet und ihm einen Trank gegeben, damit er wieder klar im Kopf geworden war. Aber Gaius machte sich keine Illusionen darüber, was ihm bevorstand. Auf dem Festplatz sah er das große Feuer brennen. Caesar hatte also doch keine Märchen über die Druiden erzählt, dachte Gaius.

Sie erreichten schließlich den Platz, und die Priester bildeten einen Kreis um ihn. Dahinter sah Gaius im Schein der Fackeln und des lodernden Feuers ein Meer von Gesichtern. Die Menschen lauschten ernst oder erwartungsvoll dem Lied der Druiden.

Freute sich Eilan oder war sie traurig über sein Schicksal? Gaius hätte viel darum gegeben, ihr Gesicht hinter dem Schleier sehen zu können.

Plötzlich wurde ihm bewußt, daß er mit Eilan kaum je allein gewesen war – zum ersten Mal, als er krank im Haus von Bendeigid lag und sie ihn gesund pflegte, dann an Beltane, als er ihr seine Liebe gestand, und schließlich an jenem Beltane ihrer Liebesnacht. Danach hatte er sie mit seinem Sohn in der Hütte gesehen und noch einmal in Vernemeton nach dem Tod von Ardanos, als er sie darum gebeten hatte, mit ihm und dem Jungen zu fliehen. Bei allen anderen Gelegenheiten waren sie nie allein gewesen...

Als er auf die feindseligen Gesichter blickte, die ihn anstarrten, dachte er, jetzt schließt sich der Kreis. Aber er verstand nicht richtig, was das eigentlich zu bedeuten hatte.

Eilan ging hinter ihrem Vater und Dieda. Zwei Priesterinnen folgten ihr. War auch sie eine Gefangene?

Sie hatte sich von ihm abgewandt. Sie hatte ihn zurückgewiesen, und sie hatte ihn weggeschickt. Jetzt mußte sie eigentlich zufrieden darüber sein, daß er sterben würde.

»Tötet sie alle! Rächt unsere Schande!
Brüder, greift zu den Waffen!
Kein Römer soll verschont werden.
Mäht sie nieder wie mit der Sense das Korn!
Der Tod sei euer Diener und Cathubodva eure
Herrin!«

Der Gesang endete, und die Trommeln verstummten. Aber ein erregtes Murmeln ging durch die Menge, und Gaius wußte, der eigentliche Sturm würde erst noch kommen.

Der höchste Druide drehte sich um und stieß dreimal seinen Stab auf die Erde.

»Kinder des Don! Es ist die Nacht von Samhain! Es ist die Zeit der Veränderung. Das neue Jahr beginnt und für dieses Land ein neues Zeitalter! Mit dem Wechsel vom Alten zum Neuen wollen wir die Römer vertreiben, die Albion zugrundegerichtet haben! Wir wollen die Kriegsgötter mit einem Opfer ehren. Aber wir müssen auch unsere Reihen von allen Verrätern befreien.«

Die Menge jubelte und brüllte.

»Krieg und Sieg!«

Bendeigid hob den Stab und stieß ihn noch einmal auf den Boden.

Dann trat er vor Gaius und sagte: »Hör zu, Römer. Wir können dich schnell oder langsam sterben lassen. Sag uns, weshalb bist du nach Vernemeton gekommen?«

»Töte mich, wenn du willst, aber stell mir keine dummen Fragen!« stieß Gaius heiser hervor. »Ich wiederhole noch einmal: Mein Kommen sollte niemandem Schaden bringen!«

»Du bist auf dem geweihten Gelände der Priesterinnen gefangengenommen worden, das kein Mann, mit Ausnahme der Druiden, betreten darf. Ich frage dich: Hast du eine unserer Frauen verführt? Oder welche der Frauen wolltest du entführen?«

Gaius preßte die Lippen zusammen und schüttelte den Kopf. Er rang nach Luft, als die Speerspitze in seine Seite gestoßen wurde, und spürte das warme Blut, das aus der Wunde tropfte.

»War es Annis, Gwenara, Bethoc . . .«
Die Litanei war lang, und bei jedem Namen stieß man ihm den Speer in die Seite. Er versuchte in seiner Verzweiflung, sich selbst aufzuspießen, um dem grausamen Spiel ein schnelles Ende zu machen, aber seine Peiniger waren auf der Hut und hielten ihn fest. Die Folter und der Blutverlust raubten ihm schnell die letzten Kräfte. Vor seinen Augen begann alles zu verschwimmen.
Bald werde ich das Bewußtsein verlieren, dann können sie mit mir tun, was sie wollen . . .
»Senara . . .«
Beim Klang dieses Namens zuckte Gaius unwillkürlich zusammen. Er hoffte inständig, daß niemand etwas bemerkt hatte. Aber Bendeigid verzog höhnisch das Gesicht und hob die Hand. In diesem Augenblick trat Eilan vor und zog den Schleier vom Gesicht.
»Halt!« rief sie. »Ich kann euch sagen, zu wem dieser Römer wollte.«
Der Lärm auf dem Platz verstummte. In der eingetretenen Stille sagte sie klar und deutlich : »Er wollte zu mir . . .«
Gaius starrte Eilan entsetzt an. Dann begriff er, daß sie versuchte, Senara zu schützen – und vielleicht das Kind. Er seufzte erleichtert, und dann . . .
Und dann sah er sie an. Sie kam noch näher. Eine überirdische Schönheit umgab sie, doch zu der Schönheit, an die er sich erinnerte, kam nun die Ausstrahlung der reifen Frau und der Hohenpriesterin der Göttin, die im Vollbesitz ihrer Macht und Kraft vor ihm und ihrem Volk stand.
In dem entsetzten Schweigen hörte man nur das Knistern und Knacken des Feuers. Bendeigids Gesicht verzerrte sich vor Wut, aber dann überwand er seine Gefühle und fragte Gaius: »Um deinetwillen und um ihretwillen frage ich dich bei deiner Ehre, ist das die Wahrheit?«
Die Wahrheit . . .
Dieses Wort schien keine Bedeutung für ihn zu haben. Sein gan-

zes Leben schon stand er zwischen Rom und Albion. Er wußte nicht einmal, wer er selbst war. Wie sollte er da wissen, wen er liebte? Er hatte Julia geheiratet und Senara aus Trotz und Verzweiflung heiraten wollen.
Gaius richtete sich langsam auf und blickte in die klaren Augen von Eilan. Sie schienen ihm dieselbe Frage zu stellen. Plötzlich wich alle Spannung von ihm. Er seufzte tief.
»Es ist die Wahrheit«, sagte er leise. »Ich habe immer nur Eilan geliebt . . .«

Eilan schloß kurz die Augen. Eine Welle der Freude erfaßte sie. Gaius hatte sie verstanden, aber er hatte mit seinen Worten nicht nur wie sie selbst Senara retten wollen. Eilan hatte in seinen Augen Ehrfurcht, Staunen und Liebe gesehen – wie damals in jener Nacht an Beltane vor so vielen Jahren.
»Hast du uns die ganze Zeit belogen und verraten?« Bendeigids Stimme klang wie ein Donnergrollen. »Hast du gelogen, und er ist bei dir gewesen? Hast du dich ihm hingegeben, als du bereits eine Priesterin warst? Hast du von ihm nicht nur die Liebe, sondern auch die römische Art zu lügen gelernt? Bist du durch seine Zärtlichkeiten zur Verräterin an deinem Volk worden? Hast du mit ihm im heiligen Hain geschlafen oder an der heiligen Quelle?«
Der Zorn ihres Vaters traf sie wie Schwerthiebe, aber Eilan war von einer anderen Macht geschützt, und er konnte ihr nichts anhaben. Jetzt am Ende war alles so einfach. Das Todesurteil war schon lange ergangen. Sie hatte alle Schrecken des Todes bereits hinter sich und auf diesem Platz, an dieser Stelle, das Sterben so oft ertragen. Jetzt, da es soweit war und das Urteil vollstreckt werden sollte, fürchtete sie sich nicht mehr.
»Ich habe mich nur einmal dem geweihten König hingegeben«, erwiderte sie ruhig, »und das war mein heiliges Recht, denn es geschah zu den Feuern von Beltane . . .«
»Das kann nicht sein!« rief Miellyn hinter ihr. »Dieda wurde aus Vernemeton weggeschickt . . . Dieda bekam das Kind!«

»Das war eine Lüge!« Dieda eilte an die Seite des höchsten Druiden. »Sie haben mich überredet, dieser Täuschung zuzustimmen. Ich habe ihren Platz eingenommen, während sie in einem Versteck ihr Kind bekam. Als sie zurückkehrte, hat man mich ins Exil geschickt, als hätte ich mich versündigt! Sie hat als Hohepriesterin über Vernemeton geherrscht, als sei sie so keusch wie der Mond. Aber das war alles eine Lüge!«

Eilan fühlte in sich die Kraft der Mutter und Göttin, die ihr Kind schützt, und rief mit weithin hallender Stimme: »Ich habe immer der Göttin gedient, nicht den Druiden, nicht den Römern, sondern nur dem Heiligtum und damit meinem Volk!«

Bendeigid ballte im Zorn die Fäuste.

»Warum soll ich dir glauben? Dein ganzes Leben war eine einzige Lüge!«

Er packte sie am Arm.

»Wenn du nicht falsch gespielt hättest, hätte ich dich aufgefordert, die Göttin zu rufen und unseren heiligen Krieg zu segnen. Aber jetzt sollst du IHR Opfer sein!«

Du kannst mir keine Angst machen. Mein Leben ist nichts als ein Opfer gewesen!

Als Bendeigid sie neben Gaius zerrte, wurde die Menge unruhig. Einige empfanden es als Sakrileg, daß er es wagte, Hand an die Hohepriesterin zu legen, andere forderten wie Bendeigid ihr Blut.

»Eilan, kannst du mir verzeihn?« fragte Gaius leise. »Ich bin deiner Liebe nie wert gewesen. Ich sollte dein geweihter König sein, aber ich war nur ein einfacher Mann . . .«

Sie sah ihn an, und trotz der Wunden und der Folter war sein Gesicht so ruhig und klar wie noch nie zuvor. Sie hätte ihn am liebsten in die Arme genommen und ihm mit ihren Küssen alle Schmerzen genommen. Aber er brauchte das nicht mehr. Er hatte zu sich selbst gefunden, zu seinem wahren Wesen.

»Ich sehe den Gott in dir«, antwortete Eilan glücklich. »Ich sehe deinen Geist, der unsterblich ist. Wir haben getan, was von uns verlangt worden ist. Auch wenn wir vielleicht nicht alles so gut bewältigt haben, wie es möglich gewesen wäre, so ist der Wille der Göttin doch erfüllt. Ich bin sicher, wir dürfen zusammen eine Zeit im Sommerland verbringen, ehe wir wieder auf die Erde müssen.«

»Du hast gesagt, er sei ein geweihter König«, rief Bendeigid heiser. »Gut, dann soll er als Sommerkönig sterben!«

Gaius schien nicht auf die Worte des höchsten Druiden zu hören. Er blickte nur voll Staunen in Eilans Augen und wandte auch den Blick nicht von ihr, als sie ihm die Schlinge über den Kopf warfen und zuzogen. Und bevor sie ihm das Schwert in den Leib stießen, wurden seine Augen leer und richteten sich auf etwas, das jenseits dieser Welt lag. Das Blut strömte noch im Rhythmus der letzten Herzschläge aus der Wunde, als sie ihn zum Feuer trugen und ihn den Flammen übergaben.

»Sag uns, Hohepriesterin, welches Zeichen siehst du in diesem Opfer?«

Der Ruf kam aus der Menge. Bendeigid zuckte zusammen, aber die Frage an das Orakel war ergangen. Eilan richtete den Blick auf ihren Vater. Er wich zurück, denn vor ihm stand die Göttin.

IHRE Stimme erhob sich über das prasselnde Feuer und klang klar und laut durch die Nacht.

»Königliches Blut wird auf MEINER Erde vergossen.
In diesem Mann mischt sich das Erbe von Rom und Albion.
Ihr habt es heute für immer an dieses Land gebunden.
ICH nehme das Opfer an.«

Eilan kam es vor, als hätte sie den Trank geleert. Ihr Kopf schien zu bersten, ihr Herz schlug wie rasend, und sie hörte ein lautes Dröhnen. Aber sie war glücklich, denn sie hatte gesehen, wie Gaius den Tod überwand. Sie erhob sich über die Menge und sah die Gestalt, die die Göttin jetzt benutzte, um vielleicht zum letzten Mal zu den Menschen zu sprechen. Auf der Ebene des Friedens, die Eilans Bewußtsein wieder erreicht hatte, hörte sie die Göttin.

»Ihr Menschen der Cornovier und aller anderen Stämme!
MEINE Priesterin wird nie mehr zu euch von diesem Hügel sprechen!
Noch einmal warne ICH euch, und bedenkt MEINE Worte wohl!
Ihr Krieger, legt eure Schwerter beiseite.
Kehrt in Frieden zu euren Häusern zurück!
Erst neun Generationen werden sterben müssen,
bis die römischen Adler das Land auf immer verlassen.
Dann können jene, die aus euren und ihrem Blut sind,
Albion siegreich gegen seine Feinde verteidigen!«

»Du lügst! Du lügst!« rief Bendeigid mit erstickter Stimme. »Du hast uns schon immer verraten! Du hast dein Gelübde gebrochen. Hört nicht auf sie . . .«

Seine Worte riefen Eilan in ihren Körper zurück. Aber die schrecklichen Schmerzen waren vergangen.

Sie schüttelte hoheitsvoll den Kopf. »Ich habe mein Gelübde nicht gebrochen, denn Gaius war der Sommerkönig. Du selbst hast ihn dazu gemacht. Meine Liebe war keine Sünde!«

Bendeigid schwankte einen Augenblick lang wie von einem Schlag getroffen und klammerte sich an seinen Stab. Er sah all seine Hoffnungen schwinden.

»Wenn das die Wahrheit ist«, rief er in dem Versuch, die Menge doch noch für seine Sache zu gewinnen, »dann soll uns die Göttin ein Zeichen senden, bevor wir dich den Flammen übergeben!«

Noch während er sprach, glaubte Eilan einen Donnerschlag zu hören, der aus anderen Welten kam. Die Wucht des Blitzstrahls überraschte sie, und sie sank auf die Knie. Ihr Vater wollte nach ihr greifen, aber sie fiel durch einen langen Schacht, und er konnte sie nicht festhalten. Ihr Herzschlag verklang wie ein ferner Trommelschlag, setzte plötzlich aus, und Eilan war frei!

Der Blitz der Göttin hat mich doch getroffen. Aber es geschah aus Gnade und nicht, um mich zu bestrafen!

Weit unten sah sie Menschen, die sich über ihren leblosen Körper beugten. Dieses Ende war ihr vom Schicksal bestimmt, seit sie sich Gaius in jener Nacht überlassen hatte. Aber sie hatte es so lange hinausgezögert, damit sie das Kind auf die Welt bringen konnte, das die Brücke zwischen den beiden Völkern sein würde.

In der Nähe des Feuers kam es zu einem Handgemenge. Zwei Priester schützten ihren Vater, der noch immer die Stämme zum Kampf aufrief. Aber die meisten Menschen kehrten ihm erschrokken den Rücken zu und liefen bereits den Hügel hinunter.

Sie sah, wie die Priester ihren Körper in die Flammen legten. Dann wandte sie sich von dem roten Licht ab und dem hellen Strahlen zu, das sich ihr öffnete. Es war weiß und klar und noch schöner als der Mond.

EPILOG

Caillean berichtet

Als ich am nächsten Abend in Vernemeton eintraf, waren die Samhain-Feuer niedergebrannt. Es dauerte eine Weile, bis mir jemand einen zusammenhängenden Bericht von den Ereignissen geben konnte. Miellyn war verschwunden; einige glaubten, sie sei ums Leben gekommen, als sie versuchte, Eilan zu schützen. Eilid war in den Tumulten nach Eilans Tod gestorben. Auch Dieda war tot. Sie lag im heiligen Hain; und wer sie dort liegen sah, wußte, sie hatte sich selbst das Leben genommen.

Mit Bendeigid konnte man nicht reden. Sein Geist schien verwirrt, und vielleicht würde er den Wahnsinn nie überwinden. Ein paar Druiden sorgten für ihn, aber die Priesterschaft hatte sich aufgelöst. Auch die Krieger der Stämme, die in der Hoffnung zum Fest gekommen waren, den heiligen Krieg gegen die Römer zu beginnen, hatten sich zerstreut.

Alle Frauen in Vernemeton erwiesen mir große Ehrerbietung, denn ich war jetzt die einzige, die für sie eine Art Hohepriesterin sein konnte.

Ich versuchte, die allgemeine Aufregung zu dämpfen, und gab mit einer Ruhe, über ich selbst staunte, Anweisungen und Befehle. Ich wagte nicht, mich der Trauer zu überlassen, der ich vermutlich nicht mehr Herr geworden wäre, denn ich hatte mit Eilan den Menschen verloren, der mir am nächsten stand. Ich wußte nur, Eilans Leben und Sterben durfte nicht umsonst gewesen sein.

Am nächsten Tag sagte man mir, Römer seien gekommen und würden um ein Gespräch mit der Hohenpriesterin bitten.

Ich ging zum Tor. Dort sah ich Macellius Severus mit seinem Sekretär und einem anderen Mann, von dem sie sagten, er sei der Vater der römischen Frau von Gaius.

Sie saßen im strömenden Regen auf ihren Pferden. Es beeindruckte mich, daß sie ohne militärischen Schutz gekommen waren, aber ich wußte, daß sie nicht feige waren, mochten sie auch sonst viele Schwächen haben. Man hatte mir auch berichtet, mit welcher Haltung der Sohn des Macellius in den Tod gegangen war.

Es fiel mir schwer, Macellius gegenüberzutreten. Ich kannte die Antwort auf die Frage, die er nicht wagte, mir direkt zu stellen; und mir war klar, daß ich ihm niemals sagen konnte, wie sein Sohn gestorben war.

Inzwischen wurden die abenteuerlichsten Geschichten und Gerüchte im Land verbreitet, aber Gaius war als ein britonischer Sommerkönig gestorben. Manche sprachen davon, ein Römer sei geopfert worden, aber die wenigen Menschen, die seinen wirklichen Namen kannten, schwiegen aus gutem Grund.

Trotz der eigenen Unsicherheit und Schwäche besaß Rom noch immer die Macht, das ganze Land in Blut zu tauchen, wenn der Beweis erbracht wurde, daß ein römischer Offizier auf dem Hügel von Vernemeton geopfert worden war. Aber natürlich gab es keine Leiche, um das zu beweisen, sondern nur einen Haufen Asche und die letzte Glut des Samhain-Feuers.

Als sie sich verabschiedeten, drehte sich Macellius noch einmal um. An seinen Augen sah ich, daß er noch nicht alle Hoffnung aufgegeben hatte.

»Hier in Vernemeton lebt ein Junge ...«, sagte er, »man nennt ihn Gawen. Er ist ... mein Enkelsohn. Kannst du mir sagen, wo er jetzt ist?«

Wenigstens diese Frage konnte ich ihm wahrheitsgemäß beantworten, denn ich wußte es nicht. Niemand hatte Gawen an Samhain gesehen. Seine Amme und auch Senara waren verschwunden.

Erst am dritten Tag erschien Senara wieder bei uns. Sie kam mit verweinten Augen und einem hoch aufgeschossenen Jungen, der unglücklich aussah.

»Sie ist meinetwegen gestorben«, schluchzte Senara, als man ihr erzählte, was geschehen war. »Sie hat sich zum Tod verurteilt, um mich und ihr Kind zu retten.«

Ich war inzwischen erschöpft, und mein ganzer Körper schmerzte, aber ich zwang mich, auch Senara ruhig zu antworten.

»Dann liegt es jetzt an uns, dafür zu sorgen, daß ihr Opfer nicht umsonst gewesen ist. Wirst du das Gelübde ablegen und an ihrer Stelle der Göttin dienen, da sie gestorben ist?«

»Nein, das kann ich nicht! Das kann ich nicht!« jammerte Senara. »Es wäre eine Sünde, denn ich bin Nazarenerin. Vater Petros wird von nun an in Deva leben. Er ... er überläßt mir seine Hütte. Ich will den Rest meines Leben dort bleiben und beten!«

Mein Blick richtete sich nach innen. Ich sah plötzlich die Hütte im Wald vor mir, aber in ihrer Nähe standen viele andere.

Meine Vision von damals ist Wirklichkeit geworden. Andere Einsiedlerinnen haben sich dort um Senara versammelt. Und inzwischen gibt es im Wald von Vernemeton eine der ersten christlichen Schwesternschaften, die den Menschen dienen wie früher die Priesterinnen. Aber es mußten viele Jahre vergehen, bis es soweit war. Hatte Eilan das vorausgesehen? Wie auch immer, sie hatte ihren Teil dazu beigetragen. Senara lehnte es zwar ab, die Hohepriesterin von Vernemeton zu werden, aber in gewisser Weise übernahm sie trotzdem Eilans Erbe.

»Wirst du Gawen zu seinem Großvater bringen?« fragte mich Senara. »Ich kann ihn nicht bei mir behalten, wenn ich die christlichen Gelübde abgelegt habe und im Wald lebe.«

Zu welchem Großvater?

Ich stellte mir diese Frage ganz nüchtern, und plötzlich wußte ich, daß ich den Jungen keinem der beiden Männer mit gutem Gewissen überlassen konnte. Macellius und auch Bendeigid waren Gefangene einer sterbenden Vergangenheit.

»Gawen . . .«
Ich sah den Jungen an. Er war für mich weder Römer noch Britone, weder Kind noch Mann. Er stand an der Schwelle der Möglichkeiten. Eilan war gestorben, damit dieses Kind in einer neuen Welt leben konnte.
»Ich kehre in das Sommerland zurück, wo die Nebel die Insel mit dem Heiligtum schützen, die man Avalon nennt. Möchtest du mit mir kommen?«
»In das Sommerland?« fragte er. »Man hat mir gesagt, daß meine Mutter dorthin gegangen ist . . .«
»Sie ist noch weiter gegangen . . .«, meine Augen füllten sich mit Tränen. »Aber einige würden sagen, wir sind ihr dort sehr viel näher als hier . . .«
Gawen blickte sich unglücklich um. Wie schwer mußte es für ihn sein, das alles zu erleben, ohne zu verstehen, was er verloren hatte. Für mich war es fast genauso schwer, weil ich viel zu gut verstand, was geschehen war.
Er hob schließlich den Kopf und sah mich an. Aus ihm sprach ein Wesen, das weder seinen Großeltern noch den Eltern glich.
»Ich komme mit dir nach Avalon.«

Hier im Herzen des Sommerlandes frage ich mich manchmal, weshalb gerade ich von den unseligen Ereignissen verschont wurde – als einzige von denen, die eine bedeutende Rolle gespielt haben.
Ich weiß, daß ich erst anfange, den Sinn und Zusammenhang all dessen zu ahnen. Ist es möglich, daß Eilans Sohn, in dem sich zwei große Ströme des Lebens verbinden, die zur Entstehung unseres Volkes beigetragen haben, zum Vater einer neuen Sippe wird? Wird ein Sohn dieser Sippe eines Tages die Weisheit und die Kraft haben, dieses Volk zu retten?
Ich weiß es nicht. Der Merlin hat zu mir nicht darüber gesprochen wie einst zu Eilan. Ich weiß nur, daß hinter allem ein Plan liegt. Aber nicht von den Raben der Rache wird ein Verteidiger unseres

Landes kommen, sondern vom Adler und dem Drachen. Vielleicht wird der Merlin wieder Gestalt annehmen, um dem zur Seite zu stehen, der eines Tages diese Aufgabe hat ...

Nicht lange nach den Ereignissen in Vernemeton habe ich in einem Traum gesehen, wie die Nebel von Avalon den Druiden die Rückkehr auf die Insel verwehrten. Sie werden das Heiligtum hier nicht mehr finden. Ich bin jetzt, wie Lhiannon es gesehen hat, die Hohepriesterin im Sommerland, und wir müssen in Zukunft weder Rom noch den Einfluß der Druiden fürchten.

Der Ring der hohen Steine auf dem Berg ist und bleibt das Wahrzeichen der Kraft. Ihre Schatten fallen sowohl in die eine, als auch in die andere Welt. Die Göttin spricht zu uns in den neuen und doch so viel älteren Ritualen. Ich trinke nicht mehr den giftigen Trank und weiß doch, IHR Versprechen, die Menschen zu retten, überdauert die Zeit – und so warte ich auf das Ende der Geschichte.

Marion Zimmer Bradley

Die Wälder von Albion
Roman
Aus dem Amerikanischen
von Manfred Ohl und
Hans Sartorius
Band 12748

Die Herrin von Avalon
Roman
Aus dem Amerikanischen
von Manfred Ohl und
Hans Sartorius
Band 14222

Die Nebel von Avalon
Roman
Aus dem Amerikanischen
von Manfred Ohl und
Hans Sartorius
Band 28222

Die Feuer von Troia
Roman
Aus dem Amerikanischen
von Manfred Ohl und
Hans Sartorius
Band 10287

Luchsmond
Erzählungen
Aus dem Amerikanischen
von V. C. Harksen und
Lore Straßl
Band 11444

Lythande
Erzählungen
Aus dem Amerikanischen
von V. C. Harksen und
Lore Straßl
Band 10943

Der Zauber von Tschardain
Roman
Aus dem Amerikanischen
von Verena C. Harksen.
Band 14290

Fischer Taschenbuch Verlag

fi 555 013 / 1